孽海花

清 曾朴 著

老残游记

清 刘鹗 著

凤凰出版社

图书在版编目(CIP)数据

孽海花 / (清)曾朴著. 老残游记 / (清)刘鹗著. 南京:凤凰出版社,2007.4 (2013.10 重印)
ISBN 978-7-80643-947-0

Ⅰ.①孽…②老… Ⅱ.①曾…②刘… Ⅲ.章回小说—作品集—中国—清代 Ⅳ.I242.4

中国版本图书馆 CIP 数据核字(2007)第 037576 号

书　　名	孽海花　老残游记
著　　者	(清)曾朴　(清)刘鹗
责任编辑	陈晓清　王华宝
出版发行	凤凰出版传媒股份有限公司 凤凰出版社(原江苏古籍出版社) 发行部电话 025—83223462
出版社地址	南京市中央路 165 号,邮编:210009
出版社网址	http://www.fhcbs.com
经　　销	凤凰出版传媒股份有限公司
照　　排	南京理工出版信息技术有限公司
印　　刷	江苏凤凰盐城印刷有限公司 江苏省盐城市纯化路 29 号　邮编 224001
开　　本	850×1168 毫米　1/32
印　　张	18.5
字　　数	515 千字
版　　次	2007 年 4 月第 1 版　2013 年 10 月第 2 次印刷
标准书号	ISBN 978-7-80643-947-0
定　　价	35.00 元
	(本书凡印装错误可向承印厂调换,电话:0515—88153008)

孽 海 花

（清）曾　朴　著

出版说明

在晚清小说中,《孽海花》是一部享有盛名、流传很广的作品。所谓“一出版后,意外的得了社会上大多数的欢迎,再版至十五次,行销不下五万部”(曾朴《修改后要说的几句话》),这在一个社会大多数人为文盲、图书消费水平极其低下的时代,实在是一个令人吃惊的事实,却也充分说明了它在当时所受到读者欢迎的强烈程度。

《孽海花》的作者曾朴(1872—1935),初字太朴,后改孟朴,又字小木、籀斋,号铭珊,笔名东亚病夫。出生于江苏常熟一个书香之家。父亲曾之撰,光绪元年举人,时文名家。大约十三四岁的时候,曾朴从地方名儒潘子昭学习举业文章。之后,又向李莼客、吴大澂等名流问学。十九岁考取秀才。次年春进京,与李石农、文芸阁、汪建霞、洪文卿诸名士交游,“潜心研究元史、西北地理及金石考古之学,悟性敏捷,前辈都为折服,引为小友”(曾虚白《曾孟朴年谱》)。九月还南京,参加乡试,中举人。二十一岁捐内阁中书。在京为官期间,与名士赵剑秋、翁又申等时相唱和,也与洪文卿往来,并认识赛金花。中日甲午战争爆发时期,出入户部尚书翁同龢门下,力谏抵御外侮。光绪二十一年(1895),入同文馆学习法文。次年,欲参加总理衙门考试而不得,愤而还乡。曾到上海从事实业,与谭嗣同、林旭等时相过从。戊戍变法失败后，先在家乡办学，又与丁芝孙、徐念慈等在沪创办小说林社。光绪三十三年(1907)，曾参与反对清政府借债英国修筑沪杭甬铁路，以及驱逐杀害秋瑾的凶手张曾敭为江苏巡抚的运动。辛亥革命以后，曾任江苏省议员、江苏省官产处长、财政厅长、政务厅长等。1927年，与其子虚白在上海办真美善书店、《真美善》杂志。1931年夏，书店倒闭，返回老家常熟，1935年6月23日病逝。

《孽海花》的创作，由金天翮(字松岑，别署麒麟、爱自由者)发起。金氏于光绪二十九年(1903)写了六回，前两回发表于日本江苏同乡会出版的《江苏》杂志。次年10月，他将六回书稿交给了曾朴，并与曾朴共同拟定了全书六十回的回目，希望由曾朴完成。曾朴接手，三个月内，不仅重写了前六回，并续写十四回，光绪三十一年(1905)二月，由小说林社分两编各十回出版。光绪三十三年(1907)二月，《小说林》杂志创刊，曾朴再续写五回，是为前二十五回。间隔二十年之后，1927年，已经退出官场的曾朴，先对前二十五回做了修订，1928—1930年，再续写第二十六至第三十五回。1928年，修改后的前二十回分两集由真美善书店出版；后十五回陆续刊发于《真美善》杂志。1931年1月，第二十一至第三十回作为第三集，由真美善书店出版，同年，还出版了第一至第三十回的合订本。

金氏原作，虽意在揭露帝俄压迫中国之暴行，但因为“过于注重主人公”(赛金花)，“描写一个奇突的妓女”，在曾朴看来，“充其量，能做成了李香君的《桃花扇》，陈圆圆的《沧桑艳》，已算顶好的成绩了，而且照此写来，只怕笔法上仍跳不出《海上花列传》的蹊径”，所以，他便新起炉灶,“想借用主人公做全书的线索,尽量容纳近三十年来的历史”,“这三十年,是我中国由旧到新的一个大转关,一方面文化的推移,一方面政治的变动,可惊可喜的现象,都在这一时期内飞也似的进行。我就想把这些现象,合拢了他的侧影或远景和相连系的一些细事,收摄在我笔头的摄影机上,叫他自然地一幕一幕的展现,印象上不啻目击了大事的全景一般”(《修改后要说的几句话》)。

曾朴自称“想借用主人公做全书的线索,尽量容纳近三十年来的历史,避去正面,专把些有趣的琐闻逸事,来烘托大事的背景”(《修改后要说的几句话》),小说也正是如此,通过具体的故事描写,用生动有趣的笔调,形象地揭示出了自同治初年到甲午战争三十年的政治思想文化的变迁。

晚清政治的腐败与不可救药,在《孽海花》小说的开篇即有揭橥:“因是那一种帝王,暴也暴到吕政、奥古士都、成吉斯汗、路易十四的地位,昏也昏到隋炀帝、李后主、查理士、路易十六的地位。”小说正文,更具体描写了当内忧外患、国家民族危急存亡的关头,宫廷帝、后间炽烈的权力之争,当道大臣的卖官鬻爵,权臣们的门户之见,官僚名士们的沉湎金石古玩、词章考据、纵情声色、纸醉金迷。

面对列强的蚕食鲸吞,朝廷上更多的是主战或者主和的舌辩论战,但主战的也大抵是纸上谈兵;最后付诸实施的,只是威毅伯的赴日谈判,割地求和。金雯青们认识到要挽救危局,需要学些西法、识些洋务,在被委任为俄、德、荷、奥四国公使之后,也曾经振振有辞,口出鸿言,要联络邦交、检查国势,考察地理,使疆界井然,然而,一旦到了国外，却是“一天到晚抱了几本破书”，“倒把正经公事搁着，三天不管，四天不理”，一无作为，所做最得意之事，重金买来的中俄边境地图，还惹出了帕米尔边界纠纷，“一纸送却八百里”，成了俄国侵略中土的口实。

顽固的清廷，及其冬烘的朝廷权臣、封疆大吏，都昭示了大清王朝必然灭亡的命运。以徐骧、林义成为首的台湾人民反抗日本侵略，血战到底，誓死不降的壮烈事迹，正是中华民族真正的脊梁；孙汶、陈千秋、陆皓东等革命党人的奋起，也透露出了黎明的熹微。历史在前进，整个社会的文化观念，也在不自觉中发生着变化。味莼园的谈瀛会上，前充德国公使李葆丰向金雯青谈到：“那时中国风气未开，有人讨论西学，就是汉奸。……郭筠仙侍郎，喜谈洋务，几乎被乡人驱逐；曾劼刚袭侯，学了洋文，他的夫人喜欢弹弹洋琴，人家就说他吃教的。这些粗俗的事情，尚且如此，政治艺术，不要说雯兄疑心，便是弟辈，也不能十分坚信。”而此会上，各位前大使关于强国的意见：列入公法、南洋各埠添设领事，练兵第一、海军最急，振兴农、工、商，兴办银行、铁路，政体第一、教育第二……政治改革、外交事宜、军事、金融、教育、铁路、农工商业，其间固然有轻重缓急之分，而作为社会的精英，他们认识到这诸多方面乃兴国的当务之急，已经体现了社会观念的进步，正是“可惊喜的现象”。

鲁迅《中国小说史略》评《孽海花》，谓其“结构工巧，文采斐然”，“书中人物，几无不有所影射……亲炙者久，描写当能近实”，所评良是。较之晚清其他谴责小说，《孽海花》最突出的一个特点，就是写实。据有关研究，全书写及278个人物，个个有其影子。正因有其影子在，书中描写，少见作者主观之褒贬，多的是客观白描，写实的特点非常鲜明。小说以金雯青、傅彩云的故事为主线，围绕主线而展开对政治文化、社会世相的描写，结构亦称谨严。成功的人物塑造，鲜明的人物性格，个性话语言，也是《孽海花》艺术上所取得的重要成就。总之，在晚清小说中，《孽海花》称得上是一部有特色的杰出的作品，其受到读者的欢迎，在情理之中，在小说史上，也理当有它的一席之地。

目　录

第一回　一霎狂潮陆沉奴乐岛　卅年影事托写自由花

江山吟罢精灵泣，中原自由魂断！金殿才人，平康佳丽，间气钟情吴苑。辎轩西展。遽瞒着灵根，暗通瑶怨。孽海飘流，前生冤果此生判。　群龙九馗宵战，值钧天烂醉，梦魂惊颤。虎神营荒，鸾仪殿辟，输尔外交纤腕。大千公案。又天眼愁胡，人心思汉。自由花神，付东风拘管。

却说自由神，是那一位列圣？敕封何朝？铸像何地？说也话长。如今先说个极野蛮自由的奴隶国。在地球五大洋之外，哥伦波未辟，麦折伦不到的地方，是一个大大的海，叫做孽海，那海里头有一个岛叫做奴乐岛。地近北纬三十度，东经一百十度，倒是山川明丽，花木美秀，终年光景，是天低云黯，半阴不晴，所以天空新气，是极缺乏的。

列位想想：那人所靠着呼吸的天空气，犹之那国民所靠着生活的自由，如何缺得！因是一般国民，没有一个不是奄奄一息，偷生苟活。因是养成一种崇拜强权献媚异族的性格，传下来一种什么运命，什么因果的迷信。因是那一种帝王，暴也暴到吕政、奥古士都、成吉斯汗、路易十四的地位，昏也昏到隋炀帝、李后主、查理士、路易十六的地位；那一种国民，顽也顽到冯道、钱谦益的地位，秀也秀到扬雄、赵子昂的地位。而且那岛从古不与别国交通，所以别国也不晓得他的名字。从古没有呼吸自由的空气，那国民却自以为是有吃，有着，有功名，有妻子，是个自由极乐之国。

古人说得好："不自由，毋宁死！"果然那国民享尽了野蛮奴隶自由之福，死期到了。去今五十年前，约莫十九世纪中段，那奴乐岛忽然四周起了怪风大潮。那时这岛根岌岌摇动，要被海若卷去的样子。谁知那一般国民，还是醉生梦死，天天歌舞快乐，富贵风流，抚着自由之琴，喝着自由之酒，赏着自由之花，年复一年，禁不得月啮日蚀，到了一千九百零四年，平白地天崩地塌，一声响亮，那奴乐岛的地面，直沉向孽海中去。

咦，咦，咦！原来这孽海和奴乐岛，却是接着中国地面，在瀚海之南，黄海之西，青海之东，支那海之北。此事一经发现，那中国第一通商码头的上海——地球各国人，都聚集在此地——都道希罕，天天讨论的讨论，调查的调查，秃着几打笔头，费着几磅纸墨，说着此事。内中有个爱自由者，闻信特地赶到上海来，要想侦探侦探奴乐岛的实在消息，却不知从何处问起。那日走出去，看看人来人往，无非是那班肥头胖耳的洋行买办，偷天换日的新政委员，短发西装的假革命党，雾说乱话的新闻社员，都好像没事的一般，依然叉麻雀，打野鸡，安讫第喝茶，天乐窝听唱，马龙车水，酒地花天，好一派升平景象！爱自由者倒不解起来，糊糊涂涂昏昏沉沉的过了数日。

这日，正一个人闷闷坐着，忽见几个神色仓皇手忙脚乱的人，奔进来，嚷道："祸事！祸事！日俄开仗了，东三省快要不保了！"正嚷着，旁边远远坐着一人冷笑道："岂但东三省呀！十八省早已都不保了！"爱自由者听了，猛吃一惊，心想刚刚很太平的世界，怎么变得那么快！不知不觉，立了起来，往外就走，一直走去，不晓得走了多少路程。忽然到一个所在，抬头一看，好一片平阳大地！山作黄金色，水流乳白香，几十座玉宇琼楼，无量数瑶林琪树，正是华丽境域，锦绣山河，好不动人歆羡呀！只是空荡荡静悄悄没个人影儿。爱自由者走到这里，心里一动，好像曾经到过的。

正在徘徊不舍，忽见眼前迎着面，一所小小的空屋。爱自由者不觉越走越近了。到得门前，不提防门上却悬着一桁珠帘。隔帘望去，隐约看见中间好像供着一盆极娇艳的奇花，一时也辨不清是隋炀帝的琼花呢？还是陈后主的玉树花呢？但觉春光澹宕，香气氤氲，一阵阵从帘缝里透出来。

抬头一看，好一片平阳大地

爱自由者心想,远观不如近睹,放着胆,把帘子一掀,大踏步走进一看,那里有什么花,倒是个螓首蛾眉桃腮樱口的绝代美人!爱自由者顿吓一跳,忙要退出,忽听那美人唤道:“自由儿,自由儿,奴乐岛奇事发现,你不是要侦探么?”爱自由者忽听奴乐岛三字,顿时触着旧事,就停了脚,对那美人鞠了鞠躬道:“令娘知道奴乐岛消息吗?”那美人笑道:“咳,你疯了,那里有什么奴乐岛来!”爱自由者愕然道:“没有这岛吗?”美人又笑道:“呸,你真呆了!那一处不是奴乐岛呢?”说着,手中擎着一卷纸,郑重的亲自递与爱自由者。爱自由者不解缘故,展开一看,却是一段新鲜有趣的历史,默想了一回,恍恍惚惚,好像中国也有这么一件新奇有趣的事情。

自己还有一半记得,恐怕日久忘了,却慢慢写了两回出来。正写着,忽然把笔一丢道:“呸,我疯了!现在我的朋友东亚病夫,嚣然自号着小说王,专门编译这种新鲜小说。我只要细细告诉了他,不怕他不一回一回的慢慢地编出来,岂不省了我无数笔墨吗?”当时就携了写出的稿子,一径出门,望着小说林发行所来。找着他的朋友东亚病夫,告诉他,叫他发布那一段新奇历史。爱自由者一面说,东亚病夫就一面写。正是:

三十年旧事,写来都是血痕;

四百兆同胞,愿尔早登觉岸!

端的上面写的是些什么?列位不嫌烦絮,看他逐回道来。

第二回　陆孝廉访艳宴金阊　金殿撰归装留沪渎

话说大清朝应天承运，奄有万方，一直照着中国向来的旧制，因势利导，果然风调雨顺，国泰民安。列圣相承，绳绳继继，正是说不尽的歌功颂德，望日瞻云。直到了咸丰皇帝手里，就是金田起义，扰乱一回，却依然靠了那班举人、进士、翰林出身的大元勋，拼着数十年汗血，斫着十几万头颅，把那些革命军扫荡得干干净净。斯时正是大清朝同治五年，大乱敉平，普天同庆，共道大清国万年有道之长。这中兴圣主同治皇帝，准了臣工的奏章，谕令各省府县，有乡兵团练剿贼出力的地方，增广了几个生员；被贼匪蹂躏及大兵所过的地方，酌免了几成钱粮。苏、松、常、镇、太几州，因为赋税最重，恩准减漕，所以苏州的人民，尤为涕零感激。

却好戊辰会试的年成又到了，本来一般读书人，虽在乱离兵燹，八股八韵，朝考卷白折子的功夫，是不肯丢掉，况当歌舞河山拜扬神圣的时候呢！果然，公车士子，云集辇毂，会试已毕，出了金榜。不第的自然垂头丧气，襆被出都，过了芦沟桥，渡了桑乾河，少不得洒下几点穷愁之泪。那中试的进士，却是欣欣向荣，拜老师，会同年，团拜请酒，应酬得发昏。又过了殿试，到了三月过后，胪唱出来，那一甲第三名探花黄文载，是山西稷山人；第二名榜眼王慈源，是湖南善化人；第一名状元是谁呢？却是姓金名沟，是江苏吴县人。我想列位国民，没有看过登科记，不晓得状元的出色价值。这是地球各国，只有独一无二之中国方始有的；而且积三年出一个，要累代阴功积德，一生见色不乱，京中人情熟透，文章颂扬得体，方才合配。这叫做群仙领袖，天子门生，一种富贵聪明，那苏东坡、李太白，还要退避三舍，何况英国的倍根、法国的卢骚呢？话且不表。

单说苏州城内元妙观，是一城的中心点，有个雅聚园茶坊。一天，有三个人在那里同坐在一个桌子喝茶：一个有须的老者，姓潘名曾奇，号胜芝，是苏州城内的老乡绅；一个中年长龙脸的姓钱名端敏，号唐卿，是个墨裁高手；下首坐着的是小圆脸，姓陆名叫仁祥，号菶如，殿卷白折，极有工夫。这三个都是苏州有名的人物。唐卿已登馆选，菶如还是孝廉。那时三人正讲得入港。

潘胜芝开口道："我们苏州人，真正难得！本朝开科以来，总共九十七个状元，江苏倒是五十五个！那五十五个里头，我苏州城内，就占了去十五个。如今那圆峤巷的金雯青，也中了状元了，好不显焕！"

钱唐卿接口道："老伯说的东吴文学之邦，状元自然是苏州出产。而且据小侄看来，苏州状元的盛衰，与国运很有关系。"

胜芝愕然道："倒要请教。"唐卿道："本朝国运盛到乾隆年间，那时苏州状元，亦称极盛：张书勋同陈初哲，石琢堂同潘芝轩，都是两科蝉联；中间钱湘舲，遂三元及第。自嘉庆手里，只出了吴廷琛、吴信中两个，幸亏得十六年辛未这一科，状元虽不是，那榜眼探花传胪都在苏州城里，也算一段佳话。自后道光年代，就只吴钟骏崧甫年伯，算为前辈争一口气，下一粒读书种子。然而国运是一代不如一代底。至于咸丰手里，我亲记得是开过五次，一发荒唐了，索性脱科了。"那时候唐卿说到这一句，就伸着一只大拇指摇了摇头，接着说道："那时候世叔潘八瀛先生，中了一个探花，从此以后，状元鼎甲，《广陵散》绝响于苏州。如今这位圣天子中兴有道，国运是要万万年，所以这一科的状元，我早决定是我苏州人。"

菶如也附和着道："吾兄说的话真关着阴阳消息，参伍天地。其实我那雯青同年兄的学问，实在数一数二！文章书法是不消说，史论一门《纲鉴》熟烂又不消说。我去年看他在书房里校部《元史》，怎么奇渥温、木华黎、秃秃等名目，我懂也不懂，听他说得联联翩翩，好像洋鬼子话一般。"胜芝正色道："你不要瞎说，这不是洋鬼子话，这大元朝仿佛听得说就是大清国，你不听得，当今亲王大臣，不是叫做僧格林沁、阿拉喜崇阿吗？"

胜芝正欲说去，唐卿忽望着外边叫道："肇廷兄！"大家一齐看去，就见一个相貌很清瘦，体段很伶俐的人，迷缝着眼，一脚已跨进园来；后头还跟着个面如冠玉，眉长目秀的书生。葑如也就半抽身，抠着腰，招呼那书生道："怎么珏斋兄也来了！"

肇廷就笑眯眯的低声接说道："我们是途遇的，晓得你们都在这里，所以一直找来。今儿晚上，谢山芝在仓桥浜梁聘珠家替你饯行，你知道吗？"葑如点点头道："还早哩。"说着就拉肇廷朝里坐下。唐卿也与珏斋并肩坐了，不知讲些什么，忽听"饯行"两字，就回过头来对葑如道："你要上那里去？怎么我一点也不知道！"

葑如道："不过上海罢了！前日得信，雯青兄请假省亲，已回上海，寓名利栈，约兄弟去游玩几天。从前兄弟进京会试，虽经过几次，闻得近来一发繁华，即如苏州开去大章大雅之昆曲戏园，生意不恶；而丹桂茶园金桂轩之京戏亦好。京菜有同兴、同新，徽菜也有新新楼、复新园。若英法大餐，则杏花楼、同香楼、一品香、一家春，尚不曾请教过。"珏斋插口道："上海虽繁华世界，究竟五方杂处，所住的无非江湖名士，即如写字的莫友芝，画画的汤壎伯，非不洛阳纸贵，名震一时，总嫌带着江湖气，比到我们苏府里姚凤生的楷书，杨咏春的篆字，任阜长的画，就有雅俗之分了。"唐卿道："上海印书叫做什么石印，前天见过一本直省闱墨，真印得纸墨鲜明，文章就分外觉得好看，所以书本总要讲究版本。印工好，纸张好，款式好，便是书里面差一点，看着总觉豁目爽心。"

那胜芝听着这班少年谈得高兴，不觉也忍不住，一头拿着只瓜楞茶碗，连茶盘托起，往口边送，一面说道："上海繁华总汇，听说宝善街，那就是前明徐相国文贞之墓地。文贞为西法开山之祖，而开埔以来，不能保其佳城石室，曾有人做一首《竹枝词》吊他道：'结伴来游宝善街，香尘轻软印弓鞋。旧时相国坟何在？半属民廛半馆娃！'岂不可叹呢！"

肇廷道："此刻雯青从京里下来，走的旱道呢，还是坐火轮船呢？"葑如道："是坐的美国旗昌洋行轮船。"胜芝道："说起轮船，前天见张新闻纸，载着各处轮船进出口，那轮船的名字，多借用中国地名人名，如汉阳、重庆、南京、上海、基隆、台湾等名目；乃后头竟有极诧异的，走长江的船叫做‘孔夫子’。”大家听了愕然，既而大笑。

言次，太阳冉冉西沉，暮色苍然了。胜芝立起身来道：“不早了，我先失陪了。”道罢，拱手别去。肇廷道：“莑如，聘珠那里，你到底去不去？要去，是时候了。”莑如道：“可惜唐卿珏斋，从来没开过戒，不然岂不更热闹吗？”肇廷道：“他们是道学先生，不教训你两声就够了，你还想引诱良家子弟，该当何罪！”原来这珏斋姓何名太真，素来欢喜讲程朱之学，与唐卿至亲，意气也很相投，都不会寻花问柳，所以肇廷如此说着。当下唐卿、珏斋都笑了一笑，也起身出馆，向着莑如道：“见了雯青同年，催他早点回来，我们都等着哩。”说罢扬长而去。

肇廷、莑如两人步行，望观西直走，由关帝庙前，过黄鹂坊桥。忽然后面来了一肩轿子，两人站在一面，让他过去。谁知轿子里面，坐着一个丽人，一见肇廷、莑如，就打着苏白招呼道：“顾老爷，陆老爷，从啥地方来？谢老爷早已到倪搭，请砑笃就去吧！”说话间轿子如飞去了。

两人都认得就是梁聘珠，因就弯弯曲曲，出专诸巷，穿阊门大街，走下塘，直访梁聘珠书寓。果然，山芝已在，看见顾、陆两人，连忙立起招呼。肇廷笑道：“大善士发了慈悲心，今天来救大善女的急了。”说时，恰聘珠上来敬瓜子，莑如就低声凑近聘珠道：“耐阿急弗急？”聘珠一扭身放了盆子，一屁股就坐下道：“瞎三话四，倪弗懂个。”你道肇廷为什么叫山芝大善士？原来山芝名介福，家道尚好，喜行善举，苏州城里有谢善士之目。当时大家大笑。

莑如回过头来，见尚有一客，坐在那里，体雄伟而不高，面团圞而发亮，十分和气，一片志诚，年纪约三十许，看见顾、陆两人，连忙满脸堆笑的招呼。山芝就道：“这位是常州成木生兄，昨日方由上海到此。”彼此都见了。正欲坐定，相帮的喊道：“贝大人来了！”莑如抬头一看，原来是认得的常州贝效亭名佑曾的，曾经署过一任直隶臬司，就是火烧圆明园一役，议和里头得法，如今却不知为什么弃了官回来了，却寓居在苏州。于是大家见了，就摆起台面来，聘珠请各人叫局。莑如叫了武美仙，肇廷叫了诸桂卿，木生叫了姚韵初。山芝道：“效亭先生叫谁？”效亭道：“闻得有一位杭州来的姓褚的，叫什么爱林，就叫了她吧。”山芝就写了。

谁知轿子里面坐着一个丽人

莘如道："说起褚爱林，有些古怪。前日有人打茶围，说她房内备着多少筝琵箫笛，夹着多少碑帖书画，上有名人珍藏的印，还有一样奇怪东西，说是一个玉印，好像是汉朝一个妃子传下来的。看来不是旧家落薄，便是个逃妾哩！"肇廷道："莫非是赵飞燕的玉印吗？那是龚定庵先生的收藏。定公集里，还有四首诗，记载此事。"木生道："先两天定公的儿子龚孝珙，兄弟还在上海遇见。"效亭道："快别提这人，他是已经投降了外国人了。"山芝道："他为什么好端端的要投降呢？总是外国人许了他重利，所以肯替他做向导。"效亭道："倒也不是，他是脾气古怪，议论更荒唐。他说这个天下，与其给本朝，宁可赠给西洋人。你想这是什么话？"肇廷道："这也是定公立论太奇，所谓其父报仇，其子杀人。古人的话到底不差的。"木生道："这种人不除，终究是本朝的大害！"效亭道："可不是么！庚申之变，亏得有贤王留守，主张大局。那时兄弟也奔走其间，朝夕与英国威妥玛磋磨。总算靠着列祖列宗的洪福，威酋答应了赔款通商，立时退兵。否则，你想京都已失守了，外省又闹着长毛，糟得不成样子，真正不堪设想！所以那时兄弟，就算受点子辛苦，看着如今大家享太平日子，想来还算值得。"山芝道："如此说来，效翁倒是本朝的大功臣了！"效亭道："岂敢！岂敢！"木生道："据兄弟看来，现在的天下，虽然太平，还靠不住。外国势力，日大一日，机器日多一日；轮船铁路，电线枪炮，我国一样都没有办，那里能够对付他！"

正说间，诸妓陆续而来。五人开怀畅饮，但觉笙清簧暖，玉笑珠香，不消备述。众人看着褚爱林面目，煞是风韵，举止亦甚大方，年纪二十余岁。问她来历，只是笑而不答，但晓得她同居姊妹，尚有一个姓汪的，皆从杭州来苏。遂相约席散，至其寓所。不一会，各妓散去，钟敲十二下，山芝、效亭、肇廷等自去访褚爱林。莘如以将赴上海，少不得部署行李，先唤轿班，点灯伺候，别着众人回家。话且不提。

却说金殿撰请假省亲，乘着飞似海马的轮船，到上海，住名利栈内，少不得拜会上海道、县及各处显官，自然有一番应酬，请酒看戏，更有一班同乡都来探望。一日，家丁投进帖子，说冯大人来答拜。雯青看着，是"冯桂芬"三字，即忙立起身，说"有请"。家丁扬着帖子，走至门口,站在一旁,将门帘擎起。但见进来一个老者,约六十余岁光景,白须垂颔,两目奕奕有神,背脊微伛,见着雯青,即呵呵作笑声。雯青赶着抢上一步,叫声“景亭老伯”,作下揖去。

见礼毕,就坐,茶房送上茶来。两人先说些京中风景。景亭道:“雯青,我恭喜你飞黄腾达。现在是五洲万国交通时代,从前多少词章考据的学问,是不尽可以用世的。昔孔子翻百二十国之宝书,我看现在读书,最好能通外国语言文学,晓得他所以富强的缘故,一切声光化电的学问,轮船枪炮的制造,一件件都要学会他,那才算得个经济!我却晓得去年三月,京里开了同文馆,考取聪俊子弟,学习推步及各国语言。论起‘一物不知,儒者之耻’的道理,这是正当办法,而廷臣交章谏阻。倭良峰为一代理学名臣,而亦上一疏。有个京官抄寄我看,我实在不以为然。闻得近来同文馆学生,人人叫他洋翰林洋举人呢。”雯青点头。景亭又道:“你现在清华高贵,算得中国第一流人物,若能周知四国,通达时务,岂不更上一层呢!我现在认得一位徐雪岑先生,是学贯天人、中西合撰的大儒;一个令郎,字忠华,年纪与你不相上下,并不考究应试学问,天天是讲着西学哩!”

雯青方欲有言,家丁复进来道:“苏州有位姓陆的来会。”景亭问是何人,雯青道:“大约是菶如。”果然走进来一位少年,甚是英发,见二人,即忙见礼。坐定,茶房端上茶来。彼此说了些契阔的话,无非几时动身,几时到埠,晓得菶如住在长发栈内。景亭道:“二位在此甚好,闻得英领事署后园,有赛花会,照例每年四月举行,西洋各国,琪花瑶草,摆列不少,很可看看。我后日来请同去吧。”端了茶,喝着两口,起身告辞。

二人送景亭出房,进来重叙寒暄,谈及游玩。雯青道:“静安寺徐家汇花园,已经游过,并不见佳,不如游公家花园。你可在此用膳,膳后叫部马车同去。”菶如应允。雯青遂吩咐开膳,一面关照账房,代叫皮篷马车一部。

二人用膳已毕,洗脸漱口。茶房回说,马车已在门口伺候。雯青在身边取出钥匙,开了箱子,换出一身新衣服穿上,握了团扇,让菶如先出,锁了房门,嘱咐了家丁及茶房几句,将钥匙交代账房,出门上了马车。那马夫抖勒缰绳,但见那匹阿刺伯黄色骏马,四蹄翻盏,如飞的望黄浦滩而去。沿着黄浦滩北直行,真个六辔在手,一尘不惊。但见黄浦内波平如镜,帆樯林立。猛然抬头,见着戈登铜像,矗立江表。再行过去,迎面一个石塔,晓得是纪念碑。

二人正谈论,那车忽然停住。二人下车,入园门,果然亭台清旷,花木珍奇。二人坐在一个亭子上,看着出入的短衣硬领、细腰长裙、团扇轻衫、靓妆炫服的中西士女。正在出神,忽见对面走进一个外国人来,后头跟着一个中国人,年纪四十余岁,两眼如玛瑙一般,颔上微须,亦作黄色,也坐在亭子内。两人咭唎呱啰,说着外国话。雯青、莘如,茫然不知所谓。俄见夕阳西颓,林木掩映。二人徐步出门,招呼马车,仍沿黄浦滩,进大马路,向四马路,兜个圈子,但见两旁房屋,尚在建造。正欲走麦家圈,过宝善街,忽见雯青的家丁,拿着一张请客票头,招呼道:"薛大人请老爷,即在一品香第八号大餐。"雯青晓得是无锡薛淑云请客,遂也点头。莘如自欲回栈,在棋盘街下车。

雯青一人出棋盘街,望东转弯,到一品香门前停住上楼。楼下按着电铃,侍者上来问过,领到八号。淑云已在,起身相迎。座间尚有五位,各各问讯。一位吕顺斋,贵州遵义廪贡生,上万言书,应诏陈言,以知县发往江苏候补;那三个是崇明李台霞名葆丰,丹徒马美菽名中坚,嘉兴王子度名恭宪,皆是学贯中西;还有一位无锡徐忠华,就是日间冯景亭先生所说的人。各道久仰坐定,侍者送上菜单,众人点讫。淑云更命开着大瓶香宾酒,且饮且谈。

忽然门外一阵皮靴声音,雯青抬头一看,却是在公园内见着的,一个中国人,一个外国人,望里面走去。淑云指着那中国人道:"诸君认得此人吗?"皆道不知。淑云道:"此人即龚孝珙。"顺斋道:"莫非是定庵先生的儿子吗?"淑云道:"正是。他本来不识英语,因为那威妥玛要读中国《汉书》,请一人去讲,无人敢去,孝珙遂挺身自荐,威酋甚为信用。听得火烧圆明园,还是他的主张哩!"美菽道:"那外国人我虽不晓得名字,但认得是领事馆里人。"淑云道:"那孝珙有两个妾,在上海讨的,宠夺专房。孝珙有所著作,一个磨墨,一个画红丝格,总算得清才艳福。谁知正月里那二妾忽然逃去一双,至今四处访查,杳无踪迹，岂不可笑呢。”众人正谈得高兴，忽然门外又走过一人，向着八号一张。顺斋立起来，与那人说话。这人一来，有分教：

裙屐招邀，江上相逢名士；

江湖落拓，世间自有奇人。

不知此人姓甚名谁？且听下回分解。

第三回　领事馆铺张赛花会　半敦生演说西林春

却说薛淑云请雯青在一品香大餐，正在谈着，门外走过一人，顺斋见了立起身来，与他说话。说毕，即邀他进来。众人起身让坐，动问姓名，方晓得是姓云字仁甫单名一个宏字，广东人，江苏候补同知，开通阔达，吐属不凡。席间众人议论风生，多是说着西国政治艺学。雯青在旁默听，茫无把握，暗暗惭愧，想道："我虽中个状元，自以为名满天下，那晓得到了此地，听着许多海外学问，真是梦想没有到哩！从今看来，那科名鼎甲是靠不住的，总要学些西法，识些洋务，派入总理衙门当一个差，才能够有出息哩。"想得出神，侍者送上补丁，没有看见，众人招呼他，方才觉着。匆匆吃毕，复用咖啡。侍者送上签字单，淑云签毕，众人起身道扰各散。

雯青坐着马车回寓。走进寓门，见无数行李，堆着一地。尚有两个好像家丁模样，打着京话，指挥众人。雯青走进账房，取了钥匙，因问这行李的主人。账房启道："是京里下来，听得要出洋的，这都是随员呢。"雯青无话，回至房中，一宿无语。次早起来，要想设席回敬了淑云诸人，梳洗过后，更找莘如，约他同去。晚间，在一家春请了一席大餐。自后，彼此酬酢了数日，吃了几台花酒，游了一次东洋茶社，看了两次车利尼马戏。

一日，果然领事馆开赛花会。雯青、莘如坐着马车前去，仍沿黄浦滩到汉壁礼路，就是后园门口。见门外立着巡捕四人，草地停着几十辆马车，有西人上来问讯。二人照例各输了洋一元，发给凭照一纸。

迤逦进门，踏着一片绿云细草，两旁矮树交叉，转过数弯，忽见洋楼高耸，四面铁窗洞开，有多少中西人，倚着眺望。楼下门口，青漆铁栏杆外，复靠着数十辆自由车。走进门来，脚下法兰西的地毯，软软的足有二寸多厚。举头一望，但见高下屏山，列着无数中外名花，诡形殊态，盛着各色磁盆，列着标帜，却因西字，不能认识。内有一花，独踞高座，花大如斗，作浅杨妃色，娇艳无比；粉须四垂如流苏，四旁绿叶，仿佛车轮大小，周围护着。那四围小花，好像承欢献媚，服从那大花的样子。问着旁人，内中有个识西字的，道是维多利亚花，以英国女皇的名字得名的。二人且看中国各花，则扬州的大红牡丹，最为出色，花瓣约有十余种，余外不过兰蕙蔷薇玫瑰等花罢了。尚有日本的樱花，倒是酣艳风流，独占一部。

走过屏山背后，看那左首，却是道螺旋的扶梯。二人移步走上，但见士女满座，或用着洋点，或用着咖啡。却见台霞美菽也在，同着两个老者，与一个外国人谈天，见了雯青等，起身让坐。各各问讯，方晓得这外国人名叫傅兰雅，一口好中国话。两位老者，一姓李，字任叔；一即徐雪岑。二人坐着，但听得远远风琴唱歌，歌声幽幽扬扬，随风吹来，使人意远。雪岑问着傅兰雅："今天晚上有跳舞会吗？"傅兰雅道："领事下帖请的，约一百余人，贵国人是请着上海道，制造局总办，又有杭州一位大富翁胡雪岩。还有两人，说是贵国皇上钦派出洋，随着美国公使蒲安臣，前往有约各国办理交涉事件的，要定香港轮船航日本，渡太平洋，先到美国。那两人一个是道员志刚，一个是郎中孙家谷。这是贵国第一次派往各国的使臣，前日才到上海，大约六月起程。"雯青听着，暗忖："怪道刚才栈房里来许多官员，说是出洋的。"心里暗自羡慕。说说谈谈，天色已晚，各自散去。

流光如水，已过端阳，雯青就同着菶如结伴回苏。衣锦还乡，原是人生第一荣耀的事，家中早已挂灯结彩，鼓吹喧填；官场卤簿，亲朋轿马，来来往往，把一条街拥挤得似人海一般。等到雯青一到，有挨着肩攀话的，有拦着路道喜的，从未认识的故意装成热络，一向冷淡的格外要献殷勤，直将雯青当了楚霸王，团团围在垓下。好容易左冲右突，杀开一条血路，直奔上房，才算见着了老太太赵氏和夫人张氏。自然笑逐颜开，阖家欢喜。正坐定了讲些别后的事情，老家人金升进来回道:“钱老爷端敏,何老爷太真,同着常州才到的曹老爷以表,都候在外头,请老爷出去。”雯青听见曹以表和唐卿、珏斋同来,不觉喜出望外,就吩咐金升请在内书房宽坐。

原来雯青和曹以表号公坊的,是十年前患难之交,连着唐卿、珏斋,当时号称“海天四友”。你道这个名称,因何而起?当咸丰末年,庚申之变,和议新成,廷臣合请回銮的时代,要安抚人心,就有举行顺天乡试之议。那时苏常一带,虽还在太平军掌握,正和大清军死力战争,各处缙绅士族,还是流离奔避,然科名是读书人的第二生命,一听见了开考的消息,不管多垒四郊,总想及锋一试。雯青也是其中的一个,其时正避居上海,奉了赵老太太的命,进京赴试。但最为难的,是陆路固然阻梗,轮船尚未通行,只有一种洋行运货的船,名叫甲板船,可以附带载客。雯青不知道费了多少事,才定妥了一只船。上得船来,不想就遇见了唐卿、珏斋、公坊三人。谈起来,既是同乡,又是同志,少年英俊,意气相投,一路上辛苦艰难,互相扶助,自然益发亲密,就在船上,订了金兰之契。后来到了京城,又合了几个朋友,结了一个文社,名叫含英社,专做制艺工夫,逐月按期会课。在先不过预备考试,鼓励鼓励兴会罢了。那里晓得正当大乱之后,文风凋敝,被这几个优秀青年,各逞才华,大放光彩,忽然震动了京师。一艺甫就,四处传抄,含英社的声誉,一天高似一天,公车士子,人人模仿,差不多成了一时风尚。

曹公坊在社中,尤为杰出。他的文章和别人不同,不拿时文来做时文,拿经史百家的学问,全纳入在时文里面,打破有明以来,江西派和云间派的门户,独树一帜。有时朴茂峭刻,像水心陈碑;有时宏深博大,如黄冈石台。龚和甫看了,拍案叫绝道:“不想天崇、国初的风格,复见今日!”怂恿社友,把社稿刊布。从此,《含英社稿》不胫而走,风行天下,和柳屯田的词一般,有井水处,没个不朗诵《含英社稿》的课艺,没个不知曹公坊的名字。不上几年,含英社的社友,个个飞黄腾达,入鸾掖,占鳌头,只剩曹公坊一人向隅,至今还是个国学生,也算文章憎命了!可是他素性淡泊,功名得失,毫不在意,不忍违背寡母的期望,每逢大比年头,依然逐队赴考。这回听见雯青得意回南,晓得不久就要和唐卿、珏斋一同挈眷进京，不觉动了燕游之兴，所以特地从常州赶来，借着替雯青贺喜为名，顺便约会同行，路上多些侣伴，就先访了唐卿、珏斋，一齐来看雯青。

当下雯青十分高兴的出来接见，三人都给雯青致贺。雯青谦逊了几句。钱、何两人，相离未久，公坊却好多年不见了，说了几句久别重逢的话，招呼大家坐下。书童送上茶来。

雯青留心细看公坊，只见他还是胖胖的身干，阔阔儿的脸盘，肤色红润，眉目清疏，年纪约莫三十来岁，并未留须，披着一件蔫旧白纱衫，罩上天青纱马褂，摇着脱翮雕翎扇。一手握着个白玉鼻烟壶，一坐下来不断的闻，鼻孔和上唇，全粘染着一搭一搭的虎皮斑，微笑的向雯青道："这回雯兄高发，不但替朋侪吐气，也是令桑梓生光！捷报传来，真令人喜而不寐！"雯青道："公坊兄，别挖苦我了！我们四友里头，文章学问，当然要推你做龙头，弟是婪尾。不料王前卢后，适得其反；刘蒉下弟，我辈登科，厚颜者还不止弟一人呢！"就回顾唐卿道："不是弟妄下雌黄，只怕唐兄印行的《不息斋稿》，虽然风行一时，决不能望《五丁阁稿》的项背哩！"唐卿道："当今讲制义的，除了公坊的令师潘止韶先生，还有谁能和他抗衡呢？"于是大家说得高兴，就论起制义的源流，从王荆公、苏东坡起，以至江西派的章、罗、陈、艾，云间派的陈、夏、两张，一直到清朝的熊、刘、方、王，龙沓虎沓，下及咸同墨卷。

公坊道："现在大家都喜欢骂时文，表示他是通人，做时文的叫时文鬼。其实时文也是散文的一体，何必一笔抹倒！名家稿子里，尽有说理精粹如周秦诸子，言情悱恻如魏晋小品，何让于汉策、唐诗、宋词、元曲呢！"珏斋道："我记得道光间，梁章钜仿诗话的例，做过一部《制义丛话》，把制义的源流派别，叙述得极翔实；钱梅溪又仿《唐文粹》例，把历代的行卷、房书，汇成了一百卷，名叫《经义最》，可惜不曾印行。这些人都和公坊的见解一样。"唐卿道："制义体裁的创始，大家都说是荆公，其实是韩愈。你们不信，只把《原毁》一篇细读一下。"

一语未了，不防菶如闯了进来喊道："你们真变了考据迷了，连敲门砖的八股，都要详征博引起来，只怕连大家议定今晚在褚爱林家公分替雯兄接风的正事倒忘怀了。"唐卿道:"啊呀,我们一见公坊,只顾讲了八股,不是菶兄来提,简直忘记得干干净净!"雯青现出诧异的神情道:"唐兄和珏兄向不吃花酒,怎么近来也学时髦?"公坊道:"起先我也这么说,后来才知道那褚爱林不是平常应征的俗妓,不但能唱大曲,会填小令,是《板桥杂记》里的人物,而且妆阁上摆满了古器古画古砚,倒是个女赏鉴家呢!所以唐兄和珏兄,都想去看看,就发起了这一局。"珏斋道:"只有我们四个人作主人,替你洗尘,不约外客,你道何如?"雯青道:"那褚爱林,不就是龚孝珙的逃妾,你在上海时和我说过,她现住在三茅阁巷的吗?"菶如点头称是。雯青道:"我一准去!那么现在先请你们在我这里吃午饭,吃完了,你们先去,我等家里的客散了,随后就来。"说着,吩咐家人,另开一桌到内书房来,让钱、何、曹、陆四人随意的吃,自己出外招呼贺客。不一会,四人吃完先走了。

这里雯青直到日落西山,才把那些蜂屯蚁聚的亲朋,支使出了门,坐了一肩小轿,向三茅阁巷褚爱林家而来。一下轿,看看门口不像书寓,门上倒贴着"杭州汪公馆"五个大字的红门条。正趑趄着脚,早有个相帮似的掌灯候着,问明了,就把雯青领进大门,在夜色朦胧里,穿过一条弯弯曲曲的石径,两边还隐约看见些湖石砌的花坛,杂莳了一丛丛的灌木草花,分明像个园林。石径尽处,显出一座三间两厢的平屋,此时里面正灯烛辉煌,人声嘈杂。

雯青跟着那人跨进那房中堂,屋里面高叫一声:"客来!"下首门帘揭处,有一个靓妆雅服二十来岁的女子,就是褚爱林,满面含笑的迎上来。雯青瞥眼一看,暗暗吃惊,是熟悉的面庞,只听爱林清脆的声音道:"请金大人房里坐。"那口音益发叫雯青迷惑了。雯青一面心里暗忖,爱林在那里见过,一面进了房。看那房里明窗净几,精雅绝伦,上面放一张花梨炕,炕上边挂一幅白描董双成像,并无题识,的是苑画。两边蟠曲玲珑的一堂树根椅几,中央一个紫榆云石面的百龄台,台上正陈列着许多铜器玉件画册等。

唐卿、珏斋、公坊、菶如都围着在那里一件件的摩挲。珏斋道:"雯青,你来看看,这里的东西都不坏!这癸歙觚、父丁爵,是商器。方鼎籀古亦佳。"唐卿道:"就是汉器的枞豆、鸿嘉鼎,制作也是工细无匹。”公坊道:“我倒喜欢这吴、晋、宋、梁四朝砖文拓本,多未经著录之品。”雯青约略望了一望,嘴里说道:“足见主人的法眼,也是我们的眼福!”一屁股就坐在厢房里靠窗一张影木书案前的大椅里,手里拿起一个香楠匣的叶小鸾眉纹小研在那里抚摩,眼睛却只对着褚爱林呆看。

莘如笑道:“雯兄,你看主人的风度,比你烟台的旧相识何如?”爱林嫣然笑道:“陆老不要瞎说,拿我给金大人的新燕姐比,真是天比鸡矢了! 金大人,对不对?”雯青顿然脸上一红,心里勃的一跳,向爱林道:“你不是傅珍珠吗? 怎么会跑到苏州,叫起褚爱林来呢?”爱林道:“金大人好记性,事隔半年,我一见金大人,几乎认不真了。现在新燕姐大概是享福了? 也不枉她一片苦心!”雯青忸怩道:“她到过北京一次,我那时正忙,没见她。后来她就回去,没通过音信。”爱林惊诧似的道:“金大人高中了,没讨她吗?”雯青变色道:“我们别提烟台的事。我问你怎么改名了褚爱林? 怎样人家又说你在龚孝琪那里出来的呢? 看着这些陈设的古董,又都是龚家的故物。”

爱林凄然的挨近雯青坐下道:“好在金大人不是外人,我老实告诉你,我的确是孝琪那里出来的,不过人家说我卷逃,那才是屈天冤枉呢! 实在只为了孝琪穷得不得了,忍着痛打发我们出来各逃性命。那些古董,是他送给我们的纪念品。金大人想,若是卷逃,那里敢公然陈列呢?”雯青道:“孝琪何以一贫至此?”爱林道:“这就为孝琪的脾气古怪,所以弄到如此地步。人家看着他举动阔绰,挥金如土,只当他是豪华公子,其实是个漂泊无家的浪子! 他只为学问上和老太爷闹翻了,轻易不大回家。有一个哥哥,向来音信不通,老婆儿子,他又不理,一辈子就没用过家里一个钱。一天到晚,不是打着苏白和妓女们混,就是学着蒙古唐古忒的话,和色目人去弯弓射马。用的钱,全是他好友杨墨林供应。墨林一死,幸亏又遇见了英使威妥玛,做了幕宾,又浪用了几年。近来不知为什么事,又和威妥玛翻了腔,一个钱也拿不到了,只靠卖书画古董过日子。因此,他起了个别号,叫‘半伦’,就说自己五伦都无,只爱着我,我是他的妾,只好算半个伦。谁知到现在,连半个伦都保不住呢!”说着,眼圈儿都红了。

雯青道："他既牺牲了一切，投了威妥玛，做了汉奸，无非为的是钱。为什么又和他翻腔呢？"爱林道："人家骂他汉奸，他是不承认。有人恭维他是革命，他也不答应。他说他的主张烧圆明园，全是替老太爷报仇。"雯青诧异道："他老太爷有什么仇呢？"爱林把椅子挪了一挪，和雯青耳鬓厮磨的低低说道："我把他自己说的一段话告诉了你，就明白了。那一天，就是我出来的前一个月，那时正是家徒四壁，囊无一文，他脾气越发坏了，不是捶床拍枕，就是咒天骂地。我倒听惯了，由他闹去。忽然一到晚上，溜入书房，静悄悄的一点声息都无。我倒不放心起来，独自蹑手蹑脚的走到书房门口偷听时，忽听里面拍的一声，随着咕噜了几句。停一会，又是哔拍两声，又唧哝了一回。这是做什么呢？我耐不住，闯进去，只见他道貌庄严的端坐在书案上，面前摊一本青格子，歪歪斜斜写着草体字的书，书旁边，供着一个已出椟的木主。他一手握了一支朱笔，一手拿了一根戒尺，正要去举起那木主，看见我进来，回着头问我道：'你来做什么？'我笑着道：'我在外边听见哔拍哔拍的声音，我不晓得你在做什么，原来在这里敲神主！这神主是谁的？好端端的为甚要敲他？'他道：'这是我老太爷的神主。'我骇然道：'老太爷的神主，怎么好打的呢？'他道：'我的老子，不同别人的老子。我的老子，是个盗窃虚名的大人物，我虽瞧他不起，但是他的香火子孙，遍地皆是，捧着他的热屁当香，学着他的丑态算媚。我现在要给他刻集子，看见里头很多不通的，欺人的，错误的，我要给他大大改削，免得贻误后学！从前他改我的文章，我挨了无数次的打，现在轮到我手里，一施一报，天道循环，我就请了他神主出来，遇着不通的敲一下，欺人的两下，错误的三下，也算小小报了我的宿仇。'我问道：'儿子怎好向父亲报仇？'他笑道：'我已给他报了大仇，开这一点子的小玩笑，他一定含笑忍受的了。'我道：'你替老太爷报了什么仇？'他很郑重的道：'你当我老子是好死的吗？他是被满洲人毒死在丹阳的。我老子和我犯了一样的病，喜欢和女人往来。他一生恋史里的人物，差不多上自王妃，下至乞丐，无奇不有。他做宗人府主事时候，管宗人府的便是明善主人，是个才华盖世的名王。明善的侧福晋，叫做太清西林春，也是个艳绝人寰的才女，闺房唱和，流

忽听里面拍的一声

布人间。明善做的词，名《西山樵唱》；太清做的词，名《东海渔歌》。韵事闲情，自命赵孟頫管仲姬，不过尔尔。我老子也是明善的座中上客，酒酣耳热，虽然许题笺十索，却无从平视一回。有一天，衙中有事，明善恰到西山，我老子跟踪前往。那日，天正下着大雪，遇见明善和太清并辔从林子里出来。太清内家装束，外披着一件大红斗篷，映着雪光，红的红，白的白，艳色娇姿，把他老人家的魂摄去了。从此日夜相思，甘为情死。但使无青鸟，客少黄衫，也只好藏之心中罢了。不想孽缘凑巧，好事飞来，忽然在逛庙的时候，彼此又遇见了。我老子见明善不在，就大着胆上去，说了几句蒙古话。太清也微笑的回答。临行，太清又说了明天午后东便门外茶馆一句话。我老子猜透是约会的隐语，喜出望外。次日，不问长短，就赶到东便门外。果见离城百步，有一爿破败的小茶馆，他便走进去，拣了个座头，喊茶博士泡了一壶茶，想在那里老等。谁知这茶博士拿茶壶来时，就低声问道："尊驾是龚老爷吗？"我老子应了一声"是"。他就把我老子领到里间，早见有一个粗眉大眼，戴着毡笠，赶车样儿的人，坐在一张桌上，一见我老子就很足恭的请他坐。我老子问他："你是谁？"他显出刁滑的神情道："你老不用管，你先喝一点茶，再和你讲。"我老子正走得口渴，本想润润喉，端起茶碗来，咽都咽都的倒了大半碗。谁知这茶不喝便罢，一到肚，不觉天旋地转的一阵头晕，硼的一声倒了。'"

爱林正说到这里，那边百灵台上钱唐卿忽然喊道："难道龚定庵就这么糊里糊涂的给他们药死了吗？"爱林道："不要慌，听我再说！"正是：

为振文风结文社，却教名士殉名姬。

欲知定庵性命如何，且听下文细表。

第四回　光明开夜馆福晋呈身　康了困名场歌郎跪月

话说上回褚爱林正说到定庵喝了茶博士的茶晕倒了，唐卿着慌的问。爱林叫他不要慌，说："我们老太爷的毒死，不是这一回。"正待说下去，珏斋道："唐卿，你该读过《定庵集》，据他送广西巡抚梁公序里，做宗人府主事时，是道光十六年丙申岁。到十八年，还做了一部《商周彝器文录》，补了《说文》一百四十七个古籀。我做的《说文古籀补》，就是被他触发的，如何会死呢？"公坊道："就是著名的《己亥杂诗》三百十五首，也在宗人府当差两年以后哩。"雯青道："你们不要谈考据，打断她的话头呢！爱林，你快讲下去。"

爱林道："他说：'我老子晕倒后，人事不知。等到醒来，忽觉温香扑鼻，软玉满怀，四肢无力，动弹不得。睁眼看时，黑洞洞一丝光影都没有。可晓得那所在，不是个愁惨的石牢，倒是座缥缈的仙闼。头倚绣枕，身裹锦衾。衾里面，紧贴身朝外睡着个娇小玲珑的妙人儿，只隔了薄薄一层轻绡衫裤，渗出醉人的融融暖气，透进骨髓。就大着胆，伸过手去抚摩，也不抵拦，只觉得处处都是腻不留手。那时他老人家暗忖，常听人说，京里有一种神秘的黑车，往往做宫娃贵妇的方便法门，难道西林春也玩这个把戏吗？到底被里的是不是她呢？就忍不住低低的询问了几次。谁知凭你千呼万唤，只是不应。又说了几句蒙古话，还是默然。可是一条玉臂，已渐渐伸了过来，身体也婉转的昵就，彼此都不自主的唱了一出爱情哑剧。虽然手足传情，却已心魂入化，不觉相偎相倚的沉沉睡去了。

'正酣适间，耳畔忽听古古的一声雄鸡，他老人家吓得直坐起来，暗道："不好！"揉揉眼，定定神，好生奇怪，原来他还安安稳稳睡在自己家里书室中的床上。想道:“难道我做了几天的梦吗?茶馆,仙闼,锦被,美人,都是梦吗?”急得一迭连声喊人来。等到家人进来,他问自己昨天几时回来的?家人告诉他,昨天一夜在外,直到今天天一亮,明贝勒府里打发车送回来的。回来时,还是醉得人事不知,大家半扶半抱的才睡到这床上。我老子听了家人的话,才明白昨夜的事,果然是太清弄的狡狯,心里自然得意,但又不明白自己如何睡得这么死?太清如何弄他回来?心里越弄越糊涂,觉得太清又可爱,又可怕了。

‘隔了几天,他偶然游厂甸,又遇见太清,一见面,太清就对着他含情的一笑。他留心看她那天,一个男仆都没带,只随了个小鬟,这明明是有意来找他的,但态度倒装的益发庄重。他鼓勇的走上去,还是用蒙古话,转着弯,先试探昨夜的事。太清笑而不答。后来被他问急了,才道:“假使真是我,你怎么样呢?”他答道:“那我就登仙了!但是仙女的法术太大,把人捉弄到云端里,有些害怕了!”太清笑道:“你害怕,就不来。”他也笑道:“我便死,也要来。”于是两人调笑一回,太清终究倾吐了衷情,约定了六月初九夜里,趁明善出差,在邸第花园里的光明馆相会。这一次的幽会,既然现了庄严宝相,自然分外绸缪。从此月下花前,时相来往。

‘忽一天,有个老仆,送来密缝小布包一个。我老子拆开看时,内有一笺,笺上写着娟秀的行书数行,认得是太清笔迹:

> 我曹事已泄,妾将被禁。君速南行,迟则祸及。附上毒药粉一小瓶,鸩人无迹,入水,色绀碧,味辛,刺鼻,慎兹色味,勿近!恐有人鸩君也。香囊一扣,佩之胸,当可以醒迷,不择迷药或迷香,此皆禁中方也。别矣,幸自爱!

‘我老子看了,连夜动身回南。过了几年,倒也平安无事,戒备之心,渐渐忘了。不料那年行至丹阳,在县衙里,遇见了一个宗人府的同事,便是他当日的赌友。那人投他所好,和他摇了两夜的摊。一夜回来,觉得不适,忽想起才喝的酒味,非常刺鼻,道声不好,知道中了毒。临死,把这事详细的告诉了我,嘱我报仇。他平常虽然待我不好,到底是我父亲,我从此就和满人结了不共戴天的深仇。庚申之变,我辅佐威妥玛，原想推翻满清，手刃明善的儿孙。虽然不能全达目的，烧了圆明园，也算尽了我做儿的一点责任。人家说我汉奸也好，说我排满也好，由他们去吧！'

"这一段话，是孝珙亲口对我说的，想来总是真情。若说孝珙为人，脾气虽然古怪，待人倒很义气。就是打发我们出来，固然出于没法，而且出来的不止我一人，还有个姓汪的，是他第二妾，也住在这里，他一般的给了许多东西，时常有信来问长问短。姓汪的有些私房，所以还不肯出来见客。我是没法，才替他丢脸。我原名傅珍珠，是在烟台时依着假母的姓，褚是我的真姓，爱林是小名，真名实在叫做畹香。人家倒冤枉我卷逃！金大人，你想我的命苦不苦呢？"

雯青听完这一席话，笑向大家道："俗语说得好：一张床上，说不出两样话。你们听，爱林的话，不是句句护着孝珙吗？"唐卿道："孝珙的行为，虽然不足为训，然听他的议论思想，也有独到处，这还是定庵的遗传性。"公坊道："定庵这个人，很有关于本朝学术系统的变迁。我常道本朝的学问，实在超过唐、宋、元、明，只为能把大家的思想，渐渐引到独立的正轨上去。若细讲起来，该把这二百多年，分做三个时期：第一个时期，是开创时期，就是顾、阎、惠、戴诸大儒，能提出实证的方法来读书，不论一名一物，都要切实证据，才许你下论断，不能望文生义，就是圣经贤传，非经过他们自己的一番考验，不肯瞎崇拜；第二时期，是整理时期，就是乾嘉时毕、阮、孙、洪、钱、王、段、桂诸家，把经史诸子，校正辑补，向来不可解的古籍，都变了文从字顺；第三时期，才是研究时期，把古人已整理的书籍，进了一层，研求到意义上去，所以出了魏默深、龚定庵一班人，发生独立的思想，成了这种惊人的议论。依我看来，这还不过是思想的萌芽哩！再过几年，只怕稷下、骊山争议之风，复见今日。本朝学问的统系，可以直接周秦，两汉且不如，何论魏晋以下！"珏斋道："就论金石，现在的考证方法，也注意到古代的社会风俗上，不专论名物字画了。"于是大家谈谈讲讲，就摆上台面来，自然请雯青坐了首席，其余依齿坐了。酒过三巡，烛经数跋，揆今吊古，赏奇析疑，醉后诙谐，成黄车之掌录；麈余咳吐，亦青琐之轶闻，直到漏尽钟鸣，方始酒阑人散。

却说公坊这次来苏，原为约着雯青、唐卿、珏斋同伴入都，次日大家见面，就把这话和雯青说明了，雯青自然极口赞成。又知道公坊是要趁便应顺天乡试的，不能迟到八月，好在自己这回请假回来，除了省亲接眷，也无别事，当下就商定了行期，各自回去料理行装，说定在上海会齐。

匆匆过了一个月，那时正是七月初旬，炎蒸已过，新凉乍生，雯青就别了老亲，带了夫人，唐卿、珏斋也各携眷属，只有公坊是一肩行李，两个书童，最为潇洒。大家到了上海，上了海轮，海程迅速，不到十天，就到了北京。

雯青、唐卿、珏斋三人，不消说，都已托人租定了寓所，大家倒都要留公坊去住。公坊弄得左右为难，索性一家都不去，反一个人住到顺治门大街的毗陵公寓里去。从此，就和雯青、唐卿、珏斋常常来往。肇廷本先在京，朋友聚在一起，着实热闹。而且这一班人，从前大半在含英社里出过风头的，这回重到首善之区，见多识广，学问就大不同了，把“且夫尝思”，都丢在脑后，一见面，不是谈小学经史，就是讲诗古文词；不是赏鉴版本，就是搜罗金石。雯青更加读了些徐松龛《瀛环志略》，陈资斋《海国见闻录》，魏默深《海国图志》，渐渐博通外务起来，当道都十分器重。还有同乡潘八瀛尚书宗荫，龚和甫尚书平，常常替他们延誉，同声相应，同气相求，不晓得结识了多少当世名流！隔了两年，菶如竟也中了状元，与雯青先后辉映，也挈眷北来。只有曹公坊考了两次，依然报罢。本想回南，经雯青等劝驾，索性捐了个礼部郎中，留京供职。在公坊并不贪利禄之荣，只为恋友朋之乐，金门大隐，自预雅流；鞠部看花，偶寄馨逸，清雅萧闲的日月，倒也过得快活。闲言少表。

如今且说那一年，又遇到秋试之期。那天是八月初旬，新秋天气，雯青一人闷坐书斋，一阵拂拂的金风，带着浓郁的桂花香，扑进湘帘。抬头一望，只见一丸凉月，初上柳梢。忽然想起今天是公坊进场的日子，晓得他素性落拓，不亲细务，独身作客，考具一切，只怕没人料理。雯青待公坊是非常热心的，便立时预备了些笔墨纸张及零星需用的东西，又嘱张夫人弄了些干点小菜，坐了车，带了亲自去看公坊,想替他整备一下。刚要到公寓门前,远远望见有一辆十三太保的快车,驾着一匹剪鬃的红色小川马,寓里飘飘洒洒跑出一个十五六岁华装夺目的少年,跳上车,放下车帘,车夫几声“得得于于”,那车子飞快的往前走了。雯青一时没看清脸庞,看去好像是个相公模样,暗想是谁叫的呢?转念道:“不对,今天谁还有工夫叫条子呢!嘎,不要是景龢堂花榜状元朱霞芬吧?他的名叫菱云,他的绰号却叫小表嫂。肇廷曾告诉过我,就为和公坊的关系,朋友和他开玩笑,公坊名以表,大家就叫他一声表嫂,谁知从此就叫出名了。此刻或者也是来送场的。”

雯青一头想着,一头下车往里走。长班要去通报,雯青说“不必”,说着就一径向公坊住的那三间屋里去,跨上阶沿就喊道:“公坊,你倒瞒着人,在这里独乐!”公坊披着件夏布小衫,趿着鞋在卧室里懒懒散散的迎出来道:“什么独乐不独乐的乱喊?”雯青笑道:“才在你这里出去的是谁?”公坊哈哈一笑道:“我道是什么秘事给你发觉,原来你说的是菱云!我并没瞒人。”雯青道:“不瞒人,你为什么没请我去吃过一顿便饭?”公坊道:“不忙,等我考完了,自然我要请你呢!”雯青笑道:“到那时,我是要恭贺你和小表嫂的金榜挂名,洞房花烛了。”公坊道:“连小表嫂的典故,你都知道了,还冤我瞒你!不过金榜挂名是梦话,洞房花烛倒是实录。我说考完请你,就是请你吃菱云的喜酒。”雯青道:“菱云已出了师吗?这个老斗是谁呢?老婆又谁给他讨的?”公坊只是微微的笑,顿了一顿道:“发乎情,止乎礼,世上无伯牙,个中有红拂,行乎其所不得不行罢了。”雯青道:“这么说,公坊兄就是个护花使者了。这个喜酒,我自然不客气的要吃定。现在且不说这个,明天一早,你要进场,我是特地来送你的。你向来不会管这些事,考具理好了没有?不要临时缺长少短,不如让我来替你拾掇一下,总比你两位贵童要细腻熨帖些。我内人也替你做了几样干点小菜,也带了来。”说时,就喊仆人拿进一个小篮儿。

公坊再三的道谢,一面也叫小童松儿、桂儿搬了理好的一个竹考篮,一个小藤箱,送到雯青面前道:“胡乱的也算理过了,请雯兄再替我检点检点吧!”雯青打开看时,见藤箱里放的是书籍和鸡鸣炉、号帘、墙围、被褥、枕垫、钉锤等。三屉槅考篮里，下层是笔墨、稿纸、挖补刀、浆糊等，中层是些精巧的细点，可口的小肴，上层都是米盐酱醋鸡蛋等的食料，预备得整整有条，应有尽有。不觉诧异道："这是谁给你弄的？"公坊道："除了菱云，还有谁呢？他今儿个累了整一天，点心和菜，都是他在这里亲手做的。雯兄，你看他不是无事忙吗？只怕白操心，弄得还是不对罢！"雯青道："罪过！罪过！照这种抠心挖胆的待你，不想出在堂名中人。我想迦陵的紫云，灵岩的桂官，算有此香艳，决无此亲切。我倒羡你这无双艳福！便回回落第，也是情愿。"公坊笑了一笑。当下雯青仍把考具归理好了，把带来的笔墨，也加在里面。看看时候不早，怕耽搁了公坊的早睡，临行约好到末场的晚间，再来接考，就走了。

在考期里头，雯青一连数日，不曾来看公坊，偶然遇见肇廷，把在毗陵公寓遇见的事告诉了。肇廷道："霞芬是梅慧仙的弟子，也是我们苏州人。那妮子向来高着眼孔，不大理人。前月有个外来的知县，肯送千金给他师傅，要他陪睡一夜，师傅答应了，他不但不肯，反骂了那知县一顿跑掉了，因此好受师傅的责罚。后来听说有人给他脱了籍，倒想不到就是公坊。公坊名场失意，也该有个钟情的璧人，来弥他的缺陷。"于是大家又慨叹了一回。

匆匆过了中秋，雯青屈指一算，那天正是出场的末日，到了上灯时候，就来约了肇廷，同向毗陵公寓而来。到了门口，并没见有前天的那辆车子，雯青低低对肇廷道："只怕他倒没有来接吧！你看门口没他的车。"肇廷道："不会不来吧！"两人一递一声的说话，已走进寓门。寓里看门的知是公坊熟人，也不敢拦挡。两人刚踏上一个方方的广庭，只见一片皎洁的月光，正照在两棵高出屋檐的梧桐顶上，庭中一半似银海一般的白，一半却迷离惝恍，摇曳着桐叶的黑影。在这一搭白一搭黑的地方，当天放着一张茶几，几上供着一对红烛，一炉檀香，几前地上伏着一个人。仔细一认，看他头上梳着淌三股乌油滴水的大松辫，身穿藕粉色香云纱大衫，外罩着宝蓝韦陀银一线滚的马甲，脚蹬着一双回文嵌花绿皮薄底靴，在后影中揣摩，已有遮掩不住的一种婀娜动人姿态，此时俯伏在一个拜垫上，嘴里低低的咕哝。肇

廷指着道:"咦,那不是霞郎吗?"雯青摇手道:"我们别声张,看他做什么,为甚事祷告来!"正是:

此生欲问光明殿,一样相逢沦落人。

不知霞郎为甚祷告,且听下回分解。

第五回 开樽赖有长生库 插架难遮素女图

话说雯青看见霞芬伏在拜垫上，嘴里低低的祷告，连忙给肇廷摇手，叫他不要声张。谁知这一句话，倒惊动了霞芬，疾忙站了起来，连屋里面的书童松儿也开门出来招呼。雯青、肇廷和霞芬，本来在酬应场中认识的，肇廷尤其熟络。当下霞芬看见顾、金二人，连忙上前叫了声"金大人，顾大人"，都请了安。雯青在月光下留心看去，果然好个玉媚珠温的人物，吹弹得破的嫩脸，钩人魂魄的明眸，眉翠含颦，靥红展笑，一张小嘴，恰似新破的榴实，不觉看得心旌摇曳起来。暗想："谁料到不修边幅的曹公坊，倒遇到这段奇缘！我枉道是文章魁首，这世里可有这般可意人来做我的伴侣！"

雯青正在胡思乱想，肇廷早拉了霞芬的手笑问道："你志志诚诚的烧天香，替谁祷告呀？"霞芬胀红脸笑着道："不替谁祷告，中秋忘了烧月香，在这里补烧哩。"阶上站着一个小童松儿插嘴道："顾大人，不要听朱相公瞎说，他是替我们爷求高中的！他说：'举人是月宫里管的，只要吴刚老爹修桂树的玉斧砍下一枝半枝，肯赐给我们爷，我们爷就可以中举，名叫蟾宫折桂。'从我们爷一进场，他就天天到这里对月碰头，头上都碰出桂圆大的疙瘩来。顾大人不信，你验验看。"

霞芬瞪了松儿一眼，一面引着顾、金两人向屋里走，一面说道："顾大人别信这小猴儿的扯慌。我们爷今天老早出场，一出场就睡，直睡到这会儿还没醒。请两位大人书房候一会儿，我去叫醒他。"肇廷嘻着嘴挨到霞芬脸上道："是几时孟光接了梁鸿案，曹老爷变了你们的？我倒还不晓得呢！"霞芬知道失口，搭讪着强辩道："我是顺着小猴儿嘴说的，顾大人又要挑眼儿了，我不开口了！"说着已进了厅来。

肇廷好久不来，把屋宇看了一周遭，向雯青道："你看屋里的图书字画，家伙器皿，布置得清雅整洁，不像公坊以前乱七八糟的样子了，这是霞郎的成绩。"雯青笑道："不知公坊几生修得这个贤内助呀！"霞芬只做不听见，也不进房去叫公坊，倒在那里翻抽屉。雯青道："怎么不去请你们的爷呢？"霞芬道："我要拿曹老爷的场作给两位看。"肇廷道："公坊的场作，不必看就知道是好的。"霞芬道："不这么讲。每次场作，他自己说好，老是不中。他自己一得意，更糟了，连房都不出了。这回他却很懊恼，说做得臭不可当。我想他觉道坏，只怕倒合了那些大考官的胃口，倒大有希望哩！所以要请两位看一看。"说完话，正把手里拿着个红格文稿递到雯青手里。只听里边卧房里，公坊咳了声嗽，喊道："霞芬，你嘁嘁喳喳和谁说话？"霞芬道："顾大人、金大人在这里看你，来一会子了，你起来吧。"公坊道："请他们坐一坐，你进来，我有话和你说。"霞芬向金、顾两人一笑，一扭身进了房。只听一阵悉悉索索穿衣服的声音，又低低讲了一回话，霞芬笑眯眯的先出来，叫桂儿跟着一径往外去了。

这里公坊已换上一身新制芝麻地大牡丹花的白纱长衫，头光面滑的才走出卧房来，向金、顾两人拱拱手道："对不起，累两位久候了！"雯青道："我们正在这里拜读你的大作。奇怪得很，怎么你这回也学起烂污调来了？"公坊劈手就把雯青拿的稿子抢去，望字纸篓里一摔道："再不要提这些讨人厌的东西！我们去约唐卿、珏斋、莘如，一块儿上菱云那里去。"肇廷道："上菱云那里做什么？"雯青道："不差，前天他约定的，去吃霞芬的喜酒。"肇廷道："霞芬不是出了师吗？他自立的堂名叫什么？在那里呢？"公坊道："他自己的，还没定，今天还借的景龢堂梅家。"

公坊一壁说，一壁已写好了三个小简，叫松儿交给长班分头去送，并吩咐雇一辆干净点儿的车来。松儿道："不必雇，朱相公的车和牲口都留在后头车厂里给爷坐的，他自己是走了去的。"公坊点了点头，就和雯青、肇廷说："那么我们到那边谈吧。"

于是一行人都出了寓门，来到景龢堂。只见堂里敷设的花团锦簇，桂馥兰香，挂起五凤齐飞的彩绢宫灯，铺上双龙戏水的层绒地毯，饰壁的是北宋院画，插架的是宣德铜炉，一几一椅，全是紫榆水楠的名手雕工，中间已搬上一桌山珍海错的盛席，许多康彩乾青的细磁。霞芬进进出出，招呼得十二分殷勤。那时唐卿、珏斋也都来，只有莘如姗姗来迟，大家只好先坐了。霞芬照例到各人面前都敬了酒，坐在公坊下肩。肇廷提议叫条子，唐卿、珏斋也只好随和了。肇廷叫了琴香，雯青叫了秋菱，唐卿叫了怡云，珏斋叫了素云。真是翠海香天，金樽檀板，花销英气，酒祓清愁；尽旅亭画壁之欢，胜板桥寻春之梦。须臾，各伶慢慢的走了，霞芬也抽空去应他的条子。

这里主客酬酢，渐渐雌黄当代人物起来。唐卿道："古人说京师是个人海，这话是不差，任凭讲什么学问，总有同道可以访求的。"雯青道："说的是。我想我们自从到京后，认得的人也不少了，大人先生，通人名士，都见过了，到底谁是第一流人物？今日没事，大家何妨戏为月旦！"公坊道："那也不能一概论的，以兄弟的愚见，分门别类比较起来，挥翰临池，自然让龚和甫独步；吉金乐石，到底算潘八瀛名家；赋诗填词，文章尔雅，会稽李治民纯客是一时之杰；博闻强识，不名一家，只有北地庄寿香芝栋为北方之英。"肇廷道："丰润庄仑樵佑培，闽县陈森葆琛何如呢？"唐卿道："词锋可畏，是后起的文雄。再有瑞安黄叔兰礼方，长沙王忆莪仙屺，也都是方闻君子。"公坊道："旗人里头，总要推祝宝廷名溥的是标标的了。"唐卿道："那是，还有一个盛伯怡呢。"雯青道："讲西北地理的顺德黎石农，也是个风雅总持。"珏斋道："这些人里头，我只佩服两庄，是用世之才。庄寿香大刀阔斧，气象万千，将来可以独当一面，只嫌功名心重些；庄仑樵才大心细，有胆有勇，可以担当大事，可惜躁进些。"

四人正在评论得高兴，忽外面走进个人来，见是莘如，大家迎入。莘如道："朝廷后日要大考了，你们知道么？"大家又惊又喜的道："真的么？"莘如道："今儿衙门里掌院说的，明早就要见上谕了。可怜那一班老翰林，手是生了，眼是花了，得了这个消息，个个急得屁滚尿流，琉璃厂墨浆都涨了价了。正是应着句俗语，叫'急来抱佛脚'了。"大家谈笑了一回，到底心中有事，各辞了公坊自去。

一径上保和殿来，那时考的人已纷纷都来了

次日，果然下了一道上谕，着翰詹科道，在保和殿大考。雯青不免告诉夫人，同着料理考具。张夫人本来很贤惠很能干的，当时就替雯青置办一切，缺的添补，坏的修理，一霎时齐备了。雯青自己在书房里，选了几支用熟的紫毫，调了一壶极匀净的墨浆。原来调墨浆这件事，是清朝做翰林的绝大经济，玉堂金马，全靠着墨水翻身。墨水调得好，写的字光润圆黑，主考学台，放在荷包里；墨水调得不好，写的字便晦蒙否塞，只好一世当穷翰林，没得出头。所以翰林调墨，与宰相调羹，一样的关系重大哩。

闲言少叙。到了大考这日，雯青天不亮就赶进内城，到东华门下车，背着考具，一径上保和殿来。那时考的人，已纷纷都来了。到了殿上，自己把小小的一个三折叠的考桌支起，在殿东角向阳的地方支好了。东张西望，找着熟人，就看见唐卿、珏斋、肇廷都在西面，菶如却坐在自己这一边，桌上摊着一本白折子，一手遮着，怕被人看见的样子，低着头，在那里不知写些什么。雯青一一招呼了。忽听东首有人喊着道："寿香先生来了，请这里坐吧！"雯青抬头一望，只见一个三寸丁的矮子，猢狲脸儿，乌油油一嘴胡子根，满头一寸来长的短头发，身上却穿着一身簇新的纱袍褂，怪模怪样，不是庄寿香是谁呢？也背着一个藤黄方考箱，就在东首，望了一望，挨着第二排，一个方面大耳很气概的少年右首，放下考具，说道："仑樵，我跟你一块儿坐吧！"雯青仔细一看，方看清正是庄仑樵，挨着仑樵右首坐的，便是祝宝廷，暗想："这三位宝贝，今朝聚在一块儿了。"

不多会儿，钦命题下来，大家咿咿哑哑的吟哦起来，有搔头皮的，有咬指甲的，有坐着摇摆的，有走着打圈儿的；另有许多人却挤着庄寿香，问长问短，寿香手舞足蹈的讲，他们听。看看太阳直过，大家差不多完了一半，只有寿香还不着一字。宝廷道："寿香前辈，你做多少了？"寿香道："文思还没来呢！"宝廷接着笑道："等老前辈文思来了，天要黑了，又跟上回考差一样，交白卷了。"

雯青听着好笑，自己赶着带做带写。又停一回，听见有人交卷，抬头一看，却是庄仑樵，归着考具，得意扬扬的出去了。雯青也将完卷，只剩首"赋得"诗，连忙做好誊上，看一遍，自觉还好，没有毛病，便见唐卿、珏斋也都走来。莘如喊道："你们等等儿，我要挖补一个字呢！"唐卿道："我替你挖一挖好么？"莘如道："也好。"唐卿就替他补好了。雯青看着道："唐卿兄挖补手段，真是天衣无缝。"随着肇廷也走来。于是四人一同走下殿来，却见庄寿香一人背着手，在殿东台级儿上走来走去，嘴里吟哦不断，不提防雯青走过，正撞了满怀，就拉着雯青喊道："雯兄，快来欣赏小弟这篇奇文！"恰好祝宝廷也交卷下来，就向殿上指着道："寿香，你看殿上光都没了，还不去写呢！"寿香听着，顿时也急起来，对雯青等道："你们都来帮我胡弄完了吧！"大家只好自己交了卷，回上殿来，替他同格子的同格子，调墨浆的调墨浆。唐卿替他挖补，莘如替他拿蜡台，寿香半真半草的胡乱写完了，已是上灯时候。大家同出东华门，各自回家歇息去了。

过了数日放出榜来，却是庄仑樵考了一等第一名，雯青、唐卿也在一等，其余都是二等。仑樵就授了翰林院侍讲学士，雯青得了侍讲，唐卿得了侍读。寿香本已开过坊了，这回虽考得不高，倒也无荣无辱。

却说雯青升了官，自然有同乡同僚的应酬，忙了数日。这一日，略清静些，忽想到前日仑樵来贺喜，还没有去答贺，就叫套车，一径来拜仑樵。他们本是熟人，门上一直领进去。刚走至书房，见仑樵正在那里写一个好像折子的样子，见雯青来，就望抽屉里一摔，含笑相迎。彼此坐着，讲些前天考试的情形，又讲到寿香狼狈样子，说笑一回。看看已是午饭时候，仑樵道："雯青兄，在这里便饭吧！"雯青讲得投机，就满口应承。仑樵脸上却顿了一顿，等一回，就托故走出，去叫着个管家，低低说了几句，就进来了。仑樵进来后，却见那个管家在上房走出，手里掮着一包东西出去了。雯青也不在意，只是腹中饥炎上焚，难过得很，却不见饭开上来。仑樵谈今说古，兴高采烈，雯青只好勉强应酬。直到将交未末申初，始见家人搬上筷碗，拿上四碗菜，四个碟子。仑樵让坐，雯青已饿极，也不客气，拿起饭来就吃，却是半冷不热的，也只好胡乱填饱就算了。

正吃得香甜时，忽听得门口大吵大闹起来，仑樵脸上忽红忽白。雯青问是何事，仑樵尚未回答，忽听外面一人高声道："你们别拿官势吓人，别说个把穷翰林，就是中堂王爷，吃了人家米，也得给银子！”——你道外面吵的是谁？原来仑樵欠了米店两个月的米帐，没钱还他，那店伙天天来讨，总是推三宕四，那讨帐人发了急，所以就吵起来。仑樵做了开坊的大翰林，连饭米钱都还不起，说来好像荒唐。那里知道仑樵，本来幼孤，父母不曾留下一点家业，小时候全靠着一个堂兄抚养。幸亏仑樵读书聪明，科名顺利，年纪轻轻，居然巴结了一个翰林，就娶了一房媳妇，奁赠丰厚。仑樵生性高傲，不愿依人篱下，想如今自己发达了，看看妻财也还过得去，就胆大谢绝了堂兄的帮助，挈眷来京，自立门户。谁知命运不佳，到京不到一年，那夫人就过去了。仑樵又不善经纪，坐吃山空，当尽卖绝，又不好吃回头草，再央求堂兄。到了近来，连饭都有一顿没一顿的。自从大考升了官，不免有些外面应酬，益发支不住，说也可怜，已经吃了三天三夜白粥了。奴仆也渐渐散去，只剩一两个家乡带来的人，终日怨恨着。——这日一早起来，喝了半碗白粥，肚中实在没饱，发恨道：“这瘟官做他干吗？我看如今那些京里的尚侍，外省的督抚，有多大能耐呢？不过头儿尖些，手儿长些，心儿黑些，便一个个高车大马，鼎烹肉食起来！我那一点儿不如人？就穷到如此！没顿饱饭吃，天也太不平了！”越想越恨，忽然想起前两天，有人说浙闽总督纳贿卖缺一事，又有贵州巡抚侵占饷项一事，还有最赫赫的直隶总督李公许多骄奢罔上的款项，却趁着胸中一团饥火，夹着一股愤气，直冲上喉咙里来，就想趁着现在官阶，可以上折子的当儿，把这些事情，统做一个折子，着实参他们一本，出出恶气，又显得我不畏强御的胆力。便算因此革了官，那直声震天下，就不怕没人送饭来吃了，强如现在庸庸碌碌的干瘪死！主意定了，正在细细打起稿子，不想恰值雯青走来，正是午饭时候，顺口虚留了一句，谁知雯青竟要吃起来。

仑樵没奈何，拿件应用的纱袍子，叫管家当了十来吊钱，到饭庄子买了几样菜，遮了这场面。却想不到不做脸的债主儿，竟吵到面前，顿时脸上一红道：“那东西混账极了！兄弟不过一时手头不便，欠了他几个臭钱，兄弟素性不肯恃势欺人，一直把好言善语对付他，他不知好歹，倒欺上来了！好人真做不得！”说罢，高声喊着：“来！来！”

就只见那当袍子的管家走到。仑樵圆睁着眼道："你把那混账讨账人，给我捆起来！拿我片子送坊去，请坊里老爷好好的重办一下子，看他还敢硬讨么！"那管家有气没气慢慢的答应声着，却背脸儿冷笑。

雯青看着，不得下台，就劝仑樵道："仑樵兄，你别生气！论理这人情实可恶，谁没个手松手紧，欠几个钱打甚么紧，又不赖他，便这般放肆！都照这么着，我们京官没得日子过了，该应重办！不过兄弟想现在仑兄新得意，为这一点小事，办一个小人，人家议论不犯着。"一面就对那管家道："你出去说，叫他不许吵，庄大人为他放肆，非但不给钱，还要送坊重办哩！我如今好容易替他求免了，欠的账，叫他到我那里去取，我暂时替庄大人垫付些就得了！"那管家诺诺退下。仑樵道："雯兄真大气量！依着兄弟，总要好好儿给他一个下马威，有钱也不给他。既然雯兄代弟垫了，改日就奉还便了。"雯青道："笑话了，这也值得说还不还！"说着，饭也吃完，那米店里人也走了，雯青作别回家，一宿无话。

次日早上起来，家人送上京报，却载着"翰林院侍讲庄佑培递封奏一件"，雯青也没很留心。又隔一日，见报上有一道长上谕，却是有人奏参浙闽总督和贵州巡抚的劣迹，还带着合肥李公，旨意很为严切，交两江总督查办。下面便是接着召见军机庄佑培。雯青方悟到这参案，就是仑樵干的，怪不得前日见他写个好像折子一样的。当下丢下报纸，就出门去了。这日会见的人，东也说仑樵，西也说仑樵，议论纷纷，哄动了满京城。顺便到珏斋那里，珏斋告诉他仑樵上那折子之后，立刻召见，上头问了两个钟头的话，才下来，着实奖励了几句哩！

雯青道："仑樵的运气快来了。"这句话，原是雯青说着玩的。谁知仑樵自那日上折，得了个采，自然愈加高兴。横竖没事，今日参督抚，明日参藩臬，这回劾六部，那回劾九卿，笔下又来得，说的话锋利无比，动人听闻。枢廷里有敬王和高扬藻、龚平，暗中提倡，上头竟说一句听一句起来，半年间那一个笔头上，不知被他拔掉了多少红顶儿。满朝人人侧目，个个惊心，他到处屁也不敢放一个。就是他不在那里，也只敢密密切切的私语，好像他有耳报神似的。仑樵却也真利害，常常有人家房闱秘事，曲室密谈，不知怎地被他囫囫囵囵的全端出来，于是愈加神鬼一样的怕他。说也奇怪，人家愈怕，仑樵却愈得意，米也不愁没了，钱也不愁少了，车马衣服也华丽了，房屋也换了高大的了。正是堂上一呼，堂下百诺，气焰熏天，公卿倒屣。门前车马，早晚填塞，雯青有时去拜访，十回倒有九回道乏，真是今昔不同了。还有庄寿香、黄叔兰、祝宝廷、何珏斋、陈森葆一班人跟着起哄，京里叫做"清流党"的"六君子"，朝一个封奏，晚一个密折，闹得鸡犬不宁，烟云缭绕，总算得言路大开，直臣遍地，好一派圣明景象。话且不表。

却说有一日黄叔兰丁了内艰，设幕开吊。叔兰也是清流党人，京官自大学士起，那一个敢不来吊奠！衣冠车马，热闹非常。这日雯青也清早就到，同着唐卿、莑如、公坊几个熟人，聚在一处谈天。一时间，寿香、宝廷陆续都来了。大家正在遍看那些挽联挽诗，评论优劣。寿香忽然喊道："你们来看仑樵这一付，口气好阔大呀！"唐卿手里拿着个白玉烟壶，一头闻着烟，走过去抬头一望，挂在正中屏门上一付八尺来长白绫长联，唐卿就一字一句的读出来道：

看范孟博立朝有声，尔母曰教子若斯，我瞑目矣！

郊张江陵夺情未忍，天下惜伊人不出，如苍生何？

唐卿看完，摇着头说："上联还好，下联太夸大了，不妥，很不妥！"宝廷也跟在唐卿背后看着，忽然叹口气道："仑樵本来闹得太不像了，这种口角，都是惹人侧目的。清流之祸，我看不远了！"

正说着，忽有许多人招呼叫别声张。一会儿，果然满堂肃静无哗，人丛中走出四个穿吉服的知宾，恭恭敬敬，立在厅檐下候着。雯青等看这个光景，知道不知是那个中堂来了。原来京里丧事，知宾的规矩，有一定的：王爷中堂来吊，用四人接待；尚书侍郎用二人；其余都是一人。现在见四人走出，所以猜是中堂。谁知远远一望，却见个明蓝顶儿，胖白脸儿，没胡子的赫赫有名的庄大人，一溜风走了进来。四个知宾，战兢兢的接待不迭。庄大人略点点头儿，只听云板三声，一直到灵前行礼去了。礼毕出堂，换了吉服。四面望了望，看见雯青诸人，都在一堆里，便走过来，作了一个总揖道："诸位恭喜，兄弟刚在里头出来，已得了各位的喜信了。"大家倒愕着不知所谓。仑樵就靴统里抽出一个小小护书,护书里拔出一张半片的白折子,递给雯青手里。雯青与诸人同看。——原来那折上,写着某日奉上谕,江西学政着金沟去,陕甘学政着钱端敏去,浙江学政着祝溥去。其余尚有多人,却多不相干,大家也不看了。仑樵又向寿香道:“你是另有一道旨意,补授了山西巡抚了。”寿香愕然道:“你别胡说,没有的事。”仑樵正色道:“这是圣上特达之知,千秋一遇。寿香兄可以大抒伟抱,仰答国恩。兄弟倒不但为吾兄一人私喜,正是天下苍生的幸福哩!”寿香谦逊了一回。

仑樵道:“今日在里头,还得一个消息,越南被法兰西侵占得利害,越南王求救于我朝,朝旨想发兵往救呢!”唐卿道:“法兰西新受了普鲁士战祸,国力还未复元,怎么倒是他首先发难,想我们的属地了?情实可恶!若不借此稍示国威,以后如何驾驭群夷呢?”雯青道:“不然,法国国土,大似英吉利,百姓也非常猛鸷。数十年前有个国王叫拿破仑,各国都怕他,着实利害。近来虽为德国所败,我们与他开衅,到底要慎重些,不要又像从前吃亏。”寿香道:“从前吃亏,都是自己不好,引虎入门,不必提了。至于庚申之变,事起仓卒,又值发逆扰乱,我们不能两顾,倒被他们得了手,因此愈加自大起来。现在事事想来要挟,我们正好趁着他们自骄自满之时,给他一个下马威,显显天朝的真威力,看他们以后再敢做夜郎吗!”仑樵拍着手道:“着啊,着啊!目下我们兵力虽不充,还有几个中兴老将,如冯子材、苏元春,都是百战过来的。我想法国地方,不过比中国二三省,力量到底有限,用几个能征惯战之人,死杀一场,必能大振国威,保全藩属,也叫别国不敢正视。诸位道是吗?”大家自然附和了两句。

仑樵说罢,道有事,就先去了。雯青、寿香回头过来,却不见了莑如、公坊,公坊本不喜热闹,莑如因放差没有他,没意思,先走了,也就各自散回。雯青回到家来,那报喜的早挤满一门房,“大人升官”、“大人高发”的乱喊。雯青自与夫人商量,一一从重发付。接着谢恩请训,一切照例的公事,还有饯行辞行的应酬,忙的可想而知。

这日离出京的日子近了,清早就出门,先到龚、潘两尚书处辞了行。从潘府出来,顺路去访曹公坊,见他正忙忙碌碌的在那里收拾归装。——原来公坊那年自以为臭不可当的文章,竟被霞郎估着,居然掇了巍科。但屡踏槐黄,时嗟落叶,知道自己不是金马玉堂中人物,还是跌宕文史,啸傲烟霞,还我本来面目的好,就浩然有南行之志。这几天见几个熟人都外放了,遂决定长行,不再留恋软红了。当下见了雯青,就把这意思说明。雯青说:"我们同去同来,倒也有始有终。只是丢了霞郎,如何是好?"公坊道:"筵席无不散,风情留有余。果使厮守百年,到了白头相对,有何意味呢?"就拿出个手卷,上题《朱霞天半图》,请雯青留题道:"叫他在龙汉劫中留一点残灰吧!"雯青便写了一首绝句,彼此说明,互不相送,就珍重而别。

雯青又到莼如、肇廷、珏斋几个好友处话别,顺路走过庄寿香门口,叫管家投个帖子,一来告辞,二来道贺。帖子进去,却见一个管家走来车旁,请个安道:"这会儿主人在上房吃饭哩!早上却吩咐过,金大人来,请内书房宽坐,主人有话,要同大人说呢。"雯青听着,就下了车。这家人扬着帖子,弯弯曲曲,领雯青走到一个三开间两明一暗的书室。那书室却是外面两间很宽敞,靠南一色大玻璃和合窗,沿窗横放一只香楠马鞍式书桌,一把花梨加官椅,北面六扇纱窗,朝南一张紫檀炕床,下面对放着全堂影木嵌文石的如意椅,东壁列着四座书架,紧靠书架,放着一张紫榆雕刻杨妃醉酒榻,西壁有两架文杏十景厨,厨中列着许多古玩。厨那边却是一扇角门,虚掩着,想通内室的。地下铺着五彩花毯,陈设极其华美。雯青到此,就站住了。那家人道:"请大人里间坐。"说着打起里间帘子,雯青不免走了进来,看着位置,比得外间更为精致。雯青就在窗前一张小小红木书桌旁边坐下,那家人就走了。

雯青也把自己跟人,打发到外边去歇歇。等了一回,不见寿香出来,一人不免郁闷起来,随手翻着桌上书籍,见一本书目,知道还是寿香从前做学台时候的大著作。正想拿来看着消闷,忽然坠下一张白纸,上头有条标头,写着"袁尚秋讨钱冷西檄文",看着诧异。只见上头写的道:

> 钱狗来,告尔狗!尔狗其敬听!我将刳狗腹,刳狗肠,杀狗于狗国之衢,尔狗其慎旃!

帖帖达达走出南窗楠木书桌边

雯青看了，几乎要笑出来，晓得这事也是寿香做学台时候，幕中有个名士叫袁旭，与龚和甫的妹夫钱冷西，在寿香那里争恩夺宠闹的笑话，也就丢在一边。正等得不耐烦，要想走出去，忽听角门呀的一声开了，一阵笑话声里，就有一男一女，帖帖达达走出南窗楠木书桌边。忽又一阵脚声，一个人走回去了，一人坐在加官椅上，低低道："你别走呀，快来呢！"一人站在角门口躲脚道："死了，有人哩！"一人忽高声道："投眼珠的王八，谁叫你来？还不滚出去！"雯青一听那口音，心里倒吓一跳，贴着帘缝一张，见院子里那个接帖的家人，手里还拿着帖子，踉踉跄跄往外跑，角门边却走出个三十来岁涂脂抹粉大脚的妖娆姐儿。那人涎着脸，望那姐儿笑，又招招手儿。姐儿道："清天白日算什么呢！"那人道："我爱的就是清天白日。"姐儿瞅着一眼道："你真爱么？我知道哩，你没良心！从前一脚踢死了太太，太太临死时，对你说来，除非你一生不上床便罢，你要上床，鬼就来捉你，是不是你晚上怕太太的鬼，不敢睡罢咧？"那人顺手拥着姐儿，三脚两步，推倒在书架下的醉杨妃榻上。一面走一面说道："我就舍不得踢死你，我可也不饶你。"这句话，那姐儿从此不言语了。

雯青被书架遮着，看不清楚，听得却不耐烦了，心里又好气，又好笑，逼得饿不可当，几番想闯出来，到底不好意思，仿佛自己做了歹事一般，心毕卜毕卜地跳，气花也不敢往外出。忽听一阵吃吃的笑，也不辨那个。又一会儿，那姐儿出声道："我的爷，你书，招呼着，要倒！"语还未了，硼的一声，架上一大堆书，都望着榻上倒下来。正是：

风宪何妨充债帅，书城从古接阳台。

到底倒下来的书，压着何人，欲明这个哑谜，待我喘过气来，再和诸位讲。

第六回 献绳技谈黑旗战史 听笛声追白傅遗踪

话说雯青在寿香书室的里间，听见那姐儿上气不接下气的说了几句话，砰的一声，架上一大堆书，望榻上倒下来。在这当儿，那姐儿趁势就立起来，发恨道："你只顾自各儿乐，别人的死活，全不管了！枉道你是读书人！怎地不仁，简直是狠心短命的杀人！"说到这里，就缩住了口，嗤的一笑，扑翻身飞也似的跑进角门去了。那人一头理着书，哈哈作笑，也跟着走了。顿时室中寂静。雯青得了这个当儿，恐那人又出来，倒不好开交，连忙蹑手蹑脚的溜出书房，却碰着那家人。那家人满心不安，倒红着脸替主人道歉，说主人睡中觉还没醒哩，明儿个自己过来给大人请安吧。雯青一笑，点头上车。豪奴俊仆，大马高车，一阵风的回家去了。到了家，不免将刚才所见，告诉夫人，大家笑不可仰。雯青想几时见了寿香，好好的问他一问哩。想虽如此，究竟料理出京事忙，无暇及此。

过了几日，放差的人，纷纷出京，唐卿往陕甘去了，宝廷忙往浙江去了，公坊也回常州本籍，过他的隐居生活去了。雯青也带了家眷，择吉长行，到了天津。那时旗昌洋行轮船，我中国已把三百万银子去买了回来，改名招商轮船局，办理这事的，就是莘如在梁聘珠家吃酒遇见的成木生。这件事，总算我们中国在商界上第一件大纪念。这成木生现在正做津海关道，与雯青素有交情，晓得雯青出京，就替他留了一间大餐间。雯青在船上，有总办的招呼，自然格外舒服。不日就到了上海，关防在身，不敢多留，换坐江轮，到九江起岸，直抵南昌省城，接篆进署，安排妥当，自然照常的按棚开考。雯青初次衡文，又兼江西是时文出产之乡，章、罗、陈、艾，遗风未沫，雯青格外细心搜访，不敢造次。

有话即长，无话即短。不觉春来秋往，忽忽过了两年。那时正闹着法越的战事，在先秉国钧的原是敬亲王，辅佐着的便是大学士包钧，协办大学士吏部尚书高扬藻，工部尚书龚平，都是一时人望的名臣。只为广西巡抚徐延旭，云南巡抚唐炯，误信了黄桂兰、赵沃，以致山西北宁连次失守，大损国威。太后震怒，徐、唐固然革职拿问，连敬王和包、高、龚等全班军机也因此都撤退了。军机处换了义亲王做领袖，加上大学士格拉和博，户部尚书罗文名，刑部尚书庄庆藩，工部侍郎祖锺武一班人了。边疆上主持军务的也派定了彭玉麟督办粤军，潘鼎新督办桂军，岑毓英督办滇军，三省合攻，希图规复，总算大加振作了。然自北宁失败以后，法人得步进步，海疆处处戒严，又把庄佑培放了会办福建海疆事宜，何太真放了会办北洋事宜，陈葆琛放了会办南洋事宜。

这一批的特简，差不多完全是清流党的人物，以文学侍从之臣，得此不次之擢，大家都很惊异。在雯青却一面庆幸着同学少年，各膺重寄，正盼他们互建奇勋，为书生吐气；一面又免不了杞人忧天，代为着急，只怕他们纸上谈兵，终无实际，使国家吃亏。

谁知别人倒还罢了，只有上年七月，得了马尾海军大败的消息，众口同声，有说庄仑樵降了，有说庄仑樵死了，却都不确。——原来仑樵自到福建以后，还是眼睛插在额角上，摆着红京官大名士的双料架子，把督抚不放在眼里。闽督吴景，闽抚张昭同，本是乖巧不过的人，落得把千斤重担，卸在他身上。船厂大臣又给他面和心不和。将领既不熟悉，兵士又没感情，他却忘其所以，大权独揽，只弄些小聪明，闹些空意气。那晓得法将孤拔倒老实不客气的乘他不备，在大风雨里架着大炮打来。仑樵左思右想，笔管儿虽尖，终抵不过枪杆儿的凶，崇论宏议虽多，总挡不住坚船大炮的猛，只得冒了雨，赤了脚，也顾不得兵船沉了多少艘，兵士死了多少人，暂时退了二十里，在厂后一个禅寺里躲避一下，等到四五日后调查清楚了，才把实情奏报朝廷。朝廷大怒，不久就把他革职充发了。

雯青知道这事，不免生了许多感慨。在仑樵本身想，前几年何等风光，如今何等颓丧，安安稳稳的翰林不要当，偏要建什么业，立什么功，落得一场话柄！在国家方面想，人才该留心培养，不可任意摧残，明明白白是个拾遗补阙的直臣，故意舍其所长，用其所短，弄到两败俱伤。况且这一败之后，大局愈加严重，海上失了基隆，陆地陷了谅山。若不是后来庄芝栋保了张国梁的旧将冯子材出来，居然镇南关大破法军，杀了他数万人，八日中克复了五六个名城，算把法国的气焰压了下去，中国的大局，正不堪设想哩！只可惜威毅伯只知讲和，不会利用得胜的机会，把打败仗时候原定丧失权利的和约，马马虎虎逼着朝廷签定，人不知鬼不觉依然把越南暗送，总算没有另外赔款割地，已经是他折冲樽俎的大功，国人应该纪念不忘的了！

如今闲话少说。且说那年法越和约签定以后，国人中有些明白国势的，自然要咨嗟太息，愤恨外交的受愚。但一班醉生梦死的达官贵人，却又个个兴高采烈，歌舞升平起来。那时的江西巡抚达兴，便是其中的一个。达兴本是个纨袴官僚，全靠着祖功宗德，唾手得了这尊荣的地位，除了上谄下骄之外，只晓得提倡声技。他衙门里只要不是国忌，没一天不是锣鼓喧天，笙歌彻夜。他的小姐，姿色第一，风流第一，戏迷也是第一。当时有一个知县，姓江名以诚，伺候得这位抚台小姐最好，不惜重资，走遍天下，搜访名伶如四九旦、双麟、双凤等，聘到省城。他在衙门里，专门做抚台的戏提调，不管公事。省城中曾有嘲笑他的一副对联道：

以酒为缘，以色为缘，十二时买笑追欢，永朝永夕酣大梦；

诚心看戏，诚意听戏，四九旦登场夺锦，双麟双凤共消魂！

也可想见一时的盛况了。

话说雯青一到江西，看着这位抚院的行动，就有些看不上眼。达抚台见雯青是个文章班首，翰苑名流，倒着实拉拢。雯青顾全同僚的面子，也只好礼尚往来，勉强敷衍。

有一天，雯青刚从外府回到省城，江以诚忽来禀见。雯青知道他是抚台那里的红人，就请了进来。一见面，呈上一副红柬，说是达抚台专诚打发他送来的。雯青打开看时，却是明午抚院请他吃饭的一个请帖。雯青疑心抚院有什么喜庆事，就问道："中丞那里明天有什么事?”江知县道:“并没甚事,不过是个玩意儿。”雯青道:“什么玩意呢?”江知县道:“是一班粤西来的跑马买解的,里头有两个云南的苗女,走绳的技术,非常高妙,能在绳上腾踏纵跳,演出各种把势。最奇怪的,能在绳上连舞带歌,唱一支最长的歌,名叫《花哥曲》,是一个有名人,替刘永福的姨太太做的,‘花哥’就是那姨太太的小名。曲里面还包含着许多法越战争时候的秘史呢,大人倒不可不去赏鉴赏鉴!”

雯青听见是歌唱着刘永福的事,倒也动了好奇之心,当时就答应了准到。一到明天,老早的就上抚院那里来了。达抚台开了中门,很殷勤的迎接进来,先在花厅坐地。达抚台不免慰问了一番出棚巡行的辛苦,又讲了些京朝的时事,渐渐讲到本题上来了。雯青先开口道:“昨天江令转达中丞盛意,邀弟同观绳戏,听说那班子非常的好,不晓得从那里来的?”达抚台笑道:“无非小女孩气,央着江令到福建去聘来。那班主儿,实在是广西人,还带着两个云南的猓姑,说是黑旗军里散下来的余部,所以能唱《花哥曲》。‘花哥’,就是他们的师父。”雯青道:“想不到刘永福这老武夫,倒有这些风流故事!”达抚台道:“这支曲子,大概是刘永福或冯子材幕中人做的,只为看那曲子内容,不但是叙述艳迹,一大半是敷张战功,据兄弟看来,只怕做曲子的,另有用意吧!好在他有抄好的本子在那边场上,此时正在开演,请雯兄过去,经法眼一看,便明白了。”说着,就引着雯青迤逦到衙东花园里一座很高大的四面厅上来。

雯青到那厅上,只见中间摆上好几排椅位,两司道府及本地的巨绅,已经到了不少,看见雯青进来,都起来招呼。江知县更满面笑容,手忙脚乱的趋奉,把雯青推坐在前排中间,达抚台在旁陪着。雯青瞥眼见厅的下首里,挂着一桁珠帘,隐隐约约都是珠围翠绕的女眷,大约著名的达小姐也在里面。绳戏场设在大厅的轩廊外,用一条很粗的绳紧紧绷着,两端拴在三叉木架上。那时早已开演。只见一个十七八岁的蛮女,面色还生得白净,眉眼也还清秀,穿着一件湖绿色密纽的小袄,扎腿小脚管的粉红裤,一对小小的金莲,头上包着一块白绸角形的头兜,手里拿着一根白线绕绞五尺来长的杆子,两头系着两个有黑穗子的小球,正在绳上忽低忽昂的走来走去,大有矫若游龙翩

正在绳上忽低忽昂的走来走去

若惊鸿之势。堂下胡琴声咿咿哑哑的一响,那女子一壁婀娜地走着,一壁啭着娇喉,靡曼地唱起来。那时江知县就走到雯青面前,献上一本青布面的小手折,面上粘着一条红色签纸,写着《花哥曲》三字。雯青一面看,一面听她很清楚的官音唱道:

我是个飞行绝迹的小猢狲,我是黑旗队里一个女领军;我在血花肉阵里过了好多岁,我是刘将军的旧情人。(一解)

刘将军,刘将军,是上思州里的出奇人!他长毛不做做强盗,出了镇南走越南。(二解)

保胜有个何大王,杀人如草乱边疆;将军出马把他斩,得了他人马,霸占了他地方。(三解)

将军如虎,儿郎如兔,来去如风雨,黑旗到处人人怕。(四解)

法国通商逼阮哥,得了西贡又要过红河;法将安邺神通大,勾结了黄崇英反了窝。在河内立起黄旗队,啸聚强徒数万多!(五解)

慌了越王阮家福,差人招降刘永福,要把黑旗扫黄旗,拜了他三宣大都督。(六解)

精的枪,快的炮,黄旗军里夹洋操,刀枪剑戟如何当得了!如何当得了!(七解)

幸有将军先预备,军中练了飞云队,空中来去若飞仙,百丈红绳走绷妹。(八解)

我是飞云队里的女队长,名叫做花哥身手强,衔枚夜走三百里,跟了将军到宣光。敌营扎在大岭的危崖上,沉沉万帐月无光。(九解)

将军忽然叫我去,微笑把我肩头抚,你若能今夜立奇功,我便和你做夫妇。(十解)

我得了这个稀奇令,要嫁英雄值得去拚性命。刀光照见羞颜红,欢欢喜喜来承认。(十一解)

大军山前四处伏,我领全队向后崖扑,三百个蛮腰六百条臂,蜿蜒银蛇云际没。(十二解)

一声呐喊火连天,山营忽现了红妆妍。鸾刀落处人头舞,枪

不及肩来炮不及燃。(十三解)

将军一骑从天下,四下里雄兵围得不留罅;安邺丧命崇英逃,一战威扬初下马。(十四解)

我便做了他第二房妻,在战场上双宿又双飞。天天想去打法兰西,偏偏我的命运低,半路里犯了驸马爷黄佐炎的忌,他私通外国把越王欺!暗暗把将军排挤,不许去杀敌搴旗!(十五解)

镇守了保胜山西好几年,保障了越南固了中国的边!惹得法人真讨厌,因此上又开了这回的大战!(十六解)

战!战!战!越南大乱摇动了桂粤滇。可恶的黄佐炎,一面请天兵,一面又受法兰西的钱,六调将军,将军不受骗。(十七解)

三省督办李少荃,广东总督曾国荃。李少荃要讲和,曾国荃只主战,派了唐景崧,千里迢迢来把将军见。(十八解)

面献三策上策取南交,自立为王向中朝请封号。否则提兵打法人,做个立功异域的汉班超,总胜却死守保胜败了没收梢。(十九解)

将军一听大欢喜,情愿投诚向清帝。纸桥一战敌胆落,手斩了法国大将李威利。(二十解)

越王忽死太妃垂了帘,阮说辅政串通了黄佐炎,偷降法国把条约签,暗害将军设计险!(二十一解)

我有个猢狲洞里的旧夫郎,刁似狐狸狠似狼。他暗中应了黄佐炎的悬赏,扮做投效人,来进营房。(二十二解)

虽则是好多年的分离,乍见了不免惊奇!背着人时刻把旧情提,求我在将军处,格外提携!(二十三解)

将军信我,升了他营长,谁知道暗地里引进了他的羽党!有一天把我骗进了棚帐,醉得我和死人一样。(二十四解)

约了法军来暗袭山西,里应外合的四面火起,直杀得黑旗兵辙乱旗靡,只将军独自个走脱了单骑。(二十五解)

等我醒来只见战火红,为了私情受了蒙,恶奴逼得我要逃也没地缝,捆上马背便走匆匆。(二十六解)

走到半路来了一支兵，是冯督办的部将叫潘瀛。一阵乱杀把叛徒来杀尽，倒救了我一条性命。（二十七解）

问我来历我便老实说，他要通信黑旗请派人来接，我自家犯罪自家知，不愿再做英雄妾。（二十八解）

我害他丧失了几年来练好的精锐，我害他把一世英名坠！我害了山西北宁连连的溃，我害了唐炯徐延旭革职又问罪！（二十九解）

我害他受了威毅伯的奏参，若不是岑毓英，若不是彭雪琴，权力的庇荫，军饷的担任，如何会再听宣光临洮两次的捷音！（三十解）

我无颜再踏黑旗下的营门，我愿在冯军里去冲头阵！我愿把弹雨硝烟的热血，来洗一洗我自糟蹋的瘢痕！（三十一解）

七十岁的老将冯子材，领了万众镇守镇南来，那时候马江船毁谅山失，水陆官兵处处败。（三十二解）

将军誓众筑长墙，气概俨然张国梁。后有王孝祺，前有王德榜，专候敌军来犯帐。（三十三解）

果然敌人全力来进攻，炮声隆隆弹满空；将军屹立不许动，退者手刃不旋踵！（三十四解）

忽然旗门两扇开，掀起长须大叫随我来！两子随后脚无鞋。（三十五解）

我那时走若飞猱轻过了燕，一瞥眼儿抄过阵云前。我见炮火漫天好比繁星现，我连斩炮手断了弹火的线。（三十六解）

潘瀛赤膊大辫蟠了颈，振臂一呼，十万貔貅排山地进！孝祺率众同拼命，跳的跳来滚的滚。德榜旁山神勇奋，突攻冲断了中军阵，把数万敌人杀得举手脱帽白旗耀似银，还只顾连放排枪不收刃。（三十七解）

八日夜追奔二百里，克复了文渊谅山一年来所失的地。乘胜长驱真快意，何难一战收交趾！（三十八解）

威毅伯得了这消息，不管三七二十一，草草便把和议结。（三十九解）

战罢亏了冯将军，战功叙到我女猸狠。我罪虽重大，将功赎罪或许我折准，且借铙歌唱出回心院，要向夫君乞旧恩！（四十解）

这一套《花哥曲》唱完，满厅上发出如雷价的齐声喝采，震动了空气。雪白的赏银，雨点般撒在红氍毹上，越显出红白分明。雯青等大家撒完后，也抛了二十个银饼。顿时那苗女跳下绳来，袅袅婷婷走到抚台和雯青面前，道了一声谢。雯青问她道："你这曲子真唱得好，谁教你的？"苗女道："这是一支在我们那边最通行的新曲，差不多人人会唱，况且曲里唱的就是我们做的事，那更容易会了。"达抚台道："你们真在黑旗兵里当过女兵吗？"苗女点了点头。雯青道："那么你们在花哥手下了，你们几时散出来的呢？"苗女道："就在山西打了败仗后，飞云队就溃散了。"达抚台道："现在花哥在那里呢？"苗女道："听说刘将军把她接回家去了。"雯青道："花哥的本事，比你强吗？"苗女笑道："大人们说笑话了！我们都是她练出来的，如何能比？黑旗兵的利害，全靠盾牌队；盾牌队的精华，又全在飞云队。花哥又是飞云队的头脑，不但我们比不上，只怕是世上无双，所以刘将军离不了她了。"

正问答间，厅上筵席恰已摆好：中间一席，上首两席，下首是女眷们，也是两席。达抚台就请雯青坐了中间一席的首坐，藩臬道府作陪。上首两席的首位，却是本地的巨绅。一时觥筹交错，谐笑自如。请君且食蛤蜊，今夕只谈风月。

追至酒半，绳戏又开，这回却与上次不同，又换了一个苗女上场，扎扮得全身似红孩儿一般。在两条绳上，串出种种把戏，有时疾走，有时缓行，有时似穿花蝴蝶，有时似倒挂鹦哥；一会竖蜻蜓，一会翻筋斗，虽然神出鬼没的搬演，把个达小姐看得忍俊不禁，竟浓装艳服的现了庄严宝相。在雯青看来，觉得没甚意味，倒把绳上的眼，不自觉的移到帘上去了。须臾席散，宾主尽欢。雯青告辞回衙，已在黄昏时候。

歇了几日，雯青便又出棚，去办九江府属的考事，几乎闹了一个多月。等到考事完竣，恰到了新秋天气，忽然想着枫叶荻花，浔江秋色，不可不去游玩一番，就约着几个幕友，买舟江上，去访白太傅琵琶亭故址。明月初上，叩舷中流，雯青正与几个幕友飞觥把盏，论古谈今，甚是高兴，忽听一阵悠悠扬扬的笛声，从风中吹过来。雯青道："奇了，深夜空江，何人有此雅兴？"就立起身，把船窗推开，只见白茫茫一片水光，荡着香炉峰影，好像要破碎的一般。幕友们道："怎地没风有浪？"雯青道："水深浪大，这是自然之理。"

停一回，雯青忽指着江面道："哪，哪，哪，那里不是一只小船，咿咿哑哑的摇过来吗？笛声就在这船上哩！"又侧着耳听了一回道："还唱哩！"说着话，那船愈靠近来，就离这船不过一箭路了。却听一人唱道：

> 莽乾坤，风云路遥；好江山，月明谁照？天涯携着个玉人娇小，畅好是镜波平，玉绳低，金风细，扁舟何处了？

雯青道："好曲儿，是新谱的。你们再听！"那人又唱道：

> 痴顽自怜，无分着宫袍；琼楼玉宇，一半雨潇潇！落拓江湖，着个青衫小！灯残酒醒，只有你侬相靠，博得个白发红颜，一曲琵琶泪万条！

雯青道："听这曲儿，倒是个愤世忧时的谪宦，是谁呢？"

说着那船却慢慢地并上来。雯青看那船上，黑洞洞没有点灯，月光里看去，仿佛是两个人，一男一女。雯青想听他们再唱什么，忽听那个男的道："别唱了，怪腻烦的，你给我斟上酒吧！"雯青听这说话的是北京人，心里大疑，正委决不下，那人高吟道："宗室八旗名士草，江山九姓美人麻。"只听那女的道："什么麻不麻？你要作死哩！"那人哈哈笑道："不借重尊容，那得这副绝对呢？"雯青听到这里，就探头出去细望。那人也推窗出来，不觉正碰个着，就高声喊道："那边船上是雯青兄吗？"雯青道："咦，奇遇！奇遇！你怎么会跑到这里来呢？"那人道："一言难尽，我们过船细谈。"说罢，雯青就教停船，那人一脚就跳了过来。这一来，有分交：

> 一朝解绶，心迷南国之花；
>
> 千里归装，泪洒北堂之草。

不知来者果系何人，且听下回分解。

第七回　宝玉明珠弹章成艳史　红牙檀板画舫识花魁

却说雯青正在浔阳江上，访白傅琵琶亭故址，忽然遇着一人，跳过船来。这人是谁呢？仔细一认，却的真是现任浙江学台宗室祝宝廷。宝廷好端端的做他浙江学台，为何无缘无故，跑到江西九江来？不是说梦话么！列位且休性急，听我慢慢说与你们听。

原来宝廷的为人，是八面玲珑，却十分落拓。读了几句线装书，自道满洲名士，不肯人云亦云，在京里跟着庄仑樵一班人高谈气节，煞有锋芒。终究旗人本性是乖巧不过，他一眼看破庄仑樵风头不妙，冰山将倾，就怕自己葬在里头。不想那日忽得浙江学政之命，喜出望外，一来脱了清流党的羁绊；二来南国风光，西湖山水，是素来羡慕的，忙着出京。一到南边，果然山明川丽，如登福地洞天。你想他本是酪浆毡帐的遗传，怎禁得莼肥鲈香的供养！早则是眼也花了，心也迷了，可惜手持玉尺，身受文衡，不能寻苏小之香痕，踏青娘之艳迹罢了。

如今且说浙江杭州城，有个钱塘门，门外有个江，就叫做钱塘江。江里有一种船，叫做江山船，只在江内来往，从不到别处。如要渡江往江西，或到浙江一路，总要坐这种船。这船上都有船娘，都是十七八岁的妖娆女子，名为船户的眷属，实是客商的钩饵。老走道儿知道规矩的，高兴起来，也同苏州无锡的花船一样，摆酒叫局，消遣客途寂寞，花下些缠头钱就完了。若碰着公子哥儿朦懂货，那就整千整百的敲竹杠了。做这项生意的，都是江边人，只有九个姓，他姓不能去抢，所以又叫“江山九姓船”。

闲话休提。话说宝廷这日正要到严州一路去开考，就叫了几只江山船，自己坐了一只最体面的头号大船。宝廷也不晓得这船上的故事，坐船的规例，糊糊涂涂上了船。看着那船很宽敞，一个中舱，方方一丈来大，两面短栏，一排六扇玻璃蕉叶窗，炕床桌椅，铺设得很为整齐洁净。里面三个房舱，宝廷的卧房，却做在中间一个舱，外面一个舱空着，里面一个舱，是船户的家眷住的。房舱两面，都有小门，门外是两条廊，通着后艄。上首门都关着，只剩下首出入。宝廷周围看了一遍，心中很为适意，暗忖："怪道人说'上有天堂，下有苏杭'，一只船也与北边不同，所以天子肯浮家泛宅，原来怎地快活！"那船户载着个学台大人，自然格外巴结，一回茶，一回点心，川流不断，一把一把香喷喷热手巾，接着递来，宝廷已是心满意足的了。

开了船，走不上几十里，宝廷在卧房走出来，在下首围廊里，叫管家吊起蕉叶窗，端张椅子，靠在短栏上，看江中的野景。正在心旷神怡之际，忽地里扑的一声，有一样东西，端端正正打上脸来，回头一看，恰正掉下一块橘子皮在地上。正待发作，忽见那舱房门口，坐着个十七八岁很妖娆的女子，低着头，在那里剥橘子吃哩，好像不知道打了人，只顾一块块的剥，也不抬头儿。那时天色已暮，一片落日的光彩，正反照到那女子脸上。宝廷远远望着，越显得娇滴滴，光滟滟，耀花人眼睛，也是五百年风流冤业，把那一脸天加的精致密圈儿遮盖过了，只是越看越出神，只恨她怎不回过脸儿来。忽然心生一计，拾起那块橘皮，照着她身上打去，正打个着。宝廷想看她怎样，忽后梢有个老婆子，一迭连声叫珠儿。那女子答应着，站起身来，拍着身上，临走却回过头来，向宝廷嫣然的笑了一笑，飞也似的往后梢去了。宝廷从来眼界窄，没见过南朝佳丽，怎禁得这般挑逗，早已三魂去了两魂，只恨那婆子不得人心，劈手夺了他宝贝去，心不死，还是呆呆等着。

那时正是初春时节，容易天黑，不一会，点上灯来。家人来请吃晚膳，方回中舱来，胡乱吃了些，就踅到卧房来，偷听间壁消息，却黑洞洞没有火光，也没些声儿，倒听得后梢男女笑语声，小孩啼哭声，抹骨牌声，夹着外面风声水声，嘈嘈杂杂，闹得心烦意乱，不知怎样才好。在床上反复了一个更次，忽眼前一亮，见一道灯光，从间壁板缝

靠在短栏上，看江中的野景

里直射过来。宝廷心里一喜，直坐起来。忽听那婆子低低道："那边学台大人安睡了？"那女子答着道："早睡着哩，你看灯也灭了。"婆子道："那大人好相貌，粉白脸儿，乌黑须儿，听说他还是当今皇帝的本家，真正的龙种哩！"那女子道："妈呀，你不知那大人的脾气儿倒好，一点不拿皇帝势吓人。"婆子道："怎么？你连大人的脾气都知道了！"那女子笑道："刚才我剥橘皮，不知怎的，丢在大人脸上。他不动气，倒笑了。"婆子道："不好哩！大人看上了你了。"那女子不言语了，就听见两人屑屑索索，脱衣上床。那女子睡处，正靠着这一边。宝廷听得准了，暗忖："可惜隔层板，不然就算同床共枕。"心里胡思乱想，听那女子也叹一口气，咳一口嗽，直闹个整夜。

好容易巴到天亮，宝廷一人，悄地起来。满船人都睡得寂静，只有两个水手，咿哑咿哑的在那里摇橹。宝廷借着要脸水，手里拿个脸盆，推门出来，走过那房舱门口，那小门也就轻轻开了。珠儿身穿一件紧身红棉袄，笑嘻嘻的立在门槛上。宝廷没防她出来，倒没了主意，待走不走。那珠儿笑道："天好冷呀，大人怎不多睡一会儿？"宝廷笑道："不知怎地，你们船上睡不稳。"说着就走近女子身边，在她肩上捏一把道："穿的好单薄，你怎禁得这般冷！我知道你也是一夜没睡。"珠儿脸一红，推开宝廷的手低声道："大人放尊重些。"就挪嘴儿望着舱里道："别给妈见了。"宝廷道："你给我打盆脸水来。"珠儿道："放着多少家人，倒使唤我！"宝廷涎着脸道："我只爱你的水。"珠儿道："缠死人的冤家，我赏你这一遭儿。"嗤的一笑，抢着脸盆去了。

宝廷回房，不一会，珠儿捧着盆脸水，冉冉的进房来。宝廷见她进来，趁她一个不防，抢上几步，把小门顺手关上。这门一关，那情形可想而知。列位，在下也不必细表。

却不道正当两人难解难分之际，忽听有人喊道："做得好事！"宝廷回过头，见那老婆子圆睁着眼，把帐子揭起。宝廷吃一吓，赶着爬起来，却被婆子两手按住道："且慢，看着你猪儿生象，乌鸦出凤凰，面儿光光嘴儿亮，像个人样儿，到底是包草儿的野胚，不识羞，倒要爬在上面，欺负你老娘的血肉来！老娘不怕你是皇帝本家，学台大人，只问你做官人强奸民女，该当何罪？拼着出乖露丑，捆着你们到官里去评个理！”宝廷见不是路，只得哀求释放道：“愿听妈妈处罚，只求留个体面。”珠儿也笑着，向她妈千求万求。那婆子顿了一回道：“我答应了，你爹爹也不饶你们。”珠儿道：“爹睡哩，只求妈遮盖则个。”婆子冷笑道：“好风凉话儿！怎么容易吗？”宝廷道：“任凭老妈妈分付，要怎么便怎么。”那婆子想一想道：“也罢，要我不声张，除非依我三件事。”宝廷连忙应道：“莫说三件，三百件都依。”老婆子道：“第一件，我女儿既被你污了，不管你有太太没太太，娶我女儿要算正室。”宝廷道：“依得，我的太太刚死了。”婆子又道：“第二件，要你拿出四千银子做遮羞钱；第三件，养我老夫妻一世衣食。三件依了，我放你起来，老头儿那里，我去担当。”宝廷道：“件件都依，你快放手吧！”婆子道：“空口白话，你们做官人，翻脸不识人，我可不上当，你须写上凭据来！”宝廷道：“你放我起来才好写！”真的那婆子把手一推，宝廷几乎跌下地来。珠儿趁着空，单叉着裤，一溜烟跑回房去了。

宝廷慢慢穿衣起来，被婆子逼着，一件件的写了一张永远存照的婚据。婆子拿着，扬扬得意而去。这事当时虽不十分丢脸，他们在房舱闹的时候，那些水手家人那个不听见！宝廷虽再三叮咛，那里封得住人家的嘴，早已传到师爷朋友们耳中。后来考完，回到杭州，宝廷又把珠儿接到衙门里住了，风声愈大，谁不晓得这个祝大人讨个江山船上人做老婆！有些好事的做《竹枝词》，贴黄莺语，纷纷不一，宝廷只做没听见。珠儿本是风月班头，吹弹歌唱，色色精工。宝廷着实的享些艳福，倒也乐而忘返了。

一日，忽听得庄仑樵兵败充发的消息，想着自己从前也很得罪人，如今话柄落在人手，人家岂肯放松！与其被人出手，见快仇家，何如老老实实，自行检举，倒还落个玩世不恭，不失名士的体统。打定主意，就把自己狎妓旷职的缘由，详细叙述，参了一本，果然，奉旨革职。宝廷倒也落得逍遥自在，等新任一到，就带了珠儿，游了六桥、三竺，逛了雁荡、天台，再渡钱塘江到南昌，游了滕王阁。正折到九江，想看了匡庐山色，便乘轮到沪，由沪回京，不想这日携了珠儿，在浔阳江上，正“小红低唱我吹箫”的时候，忽见了雯青也在这里，宝廷喜出望外，即跳了过来。

原来宝廷的事，雯青本也知些影响，如今更详细问他，宝廷从头至尾，述了一遍。雯青听了，叹息不置，说道："英雄无奈是多情。吾辈一生，总跳不出情关情海，真个有情人，都成了眷属，功名富贵，直刍狗耳！我当为宝翁浮一大白！"宝廷也高兴起来，就与幕友辈猜拳行令，直闹到月落参横，方始回船傍岸。

到得岸边，忽见一家人手持电报一封，连忙走上船来。雯青忙问是那里的，家人道："是南昌打来的。"雯青拆看，见上面写着：

九江府转学宪金大人鉴：奉苏电，赵太夫人八月十三日辰时疾终，速回署料理。

雯青看完，仿佛打个焦雷，当着众人，不免就嚎啕大哭起来。宝廷同众幕友，大家劝慰，无非是"为国自重"这些套话。雯青要连夜赶回南昌，大家拗不过，只好依从。宝廷自与雯青作别过船，流连了数日，与珠儿乘轮到沪，在沪上领略些洋场风景，就回北京做他的满洲名士去了。

话分两头。却说雯青当日赶回南昌，报了丁忧，朝廷自然另行放人接替。雯青把例行公事，料理清楚，带了家眷，星夜奔丧，回到了苏州。开丧出殡，整整闹了两个月，尽哀尽礼，自不必说。过了百日，出门谢客，还要存问故旧，拜访姻鄙。富贵还乡，格外要敬恭桑梓，也是雯青一点厚道。只是从那年请假省亲以来，已经有十多年不踏故乡地了。山邱依然，老成凋谢，想着从前乡先辈冯景亭先生见面时，勉励的几句好言语，言犹在耳，而墓木已拱。自己虽因此晓得了些世界大势，交涉情形，却尚不能发抒所学，报称国家，一慰知己于地下，不觉感喟了一回。

自古道："欢娱嫌夜短，寂寞恨更长。"你想雯青是热闹场中混惯的人，顶冠束带，是他陶情的器具；拜谒宴会，是他消闲的经纶，那里耐得这寂寞来！如今守制在家，官场又不便来往，只有个老乡绅潘胜芝，寓公贝效亭，还有个大善士谢山芝，偶然来伴伴热闹，你想他苦不苦呢？正是静极思动，阴尽生阳，就只这一念无聊，勾起了三生宿业，恰正好"素幔张时风絮起，红丝牵动彩云飞"。

话休烦絮。却说雯青在家，好容易捱过了一年。这日正是清明佳节，日丽风和。姑苏城外，年年例有三节胜会，倾城士女，如痴如狂。一条十里山塘，停满了画船歌舫，真个靓妆藻野，炫服缛川，好不热闹！雯青那日独自在书房里，闷闷不乐，却来了谢山芝。雯青连忙接入。正谈间，效亭、胜芝陆续都来了。效亭道："今天阊门外好热闹呀，雯青兄怎样不想去看看，消遣些儿？"雯青道："从小玩惯了，如今想来，也乏味得很。"胜芝道："雯青，你十多年，没有闹这个玩意儿了，如今莫说别的，就是上下塘的风景，也越发繁华，人也出色。几家有灯船的，装饰得格外新奇，烹炮亦好。"山芝不待说完，就接口道："今日兄弟叫了大陈家的船，要想请雯青兄同诸位去热闹一天，不知肯赏光吗？"雯青道："不过兄弟尚在服中，好像不便。"效亭向山芝作个眼色。山芝道："我们并不叫局，不过借他船坐坐舒服些，用他菜吃吃适口些，逢场作戏，这有何妨！"

胜芝、效亭都撺掇着。雯青想是清局，也无碍大礼，就答应了。一同下船，见船上扎着无数五色的彩球，夹着各色的鲜花，陆离光怪，纸醉金迷；舱里却坐着袅袅婷婷花一样的人儿，抱着琵琶弹哩。效亭走下船来，就哈哈大笑道："雯兄可给我们拖下水了。"雯青正待说话，山芝忙道："别听效亭胡说！这是船主人，我们不能香火赶出和尚，不叫别个局，还是清局一样。"胜芝道："不叫局也太杀风景。雯青自己不叫，就是完名全节了，管甚别人？"雯青难却众意，想自己又不是真道学，不过为着官体，何苦弄得大家没趣，也就不言语了。于是大家高兴起来，各人都叫了一个局。

等局齐，就要开船，那当儿里，忽然又来了一个客，走进舱来，就招呼雯青。雯青一看，却是认得的，姓匡号次芳名朝凤，是雯青同衙门的后辈，新近告假回籍的，今日也是山芝约来。当时见名花满坐，翠绕珠围，次芳就向众人道："大家都有相好，如何老前辈一人向隅！"大家尚未回言，次芳点点头道："嗯，我晓得了，老前辈是金殿大魁，必须个蕊宫榜首，方配得上，待我想一想。"说着，仰仰头，合合眼，忽拍手道："有了，有了。"众人问："是谁？"次芳道："咦，怎么这个天造地设，门当户对的女貌郎才，你们倒想不到？"众人被他闹糊涂了，雯青倒也听得呆了。在坐的妓女，也不知道他葫芦里买的甚药，正要听他下文。次芳忽望着窗外一手指着道:“那,那,那岸上轿子里,不是坐着个新科花榜状元大郎桥巷的傅彩云走过吗?”

雯青不知怎的听了“状元”二字,那头慢慢回了过去。谁知这头不回,万事全休,一回头时,却见那轿子里,正坐着个十四五岁的不长不短不肥不瘦的女郎,面如瓜子,脸若桃花,两条欲蹙不蹙的蛾眉,一双似开非开的凤眼,似曾相识,莫道无情,正是说不尽的体态风流,丰姿绰约。雯青一双眼睛,好像被那顶轿子抓住了,再也拉不回来,心头不觉小鹿儿撞。说也奇怪,那女郎一见雯青,半面靠着玻璃窗,目不转睛的钉在雯青身上。直至轿子走远看不见,方各罢休。大家看出雯青神往的情形,都暗暗好笑。次芳乘他不防,拍着他肩道:“这本卷子好吗?”雯青倒吓一跳。山芝道:“远观不如近睹。”就拿一张薛涛笺写起局票来,分付船等一等开,立刻去叫彩云。雯青此时也没了主意,由他们闹,一言不发了。等了好一回,次芳就跳了出来道:“你们快来看状元夫人呀!”雯青抬头一望,只见颤巍巍袅婷婷的那人儿,已经下了轿,两手扶在一个美丽大姐肩上,慢慢的上船来了。这一来,有分教:

五洲持节,天家倾绣虎之才;

八月乘槎,海上照惊鸿之采。

不知来者是否彩云,且听下回分解。

第八回　避物议男状元偷娶女状元
借诰封小老母权充大老母

话说彩云扶着个大姐走上船来，次芳暗叫大家不许开口，看她走到谁边？彩云的大姐，正要问那位叫的，只说得半句，被彩云啐了一口道："蠢货！谁要你搜根问底！"说着就撇了大姐，含笑的捱到雯青身边，一张美人椅上，并肩坐下。大家哗然大笑起来。山芝道："奇了，好像是预先约定似的！"胜芝笑道："不差，多管是前生的旧约。"次芳就笑着朗吟道："身无彩凤双飞翼，心有灵犀一点通。"雯青本是花月总持，风流教主，风言俏语，从不让人，不道这回见了彩云，却心上万马千猿，又惊又喜，听了胜芝说是前生的旧约，这句话更触着心事，任人嘲笑，只是一句话挣不出。就是彩云自己，也不解何故，踏上船来，不问情由，就一直往雯青身边，如今被人说破，倒不好意思起来，只顾低着头弄手帕儿。

雯青无精打采的搭讪着，向山芝道："我们好开船了！"山芝就吩咐一面开船，一面在中舱摆起酒席来。众人见中舱忙着调排桌椅，就一拥都到头舱去了，有爬着栏干上看往来船只的，有咬着耳朵说私语的。雯青也想立起来走出去，却被彩云轻轻的一拉，一扭身就往房舱里床沿上坐着。雯青不知不觉，也跟了进去。两人并坐在床沿上，相偎相倚，好像有无数体己话要说，只是我对着你，你对着我的痴笑。

歇了半天，雯青就兜头问一句道："你知道我是谁么？"彩云怔了一怔道："我很认得你，只是想不起你姓名来。"雯青就细细告诉了她一遍。彩云想一想，说："我妈认得金大人。"雯青道："你今年多少年纪了？"彩云道："我今年十五岁。"雯青脸上呆了半晌，却顺手拉了彩云的手，耳鬓厮磨的端相的不了，不知不觉两股热泪，从眼眶中直滚下来,口里念道:“当时只道浑闲事,过后思量总可怜。”彩云看着,暗暗吃惊,止不住就拿着帕子替他拭着泪,说道:“你怎的没来由哭起来?”口虽如此说,却自己也一阵透骨心酸,几乎也哭出来。雯青对着彩云,只是上下打量,低低念道:“愁到天地翻,相看不相识。”一面道:“彩云,我心里只是可怜你,你知道么?”彩云摸不着头脑,却趁势就靠在雯青身上道:“你只管伤心做什么?回来等客散了,肯到我那里去坐坐么?我还有许多话要问你呢!”雯青点头。

只听外面次芳喊道:“请坐吧,讲话的日子多着哩!”雯青、彩云只好走出来,见席已摆好,山芝正拿着酒壶斟酒,让效亭坐首座,效亭不肯,正与胜芝推让。后来大家公论,效亭是寓公,仍让他坐了,胜芝坐二座,雯青坐三座,次芳挨雯青坐下,山芝坐了主席。大家叫的局,也各归各座,彩云自然在雯青背后坐了。正是钏动钗飞,花香鸟语,曲翻《白纻》,酒卷《回波》。

其时船已摇到了白公堤下,真娘墓前,一带柳荫下泊着。一轮胭脂般的落日,已慢慢地沉下虎丘山下去了。船上五彩绢灯,一齐点起,照得满船如不夜城一般。大家搳拳猜谜,正闹得高兴。次芳道:“今日这会,专为男女两状元作合,我倒想个新鲜酒令,好多吃两杯喜酒。”大家问是何令,次芳指着彩云道:“就借着女状元的芳名,叫做彩云令。用《还魂记》曲文起句,第二句,用曲牌名,第三句,用《诗经》,依首句押韵。韵不合者罚三杯,佳妙者各贺一杯。再用唐诗一句,有‘彩云’两字相连的飞觞,照座顺数,到‘彩云’二字,各饮一杯,‘云’字接令。”大家听毕道:“好新鲜雅致的令儿!只是烦难些。”彩云道:“谁要你们称名道姓的作弄人。”次芳道:“你别管,酒令如军令,违者先罚!”彩云笑了笑,就低头不语了。次芳道:“我先说一个吧!”念道:

甚蟾宫贵客傍雯霄,集贤宾,河上乎逍遥。

大家都哗然道好。效亭道:“应时对景,我们各贺一杯,你再说飞觞吧!”次芳道:“彩云箫史驻。”顺着数去,恰是雯青、效亭各一杯。次芳先斟雯青一杯道:“请箫史饮个成双杯儿,添些气力,省得骑着龙背,跌下半天来。”雯青正要举杯,却被彩云劈手夺去道:“你倒高兴喝,我偏不许你喝!”次芳笑道:“嗄,一会儿就怎地肉麻!”效亭道:“别闹,

两人并坐在床沿上

人家要接令哩!”一面就念道:

迤逦的彩云偏,相见欢,君子万年。

大家道:“吉祥艳丽,预卜状元郎夫荣妻贵,该贺该贺!”效亭道:“快喝贺酒,我要飞觞哩!”接着就念句:“学吹凤箫乘彩云。”“彩”字数到雯青,“云”字次芳。次芳道:“贺酒还没全喝,倒要喝令酒了。”大家照喝了。次芳道:“作法自毙,这回可江郎才尽了!”彩云道:“做不出,快罚酒!”次芳耸着肩道:“好了,有了。你们听听,稍顿一顿,人家就要罚酒,险呀!”雯青笑道:“你说呢!”次芳念道:

昨夜天香云外,谒金门,鸾声哕哕。

飞觞是“断续彩云生”。效亭一杯,雯青一杯,接令。山芝道:“次芳这句话,是明明祝颂雯翁起服进京升官的预兆,快再饮贺酒一杯!”雯青道:“回回硬派我喝酒,这不是作弄人吗?”彩云低声道:“我替你喝了吧!”说着,举杯一饮而尽,大家拍掌叫好。雯青道:“你们是玩呢,还是行令?”就念道:

又怕为雨为云飞去了,念奴娇,与子偕老。

大家道:“白头偕老,金大人已经面许了,彩云你须记着。”彩云背着脸,不理他们。雯青笑念道:“化作彩云飞。”次芳笑道:“老前辈不放心,只要把一条软麻绳,牢牢结住裙带儿,怕她飞到哪儿去!”彩云瞅了一眼。雯青道:“该山芝、效亭各饮一杯。”效亭道:“又捱到我接令。我说的是:

他海天秋月云端挂,归国遥,日月其迈。

胜芝道:“你怎么说到海外去了?不怕海风吹坏了人,金大人要心痛的呢!”山芝道:“胜翁你不知道雯翁通达洋务,安知将来不奉使出洋呢?这正是佳谶。”大家催着效亭飞觞,效亭道:“唐诗上‘彩云’两字连的,真说完了!”低头想了半天,忽然道:“有了,碧箫曲尽彩云动。”雯青暗数,知道又临到自己了,便不等效亭说完,就执杯在手道:“我念一句收令吧!”就一面喝酒,一面念道:

美夫妻图画在碧云高,最高楼,风雨潇潇。

又念飞觞道:“彩云易散玻璃薄。”应当次芳、胜芝各一杯。次芳道:“雯兄,这句气象萧飒,做收令不好,况且胜翁也没说过,请胜翁收令吧!”胜芝道:“我荒疏久了,饶恕了吧!”山芝道:“快别客气,说了好收令。”胜芝不得已，想一想念道：

雨迹云踪才一转，玉堂春，言笑晏晏。

又说飞觞：“桥上衣多抱彩云。”于是合席公饮了一杯。

雯青道：“我们酒也够了，山翁赏饭吧！”次芳在身上摸出一只十二成金的打簧表，按了一按，却珰珰的敲了十下，道：“可不是，该送状元归第了，快叫开船回去，耽误了吉日良时，不是耍处。”彩云带嗔带笑的指着次芳道：“我看匡老，只有你一张嘴，能说会道，我就包在你身上，叫金大人今晚到我家里来，不来时便问你！”次芳道：“这个我敢包，不但包他来，还要包你去。”彩云道：“包我到那里去？”次芳道：“包你到圆峤巷金府上去。你放心，总不会包你到西洋外国去，吃外国火腿的。”彩云啐了一口。大家说说笑笑，饭也吃完，船也到了阊门太子码头了，各妓就纷纷散去。效亭、胜芝先上岸回家去了。

彩云轿子也来，那大姐就扶着彩云，走上船头。彩云忽回头叫声：“金大人，你来，我有话给你说。”雯青走出来道：“什么话？”彩云望着雯青，顿了一顿，笑道：“不要说了，到家里去告诉你吧！”说着，就上轿走了。次芳道：“这小妮子声价自高，今日见了老前辈，你看她一种痴情，十分流露，倒不要辜负了她。”雯青微笑，就谢了山芝，也自上岸。你想：雯青、彩云今日相遇的情形，这晚那有不去相访的理呢！既去访了，彩云那有不留宿的理呢！红珠帐底，絮语三生；水玉帘前，相逢一笑。韦郎未老，凄迷玉箫之声；杜牧重来，绸缪紫云之梦。双心一袜，盒誓钗盟，不消细表。

却说匡次芳当日荐了彩云，见雯青十分留恋，料定当晚雯青决不能放过的，到了次日清早，一人赶到大郎桥巷，进后门来。相帮要喊客来，次芳连连摇手，自己放轻脚步，走上扶梯，推门进去，却见中间大炕床上，躺着个大姐，正在披衣坐起，看见次芳，就低声叫：“匡老爷，来得怎早！”次芳连忙道：“你休要声张，我问你句话，金大人在这里不在？”那大姐就挪嘴儿，对着里间笑道：“正做好梦哩！”次芳就在靠窗一张书桌边坐下，那大姐起来，替次芳去倒茶。次芳瞥眼看见桌上一张桃花色诗笺，恭恭楷楷，写着四首七律诗道：

山色花光映画船，白公堤下草芊芊；

万家灯火吹箫路，五夜星辰赌酒天；
凤胫烧残春似梦，驼钩高卷月无烟；
微波渺渺尘生袜，四百桥边采石莲。

吴娘似水艳无曹，貌比红儿艺薛涛；
烧烛夜摊金叶格，定场春拥紫檀槽；
蝇头试笔蛮笺腻，鹿爪拈花羯鼓高；
忽忆灯前十年事，烟台梦影浪痕淘。

胡麻手种葛鸦儿，红豆重生认故枝；
四月横塘闻杜宇，五湖晓网荐西施；
灵箫辜负前生约，紫玉依稀入梦时；
只有伤心说不得，凭阑吹断碧参差。

龙头劈浪凤箫哀，展尽芙蓉向月开；
细雨银荷中妇镜，东风铜雀小乔台；
青衫痕渍隔年泪，绛蜡心留未死灰；
肠断江南歌子夜，白鬼飞去又飞回。

次芳看着这几首诗，顽艳绝伦，觉得雯青寻常没有这付笔墨。正在诧异，忽见诗尾题着"谶情生写诗彩云旧侣慧鉴"一行小字，暗忖：雯青与彩云，尚是初面，如何说是旧侣呢？难道这诗不是雯青手笔么？心里惑惑突突的摸拟，恰值那大姐端茶上来，次芳就微笑的问道："昨夜金大人是几时来的？"那大姐道："我们先生前脚到家，金大人后脚就跟了来。吃了半夜的酒，讲了一夜的话。"次芳道："你听见讲些什么呢？"大姐道："他们讲的话，我也不大懂。只听金大人说，我们先生的面貌，活脱像金大人的旧相好。又说那旧相好，为金大人死了。死的那一年，正是我们先生养的那一年。"

那大姐正一五一十的说，就听里间彩云的口声喊道："阿巧，你咭唎咕啰，同谁说话哟？"阿巧向次芳伸伸舌头答道："匡老在这里寻金大人哩！"只听里面，好像两人低低私语了几句，又屑屑索索一回，彩云就云鬓蓬松,开门出来,见了次芳,就笑道:“请匡老里面坐,金大人昨夜被你们灌醉了,今日正害着酒病哩。”说着,就往后间梳洗去了。

次芳一面笑,一面就走进来,看见雯青,却横躺在一张烟榻上,旁边还堆着一条锦被,见次芳来,就坐起来招呼。次芳走上去道:“恭喜!恭喜!”雯青笑道:“别取笑人。次兄请坐着,我想托你办一件事,不晓得你肯不肯?”次芳道:“老前辈不用说了,是不是那红儿、薛涛的事吗?”雯青愕然道:“怎么这几首歪诗,又被你看见了?我的心事,也不能瞒你了。”次芳道:“这种事,门子里都有一定规矩的,须得个行家去讲,才不致吃龟鸨的亏。我有个熟人叫戴伯孝,极能干的,让我去转托他办便了。”雯青道:“只是现在热孝在身,做这件事,好像于心不安;外面议论,又可怕得很!”次芳道:“那个容易。只要现在先讲妥了,做个外室,瞒着尊嫂;到服满进京,再行接回,便两全其美了。”雯青点头说:“既如此,这事只有请次兄替我代托戴先生罢!兄弟昨夜未归,今日必须早些回去,安排妥密,免得人家疑心。”说着就穿衣,别了次芳,又低低托咐了几句,一径下楼走了。

次芳只好去找了戴伯孝,托他去向老鸨交涉。老鸨自然有许多做作,好说歹说,才讲明了身价一千元,又叫了彩云的生身父来。原来彩云本是安徽人,乃父是在苏州做轿班的,恐怕将来有枝节,爽性另给了那轿班二百块钱,叫他也写了一张文契。费了两日工夫,才把诸事办妥,就由戴伯孝亲来雯青处告诉明白。雯青欢喜,自不必说。从此大郎桥巷,就做了雯青的外宅,无日不来,两人打得如火的一般热。

光阴似箭,转瞬之间,雯青也满了服,几回要将此告诉张夫人,只是自己理短,总说不出口。心想:“不如一人先行到京,再看机会吧。”就将这个办法,与彩云商量,彩云也没别话,就定见了。自己一人到京,起服销假。

这日宫门召见下来,就补授了内阁学士。雯青自出差到今,已离京五六年了,时局变更,沧桑屡改,朝中歌舞升平,而海外失地失藩,频年相属。日本灭了琉球,法国取了安南,英国收了缅甸,中国一切不问,还要铺张扬厉,摆出天朝空架子。记得光绪十三年,翰林院里还有人献了一篇《平法颂》,文章辞藻,比着康熙年代的《平滇颂》,乾隆年代的《平定金川颂》,还要富丽哩。话虽如此,到底交涉了几年,这外交的事情,倒也不敢十分怠慢,那些通达洋务的人员,上头不免看重起来。恰好这年出使英、俄大臣吕萃芳,要改充英、法、义、比四国大臣;出使德、俄、荷、奥、比五国大臣许镜澂,三年任满,要人接替。而斯时一班有名的外交好手,如上回雯青在上海认得的云仁甫,已派过了美、日、秘副使;李台霞已派署过德国正使,现在又有别事派出;徐忠华派充参赞;马美菽也出洋游历;吕顺斋派充日本参赞。朝廷正恐没人应选,也是雯青时来运来,又有潘八瀛、龚和甫这班大帽子,替他揄扬帮衬,声誉日高一日,廷旨就派金沟出使俄罗斯、德意志、荷兰、奥大利亚四国。旨意下来,好不荣耀!雯青赶忙修折谢恩,引见请训,拜会各国公使,一面奏调参赞随员翻译,就把次芳奏保了参赞,做个心腹,又想着戴伯孝凑合彩云的功劳,也保了随员,派他做了会计。且请假两月,还苏修墓,奉旨俞允。

那时同乡京官莑如也开了坊了,唐卿却从陕甘回来了,珏斋也因公在京,只有肇廷改了外官,不在那里。这班人合着轮流替雯青饯贺。这日席间,大家谈起交涉的方略,雯青发议道:"兄弟不才,谬膺使节,此去方略,还要诸君临别赠言!依兄弟愚见,第一是联络邦交,第二是调查国势。语云'知彼知己,百战百胜',我国交涉吃亏,正是不知彼耳!不知国情,固是大害;不知地理,为害尤烈!远事不必说,就是伊犁一案,彼趁着白彦虎造反,就轻轻占据了,要不是曾继湛力争,这块地面,就不知不觉的送掉了!兄弟向来留心西北地理,见那些交界地方,我们中国纪载,都模糊影响得很,俄国素怀蚕食之心,不知暗中被占了多少去了!只苦我国不知地理,哑子吃黄连,说不出的苦。兄弟这回出去,也不敢自夸替国家争回什么权利,不过这地理上头,兄弟数十年苦功,总可考究一番,叫他疆界井然,不能再施鬼蜮手段罢了。"莑如等听了,自然十分佩服。珏斋道:"可不是么!所以兄弟前回到吉林,实在没法,只好仿着马伏波的故事,立了一个三丈来高的铜柱,刻了几句铭词,老远望着,就见巍巍云表。那铜柱拓本,看着倒很古雅,明日兄弟送一份去,雯兄留着,倒可参考参考。"雯青道:"珏斋兄的铜柱铭,将来定可与《阙特勤碑》、《好太王碑》并传千古了!"当日欢饮一天。

雯青心里只记挂着彩云，忽忽已一年多不见了，忙着出京。那时上海县先期得信，赶紧打扫天后宫行辕，以备使节小驻。这日船抵金利源码头，不免有文武官员晋见许多仪节，自己复要拜会各国领事，入城答拜道县回来，恰值次芳带着戴伯孝来见，当面谢了保举。雯青把行辕一切公事，全行托付了次芳，把定出洋的公司船以及部署行李等琐事都交给戴会计。

诸事安排妥了，归心如箭，就叫心腹俊童阿福，向上海道借了一只小轮船，连夜回苏。到得家中，夫妻相见，自有一番欢庆，不消说得。坐定，说着出洋的事来，雯青笑说："这回倒要夫人辛苦一趟了！但是夫人身弱，不知禁得起波涛跋涉否？"夫人笑道："这个不消老爷担心，辛苦不辛苦，倒在其次。闻得外国风俗，公使夫人，一样要见客赴会，握手接吻，妾身系出名门，万万弄不惯这种腔调，本来要替老爷，弄个贴身伏侍的人。"说到这里，却笑了一笑。

雯青心里一跳，知道不妙。只听夫人接道："好在老爷早已讨在外头，倒也省了我许多周折。我昨日已吩咐过家人们，收拾一间新房，只等老爷回来，择吉接回，稍停两日，就叫她跟随出洋，妾身落得在家过清闲日子哩！"雯青忸怩了半天道："这事原是下官一时糊涂……"下句还未说出，夫人正色道："你别假惺惺，现在倒是择日进门是正经。你是王命在身的人，那里能尽着耽阁！"雯青得了夫人的命，就放胆，看了明日是黄道吉日，隔夜就预备了酒席，邀请亲友，来看新人。

到了这日，夫人就命安排一顶彩轿，四名鼓乐手，去大郎桥巷迎接傅彩云。不一时，门前箫鼓声喧，接连鞭炮之声，人声，脚步声，但见四名轿班，披着红，簇拥一肩绿呢挖云四垂流苏的官轿，直入中堂停下。夫人早已预备两名垂鬟美婢，各执大红纱灯，将新人从彩轿中缓缓扶出，却见颤巍巍的凤冠，光耀耀的霞帔，衬着杏脸桃腮，黛眉樱口，越显得光彩射目，芬芳扑人，真不啻嫦娥离月殿，妃子降云霄矣。那时满堂亲友，杂沓争先，喝采声，诧异声，交头接耳，正议论这个妆饰越礼。忽人丛中夫人盛服走出，大家倒吃一惊。正是：

名花入手消魂极，艳福如君几世修。

不知夫人走出何事，且听下回分解。

第九回 遣长途医生试电术 怜香伴爱妾学洋文

却说诸亲友正交头接耳，议论彩云妆饰越礼，忽人丛中夫人盛服走出，却听她说道："诸位亲长，今日见此举动，看此妆饰，必然诧异，然愿听妾一言。此次雯青出洋，妾本该随侍同去，无奈妾身体荏弱，不能前往，今日所娶的新人，就是代妾的职分。而且公使夫人，是一国观瞻所系，草率不得，所以妾情愿从权，把诰命补服，暂时借她，将来等到复命还朝时，少不得要一概还妾的。诸尊长以为如何？"言次，声音朗朗，大家都同声称赞。

于是传齐吹手，预备祭祖。雯青与夫人在前，傅彩云在后，行礼毕，彩云叩见雯青夫妇，大家送入洞房。雯青这一喜，直喜得心花怒放，意蕊横飞，感激夫人到十二分，自己就从新房出来，应酬外客。那潘胜芝、贝效亭、谢山芝一班熟人，摆雷抬，寻唐僧，翻天覆地的闹起酒来，想要叫局，只碍着雯青如今口衔天语，身膺使旌，只好罢休。雯青陪着畅饮，到漏静更深，方始散去。雯青进来，自然假意至夫人房中，夫人却早关了门。雯青只得自回新房，与彩云叙旧。久别重逢，绸缪备至，自不消说。

正是芳时易过，倏满假期，便别了夫人，带了彩云，出了苏州城，一径到上海。其时苏沪航路，还没有通，不像现在有大东、戴生昌许多公司船，朝来暮往的便捷。雯青因是钦差大臣，上海道特地派了一只官轮来接，走了一夜，次早就抵埠头。雯青先把家眷安排上岸，自己却与一班接差道县，酬应一番。

行辕中又送来几封京里书札，雯青一一检视，也有亲友寻常通贺的，也有大人先生为人说项的，还有一班名士黎石农、李纯客、袁尚秋诸人寄来的送行诗词,清词丽句,觉得美不胜收。翻到末了一封,却是庄小燕的,雯青连忙拆开,暗想此人的手笔倒要请教。——你道雯青为何见了庄小燕姓名,就如此郑重呢?这庄小燕,书中尚未出现过,不得不细表一番。原来小燕是个广东人,佐杂出身,却学富五车,文倒三峡,而且深通西学,屡次出洋,现在因交涉上的劳绩,保举到了侍郎,声名赫赫,不日又要出使美、日、比哩。雯青当时拆开一看,却是四首七律道:

诏持龙节度西溟,又捧天书问北庭。
神禹久思穷亥步,孔融真遣案丁零。
遥知汎极双旌驻,应见神州一发青。
直待车书通绝徼,归来扈跸禅云亭。

声华藉藉侍中君,清切承明出入庐。
早擅多闻笺豹尾,亲图异物到邛虚。
工名几勒黄龙舰,国法新衔赤雀书。
争识威仪迎汉使,吹螺代鼓出穹闾。

竹枝异域词重谱,敕勒风吹草又低。
候馆花开赤璎珞,周庐瓦复碧琉璃。
异鱼飞出天池北,神马徕从雪岭西。
写入夷坚支乙志,杀青他日试标题。

不嫌夺我凤池头,谭思珠玲佐庙谋。
敕赐重臣双白璧,图开生绢九瀛洲。
茯苓赋有林牙诵,苜蓿花随驿使稠。
接伴中朝人第一,君家景伯旧风流。

雯青看罢,拍案叫绝道:“真不愧白衣名士,我辈愧死了!”遂即收好,交与管家,一面喊伺候上岸。坐着双套马车,沿途还拜各官,并德、俄诸领事,直到回天后宫行辕,已在午牌时候。早有自己的参赞翻译随员等等这一班人齐集着,都要谒见。手本进去,不一时,就见管家出来传话:“单请匡朝凤匡大人、戴伯孝戴老爷进去,有公事面谈,其余老爷们,一概明日再见吧。"

大家听见这话,就纷纷散了,只剩匡次芳、戴伯孝二人,低着头,跟那管家往里边去。到了客厅,雯青早在等着,见他们进来,连忙招呼道:"次兄、伯兄,这几日辛苦了!快换了便服,我们好长谈。"次芳等上前见了,早有阿福等几个俊童,上去替他们换衣服。次芳一面换,一面说道:"这是分内的事,算什么辛苦。"说着主宾坐了。雯青问起乘坐公司船,次芳道:"正要告诉老前辈,此次出洋,既先到德国,再到俄、奥诸国,自然坐德公司的船为便。前十数日德领事来招呼,本月廿二日,德公司有船名萨克森的出口,这船极大。船主名质克,晚生都已接头过了。"伯孝道:"卑职和匡参赞商量,替大人定的是头等舱,匡参赞及黄翻译、塔翻译等坐二等,其余随员学生都是三等。"雯青道:"我听说外国公司船,十分宽敞,就是二等舱,也比我们招商局船的大餐间大得多哩。其实就是我也何必一定要坐头等呢!"次芳道:"使臣为一国代表,举动攸关国体,从前使德的刘锡洪、李丰宝,使俄的嵩厚、曾继湛,使德、义、荷、奥的许镜澂,我们的前任吕萃芳,晚生查看过旧案,都是坐头等舱,不可惜小费而伤大体。"次芳说时,戴会计凑近了雯青耳旁,低声道:"好在随员等坐的是三等,都开报了二等,这里头核算过来差不多,大人乐得舒服体面。"雯青点点头。

次芳顺手在靴统里,拔出一个折子,递到雯青手里道:"这是开报启程日期的折子,誊写已好,请老前辈过目后,填上日子,便可拜发了。"雯青看着,忽然面上踌躇了半晌道:"公司船出口是廿二,这天的日子……"这句话还没有说出,戴伯孝接口道:"这不用大人费心,卑职出门就是一二百里,也要检一个黄道吉日;况大人衔命万里,关着国家的祸福,那有轻率的道理!这日子是大人的同衙门最精河图学的余笏南检定的,恰好这日有此船出口,也是大人的洪福照临。"雯青道:"原来笏南在这里。他检的日子,是一定好的,不用说了。"看看天色将晚,次芳等就退了出来。当日无话。

次日,雯青不免有宴会拜客等事。又忙了数日,直到廿二日上午,方把诸事打扫完结。午后大家上了萨克森公司船,慢慢的出了吴淞口,口边俄、德各国兵轮,自然要升旗放炮的致敬。出口后,一路风平浪静,依着欧亚航路进行。彩云还是初次乘坐船,虽不颠播,终觉头眩眼花,终日的困卧。雯青没事,便请次芳来谈谈闲天,有时自己去找他们。经过热闹的香港、新加坡、锡兰诸埠头,雯青自要与本埠的领事绅商交接,彩云也常常上去游玩,不知看见多少新奇的事物,听见了多少怪异的说话,倒也不觉寂寞。不知不觉,已过了亚丁,入了红海,将近苏彝士河地方。

这日,雯青刚与彩云吃过中饭,彩云要去躺着,劝雯青去寻次芳谈天。彩云喊阿福好好伺候着,恰好阿福不在那里,雯青道:"不用叫阿福。"就叫三个小童跟着,到二等舱来,听见里面人声鼎沸,不知何事。雯青叫一个小童,先上前去探看,只听里面阿福的口声,叫着这小童道:"你们快来看外国人变戏法!"正喊着,雯青已到门口,向里一望,只见中间一排坐着三个中国人,都垂着头,闭着眼,似乎打盹的样子。一个中年有须的外国人,立在三人前头,矜心作意的凝神注视着,四面围着许多中西男女,仰着头望,个个面上有惊异之色。

次芳及黄、塔两翻译,也在人丛里,看见雯青进来,齐来招呼。次芳道:"老前辈来得正巧,快请看毕叶先生的神术!"雯青茫然不解,那个外国人早已抢上几步来,与雯青握着手,回顾次芳及两翻译道:"这便是出使敝国的金大人么?"雯青听这外国人会说中国话,便问道:"不敢,在下便是金某,没有请教贵姓大名。"黄翻译道:"这位先生叫毕叶士克,是俄国有名的大博士,油画名家,精通医术,还有一样奇怪的法术,能拘摄魂魄。一经先生施术之后,这人不知不觉,一举一动,都听先生的号令,直到醒来,自己一点也不知道。昨日先生与我们谈起,现在正在这里试验哩!"一面说,一面就指着那坐的三个人道:"大人,看这三个中国工人,不是同睡去的一样吗?"雯青听了,着实称异。毕叶笑道:"这不是法术,我们西国叫做 Hypnotisme,是意大利人所发明的,仍是电学及心理学里推演出来的,没有什么稀奇。大人,你看他三人齐举左手来。"说完,又把眼光注射三人,那神情,好像法师画符念咒似的,喝一声"举左手",只见那三人的左手,如同有线牵的一般,一齐高高竖起。又道:"我叫他右手也举起!"照前一喝,果然三人的右手,也都跟着他双双并举了。于是满舱喝采拍掌之声,如雷而起。雯青、次芳及翻译随员等,个个伸着舌头,缩不进去。毕叶连忙向众人摇手叫不许喧闹,又喊道:"诸君看,彼三人都要仰着头张着嘴伸着舌头拍着手赞叹我的神技了!"他一般的发了口令,不一时果然三人一齐拍起手来,那神气一如毕叶所说的,引得大家都大笑起来。

次芳道:"昨日先生说,能叫本人把自己隐事,自己招供,这个可以试验么?"毕叶道:"这个试验是极易的,不过未免有伤忠厚,还是不试的好。"大家都要再试。雯青就向毕叶道:"先生何妨挑一个人试试。"毕叶道:"既金公使要试,我就把这个年老的试一试。"说着就拉出三人中一个四五十岁的老者,单另坐开。毕叶施术毕,喝着叫他说。稍停一回,这老者忽然垂下头去,嘴里咕噜咕噜的说起来,起先不大清楚,忽听他道:"这个钦差大人的二夫人,我看见了好不伤心呀!他们都道钦差的二夫人标致,我想我从前那个雪姑娘,何尝不标致呢!我记得因为自己是底下人,不敢做那些。雪姑娘对我说:'如今就是武则天娘娘,也要相与两个太监,不曾听见太监为着自己是下人推脱的。听说还有拼着脑袋给朝里的老大们砍掉,讨着娘娘的快活哩!你这没用的东西,这一点儿就怕么?'我因此就依了。如今想来,这种好日子,是没有的了。"大家听着,这老者的话,愈说愈不像话了,恐怕雯青多心,毕叶连忙去收了术。雯青倒毫不在意,笑着对次芳道:"看不出这老头儿,倒是风流浪子,真所谓'莫道风情老无分,桃花偏照夕阳红'了。"大家和着笑了。

雯青便叫阿福来装旱烟。一个小童回道:"刚才那老者说梦话的当儿,他就走了。"雯青听了无话。正看毕叶在那里古倒那三个人,一会儿,都揩揩眼睛,如梦初觉,大家问他们刚才的事,一点也不知道。毕叶对雯青及众人道:"这术还可以把各人的灵魂,彼此互换。现在这几人已乏了,改日再试吧。"雯青正听着,忽觉眼前一道奇丽的光彩,从舱西犄角里一个房门旁边儿直射出来,定睛一看,却是一个二十来岁非常标致的女洋人,身上穿着纯黑色的衣裙,头戴织草帽,鼻架青色玻璃眼镜,虽妆饰朴素的很,而粉白的脸,金黄的发,长长的眉儿,细细的腰儿,蓝的眼,红的唇,真是说不出的一幅绝妙仕女图,半身斜倚着门,险些钩去了这金大人的魂灵。

一路风平浪静

雯青不知不觉的看呆了,心想:“何不请毕先生,把这人试一试,倒有趣。”只不好开口。想了半天,忽然心生一计,就对毕叶道:“先生神术,固然奇妙极了,但兄弟尚不能无疑。这三个中国人,安见不是先生买通的呢?”毕叶听罢,面上大有怫然之色。雯青接着道:“并非我不信先生,我想请先生再演一遍。”说着,便指着女洋人低声道:“倘先生能借这个女洋人,一试妙技,那时兄弟真死心蹋地的佩服了。”次芳及两个翻译也附和着雯青。毕叶怫然道:“这有何难!我立刻请这位姑娘,把那东边桌子上的一盆水果搬来,放在公使面前好么?”

这句话原被雯青那一句激出来的。大凡欧洲人性情是直爽不过,又多好胜,最恨人家疑心他作伪,总要明白了方肯歇手,别的都顾不得了。毕叶被雯青这一激,也不问那位姑娘是谁,就冒冒失失的施起他的法术来。他的法术,又是百发百中,顿时见那姑娘脸上呆一呆,就袅袅婷婷的走到东边桌子上,伸出纤纤玉手,端着那盆冰梨雪藕,款步而来,端端正正的放在雯青坐的那张桌上,含笑斜睇,嫣然倾城。雯青这一乐,非同小可,比着那金殿传胪高唱谁某的时候,还加十倍!那里知道这边施术的毕叶,这一惊,也不寻常,却比那死刑宣告牵上刑台的当儿,仿佛一般,连忙摘了帽子,向满船的人致敬,先说西话,又说中国话,叮嘱大家等姑娘醒来,切不可告诉此事。大家答应了。那时船主质克,因听见喧闹的声音,也来舱查看,毕叶也给他说了。质克微笑应诺。毕叶方放了心,慢慢请那位姑娘自回房中去,把法术解了。

雯青诸人看见毕叶慌张情形,倒弄得莫名其妙,问他何故。毕叶吞吞吐吐道:“这位姑娘,是敝国有名的人物,学问极好,通十几国的语言学,不敢渎犯的意思。”次芳道:“毕叶先生知道她的名姓吗?”毕叶道:“记得叫夏雅丽。”雯青道:“她能说中国话么?”毕叶道:“听说能作中国诗文,不但说话哩。”雯青听了,不觉大喜。原来雯青自见了这姑娘的风度,实在羡慕,不过没法亲近。今听见会说中国话,这是绝好的引线了,当时就对毕叶道:“兄弟有句不知进退的话,只是不敢冒昧。”毕叶道:“金大人不用客气,有话请讲!”雯青道:“就是敝眷,向来愿学西文,只是没有女师傅,总觉不便。现据先生说,那贵国夏姑娘,精通语言学,还会中文,没有再巧的好机会了!现在舟中没事,正好请教。先生既然跟夏姑娘同国,不晓得肯替兄弟介绍介绍么?”毕叶想一想道:“这事既蒙委托,那有不尽力的道理！不过这姑娘的脾气古怪,只好待小可探探口气,明日再行奉复吧！”当时次芳及黄、塔两翻译,又替雯青帮腔了几句,毕叶方肯着实答应,于是大家都散归。

雯青回房,就把毕叶奇术,告诉彩云。彩云道:“这没什么奇,那些中国人,一定是他的同党,跟我们苏州的变戏法一样骗人。”雯青又把个女洋人的事情告诉她,说:“这女洋人是我叫他试的,难道也是通同的么?”彩云于是也稀奇起来。雯青又把学洋文的话,从头述了一遍,彩云欢喜的了不得。原来彩云早有此意,与雯青说过几次。当晚无话。

次早,雯青刚刚起来,次芳已经候在大餐间。雯青见面,就问:“昨天的事怎么了?”次芳道:“成了,昨日老前辈去后,他就去跟这位姑娘攀谈,灌了多少米汤,后来慢慢说到正文。姑娘先不肯,毕先生再四说合,方才允了。好在这姑娘也往德国,说在德国,或许有一两个月耽阁,随后至俄,与我们的路途,倒是相仿的,可以常教。不过要如夫人去就她的,每月薪水要八十马克。”雯青说:“八十马克,不贵不贵,今天就去开学么?”次芳道:“可以,她已等候多时了。”雯青道:“等小妾梳洗了就来,你去招呼一声。”次芳答应着去了。雯青进来,次芳的话,彩云早已听得明白,赶着梳好头。雯青就派阿福伺候过去,自己也来二等舱,与次芳等闲谈。正对着夏雅丽的房间,说话之间,时时偷看那边。

彩云见了那位姑娘,倒甚投契。夏雅丽叫她先学德文,因德文能通行俄、德诸国缘故。从此之后,每日早来暮归。彩云资性聪明,不到十日,语言已略能通晓。夏雅丽也甚欢喜。

一日,萨克森船正过地中海,将近意大利的火山。时正清早,晓色苍然。雯青与彩云刚从床上跨下,共倚船窗,隐约西南一角,云气郁葱,岛屿环青,殿阁拥翠,奇景壮观,怡魂养性,正在流连赏玩。忽见一人推门直入,左手揽雯青之袖,右手执彩云之臂,发出一种清冽之音,说道:“我要问你们俩说话哩！如不直说,我眼睛虽认得你们,我的弹子,可不认得你们!”雯青同彩云两人抬头一看,吓得目瞪口呆,不知何意。正是:

　　一朝魂落幻人手,百丈涛翻少女风。

欲知后事如何,且听下回分解。

第十回　险语惊人新钦差胆破虚无党　清茶话旧侯夫人名噪赛工场

却说雯青正与彩云双双的靠在船窗，赏玩那意大利火山的景致，忽有人推门进来，把他们俩拉着问话。两人抬头一看，却就是那非常标致的女洋人夏雅丽姑娘，柳眉倒竖，凤眼圆睁。两人这一惊，非同小可，知道前数日毕叶演技的事，露了风了。只听那姑娘学着很响亮的京腔道："我要问你，我跟你们往日无仇，今日无故，干吗你叫人戏弄我姑娘？你可打听打听看，你姑娘是大俄国轰轰烈烈的奇女子，可不比你们中国那些窝囊妇道们，凭人家糊弄着，不害臊。我为的是看重你是一个公使大臣，我好意教你那女人念书，谁知道你们中国的官员，越大越不像人，简捷儿都是糊涂的蠢虫！我姑娘也不犯合你们讲什么理，今儿个就叫你知道知道姑娘的利害！"说着伸手在袖中，取出一支雪亮的小手枪。

雯青被那一道的寒光一逼，倒退几步，一句话也说不出。还是彩云老当，见风头不妙，连忙上前拉住夏雅丽的臂膀道："密斯请息怒，这事不关我们老爷的事。都是贵国毕先生要显他的神通，我们老爷是看客。"雯青听了方抖声接说道："我不过多了一句嘴，请他再演，并没有指定着姑娘。"夏雅丽鼻子里哼了一声。彩云又抢说道："况老爷并不知道姑娘是谁，不比毕先生跟姑娘同国，晓得姑娘的底里，就应该慎重些。倘或毕先生不肯演，难道我们老爷好相强吗？所以这事还是毕先生的不是多哩，望密斯三思！"

夏雅丽正欲开口，忽房门咿哑一响，一个短小精悍的外国人，捱身进来。雯青又吃一吓，暗忖道："完了，一个人还打发不了，又添一个出来！"彩云眼快，早认得是船主质克，连忙喊道："密斯脱质克，快

说着伸手在袖中，取出一支雪亮的小手枪

来解劝解劝!”夏雅丽也立起道:“密斯脱质克,你来干么?”质克笑道:“我正要请问密斯到此何干,密斯倒问起我来!密斯你为何如此执性?我昨夜如何劝你,你总是不听,闹出事来,倒都是我的不是了!我从昨夜与密斯谈天之后,一直防着你,刚刚走到你那边,见你不在,我就猜着到这里来了,所以一直赶来,果然不出所料。”夏雅丽怒颜道:“难道我不该来问他么?”质克道:“不怎么说。这事金大人固有不是,毕先生更属不该。但毕叶在演术的时候,也没有留意姑娘是何等人物,直到姑娘走近,看见了贵会的徽章,方始知道,已是后悔不及。至于金大人,是更加茫然了。据我的意思,现在金大人是我们两国的公使,倘逞着姑娘的意,弄出事来,为这一点小事,闹出国际问题,已属不犯着;而戕害公使,为文明公律所不许,于贵国声誉有碍,尤其不可。况现在公使在我的船上,都是我的责任,我决不容姑娘为此强硬手段。”夏雅丽道:“照你说来,难道就罢了不成?”质克道:“我的愚见,金公使渎犯了姑娘,自然不能太便宜他。我看现在贵党经济,十分困难,叫金公使出一宗巨款,捐入贵党,聊以示罚;在姑娘虽受些小辱,而为公家争得大利,姑娘声誉,必然大起,大家亦得安然无事,岂不两全!至毕先生是姑娘的同国,他得罪姑娘,心本不安,叫他在贵党尽些力,必然乐从的。”这番说话,质克都是操着德话,雯青是一句不懂,彩云听得明白,连忙道:“质克先生的话,我们老爷一定遵依的,只求密斯应允。”

其时夏雅丽面色已和善了好些,手枪已放在旁边小几上,开口道:“既然质克先生这么说,我就看着国际的名誉上,船主的权限上,便宜了他。但须告诉他,不比中国那些见钱眼开的主儿,什么大事,有了孔方,都一天云雾散了。再问他到底能捐多少呢?”质克看着彩云,彩云道:“这个一听姑娘主张。”夏雅丽拿着手枪一头往外走,一头说道:“本会新近运动一事,要用一万马克,叫他担任了就是了!”又回顾彩云道:“这事与你无干,刚才恕我冒犯,回来仍到我那里,今天要上文法了!”说着扬长而去。彩云诺诺答应。质克向着彩云道:“今天险极了!亏得时候尚早,都没有晓得,暗地了结,还算便宜。”说完,自回舱面办事。

这里雯青本来吓倒在一张榻上发抖，又不解德语，见他们忽然都散了，心中又怕又疑。惊魂略定，彩云方把方才的话，从头告诉一遍，一万马克，彩云却说了一万五千。雯青方略放心，听见要拿出一万五千马克，不免又懊恼起来，与彩云商量能否请质克去说说，减少些。彩云撅着嘴道："刚才要不是我，老爷性命都没了，这时得了命，又舍不得钱了！我劝老爷省了些精神吧！人家做一任钦差，那个不发十万八万的财，何在乎这一点儿买命钱，倒肉痛起来？"雯青无语。不一会，男女仆人都起来伺候，雯青、彩云照常梳洗完毕，雯青自有次芳及随员等相陪闲话，彩云也仍过去学洋文。早上的事，除船主及同病相怜的毕先生，同时也受了一番惊恐，其余真没一人知道。

到傍晚时候，毕叶也来雯青处，其时次芳等已经散了。毕叶就说起早上的事道，船主质克，另要谢仪，罚款则俟到德京由彩云直接交付，均已面议妥协，叫彼先来告诉雯青一声。雯青只好一一如命。彼此又说了些后悔的话。雯青又问起："这姑娘，到底在什么会？"毕叶道："讲起这会，话长哩。这会发源于法兰西人圣西门，乃是平等主义的极端。他的宗旨，说世人侈言平等，终是表面的话，若说内情，世界的真权利，总归富贵人得的多，贫贱人得的少，资本家占的大，劳动的人占的小，那里算得真平等！他立这会的宗旨，就要把假平等弄成一个真平等：无国家思想，无人种思想，无家族思想，无宗教思想，废币制，禁遗产，冲决种种网罗，打破种种桎梏；皇帝是仇敌，政府是盗贼，国里有事，全国人公议公办；国土是个大公园，货物是个大公司，国里的利，全国人共享共用；一万个人，合成一个灵魂，一万个灵魂，共抱一个目的。现在的政府，他一概要推翻，现在的法律，他一概要破坏，掷可惊可怖之代价，要购一完全平等的新世界。他的会派，也分着许多，最激烈的叫做'虚无党'，又叫做'无政府党'。这会起源于英、法，现在却盛行到敝国了。也因敝国的政治，实在专制。又兼我国有一班大文家，叫做赫辰及屠尔克涅夫、托尔斯泰，以冰雪聪明的文章，写雷霆精锐的思想，这种议论，就容易动人听闻了，就是王公大人，也有入会的。这会的势力，自然越发张大了。"雯青听了大惊失色道："照先生说来，简直是大逆不道，谋为不轨的叛党了！这种人要在敝国，是早已明正典刑，那里容他们如此胆大妄为呢！”

毕叶笑道：“这里头有个道理，不是我糟蹋贵国，实在贵国的百姓，仿佛比个人，年纪还幼小，不大懂得世事，正是扶墙摸壁的时候，他只知道自己该给皇帝管的，那里晓得天赋人权万物平等的公理呢！所以容易拿强力去逼压。若说敝国，虽说政体与贵国相仿，百姓却已开通，不甘受骗，就是刚才大人说的‘大逆不道，谋为不轨’八个字，他们说起来，皇帝有‘大逆不道’的罪，百姓没有的；皇帝可以‘谋为不轨’，百姓不能的。为什么呢？土地是百姓的土地，政治是百姓的政治，百姓是主人翁，皇帝政府，不过是公雇的管账伙计罢了。这种说话，在敝国皇帝听了，也同大人一样的大怒，何尝不想杀尽拿尽。只是杀心一起，血花肉雨，此饷彼酬，赫赫有声的世界大都会圣彼德堡，方方百里地，变成皇帝百姓相杀的大战场了！”

雯青越听越不懂，究竟毕叶是外国人，不敢十分批驳，不过自己咕噜道：“男的还罢了，怎么女人家不谨守闺门，也出来胡闹？”毕叶连忙摇手道：“大人别再惹祸了！”雯青只好闭口不语，彼此没趣散了。

斯时萨克森船，尚在地中海，这日忽起了风浪，震荡得实在利害，大家困卧了数日，无事可说。直到七月十三日，船到热瓦，雯青谢了船主，换了火车，走了五日，始抵德国柏林都城。在德国自有一番迎接新使的礼节，不必细述。前任公使吕萃芳交了篆务，然后雯青率同参赞随员等一同进署。连日往谒德国大宰相俾思麦克，适遇俾公事忙，五次方得见着。随后又拜会了各部大臣，及各国公使。

又过了几月，那时恰好西历一千八百八十八年正月里，德皇威廉第一去世，太子飞蝶丽新即了日耳曼帝位，于是雯青就趁着这个当儿，觐见了德皇及皇后维多利亚第二，呈递国书，回来与彩云讲起觐见许多仪节。彩云恃着自己在夏雅丽处学得几句德语，便撒娇撒痴要去觐见。雯青道：“这是容易，公使夫人，本来该应觐见的。不过我中国妇女素来守礼，不愿跟他们学。前几年只有个曾小侯夫人，她却倜傥得很，一到西国，居然与西人弄得来，往来联络得很热闹。她就跟着小侯，一样觐见各国皇帝。我们中国人听见了，自然要议论她，外国人却很佩服的。你要学她，不晓得你有她的本事没有？”

彩云道："老爷，你别瞧不起人！曾侯夫人也是个人，难道她有三头六臂么！"雯青道："你倒别说大话，有件事，现在洋人说起，还赞她聪明，只怕你就干不了！"彩云道："什么事呢？"雯青笑着说道："你不忙，你装袋旱烟我吃，让我慢慢的讲给你听。"彩云抿着嘴道："什么稀罕事儿，值得这么拿腔！"说着便拿一根湘妃竹牙嘴三尺来长的旱烟筒，满满的装上一袋蟠桃香烟，递给雯青，一面又回头叫小丫头道："替老爷快倒一杯酽酽儿的清茶来！"笑眯眯的向着雯青道："这可没得说了，快给我讲吧！"

雯青道："你提起茶，我讲的便是一段茶的故事。当日曾侯夫人，出使英国，那时英国，刚刚起了个什么叫做'手工赛会'。这会原是英国上流妇女集合的，凡有妇女亲手制造的物件，荟萃在一处，叫人批评比赛，好的就把金钱投下，算个赏彩。到散会时，把投的金钱，大家比较，谁的金钱多，系谁是第一。却说这个侯夫人，当时结交很广，这会开的时候，英国外部，送来一角公函，请夫人赴会。曾侯便问夫人：'赴会不赴会？'夫人道：'为什么不赴？你复函答应便了！'曾侯道：'这不可胡闹，我们没有东西可赛，不要事到临头，拿不出手，被人耻笑，反伤国体！'夫人笑道：'你别管，我自有道理！'曾侯拗不过，只好回书答应。"

彩云道："这该应答应，叫我做侯夫人，也不肯不挣这口气。"说着，恰好丫环拿上一杯茶来。雯青接着一口一口的慢慢喝着，说道："你晓得她应允了，怎么样呢？却毫不在意，没一点儿准备。看看会期已到，你想曾侯心中干急不干急呢？那晓得夫人越做得没事人儿一样。这日正是开会的第一日，曾侯清早起来，却不见了夫人，知道已经赴会去了，连忙坐了马车，赶到会场，只见会场中人山人海，异常热闹。场上陈列着有锦绣的，有金银的，五光十色，目眩神迷，顿时吓得出神。四处找他夫人，一时慌了，竟找不着。只听得一片喝采声，拍掌声，从会场门首第一个桌子边发出，回头一看，却正是他夫人坐在那桌子旁边一把矮椅上，桌上却摆着十几个康熙五采的鸡缸杯，几把紫砂的龚春名壶，壶中满贮着无锡惠山的第一名泉，泉中沉着几撮武彝山的香茗。一种幽雅的古色，映着陆离的异彩，直射眼帘；一股清俊的香味，趁着氤氲的和风，直透鼻罐。许多碧眼紫髯的伟男，蜷发蜂腰的仕女，正是摩肩如云挥汗成雨的时候，烦渴的了不得，忽然一滴杨枝水，劈头洒将来，正如仙露明珠，琼浆玉液，那一个不欢喜赞叹！顿时抛掷金钱，如雨点一般。直到会散，把金钱汇算起来，侯夫人竟占了次多数。曾侯那时的得意，可想而知！觉脸上添了无数的光彩。你想侯夫人这事办得聪明不聪明？写意不写意？无怪外国人要佩服她！你要有这样本事，便不枉我带你出来走一趟了。"

彩云听着，心中暗忖："老爷这明明估量我是个小家女子，不能替他争面子，怕我闹笑话。我倒偏要显个手段，胜过侯夫人，也叫他不敢小觑。"想着，扭着头说道："本来我不配比侯夫人，她是金一般玉一般的尊贵，我是脚底下的泥路旁的草也不如，那里配有她的本事！出去替老爷坍了台，倒叫老爷不放心，不如死守着这螺蛳壳公使馆，永不出头；要不然，送了我回去，要出丑也出丑到家里去，不关老爷的体面。"雯青连忙立起来，走到彩云身旁，拍着她肩笑道："你不要多心，我何尝不许你出去呢！你要觐见，只消叫文案上备一角文书，知照外部大臣，等他择期觐见便了。"彩云见雯青答应了，方始转怒为喜，催着雯青出去办文。雯青微笑的慢慢踱出去了。正是：

初送隐娘金盒去，却看冯嫽锦车来。

欲知后事，且听下回细说。

第十一回 潘尚书提倡公羊学 黎学士狂胪老鞑文

上回正说彩云要觐见德皇，催着雯青去办文，知照外部。雯青自然出来与次芳商量，次芳也不便反对，就交黄翻译办了一角请觐的照例公文。谁知行文过去，恰因飞蝶丽政躬不适，一直未得回文，连雯青赴俄国的日期，都耽搁了。趁雯青、彩云在德国守候没事的时候，做书的倒抽出这点空儿，要暂时把他们搁一搁，叙叙京里一班王公大人，提倡学界的历史了。

原来菶如、唐卿、珏斋这般同乡官，自从那日饯送雯青出洋之后，不上一年，唐卿就放了湖北学政，珏斋放了河道总督，庄寿香也从山西调升湖广总督，苏州有名的几个京官也都风流云散。就是一个潘探花八瀛先生，已升授了礼部尚书，位高德劭，与常州龚状元平，现做吏部尚书的和甫先生，总算南朝两老。这位潘尚书学问渊博，性情古怪，专门提倡古学，不但喜欢讨论金石，尤喜讲《公羊春秋》的绝学，那班殿卷试帖的太史公，那里在他眼里，所以菶如虽然传了鼎甲的衣钵，沾些同乡的亲谊，又当着乡人冷落的当儿，却只照例请谒，不敢十分亲近。因此菶如那时在京，很觉清静。

那一年正是光绪十四年，太后下了懿旨，宣布了皇帝大婚后亲政的确期，把清漪园改建了颐和园，表示倦勤颐养不再干政的盛意。四海臣民，同声欢庆。国家政治，既有刷新的希望，朝野思想，渐生除旧的动机。恰又遇着戊子乡试的年成，江南大主考，放了一位广东南海县的大名士，姓黎号石农名殿文，词章考据，色色精通，写得一手好北魏碑版的字体，尤精熟辽、金、元史的地理，把几部什么《元秘史》、《长春真人西游记》、《双溪醉隐集》都注遍了，要算何愿船、张月斋后，独步的人物了。当日雯青在京的时候，也常常跟他在一处，讲究西北地理的学问。江南放了这个人做主考，自然把沿着扬子江如鲫的名士，一网都打尽了。

苏州却也收着两个。你道是谁？一个姓米名继曾号筱亭，一个却姓姜名表号剑云，都列在魁卷中。当时这部闱墨出来，大家就议论纷纷，说好的道"沉博绝丽"，说坏的道"牛鬼蛇神"。莑如在寓无事，也去买一部来看看，却留心看那同乡姜剑云的，见上头有什么"黜周王鲁"呢，"张三世"呢，"正三统"呢，看了半天，一句也不懂。后头一道策文，又都是些阿萨克、阙特勤、阿模呀、斡难呀，好像《金刚经》上的咒语一般，更不消说似无目虾了，便掩卷叹了一口气道："如今这种文章，到底算个什么东西？都被我们这位潘老头儿，闹那么'公羊母羊'引出来的！文体不正，心术就要跟着坏了！"

正独自咕哝着，一个管家跑进回道："老爷派了磨勘官了，请立刻就去！"莑如便叫套车。上车一直跑到磨勘处，与认得的同官招呼过了，便坐下读卷。忽听背后有一人说道："这回磨勘倒要留点神，别胡粘签子，回来粘差了，叫人笑话！"莑如听着那口音很熟，回头看时，却是袁尚秋，斜着眼，跷着腿，嘴里衔着京潮烟袋，与邻座一个不大熟识的，仿佛是个旗人，名叫连沅号荇仙的，在那里议论。莑如本来认得尚秋，便拱手招呼，尚秋却待理不理的，点了一点头。

莑如心里很不舒服，没奈何，只好摊出卷子来，一本一本的看。心里总想吹毛求疵，见得自己的细心，且要压倒尚秋方才那句话。忽然看到一本，面上现出喜色，便停了看，手里拿着签子要粘，嘴里不觉自言自语道："每回我粘的签子，人家总派我冤屈人，这个可给我粘着了，再不能说我粘错的了！"莑如一人唧哝着，不想被尚秋听见了，便立起伸过头来，凑着卷子道："莑如你签着什么字？"莑如就拿这本卷子挪过桌子，指给尚秋看道："你看这个荒唐不荒唐？感慨的'慨'字，会写成木字的'概'字。这个文章，一定是枪替来的，否则谬不至此！"尚秋看了不语，却对那个邻座笑了一笑，附耳低低说了两句话，依然坐下。莑如看见如此神情，明明是笑他，自己不信，难道这个还是我错，他不错吗？心里倒疑惑起来。

停一会，尚秋忽叫着那个人道："荇仙兄，上回考差时候，有个笑话儿，你知道吗？"指着莑如道："也就是这位莑兄的贵同乡。那日题目，是出的《说文解字》。他不晓得，听人说是《说文》，他便找我问道：'这题目到底出在许《说文》上的呢，还是段《说文》呢？'我那时倒没话回他，便道：'老兄且不要问，回去弄明白了《说文》是谁著的，再问吧！'"那邻座的旗人笑道："这人你不要笑他，他到底还晓得《说文》，总算认得两个大字，比那一字不识，《汉书》都没有看过，倒要派人家写别字的强多着呢！"

莑如一听此话，不禁脸上飞红，强着冷笑道："你们别指东说西的挖苦人。你们既讲究《说文》，这部书我也曾看过，里头最要紧，总不外声音意思两样。现在这个'慨'字，意思不是叹气吗？叹气从心里发出，自然从心旁，难道木头人会叹气的吗？这就不通极了！你们说我没有读《汉书》，我看你们看的《汉书》，决然不是原版初印，上了当了！"尚秋见莑如动了气，就不敢言语了。莑如接着道："况且我们做翰林的本分，该依着《字学举隅》写，才是遵王的道理。偏要寻这种僻字吓人，不但心术坏了，而且故违公令，不成了悖逆吗？"当时尚秋与那个旗人，都低着头看卷子，由他一个发话。

不一时，卷子看完，大家都出来了。尚秋因刚才的话，怕莑如芥蒂，特地走过来招呼道："莑兄，八瀛尚书那里，你今天去吗？"莑如正收拾笔砚，听了摸不着头脑，忙应道："去做什么？"尚秋道："八瀛尚书没有招你吗？今天是大家公祭何邵公哟！"莑如愕然道："何邵公是谁呀？八瀛从没提这人。喔，我晓得了，大家知道我跟他没有交情，所以公祭没有我的分儿！"尚秋忍不住笑道："何邵公不是今人，就是注《公羊春秋》的汉何休呀！八瀛先生因为前几天钱唐卿在湖北上了一个封事，请许叔重从祀圣庙，已经部议准了。八瀛先生就想着何邵公，也是一个汉朝大儒，邀着几个同志，议论此事，顺便就在拱宸堂公祭一番，略伸敬仰的意思。莑兄你高兴同去观礼吗？"莑如向来对于这种事，不愿与闻，想回绝尚秋。转念一想，尚书处多日未去，好像过于冷落，看看时候还早，回去没事，落得借此通通殷勤，就答应了尚秋，一同出来，上车向着南城米市胡同而来。

到得潘府门前，见已有好几辆大鞍车停着，门前几棵大树上，系着十来匹红缨踢胸的高头大马，知有贵客到了。当时门上接了帖子，尚秋在前，莑如在后，一同进去，领到一间很幽雅的书室。满架图书，却堆得七横八竖，桌上列着无数的商彝周鼎，古色斑斓。两面墙上挂着几幅横披，题目写着《消夏六咏》，都是当时名人和八瀛尚书咏着六事的七古诗：一拓铭，二读碑，三打砖，四数钱，五洗砚，六考印，都是拿考据家的笔墨，来做的古今体诗，也是一时创格。内中李纯客、叶缘常的，最为详博。正中悬个横匾，写着很大的“龟巢”两个字，下边署款却是“成煜书”，知道是满洲名士国子监祭酒成伯怡写的了。莑如看着，却不解这两字什么命意。尚秋是知道潘公好奇的性情，常时通候的书笺，还往往署着“龟白”两字，当做自己的别号哩，所以倒毫不为奇。

当时，尚秋、莑如走进书房，见正中炕上左边，坐着个方面大耳的长须老者，一手托着本锦面古书，低着头在那里赏鉴，远远望去，就有一种太平宰相的气概，不问而知为龚和甫尚书；右边一个胖胖儿面孔，两绺短黑胡子，八字分开，屈着腰，凑近龚尚书，同看那书，那人就是写匾的伯怡先生。下面两排椅子上，坐着两个年纪稍轻的，右面一个苍黑脸的，满脸酒肉气，神情活像山西票号里的掌柜；左边个却是短短身材，鹅蛋脸儿，唇红齿白的美少年。这两个人，尚秋却不大认识。

八瀛尚书正坐在主位上，手里拿着根长旱烟袋，一面吃烟，一面同那少年说话，看见尚秋，就把烟袋往后一丢，立了起来。后面管家没有防备，接个不牢，拍拉一响，倒在地上。尚书也不管，迎着尚秋道：“怎么你和莑如一块儿来了？”尚秋不及回言，与莑如上去见了龚、成两老，又见了下面两位。尚秋正要问姓名，莑如招呼，指着那苍黑脸的道：“这便是米筱亭兄。”又指那少年道：“这是姜剑云。都是今科的新贵。”潘尚书接口道：“两位都是石农的得意门生哟！”上面龚尚书也放了那本书道：“现在尚秋已到，只等石农跟纯客两个，一到就可行礼了。”伯怡道：“我听说还有庄小燕、段扈桥哩。”八瀛道：“小燕今日会晤一个外国人，说不能来了。扈桥今日在衙门里见着，没有说定来，听说他又买着了一块张黑女的碑石，整日在那里摩挲哩，只好不等他罢！”于是大家说着，各自坐定。

屈着腰，凑近龚尚书

尚秋正要与姜米两人搭话,忽见院子里踱进两人:一个是衣服破烂,满面污垢,头上一只帽子,亮晶晶的都是乌油光,却又歪戴着;一个却衣饰鲜明,神情轩朗。走近一看,却认得前头是荀子佩,名春植;后头个是黄叔兰的儿子,名朝杞,号仲涛。那时子佩看见尚秋开口道:“你来得好晚,公祭的仪式,我们都预备好了。”尚秋听了,方晓得他们在对面拱宸堂里铺排祭坛祭品,就答道:“偏劳两位了。”

龚尚书手拿着一本书道:“刚才伯怡议,这部北宋本《公羊春秋何氏注》,也可以陈列祭坛,你们拿去吧!”子佩接着翻阅,尚秋、菶如也凑上看着,只见那书装潢华美,澄心堂粉画冷金笺的封面,旧宣州玉版的衬纸,上有宋五彩蜀锦的题签,写着“百宋一廛所藏北宋小字本公羊春秋何氏注”一行,下注“千里题”三字。尚秋道:“这是谁的藏本?”潘尚书道:“是我新近从琉璃厂翰文斋一个老书估叫老安的手里买的。”子佩道:“老安的东西吗?那价钱必然可观了!”龚尚书道:“也不过三百金罢了。”别人听了,也还没什么奇,菶如不觉暗暗吐舌,想这么一本破书,肯出如此巨价,真是书呆子了!

尚秋又将那书看了几遍,里头有两个图章:一个是“荛圃过眼”,还有一个“曾藏汪阆源家”六字。尚秋道:“既然荛翁的藏本,怎么又有汪氏图印呢?”那苍黑脸的米筱亭忙接口道:“本来荛翁的遗书,后来都归汪氏的,汪氏中落,又流落出来,于是经史都归了常熟瞿氏铁琴铜剑楼,子集都归了聊城杨氏海源阁。这书或者常熟瞿氏遗失的,也未可知。我曾经在瞿氏校过书,听瞿氏子孙说,长发乱时,曾失去旧书两厨哩。”剑云道:“筱亭这话不差,就是百宋一廛最有名的孤本《窦氏联珠集》,也从瞿氏流落出来,现在常熟赵氏了。”

尚秋道:“两位的学问,真了不得!弟前日从闱墨中拜读了大著,剑云兄于公羊学,更为精邃,可否叨教叨教?”剑云道:“那里敢说精邃,不过兄弟常有个僻见,看着这部《春秋》,是我夫子一生经济学问的大结果。起先夫子的学问,本来是从周的主义,所以说‘郁郁乎文哉,我从周’。直到自卫反鲁,他的学问却大变了。他晓得周朝的制度,都是一班天子诸侯大夫定的,回护着自己,欺压平民,于是一变而为民为贵的主义,要自己制礼作乐起来,所以又说‘行夏之时,乘殷

忽见院子里踱进两人

之辂，服周之冕'，改制变法，显然可见。又著了这部《春秋》，言外见得凡做了一个人，都有干涉国家政事的权柄，不能逞着一班贵族，任意胡为的，自己先做个榜样，褒的褒，贬的贬，俨然天子刑赏的分儿，其实这刑赏的职分，原是百姓的，从来倒置惯了，夫子就拿这部《春秋》去翻了过来罢了。孟夫子说个'《春秋》，天子之事也'，这句还是依着俗见说的，要照愚见说，简直道：'《春秋》，凡民之天职也。'这才是夫子做《春秋》的真命脉哩！当时做了这书，就传给了小弟子公羊高，学说一布，那些天子诸侯的威权，顿时减了好些，小民之势力，忽然增高了。天子诸侯那里甘心，就纷纷议论起来，所以孟子又有'知我罪我'的话。不过夫子虽有了这个学说，却是纸上空谈，不能实行，倒是现在欧洲各国，民权大张，国势蒸蒸日上，可见夫子《春秋》的宗旨，是不差的了。可惜我们中国，没有人把我夫子的公羊学说实行出来。"

尚秋听罢，咋舌道："真是石破天惊的怪论！"筱亭笑着道："尚秋兄，别听他这种胡说，我看他弄了好几年公羊学，行什么大事业出来？也不过骗个举人，与兄弟一样。什么'公羊私羊'，跟从前弄咸同墨卷的，有何两样心肠？就是大公羊家汉朝董仲舒，目不窥园，图什么呢？也不过为着天人三策，要博取一个廷对第一罢了。"

莑如听了剑云的话，正不舒服，忽听筱亭这论，大中下怀道："筱亭兄的话，倒是近情着理。我看今日的典礼，只有姜、米两公是应该祭的，真所谓知恩不忘本了！"龚和甫听了，皱着眉不语。八瀛冲口说道："莑如你不懂这些，你别开口罢！"回头就向尚秋、筱亭道："剑云这段议论，也不是他一个人的私见。上回有一个四川名士，姓缪号寄坪的来见，他也有这说。他说：'孔子反鲁以前，是《周礼》的学问，叫做古学；反鲁以后，是《王制》的学问，是今学。弟子中在前传授的，变了古学一派；晚年传授的，变了今学一派。六经里头，所以制度礼乐，有互相违背，绝然不同处。后儒牵强附会，费尽心思，不知都是古今学不分明的缘故。你想，古学是纯乎遵王主义，今学是全乎改制变法主义，东西背驰，那里合得拢来呢？'你们听这番议论，不是与剑云的议论，倒不谋而合的！英雄所见略同，可见这里头是有这么一个道理，不尽荒唐的!"

龚尚书道:"缪寄坪的著作,听见已刻了出来。我还听说现在广东南海县,有个姓唐的,名犹辉,号叫做什么常肃,就窃取了寄坪的绪论,变本加厉,说六经全是刘歆的伪书哩! 这种议论,才算奇辟。剑云的论《公羊》,正当的很,也要闻而却走,真是少见多怪了!"莘如听大家你一句我一句,暗暗挖苦他,倒弄得大大没趣。

忽听一阵脚步声,几个管家说道:"黎大人到!"就见黎公穿着半新不旧的袍褂,手捋着短须,摇摇摆摆进来,嚷道:"来迟了,你们别见怪呀!"看见姜、米两人,就笑道:"你们也在这里,我来的很巧了。"潘尚书笑道:"怎样着,贵门生不在这里,你就来得不巧了?"石农道:"再别提门生了,如今门生收不得了,门生愈好,老师愈没有日子过了。"龚、潘两尚书都一怔道:"这话怎么讲?"石农道:"我们坐了再说。"

于是大家坐定。石农道:"我告诉你们,昨儿个,我因注释《元秘史》,要查一查徐星伯的《西域传注》,家里没有这书,就跑到李纯客那里去借。"成伯怡道:"纯客不是你的老门生吗?"石农道:"论学问,我原不敢当老师,只是承他情,见面总叫一声。昨天见面,也照例叫了。你道他叫了之后,接上句什么话?"龚尚书道:"什么话呢?""他道:'老师近来跟师母敦伦的兴致好不好?'我当时给他蒙住了,脸上拉不下来,又不好发作,索性给他畅论一回容成之术,《素女方》呀,《医心方》呀,胡诌了一大篇。今天有个朋友告诉我,昨天人家问他,为什么忽然说起敦伦? 他道:'石农一生学问,这敦伦一道,还算是他的专门,不给他讲敦伦,讲什么呢?'你们想,这是什么话? 不活气死了人! 你们说,这种门生还收得吗?"说罢,就看着姜、米二人微笑。大家听着,都大笑起来。

潘尚书忽然跳起来道:"不好了,了不得了!"就连声叫:"来,来!"大家倒怔着,不知何事。一会儿,一个管家走到潘尚书跟前,尚书正色问那管家道:"这月里李治民李老爷的喂养费,发了没有?"那管家笑着说:"不是李老爷的月敬吗? 前天打发人送过去了。"潘尚书道:"发了就得了。"就回过头来,向着众人笑道:"要迟发一步,也要来问老夫敦伦了。老夫更比不得石翁年少,这个'伦',却'敦'不起了!"众人问:“什么叫喂养费?”龚尚书笑道:“你们怎糊涂起来?他挖苦纯客是骡子罢了!”于是众人回味,又大笑一回。正笑着,见一个管家,送进一封信来。潘尚书接着一看,正是纯客手札,大家都聚头来看着。

莑如今日来得本来勉强,又听他们议论,一半不明白,一半不以为然,坐着好没趣,知道人已到齐,快要到什么何邵公那里去行礼了,看见此时,大家都拥着看李纯客的信,不留他神,就暗暗溜出。管家们问起,他对他们摇手,说去了就来,一直到门外上车回家。到了家中,他的夫人告诉他道:“你出门后,信局送来上海文报处一信,还有一个纸包,说是俄国来的东西,不知是谁的!”说罢,就把信并那包,一同送上去。莑如拆开看了,又拆了那纸包,却密密层层的包着,直到末层,方露出是一张一尺大的西法摄影。上头却是两个美丽的西洋妇人。莑如夫人看了不懂,心中不免疑惑,正要问明,忽听莑如道:“倒是一件奇闻。”正是:

方看日边德星聚,忽传海外雁书来。

欲知后事如何,且听下回分解。

第十二回 影并帝天初登布士殿 学通中外重翻交界图

却说菶如当日正接了一封俄国邮来的信件,还没拆开,先见两个西装妇女的摄影,不解缘故。他夫人倒大动疑心起来。菶如连忙把信拆开。——原来这封信,还是去年腊月里,雯青初到圣彼得堡京城时所寄的。信中并无别话,就告诉菶如几时由德动身,几时到俄。又说在德京,用重价购得一幅极秘密详细的中俄交界地图,自己又重加校勘,即日付印,印好后就要打发妥员赍送来京,呈送总理衙门存档,先托菶如妥为招呼等语,辞气非常得意。直到信末,另附一纸,说明这张摄影的来由,又是件旷世希逢的佳话。你道这摄影是谁呢?列位且休性急,让俺慢慢说来。

话说雯青驻节柏林,只等彩云觐见后,就要赴俄,已经耽搁了一个多月。恰值德皇政体违和,外部总没回文,雯青心中很是焦闷。倒是彩云兴高采烈,到处应酬,今日某公爵夫人的跳舞,明日某大臣姑娘的茶会,朝游缔尔园,夜登兰姒馆,东来西往,煞是风光。彩云容貌本好,又喜修饰,生性聪明,巧得人意,倒弄得艳名大噪起来。偌大一个柏林城,几乎没个不知道傅彩云是中国第一个美人,都要见识见识,连铁血宰相的郁亨夫人,也来往过好几次。那郁亨夫人,替彩云又介绍认得了一位贵夫人,自称维亚太太,说是德国的世爵夫人,年纪不到五十许,体态虽十分端丽,神情却八面威风。那日一见彩云,就非常投契,从此也常常约会,不过约会的地方,不在花园,即在戏馆,从不叫登这夫人的邸第,夫人也没有来过。彩云有时提起登门造访的话,那太太总把别话支吾,彩云只得罢了。话且不表。

却说有一晚,彩云刚与这位太太在维良园看完了戏,独自回来,已在定更时候，坐着一辆华丽的轿式双马车，车上连一个鬟仆都不带，如飞的到了使馆门口停住。车夫拉开车门，彩云正要跨下，却见马路上有一个十七八岁的美童，飞奔的跑到车前，把肩膀凑近车门，口里还吁吁发喘。彩云就一手搭在他肩上，轻轻的跳了下来。进了馆门，就有一班管家们，都站了起来，喊道："太太回来了，快掌灯伺候！"便有两个小童，各执一盏明角灯儿，在前引导。这当儿，那些丫鬟仆妇，也都知道了，在楼上七跌八撞的跑了下来。那时彩云已到了升高机器小屋里，那些丫鬟仆妇，都要上前搀扶，都道："阿福哥，劳你驾了，让我们来搀着吧！"彩云冷笑了一声，自顾自仍扶着阿福。那机器就如飞的上升了。

到了楼上，彩云有气没力的，全身都靠在阿福的身上，连喘带笑的，迈到了自己卧房，一张五彩洋锦的软榻上就倒下了，两颊绯晕，双眼粘饧，好像杨妃醉酒一般，歪着身，斜着眼，似笑不笑的望着阿福。阿福也笑眯眯的低着头，立在榻旁。彩云忽然把一个玉葱，咬着银牙，狠狠的直指到阿福额上，颤声道："你这坏透顶的小子，我不想今儿个……"刚说到这里，那些丫鬟仆妇，都从扶梯上走了进来，彩云就缩住了口，马上翻过脸来道："你们这班使坏心的娼妇，都晓得这会儿我快回来了，倒一个个躲起来，幸亏阿福是个小子，不要紧，要是大汉子，臭男人，也叫我扶着走吗？"彩云说罢，那些丫鬟仆妇，都面面相觑，不敢则声。

阿福就趁势回道："那辆车，明天还叫他来伺候吗？"彩云道："明天有什么事？"阿福道："怎么太太会忘了！刚才在路上，你不是告诉我，明儿个维亚太太约游缔尔园吗？"彩云想一想道："不差，看戏的时候，她当面约定的。"说着，把眼瞪着阿福道："可是我再不要坐轿式车了。明天早上，叫他来一辆亨斯美吧。"阿福笑道："你自各儿拉缰吗？"彩云道："谁耐烦自各儿拉，你难道折了手吗？"阿福笑了一笑，再要说话，听见房门外靴声橐橐，仆妇们忙喊道："老爷进来了！"阿福顿时失色，慌慌张张想溜，彩云故意正色高声的喊道："阿福，你别忙走呀！我还有话吩咐呢！"阿福会意，就垂着手，答应一声："着！""你告诉他，明儿早上八下钟来，别误了！"

这当儿，雯青一头掀着门帘，一头嘴里咕噜说："阿福老是这样冒冒失失，得风使篷的。"说着，已经踱了进来，冲着彩云道："明天你又要上那儿去了？"其时阿福得空，就捱身出房。彩云撅着嘴道："到缔尔园去，会一个外国女朋友。你问他什么？难道你嫌我多出门吗？什么又不又的！"说着，赌气就一溜风走到床后去更衣洗面了。

雯青讨了没趣，低低说道："彩云，你近来真变了相了，我一句话没有说了，你就生气了。我原是好意，你可知道今天外部已有回文，叫你后天就去觐见，在沙老顿布士宫 Charlotenburg，离着柏林有二三十里地呢！我怕你连日累着，想要你歇息歇息呀！"彩云听了雯青这番软话，心里想想，到底有点过意不去，又晓得觐见在即，倒又欢喜起来，就笑嘻嘻走到床面前来，道："谁生气来？不过老爷也太顾怜我了！既然后天要觐见，明天早点回来，省得老爷不放心，好吗？"雯青道："这也由你吧！"说罢，彼此一笑，同入罗帏。一宵无话。

次日清早，雯青尚在香梦迷离之际，彩云偷偷的抽身锦被，心里盘算出去的装束，要格外新艳。忽然想起新购的一身华丽欧装，就叫小丫头取了出来，慢慢的走到梳妆台，对镜梳洗，调脂抹粉，不用细说。不一会，就拢上一束蟠云曼陀髻，系上一条踠地绛縩裙，颈围天鹅绒的领巾，肩披紫貂砍的外套，头上戴了堆花雪羽帽，脚下踏着雕漆乌皮靴，颤巍巍胸际花毬，光滟滟指头钻石，果然是蔷薇娘肖像，茶花女化身了。打扮刚完，自己把镜子照了又照，很觉得意。忽见镜子里面阿福笑嘻嘻的站在背后，低低道："车来了。"彩云嗤的一笑道："促狭鬼，倒吓人一跳！"随就把嘴儿指着床上，又附着阿福耳边，密密切切，不知吩咐了些什么话。阿福笑着点头答应，就蹑手蹑脚的下楼去了。

这里彩云收拾完备，轻轻走到床边，揭起帐子，张了一张，就回声叫小丫头搀了一径下楼。到门口上车，打发小丫头们进去，又叫马夫坐在车后，自己就跳上亨斯美，轻提玉臂，紧勒丝缰，那匹马就得得的向前去了。走了一条街，却见那边候着个西装少年，远远招手儿。彩云笑一笑，把车放慢了，那少年就飞身上车，与彩云并肩坐下，把丝缰接了过来。一扬鞭，一摇铃，风驰电卷，向马龙车水中间滚滚而去。

两人左顾右盼,俨然自命一对画中人了!

不多会儿,到了缔尔园 Tiergarten 门前。——原来这座花园,古呢普提坊要算柏林市中第一个名胜之区。周围三四里,门前有一个新立的石柱,高三丈,周十围,顶立飞仙,金身金翅。是法、奥、丹三国战争时获得大炮铸成,号为“得胜铭”。园中马路,四通八达。崇楼杰阁,曲廊洞房,锦簇花团,云谲波诡,琪花瑶草,四时常开,珈馆酒楼,到处可坐。每日里钿车如水,裙屐如云,热闹异常。园中有座三层楼,画栋飞云,雕盘承露,尤为全园之中心点。其最上一层,有精舍四五,无不金釭衔壁,明月缀帷,榻护绣襦,地铺锦罽,为贵绅仕女登眺之所,寻常人不能攀跻。彩云每次到园,与诸贵女聚会,总在此间憩息。

这日马车进了园门,就一径到这楼下下车,阿福扶着,迤逦登楼。刚走到常坐的那一间门口,彩云一只纤趾,正要跨进,忽听咳嗽一声,抬头一看,却见屋里一个雄赳赳的日耳曼少年,金发赪颜,风采奕然,一身陆军装束,很是华丽,见了彩云,一双美而且秀的眼光,仿佛云际闪电,把彩云周身上下,打了一个圈儿。彩云猛吃一惊,连忙缩脚退出。阿福指着道:“间壁有空房,我们到那里坐吧。”说罢,就掖了彩云径进那紧邻的一间精室。彩云坐下,就吩咐阿福道:“你到外边去候着,等维亚太太一到,就先来招呼。”阿福答应,如飞而去。

彩云独自在房,心里暗忖那个少年,不知是谁,倒想不到外国人有如此美貌的!我们中国的潘安、宋玉,想当时就算有这样的风神,断没有这般的英武。看他神情,见了我也非常留意,可见好色之心,中外是一样的了。彩云胡思乱想了一回,觉得心神恍惚,四肢软哈哈提不起来,就和身倒在一张红绒如意榻上,星眼惺松,似睡不睡的。

正有点朦胧,忽听耳旁有许多脚步声,连忙张开眼来,却见阿福领了一个中年妇人上来。彩云忙问阿福道:“这是谁?”阿福道:“这位就是维亚太太打发来的。”那妇人就接嘴道:“我们主人说,今天不来这里了,要请密细斯到我们家里去。主人特地叫我们来接的,马车已在外面等着,请密细斯上车吧!”彩云听了,想了一想道:“太太府上,我早该去请安,就为太太的住处,不肯告诉我,就因循下来了。现在既然太太见招，我就坐我自己的车前去便了。”说着，回头叫阿福去套车。那妇人道：“我们主人吩咐，请密细斯就坐我们来车。因为我们主人的住处，不肯轻易叫人知道的。”彩云道：“这是什么道理？”那妇人笑道：“主人如此吩咐，其中缘故，奴辈那里敢问呢？”彩云没法，只好叫阿福到身边，附耳说了两句话，阿福先去了。自己就立起身来道：“我们走吧。”

那妇人在前，彩云在后，走下楼来。刚到门口，彩云还没看清那车子的大小方圆，却被那妇人猛然一推，彩云身不由主被她推进车来，车门已砌的关上了，弄得彩云迷迷糊糊，又惊又吓。只见那车里四面糊着金绒，当前一悬明镜，两旁却放着绿色的布帘，遮着玻璃，一些望不见外面，对面却笑微微坐着那妇人，开口道：“密细斯休怪粗莽，这是主人怕你知道了路程，所以如此的。”彩云听了这话，更加狐疑，要问那妇人，又知道她不肯说实话的，心里不免突突跳个不住。

正冥想间，那车忽然停了，车门欻的开了。那中年妇人先下车，就来搀彩云。刚跨下地，忽觉眼前一片光明，耀耀烁烁，眼睛也睁不开。好容易定睛一认，原来一辆朱轮绣幰的百宝宫车，端端正正的，停在一座十色五光的玻璃宫台阶之下。那宫却是轮奂巍峨，矗云干汉。宫外浩荡荡，一片香泥细草的广场，遍围着郁郁苍苍的树木，点缀着几处名家雕石象，放射出万条异彩的喷水池。彩云不及细看，却被那妇人不由分说就扶上台阶，曲曲折折，走到一面大镜子面前。那妇人把镜子一推，却“呀”的一声开了，原来是个门儿。向里一望，只见是个窈窕洞房，满室奇光异彩，也不辨是金是玉，是花是绣，但觉眼光缭乱而已。就有几个华装女子，听见门响，向外一望，问道：“来了吗？”那妇人答道：“来了。”

忽听嚶然一声，恍如凤鸣鹤唳，清越可听道：“快请进来。”那当儿，彩云已揭起了绣帏，踏上了锦毯，迎面袅袅婷婷的，来了个细腰长裙锦装玉裹的中年贵妇，不用说就是维亚太太了。见了彩云，就抢上一步，紧握住彩云的双手，回头向那些女子说道：“这就是中国第一美女，金公使的夫人傅彩云呀！你们瞧着，我常说他是亚洲的姑娄巴，支那的马克尼，今儿个你们可开开眼儿了！”说完，就把彩云拉到了一张花磁面的圆桌上首坐下,自己朝南陪着。

彩云此时,迷迷糊糊,如在五里雾中,弄得不知所措,只是婉婉的说道:“贱妾蒲柳之姿,幸蒙太太见爱,今日登宝地,真是三生有幸了!只是太太的住处,为何如此秘密?还请明示,以启妾疑。”维亚太太笑道:“不瞒密细斯说,我平生有个癖见,以为天地间,最可宝贵的是两种人物,都是有龙跳虎踞的精神,颠乾倒坤的手段。你道是什么呢?就是权诈的英雄,与放诞的美人。英雄而不权诈,便是死英雄;美人而不放诞,就是泥美人。如今密细斯,又美丽,又风流,真当得起‘放诞美人’四字。我正要你的风情韵致,泻露在我的眼前,装满在我的心里。我就怕你一晓了我的身分地位,就把你的真趣艳情拘束住了,这就大非我要见你的本心了。”彩云不听这太太的话,心里倒还有点捉摸,如今听了这番议论,更糊涂了,又问道:“到底太太的身分地位,能赐教吗?”那太太笑道:“你不用细问,到明日就会知道的。”

说话间,有几个华装女子,来请早餐,维亚太太就邀彩云入餐室。原来餐室就在这室间壁,高华典贵,自不必说。坐定后,山珍海味,珍果醇醪,络绎不绝的上来。维亚太太殷勤劝进,彩云也只得极力周旋。酒至数巡,维亚太太立起身来,走到沿窗一座极大的风琴前,手抚玉徽,回顾彩云道:“密细斯精于音律吗?”彩云连说“不懂”。那太太就引弦扬吭的唱起来。歌曰:

美人来兮亚之南,风为御兮云为骖,微波渺渺不可接,但闻空际琼瑶音。吁嗟乎彩云!

美人来兮欧之西,惊鸿照海天龙迷,瑶台绰约下仙子,握手一笑心为低。吁嗟乎彩云!

山川渺渺月浩浩,五云殿阁琉璃晓,报道青鸾海上来,汝来慰我忧心捣。吁嗟乎彩云!

劝君酒,听我歌,我歌欢乐何其多!听我歌,劝君酒,雨覆云翻在君手!愿君留影随我肩,人间天上仙乎仙!吁嗟乎彩云!

歌毕,就向彩云道:“下里之音,不足动听,只是末章所请愿的,不知密细斯肯俯允吗?”彩云原不懂文墨,幸而这回歌辞,全用德语,所以彩云倒略解一二,就答道:“太太如此见爱,妾非木石,那有不感

那太太就携了彩云，立在这石池旁边

激的理，只是同太太并肩拍照，蒹葭倚玉，恐折薄福，意欲告辞，改日再遵命吧！”那太太道：“请密细斯放心，拍了照，我就遣车送你回去。现在写真镜已预备在草地上，我们走吧！”就亲亲热热携了彩云的手，一队高鬟窄袖的女侍，前后呵护，慢慢走出房来，就走到刚才进来看见的那片草地上，早见有一群人簇拥着一具写真镜的匣子。离匣子三四丈地，建立一个铜盘，上面矗起一个喷水的机器，下面围着白石砌成的小池，那水线自上垂下，在旭日光中，如万颗明珠，随风咳吐，煞是好看。

那太太就携了彩云，立在这石池旁边，只见那写真师，正在那里对镜配光。彩云瞥眼看去，那写真师好像就是在萨克森船上见的那毕叶先生，心里不免动疑。想要动问，恰好那镜子已开，自己被镜光一闪，觉得眼花缭乱了好一回。等到捉定了神，那镜匣已收起，那一群人也不知去向了，却见一辆马车停在面前。维亚太太就执了彩云的手道：“今天倒叫密细斯受惊了。车子已备好，就此请登车，我们改日再叙吧！”彩云一听送她回去，很欢喜的，也道了谢，就跨进车来，车门随手就关上了。却见车帘仍旧放着，乌洞洞闷死人。

那车一路走着，彩云一路猜想：“这太太的行径，实在奇怪，到底是何等样人？为什么不叫我知道他的底里呢？那毕叶先生，怎么也认得他，替他拍照呢？”想来想去，再想不出些道理来。还在呆呆的揣摩，只见门豁然开朗，原来已到了使馆门口。彩云就自己下了车，刚要发放车夫，谁知那车夫飞身跳上高座，加紧一鞭，逃也似的直奔前路，眨眼就不见了。彩云倒吃了一惊，立在门口呆呆的望着，直到馆中看门的看见，方惊动了里边的丫鬟们，出来扶了进去。阿福也上前来探问，彩云含糊应了。后来见了雯青，也不敢把这事提及。

雯青告诉她今天外部又来招呼，说明日七点钟在沙老顿布士宫觐见，他们打发宫车来接。当晚彩云绝早就睡，只是心里有事，终夜不曾安眠。刚要睡着，却被雯青唤醒，说宫车已到，催着彩云洗梳打扮，按品大装。六点钟动身，七点钟就到了那宫前。那宫却在一座森林里面，清幽静肃，壮丽森严，警兵罗列，官员络绎。彩云一到，迎面就见一座六角的文石台。台上立着个骑马英雄的大石像。中央一条很长的甬道,两面石阑,阑外植着整整齐齐高的塔形、低的钟形的常绿树。从那甬道一层高似一层,一直到大殿。殿前一排十二座穹形窗,中间是凸出的圆形屋。

彩云走近圆屋,早有接引大臣,把彩云引上殿来。却见德皇峨冠华服,南面坐着,两旁拥护剑佩铿锵的勋戚大臣,气象很是堂皇。彩云随着接引官,走上前去恭恭敬敬行了鞠躬大礼,照着向来觐见的仪节,都按次行了。那德皇忽含笑的向着彩云道:“贵夫人昨朝辛苦了。”说着,手中擎着个锦匣,说道:“这是皇后赐给贵夫人的。今天皇后有事,不能再与贵夫人把晤,留着这个算纪念吧!”一面说着,一面就递了下来。彩云茫然不解,又不好动问,只得糊里糊涂的接了。

这当儿,就有大臣启奏别事,彩云只得慢慢退了下来。到得车中,轮蹄转动,要紧把那锦匣打开一看,不觉大大吃惊。——原来这匣内,并非珠宝,也非财帛,倒是一张活灵活现的小影,两个羽帽迎风、长裙窣地的妇人。一个是袅袅婷婷的女郎,一个是庄严璀璨的贵妇:那女郎,不用说是自己的西装小像;这个贵妇,就是昨天并肩拍照的维亚太太。心中恍然大悟道:“原来维亚太太,就是联邦帝国大皇帝飞蝶丽皇后,世界雄主英女皇维多利亚的长女,维多利亚第二哽!怪不得她说,她的身分地位,能拘束我了。亏我相处了半月有零,到今朝才明白,真有眼不识泰山了。”心中就一惊一喜,七上八落起来。

那车子却已回到了自己门口,却又看见门口停着一辆轿车。彩云这两天遇着多少奇怪事情,心里真弄得恍恍惚惚,提心吊胆的,见了此车,心里又疑道:“这车不知又是谁的了?”此时丫鬟仆妇已候在门口,都来搀扶,阿福也来车前站着。彩云就问道:“老爷那里有什么客?”阿福道:“就是毕叶先生。”彩云听了,心里触动昨天拍照的事情,就大喜道:“原来就是他!我正要见他哩!你们搀我到客厅上去!”说着,就曲折行来。刚走到厅门口,彩云望里一张,只见满桌子摊着一方一方的画图,雯青正弯着腰在那里细细赏玩,毕叶却站在桌旁。

彩云就叫:“且不要声张,让我听听那东西和老爷说什么。”只听雯青道:“这图上红色的界线,就是国界吗?”毕叶道:“是的。”雯青道:“这界线准不准呢?”毕叶道:“这地图的可贵,就在这上头。画这图的人，是个地学名家，又是奉着政府的命令画的，那有不准之理！”雯青道：“既是政府的东西，他怎么能卖掉呢？”毕叶道：“这是当时的稿本。清本已被政府收藏国库，秘密万分，却不晓留着这稿子在外。这人如今穷了，流落在这里，所以肯卖。”雯青道：“但是要一千金磅，未免太贵了！”毕叶道：“他说，他卖掉这个，对着本国政府，担了泄漏秘密的罪，一千磅价值，还是不得已呢！我看大人得了此图，大可重新把他好好的翻印，送呈贵国政府，这整理疆界的功劳，是不小哩，何在这点儿小费呢！”彩云听到这里，心想道：“好呀，这东西倒瞒着我，又来弄老爷的钱了！我可不放他！”想着把帘子一掀，就飘然的走了进去。正是：

　　羡煞紫云傍霄汉，全凭红线界华戎。

不知彩云见了毕叶，问他什么话来？且听下回分解。

第十三回　误下第迁怒座中宾　考中书互争门下士

话说雯青正与毕叶在客厅上讲论中俄交界图的价值，彩云就掀帘进来，身上还穿着一身觐见的盛服。雯青就吃了一惊，正要开口，毕叶早抢上前来，与彩云相见，恭恭敬敬的道："密细斯觐见回来了。今天见着皇后陛下，自然益发要好了。赏赐了什么东西，可以叫我们广广眼界吗？"彩云略弯了弯腰，招呼毕叶坐下，自己也坐在桌旁道："妾正要请教先生一件事哪！昨天妾在维亚太太家里，拍照的时候，仿佛看见那写真师的面貌，和先生一样。匆匆忙忙，不敢认真，到底是先生不是？"毕叶怔了怔道："什么维亚太太？小可却不认得。小可一到这里，就蒙维多利亚皇后，赏识了小可的油画，昨天专诚宣召进宫，就为替密细斯拍照。皇后命小可，把昨天的照片放大，照样油画。听宫人们说，皇后和密细斯非常的亲密，所以要常留这个小影在日耳曼帝国哩！怎么密细斯倒说在维亚太太家碰见小可呢？"彩云笑道："原来先生也不知底细，妾与维多利亚皇后，虽然交好了一个多月，一向只知道她叫维亚太太，是个爵夫人罢咧。直到今天觐见了，才知道她就是皇后陛下哩！真算一桩奇闻！"

且说雯青见彩云突然进来，心中已是诧异，如今听两人你言我语，一句也不懂，就忍不住问彩云："怎么你会认识这里的皇后呢？"彩云就把如何在郁亨夫人家，认得维亚太太，如何常常往来，如何昨天约去游园，如何拍照，直到现在觐见德皇，赐了锦匣，自己到车子里开看，方知维亚就是维多利亚皇后的托名，前前后后，得意扬扬的细述了一遍，就把那照片递给雯青。雯青看了，自然欢喜，就向着毕叶道："别尽讲这个了！毕叶先生，我们讲正事吧！那图价到底还请减些。"

毕叶还未回答，彩云就抢说道："不差，我正要问老爷，这几张破烂纸，画得糊糊涂涂的，有什么好看，值得化多少银子去买他！老爷你别上了当！"雯青笑道："彩云，你尽管聪明，这事你可不懂了！我好容易托了这位先生，弄到了这幅中俄地图。我得了这图，一来可以整理整理国界，叫外人不能占踞我国的寸土尺地，也不枉皇上差我出洋一番；二来我数十年心血做成的一部《元史补证》，从此都有了确实证据，成了千秋不刊之业，就是回京见了中国著名的西北地理学家黎石农，他必然也要佩服我了！这图的好处，正多着哩！不过这先生定要一千磅，那不免太贵了！"彩云道："老爷别吹滂。你一天到晚，抱了几本破书，嘴里咭唎咕噜，说些不中不外的不知什么话，又是对音哩，三合音哩，四合音哩，闹得烟雾腾腾，叫人头疼，倒把正经公事搁着，三天不管，四天不理，不要说国里的寸土尺地，我看人家把你身体抬了去，你还摸不着头脑哩！我不懂，你就算弄明白了元朝的地名，难道算替清朝开了疆拓了地吗？依我说，还是省几个钱，落得自已享用。这些不值一钱的破烂纸，惹我性起，一撕两半，什么一千磅二千磅呀！"

雯青听了彩云的话，倒着急起来，怕她真做出来，连忙拦道："你休要胡闹，你快进去换衣服吧！"彩云见雯青执意要买那地图，倒赶她动身，就骨都着嘴，赌气扶着丫鬟走了。这里毕叶笑道："大人这一来不情极了！你们中国人常说千金买笑，大人何妨千磅买笑呢！"雯青笑了一笑。毕叶又接着说道："既这么着，看大人分上，在下替敝友减了二百磅，就是八百磅吧！"雯青道："现在这里诸事已毕，明后天我们就要动身赴贵国了。这价银，你今天就领下去，省得周折，不过要烦你到戴随员那里走一遭。"说着，就到书桌上写了一纸取银凭证，交给毕叶。

毕叶就别了雯青，来找戴随员，把凭证交了，戴随员自然按数照付。正要付给时候，忽见阿福急急忙忙从楼上走来，见了戴随员，低低的附耳说了几句。戴随员点头，随即拉毕叶到没人处，也附耳说了几句。毕叶笑道："贵国采办委员，这九五扣的规矩，是逃不了的，何况……"说到这里，顿住了，又道："小可早已预备，请照扣便了。"当时戴随员就照付了一张银行支票，毕叶收着，就与戴随员作别，出使馆而去。这里，雯青、彩云，就忙忙碌碌，料理动身的事。

这日正是十一月初五日。雯青就带了彩云及参赞翻译等，登火车赴俄。其时天气寒冽，风雪载途，在德界内，尚常见崇楼杰阁，沃野森林，可以赏眺赏眺。到次日，一入俄界，则遍地沙漠，雪厚尺余，如在冻天雪窖中矣。走了三日夜，始到俄都圣彼得堡，宏敞雄壮，比德京又是一番气象。雯青到后，就到昔而格斯街中国使馆三层洋楼里，安顿眷属，于是拜会了首相吉尔斯及诸大臣，接着觐见俄帝，足足乱了半个月。

诸事稍有头绪，那日无事，就写了一封信，把自己购图及彩云拍照的两件得意事，详详细细，告诉了菶如。又把那新购的地图，就托次芳去找印书局，用五彩刷印。因为地图自己还要校勘校勘，连印刷，至快要两三个月，就先把信发了。这信就是那日菶如在潘府回来时候接着的。

当时，菶如把信看完，连说"奇闻"。他夫人问他，菶如照信演了一遍。正说得高兴，只见菶如一个着身管家，上来回道："明天是朝廷放会试总裁房官的日子，老爷派谁去听宣？"菶如想一想道："就派你去吧，比他们总要紧些！"那管家诺诺退出。

当日无话。次日天还没亮，那管家就回来了。菶如急忙起来，管家老远就喊道："米市胡同潘大人放了。"菶如接过单子，见正总裁是大学士高扬藻号理惺，副总裁就是潘尚书和工部右侍郎缪仲恩号绶山的，也是江苏人。还有个旗人，菶如不甚在意。其余房官，袁尚秋、黄仲涛、荀子佩那班名士，都在里头。同乡熟人，却有个姓尹名宗汤号震生，也派在内。只有菶如向隅，不免没精打采的，丢下单子，仍自回房高卧去了。按下不表。

且说潘尚书本是名流宗匠，文学斗山，这日得了总裁之命，夹袋中许多人物，可以脱颖而出，欢喜自不待言。尚书暗忖："这回伙伴中，余人都不怕他们。就是高中堂和平谨慎，过主故常，不能容奇伟之士，总要用心对付他，叫他为我使不为我敌才好。"当下匆忙料理，不到未刻，直径进闱。

三位大总裁，都已到齐，大家在聚奎堂挨次坐下。潘尚书先开口道："这回应举的，很多知名之士。大家阅卷，倒要格外用心点儿，一来不负朝廷委托，二来休让石农独霸，夸张他的江南名榜。"高中堂道："老夫荒疏已久，老眼昏花，恐屈真才，全仗诸位相助！但依愚见看来，暗中摸索，只能凭文去取，那里管得他名士不名士呢！况且名士虚声，有名无实的多哩！"缪侍郎道："现在文章巨眼，天下都推龚、潘，然兄弟常见和甫先生，每阅一文，反来复去，至少看十来遍，还要请人复看；瀛翁却只要随手乱翻，从没有首尾看完过，怎么就知好歹呢？"潘尚书笑道："文章望气而知，何必寻行数墨呢！"大家议论一会，各自散归房内。

过了数日，头场已过，硃卷快要进来，各房官正在预备阅卷，忽然潘尚书来请袁尚秋，大家不知何事。尚秋进去一句钟工夫，方始出来。大家都问什么事，尚秋就在袖中取出一本小册子，递给子佩，仲涛、震生都凑来看。子佩打开第一页，只见上面写道：

章骞号直蜚，南通州；

闻鼎儒号韵高，江西；

姜表号剑云，江苏；

米继曾号筱亭，江苏；

苏胥号郑龛，福建；

吕成泽号沐庵，江西；

杨遂号淑乔，四川；

易鞠号缘常，江苏；

庄可权号立人，直隶；

缪平号奇坪，四川。

子佩看完这一页，就把册子合上，笑道："原来是花名册，八瀛先生怎么吩咐的呢？"尚秋道："这册子上拢共六十二人，都是当世名人，要请各位按着省分去搜罗的。章、闻两位，尤须留心。"子佩道："那位直蜚先生，但闻其名，却不大认得。韵高原是熟人，真算得奇材异能了。兄弟告诉你们一件事，还是在他未中以前，有一回在国子监录科，我们有个同乡，给他联号，也不知道他是谁，只见他进来手里就拿着三四本卷子，已经觉得诧异。一坐下来，提起笔如飞的只是写，好像钞旧作似的，那同乡只完得一篇四书文，他拿来的一叠卷子都写好了。忽然停笔，想了想道：‘啊呀，三代叫什么名字呢？’我们那同乡，本是讲程朱学的，就勃然起来，高声道：‘先生既是名教中人，怎么连三代都忘了？’他笑着低声道：‘这原是替朋友做的。’那同乡见他如此敏捷，忍不住要请教他的大作了。拜读一过，真大大吃惊，原来四篇很发皇的时文，四道极翔实的策问，于是就拍案叫绝起来。谁知韵高却从从容容笑道：‘先生谬赞不敢当，那里及先生的大著朴实说理呢！’那同乡道：‘先生并未见过拙作，怎么知道好呢？这才是谬赞哩！’他道：‘先生大著，早已熟读，如不信，请念给先生听，看差不差？’说罢，就把那同乡的一篇考作，从头至尾，滔滔滚滚念了一遍，不少一字。你们想这种记性，就是张松复生，也不过如此吧！”

震生道：“你们说的不是闻韵高吗？我倒还晓得他一件故事哩！他有个闺中谈禅的密友，却是个刎颈至交的嫡妻。那位至交，也是当今赫赫有名的直臣，就为妄劾大臣，丢了官儿，自己一气，削发为僧，浪迹四海，把夫人托给韵高照管。不料一年之后，那夫人倒写了一封六朝文体的绝交书，寄与所天，也遁迹空门去了。这可见韵高的辩才无碍，说得顽石点头了。”大家听了这话，都面面相觑。尚秋道：“这是传闻的话，恐未必确吧！”

仲涛道：“那章直蜚是在高丽办事大臣吴长卿那里当幕友的，后来长卿死了，不但身后萧条，还有一笔大亏空，这报销就是直蜚替他办的。还有人议论办这报销，直蜚很对不起长卿呢。”震生说：“我听说直蜚还坐过监呢！这坐监的原因，就为直蜚进学时，冒了如皋籍，认了一个如皋人同姓的做父亲，屡次向直蜚敲竹杠，直蜚不理会。谁知他竟硬认做真子，勾通知县办了忤逆，革去秀才，关在监里。幸亏通州孙知州访明实情，那时令尊叔兰先生督学江苏，才替他昭雪开复的哩！仲涛回去一问令尊，就知道了。”

原来尹震生是江苏常州府人，现官翰林院编修，记名御史，为人戆直敢任事，最恨名士，且喜修仪容，车马服御，华贵整肃，远远望去，俨然是个旗下贵族。当下说了这套话，就暗想道：“这班有文无行的名士，要到我手中，休想轻轻放过。”大家正谈得没有收场，恰好内监试送进硃卷来,于是各官分头阅卷去了。不在话下。

且说有一天,子佩忽然看着一本卷子,是江苏籍贯的,三篇制义,高华典实,饶有国初刘、熊风味;经义亦原原本本,家法井然;策问十事对九,详博异常,就大喜道:“这本卷子,一定是章直蜚的了。”连忙邀了尚秋、仲涛来看。大家都道无疑的,快些加上极华的荐批,送到潘尚书那里,大有夺元之望。

子佩自然欢喜,就亲自袖了卷子,来到潘尚书处。刚走到尚书卧室廊下,管家进去通报,子佩在帘缝里一张,不觉吃了一惊。只见靠窗朝南一张方桌上,点着一对斤通的大红蜡,火光照得满室通明,当中一个香炉,尚书衣冠肃肃,两手捧着一炷清香,对着桌上一大堆的卷子,嘴里哝哝不知祷告些什么。祷告完了,好像眼睛边有些泪痕,把手揩了一揩,却志志诚诚的磕了三个大头,然后起来。那管家方敢上前通报。尚书连忙叫请,子佩进去。尚书就道:“这会你们把好卷子都送到我这里来,实在拥挤得了不得了,不知道屈了多少好手!老夫弄得没有法儿,只好赔着一付老泪,磕着几个响头,就算尽了一点爱士心了。”说罢,指着桌上的卷子笑道:“这一堆都是可怜虫!”

子佩道:“章直蜚的卷子,门生今天倒找着了。”尚书很惊喜道:“在那儿呢?”子佩连忙在袖中取出。尚书一手抢去,大略翻了一翻,拍手道:“‘踏破铁鞋无觅处,得来全不费工夫’,可惜会元已经被高中堂定去,只索给他争一争了!”说毕,就叫管家伺候,带了卷子,去见高中堂,叫子佩就在这里等等儿。去了没多大的工夫,尚书手舞足蹈的回来道:“好了,定了。”子佩道:“怎么定的?”尚书道:“高中堂先不肯换,给我说急了,他倒发怒,竟把先定元的那一本撤了,说让他下科再中元吧!这人真晦气,我也管不得了!”子佩就很欢喜的出来,告诉大家,都给他道贺。只有震生暗笑他们呆气,自己想江西闻韵高的卷子,光罢给我打掉了。

光阴容易,转瞬就是填榜的日子。各位总裁房考,衣冠齐楚,会集至公堂,一面拆封唱名,一面填榜,从第六名起,直填到榜尾。其中知名之士,如姜表、米继曾、吕成泽、易鞠、杨遂诸人,倒也中了不少,只有章直蜚、闻韵高两人,毫无影踪。潘尚书心里还不十分着急,认定会元定是直蜚、韵高，或也在魁卷中。直到上灯时候，至公堂上，点了万支红蜡，千盏纱灯，火光烛天，明如白昼，大家高高兴兴，闹起五魁来。潘尚书拉长耳朵，只等第一名唱出来，必定是江苏章骞。谁知那唱名的偏偏不得人心，朗朗的喊了姓刘名毅起来。尚书气得须都竖了。子佩却去拣了那本撤掉的元卷，拆开弥封一看，可不是呢！倒明明写着章骞的大名。这一来真叫尚书公好似哑子吃黄连了。填完了榜，大家各散，尚书也垂头丧气的，自归府第去了。

接着朝考殿试之后，诸新贵都来谒见，几乎把潘府的门限都踏破了。尚书礼贤下士，个个接见，只有会元公来了十多次，总以闭门羹相待。会元公益发疑惧，倒来得更勤了。此时已在六月初旬天气，这日尚书南斋入值回来，门上禀报："钱端敏大人，从湖北任满回京，在外求见。"尚书听了大喜，连声叫"请"！门上又回道："还有新科会元刘。"尚书就瞪着眼道："什么留不留？我偏不留他，该怎么样呢！"那门上不敢再说，就退下去了。

原来唐卿督学湖北，三年任满，告假回籍，在苏州耽搁了数月，新近到京。潘公原是师门，所以先来谒见。当时和会元公刘毅同在客厅等候，刘公把尚书不见的话，告诉唐卿，请其缓颊，唐卿点头。恰好门上来请，唐卿就跟了进来，一进书室，就向尚书行礼。尚书连忙扶住，笑道："贤弟三载贤劳，尊容真清减了好些了！汉上友人都道，贤弟提倡古学，扫除积弊，今之纪、阮也！"唐卿道："门生不过遵守师训，不敢陨越耳！然所收的都是小草细材，不足称道，那里及老师这回东南竹箭，西北琨瑶，一网打尽呢！"尚书摇首道："贤弟别挖苦了。这回章直蜚、闻韵高，都没有中。骊珠已失，所得都是鳞爪罢了！最可恨的，老夫衡文十多次，不想倒上了毗陵伧夫的当。"唐卿道："老师倒别这么说，门生从南边来，听说这位刘君，也很有文名的。况且这回元作，外间人人说好，只怕直蜚倒做不出哩！门生想朝廷快要考中书了，章、闻二公，既有异才，终究是老师药笼中物，何必介介呢？倒是这位会元公，屡次登门，老师总要见见他才好。"尚书笑道："贤弟原来替会元做说客的。看你分上，我到客厅上去见一见就是了，你可别走。"说罢，扬长而去。

且说那会元公正在老等，忽见潘公出来，面容很是严厉，只得战战兢兢铺上红毡，着着实实磕了三个头起来。尚书略招一招手，那会元公斜签着身体，眼对鼻子，半屁股搭在炕上。尚书开口道："你的文章，做得很好，是自己做的吗？"会元公涨红了脸，答应个"是"。尚书笑道："好个揣摩家，我很佩服你！"说着，就端茶碗。那会元只得站起来，退缩着走，冷不防走到台级儿上，一滑脚，恰正好四脚朝天，做了个状元及第。尚书看着，就哈哈笑了两声，洒着手，不管他，进去了。不说这里会元公爬起，匆匆上车，再说唐卿在书室门口，张见这个情形，不免好笑，接着尚书进来，倒不便提及。尚书又问了些湖北情形，及庄寿香的政策。唐卿也谈了些朝政，也就告辞出来，再到龚和甫及莑如等熟人那里去了。

话说莑如自从唐卿来京，添了熟人，夹着那班同乡新贵姜剑云、米筱亭、易缘常等，轮流宴会，忙忙碌碌，看看已到初秋。那一天，忽然来了一位姓黄的远客，莑如请了进来，原来就是黄翻译，因为母病，从俄国回来的。雯青托他把新印的中俄交界图带来。莑如当下打开一看，是十二幅五彩的地图，当中一条界线，却是大红色画的，极为清楚。莑如想现在总理衙门，自已却无熟人，常听说庄小燕侍郎和唐卿极为要好，此事不如托了唐卿吧，就写了一封信，打发人送到内城去。不一会，那人回来说："钱大人今天和余同余中堂、龚平龚大人，派了考中书的阅卷大臣，已经入闱去了。信却留在那里。"莑如只得罢了。

过了三四日，这一天，莑如正要出门，家人送上一封信。莑如见是唐卿的，拆开一看，只见写道：

> 前日辱教，适有校文之役，阙然久不报，歉甚！顷庄小燕、沪桥、韵高诸君，在荒斋小酌，祈纡驾过我，且商界图事也！

末写"知名不具"四字。莑如阅毕，就叫套车，一径进城，到钱府而来。到了钱府，门公就领到花厅，看见厅上早有三位贵客，一个虎颌燕额，粗腰长干，气概昂藏的是庄小燕；一个短胖身材，紫圆脸盘，举动脱略的是段沪桥，都是莑如认得的；还有个胖白脸儿，魁梧奇伟的，莑如不识得，唐卿正在这里给他说话。只听唐卿道："这么说起来，余中堂在贤弟面前，倒很居功哩！"说到这里，却见莑如走来，连忙起来招呼送

一滑脚，恰正好四脚朝天

茶，莑如也与大家相见了。正要请教那位姓名，唐卿就引见道："这位就是这回考中书第一的闻韵高兄。"莑如不免道了久仰，大家坐下。沪桥就向韵高道："我倒要请教余中堂怎么居功呢！"韵高道："他说兄弟的卷子，龚老夫子和钱夫子，都很不愿意，全是他力争来的。"

唐卿哈哈笑道："贤弟的卷子，原在余中堂手里，他因为你头篇里用了句《史记·殷本纪》素王九主之事，他不懂，来问我，我才得见这本卷子。我一见就决定是贤弟的手笔，就去告诉龚老夫子，于是约着到他那里去公保，要取作压卷。谁知他嫌你文体不正，不肯答应。龚老夫子给他力争，几乎吵翻了，还是我再四劝和，又偷偷儿告诉他，决定是贤弟的。自己门生，何苦一定给他辞掉这个第一呢！他才活动了。直到拆出弥封，见了名字，倒又欢喜起来，连忙架起老花眼镜，仔细看了又看，迷花着眼道：'果然是闻鼎儒！果然是闻鼎儒！'这回儿倒要居功，你说好笑不好笑呢？"

小燕道："你们别笑他，近来余中堂很肯拉拢名士哩！前日山东大名士汪莲孙，上了个请重修《四库全书》的折子，他也答应代递了，不是奇事吗？"大家正说得热闹，忽然外边如飞的走进个美少年来，嘴里嚷道："晦气，晦气！"唐卿倒吃了一惊，大家连忙立起来。正是：

相公争欲探骊颔，名士居然占凤头。

不知来者何人？嚷的何事？且听下回分解。

第十四回 两首新诗是谪官月老 一声小调显命妇风仪

话说外边忽然走进个少年，嘴里嚷道"晦气！"大家站起来一看，原来是姜剑云，看他余怒未息，惊心不定，嘴里却说不出话来。

看官，你道为何？说来很觉可笑，原来剑云和米筱亭，乡会两次同年，又在长元吴会馆同住了好几个月，交情自然很好了。朝殿等第，又都很高标，都用了庶常，不用说都要接眷来京，另觅寓宅。两个人的际遇，好像一样；两个人的处境，却大大不同。剑云是寒士生涯，租定了西斜街一所小小四合房子，夫妻团聚，却俨然鸿案鹿车。筱亭是豪华公子，虽在苏州胡同觅得很宽绰的宅门子，倒似槛鸾敛凤。你道为何？

如今且说筱亭的夫人，是扬州傅容傅状元的女儿，容貌虽说不得美丽，却气概丰富，倜傥不群，有巾帼须眉之号，但是性傲不过，眼孔大不过，差不多的男子，不值她眼角一睃，又是得了状元的遗传性，科名的迷信，非常浓厚。她这脑质，若经生理学家解剖出来，必然和车渠一样的颜色。自从嫁了筱亭，常常不称心，一则嫌筱亭相貌不俊雅，再则筱亭不曾入学中举，不管你学富五车，文倒三峡，总逃不了臭监生的徽号，因此就有轻视丈夫之意。起先不过口角嘲笑，后来慢慢的竟要扑作教刑起来。筱亭碍着丈人面皮，凡事总让她几分。谁知习惯成自然，胁肩谄笑，竟好像变了男子对妇人的天职了。筱亭屡困场屋，曾想改捐外官，被夫人得知，大哭大闹道："傅氏门中，那里有监生姑爷？面皮都给你削完了！告诉你，不中还我一个状元，仔细你的臭皮！"弄得筱亭没路可投，只得专心黄榜。如今果然乡会联捷，列职清班，旁人都替他欢喜，这回必邀玉皇上赏了。谁知筱亭自从晓得家眷将要到京，倒似起了心事一般，知道这回没有占得鳌头，终难免夫鸭矢。

这日正在预备的夫人房户内，亲手拿了鸡毛帚，细细拂拭灰尘。忽然听见院子里夫人陪嫁乔妈的声音，就走进房，给老爷请安道喜道："太太带着两位少爷两位小姐都到了，现在傅宅。"筱亭不知不觉，手里鸡毛帚，就掉在地上，道："我去，我就去。"乔妈道："太太吩咐，请老爷别出门，太太就回来。"筱亭道："我就不出门，我在家等。"不一会，外边家人进来道："太太到了。"筱亭跟着乔妈，三脚两步的出来，只听得院子外很高的声音道："你们这班没规矩的奴才，谁家太太们下车，脚凳儿也不知道预备！我可不比老爷好伺候！你们若有三条腿儿，尽懒！"说着，一班丫鬟仆妇，簇拥着，太太朝珠补褂，一手搭着乔妈，一手搀着小女儿凤儿，跨上垂花门的台阶儿来，劈面撞着筱亭道："你大喜呀！你这回儿，不比从前了，也做了绿豆官儿了，怎样还不摆出点儿主子架子，倒弄得屋无主，扫帚颠倒竖呀！"筱亭道："原是只等太太整顿。"

大家一窝风进了上房。原来那上房，是五开间两厢房，抄手回廊很宽大的。左边两间，筱亭自己住着，右边就是替太太预备的，外间做坐起，里间做卧室，铺陈得很是齐整。当下就在右边的外间坐了。太太一头宽衣服，一头说道："你们小孩儿们，怎么不去见爹呀？也道个喜！"于是长长短短四个小孩，都给筱亭请安。筱亭抚弄了小孩一会，看太太还欢喜，心里倒放点儿心。

少顷，开上中饭，夫妻对坐吃饭。太太很赞厨子的手段好。筱亭道："这是晓得太太喜欢吃扬州菜，专诚到扬州去弄来的。"太太忽然道："呀，我忘问了，那厨子有胡子没有？"筱亭倒怔住，不敢开口。乔妈插嘴道："刚才到厨房里，看见仿佛有几根儿。"太太立刻把嘴里含的一口汤包肚吐了出来，道："我最恨厨子有胡子。十个厨子烧菜，九个要先尝尝味儿，给有胡子的尝过了，那简直儿是清炖胡子汤了，不呕死，也要腻心死！"说罢，又干呕了一回，把筷碗一推不吃了。筱亭道："这个容易，回来开晚饭，叫厨子剃胡子伺候。"太太听了，不发一语。

筱亭怕太太不高兴，有搭没搭的说道："刚才太太在那边，岳父说起我的考事没有？"太太冷冷的道："谁提你来！"筱亭笑道："太太常常望我中状元，不想倒真中了半天的状元。"筱亭说这句话，原想太太要问,谁知太太却不问,脸色慢慢变了。筱亭只管续说道:“向例阅卷王大臣,定了名次,把前十名,进呈御览,叫做十本头。这回十本头进去的时候,明明我的卷子第一,不知怎的发出换了第十,别的名次都没动,就掉转了我一本。有人说是上头看时叠错的,那些阅卷的,只好将错就错。太太,你想,晦气不晦气呢?”太太听完这话,脸上更不自然了,道:“哼,你倒好!挖苦了我还不算,又要冤着我,当我三岁孩子都不如!”说罢,忽然呜呜咽咽的哭起来,连哭带说道:“你说得我要没胡子的厨子伺候,这是话还是屁?我是红顶子堆里养出来的,仙鹤锦鸡怀里抱大的,这会儿,背上给你驼上一只短尾巴的小鸟儿,看了就触眼睛!算我晦气,嫁了个不济的阘茸货。堂堂二品大员的女儿,连窑姐儿傅彩云都巴结不上,可气不可气!你不来安慰安慰我就够了,倒还花言巧语,在我手里弄乖巧儿!我只晓得三年的状元,那儿有半天的状元!这明明看我妇道家好欺负!你这会儿不过刚得一点甜头儿,就不放我在眼里了!以后的日子,我还能过么?不如今儿个两命一拼,都死了,倒干净。”说罢,自己把头发一拉,蓬着头,就撞到筱亭怀里,一路直顶到墙脚边。筱亭只说道:“太太息怒,下官该死!”

乔妈看闹得不成样儿,死命来拉开。筱亭趁势要跪下,不提防被太太一个巴掌,倒退了好几步。乔妈道:“怎么老爷连老规矩都忘了?”筱亭道:“只求太太留个体面,让下官跪在后院里吧!”太太只坐着哭,不理他。筱亭一步捱一步,走向房后小天井的台阶上,朝里跪着。太太方住了哭,自己和衣睡在床上去了。

筱亭不得太太的吩咐,那里敢自己起来!外面仆人仆妇,又闹着搬运行李,收拾房间,竟把老爷的去向忘了,可怜筱亭整整露宿了一夜。好容易巴到天明,心想:“今日是岳丈的生日,不去拜寿,他还能体谅我的,倒是钱唐卿老师请我吃早饭,我岂可不理他呢!”正在着急,却见女儿凤儿走来,筱亭就把好话哄骗她,叫她到对过房里去拿笔墨信笺来,又叮嘱她别给妈见了。那凤儿年纪不过十二岁,倒生得千伶百俐,果然不一会,人不知鬼不觉的都拿了来。筱亭非常快活,就靠着窗槛,当书桌儿,写了一封求救的信,给丈人傅容,叫他来劝劝女儿,就叫凤儿偷偷送出去了。

却说太太闹了一天，夜间也没睡好。一睏醒来，连忙起来梳妆洗脸，已是日高三丈，吩咐套车，要到娘家去拜寿。忽见凤儿在院子外跑进来喊道："妈，看外公的信哟！"太太道："拿来。"就在凤儿手里劈手抢下，看了两行，忽回顾乔妈道："这会儿老爷在那里呢？"凤儿抢说道："爹还好好儿的跪在后院里呢！"乔妈道："太太，恕他这一遭吧。"太太哈哈笑道："咦，奇了！谁叫他真跪来，都是你们捣鬼！凤儿，你还不快去请爹出来，告诉他外公生日，光罢又忘了！"凤儿得命，如飞而去。不一会，筱亭扶着凤儿一搭一跷走出来。太太见了道："老爷，你腿怎么样了？"筱亭笑道："不知怎的扭了筋。太太，今儿岳父的大庆，亏你提我，不然，又要失礼了。"太太笑着。

那当儿，一个家人进来回有客。筱亭巴不得这一声，就叫"快请"，自己拔脚就跑，一径走到客厅去了。太太一看，这行径不对，家人不说客人的姓名，主人又如此慌张，料道有些蹊跷，就对凤儿道："你跟爹出去，看给谁说话，来告诉我！"凤儿欢欢喜喜而去。去了半刻工夫，凤儿又是笑，又是跳，进来说道："妈，外头有个齐整客人，倒好像上海看见的小旦似的。"太太想道："不好，怪不得他这等失魂落魄。"不觉怒从心起，恶向胆生，顾不得什么，一口气赶到客厅。在门口一张，果然是个唇红齿白面娇目秀的少年，正在那里给筱亭低低说话。太太看得准了，顺手拉根门闩，帘子一掀，喊道："好，好，相公都跑到我家里来了！"就是一门闩，望着两人打去。那少年连忙把头一低，肩一闪，居然避过，筱亭肩上却早打着，喊道："嗄，太太别胡闹。这是我，这是我……"太太高声道："是你的兔儿，我还不知道吗？"不由分说，揪住筱亭辫子，拖羊拉猪似的，出厅门去了。这里那个少年不防备吃了这一大吓，还呆呆的站在壁角里。有两个管家，连忙招呼道："姜大人，还不趁空儿走，等什么呢？"

原来那少年，正是姜剑云，正来约筱亭一同赴唐卿的席的，不想遭此横祸。当下剑云被管家提醒了，就一溜烟径赴唐卿那里来，心里说不出的懊恼，不觉说了"晦气"两字来。大家问得急了，剑云自悔失言，反涨红了脸。沪桥笑道："好兄弟，谁委屈了你？告诉哥哥，给你报仇雪恨！"小燕正色道："别闹！"唐卿催促道："且说！"韵高道："你不是去约筱亭吗？”剑云道：“可不是！谁知筱亭夫人，竟是个雌虎！”因把在筱亭客厅上的事情，说了一遍。大家哄堂大笑。

小燕道：“你们别笑筱亭。当今惧内，就是阔相。赫赫中兴名臣威毅伯，就是惧内的领袖哩！”菶如也插嘴道：“不差。不多几日，我还听人说威毅伯，为了招庄仑樵做女婿，老夫妻很闹口舌哩！”沪桥道：“闹口舌是好看话，还怕要给筱亭一样捱打哩！”韵高道：“诸位别说闲话，快请燕公讲威毅伯的新闻！”小燕道：“自从庄仑樵马江败了，革职充发到黑龙江，算来已经七八年了。只为威毅伯倒常常念道，说他是个奇才，今年恰遇着皇上大婚的庆典，威毅伯就替他缴了台费，赎了回来。仑樵就住在威毅伯幕中，掌管紧要文件，威毅伯十分信用。”菶如道：“仑樵从前不是参过威毅伯骄奢罔上的吗？怎么这会儿，倒肯提拔呢？”剑云道：“重公义，轻私怨，原是大臣的本分哟！”唐卿笑道：“非也，这便是英雄笼络人心的作用，别给威毅伯瞒了！”说着，招呼众人道：“筱亭既然不能来，我们坐了再谈罢！”于是唐卿就领着众人到对面花厅上来。家人递上酒杯，唐卿依次送酒，自然小燕坐了首席，沪桥、韵高、菶如、剑云各各就坐。

大家追问小燕道：“仑樵留在幕中，怎么样呢？”小燕道：“你们知道威毅伯有个小姑娘吗？年纪不过二十岁，却是貌比威施，才同班左，贤如鲍孟，巧夺灵芸，威毅伯爱之如明珠，左右不离。仑樵常听人传说，却从没见过，心里总想瞻仰瞻仰。”菶如道：“仑樵起此不良之心，不该！不该！”小燕道：“有一天，威毅伯有点感冒，忽然要请仑樵进去，商量一件公事。仑樵见召，就一径到上房而来，刚一脚跨进房门，忽觉眼前一亮，心头一跳，却见威毅伯床前，立着个不长不短不肥不瘦的小姑娘，眉长而略弯，目秀而不媚，鼻悬玉准，齿列贝编，仑樵来不及缩脚，早被威毅伯望见，喊道：‘贤弟进来，不妨事，这是小女呀——你来见见庄世兄！’那小姑娘红了脸，含羞答答的向仑樵福了福，就转身如飞的跳进里间去了。仑樵还礼不迭。威毅伯笑道：‘这痴妮子，被老夫惯坏了，真缠磨死人！’仑樵就坐在床边，一面和威毅伯谈公事，瞥目见桌子上一本锦面的书，上写着‘绿窗绣草’，下面题着‘祖玄女史弄笔’。仑樵趁威毅伯一个眼不见，轻轻拖了过来，翻了几张，见字迹娟秀，诗意清新，知道是小姑娘的手笔，心里羡慕不已。忽然见二首七律，题是《基隆》。你想仑樵此时，岂有不触目惊心的呢！”

唐卿道：“这两首诗，倒不好措词，多半要骂仑樵了。”小燕道：“倒不然，她诗开头道：

基隆南望泪潸潸，闻道元戎匹马还！

沪桥拍掌笑道：“一起便得势，忧国之心，盎然言表。”小燕续念道：

一战岂容轻大计，四边从此失天关！

剑云道：“责备严谨，的是史笔！”小燕又念道：

焚车我自宽房琯，乘障谁教使狄山，

宵旰甘泉犹望捷，群公何以慰龙颜。

大家齐声叫好。小燕道：“第二首还要出色哩！道：

痛哭陈词动圣明，长孺长揖傲公卿；

论材宰相笼中物，杀贼书生纸上兵。

宣室不妨留贾席，越台何事请终缨！

豸冠寂寞犀渠尽，功罪千秋付史评。

韵高道：“听这两首诗意，情词悱恻，议论和平，这小姑娘倒是仑樵的知己。”

小燕道：“可不是吗？当下仑樵看完了，不觉两股热泪，骨碌碌的落了下来。威毅伯在床上看见了，就笑道：‘这是小女涂鸦之作，贤弟休要见笑！’仑樵直立起来正色道：‘女公子天授奇才，须眉愧色，金楼夫人、采薇女史不足道也！’威毅伯笑道：‘只是小儿女有点子小聪明，就要高着眼孔。这结亲一事，老夫倒着实为难。托贤弟替老夫留意留意！’仑樵道：‘相女配夫，真是天下第一件难事！何况女公子这样才貌呢！门生倒要请教老师，要如何格式，才肯给呢？’威毅伯哈哈笑道：‘只要和贤弟一样，老夫就心满意足了。’仑樵怔了一怔道：‘适才拜读女公子题为《基隆》的两首七律，实是门生知己，选婿一事，分该尽力，只可怕难乎其人！’威毅伯点了一点头，忽然很注意的看了他几眼。仑樵知道威毅伯有些意思，恐怕久了要变，一出来，马上托人去求婚。威毅伯竟一口应承了。”

韵高道："从来文字姻缘，感召最深；磁电相交，虽死不悔，流俗人那里知道！"唐卿道："我倒可惜仑樵的官，从此永远不能开复了！"大家愕然。唐卿说："现在敢替仑樵说话，就是威毅伯，如今变了翁婿，不能不避这点嫌疑。你们想，谁敢给他出力呢？"说罢，就向小燕道："你再讲呢！"

小燕道："那日仑樵说定了婚姻，自然欢喜。谁知这个消息，传到里面，伯夫人戟手指着威毅伯骂道：'你这老糊涂虫，自己如花似玉的女儿，高不成，低不就，千拣万拣，这会儿倒要给一个四十来岁的囚犯！你糊涂，我可明白。休想！'威毅伯赔笑道：'太太，你别看轻仑樵，他的才干，要胜我十倍！我这位子，将来就是他的。我女儿不也是个伯夫人吗？'伯夫人道：'呸！我没有见过囚犯伯爵。你要当真，我给你拼老命！'说罢哭起来，威毅伯弄得没法。这位小姑娘听两老为她呕气，闹得大了，就忍不住来劝伯夫人道：'妈别要气苦，爹爹已经把女儿许给了姓庄的，那儿能再改悔呢！就是女儿也不肯改悔！况且爹爹眼力，必然不差的。嫁鸡随鸡，嫁狗逐狗，决不怨爹妈的。'伯夫人见女儿肯了，也只得罢了。如今听说结了亲，诗酒唱随，百般恩爱，仑樵倒着实在那里享艳福哩！你们想，要不是这位小姑娘明达，威毅伯光罢要大受房中的压制哩！"

唐卿道："人事变迁，真不可测！当日仑樵和祝宝廷上折的当儿，何等气焰！如今虽说安神闺房，陶情诗酒，也是英雄末路了！"沪桥道："仑樵还算有后福哩！可怜祝宝翁自从那年回京之后，珠儿水土不服，一病就死了。宝翁更觉牢骚不平，佯狂玩世，常常独自逛逛琉璃厂，游游陶然亭，吃醉酒，就在街上睡一夜。几月前，不知那一家门口，早晨开门来，见阶上躺着一人，仔细一认，却是祝大人。连忙扶起，送他回去，就此受了风寒，得病呜呼了。可叹不可叹呢？"于是大家又感慨了一回。看看席已将终，都向唐卿请饭。饭毕，家人献上清茗，唐卿趁这当儿，就把萃如托的交界图递给小燕，又把雯青托在总理衙门存档的话，说了一遍。小燕满口应承。于是大家作谢散归。萃如归家，自然写封详信，去回复雯青，不在话下。

且说雯青自从打发黄翻译赍图回京之后，幸值国家闲暇，交涉无

不知谁的手把自己两眼蒙住了

多，虽然远涉虏庭，却似幽栖绿野，倒落得逍遥快活。没事时，便领着次芳等，游游蜡人馆，逛逛万生院，坐泥瓦江冰床，赏阿尔亚园之亭榭，入巴立帅场观剧，看萄蕾塔跳舞；略识兵操，偶来机厂，足备日记材料罢了。雯青还珍惜光阴，自己倒定了功课，每日温习《元史》，考究地理，就是宴会间，遇着了俄廷诸大臣中，有讲究历史地理学的，常常虚心博访。大家也都知道这位使臣是欢喜讲究蒙古朝的故事。有一日，首相吉尔斯，忽然遣人送来古书一巨册，信一函。雯青叫塔翻译将信译出，原来吉尔斯晓得雯青爱读蒙古史，特为将其家传钞本——波斯人拉施故所著的《蒙古全史》，送给雯青，雯青忙叫作书道谢。后来看看那书，装潢得极为盛丽，翻出来却一字不识。塔翻译道："这是阿剌伯文，使馆译员，没人认得。"雯青只得罢了。

过了数日，恰好毕叶也从德国回来，来见雯青，偶然谈到这书。毕叶说："这书有俄人贝勒津译本，小可那里倒有，还有多桑书，讷萨怖书，都记元朝遗事。小可回去，一同送给大人，倒可参考参考。"雯青大喜。等到毕叶送来，就叫翻译官译了出来，雯青细细校阅，其中很足补正史传。从此就杜门谢客，左椠右铅，于俎豆折冲之中，成竹素馨香之业，在中国外交官内，真要算独一的人物了。

只是雯青这里，正膨胀好古的热心，不道彩云那边，倒伸出外交的敏腕。却是为何？请先说彩云的卧房。原来就在这三层楼中层的东首，一溜儿三大间，每间朝南，都是描金的玻璃门。开出门来，就是洋台。洋台正靠着昔而格斯大街。这三间屋，中间是彩云的卧房，里面都敷设着紫檀花梨的家具，蜀锦淞绣的帐褥。右首一间，是彩云梳妆之所。左首一间，却是餐室。这两间，全摆着西洋上等的木器，挂着欧洲名人的油画，华丽富贵，虽比不得隋炀帝的迷楼，也可算武媚娘的镜殿了！每日彩云在梳妆室梳妆完毕，差不多总在午饭时候，就走到餐室，陪雯青吃了早饭。雯青自去下层书室里，做他的《元史补正》，凭着彩云在楼上翻江倒海，撩云拨雨，都不见不闻了。

也是天缘凑巧，合当有事。这日彩云送了雯青下楼之后，一个人没事，叫小丫头把一座小小风琴，抬到洋台上。抚弄一回，静悄悄的觉得没趣，心想："怎么这时候阿福还不来呢？"手里拿着根金水烟袋，

曼声细调的唱起来

只管一筒一筒的抽，樱桃口里喷出很浓郁的青烟；一双如水的眼光，只对着马路上东张西望。忽见东面远远来了个年轻貌美的外国人，心里当是阿福改装，跺脚道："这小猴子，又闹这个玩意儿了！"一语未了，只见那少年面上很惊喜的，慢慢踅到使馆门口立定了，抬起头来，呆呆的望着彩云。彩云仔细一看，倒吃一惊，那个面貌好熟，那里是阿福！只见他站了一会，好像觉得彩云也在那里看他，就走到人堆里一混不见了。

彩云正疑疑惑惑的怔着，忽觉脸上冰冷一来，不知谁的手把自己两眼蒙住了，背后吃吃的笑。彩云顺手死命的一撒道："该死，做什么！"阿福笑道："我在这里看缔尔园楼上的一只呆鸟飞到俄国来了。"彩云听了，心里一跳，方想起那日所见陆军装束的美少年，就是他，就向阿福啐了一口道："别胡说！这会儿闷得很，有什么玩儿的？"阿福指着洋琴道："太太唱小调儿，我来弹琴，好吗？"彩云笑道："唱什么调呢？"阿福道："《鲜花调》。"彩云道："太老了。"阿福道："《四季想思》吧。"彩云道："叫我想谁？"阿福道："《打茶会》，倒有趣。"彩云道："呸，你发了昏！"阿福笑道："还是《十八摸》，又新鲜，又活动。"说着，就把中国的工尺按上风琴弹起来。彩云笑一笑，背着脸，曼声细调的唱起来。顿时引得街上来往的人，挤满使馆的门口，都来听中国公使夫人的雅调了。

彩云正唱得高兴，忽然看见那个少年，又在人堆里挤过来。彩云一低头，不提防头上晶亮的一件东西，骨碌碌直向街心落下，说声"不好"，阿福就丢下洋琴，飞身下楼去了。正是：

紫凤放娇遗楚佩，赤龙狂舞过蛮楼。

不知彩云落下何物？且听下回分解。

第十五回 瓦德西将军私来大好日 斯拉夫民族死争自由天

话说彩云只顾看人堆里挤出那个少年，探头出去，冷不防头上插的一对白金底儿八宝攒珠钻石莲蓬簪，无心的滑脱出来，直向人堆里落去，叫声："啊呀，阿福你瞧，我头上掉了什么？"阿福丢了风琴，凑近彩云椅背，端相道："没少什么。嘎，新买的钻石簪少了一支，快让我下去找来！"说罢，一扭身往楼下跑。刚走到楼下夹弄，不提防一个老家人，手里托着个洋纸金边封儿，正往办事房而来，低着头往前走，却被阿福撞个满怀，一手拉住阿福，喝道："慌慌张张干什么来？眼珠子都不生，撞你老子！"阿福抬头，见是雯青的老家人金升，就一撒手道："快别拉我，太太叫我有事呢！"金升马上瞪着眼道："撞了人，还是你有理！小杂种，谁是太太？有什么说得响的事儿，你们打量我不知道吗？一天到晚，粘股糖似的，不分上下，搅在一块儿，坐马车，看夜戏，游花园。玩儿也不拣个地方儿，也不论个时候儿！青天白日，仗着老爷不管事，在楼上什么花样不干出来！这会儿爽性唱起来了，引得闲人挤了满街，中国人的脸，给你们丢完了！"嘴里咕嘟个不了。

阿福只装个不听见，箭也似的往外跑。跑到门口，只见街上看的人都散了，街心里立个巡捕，台级上三四个小幺儿，在那里搂着玩呢。看见阿福出来，一哄儿都上来，一个说："阿福哥，你许我的小表链儿，怎么样了？"一个说："不差，我要的蜜蜡烟嘴儿，快拿来！"又有一个大一点儿的笑道："别给他要，你们不想想，他敢赖我们东西吗！"阿福把他们一推，几步跨下台级儿道："谁赖你们！太太丢了根钻石簪儿在这儿，快帮我来找，找着了，一并有赏。"几个小幺儿听了，忙着下来，说在那儿呢？阿福道："总不离这块地方。"于是分头满街的找，东捞捞,西摸摸;阿福也四下里留心的看,那儿有簪的影儿!

正在没法时,街东头儿,匡次芳和塔翻译两个人说着话,慢慢儿的走回来,问什么事。阿福说明丢了簪儿。次芳笑了笑道:“我们出去的时候,满挤了一街的人,谁拣了去了?赶快去寻找!”塔翻译道:“东西值钱不值钱呢?”阿福道:“新买的呢,一对儿要一千两哩,怎么不值钱!”次芳向塔翻译,伸伸五指头,笑着道:“就是这话儿了!”塔翻译也笑了道:“快报捕呀!”阿福道:“到那儿去报呢?”塔翻译指着那巡捕道:“那不是吗?”次芳笑道:“他不会外国话,你给他报一下吧!”于是塔翻译就走过去,给那巡捕咭唎咕噜说了半天方回来,说巡捕答应给查了,可是要看样儿呢。阿福道:“有,有,我去拿!”就飞身上楼了。

这里次芳和塔翻译,就一径进了使馆门,过了夹弄,东首第一个门进去,就是办事房。好几个随员,在那里写字,见两人进来,就说大人有事,在书房等两位去商量呢。两人同路出了办事房,望西面行来,过了客厅,里间正是雯青常坐的书室。塔翻译先掀帘进去,只见雯青静悄悄的,正在那里把施特拉《蒙古史》校《元史·太祖本纪》哩,见两人连忙站起道:“今儿俄礼部送来一角公文,不知是什么事?”说着把那个金边白封儿,递给塔翻译。塔翻译拆开看了一回,点头道:“不差,今天是华历二月初三,恰是俄历二月初七。从初七起到十一,是耶稣遭难复生之期,俄国叫做大好日,家家结彩悬旗,唱歌酣饮。俄皇借此佳节,择俄历初九日,在温宫开大跳舞会,请各国公使夫妇同去赴会。这分就是礼部备的请帖,届时礼部大臣,还要自己来请呢!”次芳道:“好了,我们又要开眼儿了!”

雯青道:“刚才倒吓我一跳,当是什么交涉的难题目来了。前天英国使臣告诉我,俄国铁路已接至海参威,其意专在朝鲜及东三省,预定将来进兵之路,劝我们设法抵制。我想此时有什么法子呢?只好由他罢了。”次芳道:“现在中俄邦交很好,且德相俾思麦,正欲挑俄奥开衅,俄奥龃龉,必无暇及我。英使怕俄人想他的印度,所以恐吓我们,别上他当!”塔翻译道:“次芳的话不差。昨日报上说,俄铁路将渡暗木河,进窥印度,英人甚恐,就是这话了。”两人又说了些外面热闹的话,却不敢提丢钗的事,见雯青无话,只得辞了出来。这里雯青还是笔不停披的校他的《元史》,直到吃晚饭时,方上楼来,把俄皇请赴跳舞会的事,告诉彩云,原想叫她欢喜,那知彩云正为失了宝簪,心中不自在,推说这两日身上不好,不高兴去。雯青只得罢了。不在话下。

单说这日,到了俄历二月初九日,正是华历二月初五日,晴曦高涌,积雪乍消,淡云融融,和风拂拂,仿佛天公解意,助人高兴的样子,真个九逵无禁,锦彩交飞,万户初开,歌钟互答,说不尽的男欢女悦,巷舞衢谣,各国使馆,无不升旗悬彩,共贺嘉辰。那时候,吉尔斯街中国使馆门口,左右挂着五爪金龙的红色大旗,楼前横插双头猛鹫的五彩绣旗,楼上楼下,挂满了山水人物的细巧绢灯,花团锦簇,不及细表。街上却静悄悄的人来人往,有两个带刀的马上巡兵,街东走到街西,在那里弹压闲人,不许声闹。

不一会,忽见街西面来了五对高帽乌衣的马队,如风的卷到使馆门口,勒住马缰,整整齐齐,分列两旁。接着就是十名步行卫兵,一色金边大红长袍,金边饺形黑绒帽,威风凛凛,一步一步掌着军乐而来,挨着马队站住了。随后来了两辆平顶箱式四轮四马车,四马车后随着一辆朱轮华毂四面玻璃百道金穗的彩车,驾着六匹阿刺伯大马,身披缨络,尾结花球。两个御夫,戴着金带乌绒帽,雄赳赳,气昂昂,扬鞭直驰到使馆门口停住了。只见馆中出来两个红缨帽青色褂的家人,把车门开了,说声“请”,车中走出身躯伟岸髭须蓬松的俄国礼部大臣来,身上穿着满绣金花的青毡褂,胸前横着狮头嵌宝的宝星,光耀耀款步进去。约摸进去了一点钟光景,忽听大门开处,嘻嘻哈哈一阵人声,礼部大臣掖着雯青朝衣朝帽,锦绣飞扬,次芳等也朝珠补褂,衣冠济楚,一阵风的哄出门来。雯青与礼部大臣,对坐了六马宫车,车后带了阿福等四个俊童,次芳、塔翻译等,各坐了四马车。护卫的马步各兵,吹起军乐,按队前驱,轮蹄交错,云烟缭绕,缓缓的向中央大道驰去。

此时使馆中悄无人声,只剩彩云没有同去,却穿着一身极灿烂的西装,人靠在洋台上,眼看雯青等去远了,心中闷闷不乐。原来彩云今日不去赴会,一则为了查考失簪,巡捕约着今日回音;二则趁馆

只见两个巡捕拉住一个体面少年

中人走空,好与阿福恣情取乐。这是她的一点私心,谁知不做美的雯青,偏生点名儿,派着阿福跟去,彩云又不好怎样,此时倒落得孤另另看着人家风光热闹,又悔又恨。靠着栏上,看了一回来往的车马,觉得没意思,一会骂丫头瞎眼,装烟烟嘴儿碰了牙了;一会又骂老妈儿都死绝了,一个个赶骚去。有一个小丫头,想讨好儿,巴巴的倒碗茶来,彩云就手咂一口,急了,烫着唇,伸手一巴掌道:"该死的,烫你娘!"那丫头倒退了几步,一滑手,那杯茶,全个儿淋淋漓漓,都泼在彩云新衣上了。彩云也不抖搂衣上的水,端坐着,笑嘻嘻的道:"你走近点儿,我不吃你的呀!"那丫头刚走一步,彩云下死劲一拉,顺手头上拔下一个金耳挖,照准她手背上乱戳,鲜血直冒。

彩云还不消气,正要找寻东西再打,瞥见房门外一个人影一闪。彩云忙喊道:"谁?鬼鬼祟祟的吓唬人!"那人就走进来,手里拿着一封书子道:"不知谁给谁一封外国信,巴巴儿打发人送来,说给你瞧,你自会知道。"彩云抬头,见是金升,就道:"你放下吧!"回头对那小丫头道:"你不去拿,难道还要下帖子请吗?"那小丫头哭着,一步一跷,拿过来递给彩云。金升也咕噜着下楼去了。彩云正摸不着头脑,不敢就拆,等金升去远了,连忙拆开一看,原来并不是正经信札,一张白纸,歪歪斜斜写着一行道:"俄罗斯大好日,日耳曼拾簪人,将于午后一句钟,持簪访遗簪人于支那公使馆,愿遗簪人勿出。此约!"彩云看完,又惊又喜,喜的是宝簪有了着落,惊的是如此贵重东西,拾着了不藏起,或卖了,发一注财,倒肯送还,还要自己当面交还,不知安着什么主意!又不知拾着的是何等人物?回来真的来了,见他好,不见他好?

正独自盘算个不了,只听餐室里的大钟,镗镗的敲起来,细数,恰是十二下,见一个老妈上来问道:"午饭还是开在大餐间吗?"彩云道:"这还用问吗?"那老妈去了一回,又来请吃饭。彩云把那信插入衣袋里,袅袅婷婷,走进大餐间,就坐在常日坐的一张镜面香楠洋式的小圆桌上,桌上铺着白绵提花毯子,列着六样精致家常菜,都盛着金花雪地的小碗。两边老妈丫鬟,轮流伺候。不一会,彩云吃完饭,左边两个老妈递手巾,右边两个丫鬟送漱盂。漱盥已毕,又有丫鬟送上一杯咖啡茶。

彩云一手执着玻璃杯，就慢慢立起来，仍想走到洋台上去。忽听楼下街上一片叫嚷的声音，彩云三脚两步，跨到阑干边，朝下一望，不知为什么，街心里围着一大堆人。再看时，只见两个巡捕，拉住一个体面少年，一个握了手，一个揪住衣服要搜。那少年只把手一扬，肩一掀，两个巡捕，一个东，一个西，两边儿抛球似的直滚去。只见少年仰着脸，竖着眉，喝道："好，好，不生眼的东西！敢把我当贼拿！叫你认得德国人，不是好欺负的！来呀，走了不是人！"

彩云此时方看清那少年，就是在缔尔园遇见、前天楼下听唱的那个俊人儿，不觉心头突突地跳，想道："难道那簪儿，倒是他拾了？"忽听那跌倒的巡捕，气吁吁的爬起赶来，嘴里喊道："你还想赖吗？几天儿在这里穿梭似的来往，我就犯疑。这会儿，鬼使神差，活该败露！爽性明公正气的把簪儿拿出手来，还亏你一头走一头仔细看呢！怕我看不见了真赃！这会儿，给我捉住了，倒赖着打人，我偏要捉了你走！"说着，狠命扑去。那少年不慌不忙，只用一只手，趁他扑进，就在肩上一抓，好似老鹰抓小鸡似的，提了起来，往人堆外一掷。早是一个朝天馄饨，手足乱划起来，看的人喝声采。那一个巡捕见来势利害，于于的吹起叫子来。四面巡捕听见了，都拢上来，足有十来个人。

彩云看得呆了，忽想这么些人，那少年如何吃得了！怕他吃亏，须得我去排解才好。不知不觉放下了玻璃杯，飞也似的跑下楼来，走到门口。众多家人小厮，见她慌慌张张的往外跑，不解缘故，又不敢问，都悄悄的在后跟着。彩云回头喝道："你们别来，你们不会说外国话，不中用！"说着，就推门出去，只见十几个巡捕，还是远远的打圈儿，围着那少年，却不敢近。

那少年立在中间，手里举着晶光奕奕的东西，喊道："东西在这里，可是不给你们。你们不怕死的就来！哼，也没见不分青红皂白，就把人当贼！"刚说这话，抬头忽见彩云，脸上倒一红，就把簪儿指着彩云道："簪主认来了。你们问问，看我偷了没有？"那被打的巡捕，原是常在使馆门口承值的，认得公使夫人，就抢上来，指着少年，告诉彩云："簪儿是他拾的。刚才明明拿在手里走，被我见了，他倒打起人来。”彩云就笑道:“这事都是我不好,怨不得各位闹差了!”说着,笑指那少年道:“那簪儿倒是我这位认得的朋友拾的。他早有信给我,我一时糊涂,忘了招呼你们。这会子,倒教各位辛苦了,又几乎伤了和气!”彩云一头说,就手在口袋里,掏出十来个卢布,递给巡捕道:“这不算什么,请各位喝一杯淡酒吧!”那些巡捕见失主不理论,又有了钱,就谢了各归地段去了,看的人也渐渐散了。

原来那少年,一见彩云出来,就喜出望外。此时见众人散尽,就嘻嘻笑着,向彩云走来,嘴里咕噜道:“好笑这班贱奴,得了钱,就没了气了,倒活像个支那人!不枉称做邻国!”话一脱口,忽想现对着支那人,如何就说他不好,真平常说惯了,倒不好意思起来,连忙向彩云脱帽致礼,笑道:“今天要不是太太,可吃大亏了!真是小子的缘分不浅!”彩云听他道着中国不好,倒也有点生气,低了头,淡淡的答道:“说什么话来!就怕我也脱不了支那气味,倒污了先生清操!”那少年倒局促起来道:“小子该死!小子说的是下等支那人,太太别多心。”彩云嫣然一笑道:“别胡扯,你说人家,干我什么!请里边坐吧!这里不是说话的地方。”说着,就让少年进客厅。

一路走来,彩云觉得意乱心迷,不知所为。要说什么,又说不出什么,只是怔看那少年。见少年穿着深灰色细毡大袄,水墨色大呢背褂,乳貂爪泥的衣领,金鹅绒头的手套,金钮璀璨,硬领雪清,越显得气雄而秀,神清而腴。一进门,两手只向衣袋里掏。彩云当是要取出宝簪来还她,等到取出来一看,倒是张金边白地的名刺,恭恭敬敬递来道:“小子冒昧,敢给太太换个名刺。”彩云听了,由不得就接了,只见刺上写着“德意志大帝国陆军中尉瓦德西”。彩云反复看了几遍,笑道:“原来是瓦德西将军,倒失敬了!我们连今天,已经见了三次面了,从来不知道谁是谁,不想靠了一支宝簪,倒拜识了大名,这还不是奇遇吗?”瓦德西也笑道:“太太倒还记得敝国缔尔园的事吗?小可就从那一天见了太太的面儿,就晓得了太太的名儿,偏生缘浅,太太就离了敝国到俄国来了。好容易小可在敝国皇上那里,讨了个游历的差使,赶到这里,又不敢冒昧来见。巧了这支簪儿,好像知道小可的心似的。那一天,正听太太的妙音,他就不偏不倚,掉在小可手掌之中。今儿又眼见公使赴会去了，太太倒在家，所以小可就放胆来了。这不但是奇遇，真要算奇缘了！”彩云笑道：“我不管别的，我只问我的宝簪在那儿呢？这会儿也该见赐了。”瓦德西哈哈道：“好性急的太太！人家老远的跑了来，一句话没说，你倒忍心就说这话！”彩云忍不住嗤的一笑道：“你不还宝簪，干什么来？”瓦德西忙道：“是，不差，来还宝簪。别忙，宝簪在这里。”一头说，一头就在里衣袋里，掏出一只陆离光采的小手箱来，放在桌上，就推到彩云身边道：“原物奉还，请收好吧！”彩云吃一吓。只见那手箱，虽不过一寸来高，七八分厚，赤金底儿，四面嵌满的都是猫儿眼祖母绿七星线的宝石，盖上雕刻着一个带刀的将军，骑着匹高头大马，雄武气概，那相貌活脱一个瓦德西。

彩云一面赏玩，爱不忍释，一面就道：“这是那里说起！倒费……”刚说到此，彩云的手，忽然触动匣上一个金星纽的活机，那匣盖豁然自开了。彩云只觉眼前一亮，那里有什么钻石簪，倒是一对精光四射的钻石戒指。那钻石足有五六克勒，似天上晓星般大。彩云看了，目不能视，口不能言。瓦德西却坐在彩云对面，嘻着嘴，只是笑，也不开口。彩云正不得主意，忽听街上蹄声得得，轮声隆隆，好像有许多车来，到门就不响了，接着就听见门口叫嚷。彩云这一惊不小，连忙夺了宝石箱，向怀里藏道：“不好了，我们老爷回来了。”瓦德西倒淡然的道：“不妨，说我是拾簪的来还簪就完了。”

彩云终不放心，放轻脚步，掀幔出来一张，劈头就见金升领了个外国人，往里跑。彩云缩身不及，忽听那外国人喊道：“太太，我来报一件奇闻，令业师夏雅丽姑娘，谋刺俄皇不成被捕了。”彩云方抬头，认得是毕叶，听了不禁骇然道：“毕叶先生，你说什么？”毕叶正欲回答，幔子里瓦德西，忽的也钻出来道：“什么夏雅丽被捕呀？毕叶先生快说！”彩云不防瓦德西出来，十分吃吓，只听毕叶道：“咦，瓦德西先生怎么也在这里！”瓦德西忙道：“你别问这个，快告诉我夏姑娘的事要紧！”毕叶笑道：“我们到里边再说！”彩云只得领了两人进来，大家坐定。毕叶刚要开谈，不料外边又嚷起来。毕叶道：“大约金公使回来了。”彩云侧耳一听，果然门外无数的靴声橐橐，中有雯青的脚声，不觉心里七上八下，再捺不住，只望着瓦德西发怔。忽然得了一计，就拉着毕叶低声道:“先生,我求你一件事,回来老爷进来问起瓦将军,你只说是你的朋友。”毕叶笑了一笑。

说时迟,那时快,只见雯青已领着参赞随员翻译等,翎顶辉煌的陆续进来。一见毕叶,就赶忙上来握手道:“想不到先生在这里。”一回头,见着瓦德西,呆了呆,问毕叶道:“这位是谁?”毕叶笑道:“这位是敝友德国瓦德西中尉,久慕大人清望,同来瞻仰的。”说着,就领见了。雯青也握了握手,就招呼在靠东首一张长桌上坐了。黑压压团团坐了一桌子的人。雯青、彩云也对面坐在两头。彩云偷眼,瞥见阿福站在雯青背后,一眼注定了瓦德西,又溜着彩云。彩云一个没意思,搭讪着问雯青道:“老爷怎么老早就回来了?不是说开夜宴吗?”雯青道:“怎么你们还不知道?事情闹大了,开得成夜宴倒好了!今天俄皇险些儿送了性命哩!”回头就向毕叶及瓦德西道:“两位总该知道些影响了?”毕叶道:“不详细。”雯青又向着彩云道:“最奇怪的,倒是个女子。刚才俄皇正赴跳舞会,已经出宫,半路上忽然自己身边,跳出个侍女,一手紧紧拉住了御袖,一手拿着个爆炸弹,要俄皇立刻答应一句话,不然就把炸药炸死俄皇。后来亏了几个近卫兵有本事,死命把炸弹夺了下来,才把她捉住。如今发到裁判所讯问去了。你们想险不险?俄皇受此大惊,那里能再赴会呢!所以大家也散了。”毕叶道:“大人知道这女子是谁?就是夏雅丽!”雯青吃惊道:“原来是她?”说时觑着彩云道:“怪道我们一年多不见她,原来混进宫去了。到底不是好货,怎么想杀起皇帝来!这也太无理了!到底逃不了天诛,免不了国法,真何苦来!”

毕叶听罢,就向瓦德西道:“我们何妨赶到裁判所去听听,看政府怎么样办法?”瓦德西正想脱身,就道:“很好!我坐你车去。”两人就起来向雯青告辞。雯青虚留了一句,也就起身相送,彩云也跟了出来,直看雯青送出大门。彩云方欲回身,忽听外头嚷道:“夏雅丽来了!”正是:

苦向异洲挑司马,忽从女界见荆卿。

不知来者果是夏雅丽?且听下回分解。

第十六回　席上逼婚女豪使酒　镜边语影侠客窥楼

话说彩云正要回楼，外边忽嚷："夏雅丽来了！"彩云道是真的，飞步来看，却见瓦、毕两人，都站在车旁，没有上去。雯青也在台阶儿上，仰着头，张望东边来的一群人。直到行至近边，方看清是一队背枪露刃的哥萨克兵，静悄悄的巡哨而过，那里有夏雅丽的影儿？原来这队兵，是俄皇派出来搜查余党的，大家误会押解夏雅丽来了，所以嚷起来。其实夏雅丽是秘密重犯，信息未露之前，早迅雷不及的押赴裁判所去，那里肯轻易张扬呢！此时大家知道弄错，倒笑了。雯青送了瓦、毕两人上车，自与彩云进去易衣歇息不提。

这里瓦、毕两人，渐渐离了公使馆，毕叶对瓦德西道："我们到底到那里去呢？"瓦德西道："不是要到裁判所去看审吗？"毕叶笑道："你傻了，谁真去看审呢？吾原为你们俩鬼头鬼脑，怪可怜的，特为借此救你出来，你倒还在那里做梦哩！快请我到那里去喝杯酒，告诉你们俩的故事儿吾听，是正经！"瓦德西道："原来如此，倒承你的照顾了！你别忙，我自然要告诉你的。倒是夏雅丽与我有一面缘，我真想去看看，行不行呢？"毕叶道："我国这种国事犯，政府非常秘密，吾那里虽有熟人，看你分上去碰一碰吧！"就吩咐车夫一径向裁判所行去。

不说二人去裁判所看审，如今要把夏雅丽的根原，细表一表。原来夏雅丽姓游爱珊，俄国闵司克州人，世界有名虚无党女杰海富孟的异母妹。父名司爱生，本犹太种人，移居圣彼得堡，为人鄙吝顽固。发妻欧氏，生海富孟早死，续娶斐氏，生夏雅丽。夏雅丽生而娟好，为父母所钟爱。及稍长，貌益娇，面形椭圆若瓜瓤，色若雨中海棠，娇红欲滴。眼波澄碧，齿光研珠，发作浅金色，蓬松披戌削肩上，俯仰如画，顾盼欲飞，虽然些子年纪，看见的人，那一个不魂夺神与！但是貌妍心冷，性却温善，常恨俄国腐败政治，又惯闻阿姊海富孟哲学议论，就有舍身救国的大志，却为父母管束甚严，不敢妄为。那时海富孟已由家庭专制手段，逼嫁了科罗特揩齐，所幸科氏也是虚无党员，倒是一对儿同命鸳鸯，奔走党事。夏雅丽常瞒着父母，从阿姊夫妻受学。海富孟见夏雅丽敏慧勇决，也肯竭力教导。科氏又教她击刺的法术。直到一千八百八十一年三月，海富孟随着苏菲亚趁观兵式的机会，炸死俄皇亚历山大。海氏、科氏同时被捕于泰来西那街爆药制造所，受死刑。那时夏雅丽已经十六岁了，见阿姊惨死，又见鲜黎亚博、苏菲亚都遭惨杀，痛不欲生，常切齿道："我必报此仇！"司爱生一听这话，怕她出去闯祸，从此倒加防范起来，无事不准出门。夏雅丽自由之身，顿时变了锦妆玉裹的天囚了。还亏得斐氏溺爱，有时瞒着司爱生，领她出去走走。

事有凑巧，一日，在某爵家宴会，忽在座间遇见了枢密顾问官美礼斯克罘的姑娘鲁翠。这鲁翠姑娘，也是恨政府压制，愿牺牲富贵，投身革命党的奇女子。彼此接谈，自然情投意合。鲁翠力劝她入党。夏雅丽本有此志，岂有不愿！况且鲁翠是贵族闺秀，司爱生等也愿攀附，夏雅丽与她来往，绝不疑心，所以夏雅丽竟得列名虚无党中最有名的察科威团，常与党员私自来往。来往久了，党员中人物已渐渐熟识，其中与夏姑娘最投契的两个人：一个叫克兰斯，一个叫波儿麻，都是少年英雄。克兰斯与姑娘更为莫逆，党人常比他们做苏菲亚鲜黎亚博。虽说血风肉雨的精神，断无惜玉怜香的心绪，然雄姿慧质，目与神交，也非一日了。

那知好事多魔，情澜忽起。这日夏雅丽正与克兰斯散步泥瓦江边，无意中遇见了母亲的表侄加克奈夫，一时不及回避，只好上去招呼了。谁知这加克奈夫，本是尼科奈夫的儿子。尼科奈夫是个农夫，就因一千八百六十六年，告发莫斯科亚特俱乐部实行委员加来科梭谋杀皇帝事件，在夏园亲手捕杀加来科梭，救了俄皇，俄皇赏他列在贵族。尼科奈夫就皇然自大起来。俄皇又派他儿子做了宪兵中佐，正是炙手可热的时候。司爱生羡慕他父子富贵，又带些裙带亲，自然格外巴结。加克奈夫也看中了表妹的美貌，常常来溜搭。无奈夏雅丽见他貌粗性鄙，总不理他，任凭父母夸张他的敌国家私，薰天气焰，只是漠然。

加克奈夫也久怀怨恨了。恰好这日遇见夏姑娘与克兰斯携手同游，禁不住动了醋火，就赶到司爱生家，一五一十的告诉了，还说克兰斯是个叛党，不但有累家声，还怕招惹大祸。司爱生是暴厉性子，自然大怒，立刻叫回夏姑娘，大骂："无耻婢，惹祸胚！"就叫关在一间空房内，永远不许出来。你想夏姑娘是雄武活泼的人，那里耐得这幽囚的苦呢！倒是母亲斐氏不忍起来，瞒了司爱生放了出来，又不敢公然出现。恰好斐氏有个亲戚在中国上海道胜银行管事，所以叫夏姑娘立刻逃避到中国来。一住三年，学会了些中国的语言文字，直到司爱生死了，斐氏方写信来招她回国。夏姑娘回国时，恰也坐了萨克森船，所以得与雯青相遇，倒做了彩云德语的导师，也是想不到的奇遇了。这都是夏姑娘未遇雯青以前的历史。现在既要说她的事情，不得不把根原表明。

且说夏雅丽虽在中国三年，本党里有名的人，如女员鲁翠，男员波儿麻克兰斯诸人，常有信息来往，未动身的前数日，还接到克兰斯的一封信，告诉她党中近来经济困难，自己赴德运动，住在德京凯赛好富馆 Kaiserhof 中层第二百十三号云云。所以夏姑娘那日一到柏林，就带了行李，雇了马车，径赴凯赛好富馆来，心里非常快活。一则好友契阔，会面在即；一则正得了雯青一万马克，供献党中，绝好一分土仪。心里正在忖度，马车已停在大旅馆门口，就有接客的人，接了行李。姑娘就问："中层二百十三号左近有空房吗？"那接客的忙道："有，有，二百十四号就空着。"

姑娘吩咐把行李搬进去，自己却急急忙忙直向二百十三号而来。正推门进去，可巧克兰斯送客出来，一见姑娘，抢一步，执了姑娘的手，瞪了半天，方道："咦，你真来了！我做梦也想不到你真会回来！"说着话，手只管紧紧的握住，眼眶里倒索索的滚下泪来。夏雅丽嫣然笑道："克兰斯，别这么着。我们正要替国民出身血汗，生离死别的日子多着呢，那有闲工夫伤心！快别这么着。快把近来我们党里的情形，告诉我要紧。”说到这里，抬起头来，方看见克兰斯背后，站着个英风飒爽的少年，忙缩住了口。克兰斯赶忙招呼道：“我送了这位朋友出去，再来给姑娘细谈。”谁知那少年倒一眼钉住了姑娘呆了，听了克兰斯的话，方醒过来，一个没意思走了。

克兰斯折回来，方告诉姑娘：“这位是瓦德西中尉，很热心的助着我运动哩。”姑娘道：“说的是。前月接到你信，知道党中经济很缺，到底怎么样呢？”克兰斯叹道：“一言难尽。自从新皇执政，我党大举两次，一次卡米匿桥下的隧道，一次温宫后街的地雷。虽都无成效，却消费了无数金钱，历年运动来的资本，已倾囊倒箧了，敷衍到现在，再敷衍不下去了。倘没巨资接济，不但不能办一事，连党中秘密活版部，爆药制造所，通券局，赤十字会……一切机关，都要溃败。姑娘有何妙策？”

夏姑娘低头半晌道：“我还当是小有缺乏。照这么说来，不是万把马克可以济事的了！”克兰斯道：“要真有万把马克，也好济济急。”夏雅丽不等说完，就道：“那倒有。”克兰斯忙问：“在那里？”夏姑娘因把讹诈中国公使的事说了一遍，克兰斯倒笑了，就问：“款子已交割吗？”夏姑娘道：“已约定由公使夫人亲手交来，决不误的。”于是姑娘又问了回鲁翠波儿麻的踪迹，克兰斯一一告诉了她。克兰斯也问起姑娘避出的原由，姑娘把加克奈夫构陷的事说了。克兰斯道：“原来就是他干的！姑娘你知道吗？尼科奈夫倒便宜他，不多几日好死了。加来科梭的冤仇，竟没有报成，加克奈夫倒升了宪兵大尉。你想可气不可气呢？嗐，这死囚的脑袋，早晚总逃不了我们手里！”夏雅丽愕然道：“怎么尼科奈夫，倒是我们的仇家？”克兰斯拍案道：“可不是！他全靠破坏了亚特革命团富贵的。这会儿加克奈夫还了得，家里放着好几百万家私，还要鱼肉平民哩！”夏雅丽又怔了怔道：“加克奈夫真是个大富翁吗？”克兰斯道：“他不富谁富？”夏雅丽点点头儿。看官们，要知道两人虽是旧交，从前私下往来，何曾畅聚过一日！此时素心相对，无忌无拘，一个是珠光剑气的青年，一个是侠骨柔肠的妙女，我歌汝和，意浃情酣，直谈到烛跋更深，克兰斯送了夏姑娘归房，自己方就枕歇息。

我做梦也想不到你真会回来

从此夏姑娘就住在凯赛好富馆,日间除替彩云教德语外,或助克兰斯同出运动,或与克兰斯剪烛谈心。

快活光阴,忽忽过了两月,雯青许的款子,已经交清。那时彩云也没闲工夫常常来学德语了。夏雅丽看着柏林无事可为,一天忽向克兰斯要了一张照片,又隔了一天,并没告知克兰斯,清早独自搭着火车飘然回国去了。直到克兰斯梦醒起床,穿好衣服,走过去看她,但见空屋无人,留些残纸零墨罢了,倒吃一惊。然人已远去,无可如何,只得叹息一回,自去办事。

单说夏姑娘那日偷偷儿出了柏林,径趁圣彼得堡火车进发。姑娘在上海早得了领事的旅行券,一路直行无碍。到第三日傍晚,已到首都。姑娘下车,急忙回家,拜见亲母斐氏。母女相见,又喜又悲。斐氏告诉她父亲病死情形,夏姑娘天性中人,不免大哭一场。接着亲友访问,鲁翠姑娘同着波儿麻,也来相会。见面时,无非谈些党中拮据情形,知道姑娘由柏林来,自然要问起克兰斯运动的消息。夏姑娘就把克兰斯现有好友瓦德西助着各处设法的话说了。鲁翠说了几句盼望勉励的话头,然后别去。

夏姑娘回得房来,正给斐氏在那里闲谈,斐氏又提起加克奈夫,夸张他的势派,意思要引动姑娘。姑娘听着,只是垂头不语。不防头一阵鞑鞑的皮靴声,从门外传进来,随后就是嘻嘻的笑声。这笑声里,就夹着狗嗥一般的怪叫声:"妹妹回来了,怎么信儿都不给我一个呢?"夏姑娘吓一跳,猛抬头,只见一个短短儿的身材,黑黑儿的皮色,乱蓬蓬一团毛草,光闪闪两盏灯笼,真是眼中出火,笑里藏刀,摇摇摆摆的走进来,不是加克奈夫是谁呢!斐氏见了,笑嘻嘻立起来道:"你倒还想来,别给我花马吊嘴的,妹妹记着前事,正在这里恨你呢!"加克奈夫哈哈道:"屈天冤枉,不知那个天杀的移尸图害。这会儿,我也不敢在妹妹跟前辩,只有负荆请罪,求妹妹从此宽恕就完了!"说着,两腿已跨进房来,把帽子往桌子上一丢,伸出蒲扇大的手,要来给夏姑娘拉。姑娘缩个不迭,脸色都变了。加克奈夫涎着脸道:"好妹妹,咱们拉个手儿!"斐氏笑道:"人家孩子面重,你别拉拉扯扯,臊了她,我可不依!"

夏姑娘先本着了恼，自己已经狠狠的压下去，这回听了斐氏的话，低头想了一想，忽然桃腮上泛起浅玫瑰色，秋波横溢，柳叶斜飘，在椅上欻的站起来道："娘也说这种话！我从来不知道什么臊不臊，拉个手儿，算得了什么！高兴拉，来，咱们拉！"就把一只粉嫩的手，使劲儿去拉加克奈夫的黑手。加克奈夫倒啊呀起来道："妹妹，轻点儿！"夏姑娘道："你不知道吗？拉手有规矩儿的，越重越要好。"说完，嗤的一笑，三脚两步走到斐氏面前，滚在怀里，指着加克笑道："娘你瞧！他是个脓包儿，一捏都禁不起，倒配做将军！"

原来加克往日见姑娘总是冷冷的脸儿，淡淡的神儿，不道今儿，忽变了样儿，一双半嗔半喜的眼儿，几句若远若近的话儿，加克虽然是风月场中的魔儿，也弄得没了话儿，只嬉着嘴笑道："妹妹到底出了一趟门，大变了样儿了。"夏姑娘含怒道："变好了呢，还是变歹？你说！"斐氏笑搂住姑娘的脖子道："痴儿，你今儿个怎么尽给你表兄拌嘴，不想想人家为好来看你。这会儿天晚了，该请你表兄吃晚饭才对！"加克连忙抢着说道："姑娘，今天妹妹快活，肯多骂我两句，就是我的福气了！快别提晚饭，我晚上还得到皇上那里有事哪。"夏姑娘笑道："娘，你听！他又把皇帝杠出来，吓唬我们娘儿俩。老实告诉你，你没事，我也不高兴请。谁家坐客不请行客，倒叫行客先请的！"加克听了，拍手道："不错，我忘死了！今天该替妹妹接风！"说着，就一迭连声叫伺候人，到家里唤厨子带酒菜到这里来。斐氏道："啊呀，天主！不当家花拉的倒费你，快别听这痴孩子的话。"夏姑娘瞅了她娘半天道："咦！娘也奇了，怎么只许我请他，不许他请我的？他有的是造孽钱，不费他费谁！娘，你别管，他不给我要好，不请，我也不希罕；给我要要好，他拿来，我就吃，娘也跟着我吃，横竖不要你老人家掏腰儿还席，瞎费心干吗！"加克道："是呀，我请！我死了也要请！"姑娘笑道："死的日子有呢，这会儿别死呀死呀怪叫！"加克忙自己掌着嘴道："不识好歹的东西，你倒叫妹妹心疼。"夏姑娘戟手指着道："不要脸的，谁心疼你来？"加克此时，看着姑娘娇憨的样儿，又听着姑娘锋利的话儿，半冷半热，若讽若嘲，倒弄得近又不敢，远又不舍，不知怎样才好。

不一会，天也黑了，厨夫也带酒菜来了，加克就邀斐氏母女，同入餐室。原来这餐室，就在卧室外面，虽不甚宽敞，却也地铺锦罽，壁列电灯，花气袭人，镜光交影。东首挂着加特厘簪花小像，西方撑起姑娄巴多舞剑古图，煞是热闹。大家进门，斐氏还要客气，却被夏姑娘两手按在客位，自己也皇然不让座了，加克真的坐了主位。侍者送上香宾、白兰地各种瓶酒，加克满斟了杯香宾酒，双手捧给姑娘道："敬替妹妹洗尘！"姑娘劈手夺了，直送斐氏道："这杯给娘喝，你另给我斟来！"加克只得恭恭敬敬又斟了一杯。姑娘接着，扬着杯道："既承主人美意，娘，咱们干一杯！"说完一饮而尽。加克微笑，又挨着姑娘斟道："妹妹喝个成双杯儿！"夏姑娘一扬眉道："喝呀！"接来喝一半，就手向加克嘴边一灌道："要成双，大家成双。"加克不防头，不及张口翕受，淋淋漓漓倒了一脸一身。此时夏姑娘几杯酒落肚，脸上红红儿的，更觉意兴飞扬起来，脱了外衣，着身穿件粉荷色的小衣，酥胸微露，雪腕全陈，臂上几个镯子，玎玎珰珰的厮打，把加克骂一会，笑一会，任意戏弄。斐氏看着女儿此时的样儿，也揣摩不透，当是女儿看中了加克，倒也喜欢，就借了更衣走出来，好让他们叙叙私情。

果然加克见斐氏走开，心里大喜，就涎着脸，慢慢挨到姑娘身边，欲言不言了半晌。夏姑娘正色道："你来干什么？"加克笑嘻嘻道："我有一句不知进退的话要……"姑娘不等他说完，跳起来指着加克道："别给我蝎蝎螫螫的。那些个狼心猪肺狗肚肠，打量咱们照不透吗？从前在我爹那里调三窝四，甜言蜜语，难道是真看得起咱们吗？真爱上我吗？呸！今儿个推开窗户说亮话，就不过看上我长得俊点儿，打算弄到手，做个会说话的玩意儿罢了！姑娘从前是高傲性子，眼里那里放得下去！如今姑娘可看透了，天下爱情，原不过尔尔，嫁个把人，算不了事。可是姑娘不高兴，凭你王孙公子，英雄豪杰，休想我点点头儿！要高兴起来，牛也罢，马也罢，狗也罢，我跟着就走。"加克听了，眉花眼笑道："这么说，姑娘今儿肯嫁狗了！"夏姑娘冷笑道："不肯，我就说？可是告诉你，要依我三件！"加克道："都依，都依！"姑娘道："一件，姑娘急性，一刻不等两时，要办就办；二件，不许声张，除了我们娘儿俩，还有牧师证人几个人外，有一个知道了，我就不嫁；三件，到了你家，什么事都归我管，不许你牙缝高低一点儿。三件依得，我就嫁，有一不字儿拉个倒！”加克哈哈笑道：“什么依不依，妹妹说的话儿，就是我的心愿。”

两人正说得热闹，谁知斐氏却在门外都听饱了，见女儿肯嫁加克，正合了素日的盼望，走进来，对着加克道：“恭喜你，我女儿答应了！可别忘了老身！但是老身只有一个女儿，也不肯太草草的。马上办起来，也得一月半月，那儿能就办呢！头一件，我就不依。”姑娘立刻变了脸道：“我不肯嫁，你们天天劝。这会儿我肯嫁了，你们倒又不依起来。不依也好，我也不依。告诉你们吧，我的话说完了，我的兴也尽了，人也乏了，我可要去睡觉了。”说罢，一扭身，自顾自回房，砰的一声，把门关了。

这里加克奈夫与斐氏纳罕了半天。加克想老婆心切，想不到第一天回来，就得了采，也虑不到别的，倒怕中变，就劝斐氏全依了姑娘主意。

过了两日，说也奇怪，果然斐氏领着夏姑娘，自赴礼拜堂，与加克结了亲，签了结婚簿。从此夏雅丽就与加克夫妇同居。加克奈夫要接斐氏来家，姑娘不许，只好仍住旧屋。加克新婚燕尔，自然千依百顺，姑娘倒也克勤妇职，贤声四布。加克愈加敬爱，差不多加克家里的全权，都在姑娘掌握中了。

自古道：“鼓钟于宫，声闻于外。”又道：“若要人不知，除非己莫为。”何况一嫁一娶，偌大的事，虽姑娘嘱咐不许声张，那里瞒得过人呢？自从加克娶了姑娘，人人都道彩凤随鸦，不免纷纷议论。一传十，十传百，就传到了鲁翠、波儿麻等一班党人耳中。先都不信，以为夏姑娘与克兰斯有生死之约，那里肯背盟倒嫁党中仇人呢！后来鲁翠亲自来寻姑娘，谁知竟闭门不纳，只见了斐氏，方知人言不虚，不免大家痛骂夏雅丽起来。

这日党人正在秘密会所，决议此事如何处置，可巧克兰斯从德国回来，也来赴会。一进门，别的都没有听见，只听会堂上一片声说：“夏雅丽嫁了”五个字，直打入耳鼓来。克兰斯飞步上前，喘吁吁还未说话，鲁翠一见他来，就迎上喊道：“克兰斯君，你知道吗？你的夏雅丽嫁了，嫁了加克奈夫！”克兰斯一听这话，但觉耳边霹雳一声，眼底金星四爆，心中不知道是盐是醋是糖是姜，一古脑儿都倒翻了，只喊一声：“贱婢！杀！杀！”往后便倒，口淌白沫，大家慌了手脚。

鲁翠忙道：“这是急痛攻心，只要扶他坐起，自然会醒的。”波儿麻连忙上来扶起，坐在一张大椅里。果然不一会醒了，恶的吐出一口浓痰，就跳起来要刀。波儿麻道：“要刀做什么！”克兰斯道：“你们别管，给我刀，杀给你们看！”鲁翠道：“克兰斯君别忙，你不去杀她，我们怕她泄露党中秘密，也放不过她。可是我想，夏雅丽学问见识本事，都不是寻常女流，这回变得太奇突。凡奇突的事，倒不可造次。还是等你好一点，晚上偷偷儿去探一回。倘或真是背盟从仇，就顺手一刀了账，岂不省事呢！”克兰斯道：“还等什么好不好，今晚就去！”于是大家议定各散。

鲁翠临走，回顾克兰斯道：“明天我们听信儿。”克兰斯答应，也一路回家，不免想着向来夏姑娘待他的情义，为他离乡背井，绝无怨言。这回在柏林时候，饭余灯背，送抱推襟，一种密切的意思，真是笔不能写，口不能言。如何回来不到一月，就一变至此呢？况且加克奈夫，又是她素来厌恨的，上回谈起他名氏，还骂他哩！如何倒嫁他？难道有什么不得已吗？一回又猜想她临行替他要小照儿的厚情，一回又揣摸她不别而行的深意。这一刻时中，一寸心里，好似万马奔驰，千猿腾跃，忽然心酸落泪，忽然切齿横刀。翻来覆去，不觉更深，就在胸前掏出表来一看，已是十二点钟，惊道：“是时候了！”连忙换了一身纯黑衣裤，腰间插了一把党中常用的百毒纯钢小尖刀，扎缚停当，把房中的电灯旋灭了，轻轻推门到院子里，耸身一纵，跳出墙外。

那时正是十月下旬，没有月亮的日子，一路虽有路灯，却仍觉黑暗似墨，细雾如尘，一片白茫茫不辨人影，只有几个巡捕，稀稀落落的在街中站着。克兰斯靠着身体灵便，竟闪闪烁烁的被他混过几条街去。

看看已到了加克奈夫的宅子前头，幸亏那里倒没有巡捕，黑魆魆地挨身摸来，只见四围都是四尺来高的短墙，上排列着铁蒺藜、碎玻璃片。克兰斯睁眼打量一回，估摸自己还跳得过去，紧把刀子插插好，猛然施出一个燕子翻身势，往上一掠。忽听玎珰一声，一个身子，随着几片碎玻璃，直滚下去。看时，自己早倒在一棵大树底下。爬起来，转出树后，原来在一片草地上，当中有条马车进出的平路。克兰斯就依着这条路走去，只见前面十来棵郁郁苍苍的不知什么大树，围着一座巍巍的高楼。楼的下层，乌黑黑无一点火光，只有中层东首一间，还点着电灯。窗里透出光来，照在树上，却见一个人影，在那里一闪一闪的动。克兰斯暗想，这定是加克奈夫的卧房了。可是这样高楼，怎么上去呢？仰面忽见那几棵大树，树杈儿正紧靠二层的洋台，不觉大喜。一伸手，抱定树身，好比白猴采果似的旋转而上。到了树顶，把身子使劲一摇，那树杈直摆过来，花拉一响，好像树杈儿断了一般。谁知克兰斯就趁这一摆，一脚已钩定了洋台上的阑干，倒垂莲似的反卷上去，却安安稳稳站在洋台上了。侧耳听了一听，毫无声音，就轻轻的走到那有灯光的窗口，向里一望，恰好窗帘还没放，看个完完全全。只见房内当地一张铁床，帐子已垂垂放着，房中寂无人声，就是靠窗摆着个镜桌，当桌悬着一盏莲花式的电灯，灯下却袅袅婷婷立着个美人儿。呀，那不是夏雅丽吗？只见她手里拿着个小照儿，看看小照，又看看镜子里的影儿，眼眶里骨溜溜的滚下泪来。克兰斯看到这里，忽然心里捺不住的热火喷了出来，拔出腰里的毒刀，直砍进去。正是：

　　棘枳何堪留凤采，宝刀直欲溅鸳红。

不知夏雅丽性命如何？且看下回。

第十七回　辞鸳侣女杰赴刑台　递鱼书航师尝禁脔

话说克兰斯看见夏雅丽对着个小照垂泪，一时也想不到查看查看小照是谁的，只觉得夏雅丽果然丧心事仇，按不住心头火起。瞥见眼前的两扇着地长窗是虚掩着，就趁着怒气，不顾性命，扬刀挨入。忽然天昏地暗的一来，灯灭了，刀却砍个空，使力过猛，几乎身随刀倒。克兰斯吃一惊，暗道："人呢？"回身瞎摸了一阵，可巧摸着镜桌上那个小照儿，顺手揣在怀里，心想夏雅丽逃了，加克奈夫可在，还不杀了他走！刚要向前，忽听楼下喊道："主人回来了！"随着辚辚的马车声，却是在草地上往外走的。克兰斯知道刚才匆忙，没有听他进来。忽想道："不好，这贼不在床上。他这一回来，叫起人，我怕走不了。不如还到那大树上躲一躲再说。"打定主意，急忙走出洋台，跳上阑干，伸手攀住树杈儿，一脚挂在空中，一脚还蹬在阑干上，忽听楼底下砌的一声是枪，就有人没命的叫声："啊呀！好，你杀我！"又是一声，可不像枪，仿佛一样很沉的东西，倒在窗格边。

克兰斯这一惊，出于意外，那时他的两脚还空挂着，手一松，几乎倒撞下来，忙钻到树叶密的去处蹲着。只听墙外急急忙忙跑回两个人，远远的连声喊道："怎么了？什么响？"屋里也有好几个人喊道："枪声，谁放枪？"这当儿，进来的两个人里头，有一个拿着一盏电光车灯，已走到楼前，照得楼前雪亮。克兰斯眼快，早看见廊下地上，一个汉子仰面横躺着，动也不动。只听一人颤声喊道："可了不得，杀了人！""谁呢？""主人！"这当儿，里面一哄，正跑出几个披衣拖鞋的男女来，听是主人，就七张八嘴的大乱起来。

克兰斯在树上听得清楚，知加克奈夫被杀，心里倒也一快，但不

那时他的两脚还空挂着

免暗暗骇异，到底是谁杀的？这当儿，见楼下人越聚越多，忽然想到自己绝了去路，若被他们捉住，这杀人的事，一定是我了。正盘算逃走的法子，忽然眼前欻的一亮，满树通明，却正是上中层的电灯都开了。灯光下，就见夏雅丽散了头发，仓仓皇皇跑到洋台上，爬在阑干上，朗朗的喊道："到底你们看清是主人不是呢？"众人严声道："怎么不是呢？"又有一个人道："才从宫里承值回来，在这里下车的。下了车，我们就拉车出园，走不到一箭地，忽听见枪声，赶回来，就这么着了。"夏雅丽跺脚道："枪到底中在那里？要紧不要紧？快抬上来！一面去请医生，一面快搜凶手呢！一眨眼的事，总不离这园子，逃不了，怎么你们都昏死了！"一句话提醒，大众道："枪中了脑瓜儿，脑浆出来，气都没了。人是不中用了，倒是搜凶手是真的。"

克兰斯一听这话，倒慌了，心里正恨夏雅丽，忽听下面有人喊道："咦，你们瞧！那树杈里，不是一团黑影吗？"楼上夏雅丽听了，一抬头，好像真吃一吓的样子道："怎么？真有了人！"连忙改口道："可不是凶手在这里？快多来几个人逮住他，楼下也防着点儿，别放走了！"就听人声嘈杂的拥上五六个人来。克兰斯知不能免，正是人急智生，一眼见这高楼是四面洋台，都围着大树，又欺着夏雅丽虽有本事，终是个妇人，仍从树上用力一跳，跳上洋台，想往后楼跑。这当儿，夏雅丽正在叫人上楼，忽见一个人陡然跳来，倒退了几步，灯光下，看清是克兰斯，脸上倒变了颜色，说不出话来，却只把手往后楼指着。克兰斯此时也顾不得什么，飞奔后楼，果见靠阑干与前楼一样的大树。正纵身上树，只听夏雅丽在那里乱喊道："凶手跳进我房里去了，你们快进去捉，不怕他飞了去。"只听一群人，乱哄哄都到了屋里。

这里克兰斯却从从容容的爬过大树，接着一溜平屋，在平屋搭了脚，恰好跳上后墙，飞身下去，正是大道。幸喜没个人影儿，就一口气的跑回家去，仍从短墙奋身进去，人不知鬼不觉的到了自己屋里，此时方算得了性命。喘息一回，定了定神，觉得方才事，真如梦里一般，由不得想起："夏雅丽手指后楼的神情，并假说凶手进房的话儿，明明暗中救我，难道她还没有忘记我吗？既然不忘记我，就不该嫁加克奈夫！既嫁了加克奈夫，又不该二心于我！这女子的人格，就可想了！"

又想着："自己要杀加克奈夫，倒被人家先杀了去。这人的本事，在我之上，倒要留心访访才好。"

一头心里猜想，一头脱去那身黑衣，想要上床歇息，不防衣袋中掉下一片东西，拾起来看时，倒吃一惊，原来就是自己在凯赛好富馆赠夏雅丽的小照，上面添写一行字道："斯拉夫苦女子夏雅丽心嫁夫察科威团实行委员克兰斯君小影。"克兰斯看了，方明白夏雅丽对他垂泪的意思，也不免一阵心酸，掉下泪来，叹道："夏雅丽！夏雅丽！你白爱我了！也白救了我的性命了！叫我怎么能赦你这反复无常的罪呢！"说罢，就把那照儿插在床前桌上照架里，回头见窗帘上渐渐发出鱼肚白色，知道天明了，连忙上床，人已倦极，不免沉沉睡去。

正酣睡间，忽听耳边有人喊道："干得好事，捉你的人到了，还睡吗？"克兰斯睁眼见是波儿麻，忙坐起来道："你好早呀，没的大惊小怪，谁干了什么？"波儿麻道："八点钟还早吗？鲁翠姑娘找你来了，快出去。"克兰斯连忙整衣出来，瞥眼看着鲁翠华装盛服，秀采飞扬，明睐修眉，丰颐高准，比到夏雅丽，另有一种华贵端凝气象。一见克兰斯，就含笑道："昨儿晚上辛苦了，我们该替加来科梭代致谢忱。怎么夏雅丽倒免了？"波儿麻笑道："总是克君多情，杀不下去，倒留了祸根了。"克兰斯惊道："怎么着？她告了我吗？"鲁翠摇头道："没有。她告的是不知姓名人，深夜入室，趁加克奈夫温宫夜值出来，枪毙廊下。凶手在逃。俄皇知道，早疑心了虚无党，已派侦探四出，倒严厉得很。克君还是小心为是。"克兰斯笑道："姑娘真胡闹了！小心什么？那里是我杀的！"鲁翠倒诧异道："难道你昨晚没有去吗？"克兰斯道："怎么不去？可没有杀人。"波儿麻道："不是你杀是谁呢？"克兰斯道："别忙，我告诉你们。"就把昨夜所遇的事，从头至尾说了一遍，只把照片一事瞒起。两人听了，都称奇道异。波儿麻跳起来道："克君，你倒被夏雅丽救坏了！不然倒是现成的好名儿！"

鲁翠正低头沉思，忽被他一吓，忙道："波君别嚷，怕隔墙有耳。"顿一顿，又道："据我看，这事夏雅丽大有可疑。第一为什么要灭灯；再者既然疑心克君是凶手，怎么倒放走了？不要倒就是她杀的呢！"克兰斯道："断乎不会。她要杀他，为什么嫁他呢？"鲁翠道："不许她辱身赴义吗?”克兰斯连连摇头道:“不像,杀一加克奈夫,法子多得很,为什么定要嫁了,才能下手呢?况且看她得了凶信,神气仓皇得很哩!”鲁翠也点点头道:“我们再去探听探听看。克君既然在夏雅丽面前露了眼,还是避避的好,请到我们家里去住几时吧!”克兰斯就答应了。

当时吩咐了家人几句话,就跟了鲁翠回家。从此鲁翠、波儿麻诸人替他在外哨探,克兰斯倒安安稳稳住在美礼斯克罢邸第。先几个月,风声很紧,后来慢慢懈怠,竟无声无息起来。

看官你道为何?原来俄国那班警察侦探,虽很有手段,可是历年被虚无党杀怕了,只看一千八百八十一年三月以后,半年间,竟杀了宪兵长官、警察长、侦探等十三人,所以事情关着虚无党,大家就要缩手。这案俄皇虽屡下严旨,无奈这些人都不肯出力,且加克氏支族无人,原告不来催紧,自然冰雪解散了。克兰斯在美礼家,消息最灵,探知内情,就放心回了家。

日月如梭,忽忽冬尽春来。这日正是俄历二月初九,俄皇在温宫开跳舞会的大好日,却不道也是虚无党在首都民意俱乐部开协议会的秘密期。那时俄国各党势力,要推民意党察科威团算最盛,土地自由党、拿鲁脱尼团次之。这日就举了民意党做会首。此外,哥卫格团、奥能伯加团、马黎可夫团、波兰俄罗斯俱乐部、夺尔格圣俱乐部,纷纷的都派代表列席,黑压压挤满了一堂。正是龙拿虎掷,燕叱莺嗔,天地无声,风云异色的时候,民意女员鲁翠,曳长裾,围貂尾,站立发言台上,桃脸含秋,蛾眉凝翠的,宣告近来党中经济缺乏,团力涣散,必须重加联络,大事运动,方足再谋大举。这几句话,原算表明今日集会之意,还要畅发议论,忽见波儿麻连跌带撞远远的跑来,喊道:“可了不得!今儿个又出了第二个苏菲亚了!本党宫内侦探员,有秘密报告在此!”大众听了愕然。

鲁翠就在台上,接了波儿麻拿来的一张纸,约略看了看,脸上十分惊异。大众都问何事?鲁翠就当众宣诵道:

本日皇帝在温宫宴各国公使,开大跳舞会,车驾定午刻临场。方出内宫门,突有一女子,从侍女队跃出,左手持炸弹,右手

> 揕帝胸，叱曰："咄，尔速答我，能实行一千八百八十一年二月十二日民意党上书要求之大赦国事犯召集国会两大条件否？不应则炸尔！"帝出不意，不知所云，连呼卫士安在。卫士见弹股栗，莫敢前。相持间，女子举弹欲掷，帝以两手死抱之。其时适文部大臣波别士立女子后，呼曰："陛下莫释手！"即拔卫士佩刀，猝砍女子臂。臂断，血溢，女子踣，帝犹死持弹不敢释。卫士前擒女子，女子犹蹶起，抠一卫士目，乃被捕。送裁判所。烈哉，此女！惜未知名。探明再报！民意党秘密侦探员报告。

鲁翠诵毕。众人都失色，齐声道："这女子是谁！可惜不知姓名。"这一片惊天动地的可惜声里，猛可的飘来一句极凄楚的说话道："众位，这就是我的夏雅丽姑娘呀！"大家倒吃一惊，抬头一看，原来是克兰斯满面泪痕的站在鲁翠面前。鲁翠道："克君，怎见得就是她？"克兰斯道："不瞒姑娘说，昨晚她还到过小可家里，可怜小可竟没见面说句话儿。"鲁翠道："既到你家，怎么不见呢？"克兰斯道："她来，我那里知道呢！直到今早起来，忽见桌上常放的一个小照儿不见了，倒换上了一个夏姑娘的小照。我觉得诧异，正拿起来，谁知道照后还夹着一封密信。看了这信，方晓得姑娘一生的苦心，我党大事的关系，都在这三寸的小照上。我正拿了来，要给姑娘商量救她的法子，谁知已闹到如此了！"说罢，就在怀里掏出一个小封儿，一张照片，送给鲁翠。

鲁翠不暇看小照，先抽出信来，看了不过两三行，点点头道："原来她嫁加克奈夫，全为党中的大计嗄！我们倒错怪她了！嗳，放着心爱的人，生生割断，倒嫁一个不相干的蠢人，真正苦了她了！"说着又看，忽然吃惊道："怎么加克奈夫倒就是她杀的？谁猜得到呢！"

此时克兰斯只管淌泪。波儿麻及众人听了鲁翠的话，都面面相觑道："加氏到底是谁杀的？"鲁翠道："就是夏雅丽杀的。"波儿麻道："奇了，嫁他又杀他，这什么道理？"鲁翠道："就为我党经济问题。她杀了他，好倾他的家，供给党用呀！"众人道："从前楷爱团波尔佩也嫁给一个老富人，毒杀富人，取了财产。夏姑娘想就是这主意了。"波儿麻道："有多少呢？如今在那里？"鲁翠看着信道："真不少哩，八千万卢布哩！"又指着照片叹道："这就是八千万卢布的公证书。这姑娘真布置得妥当！这些银子，都分存在瑞士法兰西各银行，都给总理说明是暂存的，全凭这照片收支。叫我们得信就去领取，迟恐有变。”

鲁翠说到这里，忽愕然道：“她为什么化了一万卢布，贿买一个宫中侍女的缺呢？”克兰斯含泪道：“这就是今天的事情了。姑娘，你不见她，早把老娘斐氏搬到瑞士亲戚家去。那个炸弹，还是加氏从前在亚突俱乐部搜来的。她一见，就预先藏着，可见死志早决的了。”

鲁翠放了信，也落泪道：“她替党中得了这么大资本，功劳也真不小，难道我们听她给这些暴君污吏宰杀吗？”众人齐声道：“这必要设法救的。”鲁翠道：“妾意一面遣人持照到各行取银，一面想法到裁判所去听审。这两件事，最要紧，谁愿去？”于是波儿麻担了领银的责任，克兰斯愿去听审，各自分头前往。

话分两头。却说克兰斯一径出来，汗淋淋的赶到裁判所，抬头一看，署前立着多少卫兵，防卫得严密非常，闲人一个不许乱闯。克兰斯正在为难，忽见署中走出两个人来，一个老者，一个少者，正要上车。克兰斯连忙要避，那少年忽然唤道：“克君，你也来了。”克兰斯吃一惊，定睛一认，却是瓦德西，只得上前相见。瓦德西就招呼了毕叶，并告诉他也来听审的。谁知今日不比往常，毕君署中有熟人，也不放进去，真没有法了。

瓦德西当时就拉了克兰斯，同到他家。克兰斯此时也无计可施，只得跟着他们同走。瓦德西留住克兰斯、毕叶在家吃夜饭。三人正在商议，忽然毕叶得了裁判所朋友的密信，夏雅丽已判定死刑，俄皇怕有他变，傍晚时已登绞台绞死了。克兰斯得了这信，咬牙切齿，痛骂民贼，立刻要去报仇雪恨，还是瓦德西劝住了，只得垂头丧气，别了毕、瓦两人，赶归秘密会所，报告凶信。

其时鲁翠诸人，还在会商援救各法，猝闻这信，真是晴天霹雳，人人裂目，个个椎心。鲁翠更觉得义愤填膺，长悲缠骨，连哭带咽，演说了一番。过了几日，又开了个大追悼会，倒把党中气焰，提高了百倍。直到波儿麻回来，党中又积储了无数资本，自然党势益发盛大了。

到底歇了数年，到一千九百零一年三月二十二日，克兰斯狙击了文部大臣波别士，也算报了砍臂之仇。鲁翠姑娘，也在一千九百零四年五月十一日，把爆药弹掷皇帝尼古拉士，不成被缚，临刑时道："我把一个爆烈弹，换万民自由，死怕什么！"这都是夏姑娘一死的余烈哩！此是后话，不必多述。

如今再说瓦德西，那日送了克兰斯去后，几次去看彩云，却总被门上阻当。后来彩云约会在叶尔丹园，方得相会。从此就买嘱了管园人，每逢彩云到园，管园人就去通信。如此习以为常，一月中总要见面好几次。

情长日短，倏忽又是几月。那时正是溽暑初过，新凉乍生，薄袖轻衫，易生情兴。瓦德西徘徊旅馆，静待好音。谁知日复一日，消息杳然。闷极无聊，只好坐在躺椅中，把日报消遣。忽见紧要新闻栏内，载一条云"清国俄、德、奥、荷公使金沟三年任满，现在清廷已另派许镜澂，前来接替，不日到俄"云云。瓦德西看到这里，不觉呆了。因想："怪道彩云这礼拜不来相约，原来快要回国了。"转念道："既然快要相离，更应该会得勤些，才见得要好。"

瓦德西手里拿了张报纸，呆呆忖度个不了，忽然侍者送上一个电报道："这是贵国使馆里送来的。"瓦德西连忙拆看，却是本国陆军大将打给他的，有紧要公事，令其即日回国。词意很是严厉，知道不能耽搁的，就叹口气道："这真巧了，难道一面缘都没了？"丢下电报，走到卧室里，换了套出门衣服，径赴叶尔丹园而来，意思想去碰碰，或者得见，也未可定。谁知到园问问管园的，说好久没有来过。等了一天，也是枉然。瓦德西没法，只好写了一封信，交给管园的，叮嘱等中国公使夫人来时手交。自己硬了心肠，匆匆回寓，料理行装，第二日一早，乘了火车，回德国去了，不提。

单说彩云正与瓦德西打得火热，那里分拆得开？知道雯青任期将满，早就撺掇雯青，在北京托了莘如，运动连任，谁知竟不能成。这日雯青忽接了许镜澂的电信，已经到了柏林，三日内就要到俄。雯青进来告诉彩云，叫她赶紧收拾行李。彩云听了这信，仿佛打个焦雷，恨不立刻去见瓦德西，诉诉离情。无奈被雯青终日逼紧着拾掇，而且这事连阿福都瞒起的，不提什么。阿福尚在那里寻瑕索瘢，风言醋语，所以连通信的人都没有，只好肚里叫苦罢了。直到雯青交卸了篆务，一切行李都已上了火车站，叫阿福押去，雯青又被毕叶请去吃早饭饯别。彩云得了这个巧当儿，求一个小幺儿，许了他钱，去雇了一辆买卖车，独自赶往叶尔丹园，满拟遇见瓦德西，说些体己话儿，洒些知心泪，也不枉相识一场。谁知一进园，正要去寻管园的，他倒早迎上来，笑嘻嘻拿着一封信道："太太贵忙呀！这是瓦德西先生留下的信儿，你瞧吧！"彩云怔一怔，忙接了，只见纸上写着道：

彩云夫人爱鉴：昨读日报，知锦车行迈，正尔神伤；不意鄙人亦牵王事，束装待发。呜呼！我两人何缘悭耶？十旬之爱，尽于浃辰，别泪盈怀，无地可洒，期于叶尔丹园丛薄间，作末日之握，乃夕阳无限，而谷音寂然，林鸟有情，送我哀响。仆今去矣，卿亦长辞！海涛万里，相思百年，落月屋梁，再见以梦，亚鸿有便，惠我好音！

末署"爱友瓦德西拜上"。彩云就把信插入衣袋里，笑问那管园的道："瓦德西先生多喒给你这信的？他说什么没有？"管园的道："他前天给我的，倒没说别的，就恨太太不来。"彩云点点头，含着一包眼泪，慢慢上车，径叫向火车站而来。

到得车站，恰好见雯青刚上火车，俄国首相兼外部大臣吉尔斯，德、奥、荷三国公使，画师毕叶，还有中国后任公使许镜澂奏留的翻译随员等，闹哄哄多少人，都来送行。雯青正应酬得汗流浃背，那里有工夫留心彩云的事情。只有阿福此时，看见彩云坐了一辆买卖车，如飞从东驰来，心里就诧异，连忙迎上来，望了几望彩云的眼睛，对彩云微微一笑。彩云倒别转了头，也不理他，自顾自到停车场，自然有老妈丫鬟等扶着上车了。不一会，汽笛一声，一股浓烟，直从烟突喷出，那火车就慢慢行动。停车场上送的人，有拱手的，有脱帽的，有扬巾的。一片平安祝颂声里，就风驰电卷，离了圣彼得堡而去。

三日到了柏林。雯青把例行公事完了，就赴马赛。可巧前次坐来的萨克森船，于八月十六日，开往中国上海，仍是戴会计去讲定妥了。十五日夜饭后，大家登了舟，雯青、彩云仍坐了头等舱。部署粗定，那船主质克笑着走进舱来，向雯青、彩云道："我们真算有缘了！来去都坐了小可的船。"雯青不会说外国话，只好彩云应酬了一会，质克方去了，开了船。质克非常招呼，自己有时也来走走。彩云也常到船顶去散步乘凉，偶然就在质克屋里坐坐。原来彩云自离了俄都，想着未给瓦德西作别，心中总觉不安，有时拿出信来看看，未免对月伤怀，临风洒泪。自己德话虽会说，却不会写，连回信都难寄一封，更觉闷闷不乐。质克连日看出彩云不乐，虽不解缘故，倒常常想法骗她快活。彩云很感激他，按下不表。

且说阿福自从那日见了瓦德西后，就动了疑，不过究竟主仆名分，不好十分露相，只把语言试探而已。有一晚，萨克森船正在地中海驶行，一更初定，明月中天，船上乘客，大半归房就寝，满船静悄悄的，但闻鼻息呼声。阿福一人睡在舱中，反复不安，心里觉得躁烦，就起来，披了一件小罗衫走出来，从扶梯上爬到船顶，却见顶上寂无人声，照着一片白迷濛濛的月色，凉风飒飒，冷露泠泠，爽快异常。阿福就靠在帆桅上，赏玩海中夜景。

正在得趣，忽觉眼前黑魆魆的好像一个人影，直掠烟突而过。心里一惊，连忙蹑手蹑脚跟上去，远远见相离一箭之地，果真有个人，飞快的冲着船首走去。那身量窈窕，像个女子后影，可辨不清是中是西。阿福方要定睛认认，只听船长小室的门，砸的一声，那女影就不见了。阿福心想："原来这船长是有家眷的。我左右空着，何妨去偷看看他们做什么。"想着，就溜到那屋旁。只见这屋，两面都有一尺来大小的玻璃推窗，红色毡帘正钩起。阿福向里一张，只见室内漆黑无光，就在漏进去一点月光里头，隐约见那女子背坐在一张蓝绒靠背上。质克正站起，一手要旋电灯的活机。那女子连连摇手，说了几句咭唎咕噜的话。质克只涎笑，抠着身，手掏衣袋里，掏出个仿佛是信的小封儿，远远托着说话，大约叫那女子看。那女子瞥然伸手来夺。质克趁势，拉住那女子的手，凑在耳边，低低的说。那女子斜钉了质克一眼，就回过脸来，急忙探头向门外一张，顺手却把帘子欻的拉上。阿福在这当儿帘缝里，正给那女子打个照面，不觉啊呀一声道："可了不得了！"正是：

　　前身应是琐首佛，半夜犹张素女图。

欲知阿福因何发喊，且听下回分解。

第十八回 游草地商量请客单 借花园开设谭瀛会

话说阿福在帘缝里看去，迷迷糊糊，活像是那一个人，心里一急，几乎啊呀的喊出来。忽然转念一想："质克这东西，凶狠异常，不要自己吃不了兜着走。"侧耳听时，那屋是西洋柳条板实拼的，屋里做事，外面声息不漏。阿福没法，待要抽门，却听得对面鞑鞑的脚声，探头一望，不提防碧沉沉两只琉璃眼，乱蓬蓬一身花点毛，倒是一条二尺来高的哈吧狗，摇头摆尾，急腾腾地向船头上赶着一只锦毛狮子母狗去了。阿福啐了一口，暗道："畜生也欺负人起来！"说罢，垂头丧气的，正在一头心里盘算，一头踅回扶梯边来。瞥然又见一个人影，在眼角里一闪，急急忙忙，绕着船左舷，抢前几步，下梯去了。

阿福倒怔了怔，心想他们干事怎么这么快！自己无计思量，也就下楼归舱安歇。气一回，恨一回，反复了一夜，到天亮倒落瞑了。朦胧中，忽然人声鼎沸，惊醒起来，却听在二等舱里，是个苏州人口音。细听正是匡次芳带出来的一个家人，高声道："哼，外国人！船主！外国人买几个铜钱介？船主生几个头几只臂膊介？勠现世，唔朵问问俚，昨伲夜里做个啥事体嗄？俉拉舱面浪听子一夜朵！俉弄坏子俚大餐间一只玻璃杯，俚倒勿答应。个末俚弄坏子伲公使夫人，倒弗翻淘。"这家人说到这里，就听见有个外国人，不晓得咭唎咕噜，又嚷些什么。随后便是次芳喝道："混帐东西！金大人来了！还敢胡说！给我滚出去！"只听那家人一头走，一头还在咕噜道："里势个事体，本来金大人该应管管哉！"阿福听了这些话，心里诧异，想昨夜同在舱面，怎么我没有碰见呢？后来听见主人也出来，晓得事情越发闹大了，连忙穿好衣服走出来，只见大家都在二等舱里，次芳正在给质克做手势，赔不是。

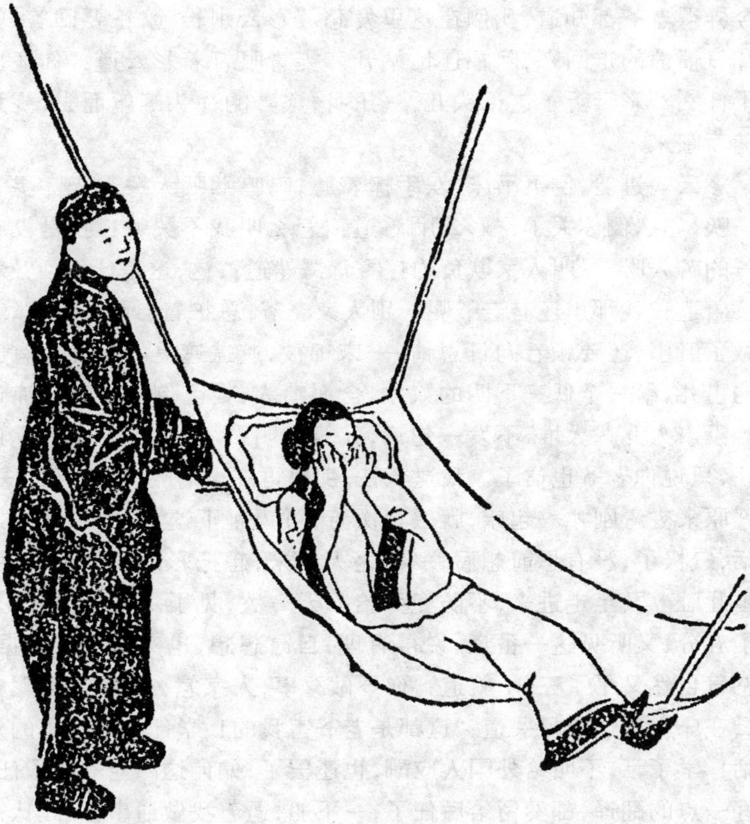

见了那娇模样，已是软了五分

雯青却在舱门口，呆着脸站着。彩云不敢进来，也在舱外远远探头探脑，看见阿福，就招手儿。阿福走上去道："到底怎么回事呢？"彩云道："谁知道！这天杀的，打碎了人家的一只杯子，人家骂他，要他赔，他就无法无天起来。"阿福冷笑道："没缝的蛋儿苍蝇也不钻，倒是如今弄得老爷都知道，我倒在这里发愁。"彩云别转脸，正要回答，雯青却气愤愤的走回来，阿福连忙站开。雯青眼钉着彩云道："你还出来干什么？"彩云听了这话头儿，一扭身，飞奔的往头等舱而去，雯青也随后跟来。

彩云一进舱，倒下吊床，双手捧着脸，呜呜咽咽大哭起来。雯青道："咦，怎么倒你哭了！"彩云咽着道："怎么叫我不哭呢！我是没有老爷的苦人呀，尽叫人家欺负的！"雯青愕然道："这，这是什么话？"彩云接着道："我那里还有老爷呢！别人家老爷，总护着自己身边人，就是做了丑事，还要顾着向日恩情，一床锦被，遮盖遮盖。况且没有巴鼻的事儿，给一个低三下四的奴才，含血喷人，自己倒站着听风凉话儿！没事人儿一大堆，不发一句话，就算你明白不相信，人家看你这样儿，只说你老爷也信了。我这冤枉，那里再洗得清呢！"

原来雯青刚才一起床，就去看次芳，可巧碰下这事，听了那家人的话，气极了，没有思前想后，一盆之火走来，想把彩云往大海一丢，方雪此耻。及至走进来，不防兜头给彩云一哭，见了那娇模样，已是软了五分；又听见这一番话，说得有理，自己想想，也实在没有凭据，那怒气自然又平了三分，就道："你不做歹事，人家怎么凭空说你呢？"彩云在床上连连蹬足哭道："这都是老爷害我的！学什么劳什子的外国话！学了话，不叫给外国人应酬，也还罢了；偏偏这回老爷卸了任，把好一点的翻译，都奏留给后任了，一下船，逼着我做通事，因此认得了质克，人家早就动了疑。昨天我自己又不小心，为了请质克代写一封柏林女朋友的送行回信，晚上到他房里去过一趟，那里想得到闹出这个乱儿来呢！"说着欻的翻身，在枕边掏出一封西文的信，往雯青怀里一掷道："你不信，你瞧！这书信还在这里呢！"彩云掷出了信，更加号啕起来，口口声声要寻死。雯青虽不认得西文，见她堂皇冠冕，掷出信来，知道不是说谎了，听她哭得凄惨，不要说一团疑云，自然飞到爪洼国去，倒更起了怜惜之心，只得安慰道："既然你自己相信，对得起我，也就罢了。我也从此不提，你也不必哭了。"彩云只管撒娇撒痴的痛哭，说："人家坏了我名节，你倒肯罢了！"雯青没法，只好许他到中国后，送办那家人，方才收旗息鼓。

外面质克吵闹一回，幸亏次芳再四调停，也算无事了。阿福先见雯青动怒，也怕寻根问底，早就暗暗跟了进来，听了一回，知道没下文，自然放心去了。从此海程迅速，倒甚平安。所过埠头，无非循例应酬，了无新闻趣事可记，按下慢表。

如今且说离上海五六里地方，有一座出名的大花园，叫做味莼园。这座花园，坐落不多，四面围着嫩绿的大草地，草地中间，矗立一座巍焕的跳舞厅，大家都叫他做安凯第，原是中国士女，会集茗话之所。

这日正在深秋天气，节近重阳，草作金色，枫吐火光，秋花乱开，梧叶飘坠，佳人油碧，公子丝鞭，拾翠寻芳，歌来舞往，非常热闹。其时又当夕阳衔山，一片血色般的晚霞，斜照在草地上。迎着这片光中，却有个骨秀神腴光风霁月的老者，一手捋着淡淡的黄须，缓步行来。背后随着个中年人，也是眉目英挺，气概端凝，胸罗匡济之才，面盎诗书之泽。一壁闲谈，一壁走着齐向那大洋房前进。那老者忽然叹道："若非老夫微疴淹滞，此时早已在伦敦巴黎间，呼吸西洋自由空气了！"那中年笑道："我们此时若在西洋，这谈瀛胜会，那得举发？大人的清恙，正天所以留大人为群英之总持也！可见盍簪之聚，亦非偶然。"那老者道："我兄奖饰过当，老夫岂敢！但难得此时群贤毕集，不能无此盛举，以志一时之奇遇。前日托兄所拟的客单，不知已拟好吗？"那中年说："职道已将现在这里的人，大略拟就，不知有无挂漏，请大人过目。"说着，就赶忙在靴统里抽出一个梅红全帖，双手递给老者。那老者揭开一看，只见那帖上写道：

本月重九日，敬借味莼园，开谈瀛会。凡我同人，或持旄历聘，或凭轼偶游，足迹曾及他洲，壮游逾乎重译者，皆得来预斯会。借他山攻错之资，集世界交通之益。翘盼旌旄，勿吝金玉！敬列台衔于左：

记名道日本出使大臣吕大人，印苍舒，号顺斋；

前充德国正使李大人，印葆丰，号台霞；

直隶候补道前充美日秘出使大臣云大人，印宏，号仁甫；

湖北候补道铁厂总办前充德国参赞徐大人，印英，号忠华；

直隶候补道招商局总办前奉旨游历法国马大人，印中坚，号美菽；

现在常镇道前奉旨游历英国柴大人，印龢，号韵甫；

大理寺正堂前充英法出使大臣俞大人，印耿，号西塘；

分省补用道前奉旨游历各国现充英法义比四国参赞王大人，印恭，号子度。

下面另写一行"愚弟薛辅仁顿首拜订"。

看官，你们道这老者是谁？原来就是无锡薛淑云。还是去年七月，奉了出使英、法、意、比四国之命，谁知淑云奉命之后，一病经年，至今尚未放洋。月内方才来沪，驻节天后宫，还须调养多时，再行启程。那个中年人，就是雯青那年与云仁甫同见的王子度，原是这回淑云奏调他做参赞，一同出洋的。这两人都是当世通才，深知世界大势，气味甚是相投。当时在沪无事，恰值几个旧友，如吕顺斋从日本任满归朝，徐忠华为办铁料来沪，美菽、仁甫，则本寓此间。淑云素性好客，来此地聚着许多高朋，因与子度商量，拟邀曾经出洋者，作一盛会，借此聚集冠裳，兼可研究世局。其时恰好京卿俞西塘，有奉旨查办事件；常镇道柴韵甫，有与上海道会商事件，这两人也是一时有名人物，不期而遇，都聚在一处，所以子度一并延请了。闲话少说。

话说当时淑云看了客单，微笑道："大约不过这几个人罢了，就少了雯青和次芳两个，听说也快回国，不知他们赶得上吗？"子度一面接过客单，一面答道："昨天知道雯青夫人，已经到这里来迎接了。上海道已把洋务局预备出来，专候使节，大约今明必到。"

言次，两人已踏上了那大洋房的平台。正要进门，忽然门外风驰电卷的来了两辆华丽马车，后面尘头起处，跟着四匹高头大马，马上跨着戴红缨帽的四个俊僮。那车一到洋房门口，停住了，就有一群老妈丫头，开了车门，扶出两位佳人，一个是中年的贵妇，一个是姣小的

开了车门，扶出两位佳人

雏姬,都是珠围翠绕,粉滴脂酥,款步进门而来。淑云、子度,倒站着看呆了。子度低低向淑云说道:“那年轻的,不是雯青的如夫人吗?大约那中年的,就是正太太了。”淑云点头道:“不差。大约雯青已到了。我们客单上,快添上吧!我想我先回去拜他一趟,后日好相见。你在这里给园主人把后天的事情说定,叫他把东边老园的花厅,借给我们做会所就得了。”

子度答应,自去找寻园主人。这里淑云见雯青的家眷,许多人簇拥着上楼,拣定座儿,自去啜茗。淑云也无心细看,连忙叫着管家伺候,匆匆上车回去拜客不提。

原来雯青还是昨日上午抵埠的,被脚靴手版胶扰了一日,直到上灯时,方领了彩云,进了洋务局公馆。知道夫人在此,连忙接来,夫妻团聚,畅话离情,快活自不必说。

到了次日,雯青叫张夫人领着彩云各处游玩,自己也出门拜访友好,直闹到天黑方归。正在上房,一面叫彩云伺候更衣,一面与夫人谈天,细问今日游玩的景致,张夫人一一的诉说。那当儿,金升拿着个帖子,上来回道:“刚才薛大人自己来过,请大人后日到味莼园一聚,万勿推辞。临走留下一个帖子。”雯青就在金升手里,看了一看,微笑道:“原来这班人都在这里,倒也难得。”又向金升道:“你去外头招呼匡大人一声,说我去的,叫匡大人也去,不可辜负了薛大人一片雅意。”金升诺诺答应下去。当日无话。

单说这日重阳佳节,雯青在洋务局吃了早饭,约着次芳坐车直到味莼园。到得园门,把车拉进老园洋房停着,只见门口已停满了五六辆轿车,阶上站着无数红缨青褂的家人。雯青、次芳一同下车,就有家人进去通报。淑云满面笑容的把雯青、次芳迎接进去。此时花厅上早是冠裳济楚,坐着无数客人,见雯青进来,都站起来让坐。雯青周围一看,只见顺斋、台霞、仁甫、美菽、忠华、子度一班熟人,都在那里。雯青一一寒暄了几句,方才告坐。

淑云先开口向雯青道:“我们还是那年在一家春一叙,一别十年,不想又在这里相会。最难得的,仍是原班,不弱一个!不过绿鬓少年,都换了华颠老子了。”说罢,拈须微笑。子度道:“记得那年全安栈相见的时候，正是雯兄大魁天下衣锦荣归的当儿，少年富贵，真使弟辈艳羡无穷。"

雯青道："少年陈迹，令人汗颜。小弟只记得那年畅闻高论，所谈西国政治艺术，天惊石破，推崇备至，私心窃以为过当！如今靠着国家洪福，周游各国，方信诸君言之不谬。可惜小弟学浅才疏，不能替国家宣扬令德。那里及淑翁博闻多识，中外仰望，又有子度兄相助为理，此次出洋，必能争回多少利权，增重多少国体。弟辈惟有拭目相望耳！"

淑云、子度谦逊了一回。台霞道："那时中国风气未开，有人讨论西学，就是汉奸。雯兄，你还记得吗？郭筠仙侍郎，喜谈洋务，几乎被乡人驱逐；曾劼刚袭侯，学了洋文，他的夫人喜欢弹弹洋琴，人家就说他吃教的。这些粗俗的事情，尚且如此，政治艺术，不要说雯兄疑心，便是弟辈，也不能十分坚信。"美菽道："如今大家眼光，比从前又换一点儿了。听说俞西塘京卿，在家饮食起居，都依洋派，公子小姐，出门常穿西装，在京里应酬场中，倒也没有听见人家议论他，岂不奇怪！"

大家听了，正要动问，只见一个家人手持红帖，匆忙进来通报道："俞大人到！"雯青一眼看去，只见走进一个四十多岁的体面人来，细长干儿，椭圆脸儿，雪白的皮色，乌油油两绺微须，蓝顶花翎，满面风芒的，就给淑云作下揖去，口里连说迟到。淑云正在送茶，后面家人又领进一位粗眉大眼挺腰凸肚的客人，淑云顺手也送了茶，就招呼雯青道："这位就是柴韵甫观察，新从常镇道任所到此。我们此会，借重不少哩！"韵甫忙说不敢，就给大家相见。淑云见客已到齐，忙叫家人摆起酒来，送酒定座，忙了一回，于是各各归坐，举杯道谢之后，大家就纵饮畅谈起来。

雯青向顺斋道："听说东瀛从前崇尚汉学，遗籍甚多，往往有中土失传之本，而彼国尚有流传。弟在海外，就知阁下搜辑甚多，正有功艺林之作也。"顺斋道："经生结习，没有什么关系的。要比到子度兄所作的《日本国志》，把岛国的政治风俗，网罗无遗，正是周鼎康瓠，不可同语了！"子度道："日本自明治变法，三十年来，进步之速，可惊可愕。弟的这书，也不过断烂朝报，一篇陈账，不适用的了。"西塘道：

“日本近来注意朝鲜，倒是一件极可虑的事。即如那年朝鲜李昰应之乱，日本已遣外务卿井上馨率兵前往。幸亏我兵先到半日，得以和平了事，否则朝鲜早变了琉球之续了。”子度微笑，指着淑云、顺斋道：“这事都亏了两位赞助之功。”淑云道：“岂敢！小弟不过上书庄制军，请其先发海军往救，不必转商总理衙门，致稽时日罢了。至这事成功的枢纽……”说到这里，向着顺斋道：“究竟还靠顺斋在东京，探得确信，急递密电，所以制军得豫为之备，迅速成功哩！”美菽道：“可惜后来伊藤博文到津，何太真受了北洋之命，与彼立了攻守同盟的条约。我恐朝鲜将来有事，中日两国，必然难免争端吧！”

雯青道：“朝鲜一地，不但日本眈眈虎视，即俄国蓄意，亦非一日了。”淑云道：“不差。小弟闻得吾兄这回回国，俄皇有临别之言，不晓得究竟如何说法？”雯青道：“我兄消息好灵！此事确是有的。就是兄弟这次回国时，到俄宫辞别，俄皇特为免冠握手，对兄弟道：‘近来外人都道朕欲和贵国为难，且有吞并朝鲜的意思，这种议论，都是西边大国造出来离间我们邦交的。其实中俄交谊，在各国之先，朕那里肯废弃呢！况且我国新灭了波兰，又割了瑞典、芬兰，还有图尔齐斯坦各部，朕日夜兢兢，方要绥和斯地，万不愿生事境外的。至于东境铁路，原为运输海参威、珲春商货起见，更没别意。又有人说我国海军，被英国截住君士坦丁峡，没了屯泊所，所以要从事朝鲜，这话更不然了。近年我已在黑海旁边，得了停泊善澳，北边又有煤矿，又在库页岛得了海口两处，皆风静水暖，矿苗丰富的；再者俄与丹马婚姻之国，倘要济师，丹马海峡，也可借道，何必要朝鲜呢！贵大人归国，可将此意，劝告政府，务敦睦谊。’这都是俄皇亲口对弟说的。至于其说是否发于至诚，弟却不敢妄断，只好据以直告罢了。”淑云道：“现在各国内力充满，譬如一杯满水，不能不溢于外。侵略政策，出自天然，俄皇的话，就算是真心，那里强得过天运呢！孙子曰：‘毋恃人之不来，恃我有以待之！’为今之计，我国只有力图自强，方足自存在这种大战国世界哩！”

雯青道：“当今自强之道，究以何者为先？淑翁留心有素，必能发抒宏议。”淑云道：“富强大计，条目繁多，弟辈蠡测，那里能尽！只就职分所当尽者,即如现在交涉里头,有两件必须力争的:第一件,该把我国列入公法之内,凡事不至十分吃亏;第二件,南洋各埠,都该添设领事,使侨民有所依归。这两事,虽然看似寻常,却与大局很有关系。弟从前曾有论著,这回出去,决计要实行的了。”次芳道:“淑翁所论,自是外交急务。若论内政,愚意当以练兵为第一。练兵之中,尤以练海军为最要。近日北洋海军,经威毅伯极意经营,丁雨汀尽心操演,将来必能收效的。但近闻海军衙门军需要款,常有移作别用的。一国命脉所系,岂容儿戏呢？真不可解了!”忠华道:“练兵固不可缓,然依弟愚见,如以化学比例,兵事尚是混合体,决非原质。历观各国立国,各有原质,如英国的原质是商,德国的原质是工,美国的原质是农。农、工、商三样,实是国家的命脉。各依其国的风俗性情,政策因而有所注重。我国倘要自强,必当使商有新思想,工有新技术,农有新树艺,方有振兴的希望哩!”仁甫道:“实业战争,原比兵力战争更烈,忠华兄真探本之论！小弟这回游历英、美,留心工商界,觉得现在有两件怪物,其力足以灭国殄种,我国所必当预防的:一是银行,一是铁路。银行非钱铺可比,经其规制,一国金钱的势力,听其弛张了;铁路亦非驿站可比,入其范围,一国交通的机关,受其节制了。我国若不先自下手,自办银行,自筑铁路,必被外人先我着鞭,倒是心腹大患哩!”

台霞道:“西国富强的本原,据兄弟愚见,却不尽在这些治兵制器惠工通商诸事上头哩！第一在政体。西人视国家为百姓的公产,不是朝廷的世业。一切政事,内有上下议院,外有地方自治,人人有议政的权柄,自然人人有爱国的思想了。第二在教育。各国学堂林立,百姓读书,归国家管理,无论何人,不准不读书,西人叫做强逼教育。通国无不识字的百姓,即贩夫走卒,也都通晓天下大势。民智日进,国力自然日大了。又不禁党会,增大他的团结力;不讳权利,养成他的竞争心。尊信义,重廉耻,还是余事哩！我国现在事事要仿效西法,徒然用心那些机器艺术的形迹,是不中用的。”

西塘道:“政体一层,我国数千年来,都是皇上一人独断的,一时恐难改变。只有教育一事,万不可缓。现在我国四万万人,读书识字的，还不到一万万，大半痴愚无知，无怪他们要叫我们做半开化国了。现在朝廷如肯废了科举，大开学堂，十年之后，必然收效。不过弟意，现办学堂，这些专门高等的倒可从缓，只有普通小学堂，最是要紧。因为小学堂，是专教成好百姓的。只要有了好百姓，就不怕他没有好国家了。”

韵甫道：“办学堂，开民智，固然是要紧；但也有一层流弊，该慎之于始。兄弟从前到过各国学堂，常听见那些学生，终日在那里讲究什么卢梭的《民约论》、孟德斯鸠的《法律魂》，满口里无非‘革命’‘流血’‘平权’‘自由’的话。我国如果要开学堂，先要把这种书禁绝，不许学生寓目才好。否则开了学堂，不是造就人材，倒造就叛逆了。”

美菽道：“要说到这个流弊，如今还早哩！现在我国民智不开，固然在上的人，教育无方，然也是我国文字太深，且与语言分途的缘故，那里能给言文一致的国度比较呢！兄弟的意思，现在必须另造一种通行文字，给白话一样的方好。还有一事，各国提倡文学，最重小说戏曲，因为百姓容易受他的感化。如今我国的小说戏曲，太不讲究了，佳人才子，千篇一律，固然毫无道理；否则开口便是骊山老母、齐天大圣，闭口又是白玉堂、黄天霸，一派妖乱迷信的话，布满在下等人心里，北几省此风更甚，倒也是开化的一件大大可虑的事哩！”

当时味莼园席上的人，你一句，我一句，正在兴高采烈，议论天下大势的时候，忽见走进一个家人，站在雯青身边，低低的回道：“太太打发人来，说京里有紧要电报到来，请老爷即刻回去。”大家都吃了一惊，方隔断了话头。雯青心里有事，坐不住，只好起身告辞。正是：

海客高谈惊四座，京华芳讯报三迁。

欲知后事，且听下回。

第十九回　淋漓数行墨五陵未死健儿心　的烁三明珠一笑来觞名士寿

上回叙的是薛淑云在味莼园开谭瀛会，大家正在高谈阔论，忽因雯青家中接到了京电，不知甚事，雯青不及终席，就道谢兴辞，赶回洋务局公馆。却见夫人满面笑容的，接出中堂道："恭喜老爷。"雯青倒愕然道："喜从何来？"张夫人笑道："别忙，横竖跑不了，你且换了衣服。彩云，烦你把刚才陆大人打来的电报，拿给老爷看。"那个当儿，阿福站在雯青面前，脱帽换靴。彩云爬在张夫人椅子背上，怔怔的听着，猛听得夫人呼唤，忙道："太太，搁在那里呢？"夫人道："刚在屋里书桌儿上给你同看的，怎么忘了？"彩云一笑，扭身进去。这里张夫人看着阿福给雯青升冠卸褂，解带脱靴，换好便衣，靠窗坐着，阿福自出宅门。彩云恰好手拿个红字白封儿，跨出房来。雯青忙伸手来接，彩云偏一缩手，递给张夫人道："太太看，这个是不是？"夫人点头，顺手递在雯青手里。雯青抽出，只见电文道：

> 上海斜桥洋务局出使大人金鉴：燕得内信，兄派总署，谕行发，嘱速来。菶庚。

雯青看完道："这倒想不到的。既然小燕传出来的消息，必是确的，只好明后日动身了。"夫人道："小燕是谁？"雯青道："就是庄焕英侍郎。从前中俄交界图，我也托他呈递的。这人非常能干，东西两宫，都喜欢他，连内监们也没个说他不好，所以上头的举动，他总比人家先晓得一点。他来招呼我，足见要好，倒不可辜负。夫人你可领着彩云，把行李赶紧拾掇起来，我们后日准走。"张夫人答应了，自去收拾。雯青也出门至各处辞行。恰值淑云、子度，也定明日放洋，忠华回湖北，韵甫回镇江，当晚韵甫作主人，还在密采里吃了一顿，欢聚至更深而散。明日各奔前程。

话分两头。如今且把各人按下,单说雯青带着全眷并次芳等,乘轮赴津。到津后,直托次芳护着家眷船,由水路进发;自己特向威毅伯处,借了一辆骡车,带着老仆金升及两个俊童,轻车简从,先从旱路进京。

此时正是秋末冬初,川原萧索,凉风飒飒,黄沙漫漫。这日走到河西务地方,一个铜盆大的落日,只留得半个在地平线上,颜色恰似初开的淡红西瓜一般,回光反照,在几家野店的屋脊上,煞是好看。原来那地方,正是河西务的大镇,一条很长的街,街上也有个小小巡检衙门,衙两旁,客店甚多。雯青车子一进市口,就有许多店伙迎上来,要揽这个好买卖,老远的喊道:“我们那儿屋子干净,炕儿大,吃喝好,伺候又周到,请老爷试试就知道。”鹅呛鸭嘴的不了。

雯青忙叫金升飞马前去,看定回报。谁知一去多时,绝无信息。雯青性急,叫赶上前去,拣大店落宿。过了几个店门,都不合意。将近市梢,有一个大店,门前竹竿子,远远挑出一扇青边白地的毡帘,两扇破落大门半开着,门上贴着一副半拉下的褪红纸门对,写的是:

三千上客纷纷至,百万财源滚滚来。

望进去,一片挺大的围场,正中三开间,一溜上屋,两旁边还有多少厢房,场中却已停着好几辆客车。雯青看这店还宽厂,就叫把车赶进去。一进门,还没下车,就听金升高声丧气,倒在那里给一个胖白面的少年人吵骂。少年背后,还站着个四五十岁,紫膛脸色,板刷般的乌须,眼上架着乌油油的头号墨晶镜,口衔京潮烟袋,一个官儿模样的人。阶前伺候多少家人。只听金升道:“那儿跑出这种不讲理的少爷大人们,仗着谁的大腰子,动不动就捆人!你也不看看我姓金的,捆得捆不得?这回儿你们敢捆,请捆!”

那少年一听,双脚乱跳,道:“好,好,好撒野!你就是王府的包衣,今天我偏捆了再说!来,给我捆起这个没王法的忘八!”这一声号令,阶下那班如狼如虎的健仆,个个摩拳擦掌,只待动手。斜刺里那个紫膛脸的倒走出来拦住,对金升道:“你也太不晓事了!我却不怪你!大约你还才进京,不知利害。我教你个乖,这位是当今户部侍郎、

此时正是秋末冬初

总理衙门大臣庄焕英庄大人的少大人，这回替他老大人给老佛爷和佛爷办洋货进去的。这位庄大人，仿佛是皇帝的好朋友，太后的老总管，说句把话，比什么也灵。你别靠着你主人，有一个什么官儿仗腰子。就是斗大的红顶儿，只要给庄大人轻轻一拨，保管骨碌碌的滚下来。你明白点儿，我劝你走吧！"

雯青听到这里，忍不住欻的跳下车来，喝金升道："休得无礼！"就走上几步，给那少年作揖道："足下休作这老奴的准，大概他今天喝醉了。既然这屋子是足下先来，那有迁让的理！况刚才听那位说，足下是小燕兄的世兄，兄弟给小燕数十年交好，足下出门，方且该诸事照应，倒争夺起屋子来，笑话，笑话！"说罢，就回头问着那些站着的店伙道："这里两厢有空屋没有？要没有，我们好找别家。"店伙连忙应着："有，东厢空着。"雯青向金升道："把行李搬往东厢，不许多事。"

此时那少年见雯青气概堂皇，说话又来得正大，知道不是寻常过客，到反过脸，很足恭的还了一揖，问道："不敢动问尊驾高姓大名?"雯青笑道："不敢，在下就是金雯青。"那少年忽然脸上一红道："呀，可了不得，早知是金老伯，就是尊价逼人太甚，也不该给他争执了！可恨他终究没提个金字。如今老伯只好宽恕小侄无知冒犯。请里边去坐罢，小侄情愿奉让正屋。"

雯青口说不必，却大踏步走进中堂，昂然上坐。那少年只好下首陪着，紫膛脸的坐在旁边。雯青道："世兄大名，不是一个'南'字，雅篆叫做稚燕吗？这是兄弟常听令尊说的。"那庄稚燕只好应了个"是"。雯青又指着那紫膛脸的道："倒是这位，没有请教。"那个紫膛脸的半天没有他插嘴处，但是看看庄稚燕如此奉承，早忖是个大来头，今忽然问到，就恭恭敬敬站着道："职道鱼邦礼，号阳伯，山东济南府人。因引见进京，在沪上遇见稚燕兄，相约着同行的。"雯青点点头。庄稚燕又几回请雯青把行李搬来，雯青连说不必。

却说这中堂正对着那个围场，四扇大窗洞开，场上的事，一目了然。雯青嘴说不必的时候，两只眼却只看着金升等搬运行李下车，还没卸下。忽听门外一阵鸾铃，珰珰的自远而近。不一会，就见一头纯黑色的高头大骡，如风的卷进店来。骡上骑着一位六尺来高的身

就见一头纯黑色的高头大骡，如风的卷进店来

材，红颜白发，大眼长眉，一部雪一般的长须，头戴编蒲遮日帽，身穿乌绒阔镶的乐亭布袍，外罩一件韦陀金边巴图鲁夹砍肩，脚蹬一双绿皮盖板快靴。一手背着个小包儿，一手提着丝缰，直闯到东厢边，下了骡，把骡系在一棵树上，好像定下似的，不问长短，走进东厢，拉着一把椅子，就靠门坐下，高声叫："伙计，你把这头骡，好生喂着，委屈了，可问你！"那伙计连声应着。待走，老者又喊道："回来，回来！"伙计只得垂手站定。老者道："回头带了开水来，打脸水，沏茶，别忘了！"那伙计又站了一回，见他无话，方走了。

金升正待把行李搬进厢房，见了这个情形，忙拉住了店主人，瞪着眼问道："你说东厢空着，怎么又留别人？"那店主人赔着笑道："这事只好求二爷包荒些。东厢不是王老爹来，原空着在那里。谁知他老偏又来到。不瞒二爷说，别人早赶了。这位王老爹，又是城里半壁街上有名的大刀王二，是个好汉，江湖上谁敢得罪他！所以只好求二爷回回贵上，咱们商量个好法子才是。"一句话没了，金升跺脚喊道："我不知道什么王二王三，我只要屋子！"

场上吵嚷，雯青、稚燕，都听得清清楚楚。雯青正要开口，却见稚燕走到台阶上喊道："你们嚷什么，把金大人的行李，搬进这屋里来就得了！"回过头来，向着阶上几个家人道："你们别闲看，快去帮个忙儿！"众家人得了这一声，就一哄上去，不由金升作主，七手八脚把东西都搬进来。店家看有了住处，慢慢就溜开。金升拿铺盖铺在东首屋里炕上，嘴里还只管咕噜。雯青只做不见不闻，由他们去闹，直到拾掇停当，方站起来向稚燕道："承世兄不弃，我们做一夜邻居吧！"稚燕道："老伯肯容小侄奉陪，已是三生之幸了！"雯青道了"岂敢"，就拱手道："大家各便罢！"说完，两个俊童，就打起帘子。雯青进了东屋，看金升部署了一回。

那时天色已黑，屋里乌洞洞，伸手不见五指。金升在网篮内翻出洋蜡台，将要点上，雯青摇手道："且慢。"一边说，一边就掀帘出来，只见对面房静悄悄的下着帘子，帘内灯烛辉煌。雯青忙走上几步，伏在帘缝边一张，只见庄、鱼两人，盘腿对坐在炕上。当中摆着个炕几，几上堆满了无数的真珠盘金表，钻石镶嵌小八音琴，还有各种西洋精巧

玩意儿,映着炕上两枝红色宫烛,越显得五色迷离,宝光闪烁。几尽头却横着一只香楠雕花画匣,匣旁卷着一个玉锦签的大手卷。

只见稚燕却只顾把那些玩意一样一样给阳伯看。阳伯笑道:"这种东西,难道也是进贡的吗?"稚燕正色道:"你别小看了这个。我们老人家一点尽忠报国的意思,全靠他哩!"阳伯怔了怔,稚燕忙接说道:"这个不怪你不懂。近来小主人,很愿意维新,极喜欢西法,所以连这些新样的小东西,都爱得了不得。不过这个意思,外人还没有知道。我们老人家,给总管连公公是拜把子,是他通的信。每回上里头去,总带一两样在袖子里,奏对得高兴,就进呈了。阳伯,你别当他是玩意!我们老人家的苦心,要借这种小东西,引起上头推行新政的心思。"阳伯点头领会,顺手又把那手卷,慢慢摊出来,一面看,一面说道:"就是这一样东西,送给尊大人,不太菲吗!"稚燕哈哈笑道:"你真不知道我们老爷子的脾气了。他一生饱学,却没有巴结上一个正途功名,心里常常不平,只要碰着正途上的名公巨卿,他事事偏要争胜。这会儿,他见潘八瀛搜罗商彝周鼎,龚和甫收藏宋椠元钞,他就立了一个愿,专收王石谷的画,先把书斋的名儿,叫做了'百石斋',见得不到百幅不歇手,如今已有了九十九幅了,只少一幅。老爷子说,这一幅,必要巨轴精品,好做个压卷。"说着,手指那画卷道:"你看这幅《长江万里图》,又浓厚,又超脱,真是石谷四十岁后得意之作。老爷子见了,必然喜出望外。你求的事情,不要说个把海关道,只怕再大一点也行。"说到这里,又拍着阳伯的肩道:"老阳,你可要好好谢我!刚才从上海赶来的那个画主儿,一个是寡妇,一个是小孩子,要不是我用绝情手段,硬把他们关到河西务巡检司的衙门里,你那里能安稳得这幅画呢!"阳伯道:"我倒想不到这个妇人跟那孩子,这么泼赖,为了这画儿,不怕老远的赶来,看刚才那样儿,真要给兄弟拼命了。"稚燕道:"你也别怪她。据你说,这妇人的丈夫,也是个名秀才,叫做张古董。为了这幅画,把家产都给了人,因此贫病死了,临死叮嘱子孙穷死不准卖。如今你骗了她来,只说看看就还,谁知你给她一卷走了,怎么叫她不给你拼命呢!"阳伯听了,笑了一笑。

此时帘内的人,一递一句说得高兴,谁知帘外的人,一言半语也听得清楚。雯青心里暗道:"原来他们在那里做伤天害理的事情!怪道不肯留我同住。"想想有些不耐烦,正想回身,忽见西面壁上,一片雪白的灯光影里,欻的现出一个黑人影子,仿佛手里还拿把刀,一闪就闪上梁去了,雯青倒吓一跳。恰要抬头细看,只见窗外围场中,飞快的跑进几个人来,嘴里嚷道:"好奇怪,巡检衙门里关的一男一女都跑掉了。"雯青见有人来,就轻轻溜回东屋,忙叫小童点起蜡来,摊着书看,耳朵却听外面,只听许多人直嚷到中堂。庄、鱼两人听了,直跳起来,问怎么跑的,就有一个人回道:"恰才有个管家,拿了金沟金大人的片子,跑来见我们本官,说金大人给那两人熟识,劝他几句话,必然肯听;金大人已给两位大人说明,特为叫小的来面见她们,哄她们回南的。本官信了,就请那管家进班房去。一进去半个时辰,再不出来。本官动疑,立刻打发我们去看,谁知早走得无影无踪了。门却没开,只开了一扇凉槅子。两个看班房的人,昏迷在地。本官已先派人去追,特叫小的来报知。"

雯青听得用了自己的片子,倒也吃惊,忙跑出来,问那人道:"你看见那管家什么样子?"那人道:"是个老头儿。"庄、鱼两人听了,倒面面相视了一回。雯青忙叫金升跟两个童儿上来,叫那人相是不是。那人一见摇头道:"不是,不是,那个是长白胡子的。"庄、鱼两人都道:"奇了,谁敢冒充金老伯的管家?还有那个片子,怎么会到他手里呢?"雯青冷笑道:"拿张片子有什么奇,比片子再贵重点儿的东西,他要拿就拿。不瞒二位说,刚才兄弟在屋里,没点灯,靠窗坐着,眼角边忽然飞过一个人影,直钻进你们屋里去。兄弟正要叫,你们就闹起跑了人了。依兄弟看来,跑了人还不要紧,倒怕屋里东西,有什么走失。"

一语提醒两人,鱼阳伯拔脚就走,才打起帘儿,就忘命的喊道:"炕几上的画儿,连匣子都那里去了!"稚燕、雯青也跟着进来,帮他四面搜寻,那有一点影儿。忽听稚燕指着墙上叫道:"这几行字儿是谁写的?刚刚还是雪白的墙。"雯青就踱过来仰头一看,见几笔歪歪斜斜的行书,虽然粗率,倒有点倔强之态。雯青就一句一句的照读道:

淋漓数行墨五陵未死健儿心　的烁三明珠一笑来觞名士寿

数的现出一个黑人影子

王二王二，杀人如儿戏；空际纵横一把刀，专削人间不平气！有图曰《长江》，王二挟之飞出窗；还之孤儿寡妇手，看彼笑脸开双双！笑脸双开，王二快哉。回鞭直指长安道，半壁街上秋风哀！

三个人都看呆了。门口许多人，也探头探脑的诧异。阳伯拍着腿道："这强盗好大胆，他放了人，抢了东西，还敢称名道姓的吓唬我！我今夜拿不住他算铲头！"稚燕道："不但说姓名，连面貌都给你认清了。"阳伯喊道："谁见狗面？"稚燕道："你不记得给金老伯抢东厢房那个骑黑骡儿的老头儿吗？今儿的事，不是他是谁？"

阳伯听了，欻然站起来往外跑道："不差，我们往东厢去拿这忘八！"稚燕冷笑道："早哩，人家还睡着等你捆呢！"阳伯不信，叫人去看，果然回说，一间空房，骡子也没了。稚燕道："那个人既有本事衙门里骗走人，又会在我们人堆里取东西，那就是个了不得的。你一时那里去找寻？我看今夜只好别闹了，到明日再商量吧。"说完，就冲着雯青道："老伯说是不是？"雯青自然附和了，阳伯只得低头无语。稚燕就硬作主，把巡检衙门报信人打发了，大家各散。当夜无话。

雯青一瞌醒来，已是"鸡声茅店人迹板桥"的时候，侧耳一听，只有四壁虫声唧唧，间壁房里，静悄悄地。雯青忙叫金升问时，谁知庄、鱼两人，赶三更天，早是人马翻腾的走了。雯青赶忙起来，盥漱，叫起车夫，驾好牲口，装齐行李，也自长行。

看官，且莫问雯青，只说庄、鱼两人，这晚走得怎早？原来鱼阳伯失去了这一分重赂，心里好似已经革了官一般，在炕上反复不眠，意思倒疑是雯青的手脚。稚燕道："你有的是钱，只要你肯拿出来，东海龙王，也叫他搬了家，虾兵蟹将怕什么！"又说了些京里走门路的法子，把阳伯说得火拉拉的，等不到天亮，就催着稚燕赶路。一路鞭骡喝马，次日就进了京城。阳伯自找大客店落宿。稚燕径进内城，到锡蜡胡同本宅下车，知道父亲总理衙门散值初回，正歇中觉，自己把行李部署一回，还没了，早有人来叫。

稚燕整衣上去，见小燕已换便衣，危坐在大洋圈椅里，看门簿上的来客，一个门公站在身旁。稚燕来了，那门公方托着门簿自去。小燕问了些置办的洋货，稚燕一一回答了，顺便告诉小燕："有幅王石谷的《长江图》,本来有个候补道鱼邦礼,要送给父亲的,可惜半路被人抢去了。”小燕道:“谁敢抢去?”稚燕因把路上盗图的事,说了一遍,却描头画角,都推在雯青身上。小燕道:“雯青给我至好,何况这回派入总署,还是我的力量多哩,怎么倒忘恩反噬?可恨!可恨!叫他等着吧!”稚燕冷笑道:“他还说爹爹许多话哩!”

小燕作色道:“这会儿且不用提他,我还有要事吩咐你哩!你赶快出城,给我上韩家潭余庆堂菱云那里去一趟,叫他今儿午后,到后载门成大人花园里伺候李老爷,说我吩咐的,别误了!”稚燕怔着道:“李老爷是谁?大人自己不叫,怎么倒替人家叫?”小燕笑道:“这不怪你要不懂了。姓李的就是李纯客,他是个当今老名士,年纪是三朝耆硕,文章为四海宗师。如今要收罗名士,收罗了他,就是擒贼擒王之意。这个老头儿相貌清癯,脾气古怪,谁不合了他意,不论在大庭广坐,也不管是名公巨卿,顿时瞪起一双谷秋眼,竖起三根晓星须,肆口谩骂,不留余地。其实性情直率,不过是个老孩儿。晓得底细的常常当面戏弄他,他也不知道。他喜欢闹闹相公,又不肯出钱,只说相公都是爱慕文名,自来昵就的。那里知道几个有名的,如素云是袁尚秋替他招呼,怡云是成伯怡代为道地,老先生还自鸣得意,说是风尘知己哩。就是这个菱云,他最爱慕的,所以常常暗地贴钱给他。今儿个是他的生日,成伯怡祭酒,在他的云卧园,大集诸名士,替他做寿。大约那素云、怡云必然到的,你快去招呼菱云早些前去。”

稚燕道:“这位老先生,有什么权势,爹爹这样奉承他呢?”小燕哈哈笑道:“他的权势大着哩!你不知道,君相的斧钺,威行百年;文人的笔墨,威行千年。我们的是非生死,将来全靠这班人的笔头上定的。况且朝廷不日要考御史,听说潘、龚两尚书,都要劝纯客去考。纯客一到台谏,必然是个铁中铮铮。我们要想在这个所在,做点事业,台谏的声气,总要联络通灵方好,岂可不烧烧冷灶呢?你别再烦絮,快些赶你的正经吧!我还要先到他家里去访问一趟哩!”说着,就叫套车伺候。稚燕只得退出,自去招呼菱云。

却说小燕便服轻车,叫车夫径到城南保安寺街而来。那时秋高气和,尘软蹄轻,不一会,已到了门口,把车停在门前两棵大榆树荫下。家人方要通报,小燕摇手说不必,自己轻跳下车,正跨进门,瞥见门上新贴一幅淡红硃砂笺的门对,写得英秀瘦削,历落倾斜的两行字道:

保安寺街,藏书十万卷;

户部员外,补阙一千年。

小燕一笑。进门一个影壁,绕影壁而东,朝北三间倒厅,沿倒厅廊下一直进去,一个秋叶式的洞门。洞门里面,方方一个小院落,庭前一架紫藤,绿叶森森,满院种着木芙蓉,红艳娇酣,正是开花时候。三间静室垂着湘帘,悄无人声。那当儿,恰好一阵微风,小燕觉得在帘缝里透出一股药烟,清香沁鼻。掀帘进去,却见一个椎结小童,正拿着把破蒲扇,在中堂东壁边煮药哩。见小燕进来,正要立起,只听房里高吟道:"淡墨罗巾灯畔字,小风铃佩梦中人!"

小燕一脚跨进去,笑道:"梦中人是谁呢?"一面说,一面看。只见纯客穿着件半旧熟罗半截衫,踏着草鞋,本来好好儿一手捋着短须,坐在一张旧竹榻上看书,看见小燕进来,连忙和身倒下,伏在一部破书上发喘,颤声道:"呀,怎么小燕翁来了!老夫病体竟不能起迓,怎好?"小燕道:"纯老清恙,几时起的?怎么兄弟连影儿也不知。"纯客道:"就是诸公定议替老夫做寿那天起的。可见老夫福薄,不克当诸公盛意。云卧园一集,只怕今天去不成了。"小燕道:"风寒小疾,服药后,当可小痊。还望先生速驾,以慰诸君渴望!"小燕说话时,却把眼偷瞧,只见榻上枕边拖出一幅长笺,满纸都是些抬头。那抬头却奇怪,不是阁下台端,也非长者左右,一迭连三全是"妄人"两字。小燕觉得诧异,想要留心看他一两行,忽听秋叶门外,有两个人一路谈话,一路蹑手蹑脚的进来。那时纯客正要开口,只听竹帘子拍的一声。正是:

十丈红尘埋侠骨,一帘秋色养诗魂。

不知来者何人,且听下回分解。

第二十回　一纸书送却八百里　三寸舌压倒第一人

原来进来的却非别人，就是袁尚秋和荀子佩。两人掀帘进来，一见纯客，都怔着道："寿翁真又病了吗?"纯客道："怎么你们连病都不许生了? 岂有此理!"尚秋见小燕在坐，连忙招呼道："小燕先生几时来的? 我进来时竟没有见。"小燕道："也才来。"又给子佩相见了。尚秋道："纯老的病，兄弟是知道的。"纯客正色道："你知道早哩!"尚秋带笑吟哦道："吾夫子之病，贫也! 非病也! 欲救贫病，除非炭敬。炭敬来飨，祝彼三湘! 三湘伊何? 维此寿香。"纯客鼻子里抽了一丝冷气道："寿香? 还提他吗? 亦曰妄人而已矣!"就蹶然站起来，拈须高吟道："厚禄故人书断绝，含饥稚子色悽凉。"子佩道："纯老仔细，莫要忘了病体，跌了不是耍处。"纯客连忙坐下，叫童儿快端药碗来。尚秋道："子佩好不知趣，纯老那里有病!"说着，踱出中间，喊道："纯老，且出来，兄弟这里有封书子，请你看。"纯客笑道："偏是这个歪眼儿多歪事，又要牵率老夫，看什么信来!"一边说，就走出来。

小燕暗暗地看他，虽短短身材，棱棱骨格，而神宇清严，步履轻矫，方知道刚才病是装的，就低问子佩道："今天云卧园一局，到底去得成吗?"子佩笑道："此老脾气如此，不是人家再三劝驾，那里肯就去呢? 其实心里要去得很哩!"小燕口里应酬子佩，耳朵却听外边，只听得尚秋低低的两句话，什么因为先生诞日，愿以二千金为寿，又是什么信是托他门生四川杨淑乔寄来的。小燕正要摸拟是谁的，忽听纯客笑着进来道："我道是什么书记翩翩应、阮才，却原来是庄寿香的一封蜡蹋八行。"

这当儿，恰好童子递上药来，一手却夹着个同心方胜儿。纯客道："药不吃了。你手里拿得什么？"童子道："说是成大人云卧园来催请的。"纯客忙取来拆开，原来是一首《菩萨蛮》词：

凉风偷解芙蓉结，红似君颜色。只见此花开，迟君君未来。三珠圆颗颗，玉树蟠桃果。莫使久凭阑，鸾飞怯羽单。

素

恃爱菱云叩速。

怡

纯老寿翁高轩，飞临云卧园，勿使停琴伫盼，六眼穿也。

纯客看完笑道："这个捉刀人却不恶，倒捉弄得老夫秋兴勃生了！"尚秋道："本来时已过午，云卧园诸君等得久了，我们去休！"纯客连声道："去休！去休！"小燕、子佩大家趁此都立起来，纯客却换了一套白夹衫，黑纱马褂，手执一柄自己写画的白绢团扇，倒显得红颜白发，风致萧然，同着众人出来上车，径向成伯怡云卧园而来。

原来这个云卧园，在后载门内，不是寻常园林。其地毗连一座王府，外面看着，一边是宫阙巍峨，一边是水木明瑟，庄严野逸，各擅其胜。伯怡本属王孙，又是名士，住了这个名园，更是水石为缘，缟纻无间。春秋佳日，悬榻留宾；偶然兴到，随地谈宴；一觞一咏，恒亘昏旦；一官苜蓿，度外置之。世人都比他做神仙中人。这便是成伯怡云卧园的一段历史。闲话休提。

且说纯客、小燕、尚秋、子佩四人，一同到了云卧园门外，尚秋先跳下车，来扶纯客，纯客推开道："让老夫自走，别劳驾了！"原来纯客还是初次到园，不免想赏玩一番。当时抬起头来，只见两边蹲着一对崆峒白石巨眼狮，当中六扇铜绿色云梦竹丝门，钉着一色镔铁兽环，门楼上虬栋虹梁，夭矫入汉，正中横着盘龙金字匾额，大书"云卧园"三字，"云"字上顶着"御赐"两个小金字。纯客道："壮丽哉，王居也！黄冠草服，那里配进去呢！"小燕笑道："惟贤者而后乐此。"

说话时，就有两个家人接了帖子，请个安道："主人和众位大人候久了。"说着就扬帖前导，直进门来。门内就是一个方方的广庭，庭中满地都是合抱粗的奇松怪柏，龙干撑云，翠涛泻玉，叶空中漏下的日光，都染成深绿色；松林尽处，一带粉垣，天然界限，恰把全园遮断。

粉垣当中，一个大大的月洞门，尚秋领着纯客诸人，就从此门进去。纯客道："这里惜无宏景高楼，消受这一片涛声。"

言犹未了，已到了一座金碧辉煌的牌楼之下，楼额上写着"五云深处"四个辟窠大字。进了牌楼，一条五色碎石砌成的长堤，夹堤垂杨漾绿，芙蓉绽红，还夹杂无数蜀葵海棠，秋色缤纷。两边碧渠如镜，掩映生姿；破芡残荷，余香犹在，正是波澄风定的时候。忽听滩头拍拍的几声，一群鸳鸯鹭鸶，鼓翼惊飞。纯客道："谁在那里打鸭惊鸳？"尚秋指着池那边道："你们瞧，扈桥双桨乱划，载着个美人儿来了！"

大家一看，果然见一只瓜皮艇，舱内坐着个粉妆玉琢的少年，面不粉而白，唇不硃而红，横波欲春，瓠犀微露，身穿香云衫，手摇白月扇，映着斜阳淡影，真似天半朱霞。扈桥却手忙脚乱，把桨划来划去，蹲在船头上，朗吟道："携着个小云郎，五湖飘泊。"纯客睐着眼道："那，那舱里坐着的不是菱云吗？"

说时迟，那时快，扈桥已携了菱云跳上岸，与众人相见，笑道："纯老且莫妒忌，此曲只应天上有，人间那得紫云回！"说罢，把菱云一推道："去吧！"菱云忙笑着上前给纯客、小燕大家都请了安。小燕道："谁叫你来的？"菱云抿嘴笑道："李老爷的千春，我们怎会忘了，还用叫吗？"纯客笑了笑，大家一同前行。

走完了这长堤，翼然露出个六角亭，四面五色玻璃窗，面面吊起。纯客正要跨进，只听一人曼声细咏。纯客叫大家且住，只听念道：

> 生小瑶宫住。是何人，移来江上，画阑低护。水珮风裳映空碧，只怕夜凉难舞！但愁倚，湘帘无绪。太液朝霞和梦远，更微波，隔断鸳鸯语！抱幽恨，恨谁诉？　　湖山几点伤心处。看微微残照，萧萧秋雨。忍教重认前身影，负了一汀鸥鹭！休提起，洛川湘浦。十里晓风香不断，正月明，寒泻金盘露。问甚日？凌波去。

纯客向尚秋道："这《金缕曲》，题目好似盆荷，寄托倒还深远。"尚秋正要答言，忽听亭内又一人道："你这词的寓意，我倒猜着了。这个鸳鸯，莫非是天上碧桃，日边红杏吗？金盘泻露，引用得也还恰当，可恨那露气太寒凉些。什么水殿瑶宫，直是金笼玉篌罢了！"那一人道：

门内就是一个方方的广庭

“可不是！况且我的感慨，更与众不同，马季长虽薄劣，谁能不替绛帐中人一泄愤愤呢！”纯客听到这里，就突然闯进喊道：“好大胆！巷议者诛，亭议者族，你们不怕吗？”

你道那吟咏的是谁？原来就是闻韵高，科头箕踞，两眼朝天，横在一张醉翁椅上，旁边靠着张花梨圆桌，站着的是米筱亭，正握着支提笔，满蘸墨水，写一幅什么横额哩。当时听纯客如此说，都站起来笑了。

纯客忙挡住道：“吟诗的尽着吟，写字的只管写，我们还要过那边见主人哩！”说话未了，忽然微风中吹来一阵笑语声，一个说：“我投了个双骁，比你的贯耳高得多哩！”一个道：“让我再投个双贯耳你看。”小燕道：“咦，谁在那里投壶？”筱亭道：“除了剑云，谁高兴干那个！”扈桥就飞步抢上去道：“我倒没玩过这个，且去看来。”

纯客自给菱云一路谈心，也跟下亭子来。一下亭，只见一条曲折长廊，东西蜿蜒，一眼望不见底儿。西首一带，全是翠色粘天的竹林。远远望进去，露出几处台榭，甚是窈窕。这当儿，那前导的管家，却踅向东首，渡过了一条小小红桥，进了一重垂花门。原来里面藏着三间小花厅，厅前小庭中，堆着高高低低的太湖山石，玲珑绉透，磊砢峥嵘，石气扑人，云根掩土。廊底下，果然见姜剑云卷起双袖，叉着手半靠在阑干上，看着一个十五六岁的活泼少年，手执一枝竹箭，离着个有耳的铜瓶五步地，直躬敛容的立着，正要投哩！恰好扈桥喘吁吁的跑来喊道：“好呀，你们做这样雅戏，也不叫我玩玩！”说着就在那少年手里夺了竹箭，顺手一掷，早抛出五六丈之外。

此时纯客及众人已进来，见了哄然大笑。纯客道：“蠢儿！这个把戏，那里是粗心浮气弄得来的！”一面说话，一面看那少年，见他英秀扑人，锋芒四射，倒吃一惊。想要动问，尚秋、子佩已先问剑云道：“这位是谁？”剑云笑道：“我真忘了，这位是福州林敦古兄，榜名是个‘勋’字，文忠族孙，新科的解元，文章学问，很可以的。因久慕纯老大名，渴愿一见，所以今天跟着兄弟同来的。”说罢，就招呼敦古，见了纯客和众人。

纯客赞叹了一回，方要移步，忽回头却见那厅里边一间，一张百灵台上，钱唐卿坐在上首，右手拿着根长旱烟筒，左手托一本书在那里看，说道："你这书把版本学的掌故，搜罗得翔实极了！弟意此书，既仿宋诗纪事诗之例，就可叫作《藏书纪事诗》，你说好吗？"纯客方知上首还有人哩。

看时，却是个黑瘦老者，危然端坐，仿佛老僧入定一样。原来是潘八瀛尚书的得意门生，现在做他西席的易缘常。小燕要去招呼，纯客忙说不必惊动他们，大家就走出那厅。

又过了几处廊榭，方到了一座宏大的四面厅前，周围还绕游廊，前后簇拥花木，里里外外，堆满了光怪陆离的菊花山，都盛着五彩细磁古盆，湘帘高卷，锦罽重敷，古鼎龙涎，镜屏凤纽，真个光摇金碧，气荡云霞。当时那管家把纯客等领进厅来，只有成伯怡破巾旧服，含笑相迎，见小燕、尚秋、子佩等道："原来你们都在一块儿，倒叫人好等！"纯客尚未开口，只听东壁藤榻上一人高声道："我们等等，倒也罢了，只被怡云、素云两个小燕子，聒噪得耳根不清。这会儿没法子，赶到后面下棋去了。"纯客寻声看去，原来是黎石农，手里正拿着本古碑，递给一个圆脸微须，气概粗率的老者。纯客认得是山东名士汪莲孙，就上去相见，一面就对石农道："不瞒老师说，门生旧疾又发，几乎不能来，所以迟到了，幸老师恕罪！"石农笑道："快别老师门生的挖苦人了，只要不考问着我'敦伦'就够了。"大家听了，哄堂笑起来。那当儿，后面三云琼枝照耀的都出来请安。外面各客也慢慢都聚到厅上。

伯怡见客到齐，就叫在后面摆起两桌席来。伯怡按着客单定坐，东首一席，请李纯客首座，袁尚秋、荀子佩、姜剑云、米筱亭、林敦古依次坐着，菱云、怡云、素云却都坐在纯客两旁，共是九位。西首一席，黎石农首座，庄小燕、钱唐卿、汪莲孙、易缘常、段扈桥、闻韵高依次坐着，伯怡坐了主位，共是八位。此时在座的共是十七人，都是台阁名贤，文章巨伯。主贤宾乐，酒旨肴甘，觥筹杂陈，履趾交错，也算极一时之盛了。三云引箫倚笛，各奏雅调，菱云唱《豪宴》，怡云唱《赏荷》，素云唱《小宴》，真是酒祓闲愁，花消英气。纯客怕他们劳乏，各侑了一觥，叫不必唱了。

伯怡道："今日为纯老祝寿，必须畅饮。兄弟倒有一法消酒，不知诸位以为若何?”大家忙问何法。伯怡道:“今日寿筵前,了无献纳,不免令寿翁齿冷。弟意请诸公各将家藏珍物,编成柏梁体诗一句,以当蟠桃之献。失韵或虚报者罚,佳者各贺一觥。惟首两句笼罩全篇,末句总结大意,不必言之有物。这三句,只好奉烦三云的了。其余抽签为次,不可搀越。”大家都道新鲜有趣。伯怡就叫取了酒筹,编好号码,请诸人各各抽定。

恰好石农抽了第一,正要说,纯客道:“不是要叫三云先说吗?我派菱云先说首句,怡云说第二句,素云说末句吧。”菱云道:“我不会做诗,诸位爷休笑!我说是‘云卧园中开琼筵’。”怡云想想道:“群仙来寿南极仙。”伯怡道:“神完气足,真笼罩得住,该贺。如今要石农说了。”大家饮了贺酒。石农道:“我爱我的《西岳华山碑》,我说‘华山碑石垂千年’。”唐卿道:“《华山碑》世间只传三本,君得其一,那得不算伟宝!——第二就挨到我了,我所藏宋元刻中,只有十三行本《周官》好些,‘《周官》精椠北宋镌’用得吗?”缘常道:“纸如玉版,字若银钩,眉端有荛翁小章,这书的是百宋一廛精品。”小燕笑道:“别议论人家,你自己该说了。”缘常道:“寒士青毡,那有长物!只有平生夙好隋唐经幢石拓,倒收得四五百通了,我就说‘经幢千亿求之虔’。”小燕道:“我的百石斋,要搬出来了。”就吟道:“耕烟百幅飞云烟。”莲孙接吟道:“《然脂》残稿留金荃。”剑云笑道:“你还提起那王士禄的《然脂集》稿本哩!吾先在琉璃厂见过,知道此书,当时只刻过叙录,《四库》著录在存目内。现在这书,朱墨烂然,的是原本,原来给你抢了去!”莲孙道:“你别说闲话,交了白卷,小心罚酒!”剑云道:“不妨事,吾有十幅马湘兰救驾。”就举杯说道:“马湘画兰风骨妍。”扈桥抢说道:“汉碑秦石罗我前。”筱亭道:“人家收拓本,叫做黑老虎;你专收石头,只好叫石老虎了。”扈桥道:“做石老虎还好,就不要做石龟,千年万载,驮着石老虎,压得不得翻身哩!”韵高道:“筱亭收藏极富,必有佳句。”筱亭道:“吾虽略有些东西,却说不出那一样是心爱的。”剑云笑道:“你现在手中拿个宝物,怎不献来?”

大家忙问甚物,筱亭只得递给纯客。纯客一看,原来是个玛瑙烟壶儿。却是奇怪,当中隐隐露出一泓清溪,水藻横斜,水底伏着个绿毛茸茸的小龟，神情活现。纯客一面看，一面笑道："吾倒替筱亭做了一句，'绿毛龟伏玛瑙泉'。倒是自己一无长物怎好？"子佩道："纯老的日记，四十年未断，就是一件大古董。"纯客道："既如此，老夫要狂言了！"念道："日记百年万口传。"韵高道："我也要效颦纯老，把自己著作充数，说一句'续南北史艺文篇'。"子佩道："我只有部《陈茂碑》，是旧拓本，只好说'陈茂古碑我宝旃'。"伯怡道："我家异宝，要推董小宛的小像，就说'影梅庵主来翩翩'吧。如今只有林敦古兄，还未请教了。"

敦古沉思，尚未出口，剑云笑道："我替你一句罢！虽非一件古物，却是一段奇闻。"众人道："快请教！"剑云道："黑头宰相命宫填。"大家愕然不解。敦古道："剑云别胡说！"剑云道："这有什么要紧！"就对众人道："我们来这里之先，去访余笏南。笏南自命相术是不凡的。他一见敦古，大为惊异，说敦古的相是奇格，贵便贵到极处，十九岁必登相位，操大权，凶便凶到极处，二十岁横祸飞灾，弄到死无葬身之地。你们想本朝的宰相，就是军机大臣，做到军机的，谁不是头童齿豁？那有少年当国的理！这不是奇谈吗？"

大家正在吐舌称异，忽走进个家人，手拿红帖，向伯怡回道："出洋回来的金沟金大人在外拜会，请不请呢？"伯怡道："听说雯青未到京，就得了总署，此时才到，必然忙碌，倒老远的奔来，怎好不请！"纯客道："雯青是熟人，何妨入座。"唐卿就叫在小燕之下，自己之上，添个座头。

不一会，只见雯青衣冠整齐，缓步进来，先给伯怡行了礼，与众人也一一相见，脸上很露惊异色，就问伯怡道："今天何事？群贤毕集呢！"伯怡道："纯老生日，大家公祝。雯兄不嫌残杯冷炙，就请入座。"石农、小燕都站起让座。雯青忙走至东席，应酬了纯客几句，又与石农、小燕谦逊一回，方坐在唐卿之上。

小燕道："今早小儿到京，提说在河西务相遇，兄弟就晓得今天必到的了。敢问雯兄，多时税驾的？"雯青道："今儿卯刻就进城了。"因又谢小燕电报招呼的厚意。唐卿问打算几时复命，雯青道："明早宫门请安，下来就到衙门。"说着就向小燕道："兄弟初次进总署，一切还求指教!”小燕道:“明日自当奉陪。我们搭着雯兄这样好伙计,公事好办得多哩!”于是大家从新畅饮起来。伯怡也告诉了雯青柏梁体的酒令,雯青道:“兄弟海外初归,荒古已久,只好就新刻交界图说一句‘长图万里瓯脱坚’吧。”众人齐声道好,各贺一杯。

纯客道:“大家都已说遍,老夫也醉了。素云说一句收令吧!”素云涨红脸,想了半天,就低念道:“共祝我公寿乔佺。”伯怡喝声采道:“真亏他收煞个住。大众该贺个双杯!”众人自然喝了。

那时纯客朱颜酡然,大有醉态,自扶着菱云,到外间竹榻上,躺着闲话。大家又与雯青谈了些海外的事情。彼酬此酢,不觉日红西斜,酒阑兴尽,诸客中有醉眠的,也有逃席的,纷纷散去。雯青见天晚,也辞谢了伯怡径自归家。纯客这日直弄得大醉而归,倒真个病了数日。后来病好,做了一篇《花部三珠赞》,顽艳绝伦,旗亭传为佳话。这是后话,不提。

且说雯青到京,就住了纱帽胡同一所很宽大的宅门子,原是莘如替他预先租定的。雯青连日召见,到衙门,甚为忙碌,接着次芳护着家眷到来,又部署一番。诸事粗定,从此雯青每日总到总署,勤慎从公,署中有事,总与小燕商办,见他外情通达,才识明敏,更觉投契,两人此往彼来,非常热络。有一回小燕派办陵工,出京了半个多月,所有衙中例行公事,向来都是小燕一手办的,小燕出差,雯青见各堂官都不问津,就叫司官取上来,逐件照办。直到小燕回来,就问司官道:“我出去了这些时,公事想来压积得不少了?”司官道:“都办得了,一件没积起来。”小燕脸上一惊道:“谁办的?”司官道:“金大人逐日批阅的。”小燕不语,顿了顿,笑向雯青道:“吾兄真天才也!”雯青倒谦逊了几句,也不在意。

又过了数日,这天雯青衙门回来,正要歇中觉,忽觉一阵头晕恶心。彩云道:“老爷每天此时已睡中觉了,今天怕是晚了,还是躺会儿看。”雯青依言躺下。谁知这一躺,把路上的风霜,到京的劳顿,一齐发出来了,壮热不退,淹缠床褥,足足病了一个多月,才算回头。只好请了两个月的病假,在家养病。

却说那日雯青还是第一天下床,可以在房内走走,正与张夫人彩云闲话家常，金升进来说："钱大人要拜会。"张夫人道："你没告诉他老爷病还没好吗？"金升道："怎么不说，他说有要紧话，必要面谈，老爷不能出来，就在上房坐便了。"雯青道："唐卿是至好，就请里边来吧！"于是张夫人彩云都避开了，金升就领着唐卿大摇大摆的进来。

雯青靠在张杨妃榻上，请唐卿就坐靠窗的大椅上。唐卿道："雯兄虽大病了一场，脸色倒还依旧，不过清减了些。"雯青叹道："人到中年，真经不起风浪的了！"唐卿道："你的风浪，现在正大得很哩！要经得起，才是英雄的气度哩。"雯青愕然道："我出了什么事吗？"唐卿道："可不是吗？你且不要着急！我今天是龚尚书那里得的消息，事情却从你那幅交界图惹出来的。西北地理，我却不大明白，据说回疆边外，有地名帕米尔，山势回环，发脉葱岭，虽土多硗薄，无著名部落，然高原绵亘，有居高临下之势，西接俄疆，南邻英属阿富汗，东中两路，则服中国。近来俄人逐渐侵入，英人起了忌心，不多几时，送了个秘密节略，及地图一纸给总署，其意要中国收回帕境，隔阂俄人。总署就商之俄使，请划清界址。俄使说，向来以郎库郎里湖为界的，然查验旧图及英图，却大不然，已占去地七八百里了。总署力驳其误。俄使当堂把吾兄刻的交界图呈出，说这是你们公使自己划的，必然不会错的。当时大家细看，竟瞠目不能答一语。现在各堂部为难得很。潘、龚两尚书，却都竭力想替你弥缝。谁知昨日又有个御史，把这事揭参了，说得很凶险哩！上头震怒，幸亏龚尚书善言解说，才把折子留中了。据兄弟看来，吾兄快些发一信给许祝云，一信给薛淑云，在两国政府运动，做个釜底抽薪之法，才有用哩。所以兄弟管不得我兄病体，急急赶来，给你商量的。"

这一席话，不觉把雯青说得呆了半晌，方挣出一句道："这从何说起呢？"唐卿就附耳低低道："你道俄公使的交界图，是那里来的？"雯青道："我那里知道！"唐卿笑道："就是你送给小燕的那一本儿。那个御史，听说也是小燕的把兄弟哩！"雯青吃一惊道："小燕给我有什么冤仇呢？"唐卿道："宦海茫茫，谁摸得清底里呢！雯兄，你讲了半天话也乏了，我要走了。那个信倒是要紧的，别耽迟就是了。"说罢起身就走。

你的风浪，现在正大得很哩

唐卿去后，张夫人及彩云都在后房出来，看见雯青面色，气得铁青。张夫人劝了一番，无非叫他病后保重的意思。那时已到了向来雯青睡中觉的时候，雯青心里烦恼，就叫张夫人彩云都出房去，说："让我躺躺养神。"大家自然一哄散了。雯青独自躺在床上，思前想后，悔一回，错刻了地图；恨一回，误认了匪人，反来复去，那里睡得着！只听壁上挂钟针走的悉悉瑟瑟，下下打到心坎里；又听得窗外雀儿打架，喧噪得耳根出火。一个头儿不知怎地，总着不牢枕。没奈何，只好端坐床当中，学着老僧打坐模样。好容易心气好像落平些，忽然又听见外房仿佛两个老鼠，只管唧唧吱吱地怪叫。顿时心火涌起，欻的跳下床来，踏着拖鞋，直闯出房门来。谁知不出来倒也罢了，这一出来，只听雯青狂叫道："好呀，好！这个世界，我还能住下吗？"说罢，身子往后一仰，倒栽葱的直躺下地去，眼翻手撒，不省人事。正是：

北海酒尊逢客举，茂陵病骨望秋惊。

不知雯青因何惊倒，且听下回分解。

第二十一回　背履历库丁蒙廷辱　通苞苴衣匠弄神通

话说上回回末，正叙雯青闯出外房，忽然狂叫一声，栽倒在地，不省人事。想读书的读到这里，必道是篇终特起奇峰，要惹起读者急观下文的观念，这原是文人的狡狯，小说家常例，无足为怪。但在下这部《孽海花》，却不同别的小说，空中楼阁，可以随意起灭，逞笔翻腾，一句假不来，一语谎不得，只能将文机御事实，不能把事实起文情，所以当日雯青的忽然栽倒，其中自有一段天理人情，不得不栽倒的缘故，玄妙机关，做书的此时也不便道破，只好就事直叙下去，看是如何。闲言少表。

且说雯青一交倒栽下去，一头正碰在内房门上，崩的一响，震得顶格上蓬尘都索索的落下来。当那儿，恰好彩云在外房醉妃榻上，听见了，早吓得魂飞天外，连忙慢慢地爬起来。这真是妇人家的苦处，要急急不来，裹了脚，又要系带；系了带，还要扣钮；理理发，刷刷鬓，乱了好一会子。又望外张了张，老妈丫头，可巧一个影儿都没有，这才三脚两步，抢到雯青栽倒的地方，只见雯青还是口开眼直，面色铁青。彩云只得蹲身下去，一手轻轻把雯青的头抱起，就势坐在门限上，一手替他在背上捶拍，嘴里颤声叫道："老爷醒来！老爷快醒来！"拍叫了好一会子，才见雯青眼儿动了，嘴儿闭了，脸儿转了白了，哑的一声，淋淋漓漓喷了彩云一袖子都是粘痰。彩云不敢怠慢，只顾揉胸捶背，却见雯青两眼恶狠狠的钉着彩云，还说不出话来，勉强挣起一手，抖索索的指着窗外。

彩云正没摆布，忽听得外边嘻嘻哈哈来了一群老妈丫头。彩云忙喊道："你们快些来，老爷跌了交，快来帮我扶一扶！"两个老妈，一个丫头，见此光景，倒吃了一惊，也不解是何缘故，只得七手八脚拥上前来。彩云捧定了头颈，老妈托了腰，丫头抱了脚，安安稳稳抬到房里床上。彩云随手垫好了枕头，盖好了被窝，掖严了，就吩咐老婆子不许声张，且去弄碗热热儿的茶来。老妈答应出去，彩云先放下帐子，自己挨身坐在床沿上，伸进头来，想再给雯青揉拍。谁知雯青原是气急攻心，一时昏绝，揉拍一会，早已醒得清清楚楚。彩云伸进手去，还未着身，却被雯青用力一推，就叹口气道："免劳吧，我今儿个认得你了！"彩云知道雯青正在气头上，不是三言两语解释得开，也就低头不语，气花也不透。

满房静悄悄地，只有帐中的微叹声和帐外小丫头的呼吸声，一递一答。老妈捧进茶来，也不敢声喊，轻轻走到床边，递给彩云。彩云接了，双手捧进帐中凑到雯青唇边，低声下气的道："老爷，喝点热……"这话未了，不防雯青伸手一拦，彩云一个手松，连碗带茶热腾腾地全泼在褥子上。彩云趁势一扭身，鼻子里哼哼的冷笑了几声，抢起空杯，就望桌子上一摔。雯青见彩云倒也生了气，就忍不住也冷笑道："奇了，到这会儿，你还使性给谁看！你的破绽，今儿全落在我眼里，难道你还有理吗？"雯青说罢这话，只把眼儿觑定彩云，看她怎么样。谁知彩云倒毫不怕惧，只管仰着脸剔牙儿，笑微微的道："话可不差，我的破绽老爷今天都知道了，我是没有话说的了。可是我倒要问声老爷，我到底算老爷的正妻呢，还是姨娘？"雯青道："正妻便怎么样？"彩云忙接口道："我是正妻，今天出了你的丑，坏了你的门风，叫你从此做不成人，说不响话，那也没有别的，就请你赐一把刀，赏一条绳，杀呀，勒呀，但凭老爷处置，我死不皱眉。"雯青道："姨娘呢？"彩云摇着头道："那可又是一说。你们看着姨娘，本不过是个玩意儿，好的时，抱在怀里，放在膝上，宝呀贝呀的捧；一不好，赶出的，发配的，送人的，道儿多着呢！就讲我，算你待我好点儿，我的性情，你该知道了；我的出身，你该明白了。当初讨我时候，就没有指望我什么三从四德三贞九烈。这会儿做出点儿不如你意的事情，也没什么稀罕。你要顾着后半世快乐，留个贴心伏伺的人，离不了我！那翻江倒海，只好凭我去干！要不然，看我伺候你几年的情分，放我一条生路，我不过坏了自己罢了，没干碍你金大人什么事。这么说，我就不必死，也不犯着死。若说要我改邪归正，阿呀！江山可改，本性难移，老实说，只怕你也没有叫我死心塌地守着你的本事嗄！"说罢了，只是嬉嬉的笑。

雯青初不料彩云说出这套泼辣的话，句句刺心，字字见血，心里热一阵冷一阵，面上红一回白一回，正盘算回答的话，忽听丫头喊道："太太来了。"帘子响处，张夫人就跨进房来，嘴里说道："怎么，老爷跌了？"彩云忙站起迎接。张夫人就掀起帐子问道："跌坏了吗？"雯青道："没有什么，不过失脚跌一下，你怎么知道的？"张夫人道："刚才门上来回，匡次芳要来见你，说是他新任放了日本出使大臣，国书已领，立刻就要回南，预备放洋，特地来辞行的。我想次芳是你至好，想请他到里头来，正要来问你一声，老妈们来说，你跌坏了。我吓得了不得，就叫他们回绝了，自己一径来此。"雯青道："原来次芳得了日本钦差，倒也罢了，这事是谁进来回的？"张夫人道："金升。"雯青道："看见阿福没有？"张夫人笑道："阿福肯管这些事，那倒好了。"雯青点点头："这小仔学坏了，用不得了。"于是夫妻两人，你言我语，无非又谈些家常，不必多述。

如今且说钱唐卿从雯青处出来，因想潘尚书连日请假，未知是否真病，不如出城去看看，一来探病，二来商量雯青的事情，回城时再到龚尚书那里坐坐，也不为晚。主意打定，就吩咐车夫向南城而来。不多一会到了潘府门前，亲随递进帖儿，就见一个老家人走到车旁，回道："家主大前儿衙门回来，忽得了病，三日连烧不退，医生说是伤寒重症，这会儿里头正乱着哩！只好挡大人驾了。"唐卿愕然道："这样重吗？我简直不知道，那么碍不碍呢？"老家人皱了眉道："难说，难说，肝风都动了！"唐卿道："既这么着，我也不便惊动了。"便叫改辕回城，顺道去谒龚老。

一路行来，唐卿在车中无事，想着潘尚书，是当代宗师，万流景仰的，倘有不测，关系非轻哩！因潘尚书病在垂危，又想到朝中诸大老，没有个担当大事的人物，从前经过大难的老敬王爷，又不能出来，其余旗人养尊处优，更不必说了。就是汉人里头，除了潘公，枢廷只有高理惺，部臣只有龚和甫，是肯任事的正人。但高中堂意气用事，见理不明；龚尚书世故太深，遇事寡断。他如吏部尚书祖钟武貌恭心险，协揆余同，外正内贪，都是乱国有余治国不足的人。若说我们同班里，自然要算庄焕英，是独一的奇材了。余外余雄义、缪仲恩、俞书屏、吕旦闻，这些人不过备员画诺罢了。摆着那些七零八落的人才，要支撑这个内忧外患的天下，越想越觉危险。而且近来贿赂章闻，苞苴不绝。里头呢，亲近弄臣，移天换日；外头呢，少年王公，颠波作浪，不晓得要闹成什么世界哩！可惜庄仑樵一班清流党，如今摈斥的摈斥，老死的老死了。若然他们在此，断不会无忌惮到这步田地！唐卿想到这里，又不免提起从前庄寿香、何珏斋、顾肇廷一班旧友来，当时盛会，何等热闹。如今寿香抚楚，珏斋抚粤，肇廷陈臬于闽，各守封疆，虽道身荣名显，然要再求昔日盍簪之盛，不可得的了。

原来从南城到龚尚书府第，两边距离，差不多有七八里。唐卿一头走，只管一路想，忘其所以，倒也不觉路远。忽然抬起头来，方晓得已到龚府前了，只见门口先停着一辆华焕的大安车，驾着高头黑骡儿，两匹跟马，一色乌光可鉴！两个俊仆，站在车旁，扶下一个红顶花翎紫脸乌髭的官儿，看他下车累赘，知道新从外来的，端相面貌，似乎也认得，不过想不起是谁。见他一下来，径到门房，拉着一个门公，戚戚嗾嗾，不知叨登些什么，说完后，四面张一张，偷偷儿递过一个又大又沉的红封儿。那门公倒毫不在意的接了，正要说话，回头忽见唐卿的亲随，连忙丢下那官儿，抢步到唐卿车旁道："主人刚下来，还没见客哩！大人要见，就请进去。"

唐卿点头下车，随着那门公，曲曲折折，领进一座小小花园里。只见那园里，竹声松影，幽邃无尘，从一条石径，穿到一间四面玻璃的花厅上。看那花厅庭中，左边一座茅亭，笼着两只雪袂玄裳的仙鹤，正在那里刷翎理翮；右边一只大绿瓷缸，满满的清泉，养着一对玉身红眼的小龟，也在那里呷波唼藻。厅内插架牙签，叉竿锦轴，陈设得精雅绝伦。唐卿步进厅来，那门公说声："请大人且坐一坐。"说罢转身去了，磨撑了好半天，才听见靴声橐橐，自远而近，接着连声叹息，很懊恼的说道："你们难道不知道我得了潘大人的信儿，心里正不耐烦，谁愿意见生客！”一人答道：“小的知道，原不敢回，无奈他给钱大人一块儿来，不好请一个，挡一个。”就听见低低的吩咐道：“见了钱大人再说吧！”说话时，已到廊下。

唐卿远远望见龚尚书，便衣朱履，缓步而来，连忙抢出门来，叫声“老师”，作下揖去。龚尚书还礼不迭，招着手道：“呵呀，老弟！快请里头坐。你打那儿来？伯瀛的事，知道没有？”唐卿愕然道：“潘老夫子怎么了？”尚书道：“老友长别了，才来报哩！”唐卿道：“这从那里说起！门生刚从那里来，只知病重，还没出事哩。”言次，宾主坐定，各各悲叹了一回。尚书又问起雯青的病情。唐卿道：“病是好了，就为帕米尔一事，着急得很，知道老师替他弥缝，万分感激哩！”因把刚才商量致书薛淑云、许祝云的话，告诉了一遍。尚书道：“这事只要许祝云在俄尽力伸辩，又得淑云在英暗为声援，拼着国家吃些小亏，没有不了的事。现在国家又派出工部郎中杨谊柱，号叫越常的，专管帕米尔勘界事务，不日就要前往。好在越常给袁尚秋是至好，可以托他通融通融，更妥当了。”唐卿道：“全仗老师维持！否则这一纸地图，竟要断送雯青了！”尚书道：“老夫听说这幅地图，雯青出了重价，在一外国人手里买来的，即便印刷呈送，未免卤莽。雯青一生精研西北地理，不料得此结果，真是可叹！但平心而论，总是书生无心之过罢了。可笑那班小人，抓住人家一点差处，便想兴波作浪。其实只为雯青人品还算清正些，就容不住他了。咳，宦海崄巇！老弟，我与你都不能无戒心了！”

唐卿道：“老师的话，正是当今确论。门生听说，近来显要，颇有外开门户，内事逢迎的人物。最奇怪的，竟有人到上海采办东西洋奇巧玩具，运进京来，专备召对时候，或揣在怀里，或藏在袖中，随便进呈；又有外来官员，带着十万二十万银子，特来找寻门路的。市上有两句童谣道：若要顶儿红，麻加剌庙拜公公；若要通王府，后门洞里估衣铺。老师听见过吗？”尚书道：“有这事吗？麻加剌庙，想就是东华门内的古庙。那个地方，本来是内监聚集之所。估衣铺，又是什么讲究呢？”唐卿道：“如今后门估衣铺的势派大着哩！有什么富兴呀，聚兴呀，掌柜的都半是蓝顶花翎，华车宝马，专包揽王府四季衣服，出入邸第,消息比咱们还灵呢!”

尚书听到这里,忽然想起一件事似的,凑近唐卿低低道:“老弟说到这里,我倒想起一件可喜的事告诉你呢!足见当今皇上的英明,可以一息外面浮言了。”唐卿道:“什么事呢?”尚书道:“你看见今天宫门抄上,载有东边道余敏,不胜监司之任,着降三级调用的一条旨意吗?”唐卿道:“看可看见,正不明白为何有这严旨呢?”尚书道:“别忙,我且把今早的事情告诉你。今天户部值日,我老早就到六部朝房里。天才亮,刚望见五凤楼上的玻璃瓦,亮晶晶映出太阳光来,从午门起到乾清门,一路白石桥栏,绿云草地,还是滑鞑鞑湿汪汪带着晓雾哩。这当儿里,军机起儿下来了,叫到外起儿,知道头一个,就是东边道余敏。此人我本不认得,可有点风闻,所以倒留神看着。晓色朦胧里头,只见他顶红翎翠,面方耳阔,昂昂的在廊下走过来,前后左右,簇拥着多少小监苏拉蜂围蝶绕的一大围,吵吵嚷嚷,有的说:‘余大人,您来了,今儿头一起,就叫您!佛爷的恩典大着哩!说不定几天儿,咱们就要伺候您陛见呢!’有人说:‘余大人,您别忘了我!连大叔面前,烦您提拔提拔,您的话,比符还灵呢!’看这余敏,一面给这些苏拉小监应酬,一面历历碌碌碰上那些内务府的人员,随路请安,风风芒芒的进去,赶进去了不上一个钟头,忽然的就出来了。出来时的样儿,可大变了,帽儿歪斜,翎儿搭拉,满脸光油油尽是汗,两手替换的揩抹,低着头有气没气的一个人只望前走。苏拉也不跟了,小监也不见了。只听他走过处,背后就有多少人比手画脚低低嚷道:‘余敏上去碰了,大碰了!’我看着情形诧异,正在不解,没多会儿,就有人传说,已经下了这道降调的上谕了。”

唐卿道:“这倒希罕,老师知道他碰的缘故吗?”尚书挪一挪身体,靠紧炕几,差不多附着唐卿的耳边低声道:“当时大家也摸不透,知道的又不肯说,后来找着一个小内监,常来送上头节赏的,是个傻小仔,他倒说得详细。”唐卿道:“他怎么说呢?”尚书道:“他说,这位余大人是总管连公公的好朋友,听说这个缺,就是连公公替他谋干的。知道今天召见是个紧要关头,他老人家,特地扔了园里的差使,自己跑来招呼一切,仪制说话,都是连公公亲口教导过的。刚才在这里走过时

偷偷儿递过一个又大又沉的红封儿

候，就是在连公公屋里讲习仪制出来，从这里一直上去，到了养心殿，揭起毡帘，踏上了天颜咫尺的地方。那余大人就按着向来召对的规矩，摘帽，碰头，请了老佛爷的圣安，又请了佛爷的圣安，端端正正，把一手戴好帽儿，跪上离军机垫一二尺远的窝儿。这余大人心里很得意，没有拉什么礼，失什么仪，还了旗下的门面，总该讨上头的好，可以闹个召对称旨的荣耀了。正在眼对着鼻子，静听上头的问话，预备对付，谁知这回佛爷，只略问了几句照例的话，兜头倒问道：'你读过书没有？'那余大人出其不意，只得勉勉强强答道：'读过。'佛爷道：'你既读过书，那总会写字的了。'余大人怔了一怔，低低答应个'会'字。这当儿里，忽然御案上，拍的掷下两件东西来，就听佛爷吩咐道：'你把自己履历写上来。'余大人睁眼一看，原来是纸笔，不偏不倚，掉在他跪的地方。头里余大人应对时候，口齿清楚，气度从容，着实来得，就从奉了写履历的旨意，好像得了斩绞的处分似的，顿时面白目瞪，拾了笔，铺上纸，俄延了好一会，只看他鼻尖上的汗珠儿，一滴一滴的滚下，却不见他纸头上的黑道儿，一画一画的现出，足足挨了两三分钟光景。佛爷道：'你既写不出汉字，我们国书，总没有忘吧？就写国书也好！'可怜余大人自出娘胎，没有见过字的面儿，拿着枝笔，还仿佛外国人吃中国饭，一把抓的捏着筷儿，横竖不得劲儿，那里晓得什么汉字国书呢？这么着，佛爷就冷笑了两声，很严厉的喝道：'下去吧，还当你的库丁去吧！'余大人正急得没洞可钻，得这一声，就爬着谢了恩，抱头鼠窜的逃了下来。"

唐卿听到这里，十分诧异道："这余敏真好大胆！一字不识，就想欺蒙朝廷，滥充要职，仅与降调，还是圣恩浩大哩！不过圣上叫他去当库丁，又有什么道理呢？"龚尚书笑道："我先也不懂，后来才知，这余敏原是三库上银库里的库丁出身。老弟，你也当过三库差使，这库丁的历史，大概知道的吧！"唐卿道："那倒不详细，只知道那些库丁，谋干库缺，没一个不是贝子贝勒，给他们递条子说人情的。那库缺有多大好处？值得那些大帽子起烘，正是不解？"

龚尚书道："说来可笑也可气！那班王公贵人，虽然身居显爵，却都没有恒产的。国家各省收来的库帑，仿佛就是他们世传的田庄。

这些库丁,就是他们田庄的仔种。荐成了一个库丁,那就是田庄里下了仔种了;下得一粒好仔种,十万百万的收成,年年享用,怎么叫他们不起烘呢!"唐卿道:"一样库丁,怎么还有好歹呢?"尚书道:"库丁的等级多着哩!寻常库丁,不过逐日夹带些出来,是有限的。总要升到了秤长,这才大权在握,一出一入操纵自如哩!"唐卿道:"那些王公们既靠着国库做家产,自然要拼命的去谋干了。这库丁替人作嫁,辛辛苦苦,冒着这么大的险,又图什么呢?"尚书道:"当库丁的,都是著名混混儿,他们认定一两个王公做靠主,谋得了库缺,库里偷盗出来的赃银,就把六成献给靠主,余下四成,还要分给他们同党的兄弟们。若然分拆不公,尽有满载归来,半路上要劫去的哩!"

唐卿道:"库上盘查很严,常见库丁进库,都把自己衣服,剥得精光,换穿库衣,那衣裤是单层粗布制的,紧紧裹在身上,那里能夹带东西呢?"尚书笑道:"大凡防弊的章程愈严密,那作弊的法子愈巧妙,这是一定的公理。库丁既知道库衣万难夹带,千思万想,就把身上的粪门,制造成一个绝妙的藏金窟了。但听说造成这窟,也须投名师,下苦工,一二年方能应用。头等金窟,有容得了三百纹银的。各省银式不同,元宝元丝都不很合式,最好是江西省解来的,全是椭圆式,蒙上薄布,涂满白蜡,尽多装得下。然出库时候,照章要拍手跳出库门,一不留神,就要脱颖而出。他们有个口号,就叫做'下蛋'。库丁一下蛋,斩绞流徙,就难说了。老弟,你想可笑不可笑?可恨不可恨呢?"

唐卿道:"有这等事!难道那余敏,真是这个出身吗?"尚书道:"可不是?他就当了三年秤长,爬起了百万家私,捐了个户部郎中。后来不知道怎么样的改了道员,这东边道一出缺,忽然放了他,原是很诧异的。到底狗苟蝇营,依然逃不了圣明烛照,这不是一件极可喜的事吗?"唐卿正想发议,忽瞥眼望见刚才那门公手里,拿着一个手本,一晃晃的站在廊下窗口,尚书也常常回头去看他。唐卿知道有客等见,不便久谈,只得起身告辞。尚书还虚留了一句,然后殷勤送出大门。

不言唐卿出了龚府,去托袁尚秋疏通杨越常的事。且说龚尚书送客进来,那门公便一径扬帖前导,直向外花厅走去。尚书且走且问道："谁陪着客呢？不是大少爷吗？"门公道："不，大少爷早出门了！"这话未了，尚书已到花厅廊下，忽觉眼前晃亮，就望见玻璃里，炕床下首，坐着个美少年：头戴一顶双嵌线乌绒红结西瓜帽，上面钉着颗水银青光精圆大额珠，下面托着块五色猫儿眼，背后拖着根乌如漆光如镜三股大松辫，身上穿件雨过天青大牡丹漳绒马褂，腰下也挂着许多珮带，却被阑干遮住，没有看清，但觉绣采辉煌，宝光的烁罢了。尚书暗忖："这是谁？如此华焕，还当就是来客呢！"却不防那门公就指着道："那，那不是我们珠官儿陪着吗？"尚书这一抬眼，才认清是自己的侄孙儿，一面就跨进厅来。那少年见了，急忙迎出，在旁边垂着手站了一站，趁尚书上前见客时候，就慢慢溜出厅来，在廊下一面走，一面低低咕哝道："好没来由！给这没字碑，搅这半天儿，晦气！"说着，潇潇洒洒一溜烟的去了。

这里尚书所见的客，你道是谁？原来就是上回雯青在客寓遇见的鱼阳伯。这鱼阳伯，原是山东一个土财主，捐了个道员，在南京候补了多年，黑透了顶，没得过一个红点儿。这回特地带了好几万银子，跟着庄稚燕进京，原想打干个出路，吐吐气，扬扬眉的。谁知庄稚燕，在路上说得这也是门，那也是户，好像可以马到功成，弄得阳伯心痒难搔。自从一到了京，东也不通，西也不就，终究变了空中捞月，等得阳伯心焦欲死。有时催催稚燕，倒被稚燕抢白几句，说他外行，连钻门路的四得字诀都不懂。阳伯诧异，问："什么叫四得字诀？我真不明白。"稚燕哈哈笑道："你瞧，我说你是个外行，没有冤你吧！如今教你这个乖！这四得字诀，是走门路的宝筏，钻狗洞的灵符，不可不学的，就叫做：时候耐得，银钱舍得，闲气吃得，脸皮没得。你第一个时候就耐不得，还成得了事吗？"阳伯没法，只好耐心等去。后来打听得上海道快要出缺，这缺是四海闻名的美缺，靠着海关银两存息，一年少说有一百多万的余润，俗话说得好"吃了河豚，百样无味"，若是做了上海道，也是百官无味的了。你想阳伯如何不馋涎直流呢！只好婉言托稚燕想法，不敢十分催迫。

事有凑巧，也是他命中注定，有做几日空名上海道的福分。这日阳伯没事，为了想做件时行衣服，去到后门估衣铺，找一个聚兴号的郭掌柜。这郭掌柜，虽是个裁缝，却是个出入宫禁交通王公的大人物，当日给阳伯谈到了官经，问阳伯为何不去谋干上海道？阳伯告诉他无路可走。郭掌柜跳起来道："我这儿倒放着一条挺好的路，你老要走不走？你快说！"郭掌柜指手画脚道："这会儿讲走门路，正大光明大道儿，自然要让连公公，那是老牌子。其次却还有个新出道人家不大知道的。"说到这里，就附着阳伯耳边低低道："闻太史，不是当今皇妃的师傅吗？他可是小号的老主顾。你老若要找他，我给你拉个纤，包你如意。"阳伯正在筹画无路，听了这话，那有个不欢喜的道理！当时就重重拜托他，还许了他事成后的谢仪。从此，那郭掌柜就竭力的替他奔走说合，虽阳伯并未见着什么闻太史的面，两边说话，须靠着郭掌柜一人传递，不上十天，居然把事情讲到了九分九，只等纶音一下，便可走马上任了。阳伯满心欢喜，自不待言。每日里，只拣那些枢廷台阁六部九卿要路人的府第前，奔来奔去，都预备到任后交涉的地步。所以这日，特地送了一分重门包，定要谒见龚尚书，也只为此。

如今且说他谒见龚尚书，原不过通常的酬对，并无特别的干求。宾主坐定，尚书寒暄了几句，阳伯趋奉了几句，重要公案，已算了结。尚书正要端茶送客，忽见廊下走进一个十六七岁的俊仆，匆匆忙忙，走到阳伯身旁，凑到耳边，说了几句话，手中暗暗递过一个小缄。阳伯疾忙接了，塞入袖中，顿时脸色大变，现出失张失智的样儿，连尚书端茶都没看见。直到廊下伺候人，狂喊一声"送客"，阳伯倒大吃一惊，吓醒过来。正是：

仓圣无灵头抢地，钱神大力手通天。

不知阳伯因何吃惊？且听下回分解。

第二十二回　隔墙有耳都院会名花　宦海回头小侯惊异梦

话说阳伯正在龚府,忽听那进来的俊仆几句附耳之谈,顿时惊惶失措,匆匆告辞出来。你道为何?原来那俊仆是阳伯朝夕不离的宠童,叫做鱼兴。阳伯这回到京,住在前门外西河沿大街兴胜客店里,每日阳伯出门拜客,总留鱼兴看寓。如今忽然追踪而来,阳伯料有要事,一看见心里就突突的跳,又被鱼兴冒冒失失的道:"前儿的事情,变了卦了。郭掌柜此时在东交民巷番菜馆,立候主人去商量!他怕主人不就去,还捎带一封信在这里。"阳伯不等他说完,忙接了信,恨不立刻拆开,碍着龚尚书在前。好容易端茶送客看上车,一样一样礼节捱完,先打发鱼兴仍旧回店,自己跳上车来,外面车夫砰然动着轮,里面阳伯就嗤的撕了封,只见一张五云红笺上写道:

> 前日议定暂挪永丰庄一款,今日接头,该庄忽有翻悔之意。在先该庄原想等余观察还款接济,不想余出事故,款子付出难收,该庄周转不灵,恐要失约。今又知有一小爵爷来京,带进无数巨款,往寻车字头,可怕可怕!望速来密商,至荷至要!

末署"云泥"两字。阳伯一面看,车子一面只管走,径向东交民巷前进。

且说这东交民巷,原是各国使馆聚集之所,巷内洋房洋行最多,甚是热闹。这番菜馆,也就是使馆内厨夫开设,专为进出使馆的外国人预备的,也可饮食,也可住宿,本是很正当的旅馆。后来有几个酒醉的外国人,偶然看中了邻近小家女子,起了狎侮之心,馆内无知仆欧,媚外凑趣,设计招徕,从此卖酒之家,变为藏花之坞了。都中那班浮薄官儿,轻狂浪子,都要效尤,也有借为秘密集会所的,也有当做公共寻欢场的。凡进此馆,只要化京钱十二吊,交给仆欧,顷刻间缠头钱去,卖笑人来,比妓馆娼楼,还要灵便,就不能指揭姓名,拣择妍丑罢了。

那馆房屋的建筑法,是一座中西合壁的五幢两层楼。楼下中间一大间,大小纵横,排许多食桌,桌上硝瓶瑠盏,银匙钢叉,摆得异常整齐;东西两间,连着厢房,与中间只隔一层软壁,对面开着风门,门上嵌着一块一尺见方的玻璃;东边一间,铺设得尤为华丽,地盖红毹,窗围锦幕,画屏重叠,花气氤氲,靠后壁朝南,设着一张短阑矮脚的双眠大铁床,烟罗汽褥,备极妖艳。最奇怪的,这铁床背后,却开着一扇秘密便门,一出门来就是一条曲折的小弄,由这弄中直通大街,原为那些狎客淫娃,做个意外遁避之所。其余楼上,还有多少洞房幽室,不及细表。

如今且说阳伯的大安车,走到馆门停住。阳伯原是馆里的熟客,常常来厮混的,当时忙跳下车,吩咐车夫,暂时把车卸了,把牲口去喂养,打发仆人自去吃饭。自己却不走正路,翻身往后便走。走过了好几家门首,才露出一个狭弄口,弄口堆满垃圾,弄内地势低洼。阳伯挨身跨下,依着走惯的道儿弯弯曲曲的摸进去。看看那便门将近,三脚两步赶到,把手轻轻一按,那门恰好虚掩,人不知鬼不觉的开了。阳伯一喜,一脚踏上,刚伸进头,忽听里面床边有妇女嘤咛声。

阳伯吃一吓,忙缩住脚,侧耳听去,那口音是个很熟的窑姐儿,逼着嗓子怪叫道:“老点儿碍什么?就是你那几位姨太太,我也不怕!我怕的倒是你们那位姑太太!”只听这话还没说了,忽有个老头儿涎皮癞脸的接腔道:“咦,嫁出的女儿泼出的水,你倒怕了她!我告诉你说,一个女娘们,只要得夫心;得了夫心,谁也不怕。不用远比,只看如今宫里的贤妃,得了万岁爷天宠,不管余道台有多大手段,多高靠山,只要他召幸时候,一言半语,整颗儿的大红顶儿,骨碌碌在他舌头尖上牙齿缝里滚下来了,就是老佛爷也没奈何他。这消息还是今儿我们姑爷在闻韵高那儿听来的。你说利害不利害?势派不势派呢?”

听那窑姐儿冷笑一声道:“吓,你别老不害臊!鸡矢给天比了!你难道忘了上半年你引了你们姑爷来这里一趟,给你那姑太太知道了，特为拣你生日那一天，宾客盈门时候，她驾着大安车赶上你门来，把牲口卸了，停在你门口儿，多少人请她可不下来，端坐在车厢里，对着门，当着进进出出的客人，口口声声骂你，直骂到日落西山。她老人家乏了，套上骡儿，转头就走。你缩在里边，哼也没有哼一声儿。这才算势派哩！只怕你的红顶儿，真在她牙缝里打磨盘呢！老实告你说吧，别花言巧语了，也别胡吹乱滂了，要我上你家里去老虎头上抓毛儿，我不干！你若不嫌屈尊，还是赶天天都察院下来，到这儿溜搭溜搭，我给你解闷儿就得了。”

那老头儿狠狠叹了一口气，还要说下去，忽听厢房门外，一阵子嘻嘻哈哈的笑语声，帖帖鞑鞑的脚步声，接着咿哑一响，好像有人推门儿似的。阳伯正跨在便门限上，听了，心里一慌，想跑，还没动脚，忽见黑蓬松一大团，从里面直钻出来，避个不迭，正给阳伯撞个对面。阳伯圆睁两眼，刚要唤道“该”，缩不不迭，却几乎请下安去。又一转念，大人们最忌讳的是怕人知道的事情被人撞见了，连忙别转头，闪过身体，只做不认得，让他过去。那人一手掩着脸，一手把袖儿握着嘴上的胡子，忘命似的往小弄里逃个不迭。

阳伯看他去远，这才跨进便门。不提防一进门，劈脸就伸过一只纤纤玉手来，把阳伯胸前衣服抓住道：“傅大人，你跑什么！又不是姑太太来了，你怕谁呀？”阳伯仔细一听，原来就是他的老相好，这里有名的姐儿小玉的口音，不禁嗤的一笑道：“乖姐儿，你的爸爸才是傅大人呢！”小玉啐了一口，拉了阳伯的手，还没有接腔，房里面倒有人接了话儿道：“你们找爸爸，爸爸在这儿呢。”小玉倒吓一跳，忙抢进房来道：“呸，我道是谁？原来是郭爷。巧极了！连您也上这儿来了！”阳伯故意皱皱眉，手指着郭掌柜道：“不巧极了！老郭，你千不来，万不来，单拣人家要紧的时候，你可来了！”郭掌柜哈哈笑道：“我真该死，我只记着我的要紧，可把你们俩的要紧倒忘了！”阳伯道：“你别拉我，我有什么要紧？你吓跑了总宪大人，明儿个都察院踏门拿人，那才要紧呢！”小玉瞪了阳伯一眼，走过来，爬在郭掌柜肩膀上道：“郭爷，你别听他，尽撒谎！”郭掌柜伸伸舌头道：“才打这屋里飞跑出去的就是……”小玉不等郭掌柜说出口，伸手握住他的嘴道：“你敢说！”郭掌柜笑道:“我不,我不说。”就问阳伯道:“那么你跟他一块儿来的吗?大概没有接到我的信吧!”阳伯道:“还提信呢!都是你这封信,把我叫进来,把他赶出去,两下里不提防,好好儿碰了一个头。你瞧,这儿不是个大疙瘩吗?这会儿还疼呢!”说着话,伸过头来给郭掌柜看。郭掌柜一面瞅着他左额上,果然紫光油油的高起一块;一面冲着玻璃风门外,带笑带指的低低道:“哪,都是这班公子哥儿,闹烘烘拥进来,我在外间坐不住,这才撞进来,闹出这个乱子。鱼大人,那倒对不住您了!”

阳伯摇摇手道:“你别碜了!小玉,你来,我们看一看外边儿,都是些谁呀?”说罢,拉了小玉,耳鬓厮磨的凑近那风门玻璃上张望,只见中间一张大餐长桌上,团团围坐着五个少年。两边儿多少仆欧们手忙脚乱的伺候,也有铺台单插瓶花的,也有摆刀叉洗杯盘的;各人身边都站着一个戴红缨帽儿的小跟班儿,递烟袋,拧手巾,乱个不了。阳伯先看主位上的少年,面前铺上一张白纸,口衔雪茄,手拿着笔,低着头,在那里开菜单儿,忽然抬起头来,招呼左右两座道:“胜佛先生和凤孙兄,你们两位都是外来的新客,请先想菜呀!”阳伯这才看清那主位的脸儿,原来不是别人,就是庄稚燕。再看左座那一个,生得方面大耳,气概堂皇,衣服虽也华贵,却都是宽袍大袖,南边样儿;右边的,是瘦长脸儿,高鼻子,骨秀神清,举止豪宕,虽然默默的坐着,自有一种上下千古的气概,两道如炬的目光,不知被他抹杀了多少眼前人物,身上服装,却穿得很朴雅的。这两个阳伯却不认得。下来,挨着这瘦长脸儿来,是曾侯爷敬华,对面儿坐着的,却就是在龚尚书府上陪阳伯谈天的珠公子。只听右座那一个道:“稚燕,你又来了!这有什么麻烦,胡乱点几样就得了。”右座淡淡的道:“兄弟还要赴杨淑乔、林敦古两兄的预约,恐怕不能久坐,随便吃一样汤就行了!”言下,仿佛显出厌倦的脸色。

稚燕一面点菜,一面又问道:“既到了这里,那十二吊头,总得花吧!”珠公子皱着眉道:“你们还闹这玩意儿呢?我可不敢奉陪!”敬华笑道:“我倒要叫,我可不叫别人!”稚燕道:“得了,不用说了,我把小玉让给你就是了!”说罢,就吩咐仆欧去叫小玉。胜佛推说就要走,不肯叫局。稚燕也不勉强，只给凤孙叫了一人，连自己共是三人。仆欧连声“着，着”，答应下去。

阳伯在里面听得清楚，忙推着小玉道：“侯爷叫你了，还不出去！”小玉笑道：“那有那么容易！今儿老妈儿都没带，只好回去一趟再来。”阳伯随手就指着那桌上两个不认得的问小玉道：“那两个是谁，你认识么？”小玉道：“你不认识么？那个胖脸儿，听说姓章，也是一个爵爷，从杭州来的；一个瘦长脸，是戴制台的公子，是个古怪的阔少爷，还有人说他是革命党。这些话，都是庄制台的少爷庄立人告诉我的，不晓得是确不确？他们都是新到京的。”

两人正说话，恰好有个仆欧推门进来，招呼小玉上座儿。小玉站起身，抖搂了衣服，凑近那仆欧耳旁道：“你出去，别说我在这里。我回家一趟，换换衣服就来。”回头给阳伯、郭掌柜点点头道：“鱼大人，我走了，回头你再来叫啊！郭爷，你得闲儿，到我们那儿去坐坐。”赶说话当儿，早已转入床后，一溜烟的出便门去了。

这里阳伯顺便就叫仆欧点菜，先给郭掌柜点了番茄牛尾汤，炸板鱼，牛排，出骨鹦鹉，加利鸡饭，勃朗补丁，共是六样。自己也点了葱头汤，煨黄鱼，牛舌，通心粉雀肉，香蕉补丁五样。仆欧拿了菜单，打上号码，自去叫菜。这里两人方谈起正事来。

郭掌柜先开口道：“刚才我仿佛听见小玉给你说什么姓章的，那个人你知道吗？”阳伯道：“我不知道，就听见庄稚燕叫他凤孙。”郭掌柜道：“他就是前任山东抚台章一豪的公子，如今新袭了爵，到里头想法子来的。我才信上说的就是他。”阳伯道：“那怕什么？他既走了那一边儿，如今余道台才闹了乱子，走道儿总有点不得劲。这个机会，我们正好下手呢！”郭掌柜道：“话是不差，可就坏在余道台这件事。余道台的银子，原说定先付一半，还有一半，也是永丰庄垫付的，出了一张见缺即付的支票。谁晓得赶放的明文一见，果然就收了去了。如今出了这意外的事，如何收得回来呢！他的款子，收不回来不要紧，倒是咱们的款子，可有点儿付不出去了。我想你在先自己付的十二万正款，固然要紧，就是这永丰庄担承的六万，虽说是小费，里头帮忙的人大家分的，可比正款还要紧些呢！要有什么三差五错，那事情就难说了！我瞅着永丰的当手，着急得很，我倒也替你担忧，所以特地赶来，给你商量个办法。”阳伯呆了呆，皱着眉道：“兄弟原只带了十二万银子进京，后来添出六万，力量本来就不济的了。亏了永丰庄肯担承这宗款子，虽觉得累点儿，那么树上开花，到底儿总有结果，兄弟才敢劖出做这件事。如今照你这么说，有点儿靠不住了，叫兄弟一时那儿去弄这么大的款？可怎么好呢！”郭掌柜道：“你好好儿想想，总有法子的。”

阳伯踌躇了半天，忽然站起来，正对着郭掌柜，兜头唱了一个大喏道：“兄弟才短，实在想不出法子来。兄弟的第一妙法，只有‘一总费心’四个字儿，还求你给我想法儿吧！”郭掌柜还礼不迭道：“你别这么喉急。你且坐下，我给你说。”阳伯又作了一揖，方肯坐了。郭掌柜慢慢道：“法子是有一个。俗语道巧媳妇做不出无米饭，不过又要你破费一点儿才行。”阳伯跳起来道：“老郭，你别这么婆婆妈妈的绕弯儿说话。这会儿只要你有法子，你要什么就什么！”郭掌柜道：“那个是我要呢？咱们够交情，给你办事，一个大都不要，这才是真朋友。只等将来，你上了任，我跟你上南边去玩儿一趟，闲着没事，你派我做个帐房，消遣消遣，那就是你的好处了。”阳伯道：“那好办。你快说，有什么好法子呢？”郭掌柜道：“别忙，你瞧菜来了！咱们先吃菜，慢慢儿的讲。”阳伯一抬头，果然仆欧托着两盘汤，几块面包来。安放好了，阳伯又叫仆欧开了一瓶香宾。

郭掌柜一头暾着面包，喝着汤，一头说道：“你别看永丰庄怎么大场面，一天到晚，整千整万的出入，实在也不过东拉西扯，撑着个空架子罢了！遇着一点儿风浪，就挡不住。本来呢，他的架子空也罢，实也罢，不与我们相干。如今他既给我们办了事，答应了这么大的款子，他的架子撑得满，我们的事情就办得完全；倘或他有点破绽，不但他的架子撑不成，只怕连我们的架子都要坍了。这会儿，也没有别的法子，只有大家伙儿帮着他，把这个架子扶稳了才对。要扶稳这个架子，也不是空口说白话做得了的，要紧的就是银子。但是这银子，从那儿来呢？”阳伯道：“说得是，银子那儿来呢？”郭掌柜道：“哈哈，说也不信，天下事真有凑巧，也是你老的运气来了！这会儿天津镇台，不是有个鲁通一鲁军门吗？这个人，你总该知道吧！”阳伯想了想道：“不差，那是淮军里头有名的老将啊！”郭掌柜笑道：“那里是淮军里头有名的老将！光罢是财神手下出色的健将罢！他当了几十年的老营务，别的都不知道，只知道他撑了好几百万的家财。他的主意可很高，有的银子，都存给外国银行里，什么汇丰呀，道胜呀，我们中国号家钱庄，休想摸着他一个边儿。可奇怪，到了今年，忽然变了卦了，要想把银子匀点出来，分存京津各号，特地派他的总管鲁升，带了银子，进京看看风色。这位鲁总管，可巧是我的好朋友。昨日他自己上门来找我，我想这是个好主儿，好好儿恭维他一下。后来讲到存银的事情，我就把永丰荐给他。他说：‘来招揽这买卖的可不少，我们都没答应呢！你不知道我们那里有个老规矩，不论那家，要是成交，我们朋友，都是加一扣头，只要肯出扣头就行。’今天我把这话告诉永丰，谁晓得永丰的当手，倒给我装假，出扣头的存银他不要。我想这事，永丰的关系原小，我们的关系倒大，这扣头不如你暂时先垫一下子，事情就成了。这事一成，永丰就流通了，我们的付款，也就有着了，就有一百个章爵爷，那上海道也不怕跑到那儿去了。你看怎么着，使得吗？”阳伯道：“他带多少银子来呢？存给永丰多少呢？”郭掌柜道：“他带着五六十万呢！我们只要他十万，多也不犯着，你说好不好？”阳伯顿时得意起来道：“好好，再好没有了。事不宜迟，这儿吃完，你就去找那总管说定了。要银子，你到永丰庄，在我旅用的折子上取就得了。”

两人胡乱把点菜吃完，叫仆欧来算了账。正要站起，郭掌柜忽然咦了一声道：“怎么外边已经散了？”阳伯侧耳一听，果然鸦雀无声，伛身凑近风窗向外一望，只见那大餐桌上，还排列着多少咖啡空杯，座位上却没个人影儿。阳伯随手拉开风门道：“我们就打前面走吧！”于是阳伯前行，郭掌柜后跟，闯出厅来，一直的往外跑。不提防一阵嘁嘁喳喳说话声音，发出在那厅东墙角边一张小炕床上，瞥眼看见有两人头接头的紧靠着炕几，一个仿佛是庄稚燕，那一个就是小玉说的章凤孙，见那凤孙手里颤索索的拿着一张纸片儿，递与稚燕。阳伯恐被瞧破，不敢细看，别转头，给郭掌柜一溜烟的溜出那番菜馆来，各自登车，分头干事去了。

拍去了衣上尘土，合掌跪在当地里

如今且按下阳伯,只说那番菜馆外厅上庄稚燕给章凤孙,偷偷摸摸守着黑厅干什么事呢?原来事有凑巧,两间房里的人,做了一条路上的事。那边鱼阳伯与郭掌柜磨拳擦掌的时候,正这边庄稚燕替章凤孙钻天打洞的当儿。看官须知道这章凤孙,是中兴名将前任山东巡抚章一豪的公子,单名一个"谊"字。章一豪在山东任时,早就给他弄了个记名特用道。前年章一豪死了,朝廷眷念功臣,又加恤典,把他原有的一等轻车都尉,改袭了子爵。这章凤孙年不满三十,做了爵爷,已是心满意足,倒也没有别的妄想了。这回三年服满,进京谢恩,因为与庄稚燕是世交兄弟,一到京,就住在他家里,只晓得寻花夕醉,挟弹晨游,过着快乐光阴。当不住稚燕是宦海的神龙,官场的怪杰,看见凤孙门阀又高,资财又广,是个好吃的果儿,一听见上海道出缺的机会,就一心一意调唆凤孙去走连公公的门路。可巧连公公为了余敏的事失败了,憋着一肚子闷气,没得出处,正想在这上海道上找个好主儿,争回这口气来,所以稚燕去一说,就满口担承。彼此讲定了数目,约了日期,就趁稚燕在番菜馆请客这一天,等待客散了,在黑影里开办交涉,却不防冤家路窄,倒被阳伯偷看了去。闲话少表。

当时稚燕乖觉,劈手把凤孙手里拿的纸片夺过来折好,急忙藏在里衣袋里。凤孙道:"这是整整十二万的汇票,全数儿交给你了。可是我要问你一句,到底靠得住靠不住?"稚燕不理他,只望着外面挪嘴儿,半晌又望外张了一张,方低低说道:"你放心,我连夜给你办去。有什么差错,你问我,好不好?"凤孙道:"那么我先回去,在家里等回音。"稚燕点点头,正要说话,蓦地走进一个仆欧说道:"曾侯爷打发管家来说,各位爷都在小玉家里打茶围,请这里两位大人就去。"凤孙一头掀帘望外走,一头说道:"我不去了,你若也不去,替我写个条儿道谢吧!"说毕,自管自的上车回家去了。

不说这里稚燕写谢信,算菜账,尽他做主人的义务。单讲凤孙独自归来,失张失智的走进自己房中,把贴身伏侍的两个家人,打发开了,亲自把房门关上,在枕边慢慢摸出一只紫楠雕花小手箱,只见那箱里头放着个金漆小佛龛,佛龛里坐着一尊羊脂白玉的观世音。你道凤孙百忙里,拿出这个做什么呢?原来凤孙虽说是世间纨袴,却有些佛地根芽，平生别的都不信，只崇拜白衣观世音，所以特地请上等玉工，雕成这尊玉佛，不论到那里，都要带着他走，不论有何事，都要望着他求。只见当时凤孙取了出来，恭恭敬敬，双手捧到靠窗方桌上，居中供了，再从箱里搬出一只宣德铜炉，炷上一枝西藏线香，一本《大悲神咒》，一串菩提念珠，都摆在那玉佛面前。布置好了，自己方退下两步，整一整冠，拍去了衣上尘土，合掌跪在当地里，望上说道："弟子章谊，一心敬礼观世音菩萨。"说罢，匍匐下去，叨叨絮絮了好一会，好像醮台里拜表的法师一般。口中念念有词，足足默祷了半个钟头，方才立起，转身坐在一张大躺椅上，提起念珠，摊开神咒。正想虔诵经文，却不知怎的心上总是七上八下，一会儿神飞色舞，一会儿肉跳心惊，对着经文，一句也念不下去。看看桌上一盏半明不灭的灯儿，被炉里的烟气，一股一股的冲上去，那灯光只是碧沉沉地。侧耳听着窗外静悄悄的没些声息，知道稚燕还没回来！凤孙没法，只得垂头闭目，养了一回神，才觉心地清净点儿。忽听门外帖帖达达飞也似的一阵脚步声，随即发一声狂喊道："凤孙，怎么样？你不信，如今果真放了上海道了！你拿什么谢我？"这话未了，就砌的一响，踢开门，钻将进来。凤孙抬头一看，正是稚燕，心里一慌，倒说不出话来。正是：

富贵百年忙里过，功名一例梦中求。

欲知凤孙得着上海道，到底是真是假，且听下回分解。

第二十三回　天威不测蜚语中词臣　隐恨难平违心驱俊仆

却说凤孙忽听稚燕一路喊将进来，只说他放了上海道，一时心慌，倒说不出话来，呆呆地半晌方道："你别大惊小怪的吓我，说正经，连公公那里，端的怎样？"稚燕道："谁吓你？你不信，看这个！"说着，就怀里掏出个黄面泥板的小本儿。凤孙见是京报，接来只一揭，第一行就写着"苏松太兵备道着章义补授"。凤孙还道是自已眼花，忙把大号墨晶镜望鼻梁上一推，揉一揉眼皮，凑着纸细认，果然仍是"苏松太兵备道着章义补授"十一个字。心中一喜，不免颂了一声佛号，正要向那玉琢观音顶礼一番，却恍恍惚惚就不见了稚燕。抬起头来，却只见左右两旁站着六七个红缨青褂短靴长带的家人，一个托着顶帽，一个捧着翎盒，提着朝珠的，抱着护书的，有替他披褂的，有代他束带的，有一个豁琅琅的摇着静鞭，有一个就向上请了个安，报道："外面伺候已齐，请爵爷立刻上任！"真个是前呼后拥，呵幺喝六，把个朦懂小爵爷，七手八脚的送出门来。

只见门外齐臻臻的排列着红呢伞，金字牌，旗锣轿马，一队一队长蛇似的立等在当街，只等凤孙掀帘进轿。只听如雷价一声呵殿，那一溜排衙，顿时蜿蜿蜒蜒的向前走动。走去的道儿，也辨不清是东是西，只觉得先走的倒都是平如砥直如绳的通衢广陌，一片太阳光，照着马蹄蹴起的香尘，一闪一闪的发出金光。谁知后来忽然转了一个弯，就走进了一条羊肠小径。又走了一程，益发不像，索性只容得一人一骑慢慢的捱上去了，而且曲曲折折，高高低低，一边是恶木凶林，一边是危崖乱石。

凤孙见了这些凶险景象，心中疑惑，暗忖道："我如今到底往那里去呢？记得出门时，有人请我上任，怎么倒走到这荒山野径来呢？”原来此时凤孙早觉得自己身体不在轿中，就是刚才所见的仪仗从人，一霎时也都随着荒烟蔓草，消灭得无影无踪，连放上海道的事情也都忘了一半。独自一个，在这七高八低的小路上，一脚绊一脚的望前走去。正走间，忽然眼前一黑，一阵寒风拂上面来。疾忙抬头一看，只见一座郁郁苍苍的高冈横在面前。凤孙暗喜道：“好了，如今找着了正路了！”

正想寻个上去的路径，才想走近前来，却见那冈子前面，蹲着一对巨大的狮子，张了磨牙吮血的大口，睁了奔霆掣电的双瞳，竖起长鬣，舒开铁爪，只待吃人，在云烟缥渺中也看不清是真是假。再望进去，隐隐约约显出画栋雕梁，长廓石舫，丹楼映日，香阁排云，山径中还时见白鹤文鹿，彩凤金牛，游行自在；但气象虽然庄严，总带些阴森肃杀的样子，好像几百年前的古堡，恐怕冒昧进去，倒要碰着些吃人的虎豹豺狼，迷人的山精木客，反为不美。

凤孙踌躇了一回，忽听各郎各郎一阵马官铃声，从自己路上飞来。就见一匹跳涧爬山的骏马，驮着个扬翎矗顶的贵官，挺着腰，仰着脸儿，得意扬扬的，只顾往前窜。凤孙看着那贵官的面貌，好像在那里见过的，不等他近前，连忙迎上去，拦着马头施礼道：“老兄想也是上冈去的？兄弟正为摸不着头路不敢上去。如今老兄来了，是好极了，总求您携带携带。”那贵官听了，哈哈的笑道：“你要想上那冈子么？你莫非是疯子吧！那道儿谁不知道？如今是走不得的了！你要走道儿，还是跟着我上东边儿去。”说着话，就把鞭儿向东一指，凤孙忙依着他鞭的去向只一望，果然显出一条不广不狭的小径，看那里边，倒是暖日融融，香尘细细，夹岸桃花，烂如云锦，那径口却有一棵夭矫不群的海楠，卓立在万木之上。下面一层层排列着七八棵大树，大约是檀槐杨柳灵杏棠杞等类，无不蟠干梢云，浓阴垂盖，的是一条好路，倒把凤孙看得呆了。正想细问情由，不道那贵官就匆匆的向着凤孙拱了拱手道：“兄弟先偏了！”说罢，提起马头，四蹄翻盏的走进那东路去了。

凤孙这一急，非同小可，拔起脚要追，忽听一阵悠悠扬扬的歌声，从西边一条道儿上梨花林吹来，歌道：

东边一条路，西边一条路；西边梨花东边桃。白的云来红的雨，红白争娇，雨落云飘。东海龙女，偷了千年桃，西池王母，怒挖明珠苗；造化小儿折了腰。君欲东行，休行，我道不如西边儿平！

凤孙寻着歌声，回身西望，才看见径对着东路那一条道儿上，处处夹着梨树，开的花，如云如雪，一白无际，把天上地下罩得密密层层，风也不通。

凤孙正在忖量，那歌声倒越唱越近了，就见有八九个野童儿，头戴遮日帽，身穿背心衣，脚踏无底靴，面上乌墨涂得黑一搭白一搭，一面拍着手，一头唱着歌，穿出梨花林来。一见凤孙，齐连连招手道："来，来，快上西边儿来！"凤孙被这些童儿一唱一招，心里倒没了主意，立在那可东可西的高冈面前，东一张，西一望，发恨道："照这样儿，不如回去吧！"一语未了，不提防西边树林里，陡起了一阵撼天震地的狂风，飞沙走石，直向东边路上刮剌剌的卷去。一会价，就日淡云凄，神号鬼哭起来。远远望去，那先去的骑马官儿，早被风刮得帽飞靴落，人仰马翻。万树桃花，也吹得七零八落，连路口七八株大树，用尽了撑霆喝月的力量，终不敌排山倒海的神威，只抵抗了三分钟工夫，唏唎唿喇倒断了六株。连那海楠和几株可称梁栋之材的都连根带上，飞入云霄，不知飘到那里去了。

这当儿，只听那梨花林边，一个大孩子，领了八九个狂童，欢呼雷动，摇头顿足的喊道："好了！好了！倒了！倒了！"谁知这些童儿不喊犹可，这一喊，顿时把几个乌嘴油脸的小孩，变了一群青面獠牙的妖怪，有的摇着驱山铎，有的拿着迷魂旛，背了骊山老母的剑，佩了九天玄女的符，踏了哪吒太子的风火轮，使了齐天大圣的金箍棒，张着嘴，瞪着眼，耀武扬威，如潮似海的直向凤孙身边扑来。凤孙这一吓，直吓得魂魄飞散，尿屁滚流，不觉狂叫一声："救苦救难观世音菩萨！"

正危急间，忽听面前有人喊道："凤孙休慌，我在这里！"凤孙迷离中抬头一看，仿佛立在面前是一个浑身白衣的老妇人，心里只当是观音显圣来救他的，忙又叫道："菩萨救命呀！"只听那人笑道："什么菩萨？菩萨坐在桌儿上呢！”凤孙被这话一提，心里倒清爽了一半，重又定睛细认了一认，呸！那里是南海白衣观世音，倒是个北京纨袴庄稚燕，嬉着嘴立在他面前。看看自己身体，还坐在佛桌旁的一张大椅上，炉里供的藏香只烧了一寸，高冈飞了，梨花林桃花径迷了，童儿妖怪灭了，窗外半钩斜月，床前一粒残灯，静悄悄一些风声也没有，方晓得刚才闹轰轰的倒是一场大梦。想起刚才自己狼狈的神情，对着稚燕倒有些惶愧，把白日托他到连公公那里谋干的事倒忘怀了，只顾有要没紧的道：“你在那儿乐？这早晚才回来！”

稚燕道：“阿呀呀，这个人可疯了！人家为你的事，脚不着地，跑了一整夜，你倒还乐呀乐呀的挖苦人！”凤孙听了这话，才把番菜馆里，递给他汇票，托他到连公公那里讨准信的一总事，都想起来，不觉心里勃的一跳，忙问道：“事情办妥了没有？”稚燕笑道：“好风凉话儿！天下那儿有这么容易的事儿！我从番菜馆里出来，曾敬华那里这么热闹的窝儿，我也不敢踹，一口气跑上连公公家里，只道约会的事，不会脱卯儿的，谁知道还是扑了一个空。老等了半天，不见回来，问着他们，敢情为了预备老佛爷万寿的事情，内务府来请了去商量，说不定多昝才回家呢！我想横竖事儿早说妥了，只要这边票儿交出去，自然那边官儿送上来，不怕他有红孩儿来抢了唐僧人参果去。你说对不对？”凤孙一听“红孩儿”三个字，不觉把梦中境界，直提起来，一面顺口说道：“这么说，那汇票你仍旧带回来了？”一面呆呆的只管想那梦儿，从那一群小孩变了妖怪，扑上身来想起，直想到自己放了上海道，稚燕踢门狂喊，看看稚燕此时的形状，宛然梦里。忽然暗暗吃惊道：“不好了，我上了小人的当了！照梦详来，小孩者，小人也；变了妖怪，扑上身来，明明说这班小人在那里变着法儿的捉弄我。小径者，小路也，已经有人比我走在头里，我是没路可走的了。若然硬要走，必然惹起风波。”想到这里，猛的又想起梦醒时候，看见一个白衣老妇，不觉恍然大悟道：“这是我一向虔诚供奉了观音，今日特地来托梦点醒我的。罢了！罢了！上海道我决计不要了，倒是十二万的一张汇票，总要想法儿骗回到手才好。”

想了一想，就接着说道：“既然你带回来，很好。那票儿本来差着，你给我改正了再拿去。”稚燕愕然道：“那儿的事？数目对了就得了。”凤孙道：“你不用管。你拿出来，看我改正，你就知道了。”稚燕似信不信的，本不愿意掏出来，到底碍着凤孙是物主儿，不好十分掯着不放，只得慢慢地从靴页里抽出，挪到灯边远远的一照道：“没有错呀！”一语未了，不防被凤孙劈手夺去，就往自己衣袋里一塞。稚燕倒吃了个惊道：“这怎么说？咦，改也不改，索性收起来了！”凤孙笑道：“不瞒稚兄说，票子是没有错，倒是兄弟的主意打错了。如今想过来，不干这事了。稚兄高兴，倒是稚兄去顶替了吧！兄弟是情愿留着这宗银子，去孝敬韩家潭口袋底的哥儿姐儿的了。”稚燕跳起来道：“岂有此理！你这话到底是真话是梦话？你要想想，这上海道的缺，是不容易谋的！连公公的路，是不容易走的！我给你闹神闹鬼，跑了半个多月，这才摸着点边儿，你倒好意思，轻轻松松说不要了。我可没脸去回复人家。你倒把不要的道理说给我听听！”凤孙仍笑嬉嬉的道：“回复不回复，横竖没有我的事，我是打定主意不要的了。”那当儿，一个是斩钉截铁的咬定不要了，一个是面红颈赤的死问他为何不要呢；一个笑眯眯只管赖皮，一个急吽吽无非撒泼。

正闹得没得开交，忽听砰的一声，房门开处，走进一个家人，手里拿着一封电报，走到凤孙身旁道：“这是南边发来给章大人的。”说着，伸手递给凤孙，就回身走了。凤孙忙接来一望，知道是从杭州家里打来的，就吃了一吓，拆开看了看，不觉说声“侥幸”，就手递给稚燕道：“如今不用争吵了，我丁了艰了！”稚燕看着，方晓得凤孙的继母病故，一封报丧的电报。到此地位，也没得说了，把刚才的一团怒火，霎时消灭，倒只好敷衍了几句安慰的套话，问他几时动身。凤孙道：“这里的事情，料理清楚，也得六七天。”当时彼此没兴，各自安歇去了。

从此凤孙每日忙忙碌碌，预备回南的事。到了第五日，就看见京报上，果然上海道放了鱼邦礼，外面就沸沸扬扬议论起来。有的说姓鱼的托了后门估衣铺，走王府的门路的；有的说姓鱼的认得了皇妃的亲戚，在皇上御前保举的。凤孙听了这些话，倒也如风过耳，毫不在意，只管把自己的事，尽着赶办，又歇了一两天，就掩旗息鼓的回南奔丧去了。

单说稚燕替凤孙白忙了半个多月，得了这个结果，大为扫兴。他本愿原想做鱼阳伯的引线的，后来看看鱼阳伯的门第资财气概，都不如章凤孙，所以倒过头来，就搁起阳伯，全力注在凤孙身上。谁知如今阳伯果真得了上海道，自己的好窝儿，反给估衣铺里的郭掌柜占了去，你想他心里怎么不又悔又恨呢！连公公那里，又不敢去回复，只好私下告诉他父亲转说，还求他想个法儿，出出这口恶气。

一日清早，稚燕还没起来，家人来回："老爷上头下来，有事请少爷即刻就去。"稚燕慌忙披衣出房，不及梳洗，一径奔到小燕平常退朝坐起的一间书房内。掀帘进去，满屋静悄悄的，只见两三个家人垂手侍立。小燕正在那里低着头，写一封书信，看见稚燕走来，略一抬眼道："你且坐着，让我把高丽商务总办方安堂的一封要紧信写了再说。"稚燕只得在旁坐了，偷看那封信上写的，全是高丽东学党谋乱的事情。

原来那东学党是高丽国的守旧党，向来专与开化党为仇。他的党魁叫崔时亨，自号纬大夫的，忽然现在在全罗道的古阜地方起事。有众五六万，首蒙白巾，手执黄旗，倡言要驱逐倭夷，扫除权贵。高丽君臣，惶急万状，要借中国护商的靖远兵船，前去助剿。那时驻扎高丽的商务总办，就是方安堂官印叫代胜的，不敢擅主，发电到总理衙门请示。小燕昨日已经会商王大臣，发了许借的回电。现在所写的，不过属他留心观察，随时禀报罢了。

稚燕看着信，随口道："原来高丽反起了乱事了！"小燕道："这回比甲申年金玉均、洪英植的乱事，更要利害，恐怕要求中朝发兵赴援哩！"说着，那信已写好，搁在一边，笑嘻嘻道："叫你不为别的，你知道今天上头出了一件奇事吗？鱼邦礼革职了，倒连累金贵妃、宝贵妃都革了妃号，降做贵人。宝贵妃还脱衣受了七十廷杖。两妃的哥哥致敏，贬谪到边远地方。老佛爷怒的了不得。听说还牵涉到闻韵高太史，只为他是两妃的师傅；幸亏他闻风远避，总算免了。"稚燕半惊半喜的道："爹爹知道这事怎么发作的呢？"小燕道："我也摸不清，不知道老佛爷听了谁的话，忽然从园里回来，一径就到皇妃宫中，拿出一个小拜匣，里头都是些没用的字纸，不知道老佛爷为什么就天威不测起来,只说金、宝两贵妃,近来习尚浮华,屡有乞请,所以立刻下了这道严旨。”

稚燕立起来仰着头道:“原来也有今日!论理这会儿事情闹得也太不像了,总得这位老圣人出来整顿整顿!”说着话,一抬头,忽见一个眉清目秀初交二十岁的俊童,站在他父亲身旁,穿着娃儿脸万字绉纱袍,罩着美人蕉团花绒马褂,额上根青,鬓边发黑,差不多的相公还比不上他娇艳,心想:“我家从没有过这样俊俏童儿。”忽然想起来道:“呀,这是金雯青那里的阿福,怎么到了我家来呢!”稚燕正在上下打量,早被小燕看见,因笑道:“这是雯青那里有名的人儿。你从前给他同路进京,大概总认得吧!如今他在雯青那里歇了出来,还没投着主儿呢!求我赏饭,我可用不着,只好留着等机会荐出去吧!”小燕一面说,一面阿福红着脸,就走到稚燕跟前,请了一个安。小燕忽然向稚燕道:“不差,你给我上金雯青那里去走一趟吧!这几天听说他病又重了,我也没工夫去看他,你替我去走走,礼到就得了。”当时稚燕答应下来,自去预备出门,按下慢表。

如今先要把阿福如何歇出,雯青如何病重的细情,叙述一番,免得读书的说我抛荒本题。原来雯青那日,看张夫人出房后,就叫小丫头把帐子放了,自把被窝蒙了头,只管装睡,并不瞅睬彩云。彩云见雯青颜色不好,也不敢上来兜搭,自在外房,呆呆地坐着嗑瓜子儿。

房里冷清清的无事可说。我却先要说张夫人那日在房时,听了雯青的口气,看了彩云的神情,早就把那事儿瞧破了几分。后来回到自已房中,不消说有那班献殷勤的婆儿姐儿,半真半假的传说,张夫人心里更明白了,料想雯青这回必然要扬铃捣鼓的大闹,所以张夫人身虽在这边,心却在那边,常常听候消息。

谁知道直候到二更以后,雯青那边总是寂无人声,张夫人倒诧异起来,暗道:“难道就这么罢了不成?”忽一念转到雯青新病初愈,感了气,不要有什么反复吗?想到这里,倒不放心起来。那时更深人静,万籁无声,房里也空空洞洞的,老妈儿都去歇息了,小丫头都躲在灯背黑影里去打盹儿。张夫人只得独自个蹑手蹑脚,穿过外套房,来到堂屋。各处灯都灭了,黑设设的好不怕人!张夫人正有些胆怯,想缩

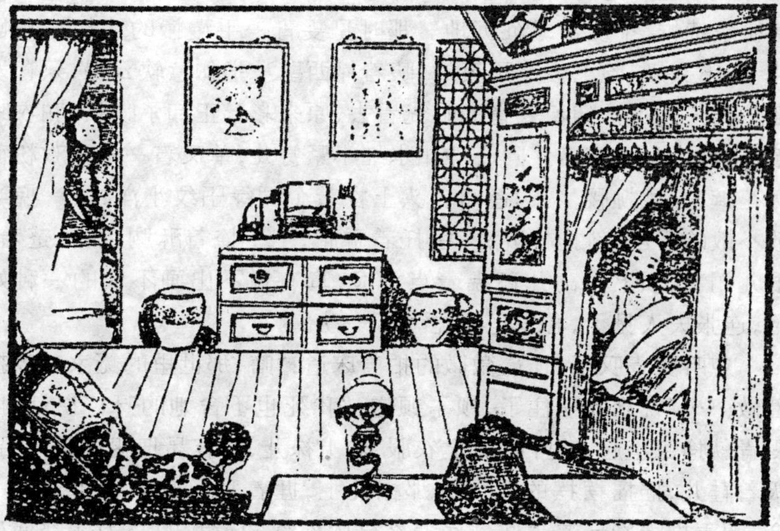

脸上似笑不笑的，睐着靠西壁一张如意软云榻，只管发怔

回来，却望见雯青那边厢房里，一点灯光，窗帘上映出三四个长长短短的人影，接着一阵嘁嘁促促的讲话声音，知道那边老妈丫头，还没睡哩。张夫人趁势三脚两步，跨进雯青外房，径到房门口。正要揭起软帘，忽听雯青床上悉悉索索的响，响过处，就听雯青低低儿的叫了“彩云彩云”两声，并没人答应。

张夫人忖道：“且慢，他们要说话了，我且站着听一听。”这当儿，张夫人靠在门框上，从帘缝里张进去，只见靠床一张鸳鸯戏水的镜台上，摆着一盏二龙抢珠的洋灯，罩着个碧琉璃的灯罩儿，发出光来，映得粉壁锦帷，都变了绿沉沉地。那时见雯青一手慢慢的钩起一角帐儿，伸出头来，脸上似笑不笑的，睐着靠西壁一张如意软云榻，只管发怔。张夫人连忙随着雯青的眼光看去，原来彩云正卸了晚妆，和衣睡着在那里，身上穿着件同心珠扣水红小紧身儿，单叉着一条合欢粉荷洒花裤，一搦柳腰，两钩莲辫。头上枕着个湖绿𠃊纹小洋枕，一挽半散不散的青丝，斜拖枕畔，一手托着香腮，一手掩着酥胸，眉儿蹙着，眼儿闭着，颊上酒窝儿还揾着点泪痕，真有说不出画不像的一种妖艳，连张夫人见了，心里也不觉动了一动。

忽听雯青叹了口气，微微的拍着床道：“嗐，那世里的冤家！我拼着做……”说到此咽住了，顿了顿道：“我死也不舍她的呀！”说话时，雯青就挣身坐起，喘吁吁披上衣服，套上袜儿，好容易把腿挪下床沿，趿着鞋儿，摇摇摆摆的直晃到那榻儿上，捱着彩云身体倒下。好一会，颤声推着彩云道：“你到底怎么样呢？你知道我的心为你都使碎了！你只管装睡，给谁呕气呢？”原来彩云本未睡着，只为雯青不理她，摸不透雯青是何主意，自己怀着鬼胎，只好装睡。后来听见雯青几句情急话，又力疾起来反凑她，不免心肠一软，觉得自己行为太对不住他，一阵心酸，趁着此时雯青一推，就把双手捧了脸，钻到雯青腋下，一言不发，倒呜呜咽咽，哭个不了。

雯青道：“这算什么呢？这件事你到底叫我怎么样办嗄？有这会儿哭的工夫，刚才为什么拿那些没天理的话来顶撞我呢！”说着，也垂下泪来。彩云听了，益发把头贴紧在雯青怀里，哽噎着道：“我只当你从此再不近我身的了，我也拼着把你一天到晚千怜万惜的身儿，由你去割也罢，勒也罢，你就弄死我，我也不敢怨你，我只怨着我死了，再没一个知心着意的人服伺你了！我只恨我一时糊涂，上了人家的当，只当嬉皮赖脸一会儿不要紧，谁知倒害了你一生一世受苦了！这会儿后悔也来不及了！"雯青暎定彩云，紧紧的拉了她手，一手不知不觉的替她拭泪道："你真后悔了么？你要真悔，我就不恨你了。谁没有一时的过失？我倒恨我自己用了这种没良心的人来害你了。这会儿没有别的，好在这事只有你知我知，过几天儿，借着一件事，把那个人打发了就完了。可是你心里要明白，你负了我，我还是这么呕心挖胆的爱你，往后你也该体谅我一点儿了！"

彩云听了这些话，索性撒娇起来，一条粉臂钩住雯青的脖子，仰着脸，三分像哭，二分像笑的道："我的爷，你算白疼了我了！你还不知道你那人的脾气儿，从小只爱玩儿。这会儿闷在家里，自各儿也保不定一时高兴，给人家说着笑着，又该叫你犯疑了！我想倒不如死了，好叫你放心。"雯青道："死呀活的做什么！在家腻烦了，听戏也罢，逛庙也罢，我不来管你就是了。"

雯青说了这话，忽然牙儿作对的打了几个寒噤。彩云道："你怎么了？你瞧！我一不管，你就招了凉了。本来天气怪冷的，你怎么皮袍儿也不披一件就下床来呢！"雯青笑道："就是怕冷，今儿个你肯给我先暖一暖被窝儿吗？"说时，又凑到彩云耳边，低低的不知讲些什么。只见彩云笑了笑，一面连连摇着头坐起来，一面挽上头发道："算了吧，你别作死了！"那当儿，张夫人看了彩云一派狂样儿，雯青一味没气性，倒撇了一肚子的没好气，不耐烦再听那间壁戏了，只得迈步回房，自去安歇。晚景无话。

从此一连三日，雯青病已渐愈，每日起来只在房中与彩云说说笑笑，倒无一毫别的动静。直到第四天早上，张夫人还没起来，就听见雯青出了房门，到外书房会客去了。等到张夫人起来，正在外套房，靠着窗，朝外梳妆，忽见一个小丫头慌慌张张，飞也似的在院子里跑进来。张夫人喝住道："大惊小怪做什么！"那小丫头道："老爷在外书房发脾气哩，连阿福哥都打了嘴巴赶出去了。"张夫人道："知道为什么呢？"小丫头道："听说阿福拿一个西瓜水的料烟壶儿，递给老爷，不知怎么的，说老爷没接好，掉在地上打破了。阿福只道老爷还是往常的好性儿，正弯了腰，低头拾那碎片儿，嘴里倒咕噜道：‘怪可惜的一个好壶儿。’这话未了，不防拍的一响，脸上早着了一个嘴巴。阿福吃一吓，抬起头来，又是一下。这才看见老爷抖索索的指着他骂道：‘没良心的忘八羔！白养活你这么大，不想我心爱的东西，都送在你手里；我再留你，那就不用想有完全的东西了！’阿福吃了打，倒还嘴强说：‘老爷自不防备，砸了倒怪我！’老爷越发拍桌的动怒，立刻要送坊办，还是金升伯伯求下来。这会儿卷铺盖去了。”张夫人听了，情知是那事儿发作了，倒淡淡的道：“走了就完了，嚷什么的！”只管梳洗，也不去管他。一时间，就听雯青出门拜客去了。正是：

宦海波涛蹲百怪，情天云雨证三生。

不知雯青赶去阿福，后事如何？且听下回分解。

第二十四回 愤舆论学士修文 救藩邦名流主战

话说雯青赶出了阿福，自以为去了个花城的强敌，爱河的毒龙，从此彩云必能回首面内，委心帖耳的了，衽席之间，不用力征经营，倒也是一桩快心的事。这日出去，倒安心乐意的办他的官事了。先到龚尚书那里，谢他帕米尔一事维持之恩，又到钱唐卿处，商量写着薛、许两钦差的信。到了第二日，就销假到衙，照常办事。光阴荏苒，倏忽又过了几月。那时帕米尔的事情，杨谊柱也查复进来，知道国界之误，已经几十年，并不始于雯青；又有薛淑云、许祝云在外边，给英俄两政府交涉了一番，终究靠着英国的势力，把国界重新画定，雯青的事，从此也就平静了。

却说有一天，雯青到了总署，也是冤家路窄，不知有一件什么事，给庄小燕忽然意见不合争论起来。争到后来，小燕就对雯青道："雯兄久不来了，不怪于这里公事，有些隔膜了。大凡交涉的事，是瞬息千变的，只看雯兄养疴一个月，国家已经蹙地八百里了。这件事，光罢雯兄就没有知道吧？"雯青一听这话，分明讥诮他，不觉红了脸，一语答不出来。

少时，小燕道："我们别尽论国事了，我倒要请教雯兄一个典故。李玉溪诗道'梁家宅里秦宫入'，兄弟记得秦宫是被梁大将军赶出西第来的，这个入字，好像改做'出'字的妥当。雯兄，你看如何？"说完，只管望着雯青笑。雯青到此，真有些耐不得了，待要发作，又怕蜂虿有毒，惹出祸来，只好纳着头，生生的咽了下来。坐了一会，到底儿坐不住，不免站起来拱了拱手道："我先走了。"说罢回身就往外走，昏昏沉沉，忘了招呼从人。

刚从办事处，走到大堂廊下，忽听有两三个赶车儿的聚在堂下台阶儿上，密密切切说话，一个仿佛是庄小燕的车夫，一个就是自己的车夫。只听自己那车夫道："别再说我们那位姨太太了，真个像馋嘴猫儿似的，贪多嚼不烂，才扔下一个小仔，倒又刮上一个戏子了！"那个车夫问道："又是谁呢？"一个低低的说道："也是有名的角儿，好像叫做孙三儿的。我们那位大人，不晓得前世作了什么孽，碰上这位姨太太。这会儿，天天儿赶着堂会戏，当着千人万人面前，一个在台上，一个在台下，丢眉弄眼，穿梭似的来去，这才叫现世报呢！"

这些车夫，原是无意闲谈，不料一句一句都被雯青听得齐全。此时恍如一个霹雳，从青天里打入顶门，顿时眼前火爆，耳内雷鸣，心里又恨又悔又羞又愤，迷迷糊糊欻的一步跨出门来，睁着眼喝道："你们嚷什么？快给我套车儿回家去！"那班赶车的，本没防雯青此时散衙，倒都吃了一惊。幸亏那一辆油绿围红拖泥的大安车，驾着匹菊花青的高背骡儿，好好儿停在当院里没有卸，五六个前顶后跟的家人，也都闻声赶来。那当儿，赶车的预备了车踏凳，要扶雯青上车，不想雯青只把手在车沿儿上一搭，倏的钻进了车厢，嘴里连喊着"走！走！"不一时，蹄翻轮动，出了衙门，几十只马蹄蹴得烟尘堆乱，直向纱帽胡同而来。

才到门口，雯青一言不发，跳下车来，铁青着脸，直瞪着眼，一口气只望上房跑。几个家人在背后手忙脚乱的还跟不上。金升手里抱着门簿函牍，正想回事，看这光景，倒不敢，缩了回来。雯青一到上房，堂屋里老妈丫头，正乱糟糟嚷做一团，看见主人连跌带撞的进来，背后有个家人只管给她们摇手儿，一个个都吓得往四下里躲着。雯青却一概没有看见，只望着彩云的房门，认了一认，揭起毡帘，直抢入去。

那当儿，彩云恰从城外湖南会馆看了堂会戏回来，卸了浓妆，脱了艳服，正在梳妆台上，支起了金粉镜，重添眉翠，再整鬟云，听见雯青掀帘跨进房来，手里只管调匀脂粉，要往脸上扑，嘴里说道："今儿回来多早呀！别有什么不？"说到这里，才回过头来，忽见雯青已撞到了上回并枕谈心的那张如意软云榻边，却是气色青白，神情恍惚，睁

不料一句一句都被雯青听得齐全

着眼愣愣的直钉在自己身上,顿了半晌,才说道:“你好! 你骗得我好呀!”彩云摸不着头脑,心里一跳,脸上一红,倒也怔住了。正想听雯青的下文,打算支架的话,忽见雯青说罢这两句话,身体一晃,两手一撒,便要往前磕来。

彩云是吃过吓来的人,见势不好,说声:“怎么了,老爷?”抢步过来,拦腰一抱,脱了官帽,禁不住雯青体重,骨碌碌倒金山摧玉柱的两个人一齐滚在榻上。等到那班跟进来的家人,从外套房赶来,雯青早已直挺挺躺好在榻上。彩云喘吁吁腾出身来,在那里老爷老爷的推叫。谁知雯青此时索性闭了眼,呼呼的鼾声大作起来。彩云轻轻摸着雯青头上,原来火辣辣热得烫手,倒也急得哭起来,问着家人们道:“这是怎么说的? 早起好好儿出去,这会儿到底儿打那儿回来,成了这个样儿呢?”家人们笑着道:“老爷今儿的病,多管有些古怪,在衙门里给庄大人谈公事,还是有说有笑的,就从衙内出来,不晓得半路上,听了些什么话,顿时变了,叫奴才们那儿知道呢!”

正说着,只见张夫人也皱着眉,颤巍巍的走进来,问着彩云道:“老爷呢? 怎么又病了! 我真不懂你们是怎么样的了!”彩云低头不语,只好跟着张夫人走到雯青身边,低低道:“老爷发烧哩!”随口又把刚才进房的情形,说了几句。张夫人就坐在榻边儿上,把雯青推了几推,叫了两声,只是不应。张夫人道:“看样儿,来势不轻呢! 难道由着病人睡在榻上不成? 总得想法儿挪到床上去才对!”彩云道:“太太说得是! 可是老爷总叫不醒,怎么好呢?”正为难间,忽听雯青嗽了一声,一翻身就硬挣着要抬起头来。睁开眼,一见彩云,就目不转睛的看她,看得彩云吃吓,不免倒退了几步。忽见雯青手指着墙上挂的一幅德将毛奇的画像道:“那,那,那,你们看一个雄赳赳的外国人,头顶铜兜,身挂勋章,他多管是来抢我彩云的呀!”张夫人忙上前扶了雯青的头,凑着雯青道:“老爷醒醒,我扶你上床去。睡在家里,那儿有外国人!”雯青点点头道:“好了,太太来了! 我把彩云托给你,你给我好好收管住了,别给那些贼人拐了去!”张夫人一面哦哦的答应,一面就趁势托了雯青颈脖,坐了起来,忙给彩云招手道:“你来,你先把老爷的腿挪下榻来,然后我抱着左臂,你扶着右臂,好歹弄到床上去。”彩云正听着雯青的话，有些胆怯，忽听张夫人又叫她，磨撑了一会，没奈何，只得硬着头皮走上来，帮着张夫人半拖半抱，把雯青扶下地来，站直了，卸去袍褂，慢慢地一步晃一步的，迈到了床边儿上。

此时雯青并不直视彩云，倒伸着头东张西望，好像要找一件东西似的。一时间眼光溜到床前镜台上，摆设的一只八音琴，就看住了。原来那八音琴，与寻常不同，是雯青从德国带回来的，外面看着，是一只火轮船的雏形，里面机括，却包含着无数音谱，开了机关，放在水面上，就会一面启轮，一面奏乐的。不想雯青怔了一会，喊道："啊呀，不好了！萨克森船上的质克，驾着大火轮，又要来给彩云寄什么信了！太太，这个外国人贼头鬼脑，我总疑着他。我告你，防着点儿，别叫他上我门！"雯青这句话，把张夫人倒蒙住了，顺口道："你放心，有我呢，谁敢来！"彩云却一阵心慌，一松手，几乎把雯青放了一交。张夫人看了彩云一眼道："你怎么的？"于是妻妾两人，轻轻的把雯青放平在床上，垫平了枕，盖严了被。张夫人已经累得面红气促，斜靠在床阑上。彩云刚刚跨下床来，忽见雯青脸色一红，双眉直竖，满面怒容，两只手只管望空乱抓。张夫人倒吃一吓道："老爷要拿什么？"雯青睁着眼道："阿福这狗才，今儿我抓住了，一定要打死他！"张夫人道："你怎么忘了？阿福早给你赶出去了！"雯青道："我明明看见他笑嬉嬉，手里还拿了彩云的一支钻石莲蓬簪，一闪就闪到床背后去了。"张夫人道："没有的事，那簪儿好好儿插在彩云头上呢！"雯青道："太太你那里知道？那簪儿是一对儿呢，花了五千马克，在德国买来的。你不见如今只剩了一支了吗？这一支，保不定明儿还要落到戏子手里去呢！"说罢，嗐了一声。

张夫人听到这些话，无言可答，就揭起了半角帐儿，望着彩云，只见彩云倒躲在墙边一张躺椅上，低头弄着手帕儿。张夫人不免有气，就喊道："彩云！你听老爷尽说胡话，我又搅不清你们那些故事儿，还是你来对答两句，倒怕要清醒些哩！"彩云半抬身挪步前行，说道："老爷今天七搭八搭，不知道说些什么，别说太太不懂，连我也不明白，倒怪怕的。"说时已到床前，钻进帐来，刚与雯青打个照面。谁知这个照面不打，倒也罢了，这一照面，顿时雯青鼻扇唇动，一手颤索索拉了张夫人的袖，一手指着彩云道："这是谁?"张夫人道："是彩云呀！怎么也不认得了?"雯青咽着嗓子道："你别冤我，那里是彩云？这个人明明是赠我盘费进京赶考的那个烟台妓女梁新燕。我不该中了状元，就背了旧约，送她五百银子，赶走她的。"说到此，咽住了，倒只管紧靠了张夫人道："你救我呀！我当时只为了怕人耻笑，想不到她竟会吊死。她是来报仇！"一言未了，眼睛往上一翻，两脚往上一伸，一口气接不上，就厥了过去。张夫人和彩云一见这光景，顿时吓做一团。满房的老妈丫头，也都乌飞鹊乱起来，喊的喊，拍的拍，握头发的，掐人中的，闹了一个时辰，才算回了过来。寒热越发重了，神智越发昏了，直到天黑，也没有清楚一刻。张夫人知道这病利害，忙叫金升拿片子去请陆大人来看脉。

原来菶如这几年，在京没事，倒很研究了些医学，读几句《汤头歌诀》，看两卷《本草从新》，有时碰上些儿不死不活的病症，也要开个把半凉半热的方儿，虽不能说卢扁重生，和缓再世，倒也平正通达，死不担差，所以满京城的王公大人，都相信他，不称他名殿撰，倒叫他名太医了。就是雯青家里，一年到头，上下多少人，七病八痛，都是他包圆儿的，何况此时是雯青自己生病呢！本是个管鲍旧交，又结了朱陈新好，一得了信息，不用说车不俟驾的奔来。听几句张夫人说来的病源，看一回雯青发现的气色，一切脉，就摇头说不好。这是伤寒重症，还夹着气郁房劳，倒有些棘手。少不得尽着平生的本事，连底儿掏摸出来，足足磋磨了一个更次，才把那张方儿的君臣佐使配搭好了，交给张夫人，再三嘱咐，必要浓煎多服。菶如自以为用了背城借一的力量，必然有旋乾转坤的功劳，谁知一帖不灵，两帖更凶，到了第三日，爽性药都不能吃了，等到小燕叫稚燕来看雯青，却已到了香迷铜雀，雨送文鸳的时候。

那时雯青的至好龚和甫、钱唐卿，都聚在那里，帮着菶如，商量医药。稚燕走进来，彼此见了。稚燕就顺口荐了个外国医生，和甫唐卿，倒都极口赞成，劝菶如立刻去延请。菶如摇着头道："我记得从前曾小侯信奉西医，后来生了伤寒症，发热时候，西医叫预备五六个冰桶围绕他，还搁一块冰在胸口，要赶退他的热，谁知热可退了，气却断了。这事我可不敢作主，请不请，去问雯青夫人吧！”和甫、唐卿，还想说话，忽听见里面一片哭声，沸腾起来，却把个文园病渴的马相如，竟做了玉楼赴召的李长吉了。稚燕趁着他们扰乱的时候，也就溜之大吉。倒是龚和甫、钱唐卿，究竟与雯青道义之交，肝胆相托，竟与荸如同做了托孤寄命的至友，每日从公之余，彼来此往，帮着荸如料理雯青的后事。一面劝慰张夫人，安顿彩云；一面发电苏州，去叫雯青的长子金继元到京，奔丧成服。后来发讣开丧，倒也异常热闹。

开丧之后，过了些时，龚和甫、钱唐卿正和荸如商量，想劝张夫人全家回南，还未议决，谁知那时中国外交上恰正起了一个绝大的风波，龚、钱两人，也就无暇来管这些事了。就是做书的也顾不得来叙这些事了。

你道那风波是怎么起的？原来就为朝鲜东学党的乱事，闹得大起来，果然朝王到我国来请兵救援，我国因朝鲜是数百年极恭顺的藩属，况甲申年金玉均、洪英植的乱事，也靠着天兵，戡平祸乱的。这回来请兵，也就按着故事，叫北洋大臣威毅伯先派了总兵鲁通一统了盛军马步三千，提督言紫朝领了淮军一千五百人，前去救援。不料日本听见我国派兵，借口那回天津的攻守同盟条约，也派大鸟介圭带兵径赴汉城。后来党匪略平，我国请其撤兵，日本不但不撤兵，反不认朝鲜为我国藩属，又约我国协力干预他的内政。我国严词驳斥了几回，日本就日日遣兵调将，势将与我国决裂。那时威毅伯虽然续派了马裕坤带了毅军，左伯圭统了奉军，由陆路渡鸭绿江到平壤设防，还是老成持重，不肯轻启兵端，请了英、俄、法、德各国出来，竭力调停，口舌焦敝，函电交驰。别的不论，只看北洋总督署给北京总理衙门往来的电报，少说一日中也有百来封。不料议论愈多，要挟愈甚，要害坐失，兵气不扬。这个风声，传到京来，人人义愤填胸，个个忠肝裂血，朝励枕戈之志，野闻同袍之歌，不论茶坊酒肆，巷尾街头，一片声的喊道：“战呀！开战呀！给倭子开战呀！”

谁知就在这一片轰轰烈烈的开战声中，倒有两个潇潇洒洒的出奇人物，冒了炎风烈日，带了砚匣笔床，特地跑到后载门外的十刹海荷花荡畔，一座酒楼上，凭阑寄傲，把盏论文，你道奇也不奇？

那当儿,一轮日大如盘,万顷花开似锦,隐隐约约的是西山岚翠,缥缥渺渺的是紫禁风烟,都趁着一阵熏风,向那酒楼扑来。看那酒楼,却开着六扇玻璃文窗,护着一桁冰纹画槛。靠那槛边,摆着个湘妃竹的小桌儿。桌上罗列些瓜果蔬菜,茶具酒壶,破砚残笺,断墨秃笔,也七横八竖的,抛在一旁。桌左边坐着个丰肌雄干,眉目开张,岸然不愧伟丈夫,却赤着膊,将辫子盘在头顶,打着一个椎结。右边那个,却是气凝骨重,顾视清高,眉宇之间,盎然秋色,身穿紫葛衫,手摇雕翎扇。你道这两个人,到底是谁?原来倒是书中极熟的人儿,左边的就是有名太史闻韵高,右边的却是新点状元章直蜚。

两人酒酣耳热,接膝谈心,把个看花饮酒的游观场,当了运筹决策的机密室了。只见闻韵高眉一扬,鼻一掀,一手拿着一海碗的酒,望喉中直倒,一手把桌儿一拍,含胡的道:"大事去了,大事去了!听说朝王虏了,朝妃囚了,牙山开了战了!威毅伯还在梦里,要等英俄公使调停的消息哩!照这样因循坐误,无怪有名的御史韩以高约会了全台,在宣武门外松筠庵开会,提议参劾哩!前儿庄焕英爽性领了日本公使小村寿太郎觐见起来,当着皇上,说了多少放肆的话。我倒不责备庄焕英那班媚外的人,我就不懂我们那位龚老师,身为辅弼,听见这些事,也不阻当,也没决断!我昨日谒见时,空费了无数的唇舌,难道老夫子心中,'和战'两字,还没有拿稳吗?"章直蜚仰头微笑道:"大概摸着些边儿了,拿稳我还不敢说。我问你,昨儿你到底说了些什么?"

韵高道:"你问我说的吗?我说日本想给我国开战,并非临时起意的,其中倒有四个原因:甲申一回,李应昰被我国虏来,日本不能得志,这是想雪旧怨的原因;朝鲜通商,中国掌了海关,日廷无利可图,这是想夺实利的原因;前者王太妃薨逝,我朝遣使致唁,朝鲜执礼甚恭,日使相形见绌,这是想争虚文的原因;金玉均久受日本庇护,今死在中华,又戮了尸,大削日本的体面,这是想洗前羞的原因。攒积这四原因,酝酿了数十年,到了今日,不过借着朝鲜的内乱,中国的派兵,做个题目,发泄出来。饿虎思斗,夜狼自雄,我国若不大张挞伐,一奋神威,靠着各国的空文劝阻,他那里肯甘心就范呢!多一日迟疑,便失一天机会,不要弄到他倒着着争先,我竟步步落后,那时悔之晚矣!我说的就是这些话,你看怎么样?"

直蜚点点头道:"你的议论,透辟极了。我也想我国自法越战争以来,究竟镇南的小胜,不敌马尾的大败,国威久替,外侮丛生,我倒常怕英、俄、法、德各大国,不论那一国来尝试尝试,都是不了的。不料如今首先发难的,倒是区区岛国。虽说几年来变法自强,蒸蒸日上,到底幅员不广,财力无多。他既要来螳臂当车,我何妨去全狮搏兔,给他一个下马威。也可发表我国的兵力,叫别国从此不敢正视。这是对外的情形,固利于速战。何况中国正办海军。上回南北会操时候,威毅伯的奏报,也算得铺张扬厉了,但只是操演的虚文,并未经战斗的实验。即旗绿淮湘,陆路各军,自从平了发逆,也闲散久了,恐承平无事,士不知兵,正好趁着这番大战他一场,借硝烟弹雨之场,寓秋狝春苗之意,一旦烽烟有警,鼙鼓不惊。这是对内说,也不可不开战了。我今早就把这两层意思,在龚老师处递了一个手折。不瞒你说,老师现在是排斥众议,力持主战的了。听说高理惺中堂、钱唐卿侍郎,亦都持战论。你看不日就有宣战的明文了。你有条陈,快些趁此时上吧!"

韵高忙站起来,满满的斟了一大杯酒道:"得此喜信,胜听挞音,当浮一大白!"于是一口气喝了酒,抓了一把鲜莲子过了口,朗吟道:"东海湄,扶桑涘,欲往从之多蛇豕!乘风破浪从此始。"直蜚道:"壮哉,韵高!你竟想投笔从戎吗?"韵高笑道:"非也,我今天做了一篇请征倭的折子,想立刻递奏的,恐怕单衔独奏,太觉势孤,特地请你到这里来,商酌商酌,会衔同奏何如?"说着就从桌上乱纸堆中,抽出一个折稿子,递给直蜚。直蜚一眼就见上面贴着一条红签儿,写着事由道:"奏为请饬海军,速整舰队游弋日本洋,择要施攻,以张国威而伸天讨事。"直蜚看了一遍,拍案道:"此上策也!不入虎穴,焉得虎子?就怕海军提督胆小如鼠,到弄得画虎不成反类狗耳!"说着,就从衣袋里掏出一张白纸条儿,给韵高看道:"你只看威毅伯寄丁雨汀的电报,真叫人又好气又好笑哩!"韵高接着看时,只见纸上写着道:

复丁提督:牙山并不在汉口内口,汝地图未看明,大队到彼,倭未必即开仗！夜间若不酣睡，彼未必即能暗算，所谓人有七分怕鬼也。言紫朝在牙，尚能自固，暂用不着汝大队去；将来俄拟派兵船，届时或令汝随同观战，稍壮胆气。

韵高看罢，大笑道："这必然是威毅伯檄调海军赴朝鲜海面，为牙山接应，丁雨汀不敢出头，反饰词慎防日军暗袭，电商北洋，所以威毅伯有这复电，也算得善戏谑兮的了！传之千古，倒是一则绝好笑史。不过我想把国家数万里海权，付之若辈庸奴，一旦偾事，威毅伯的任用匪人，也就罪无可逭了。"直蜚道："我听说湘抚何太真，前日致书北洋，慷慨请行，愿分战舰队一队，身任司令，要仿杜元凯楼船直下江南故事。威毅伯得书，哈哈大笑，致之不复。我看何珏斋虽系书生，然气旺胆壮，大有口吞东海之概，真派他统率海军，或者能建奇功，也未可知。"

两人一面饮酒议论，一面把那征倭的疏稿，反反复复看了几遍，直蜚提起笔来，斟酌了几个字，署好了衔名，说道："我想先带这疏稿，送给龚老师看了，再递何如？"韵高想了想，还未回答，忽听楼上一阵脚步声，随后就见一个人，满头是汗，气吁吁的掀帘进来，向着直蜚道："老爷原来在这里。即刻龚大人打发人来，告诉老爷，说日本给我国已经开战了，载兵去的英国高升轮船，已经击沉了，牙山大营也打了败仗了。龚大人和高扬藻高尚书忧急得了不得，现在都在龚府，说有要事要请老爷去商量哩。"两人听了都吃了一惊，连忙收起了折稿，付了酒钱，一同跑下楼，跳上车儿，直向龚尚书府第而来。正是：

半夜文星惊黯淡，一轮旭日照元黄。

不知龚尚书来招章直蜚有何要事？且听下回分解。

第二十五回　疑梦疑真司农访鹤　七擒七纵巡抚吹牛

话说章直蜚和闻韵高两人出了十刹海酒楼，同上了车，一路向东城而来。才过了东单牌楼，下了甬道，正想进二条胡同的口子，韵高的车走的快，忽望见口子边，团团围着一群人，都仰着头向墙上看。只认做官厅的告示，不经意的微微回着头，陡觉得那告示有些特别，不是楷书，是隶书，忙叫赶车儿勒住车缰，定睛一认，只见那纸上横写着四个大字："失鹤零丁"，而且写得奇古朴茂，不是龚尚书，谁写得出这一笔好字！疾忙跳下车来，恰好直蜚的车也赶到。直蜚半揭着车帘喊道："韵高兄，你下车做什么？"韵高招手道："你快下来，看龚老夫子的妙文！"真的直蜚也下了车，两人一同挤到人堆里，抬头细看那墙上的白纸，写着道：

> 敬白诸君行路者：敢告我昨得奇梦，梦见东天起长虹，长虹绕屋变黑蛇，口吞我鹤甘如蔗，醒来风狂吼猛虎，鹤篱吹倒鹤飞去。失鹤应梦疑不祥，凝望辽东心惨伤！诸君如能代寻访，访着我当赠金偿！请为诸君说鹤状：我鹤翩跹白逾雪，玄裳丹顶脚三节。请复重陈其身躯：比天鹅略大，比鸵鸟不如，立时连头三尺余。请复重陈其神气：昂头侧目睨云际，俯视群鸡如蚂蚁，九皋清唳触天忌。诸君如能还我鹤，白金十两无扣剥；倘若知风报信者，半数相酬休嫌薄。

韵高道："好一篇模仿后汉戴文让的《失父零丁》！不但字写得好，文章也做得古拙有趣。"直蜚道："龚老夫子不常写隶书，写出来倒是梁鹄派的纵姿崛强，不似中郎派的雍容俯仰，真是字如其人。"韵高叹道："当此内忧外患，接踵而来，老夫子系天下人望，我倒可惜他多此一段闲情逸致!”

两人你一句我一句的议论着,不自觉的已走进胡同口。韵高道:“我们索性步行吧!”不一会,已到了龚府前,家人投了帖,早有个老门公把两人一直领到花园里。

直蜚留心看那园庭里的鹤亭,是新近修编,扩大了些,亭里却剩下一只孤鹤。那四面厅上,窗槅全行卸去,挂了四扇晶莹夺目的穿珠帘,映着晚霞,一闪一闪的晕成虹彩。龚尚书已笑着迎上来道:“韵高也同来,好极了!你们在那里碰见的?我和理惺中堂正有事和两位商量哩!”那时望见高理惺丰颐广颡,飘着花白的修髯,身穿葛纱淡黄袍,腰系汉玉带钩,挂着刻丝佩件,正在西首一张桌上,坐着吃点心,也半抠身的招呼着,问吃过点心没有?直蜚道:“门生和韵高兄都在十刹海酒楼上痛饮过了。韵高有一个请海军游弋日本洋的折稿,和门生商量会衔同递,恰遇着龚老师派人来邀,晓得老师也在这里,所以拉了韵高一块儿来。门生想日本既已毁船接仗,是衅非我开,朝廷为什么还不下宣战的诏书呢?”

龚尚书道:“我和高中堂自奉派会议朝鲜交涉事后,天天到军机处。今天小燕报告了牙山炮毁运船的消息,我和高中堂都主张明发宣战谕旨,却被景亲王和祖荪山挡住,说威毅伯有电,要等英使欧格纳调停的回信,这有什么法子呢!”韵高愤然道:“这一次大局,全坏在威毅伯倚仗外人,名为持重,实是失机。外人各有所为,那里靠得住呢!”高中堂道:“贤弟所论,我们何尝不知!但目前朝政,迥不如十年前了!外有枢臣把持,内有权珰播弄,威毅伯又刚愎骄纵如此,而且宫闱内讧,日甚一日。这回我和龚尚书奉派会议,太后还传谕,叫我们整顿精神,不要再像前次办理失当。咳!我看这回的军事,一定要糟。不是我迷信灾祥,你想,二月初一日中的黄晕,前日打坏宫门的大风,雨中下降的沙弹,陶然亭的地鸣,若汇集了编起《五行志》来,都是非常的灾异。把人事天变,参合起来,只怕国运要从此大变。”

龚尚书忽然蹙着眉头叹道:“被理翁一提,我倒想起前天的奇梦来了!我从八瀛故后,本做过一个很古怪的梦。梦见一个白须老人,在一座石楼梯上,领我走下一道很深的地道。地道尽处,豁然开朗,倒进了一间似庙宇式的正殿。看那正殿里,居中挂着一盏琉璃长明灯,上面供着个高大的朱漆神龛,龛里塑着三尊神像。中坐的是面目轩露,头戴幞头,身穿仿佛武梁祠画像的古衣服,左手里握着个大龟,面目活像八瀛;上首一个,披着一件袈裟似的长衣,身旁站着一只白鹤;下首一个,怀中抱一个猴子,满身花绣,可不是我们穿的蟒袍,却都把红巾蒙了脸,看不清楚。我问白须老人:'这是什么神像?'那老人只对我笑,老不开口。我做这梦时,只当是思念故友,偶然凑合,谁知一梦再梦,不知做了多少次,总是一般。这已经够希奇了!不想前天,我又做了个更奇的梦。我入梦时,好像正当午后,一轮斜日,沉在惨淡的暮云里,忽见东天,又升起一个光轮,红得和晓日一般。倏忽间,那光轮中,发出一声怪响,顿时化成数百丈长虹,长蛇似的围绕了我屋宇。我吃一吓,定睛细认,那里是长虹,红的忽变了黑,长虹变了大蟒,屋宇变了那三尊神像的正殿。那大蟒伸进头来,张开大口,把那上首神像身边的白鹤,生生吞下肚去。我狂喊一声,猛的醒来,才知道是一场午梦,耳中只听得排山倒海的风声,园中树木的摧折声,门窗砰硼的开关声。恰好我的侄孙弓夫和珠哥儿,他们父子俩踉跄的奔进来,嘴里喊着:'今天好大风,把鹤亭吹坏,一只鹤向南飞去了!'我听了这话,心里觉得梦兆不祥,也和理翁的见解一样,大有风声鹤唳,草木皆兵之感。后来弓夫见我不快,只道是为了失鹤,就说:'飞去的鹤,大概不会过远,我们何妨出个招贴,悬赏访求。'我便不由自主的提起笔来,仿戴良《失父零丁》,做了一篇《失鹤零丁》。写了几张八分书的零丁,叫拿去贴在街头巷口。贤弟们在路上,大概总看见过罢?贤弟们要知道,这篇小品文字,虽是戏墨,却不是蒙庄的《逍遥游》,倒是韩非的《孤愤》!"

直蜚正色道:"两位老师差了!两位老师是朝廷柱石,苍生霖雨,现在一个谈灾变,一个说梦占,这些颓唐愤慨的议论,该是不得志的文士,在草庐吟啸中发的。身为台辅,手执斧柯,像两位老师一样,怎么好说这样咨嗟叹息的风凉话呢!依门生愚见,国事越是艰难,越要打起全副精神,挽救这个危局。第一不讲空言,要定办法。"高中堂笑道："贤弟责备得不差，但一说到办法，就是难乎其难。韵高请饬海军游弋日本洋，这到底是空谈，还是办法呢？"韵高道："门生这个折稿，是未闻牙山消息以前做的，现在本不适用了。目前替两位老师画策，门生倒有几个扼要的办法。"

龚尚书道："我们请两位来，为的是要商定一个入手的办法。"韵高道："门生的办法，一、宣示宗旨：照眼下形势，没有讲和的余地了，只有赶速明降宣战谕旨，布告中外，不要再上威毅伯的当。二、更定首辅：近来枢府疲玩已极，若仍靠着景王和祖荪山的阿私固宠，庄庆藩的龙钟衰迈，格拉和博的颟顸庸懦，如何能应付这种非常之事？不如仍请敬王出来，做个领袖，两位老师，也该当仁不让，恢复光绪十年前的局面。三、慎选主帅：前敌陆军鲁言马左，各自为主，差不多有将无帅，必须另简资深望重的宿将，如刘益焜、刘瞻民等。海军提督丁雨汀，坐视牙危，畏葸纵敌，极应查办更换。"直蜚抢说道："门生还要参加些意见：此时最要的内政，还有停止万寿的点景，驱除弄权的内监，调和两宫的意见。军事方面，不要专靠淮军，该参用湘军的将领。陆军统帅，最好就派刘益焜。海军必要个有胆识不怕死的人，何太真既然自告奋勇，何妨利用他的朝气！彭刚直初出来时，并非水师出身，也是个倔强书呆……"

正说到这里，家人通报钱大人端敏来见。龚尚书刚说声"请"，唐卿已抢步上厅，见了龚尚书和高中堂，又和章、闻二人彼此招呼了，就坐下，便开口道："刚才接到珏斋由湘来电，听见牙山消息，愤激得了不得，情愿牺牲生命，坚请分统海军舰队，直捣东京。倘这层做不到，便自率湘军出关，独当陆路。恐怕枢廷有意阻挠，托我求中堂和老师玉成其志，否则他便自己北来。现在电奏还没发，专候复电。我知道中堂也在这里，所以特地赶来相商。"

龚尚书微笑道："珏斋可称戆冠一时。直蜚正在这里保他统率海军，不想他已急不可待了！"高中堂道："威毅伯始终回护丁雨汀，枢廷也非常左袒，海军换人，目前万办不到。"龚尚书道："接统海军虽然一时办不到，唐卿可以先复一电，阻他北来。电奏请他尽管发。他这一片舍易就难，忠诚勇敢的心肠，实在令人敬佩，无论如何，我们定要叫他们不虚所望。理翁以为如何？”高中堂点头称是。当时大家又把刚才商量的话，一一告诉了唐卿，唐卿也很赞成闻、章的办法。彼此再细细计议了一番，总算把应付时局的大纲决定了。唐卿也就在龚尚书那里拟好了复电，叫人送到电局拍发。谈了一回闲话，各自散了。

你道珏斋为何安安稳稳的抚台不要做，要告奋勇，去打仗呢？虽出于书生投笔从戎的素志，然在发端的时候，还有一段小小的考古轶史，可以顺便说一下。

珏斋本是光绪初元清流党里一个重要人物，和庄仑樵、庄寿香、祝宝廷辈，都是人间麟凤，台阁鹰鹯。珏斋尤其生就一付绝顶聪明的头脑，带些好高骛远的性情，恨不得把古往今来名人的学问事业，被他一个人做尽了才称心。金石书画，固是他的生平嗜好，也是他的独擅胜场，但他那里肯这么小就呢！讲心性，说知行，自命陆、王不及；补大籀，考古器，居然薛、阮复生！山西办赈，郑州治河，鸿儒变了名臣；吉林划界，北洋佐军，翰苑遂兼戎幕。本来法越启衅时节，京朝士大夫，企慕曾、左功业，人人欢喜纸上谈兵，成了一时风尚，珏斋尤为高兴。朝廷也很信任文臣，所以庄仑樵派了帮办福建海疆事宜，珏斋也派了帮办北洋事宜。后来仑樵失败，受了严谴，珏斋却只出使了一次朝鲜，办结了甲申金玉均一案，又会同威毅伯和日本伊藤博文定了出兵朝鲜彼此知会的条约，总算一帆风顺，文武全才的金字招牌，还高高挂着。做了几章《孙子十家疏》，刻了一篇《枪炮准头说》，天下仰望丰采的，谁不道是江左夷吾、东山谢傅呢！直到放了湘抚，一到任，便勤政爱民，孜孜不倦。一方面提倡风雅，幕府中罗致了不少的名下士，就是同乡中稍有一才一艺的，如编修汪子升、中书洪英石、河南知县鲁师留，连着画家廉菉夫、骨董掮客余汉青，都追随而来，济济跄跄，极一时之盛。一方面联络湘军宿将，如韦广涛、季九光等，又引俞虎丞做了心腹，预备一朝边陲有事，替国家出一身汗血，仿裴岑纪功、窦宪勒铭的故事，使威扬域外，功盖曾、胡，这才志得意满哩。

恰好中日交涉事起，北洋着着退让，舆论激昂。有一天，公余无事，珏斋正邀集了幕中同乡，在衙斋小宴。浏览了一回书画，摩挲了几件鼎彝，忽然论到日本朝鲜的事，珏斋道："那年天津定约，我也是全权大臣之一。条约只有三款，第二款两国派兵交互知会这一条，如今想来，真是大错特错！若没这条，此时日本如何能借口派兵呢！我既经参与，不曾纠正，真是件疚心的事！如果日本和我们真的开衅，我只有投袂而起，效死疆场，赎我的前愆了！"汪子升道："老帅的话，不免自责过严了！日本此时的蛮横，实是看破了我国势的衰落，朝政的纷歧，起了轻侮之意，便想借此机会，一试他新军的战术。兵的派不派，全不系乎条约的有无。就算条约有关，定约究是威毅伯的主裁，老帅何独任其咎！兵凶战危，未可轻以身试！"洪英石、鲁师曾也附和着说了几句不犯着出位冒险的话。珏斋哈哈大笑道："你们倒这样替我胆小！那么叫我一辈子埋在书画骨董里，不许苏州再出个陆伯言吗？"

正说得高兴，忽见余汉青手里捧着个古锦的小方匣，得意扬扬的走进来，嘴里喊道："我今天替老帅找到一件宝贝，不但东西真，而且兆头好。老帅要看，必要先喝了一杯贺酒。"珏斋笑道："你别先吹，只怕是马蹄烧饼印的古钱，我可不是潘八瀛，不上你骨董鬼的当，看了再说。"汉青道："冤屈死人了！这是个流传有绪的真汉印，是人家祖传不肯出卖的，我好容易托了许多人，出了二百两湘平银，才挖了出来。还有附着一本名人题识的册页，明天再补送来。老帅你自己瞧吧。"说时双手递上去。

珏斋接了，揭开盖来，只见一个一寸见方，背上镂着个伏虎纽的汉铜印，制作极精。翻过正面，刻着"度辽将军"四个奇古的缪篆，不觉喜形于色，忙擎起一杯才斟满的酒，一饮而尽，拍着桌子道："此印正合孤意！度者，古通渡，要渡非舰不可，我意决矣！"连喊"快拿纸笔来"，倒弄得大家相顾诧异。家人送上一枝蘸满墨水的笔，珏斋提笔，在纸上挥洒自如的写了一百多字。大家方看清是打给北洋威毅伯的电报，大意主张和日本开战，自己愿分领海军一舰队，以充前驱。写完，加上"速发"两字，随手交给家人送电报处去发了，大家便不敢再劝。这便是珏斋请告奋勇最初的动机。

不想这个电报发去后，好像石沉大海，消息杳然，倒是两国交涉破裂的消息，一天紧似一天。高升运船击沉了，牙山不守，成欢打败，不好的警信，雪片似的飞来，统帅言紫朝还在那里揑报胜仗，邀朝廷二万两的奖赏，将弁数十人的奖叙。珏斋不禁义愤填膺，自己办了个长电奏，力请宣战，并且请帮办海军，兼募湘勇，水陆并进，身临前敌，立待要发，被鲁师留拦住，劝他先电唐卿，一探龚、高两尚书的意旨如何，再发也不为迟。珏斋听了有理，所以有唐卿这番的洽商。唐卿的电复，差不多当夜就接到。珏斋看了，很觉满意，把电奏又修改了些，添保了几个湘军宿将韦广涛、季九光、柳书元等，索性把俞虎丞也加入了。发电后，就唤了俞虎丞来，限他一个月内，募足湘勇八营做亲军，又吩咐修整枪械，勤速操练，又把生平得意的《枪炮准头练习法》，印刷了数千本，发给各营将领实习，又召集了司道府县，筹议服装饷糈，并结束许多未了的公事，足足忙了一个多月。

那时，与日本宣战的明谕早发布了，日公使匡次芳也下旗回国了。陆军方面，言鲁马左四路人马，在平壤和日军第一次正式开战，被日军杀得辙乱旗靡，只有左伯圭在玄武门死守血战，中弹阵亡；海军方面，丁雨汀领了定远、镇远、致远等十一舰，和日海军十二舰在大东沟大战，又被日军打得落花流水，沉了五舰，只有致远管带邓士昶血战弹尽，猛扑敌舰，误中鱼雷，投海而死。朝旨把言、鲁逮问，丁雨汀革职戴罪自效，威毅伯也拔去三眼花翎，褫去黄马褂，起用了老敬王会办军务，添派宋钦领毅军，刘成佑领铭军，依唐阿领镇边军，都命开赴九连城。大局颇有岌岌可危的现象。

同时珏斋也迭奉电旨，申饬他的率请帮办海军，却准他募足湘军二十营，除俞虎丞八营本属亲军外，韦广涛六营，柳书元六营，也都归节制，命他即日准备，开赴关外。好在珏斋布置早已就绪，军士操演亦渐纯熟，一奉旨意，一面饬令俞虎丞星夜整装，逐批开拔；一面自己把抚署的事部署停当，便带了一班亲信的幕僚，随后启行，先到天津。一来和威毅伯商购精枪快炮，二来和户部筹拨饷款。谁知到了天津，发生了许多困难，定购的枪炮，一时也到不了手。光阴如驶，忙忙碌碌中,不觉徊翔了三个多月,时局益发不堪了。自九连城挫败后,日兵长驱直入,连破了凤凰岫严,直到海城,旅顺、威海卫也相继失守,弄得陵寝震惊,畿辅摇动。天颜有喜的老佛爷,也变了低眉入定的法相,只得把六旬庆典,停止了点景;把老敬王派在军务处,节制各路兵马,兼领军机;把枢廷里庄庆藩、格拉和博两中堂开去,补上龚平、高扬藻,又添上一个广东巡抚耿义;把刘益焜派了钦差大臣,节制关内外防剿各军,珏斋和宋钦派了帮办,而且下了严旨,催促开拔。

在这种人心皇皇的时候,珏斋却好整以暇,大有轻裘缓带的气象,只把军队移驻山海关,还是老等他未到的枪炮。一直到开了年,正月元宵后,才浩浩荡荡的出了关门,直抵田庄台,进逼海城。一到之后,便择了一所大庙宇,做了大营。只为那庙门前,有一片百来亩的大广场,很可做打靶操演之用,合了珏斋之意。跟去的一班幕僚,看看珏斋这种从容不迫的态度,看他每天一早,总领着他新练专门打靶的护勇三百人,他称做虎贲营的,逐日认真习练准头,打完靶后,便会客办公。吃过午饭,不是邀了廉菉夫、余汉青几个清客,画山水,拓金石,便是一到晚上,关起门来,秉烛观书。大家都疑惑起来。汪子升尤其替他担忧,想劝谏几句,老没得到机会。

却说那天,正是刚到田庄台的第一个早晨,晓色朦胧,鸟声初噪,子升还在睡眼惺忪,寒恋重衾的时候,忽然一个弁兵推门进来喊道:"大帅就要上操场,大人们,都到那边候着。我们洪大人先去,叫我招呼汪大人马上去!"说完,那弁兵就走了。子升连忙起来,盥漱好,穿上衣冠,迤逦走将出来,一路朔风扑面,凝霜满阶,好不凄冷!看看庙内外进进出出的人,已经不少。门口有两个红漆木架,上首架上,插着一面随风飞舞的帅字大纛旗,下首竖起一扇五六尺高白地黑字的木牌,牌上写着"投诚免死牌"五个大字,是方棱出角的北魏书法。抬起头来,又见门右粉墙上,贴着一张很大的告示,写来伸掌躺脚,是仿黄山谷体的,都是珏斋的亲笔。走近细看那告示时,只见上面先写一行全衔,全衔下却写着道:

侧着头，挤紧眼，瞄好准头

为出示晓谕事:本大臣恭奉简命,统率湘军,训练三月,现由山海关拔队东征,不久当与日本决一胜负。本大臣讲求枪炮准头,十五六年,所练兵勇,均以精枪快炮为前队,堂堂之阵,正正之旗,能进不能退,能胜不能败,日本以久顿之兵,岂能当此生力军乎!惟本大臣率仁义之师,素以不嗜杀人为贵,念尔日本人民,迫于将令,暴师在外,拼千万人之性命,以博大鸟圭介之喜快。本大臣欲救两国人民之命,自当剀切晓谕:两军交战之后,凡尔日本兵官,逃生无路,但见本大臣所设投诚免死牌,即缴出刀枪,跪伏牌下,本大臣专派妥员,收尔入营,一日两餐,与中国人民,一律看待。事平之后,送尔归国。本大臣出此告示,天神共鉴,决不食言。若竟执迷死拒,与本大臣接战三次,胜负不难立见。迨至该兵三战三北之时,本大臣自有七纵七擒之计。请鉴前车,毋贻后悔!切切特示!

子升一口气把告示读完,正在那里赞叹他的文章,纳罕他的举动,忽听里面一片声的嚷着大帅出来了,就见珏斋头戴珊瑚顶的貂皮帽,身穿曲襟蓝绸獭袖青狐皮箭衣,罩上天青绸天马出风马褂,腰垂两条白缎忠孝带,仰着头,缓步出来,前面走着几个戈什哈,廉菉夫和余汉青左右夹侍,后边跟着一群护兵,蜂拥般的出庙。子升只好上前参谒,跟着同到前面操场,只见场上,远远立着一个红心枪靶,虎贲三百人,都穿了一色的号衣,肩上掮着有刺刀的快枪,在晓日里耀得寒光凛凛,一字儿两边分开;还有各色翎顶的文武官员,也班分左右。子升见英石、师留已经先到,就挤入他们班里。

那时珏斋一人站在中央,高声道:“我们今天是到前敌的第一日。说不定一两天里就要决战,趁着这打靶的闲暇,本帅有几句话和大家讲讲。你们看本帅在湘出发时候,勇往直前,性急如火,一比从天津到这里,这三个多月的从容不迫,迟迟我行,我想一定有许多人要怀疑不解。大家要知道,这不是本帅的先勇后怯,这正是儒将异乎武夫的所在。本帅在先的意思,何尝不想杀敌致果,气吞东海呢!后来在操兵之余,专读《孙子兵法》,读到第三卷《谋攻篇》,颇有心得,彻悟孙子所说‘不战而屈人之兵’的道理,完全和孟子‘仁者无敌’的精神,是一贯的，所以我的用兵，更上了一层。仰体天地好生之德，不愿多杀人为战功，只要有确实把握的三大捷，约毙日兵三五千人，就可借军威以行仁政，使日人不战自溃。今天发布的告示和免死牌，就是这个战略的发端。但你们一定要问本帅大捷的把握在哪里呢？本帅不是故作惊人的话，就在这场上打靶的三百虎贲身上。本帅练成这虎贲营，已经用去一二万元的赏金。这打靶的规则，立着五百步的小靶，每人各打五枪，五枪都中红心，叫做全红，便赏银八两；近来每天赏银多至一千余串，一勇有得银二三十两的，可见全红的越多了。这种精技，西人偶然也有，决没有多至数百人；便和泰西各国交绥，他们也要退避三舍，何况区区日本！所以本帅只看技术的成否，不管出战的迟速；枪炮的精良，湘勇的勇壮，还是其次。胜仗搁在荷包里，何必急急呢！到了现在，可已到了炉火纯青的气候，正是弟兄们各显身手的时候。本帅希望弟兄们牢牢记着的训词，只有'不怕死，不想逃'六个大字，不但恢复辽东，日本人也不足平了。本帅的话，也说完了。我们还是来打一次练习的靶，仍旧是本帅自己先试，以后便要实行了。"说罢，叫拿枪来。

戈什献上一支德国五响的新式快枪。珏斋手托了枪，埋好脚步，侧着头，挤紧眼，瞄好准头，一缕白烟起处，硼然一声，一颗弹丸呼的恰从红心里穿过。烟还未散，第二声又响，一连五响，都中在原洞里。合场欢呼，唱着新编的凯旋歌，奏起军乐。

大家都严肃地站得齐齐的，只有廉菉夫跨出了班，左手拿着一张白纸，右手握了一根烧残的细柳条，在那里东抹西涂。珏斋回顾他道："菉夫，你做什么？"菉夫道："我想今天的胜举，不可无图以纪之。我在这里起一幅《田庄打靶图》的稿子，将来流传下去，画史上也好添一段英雄佳话。"珏斋道："这也算个新式的雅歌投壶吧！"说罢，仰面而笑。就在这笑声里，俞虎丞忽在人丛里挤了出来，向珏斋行了个军礼，呈上一个电报信儿。珏斋拆开看时，原来是个廷寄，看罢，叹了一口气。正是：

　　半日偷闲谈异梦，一封传电警雄心。

不知廷寄说的何事，且待下回细说。

第二十六回　主妇索书房中飞赤凤　天家脱辐被底卧乌龙

话说珏斋在田庄台大营操场上，演习打靶，自己连中五枪，正在唱凯歌，留图画，志得意满的当儿，忽然接到一个廷寄，拆开看时，方知道他被御史参了三款：第一款逗遛不进，第二滥用军饷，第三虐待兵士。枢廷传谕，着他明白回奏。看完，叹了一口气道："悠悠之口，不谅人只，能不使英雄短气！"就手递给子升道："贤弟替我去办个电奏吧！第一款的理由，我刚才已经说明；第二款大约就指打靶赏号而言；只有第三，适得其反，真叫人无从索解，尽贤弟去斟酌措词就是了。龚尚书和唐卿处，该另办一电，把这里的情形，尽量详告。好在唐卿新派了总理衙门大臣，也管得着这些事了，让他们奏对时，有个准备。"子升唯唯的答应了。

我且暂不表珏斋在这里的操练军士，预备迎战。再说唐卿那日在龚尚书那里发了珏斋复电，大家散后，正想回家，再给珏斋写一封详信，报告情形，走到中途，忽见自己一个亲随，骑马迎来，情知家里有事，忙远远的问什么事？那家人道："金太太派金升来请老爷，说有要事商量，立刻就去，陆大人已在那里候着。"唐卿心里很觉诧异，吩咐不必回家，拨转马头，径向纱帽胡同而来。进了金宅，只见雯青的嗣子金继元，早在倒厅门口迎候，嘴里说着："请世伯里面坐，陆姻伯早来了。"唐卿跨进门来，一见菶如就问道："雯青夫人邀我们什么事？"菶如笑道："左不过那些雯青留下的罪孽罢咧！"

道言未了，只听家人喊着太太出来了，毡帘一揭，张夫人全身缟素的走进来，向钱、陆两人叩了个头，请两人上炕坐。自己靠门坐着，含泪说道："今天请两位伯伯来，并无别事，为的就是彩云。这些原是家务小事，两位伯伯都是忙人，本来不敢惊动，无奈妾身向来懦弱，继元又是小辈，真弄得没有办法。两位伯伯是雯青的至交，所以特地请过来，替我出个主意。”唐卿道：“嫂嫂且别说客气话，彩云到底怎样呢？”张夫人道：“彩云的行为脾气，两位是都知道的。自从雯青去世，我早就知道是一件难了的事。在七里，看她倒很悲伤，哭着时，口口声声说要守，我倒放些心了。谁晓得一终了七，她的原形渐渐显了，常常不告诉我，出去玩耍。后来索性天天看戏，深更半夜的回来，不干不净的风声又刮到我耳边来。我老记着雯青临终托我收管的话，不免说她几句，她就不三不四给我瞎吵。近来越闹越不成话，不客气要求我放她出去了。二位伯伯想，热辣辣不满百天的新丧，怎么能把死者心爱的人让她出这门呢！不要说旁人背后要议论我，就是我自问良心，如何对得起雯青呢！可是不放她出去，她又闹得你天翻地覆，鸡犬不宁，真叫我左右为难。”说着声音都变了哽噎了。莘如一听这话，气得跳起来道：“岂有此理！嫂嫂本来太好说话！照这种没天良的行径，你该拿出做太太的身分来，把家法责打了再和她讲话！”唐卿忙拦住道：“莘如，你且不用先怒，这不是蛮干得来的事。嫂嫂请我们来，是要给她想个两全的办法，不是请我们来代行家长职权的。依我说……”

正要说下去，忽见彩云倏的进了厅来，身穿珠边滚鱼肚白洋纱衫，镂空衬白挖云玄色明绡裙，梳着个乌光如镜的风凉髻，不戴首饰，也不涂脂粉，打扮得越是素靓，越显出风神绝世。一进门，就站在张夫人身旁朗朗的道：“陆大人说我没天良，其实我正为了天良发现，才一点不装假，老老实实求太太放我走！我说这句话，仿佛有意和陆大人别扭似的，其实不相干，陆大人千万别多心！老爷一向待我的恩义，我是个人，岂有不知？半路里丢我死了，十多年的情分，怎么说不悲伤呢！刚才太太说在七里悲伤，愿意守，这都是真话，也是真情。在那时候，我何尝不想给老爷挣口气，图一个好名儿呢！可是天生就我这一副爱热闹寻快活的坏脾气，事到临头，自各儿也做不了主。老爷在的时候，我尽管不好，我一颗心，还给老爷的柔情蜜意，管束住了不少。现在没人能管我，我自各儿又管不了，若硬把我留在这里，保不定要闹出不好听的笑话。到那一步田地,我更要对不住老爷了!再者我的手头散漫惯的,从小没学过做人家的道理,到了老爷这里,又由着我的性儿,成千累万的花。如今老爷一死,进款是少了,太太纵然贤惠,我怎么能随随便便的要?但是我阔绰的手,一时缩不回,只怕老爷留下来这点子死产业,供给不上我的挥霍。所以我彻底一想,与其装着假幌子糊弄下去,结果还是替老爷伤体面,害子孙;不如直捷了当,让我走路,好歹死活,不干姓金的事,至多我一个人背着个没天良的罪名,我觉得天良上倒安稳得多呢!趁今天太太少爷和老爷的好友,都在这里,我把心里的话全都说明了。我是斩钉截铁的走定的了!要不然,就请你们把我弄死,倒也爽快。"彩云这一套话,把满厅的人,说得都怔住了。张夫人只顾拿绢子擦着眼泪,却并不惊异,倒把莑如气得胡须倒竖,紫胀了脸,一句话都说不出。

唐卿瞧着张夫人的态度,早猜透了几分,怕莑如发呆,就向彩云道:"姨娘的话,倒很直爽。你既然不愿意守,那是谁也不能强你。不过今天你们太太为你请了我们来,你既照直说,我们也不能不照直给你说几句话。你要出去是可以的,但是要依我们三件事:第一不能在北京走,得回南后,才许走。只为现在满城里传遍你和孙三儿的事,不管他是诳是真,你在这里一走,便坐实了。你要给老爷留面子,这里熟人太多,你不能给他丢这个脸。第二这时候不能去,该满了一年才去。你既然晓得老爷待你的恩义,你也承认和老爷有多年的情分,这一点短孝,你总得给他戴满了。第三你不肯挥霍老爷留下的遗产,这是你的好心。现在答应你出去,那么除了老爷从前已经给你的,自然你带去,其余不能再向太太少爷要求什么。这三件,你如依得,我就替你求太太,放你出去。"

彩云听着唐卿的话,来得利害,句句和自己的话,针锋相对,暗忖只有答应了再说,便道:"钱大人的话,都是我心里要说的话,不要说三件,再多些我都依。"唐卿回头望着张夫人道:"嫂嫂怎么样?我劝嫂嫂看她年轻可怜,答应了她罢!"张夫人道:"这也叫做没法,只好如此。"莑如道:"答应尽管答应,可是在这一年内,姨娘不能在外胡闹,在家瞎吵,要好好儿守孝伴灵,伺候太太。"彩云道:"这个请陆大人放心，我再吵闹，好在陆大人会请太太拿家法来责打的。”说着冷笑一声，一扭身就走出去了。

莑如看彩云走后，向唐卿伸伸舌头道：“好利害的家伙！这种人，放在家里，如何得了！我也劝嫂嫂越早打发越好！”张夫人道：“我何尝不知道呢！就怕不清楚的人，反要说我不明大体。”唐卿道：“好在今天许她走，都是我和莑如作的主，谁还能说嫂嫂什么话！就是一年的限期，也不过说说罢了。可是我再有一句要紧话告诉嫂嫂，府上万不能在京耽搁了。固然中日开战，这种世乱荒荒，雯青的灵柩，该早些回南安葬，再晚下去，只怕海道不通；就是彩云，也该离开北京，免得再闹笑话。”莑如也极端赞成。于是就和张夫人同继元商定了尽十天里出京回南，所有扶柩出城以及轮船定舱等事，都由莑如、唐卿两人分别妥托城门上和津海关道成木生招呼，自然十分周到。

张夫人天天忙着收拾行李，彩云倒也规规矩矩的帮着料理，一步也不曾出门。到了临动身的上一晚，张夫人已经累了一整天，想着明天还要一早上路，一吃完夜饭，即便进房睡了。睡到中间，忽然想着日里继元的话，雯青有一部《元史补证》的手稿，是他一生的心血，一向搁在彩云房里，叮嘱我去收回放好，省得糟鞑，便叫一个老妈子向彩云去要。谁知不要倒平安无事，这一要，不多会儿，外边闹得沸反盈天，一片声的喊着：“捉贼，捉贼！”张夫人正想起来，只见彩云身上只穿一件浅绯色的小紧身，头发蓬松，两手捧着一包东西，索索的抖个不住，走到床面前，把包递给张夫人道：“太太要的是不是这个？太太自己去瞧罢！啊呀呀！今天真把我吓死了！”说着话，和身倒在床前面一张安乐椅里，两手揿住胸口吁吁的喘。

张夫人一面打开包看着，一面问道：“到底怎么回事？吓得那样儿！”彩云颤声答道：“太太打发人来的时候，我已经关上门睡了。在睡梦中听见敲门，知道太太房里的人，爬起来，半天找不着火柴匣子，摸黑儿的去开门。进来的老妈才把话说明了，我正待点着支洋烛去找，那老妈忽然狂喊一声，吓得我洋烛都掉在地下。眼犄角里仿佛看见一个黑人，向房门外直撞，那老妈就一头追，一头喊捉贼，奔出去了。我还不敢动，怕还有第二个，按定了神，勉勉强强的找着了，自己送过来。"张夫人包好书，说道："书倒不差，现在贼捉到了没有呢？"彩云还未回答，那老妈倒走回来，接口道："那里去捉呢？我亲眼看见他在姨太的床背后冲出，挨近我身，我一把揪住他衣襟，被他用力洒脱，我一路追，一路喊，等到更夫打杂儿的到来，他早一纵跳上了房，瓦都没响一声，逃得无影无踪了。"

张夫人道："彩云，这贼既然藏在你床背后，你回去看看，走失什么没有？"彩云道声："啊呀，我真吓昏了！太太不提，我还在这里写意呢！"说时，慌慌张张的奔回自己房里去，不到三分钟工夫，彩云在那边房里果真大哭大跳起来，喊着她的首饰箱丢了，丢了首饰箱，就是丢了她的命。张夫人只得叫老妈子过去，劝她不要闹，东西已失，夜静更深，闹也无益，等明天动身时候，陆、钱两大人都要来送，托他们报坊追查便了。彩云也渐渐地安静下去。一宿无话。

果然，菶如、唐卿都一早来送，张夫人把昨夜的事说了，彩云又说了些恳求报坊追查的话，唐卿笑着答应，并向彩云要了失单。那时门外卤簿和车马都已齐备，于是仪仗引着雯青的灵柩先行，眷属行李后随，菶如、唐卿都一直送到二闸上船才回。张夫人护了灵柩，领了继元、彩云，从北通州水路到津。到津后，自有津海关道成木生来招待登轮，一路平安回南，不必细说。

如今再说唐卿自送雯青夫人回南之后，不多几天，就奉了着在总理各国事务衙门行走的谕旨。从此每天要上两处衙门，上头又常叫起儿，高中堂、龚尚书新进军机，遇着军国要事，每要请去商量，回得家来，又总是宾客盈门，大有日不暇给的气象，连素爱摩挲的宋、元精椠，黄、顾校文，也只好似荀束袜材，暂置高阁。在自身上看起来，也算得富贵场中的骄子，政治界里的巨灵了。但是国事日糟一日，战局是愈弄愈僵，从他受事到今，两三个月里，水陆处处失败，关隘节节陷落，反觉得忧心如捣，寝馈不安。

这日刚在为国焦劳的时候，门上来报闻韵高闻大人要见。唐卿疾忙请进。寒暄了几句，韵高说有机密的话，请屏退仆从。唐卿倒吓了一跳，挥去左右。韵高低声道："目前朝政，快有个非常大变，老师知道吗？"唐卿道："什么变动？"韵高道："就是我们常怕今上做唐中宗,这件事要实行了。"唐卿道:"何以见得?"韵高道:"金、宝两妃的贬谪,老师是知道的了。今天早上,又把宝妃名下的太监高万枝,发交内务府扑杀。太后原拟是要明发谕旨审问的,还是龚老师恐兴大狱,有碍国体,再三求了,才换了这个办法。这不是废立的发端吗?"唐卿道:"这还是两宫的冲突,说不到废立上去。"韵高道:"还有一事,就是这回耿义的入军机,原是太后的特简。只为耿义祝嘏来京,骗了他属吏造币厅总办三万个新铸银圆,托连公公献给太后,说给老佛爷预备万寿时赏赐用的。太后见银色新,花样巧,赏收了,所以有这个特简。不知是谁,把这话告诉了今上。太后和今上商量时,今上说耿义是个贪鄙小人,不可用,太后定要用。今上垂泪道:'这是亲爸爸逼臣儿做亡国之君了!'太后大怒,亲手打了皇上两个嘴巴,牙齿也打掉了。皇上就病不临朝了好久。恰好太后的幸臣西安将军永潞也来京祝嘏,太后就把废立的事,和他商量。永潞说:'只怕疆臣不伏。'这是最近的事。由此看来,主意是早经决定,不过不敢昧然宣布罢了。"唐卿道:"两宫失和的原因,我也略有所闻了。"

且慢,唐卿如何晓得失和的原因呢?失和的原因,到底是什么呢?我且把唐卿和韵高的谈话搁一搁,说一段帝王的婚姻史吧!原来清帝的母亲是太后的胞妹。清后的母亲,也是太后的胞妹。结这重亲的意思,全为了亲上加亲,要叫爱新觉罗的血统里,永远混着那拉氏的血统,这是太后的目的。在清帝初登基时,一直到大婚前,太后虽然严厉,待皇帝倒很仁慈的。皇后因为亲戚关系,常在宫里充官眷,太后也很宠遇。其实早有配给皇帝的意思,不过皇帝不知道罢了。那时他他拉氏,也有两个女儿在宫中,就是金妃、宝妃。宫里唤金妃做大妞儿,宝妃做二妞儿,都生得清丽文秀。二妞儿更是出色,活泼机警,能诗会画,清帝很喜欢她,常常瞒着太后,和她亲近。二妞儿是个千伶百俐的人,岂有不懂清帝的意思呢!世上只有恋爱是没阶级的,也是大无畏的,尽管清帝的尊贵,太后的威严,不自禁的眉目往来,语言试探,彼此都有了心了。可是清帝虽有这个心,向来怕惧太后,不敢说一句话。

一天,清帝在乐寿堂侍奉太后看完奏章后,走出寝宫,恰遇见二妞儿。那天穿了一件粉荷绣袍,衬着嫩白的脸,澄碧的眼,越显娇媚,正捧着物件,经过厅堂,不觉看出神了。二妞儿也怔着,大家站定,相视一笑。不想太后此时正身穿了海青色满绣仙鹤大袍,外罩紫色珠缨披肩,头上戴一支银镂珠穿的鹤簪,大袍钮扣上还挂着一串梅花式的珠练,颤巍巍的也走出来,看见了,清帝慌得给逃的一样跑了。太后立刻叫二妞儿进了寝宫,屏退宫眷。二妞儿吓得浑身抖战,不晓得有什么祸事,看看太后面上,却并无怒容,只听太后问道:“刚才皇帝站着和你干吗?”二妞儿嗫嚅道:“没有什么。”太后答道:“你不要欺蒙我,当我是傻子!”二妞儿忙跪下去,碰着头道:“臣妾不敢。”太后道:“只怕皇上宠爱了你吧?”二妞儿红了脸道:“臣妾不知道。”太后道:“那么你爱皇帝不爱呢?”二妞儿连连的碰头,只是不开口。太后哈哈笑道:“那么我叫你们称心,好不好?”二妞儿俯伏着低声奏道:“这是佛爷的天恩。”太后道:“算了,起来吧!”这么着,太后就上朝堂见大臣去了。

二妞儿听了太后这一番话,认以为真,晓得清帝快要大婚,皇后还未册定,自己倒大有希望,暗暗欣幸。既存了这个心,和清帝自然要格外亲密,趁没人时,见了清帝。清帝问起那天的事,曾否受太后责罚,便含羞答答的把实话奏明了,清帝也自喜欢。

歇了不多几天,太后忽然传出懿旨来,择定明晨寅正,册定皇后,宣召王大臣提早在排云殿伺候。清帝在玉澜堂得了这个消息,心里不觉突突的跳个不住,不知太后意中到底选中了那一个?是不是二妞儿?对二妞儿说的话,是假是真?七上八落了一夜。一交寅初,便打发心腹太监前去听宣。

正是等人心慌,心里越急,时间走得越慢,看看东窗已渗进淡白的晓色,才听院里橐橐的脚步声。那听宣的太监,兴兴头头的奔进来,就跪下碰头,喊着替万岁爷贺喜。清帝在床上坐起来着急道:“你胡嚷些什么?皇后定的是谁呀?”太监道:“叶赫那拉氏。”这一句话,好像一个霹雳,把清帝震呆了,手里正拿着一顶帽子,恨恨的往地上一扔道:“她也配吗?”太监见皇帝震怒,不敢往下说。停了一会,清帝忽然想起喊道:“还有妃嫔呢?你怎么不奏?”太监道:“妃是大妞儿,

大家站定，相视一笑

封了金贵妃;嫔是二妞儿,封了宝贵妃。”清帝心里略略安慰了一点,总算没有全落空,不过记挂着二妞儿一定在那儿不快活了,微微叹口气道:“这也是她的命运吧!皇帝有什么用处!碰到自己的婚姻,一般做了命运的奴隶。”

原来皇后虽是清帝的姨表姊妹,也常住宫中,但相貌平常,为人长厚老实,一心向着太后,不大理会清帝。清帝不但是不喜欢,而且有些厌恶。如今倒做了皇后,清帝心中,自然一百个不高兴。然既由太后作主,没法挽回,当时只好憋了一肚子的委曲,照例上去向太后谢了恩。太后还说了许多勉励的话。皇后和妃嫔,倒都各归府第,专候大婚的典礼。

自册定了皇后,只隔了一个月,正是那年的二月里,春气氤氲万象和乐的时候,清帝便结了婚,亲了政。太后非常快慰,天天在园里唱戏。又手编了几出宗教神怪戏,造了个机关活动的戏台,天神从上降,鬼怪由地出,亲自教导太监们搬演。又常常自扮了观音,叫妃嫔福晋扮了龙女、善财、善男女等,连公公扮了韦驮,坐了小火轮,在昆明湖中游戏。真是说不尽的天家富贵,上界风流。

正在皆大欢喜间,忽然太后密召了清帝的本生父贤亲王来宫。那天龙颜很为不快,告诉贤王:“皇帝自从大婚后,没临幸过皇后宫一次,倒是金、宝二妃非常宠幸。这是任性妄为,不合祖制的。朕劝了几次,总是不听。”当下就很严厉的责成贤王,务劝皇帝同皇后和睦。贤王领了严旨,知道是个难题。

这天正是早朝时候,军机退了班,太后独召贤王,谈了一回国政,太后推说要更衣,转入屏后,领着宫眷们回宫去了。此时朝堂里,只有清帝和贤王两人。贤王还是直挺挺的跪在御案前。清帝忽觉心中不安,在宝座上下来,直趋王前,恭恭敬敬请了个双腿安,吓得贤王汗流浃背,连连碰头,请清帝归座。清帝没法,也只好坐下。贤王奏道:“请皇上以后,不可如此。这是国家体制,孝亲事小,渎国事大,请皇上三思!”当时又把和皇后不睦的事,恳切劝谏了一番。清帝凄然道:“连房帷的事,朕都没有主权吗?但既连累皇父为难,朕可勉如所请,今夜便临幸宜芸馆便了。”清帝说罢,便也退了朝。

再说那个皇后，正位中宫以来，几同虚设，不要说羊车不至，凤枕常孤，连清帝的天颜，除在太后那里偶然望见，永无接近的机缘。纵然身贵齐天，常是愁深似海。不想那晚，忽有个宫娥来报道："万岁爷来了！"皇后这一喜，非同小可，当下跪接进宫，小心承值，百样逢迎。清帝总是淡淡的，一连住了三天，到第四天早朝出去，就不来了。皇后等到罿楼三鼓，鸾鞭不鸣，知道今夜是无望的了。正卸了晚妆，命宫娥们整理衾枕，猛见被窝好好的敷着，中央鼓起一块，好像一个小孩睡在里面。心中暗暗纳罕，忙叫宫娥揭起看时，不觉吓了一大跳。你道是什么？原来被里睡着一只赤条条的白哈叭狗，浑身不留一根绒毛，却洗剥得干干净净，血丝都没有，但是死的，不是活的。这明明是有意做的把戏。宫娥都面面相觑，惊呆了。

皇后看了，顿时大怒道："这是谁做的魇殃？暗害朕的？怪不得万岁爷平白地给朕不和了。这个狠毒的贼，反正出不了你们这一堆人！"满房的宫娥都跪下来，喊冤枉。内中有一个年纪大些的道："请皇后详察，奴婢们，谁长着三个头，六个臂，敢犯这种弥天大罪！奴婢想，今天早上，万岁爷和皇后起了身，被窝都叠起过了。后来万岁不是说头晕，叫皇后和奴婢们都出寝宫，让万岁静养一会吗？等到万岁爷出去坐朝，皇后也上太后那里去了，奴婢们没有进寝宫来重敷衾褥，这是奴婢们的罪该万死！"说罢叩头出血。

谁知皇后一听这些话，眉头一蹙，脸色铁青，一阵痉挛，牙关咬紧，在龙椅里晕厥过去了。正是：

　　风花未脱沾泥相，婚媾终成误国因。

未知皇后因何晕厥？被里的白狗，是谁弄的玩意？等下回评说。

第二十七回　秋狩记遗闻白妖转劫　春帆开协议黑眚临头

话说皇后听了那宫娥的一番话，虽不曾明说，但言外便见得这件事，不是万岁爷，没有第二个人敢干的。一时又气，又怒，又恨，又羞，又怨，说不出的百千烦恼，直攻心窝，一口气转不过来，不知不觉的闷倒了。大家慌做一团，七手八脚的捶拍叫唤，全不中用。皇后梳头房太监小德张在外头得了消息，飞也似奔来，忙喊道："你们快去皇后的百宝架里，取那瓶龙脑香来。"一面喊，一面就在龙床前的一张朱红雕漆抽屉桌上，捧出一个嵌宝五彩镂花景泰香炉，先焚着了些水沉香，然后把宫娥们拿来的龙脑香末儿，撒些在上面。一霎时，在袅袅的青烟里，扬起一股红色的烟缕，顿时满房氤氲地布散了一种说不出的奇香。小德张两手抖抖的捧了那香炉，移到皇后坐的那张大椅旁边一个矮凳上，再看皇后时，直视的眼光，慢慢放下来，脸上也微微泛红晕了，喉间咽嘟咽嘟的响，眼泪漉漉的流下来，忽然嗯的一声，口中吐出一块顽痰，头只往前倒，宫娥忙在后面扶着。小德张跪着，揭起衣襟，承受了皇后的吐。皇后这才放声哭了出来，大家都说："好了，好了。"皇后足足哭了一刻多钟，欻地洒脱宫娥们，很有力的站了起来，一直往外跑，宫娥们拉也拉不住，只认皇后发了疯。

小德张早猜透了皇后的意思，三脚两步，抄过皇后前面，拦路跪伏着，奏道："奴才大胆劝陛下一句话，刚才宫娥们说万岁爷早上玩的把戏，不怪陛下要生气！但据奴才愚见，陛下倒不可趁了一时之气，连夜去惊动老佛爷。"皇后道："照你说，难道就罢了不成？"小德张道："万岁爷是个长厚人，决想不出这种刁钻古怪的主意。这件事一定是和陛下有仇的人唆使的。"皇后道："宫里谁和我有仇呢？"小德张道：

“奴才本不该胡说，只为天恩高厚，心里有话，也不敢隐瞒。陛下该知道宝妃和万岁在大婚前的故事了！陛下得了正宫，宝妃对着陛下，自然不会有好感情。万岁爷不来正宫还好，这几天来了，那里会安稳呢！这件事十停倒有九停是她的主意。”

皇后被小德张这几句话触动心事，顿时脸上飞起一朵红云，咬着银牙道：“这贱丫头一向自命不凡地霸占着皇帝，不放朕在眼里，朕没和她计较，她倒敢向朕作祟！得好好儿处置她一下子才好！你有法子吗！你说！”小德张道：“奴才的法子，就叫做即以其人之道还治其人之身。请陛下就把那小白狗，装在礼盒里，打发人送到宝妃那里，传命说是皇后的赏赐。这个滑稽的办法，一则万岁爷来侮辱陛下，陛下把他转敬了宝妃，表示不承受的意思；二则也可试出这事是不是宝妃的使坏。若然于她无关，她岂肯平白地受这羞辱？不和陛下吵闹？若受了不声不响，那就是贼人心虚，和自己承认了一样。”皇后点头道：“咱们就这么干，那么你明天好好给我办去！”小德张诺诺连声的起来，皇后也领着宫娥们自回寝宫去安息不提。

如今且说清帝这回的临幸宜芸馆，原是敷衍他父王的敦劝，万分勉强，住了两夜，实在冷冰冰没甚动弹。照宫里的老规矩，皇帝和后妃交欢，有敬事房太监专司其事。凡皇帝临幸皇后的次日，敬事房太监必要跪在帝前请训，如皇帝曾与皇后行房，须告以行房的时间，太监就记在册上，某年月日某时，皇帝幸某皇后，若没事，则说“去”。在园里虽说比宫里自由一点，然请训的事，仍要举行。清帝这回在皇后那里出来，敬事房太监永禄请训了两次，清帝都说个“去”字。在第二次说“去”的时候，永禄就碰头。清帝诧异道：“你做什么？”永禄奏道：“这册子，老佛爷天天要吊去查看的。现在万岁爷两夜在皇后宫里，册子上两夜空白，奴才怕老佛爷又要动怒，求万岁爷详察！”清帝听了，变色道：“你管我的事！”永禄道：“不是奴才敢管万岁爷的事，这是老佛爷的懿旨。”清帝本已憋着一肚子的恶气，听见这话，又抬出懿旨来压他，不觉勃然大怒，也不开口，就在御座上伸腿把永禄重重的踢了一脚。永禄一壁抱头往外逃，一壁嘴里还是咕噜。

也是事有凑巧，那时恰有个小太监领着玉澜堂里喂养的一只小袖狗,摇头摆尾的进来。这只袖狗,生得精致乖巧,清帝没事时,常常放在膝上抚弄。此时那狗一进门,畜生那里晓得人的喜怒不测,还和平时一样,纵身往清帝膝上一跳。清帝正在有火没发处,嘴里骂一声“逆畜”,顺手抓起那狗来,向地上用力只一甩,这种狗是最娇嫩不过,经不起摧残,一着地,哀号一声,滚了几滚,四脚一伸死了。清帝看见那狗的死,心中也有些可惜,但已经死了,也是没法。忽然眉头一皱,触动了他半孩气的计较来,叫小太监来嘱咐了一番。自己当晚还到皇后宫里,早晨临走时候,就闹了这个小玩意,算借着死袖狗的尸,稍出些苦皇帝的气罢了。

次日,上半天,忙忙碌碌的过了。到了晚饭时,太监们已知道清帝今夜不会再到皇后那里,就把妃嫔的绿头签,放在银盘里,顶着跪献。清帝把宝妃的签翻转了,吩咐立刻宣召。原来园里的仪制,和宫里不同,用不着太监驼送,也用不着脱衣裹氅,不到一刻钟,太监领着宝妃袅袅婷婷的来了。宝妃行过了礼,站在案旁,一面帮着传递汤点,一面瞅了清帝,只是抿着嘴笑,倒把清帝的脸都瞅得红了,腼腆着问道:“你什么事这样乐?”宝妃道:“我看万岁爷尝了时鲜,所以替万岁爷乐。”清帝见案上食品虽列了三长行,数去倒有百来件,无一时鲜品,且稍远的多恶臭不堪,晓得宝妃含着醋意了,便叹口气道:“别说乐,倒惹了一肚子的气!你何苦再带酸味儿?这里反正没外人,你坐着陪我吃吧!”这时,小太监捧了个坐凳来,放在清帝的横头。

宝妃坐着笑道:“一气就气了三天,万岁爷倒唱了一出三气周瑜。”清帝道:“你还是不信?你也学着老佛爷一样,天天去查敬事房的册子好了。”宝妃诧异道:“怎么老佛爷来查咱们的帐呢?”清帝面现惊恐的样子,四面望了一望,叫小太监们都出去,说:“御膳的事,有妃子在这里伺候,用不着你们。”几个小太监奉谕,都退了出去。清帝方把昨天敬事房太监永禄的事和今早闹的玩意儿,一五一十告诉了宝妃。宝妃道:“老佛爷实在太操心了!面子上算归了政,底子里那一件事肯让万岁爷作一点主儿呢?现在索性管到咱们床上来了!这实在难怪万岁爷要生气!但这一下子的闹,只怕闯祸不小,皇后如何肯干休呢?老佛爷一定护着皇后,不知要和万岁爷闹到什么地步,大家都不得安生了！”

清帝发恨道：“我看唐朝武则天的淫凶，也不过如此。她特地叫缪素筠画了一幅《金轮皇帝衮冕临朝图》，挂在寝宫里，这是明明有意对我示威的。”宝妃道：“武则天相传是锁骨菩萨转世，所以做出这一番惊天动地的事业。我们老佛爷，也是有来历的，万岁爷晓得这一段故事吗？”清帝道：“我倒不晓得，难道你晓得吗？”宝妃道：“那还是老佛爷初选进宫来时一件奇异的传说。寇连材在昌平州时，听见一个告退的老太监说的。寇太监又私下和我名下的高万枝说了，因此我也晓得了些。”

清帝道：“怎么传说呢？你何妨说给我知。”宝妃道：“他们说宣宗皇帝每年秋天，照例要到热河打围。有一次，宣宗正率领了一班阿哥王公们去打围，走到半路，忽然有一只很大的白狐，伸着前腿，俯伏当地，拦住御骑的前进。宣宗拉了宝弓，拔一枝箭，正待要射，那时文宗皇帝还在青宫，一同扈跸前去，就启奏道：‘这是陛下圣德广敷，百兽效顺，所以使修炼通灵的千年老狐，也来接驾，乞免其一死。’宣宗笑了一笑，就收了弓，掖起马头，绕着弯儿走过去了。谁知道猎罢回銮，走到原处，那白狐调转头来，依然迎着御马俯伏。那时宣宗正在弓燥手柔的时候，不禁拉起弓来，就是一箭，仍旧把他射死。过了十多年，到了文宗皇帝手里，遇着选绣女的那年，内务府呈进绣女的花名册。那绣女花名册，照例要把绣女的姓名，旗色，生年月日，详细记载。文宗翻到老佛爷的一页，只见上面写着‘那拉氏，正黄旗，名翠，年若干岁，道光十四年十月初十日生’。看到生年月日上，忽然触着什么事似的，回顾一个管起居注的老太监道：‘那年这个日子，记得做过一件很稀罕的事，你给我去查一下子！’那老太监领命，把那年的起居注册子翻出来，恰就是射死白狐的那个日子。文宗皇帝笑道：‘难道这女子倒是老狐转世！’当时就把老佛爷发到圆明园桐荫深处承值去了。老佛爷生长南边，会唱各种小调，恰遇文宗游园时听见了，立时召见，命在廊阑上唱了一曲。次日，就把老佛爷调充压帐宫娥。不久因深夜进茶得幸，生了同治皇上，封了懿贵妃了。这些话，都是内监们私下互相传说，还加上许多无稽的议论，有的说老佛爷是来给文宗报恩;有的说是来报一箭之仇,要扰乱江山;有的说是特为讨了人身,来享世间福乐,补偿他千年的苦修。话多着呢。”

清帝冷笑道:“那儿是报恩!简直说扰乱江山,报仇享福,就得了!”宝妃道:“老佛爷倒也罢了,最可恶的是连总管仗着老佛爷的势,胆大妄为,什么事都敢干!白云观就是他纳贿的机关,高道士就是他作恶的心腹。京外的官员,那个不趋之若鹜呢?近来更上一层了!把他妹子引进宫来,老佛爷宠得了不得,称呼她做大姑娘。现在和老佛爷并吃并坐的,只有女画师缪太太和大姑娘两个人。前天万岁爷的圣母贤亲王福晋进来,忽然赐坐。福晋因为是非常恩宠,皇悚不敢就坐,老佛爷道:‘这个恩典,并不为的是你。只为大姑娘脚小,站不动,你不坐,她如何好坐!’这几句话,把圣母几乎气死。照这样儿做下去,魏忠贤和奉圣夫人的旧戏,很容易的重演。这一层,倒要请万岁爷预防的!”清帝皱着眉道:“我有什么法子防呢?”宝妃道:“这全在乎平时召见臣工时,识拔几个公忠体国的大臣,遇事密商,补苴万一。无事时固可借以潜移默化,一遇紧要,便可锄奸摘伏。依臣愚见,大学士高扬藻和尚书龚平,侍郎钱端敏、常璘,侍读学士闻鼎儒,都是忠于陛下有力量的人,陛下该相机授以实权。此外新进之士,有奇才异能的,亦应时时破格录用,结合士心。里面敬王爷的大公主,耿直严正,老佛爷倒怕她几分,陛下也要格外的和她亲热。总之要自成一种势力,才是万全之计。陛下待臣妾厚,故敢冒死的说。”清帝道:“你说的全是赤心向朕的话。这会儿,满宫里,除了你一人,还有谁真心忠朕呢?”说着放下筷碗说:“我不吃了。”一面把小手巾揩着泪痕。

宝妃见清帝这样,也不自觉的泪珠扑索索的坠下来,投在清帝怀里,两臂绕了清帝的脖子道:“这倒是臣妾的不是,惹起陛下的伤心。干脆的说一句,老佛爷和万岁爷打吵子,大婚后才起的。不是为了万岁爷爱臣妾不爱皇后吗?依这么说,害陛下的,不是别人,就是臣妾,请陛下顾全大局,舍了臣妾吧!”清帝紧紧的抱着温存道:“我宁死也舍不了你,决不做硬心肠的李三郎。”宝妃道:“就怕万岁爷到那时自己也做不了主。”清帝道:“我只有依着你才说的主意,慢慢地做去,不收回政权,连爱妃都保不住,还成个男子汉吗?”说罢,拂衣起立道:

"我们不要谈这些话吧!"宝妃忙出去招呼小内监来撤了筵席。

彼此又絮絮情话了一会。正是三日之别,如隔三秋;一夕之欢,愿闰一纪。天帷昵就,揽留仙以龙拏;钿合承恩,寓脱簪于鸡旦。情长夜短,春透梦酣,一觉醒来,已是丑末寅初。宝妃急忙忙的起床,穿好衣服,把头发掠了一掠,就先回自己的住屋去了。

清帝消停了几分钟,也就起来,盥漱完了,吃了些早点,照着平时请安的时候,带了两个太监,迤逦来到乐寿堂。刚走到廊下,只见一片清晨的太阳光,照在黄缎的窗帘上,气象很是严肃,静悄悄的没一点声息,只有太后爱的一只叭儿黑狗,叫做海獭的,躺在门槛外,呼呼的打鼾。宫眷里景王的女儿四格格和太后的侄媳袁大奶奶,在那里逗着铜架上的五彩鹦哥。缪太太坐在廊阑上,仰着头正看天上的行云。一见清帝走来,大家一面照例的请安,一面各现着惊异的脸色。大姑娘却浓妆艳抹,体态轻盈的靠在寝宫门口,仿佛在那里偷听什么似的,见了清帝,一面屈了屈膝,一面打起帘子让清帝进去。清帝一脚跨进宫门,抬头一看,倒吃了一惊,只见太后满面怒容,脸色似岩石一般的冷酷,端坐在宝座上。皇后斜倚在太后的宝座旁,头枕着一个膀子呜咽的哭。宝妃眼看鼻子,身体抖抖的跪在太后面前。金妃和许多宫眷宫娥都站在窗口,面面相觑的不则一声。

太后望见清帝进门,就冷冷的道:"皇帝来了!我正要请教皇帝,我那一点儿待亏了你?你事事来反对我!听了人家的唆拨,胆敢来欺负我!"清帝忙跪下道:"臣儿那儿敢反对亲爸爸,'欺负'两字更当不起!谁又生了三头六臂敢唆拨臣儿!求亲爸爸息怒。"太后鼻子里哼了一声道:"朕是瞎了眼,抬举你这没良心的做皇帝,把自己的侄女儿,配你这风吹得倒的人做皇后,那些儿配不上你?你倒听了长舌妇的枕边话,想出法儿欺负她!昨天玩的好把戏,那简直儿是骂了!她是我的侄女儿,你骂她,就是骂我!"回顾皇后道:"我已叫腾出一间屋子,你来跟我住。世上快活事多着呢,何必跟人家去争这个病虫呢!"说时怒气冲冲的拉了皇后往外就走,道:"你跟我挑屋子去!"又对皇帝和宝妃道:"别假惺惺了!除了眼中钉,尽着你们去乐吧!"一壁说着,一壁领了皇后宫眷,也不管清帝和宝妃跪着,自管自蜂拥般出去了。

这里清帝和宝妃,见太后如此的盛怒,也不敢说什么,等太后出了门,各自站了起来。清帝问宝妃:“这到底是怎么一回事呢?”宝妃道:“臣在万岁爷那里回宫时,宫娥们就告诉说:‘刚才皇后的太监小德张,传皇后的谕,赏给一盒礼物。’臣打开来一看,原来就是那只死狗。臣猜皇后的意思,一定把这件事,错疑到臣身上了,正想到皇后那里去辩明,谁知老佛爷已经来传了。一见面,就不由分说的痛骂,硬派是臣给万岁爷出的主意。臣从没见过老佛爷这样的发火,知道说也无益,只好跪着忍受。那当儿,万岁爷就进来了。这一场大闹,本来是意中的,不过万岁爷的一时孩子气,把臣妾葬送在里头就是了。”

清帝正欲有言,宝妃瞥见窗外廊下,有几个太监在那里探头探脑,宝妃就催着道:“万岁爷快上朝堂去吧!时候不早,只怕王公大臣都在那里候着了!”清帝点点头,没趣搭拉的上朝去了。宝妃想了一想,这回如不去见一见太后,以后更难相处,只好硬着头皮,老着脸子,追踪前往,不管太后的款待如何,照旧的殷勤伺候。

这些事,都是大婚以后,第二年的故事。从这次一闹后,清帝去请安时,总是给他一个不理。这样过了三四个月,以后外面虽算和蔼了一点,但心里已筑成很深的沟堑。又忽把皇帝的寝宫和后妃的住屋,中间造了一座墙,无论皇帝到后妃那里,或后妃到皇帝寝宫,必要经过太后寝宫的廊下。这就是严重监督金、宝二妃的举动。直到余敏的事闹出来,连公公在太后前,完全推在宝妃的身上,又加上许多美言,更触了太后的忌。然而这件事,清帝办得非常正大,太后又不好说甚,心里却益发愤恨,只向宝妃去寻瑕索瘢。不想鱼阳伯的上海道,外间传言说是宝妃的关节。那时清帝和嫔妃都在禁城,忽一天,太后突然回宫,搜出了闻鼎儒给二妃一封没名姓的请托信,就一口咬定是罪案的凭据,立刻把宝妃廷杖,金宝二妃都降了贵人。二妃名下的太监,扑杀的扑杀,驱逐的驱逐,从此不准清帝再召幸二妃了。你想清帝以九五之尊,受此家庭惨变,如何能低头默受呢?这便是两宫失和的原因。

本来闻韵高是金、宝两宫的师傅，自然知道宫闱的事，比别人详细。龚尚书在毓庆宫讲书时候，清帝每遇太后虐待，也要向师傅哭诉。这两人都和唐卿往来最密，此时谈论到此，所以唐卿也略知大概。当下唐卿接着说道："两宫失和的事，我也略知一二；但讲到废立，当此战祸方殷，大局濒危之际，我料太后虽有成竹，决不敢冒昧举行。这是贤弟关心太切，所以有此杞人之忧。如不放心，好在刘益焜现在北京，贤弟可去谒见，秘密告知，嘱他防范。我再去和高、龚两尚书密商，借翊卫畿辅为名，把淮军夙将倪巩廷调进关来。这人忠诚勇敢，可以防制非常。又函托署江督庄寿香把冯子材一军留驻淮徐。经这一番布置，使西边有所顾忌，也可有备无患了。"韵高附掌称善。

唐卿道："据我看来，目前切要之图，还在战局的糜烂。贤弟，你也是主战派中有力的一人，对于目前的事，不能不负些责任。你看，上月刘公岛的陷落，数年来全力经营的海军，完全覆没，丁雨汀服毒自尽了，从此山东文登、宁海一带，也被日军占领。海盖方面，说也羞人，宋钦领了十万雄兵，攻打海城日兵六千人，五次不能下，现在只靠珏斋所率的湘军六万人，还未一试。前天他有信来，为了台谏的参案，很觉灰心，又道伊唐阿忽然借口救辽，率军宵遁，军心颇被摇动。他虽然还是口出大言，我却很替他十分担忧。至于议和一层，到了如此地步，自然不能不认他是个急救的方策。但小燕和召廉村徒然奉了全权的使命，还被日本挑剔国书上的字句，拒绝了，白走一趟。其实不客气说，这个全权大臣，非威毅伯去不可！非威毅伯带了赔款割地的权柄去不可！这还成个平等国的议和吗？就是城下之盟罢了！丧失的巨大，可想而知。这几天威毅伯已奉谕开复了一切处分，派了头等全权大臣，正在和敬王祖荪山等计议和议的方针，高中堂和龚尚书都不愿参预，那还不是掩耳盗铃的态度吗？我想，最好珏斋能在这时候挣一口气，打一个大胜仗，给法越战争时候的冯子材一样，和议也好讲得多哩！"

韵高道："门生听说江苏同乡今天在江苏会馆公宴威毅伯的参赞马美菽、乌赤云，老师是不是主人？"唐卿道："我也是主人，正待要去。美菽本是熟人，他的《文通》一书也曾读过；乌君听说是粤中的名士，不但是外交能手，而且深通西方理学，倒不可不去谈谈，看他们对于时局，有什么意见。”韵高知道唐卿尚须赴宴，也不便多谈，就此告辞出来。

唐卿送客后，看看时候不早，连忙换了一套宴客的礼服，吩咐套车，直向米市胡同江苏会馆而来。到得馆中，同乡京官都朝珠补褂，跻跻跄跄的挤满了馆里的东花厅，陆莩如、章直蜚、米筱亭、易缘常、尹震生、龚弓夫这一班人也都到了。唐卿一一招呼了。不一会，长班引进两位特客来：第一个是神清骨秀，气概昂藏，上唇翘起两簇乌须，唐卿认得就是马美菽；第二个却生得方面大耳，神情肃穆，须髯丰满，大概是乌赤云了。同乡本已推定唐卿做主人的领袖，于是送了茶，寒暄了几句，马上就请到大厅上，斟酒坐定。

套礼已毕，大家慢慢谈声渐纵。唐卿便先开口道：“这几天中堂为国宣劳，政躬想必健适，行旌何日徂东？全国正深翘企！”美菽道：“战局日危，迟留一日，即多一日损失。中堂也迫不及待，已定明日请训后，即便启行。”直蜚道：“言和是全国臣民所耻，中堂冒不韪而独行其是，足见首辅孤忠。但究竟开议后，有无把握，不致断送国脉？”赤云道：“孙子曰：‘知彼知己，百战百胜。’中堂何尝不主战！不过战必量力，中堂知己力不足，人力有余，不敢附和一般不明内容而自大轻敌者，轻言开战。现时战的效验，已大张晓喻了，中堂以国为重，决不负气。但事势到此，只好尽力做去，做一分是一分，讲不到有把握没把握的话了。”

弓夫道：“海军是中堂精心编练，会操复奏，颇自夸张。前敌各军，亦多淮军精锐，何以大东遇敌，一蹶不振，平壤交绥，望风而靡？中堂武勋盖代，身总师干，国力之足不足，似应稍负责任！”美菽笑道：“弓夫兄，你不是局外人，海军经费，每年曾否移作别用？中堂曾否声明不敷展布？此次失败，与机械不具，有无关系？其他军事上，是否毫无掣肘？弓夫兄回去一问令叔祖，当可了然。但现在当局，自应各负各责，中堂也并不诿卸。”

震生忽愤愤插言道：“我不是袒护中堂，前几个月，大家发狂似的主战，现在战败了，又动辄痛骂中堂。我独以为这回致败的原因，不

方知自己中了枪了

在天津,全在京师。中堂思深虑远,承平之日,何尝不建议整饬武备?无奈封章一到,几乎无一事不遭总署及户部的驳斥,直到高升击沉,中堂还请拨巨帑购械和倡议买进南美洲铁甲船一大队,又不批准。有人说,蕞尔日本,北洋的预备已足破敌,他说这话,大概已忘却了历年自己驳斥的案子了!诸位想,中堂的被骂,冤不冤呢?"

筱亭见大家越说越到争论上去,大非敬客之道,就出来调解其间道:"往事何必重提,各负各责,自是美菽先生的名论。以后还望中堂忍辱负重,化险为夷,两公左辅右弼,折冲御侮,是此次中堂一行,实中国四万万人所托命,敢敬一觥,为中国前途祝福!为中堂及二公祝福!"筱亭说罢,立起来满饮了一杯,大家也都饮了一杯。美菽和赤云也就趁势告辞,离了江苏会馆,到别处去了。这里同乡京官也各自散归。

话分两头。我现在把京朝的事,暂且慢说,要叙叙威毅伯议和一边的事了。且说马、乌两参赞到各处酬应了一番,回到东城贤良寺威毅伯的行辕,已在黄昏时候。门口伺候的人们,看见两人,忙迎上来道:"中堂才回来,便找两位大人说话。"两人听了,先回住屋,换上便衣,来到威毅伯的办公室。只见威毅伯很威严的端坐在公事桌上,左手捋着下颌的白须,两只奕奕的眼光,射在几张电报纸上。望见两人进来,微微的动了一动头,举着右手仿佛表示请坐的样子,两人便在那文案两头分坐了。

威毅伯一壁不断的翻阅文件,一壁说道:"今天在敬王那里,把一切话都说明了,请他第一不要拿法越的议和来比较,这次的议和,就算有结果,一定要受万人唾骂;但我为扶危定倾起见,决不学京朝名流,只顾迎合舆论,博一时的好名誉,不问大计的安危。这一层要请王爷注意!又把要带荫白大儿做参赞的事,请他代奏,敬王倒很明白爽快,都答应了。明天我们一准出京,你们可发一电给罗道积丞、曾守润孙,赶紧把放洋的船预备好,到津一径下船,不再耽搁了。"赤云道:"我们国书的款式,转托美使田贝去电问伊藤,是否满意,尚未得复,应否等一等?"威毅伯道:"复电才来,伊藤转呈日皇,非常满意。日皇现在广岛,已派定内阁总理伊藤博文、外务大臣陆奥宗光为全权大臣,在马关开议,并先期到彼相候。"美菽道:"职道正欲回明中堂,适间得到福参赞世德的来电。我们的船,已雇了公义、生义两艘。何时启碇？悉听中堂的命令。”

威毅伯忽面现惊奇的样子道：“这是个匿名信，奇怪极了！”两人都站起凑上来看，见一张青格子的白绵纸上写着几句似通非通的汉文，信封上却写明是“日本郡马县邑乐郡大岛村小山”发的。信文道：

支那全权大使殿，汝记得小山清之介乎？清之介死，汝乃可独生乎？明治二十八年二月十一日预告。

马、乌二人猜想了半天，想不出一个道理来。威毅伯掀髯微笑道：“这又是日本浪人的鬼祟！七十老翁，死生早置度外，由他去吧！我们干我们的。”随手就把他撩下了。一宿匆匆过去。

次日，威毅伯果然在皇上皇太后那里请训下来，随即率同马、乌等一班随员乘了专轮回津。到津后，也不停留，自己和大公子、美国前国务卿福世德、马美菽、乌赤云等坐了公义船，其余罗积丞、曾润孙一班随员翻译等坐了生义船，那天正是光绪二十一年二月二十日，在风雪漫天之际，战云四逼之中，鼓轮而东。

海程不到三天，二十三的清晨，已到了马关。日本外务省派员登舟敬迓，并说明伊藤、陆奥两大臣均已在此恭候。会议场所，择定春帆楼。另外备有大使的行馆。威毅伯当日便派公子荫白同着福参赞，先行登岸，会了伊藤、陆奥两全权，约定会议的时间。第二天，就交换了国书，移入行馆。第三天，正式开议，威毅伯先提出停战的要求。不料伊藤竟严酷的要挟，非将天津、大沽、山海关三处准由日军暂驻，作为抵押，不允停战。威毅伯屡次力争，竟不让步。

这日正是二十八日四点钟光景。在第三次会议散后，威毅伯积着满腔愤怒，从春帆楼出来，想到甲申年伊藤在天津定约的时候，自己何等的骄横，现在又何等的屈辱，恰好调换了一个地位。一路的想，猛抬头，忽见一轮落日，已照在自己行馆的门口，满含了惨淡的色彩，不觉发了一声长叹。叹声未毕，人丛里忽然挤出一个少年，向轿边直扑上来，砌的一声，四围人声鼎沸起来，轿子也停下来了，觉得面上有些异样，伸手一摸，全是湿血，方知自己中了枪了。正是：

问谁当道狐狸在，何事惊人霹雳飞？

不知威毅伯性命如何？且听下回分解。

第二十八回 棣萼双绝武士道舍生 霹雳一声革命团特起

话说上回说到威毅伯正从春帆楼会议出来,刚刚走近行馆门口,忽被人丛中一个少年打了一枪。此时大家急要知道的,第一是威毅伯中枪后的性命如何?第二是放枪谋刺的是谁?第三是谋刺的目的为了什么?我现在却先向看官们告一个罪,要把这三个重要问题暂时都搁一搁,去叙一件很遥远海边山岛里田庄人家的事情。

且说那一家人家,本是从祖父以来,一向是种田的。直传到这一代,是兄弟两个,曾经在小学校里读过几年书,父母现都亡故了。这兄弟俩,在这村里,要算个特色的人,大家很恭维的各送他们一个雅绰,大的叫"大痴",二的叫"狂二",只为他们性情虽完全相反,却各有各的特性。哥哥是很聪明,可惜聪明过了界,一言一动,不免有些疯颠了。不过不是直率的疯颠,是带些乖觉的疯颠。他自己常说:"我的脑子里是全空虚的,只等着人家的好主义,就抓来发狂似的干。"兄弟是很愚笨,然而愚笨透了顶,一言一动,倒变成了骄矜了。不过不是豪迈的骄矜,是一种褊急的骄矜。他自己也常说:"我的眼光是一直线,只看前面的,两旁和后方,都悍然不屑一顾了。"他们兄弟俩,各依着天赋的特性,各自向极端方面去发展,然却有一点是完全一致,就为他们是海边人,在惊涛骇浪里生长的,都是胆大而不怕死。就是讲到兄弟俩的嗜好,也不一样。前一个是好酒,倒是醉乡里的优秀分子;后一个是好赌,成了赌经上的忠实宗徒。你想他们各具天才,各怀野心,几亩祖传下来的薄田,那个放在眼里?自然地荒废了。他们既不种田,自然就性之所近,各寻职业。大的先做村里酒吧间跳舞厅里的狂舞配角,后来到京城帝国大戏院里充了一名狂剧俳优。小的先在邻村赌场上做帮闲，不久，他哥哥把他荐到京城里一家轮盘赌场上做个管事。

说了半天，这兄弟俩究是谁呢？原来哥哥叫做小山清之介，弟弟叫做小山六之介，是日本郡马县邑乐郡大岛村人氏。他们俩虽然在东京都觅得了些小事，然比到在大岛村出发的时候，大家满怀着希望，气概却不同了。自从第一步踏上了社会的战线，只觉得面前跌脚绊手的布满了敌军，第二步再也跨不出。每月赚到的工资，连喝酒和赌钱的欲望，都不能满足，不觉彼此全有些垂头丧气的失望了。况且清之介近来又受了性欲上重大的打击。他独身住在戏院的宿舍里，有一回，在大醉后失了本性的时候，糊糊涂涂和一个宿舍里的下女花子有了染。那花子是个粗蠢的女子，而且有遗传的恶疾，清之介并不是不知道，但花子自己说已经医好了。清之介受了酒力的煽发，性欲的冲动，不管三七二十一的干了一次，等到酒醒，已是悔之无及。不久，传染病的症象，渐渐地显现，也渐渐地增剧。清之介着急，瞒了人请医生去诊治几次，化去不少的冤钱，只是终于无效。他生活上本觉着困难，如今又添了病痛，不免怨着天道的不公，更把花子的乘机诱惑，恨得牙痒痒的。偏偏不知趣的花子，还要来和他歪缠，益发挑起他的怒火，每回不是一飞脚，便是一巴掌，弄得花子也莫名其妙。

有一夜，在三更人静时，他在床上呻吟着病苦的刺激，辗转睡不稳，忽然恶狠狠起了一念，想道："我原是清洁的身体，为什么沾染了污瘢？舒泰的精神，为什么纠缠了痛苦？现在人家还不知道，一知道了，不但要被人讥笑，还要受人憎厌。现在我还没有爱恋，若真有了爱恋，不但没人肯爱我，连我也不忍爱人家，叫人受骗。这么说，我一生的荣誉幸福，都被花子一手断送了。在花子呢，不过图逞淫荡的肉欲，冀希无餍的金钱，害到我如此。我一世聪明，倒钻了蠢奴的圈套；全部人格，却受了贱婢的蹂躏。想起来，好不恨呀！花子简直是我唯一的仇人！我既是个汉子，如何不报此仇？报仇只有杀！"想罢，在地铺上倏的坐起来，在桌子上摸着了演剧时常用的小佩刀，也没换衣服，在黑暗中轻轻开了房门，一路扶墙挨壁下了楼。

他是知道下女室的所在。刚掂着光脚，趁着窗外射进来的月光，认准了花子卧房的门,一手耀着明晃晃的刀光,一手去推,门恰虚掩着。清之介咬了一咬牙,正待擀进去,忽然一阵凛冽的寒风扑上面来,吹得清之介毛发竦然。昂着火热的头,慢慢低了下来;竖着执刀的手,徐徐垂了下来。惊醒似的道:“我在这里做什么?杀人吗?杀人,是个罪;杀人的人,是个凶手。那么,花子到底该杀不该杀呢?她不过受了生理上性的使命,不自觉的成就了这个行为,并不是她的意志。遗传的病,是她祖父留下的种子,她也是被害人,不是故意下毒害人。至于图快乐,想金钱,这是人类普遍的自私心,若把这个来做花子的罪案,那么全世界人没一个不该杀!花子不是耶稣,不能独自强逼她替全人类受惨刑!花子没有可杀的罪,在我更没有杀她的理。我为什么要酒醉呢?冲动呢?明知故犯的去冒险呢?无爱恋而对女性纵欲,便是蹂躏女权,传染就是报应!人家先向你报了仇,你如何再有向人报仇的权?”

清之介想到这里,只好没精打采的倒拖了佩刀,趋回自己房里,把刀一丢,倒在地铺上,把被窝蒙了头,心上好像火一般的烧炙,知道仇是报不成,恨是消不了,看着人生真要不得,自己这样的人生更是要不得!病痛的袭击,没处逃避;经济的压迫,没法推开;讥笑的耻辱,无从洗涤;憎厌的丑恶,无可遮盖。想来想去,很坚决的下了结论:自己只有一条路可走,只有一个法子可以解脱一切的苦。什么路?什么法子?就是自杀!那么马上就下手吗?他想:还不能,只因他和兄弟六之介是很友爱的,还想见他一面,嘱咐他几句话,等到明晚再干还不迟。

当夜清之介搅扰了一整夜,没有合过眼。好容易巴到天明,慌忙起来盥洗了,就奔到六之介的寓所。那时六之介还没起。被他闯进去叫了起来,六之介倒吃惊似的问道:“哥哥,只怕天不早了罢?我真睡糊涂了!”说着看了看手表道:“呀,还不到七点钟呢!哥哥,什么事?老早的跑来!”忽然映着斜射的太阳光,见清之介死白的脸色,蹙着眉,垂着头,有气没力的倒在一张藤躺椅上,只不开口,心里吓了一跳,连连问道:“你怎么?你怎么?”清之介没见兄弟之前,预备了许多话要说,谁知一见面,喉间好像有什么梗住似的,一句话也挣不出来,等了好半天，被六之介逼得无可如何，才吞吞吐吐把昨夜的事说了出来。原定的计划，想把自杀一节瞒过，谁知临说时，舌头不听你意志的使唤，顺着口全淌了出来。

六之介听完，立刻板了脸，发表他的意见道："死倒没有什么关系。不过哥哥这自杀的目的，做兄弟的实在不懂！怕人家讥笑吗？我眼睛里就没有看见过什么人家！怕人憎厌我吗？我先憎厌别人的亲近我！怕痛苦吗？这一点病的痛苦都熬不住，如何算得武士道的日本人！自杀是我赞美的，像哥哥这样的自杀，是盲目的自杀，否则便是疯狂的自杀。我的眼，只看前面。前面有路走，还有很阔大的路，我决不自杀。"清之介被六之介这一套的演说倒堵住了口。当下六之介拉了他哥哥同到一家咖啡馆里，吃了早餐，后来又送他回戏院，劝慰了一番，晚间又陪他同睡，监视着。直到清之介说明不再起自杀的念头，六之介方放心回了自己的寓。

过了些时，六之介不见哥哥来，终有些牵挂，偷个空儿，又到戏院宿舍里，来探望他哥哥。谁知一到宿舍里卧房前，只见房门紧闭，推了几遍，没人应，叫个仆欧来问时，说小山先生请假回大岛村去已经五六天了。六之介听了惊疑，暗忖："哥哥决不会回家，难道真做出来，这倒是我托大误了事了。"转一念想："下女花子，虽则哥哥恨她，哥哥的真去向，只怕她倒知些影响。"回头就向仆欧道："这里有个下女花子，可能叫她来问一下？"仆欧微笑答道："先生倒问起花子？可巧花子在小山先生走后第二天，也歇了出去，不知去向了。"说时咬着唇，露出含有恶意的笑容。这一来，倒把六之介提到混水里，再也摸不清路头，知道在这里也无益，出来顺便到戏院里打听管事人和他的同事，大家只知道他正式请假。不过有几个说，他请假之前，觉得样子是很慌忙的，也问不出个道理来。六之介回家，忙写了一封给大岛村亲戚的信，一面又到各酒吧间咖啡馆妓馆去查访，整整闹了一星期，一点踪迹也无。六之介弄得没法摆布，寻访的念头，渐渐淡了。

那时日本海军，正在大东沟战胜了中国海军，举国若狂，庆祝凯胜。东京的市民，尤其高兴得手舞足蹈，轮盘赌场里，赌客来得如潮如海，成日成夜，整千累万的输赢。生意越好，事务越忙，意气越高，连六之介向前的眼光里，觉得自己矮小的身量，也顿时暗涨一篙，平升三级，只想做东亚的大国民，把哥哥的失踪，早撇在九霄云外。

那天在赌场里整奔忙了一夜，两眼装在额上的踱回寓所，已在早晨七点钟。只见门口站着个女房东，手里捏着一封信，见他来，老远的喊道："好了，先生回来了。这里有一封信，刚才有个刺骚胡子的怪人，特地送来，说是从支那带回，只为等先生不及，托我代收转交。"六之介听了有点惊异，不等他说完就取了过来，瞥眼望见那写的字，好像是哥哥的笔迹，心里倒勃的一跳。看那封面上写着道：

东京，下谷区，龙泉寺町四百十三番地

小山六之介君

小山清之介，自支那，天津。

六之介看见的确是他哥哥的信，而且是亲笔，不觉喜出望外，慌忙撕开看时，上面写的道：

我的挚爱的弟弟：我想你接到这封信时，一定非常的欢喜而惊奇。你欢喜的，是可以相信我没有去实行疯狂的自杀；你惊奇的，是半月来一个不知去向的亲人，忽然知道了他确实的去向。但是我这次要写信给你，还不仅是为了这两个简单的目的。我这回从自杀的主意里，忽地变成了旅行支那的主意。这里面的起因和经过，决定和实现，待我来从头至尾的报告给你：自从那天承你的提醒，又受你的看护，我顿然把盲目或疯狂的自杀断了念。不过这个人生，我还是觉得倦厌；这个世界，我还是不能安居。自杀的基本论据，始终没有变动，仅把不择手段的自杀，换个有价值的自杀，却只好等着机会，选着题目。不想第二天，恰在我们的戏院里，排演一出悲剧，剧名叫《谍牺》，是表现一个爱国男子，在两国战争时，化装混入敌国一个要人家里；那要人的女儿，本是他的情人，靠着她探得敌军战略上的秘密，报告本国，因此转败为胜。后来终于秘密泄漏，男人被敌国斩杀，连情人都受了死刑。我看了这本戏，大大的彻悟。我本是个富有模仿性的人，况在自己不毛的脑田里，把别人栽培好的作物，整个移植过来，做自己人生的收获，又是件最聪明的事。我想如今我们正和支那开战，听说我国男女，去做间谍的也不少，我何妨学那爱国少年，拼着一条命去侦探一两件重大的秘密，做成了固然是无比的光荣，做不成也达了解脱的目的。当下想定主意，就投参谋部陈明志愿。恰值参谋部正有一种计画，要盗窃一二处险要的地图，我去得正好。经部里考验合格，我就秘密受了这个重要的使命，人不知鬼不觉的离了东京，来到这里。我走时，别的没有牵挂，就是害你吃惊不小，这是我的罪过。我现在正在进行我的任务，成功不成功，是命运的事；勉力不勉力，是我的事。不成便是死，成是我的目的，死也是我的目的。我只有勉力，勉力即达目的。我却有最后一句话要告诉你：死以前的事是我的事，我的事是舍生；死以后的事，是你的事，你的事是复仇。我希望你替我复仇，这才不愧武士道的国民！这封信，关系军机，不便付邮，幸亏我国一个大侠天弢龙伯正要回国，他是个忠实男子，不会泄漏，我便托付了他，携带给你。并祝你的健康！

你的可怜的哥哥清之介白。

六之介看完了信，心中又喜又急，喜的是哥哥总算有了下落，急的是做敌国的侦探，又是盗窃险要的地图，何等危险的事，一定凶多吉少。自肚里想："人家叫哥哥'大痴'，这些行径，只怕真有些痴。好好生活不要过，为了一个下女要自杀；自杀不成功，又千方百计去找死法；既去找死，那么死是你自愿的，人家杀你，正如了你的愿，该感谢，为什么要报仇？强逼我替你报仇，益发可笑！难道报仇是件好玩的事吗？况且花子的同时失踪，更是奇事。哥哥是恨花子的，决不会带了走；花子不是跟哥哥，又到那里去呢？这真是个打不破的哑谜！"忽然又想到天弢龙伯，是主张扶助支那革命的奇人，可惜迟来一步，没有见识见识怎样一个人物，不晓得有再见的机会没有？若然打听得到他的住址，一定要去谢谢他。六之介心里乱七八糟的想了一阵，到底也没有理出个头绪来，只得把信收起，自顾自去歇他的午觉。

从此胸口总仿佛压着一块大石，拨不开来，时时留心看看报纸，打听打听中国的消息，却从来没有关涉他哥哥的事。只有战胜的捷报，连珠炮价传来；欢呼的声浪，溢涨全国，好似火山爆裂一般，岛根都隆隆地震动了。不多时,天险的旅顺,都攻破了,威海也占领了,刘公岛一役,索性把中国的海军全都毁灭了。骄傲性成的六之介,此时他的心理上,以为从此可以口吞渤海,脚踢神州,大和魂要来代替神明胄了,连哥哥的性命,也被这权威呵护,决无妨碍。忽然听见美国出来调停,他就破口大骂。后来日政府拒绝了庄、召两公使,他的愤气又平了一点。不想不久,日政府竟承认了威毅伯的全权大使,直把他气得三尸出窍,六魄飞天,终日在家里椎壁拍几的骂政府浑蛋。

正骂得高兴哩,房门呀的开了,女房东拿了张卡片道:"前天送信来的那怪人要见先生。"六之介知道是天弢龙伯,忙说"请",只见一个伟大躯干的人,乱髯戟张,目光电闪,蓬发阔面,胆鼻剑眉,身穿和服,洒洒落落的跨了进来,便道:"前日没缘见面,今天又冒昧来打你的搅。"六之介一壁招呼坐地,一壁道:"早想到府,谢先生带信的高义,苦在不知住址,倒耽误了。今天反蒙枉顾,又惭愧,又欢喜。"

天弢龙伯道:"我向不会说客气话,没事也不会来找先生。先生晓得令兄的消息吗?"六之介道:"从先生带信后,直到如今,没接过哥哥只字。"天弢龙伯惨然道:"怎么能写字?令兄早被清国威毅伯杀了!"六之介突受这句话的猛击,直立了起来道:"这话可真?"天弢龙伯道:"令兄虽被杀,却替国家立了大功。"六之介被天性所激,眼眶里的泪,似泉一般直流,哽噎道:"杀了,怎么还立功呢?"天弢龙伯道:"先生且休悲愤,这件事,政府至今还守秘密,我却全知道。我把这事的根底细细告诉你。令兄是受了参谋部的秘密委任,去偷盗支那海军根据地旅顺、威海、刘公岛三处设备详图的。我替令兄传信时,还没知道内容,但知道是我国的军事侦探罢了。直到女谍花子回国,才把令兄盗得的地图带了回来。令兄殉国的惨史,也哄动了政府。"

六之介诧异道:"是帝国戏院里的下女花子吗?怎么也做了间谍?哥哥既已被杀,怎么还盗得地图?带回来的,怎么倒是花子呢?"天弢龙伯道:"这事说来很奇。据花子说,她在戏院里,早和令兄发生关系。后来不知为什么,令兄和她闹翻了。令兄因为悔恨,才发狠去冒侦探的大险。花子知道他的意思,有时去劝慰,令兄不是骂便是打。但花子一点不怨,反处处留心令兄的动作。令兄充侦探的事,竟被她探明白了。所以令兄动身到支那，她也暗地跟去。在先，令兄一点不知道，到了天津，还是她自己投到，跪在令兄身边，说明她的跟来，并不来求爱，是来求死，不愿做同情，只愿做同志，凡可以帮助的，水里火里都去。令兄只得容受了。后来令兄做的事，她都预闻。令兄先探明了这些地图，共有两份，一份存在威毅伯衙门里，一份却在丁雨汀公馆。督署禁卫森严，无隙可乘，只好决定向丁公馆下手。令兄又打听得这些图，向来放在签押房公事桌抽屉里，丁雨汀出门后，签押房牢牢锁闭，家里的一切钥匙，却都交给一个最信任的老总管丁成掌管，丁成就住在那签押房的耳房里，监守着。那耳房的院子，只隔一座墙，外面便是马路横头的荒僻死弄。这种情形，令兄都记在肚里，可还没有入脚处。恰好令兄有两种特长，便是他成功之母：一是在戏院里学会了很纯熟的支那话，一是欢喜喝酒。不想丁成也是个酒鬼，没一天不到三不管一爿小酒店里去买醉。令兄晓得了，就借这一点做了两人认识的媒介，渐渐地交谈了，渐渐地合伙了。不上十天，成了酒友，不但天天替他会钞付账，而且时时给他送东送西，做得十分的殷勤亲密。丁成虽是个算小爱恭维的人，倒也有些过意不去。有一天，忽然来约他道：'我有一坛女儿红，今晚为你开了。请你到公馆来，在我房间里，咱们较一较酒量，喝个畅。'令兄暗忖机会来了，当下满口应承。临赴约之前，却私下嘱咐花子，三更时分，叫她到死弄里去等，彼此掷石子为号，便来接受盗到的东西，立刻拿回寓所。令兄那夜在丁公馆里，果真把丁成灌得烂醉，果真在他身上偷到钥匙，开了签押房和抽屉，果真把地图盗到了手，包好结上一块石头，丢出墙外，果真花子接到，拿回了寓。令兄还在丁公馆里，和丁成同榻宿了一宵，平平安安的回来。令兄看着这一套图，虽然盗出来，但尺寸很大，纸张又硬又厚，总分图不下三十张，路上如何藏匿，决逃不过侦查的眼目。苦思力索了半天，想出一个办法，先尽着两日夜的工夫，把最薄的软绵纸套画了三件总图，郑重交给花子，嘱她另找个地方去住，把图纸缝在衣裤里，等自己走后两三天再走。自己没事，多一副本也好；若出了事，还有这第二次的希望。自己决带全份的正图，定做了一只夹底木箱，把图放在夹层里，外面却装了一箱书。计议已定，令兄第三天在天津出发。可怜就在这一天，在轮船码头竟被稽查员查获，送到督署，立刻枪毙了。倒是花子有智有勇，听见了令兄的消息，她一点不胆怯，把三张副图，裁分为六，用极薄的橡皮包成六个大丸子，再用线穿了，临上船时，生生的都吞下肚去，线头含在嘴里，路上碰到几次检查，都被她逃过。靠着牛乳汤水，维持生命，千辛万苦竟把地图带回国来。这回旅顺、威海的容易得手，虽说支那守将的无能，几张地图的助力，也就不小。不过花子经医生把地图取出后，胃肠受伤，至今病倒医院，性命只在呼吸之间了。六之介先生，你想，令兄的不负国，花子的不负友，真是一时无两。我怕你不知道，所以今天特来报告你。"

六之介忽然瞪着眼，握着拳狂呼道："可恨！可恨！必报此仇！花子不负友，我也决不负兄！"天弢龙伯道："你恨的是威毅伯吗？他就在这几天要到马关了！这是我们国际上的大计，你要报仇，却不可在这些时期去胡做。"六之介默然。天弢龙伯又劝慰了几句，也便飘然而去。

且说六之介本恨威毅伯的讲和，阻碍了大和魂的发展，如今又悲痛哥哥的被杀，感动花子的义气，他想花子还能死守哥哥托付的遗命，他倒不能恪遵哥哥的预嘱，那还成个人吗？他的眼光是一直线的，现在他只看见前面晃着"报仇"两个大字，其余一概不屑顾了。当时就写了一封汉文的简单警告，径寄威毅伯，就算他的哀的美敦书了。从此就天天只盼望威毅伯的速来，打听他的到达日期。后来听见他果真到了，并且在春帆楼开议，就决意去暗杀。在神奈川县横滨街上金丸谦次郎店里，买了一支五响短枪，并买了弹子，在东京起旱，赶到赤间关。恰遇威毅伯从春帆楼会议回来，刚走到外滨町，被六之介在轿前五尺许，砸的一枪，竟把威毅伯打伤了。幸亏弹子打破眼镜，中了左颧，深入左目下。当时警察一面驱逐路人，让轿子抬近行馆，一面追捕刺客，把六之介获住。

威毅伯进了卧室，因流血过多，晕了过去。随即两医官赶来诊视，知道伤不致命，连忙用了止血药，将伤处包裹。威毅伯已清醒过来。伊藤、陆奥两大臣得了消息，慌忙亲来慰问谢罪，地方文武官员也来得络绎不绝。第二天,日皇派遣医官两员并皇后手制裹伤绷带,降谕存问,且把山口县知事和警察长都革了职,也算闹得满城风雨了。其实威毅伯受伤后,弹子虽未取出,病势倒日有起色,和议的进行,也并未停止。日本恐挑起世界的罪责,气焰倒因此减了不少,竟无条件的允了停战。威毅伯虽耗了一袍袖的老血,和议的速度,却添了满锅炉的猛火,只再议了两次,马关条约的大纲,差不多快都议定了。

这日,正是山口地方裁判所判决小山六之介的谋刺罪案,参观的人非常拥挤。马美菽和乌赤云在行馆没事,也相约同往,看他如何判决。刚听到堂上书记宣读判词,由死刑减一等办以无期徒刑这一句的时候,乌赤云忽见人丛中一个虬髯乱发的日本大汉身旁,坐着个年轻英发的中国人,好生面善,一时想不起是谁。那人被乌赤云一看,面上似露惊疑之色,拉了那大汉匆匆的就走了。赤云恍然回顾美菽道:"才走出去的中国人你看见吗?"美菽看了看道:"我不认得,是谁呢?"赤云道:"这就是陈千秋,是有名的革命党,支那青年会的成员。昨天我还接到广东同乡的信,说近来青年会很是活动,只怕不日就要起事哩。现在陈千秋又到日本来,其中必有缘故。"两人正要立起,忽见行馆里的随员罗积丞奔来喊道:"中堂请赤云兄速回,说两广总督李大先生有急电,要和赤云兄商量哩。"赤云向美菽道:"只怕是革命党起事了。"正是:

输他海国风云壮,还我轩皇土地来。

不知两广总督的急电,到底发生了甚事,下回再说。

第二十九回　龙吟虎啸跳出人豪　燕语莺啼惊逢捕客

却说乌赤云正和马美菽在山口县裁判所听审刺客，行馆随员罗积丞传了威毅伯的谕，来请赤云回馆，商量两广督署来的急电。你道这急电为的是件什么事？原来此时两广总督就是威毅伯的哥哥李大先生，新近接到了两江总督的密电，在上海破获了青年会运广的大批军火。军火虽然全数扣留，运军火的人，却都在逃。探得内中有个重要人犯陈千秋即陈青，是青年会里的首领，或言先已回广，或言由日本浪人天弢龙伯保护，逃往日本，难保不潜回本国，图谋大举。电中请其防范，并转请威毅伯在日密探党人内容。大先生得了此电，很为着急，在省城里选派干员侦查。虽有些风言雾语，到底探不出个实在，所以打了一个万急电，托威毅伯顺便侦探；如能运动日政府将陈千秋逮捕，尤为满意。

当时威毅伯恰和荫白大公子在那里修改第五次会议问答节略的稿子，预备电致军机和总署，做确定条约的张本。看见了大先生这个电，他是不相信中国有这些事发生的，就捋着胡子笑道："你们大伯伯又在那里瞎耽心了！这种都是穷极无聊的文丐，没把鼻的炒蛋，怕他们做什么！我们的兵，虽然打不了外国人，杀家里个把毛贼，还是不费吹灰之力。但大伯伯既然当一件事来托我，也得敷衍他一下。不过我不大明白这些事，怎么办呢？"荫白道："这是广东的事。青年会的总机关，也在广东，只有广东人知道底细。父亲何妨去请赤云来商量商量。"威毅伯点点头，所以就叫罗积丞来请赤云。

当下赤云来见威毅伯，威毅伯把电报给他看了。赤云一壁看，一壁笑着道："无巧不成书！说到曹操，曹操就到。职道才和美菽在裁判所里，遇见陈千秋，正和美菽讲哩。这个人，职道从小认识的，是个极聪明的少年，可惜做了革命党。”荫白道：“那么这人的确在日本了！我国正好设法逮捕。”赤云道：“这个谈何容易！我们固然没有逮捕之权，国事犯日本又定照公法保护，况且还有天弢龙伯自命侠客的做他的护身符！”荫白道：“我们可以把他骗到行馆里来，私下监禁，带回去。”威毅伯道：“使不得，使不得。现在和议的事，一发千钧，在他国内，私行捕禁，虽说行馆有治外法权，万一漏了些消息，连累和议，不是玩的！”赤云道：“中堂所见极是，还是让职道去探听些党人的举动，照实电复就是了。”议定了这事，威毅伯仍注意到节略稿子，赤云便告退出来，自去想法侦查不题。

却说吾人以肉眼对着社会，好像一个混沌世界，熙熙攘攘，不知为着何事，这般忙碌。记得从前不晓得那一个皇帝南巡时节，在金山上，望着扬子江心多少船，问个和尚，共是几船？和尚回说：只有两船，一为名，一为利。我想这个和尚，一定是个肉眼。人类自有灵魂，即有感觉；自有社会，即有历史。那历史上的方面最多，有名誉的，有痛苦的。名誉的历史，自然兴兴头头，夸着说着，虽传下几千年，祖宗的名誉，子孙还不会忘记；即如吾们老祖黄帝，当日战胜蚩尤、驱除苗族的伟绩，岂不是永远纪念呢！至那痛苦的历史，当时接触灵魂，没有一个不感觉，张拳怒目，誓报国仇，就是过了几百年，隔了几百代，总有一班人牢牢记着，不能甘心的。

我常常听见故老传闻，那日满洲入关之始，亡国遗民，起兵抗拒的，原也不少，只是东起西灭，运命不长。后来只剩个郑成功，占领厦门，叫做思明州，到底立脚不住，逃往台湾。其时成功年老，晓得后世子孙，也不能保住这一寸山河，不如下了一粒民族的种子，使他数百年后，慢慢膨胀起来。

列位想这种子，是什么东西？原来就是秘密会社。成功立的秘密会社，起先叫做天地会，后来分做两派：一派叫做三合会，起点于福建，盛行于广东，而膨胀于暹罗、新嘉坡、新旧金山、檀岛；一派叫做哥老会，起点于湖南，而蔓延于长江上下游。两派总叫做洪帮，取太祖洪武的意思。那三合亦取着洪字偏旁三点的意思。恰好那时北部，同时起了八卦教、在理会、大刀小刀会等名目，只是各派内力不足，不敢轻动。直到西历一千七百六十七年间，川楚一面，蠢动了数十年，就叫川楚教匪。教匪平而三合会始出现于世界。膨胀到一千八百五十年间，金田革命，而洪秀全、杨秀清，遂起立了太平天国，占了十二行省。那时政府，就利用着同类相残的政策，就引起哥老会党，去扑灭那三合会。这也是成功当时万万料不到此的。哥老会既扑灭了三合会，顿时安富尊荣，不知出了多少公侯将相，所以两江总督一缺，就是哥老会用着几十万头颅血肉，去购定的衣食饭碗。凡是会员做了总督，一年总要贴出几十万银子，孝敬旧时的兄弟们；不然，他们就要不依哩。然而因此以后，三合会与哥老会结成个不世之仇。他们会党之人，出来也不立标帜，医卜星相江湖卖技之流，赶车行船驿夫走卒之辈，烟灯饭馆药堂质铺等地，挂单云游衲僧贫道之类，无一不是。劈面相逢，也有些子仪式，几句口号，肉眼看来，毫不觉得。他们甘心做叛徒逆党，情愿去破家毁产，名在那里？利在那里？奔波往来，为着何事？不过老祖传下这一点民族主义，各处运动，不肯叫他埋没永不发现罢了。如此看来，吾人天天所遇的人，难保无英雄帝王侠客大盗在内，要在放出慧眼看去，或能见得一二分，也未可知。

方三合哥老同类相残的时候，欧洲大西洋内，流出两股暗潮：一股沿阿非利加洲小西洋，折好望角，直渡印度洋，以向广东；一股沿阿美利加南角，直渡太平洋，以向香港上海。这两股潮流，就是载着革命主义。那广东地方，受着这潮流的影响最大，于是三合会残党内，跳出了多少少年英雄，立时组成一个支那青年会，发表宗旨，就是民族共和主义。虽然实力未充，比不得玛志尼的少年意大利，济格士奇的俄罗斯革命团，却是比着前朝的几社、复社，现在上海的教育会，实在多了！该党会员，时时在各处侦察动静，调查实情，即如此时赤云在山口县裁判所内看见的陈千秋，此人就是青年会会员。

如今且说那陈千秋在未逃到日本之先，曾经在会中，担任了调查江浙内情，联络各处党会的责任。来到上海地方，心里总想物色几个伟大人物，替会里扩张些权力。谁知四下里物色遍了，遇着的，倒大多数是醉生梦死花天酒地的浪子，不然便是胆小怕事买进卖出的商人；再进一步，是王紫诠派向太平天国献计的斗方名士，或是蔡尔康派替广学会宣传的救国学说。又在应酬场中，遇见同乡里大家推崇的维新外交家王子度，也只主张废科举，兴学堂；众人惊诧的改制新教王唐猷辉，不过说到开国会，定宪法，都是些扶墙摸壁的政论，没一个挥戈回日的奇才。正自纳闷。

忽一日，走过虹口一条马路上，一座巍焕的洋房前，门上横着一块白漆匾额，上写“常磐馆”三个黑字。心里顿时记起这旅馆里，很多日本的浪人寄寓，他有个旧友叫做曾根的，是馆中的老旅客，暗忖自己反正没事，何妨访访他，也许得些机会。想罢，就到那旅馆里，找着一个仆欧似的同乡人，在怀里掏出卡片，说明要看曾根君。那仆欧笑了笑道：“先生来得巧，曾根先生才和一个朋友在外边回来。请你等一等，我去回。”不一会仆欧出来，道声“请”，千秋就跟他进了一个陈设得古雅幽静的小客厅上，却不是东洋式的。一个瘦长条子上唇堆着两簇小胡子的人，站起身来，张着滴溜溜转动的小眼，微笑地和他握手道：“陈先生久违了！想不到你会到这里。我还冒昧介绍一位同志，是热心扶助贵国改革的侠士南万里君，也是天弢龙伯的好友。先生该知道些吧！”

千秋一面口里连说“久仰久仰”，一面抢上客座和那人去拉手。只见那人生得黑苍苍的马脸，一部乌大胡，身干虽不高大，气概倒很豪迈，回顾曾根道：“这位就是你常说起的青年会干事陈青君吗？”曾根道：“可不是？上回天弢龙伯住在这馆里时，就要我介绍，可惜没会到。今天有缘遇见先生，也是一样。你把这回去湖南的事可以说下去，好在陈先生不是外人。”千秋道：“天弢龙伯君，我虽没会过，他的令兄宫畸豹二郎，是我的好友——他主张亚洲革命，先从中国革起。中国一克复，然后印度可兴，暹罗、安南可振，菲律宾、埃及可救。实是东亚黄种的明灯，可惜死了。天弢龙伯君还是继续他未竟之志，正是我们最忠恳的同志。不知南万里君这次湖南之行得到了什么成绩？极愿请教！”

南万里道：“我这回的来贵国，目的专在联合各种秘密党会。湖南是哥老会老巢，我这回去结识了他的大头目毕嘉铭，陈说利害，把他感化了,又解释了和三合会的世仇。正要想到贵省去,只为这次出发,我和天弢龙伯是分任南北,他到北方,我到南方,贵会是南方一个有力的革命团,今天遇见阁下,岂不是天假之缘吗?请先生将贵会的宗旨人物,详细赐教,并求一封介绍书,以便前往联合。"千秋听了,非常欢喜,就把青年会的主义组织和中坚分子,倾筐倒箧的告诉了他,并依他的要求,写了一封切实的信。声气相通,山钟互应,自然谈得十分痛快。

直到日暮,方告别出来。刚刚到得寓所,忽接到本部密电,连忙照通信暗码译出来,上写着:

> 上海某处陈千秋鉴:星加坡裘叔远助本会德国新式洋枪一千杆,连子,在上海瑞记洋行交付。设法运广。汶密。

千秋看毕,将电文烧了,就赶到瑞记军装账房,知道果有此事。那账房细细问明来历,千秋一一回答妥当,就领见了大班,告诉他裘叔远已经托他安置在公司船上,只要请千秋押往。千秋与大班诸事谈妥,打算明日坐公司船回广东。

恰从洋行内走出来,忽见门外站着两个雄壮大汉,年纪都不过三十许,两目灼灼,望着千秋,形状可怕得很。千秋连忙低着头,只顾往前走。已经走了一里路光景,回头一看,那两人仍旧在后头跟着走,一直送到千秋寓所,在人丛里一混,忽然不见了。千秋甚是疑惑。在寓吃了晚饭,看着钟上正是六点,走出了寓来,要想到虹口去访一个英国的朋友。刚走到外白渡桥,在桥上慢慢的徘徊,看黄浦江的景致。正是明月在地,清风拂衣,觉得身上异常凉爽,心上十分快活。

恰赏玩间,忽然背后飞跑的来了一人,把他臂膀一拉道:"你是陈千秋吗?"千秋抬头一看,仿佛是巡捕的装束,就说:"是陈千秋,便怎么样?"那人道:"你自己犯了弥天大罪,私买军火,谋为不轨,还想赖么?警署奉了道台的照会,叫我来捉你。"千秋匆忙间,也不辨真假,被那人拉下桥来,早有一辆马车等在那里,就把千秋推入车厢。那人也上了车,随手将玻璃门带上,四面围着黑色帘子,黑洞洞不见一物,正如牢狱一般。马夫拉动缰绳,一会儿风驰电卷,把一个青年会会员陈千秋,不知赶到那里去了。

谁知这里白渡桥陈千秋被捕之夜,却正是那边广东省青年会开会之时。话说广东城内国民街上,有一所高大房屋,里头崇楼杰阁,好像三四进,这晚上坐着几十位青年志士,点着保险洋灯。听得壁上钟鸣铛铛敲九下,人丛里走出一人,但见跑到当中的一张百灵台后,向众点头,便开口道:“我热心共和,投身革命的诸君听者!诸君晓得现在欧洲各国,是经着革命一次,国权发达一次的了!诸君亦晓得现在中国是少不得革命的了!但是不能用着从前野蛮的革命,无知识的革命。从前的革命,扑了专制政府,又添一个专制政府;现在的革命,要组织我黄帝子孙民族共和的政府。今日查一查会册,好在我们同志,亦已不少,现在要分做两部:一部出洋游学,须备他日建立新政之用;一部分往内地,招集同志,以为扩张势力,他日实行破坏旧政府之用。夏间派往各处调查运动员,除南洋、广西、檀岛、新金山的,已经回来了,惟江浙两省的调查员陈千秋,尚未到来。前日有电信,说不日当到。待到本部,大家决议方针。我想……”刚说到这里,忽然外面走进一位眉宇轩爽神情活泼的伟大人物,众皆喊道:“孙君来说!孙君来说!”那孙君一头走,一头说,就发出洪亮之口音道:“上海有要电来!上海有要电来!”

你道这说的是谁呢?原来此人姓孙,名汶,号一仙,广东香山县人。先世业农。一仙还在香山种过田地,既而弃农学商,复想到商业也不中用,遂到香港去读书。天生异禀,不数年,英语汉籍,无不通晓,且又学得专门医学。他的宗旨,本来主张耶教的博爱平等,加以日在香港,接近西洋社会,呼吸自由空气,俯瞰民族帝国主义的潮流,因是养成一种共和革命思想,而且不尚空言,最爱实行的。那青年会组织之始,筹画之力,算他为最多呢!他年纪不过二十左右,面目英秀,辩才无碍,穿着一身黑呢衣服,脑后还拖根辫子。当时走进来,只见会场中,一片欢迎拍掌之声,如雷而起。演台上走下来的,正是副议长杨云衢君。两边却坐着四位评议员:左边二位,却是欧世杰、何大雄;右边也是二位,是张怀民、史坚如。还有常议员、稽察员、干事员、侦探员、司机员,个个精神焕发,神采飞扬,气吞全球,目无此虏。

一仙步上演台,高声道:“诸君静听上海陈千秋之要电!”说罢,会众忽然静肃，鸦雀无声，但听一仙朗诵电文道："午电悉。军火妥，明日装德公司船，秋亲运归。再顷访友过白渡桥，忽来警察装之一人，传警署令，以私运军火捕秋……"会众听到此句，人人相顾错愕。杨云衢却满面狐疑，目不旁瞬，耳不旁听，只抬头望着一仙；史坚如更自怒目切齿，顿时如玉之娇面，发出如霞之血色。一仙笑一笑，续念道："……推秋入一黑暗之马车，狂奔二三里，抵一旷野中高大洋房，昏夜不辨何地。下车入门，置秋于接待所，灯光下，走出一雄壮大汉。秋狂惑不解。大汉笑曰：'捕君诳耳！我乃哥老会头目毕嘉铭是也。'"一仙读至此，顿一顿，向众人道："诸君试猜一猜，哥老会劫去陈君，是何主义？"欧世杰、何大雄一齐说道："莫非要劫夺新办的军火吗？"一仙道："非也，此事有绝大关系哩！"又念道："尾君非一日，知君确系青年会会员，今日又从瑞记军装处出，故以私运军火伪为捕君之警察也者，实欲要君介绍于会长孙一仙君，为哥老、三合两会媾和之媒介。哥老、三合，本出一源，中以太平革命之役，顿起衅端。现在黄族濒危，外忧内患，岂可同室操戈，自相残杀乎？自今伊始，三会联盟，齐心同德，汉土或有光复之一日乎？愿君速电会长，我辈当率江上健儿，共隶于青年会会长孙君三色旗之下，誓死不贰。秋得此意外之大助力，欣喜欲狂，特电贺我黄帝子孙万岁！青年会万岁！青年会会长孙君万岁！"

一仙将电文诵毕道："哥老会既悔罪而愿投于我青年会民族共和之大革命团，我愿我会友忘旧恶，释前嫌，以至公至大之心欢迎之。想三合会会长梁君，当亦表同情。诸君以为如何？"众人方转惊为喜的时候，听见此议，皆拍掌赞成。

忽右边座中一十四岁的美少年史坚如，一跃离座，向孙君发议道："时哉不可失！愿会长速电陈君，令其要结哥老会，克日举事于长沙！一面遣员约定三合会，及三洲田、虎门、博罗城诸同志，同时并起。坚如愿以一粒爆裂药和着一腔热血，抛掷于广东总督之头上。霹雳一声，四方响应，正我汉族如荼如火之国民，执龙旗而跳上舞台之日也。愿会长速发电！"一仙道："壮哉！轰轰烈烈革命军之勇少年！"杨云衢道："愿少安勿躁！且待千秋军火到此，一探彼会之内情，如有实际,再谋举事。一面暗中关会三合会,彼此呼应,庶不至轻率偾事。"一仙道:"沉毅哉！老谋深算革命军之军事家!"欧世杰道:"本会经济问题,近甚窘迫,宜遣员往南洋各岛募集,再求星加坡裘叔远臂助。内地则南关陈龙,桂林超兰生,皆肯破家效命,为革命军大资本家,毋使临渴而掘井,功败垂成!"一仙道:"周至哉！绸缪惨淡之革命军理财家！哈！哈！本会有如许英雄崛起,怪杰来归,羽翼成矣！股肱张矣！洋洋中土,何患不雄飞于二十世纪哉！自今日始,改青年会曰兴中会。革命谋画,俟千秋一到,次第布置何如?"众皆鼓掌狂呼道:"兴中会万岁！兴中会民族共和万岁!"一仙当时,看看钟上,已指十一下,知道时候晚了,即忙摇铃散会,自己也就下台出去,各自散归,专候千秋回到本部,再议大计。

过了五六日,毫无消息。会友每日到香港探听,德公司船来了好几只,却没千秋的影。大家都慌了。发电往询,又恐走漏消息,只好又耐了两日,依然石沉大海。

这日,一仙开了个临时议会,筹议此事。有的说应该派一侦探员前往的,有的说还是打电报给那边会里人问信的,有的说不要紧,总是为着别事未了,不日就可到的。议论纷纷。一仙却一言不发,知道这事有些古怪,难道哥老会有什么变动吗？细想又决无是事。

正是摸不着头,忽见门上通报道:"有一位外国人在门外要求见。"众皆面面相觑。一仙道:"有名片没有?"门上道:"他说姓摩尔肯。"一仙道:"快请进来!"少间走进一个英国人来,却是一身教士装束,面上似有慌张之色,一见众人,即忙摘帽致礼。一仙上前,与他握手道:"密斯脱摩尔肯,从那里来?"那人答道:"顷从上海到此,我要问句话,贵会会友陈千秋回来了没有?"一仙一愣道:"正是至今还没到。密斯脱从上海来,总知道些消息。"摩尔肯愕然道:"真没有到么？奇了,难道走上天了?"一仙道:"密斯脱在上海,会见没有呢?"摩尔肯道:"见过好几次。就为那日约定了夜饭后七点钟到敝寓来谈天,直等到天亮,没有来。次日去访,寓主说,昨天夜饭后,出门了,没有回寓。后来又歇两天,去问问,还是没有回来,行李一件都没有来拿,我就有点诧异。四处暗暗打听,连个影儿都没有。我想一定是本部有了什么要事回去了，所以赶着搭船来此，问个底细。谁知也没回来，不是奇事么？"一仙道："最怪的是他已有电报说五月初十日，搭德公司船回本部的。"摩尔肯忽拍案道："坏了！初十日出口的德公司船么？听说那船上被税关搜出无数洋枪子药，公司里大班，都因此要上公堂哩。不过听说运军火的人，一个没有捉得，都在逃了。这军火是贵会的么？"于是大家听了，大惊失色。

一仙叹口气道："这也天意了！"停一回道："这事必然还有别的情节，要不然，千秋总有密电来招呼的。本会必须有一个机警谨慎的人，去走一趟，探探千秋的实在消息才好。"当时座中杨云衢起立说道："不才愿往。"摩尔肯道："税关因那日军火的事情，盘查得很紧，倒要小心。"云衢笑道："世界那里有贪生怕死的革命男儿！管他紧不紧，干甚事！"摩尔肯笑向一仙道："观杨君勇往之概，可见近日贵会，团结力益发大了！兄弟在英国也组立了一个团体，名曰'中友会'，英文便是 Friend of China Society，设本部于伦敦，支部于各国，遍播民党种子于地球世界。将来贵会，如有大举，我们同志必能挺身来助的。"一仙道了谢。杨云衢自去收拾行李，到香港乘轮船赴上海去了。一仙与摩尔肯也各自散去。

话分两头。且说杨云衢在海中走不上六日，便到了上海。那时青年会上海支部的总干事，姓陆名崇湝，号皓冬，是个意志坚强的志士，和云衢是一人之交。云衢一上岸，就去找他，便寄宿在他家里。皓冬是电报局翻译生，外面消息，极其灵通，只有对于陈千秋的踪迹，一点影响都探不出。自从云衢到后，自然格外替他奔走，一连十余日，毫无进步。云衢闷闷不乐。皓东怕他闷出病来，有一晚，高高兴兴的闯进他房里道："云衢，你不要尽在这里纳闷了，我们今夜去乐一下子吧！你知道状元夫人傅彩云吗？"云衢道："就是和德国皇后拍照的傅彩云吗？怎么样？"皓冬道："她在金家出来了，改名曹梦兰，在燕庆里挂了牌子了。我昨天在应酬场中，叫了她一个局，今夜定下一台酒，特地请你去玩玩。"说着不管云衢肯不肯，拉了就走。门口早备下马车，一鞭得得，不一会，到了燕庆里，登了彩云妆阁。

此时彩云早已堂差出外，家中只有几个时髦大姐，在那里七手八脚的支应不开。三间楼面,都挤得满满的客,连亭子间都有客占了,只替皓冬留得一间客堂房间。一个大姐阿毛笑眯眯的说道:“陆大少,今天实在对不起,回来大小姐自己来多坐一会儿赔补吧!”皓冬一笑,也不在意。云衢却留心看那房间,敷设得又华丽,又文雅,一色柚木锦面的大榻椅,一张雕镂褂络的金铜床,壁挂名家的油画,地铺俄国的彩毡,又看到上首正房间里,已摆好了一席酒,许多客已团团的坐着,都是气概昂藏,谈吐风雅。

忽然飘来一阵广东口音,云衢倒注意起来。忽听一个老者道:“东也要找陈千秋,西也要找陈千秋,再想不到他会逃到日本来!再想不到人家正找他,我们恰遇着他。”又一个道:“遇见也拿不到,他还是和弢天龙伯天天在一起,计议革命的事。”老者道:“就是拿得到,我也不愿拿。拿了一个,还有别个,中什么用呢!”云衢听了,喜得手舞足蹈起来,推推皓冬低声道:“踏破铁鞋无觅处,得来全不费工夫!”皓冬道:“这一班是什么人呢?让我来探问一下。”说着就向那边房里窗口站着的阿毛,招了招手,阿毛连忙掀帘进来。正是:

拏云攫去无双士,堕溷重看第一花。

不知阿毛说出那边房里的客究是何人,且听下回分解。

第三十回 白水滩名伶掷帽 青阳港好鸟离笼

上回书里，正说兴中会党员陆皓冬，请他党友杨云衢，到燕庆里新挂牌子改名曹梦兰的傅彩云家，去吃酒解闷，在间壁房间里，一班广东阔客口中得到了陈千秋在日本的消息，皓冬要向大姐阿毛问那班人的来历。我想读书的看到这里，一定说我叙事脱了笋了，彩云跟了张夫人出京，路上如何情形，没有叙过。而且彩云曾经斩钉截铁的说定守一年的孝，怎么没有满期，一踏上南边的地，好像等不及的就走马上章台呢？这里头，到底怎么一会事呢？请读书的恕我一张嘴，说不了两头话。既然大家性急，只好先把彩云的事，从头细说。

原来彩云在雯青未死时，早和有名武生孙三儿勾搭上手，算顶了阿福的缺。他们的结识，是在宣武门外的文昌馆里。那天是内务府红郎中官庆家的寿事，堂会戏唱得非常热闹。只为官庆原是个纨袴班头，最喜欢听戏。他的姑娘，叫做五妞儿，虽然容貌平常，却是风流放诞，常常假扮了男装，上馆子，逛戏园，京师里出名的女戏迷。所以那一回的堂会，差不多把满京城的名角，都叫齐了，孙三儿自然也在其列。雯青是翰院名流，向来瞧不起官庆的，只是彩云和五妞儿气味相投，往来很密，这日官家如此热闹的场面，不用说老早的鱼轩莅止了。

彩云和五妞儿还有几个内城里有体面的堂客，占了一座楼厢，一壁听着戏曲，一壁纵情谈笑，有的批评生角旦角相貌打扮的优劣，有的考究胡子青衣唱工做工的好坏，倒也议论风生，兴高采烈。看到得意时，和爷儿们一般，在怀里掏出红封，叫丫鬟们向戏台上抛掷。台上就有人打千谢赏，嘴里还喊着谢某太太或某姑娘的赏！有些得窍一点的优伶，竟亲自上楼来叩谢。这班堂客，居然言来语去的搭讪。彩云看了这般行径，心里暗想："我在京堂会戏虽然看得多，看旗人堂会戏却还是第一遭，不想有这般兴趣，比起巴黎、柏林的跳舞会和茶会，自由快乐，也不相上下了！"

正是人逢乐事，光阴如驶，彩云看了十多出戏，天已渐渐的黑了。彩云心里有些忐忑不安，恐怕回去得晚，雯青又要噜嗦。不是彩云胆小谨慎，只因自从阿福的事，雯青把柔情战胜了她，终究人是有天良的，纵然乐事赏心，到底牵肠挂肚，当下站了起来，向五妞儿告辞。五妞儿把她一拉，往椅子上只一揿，笑着道："金太太，您忙什么？别提走的话，我们的好戏，还没登场呢！"彩云道："今儿的戏，已够瞧了，还有什么好戏呢？"五妞儿道："孙三儿的《白水滩》，您不知道吗？快上场了！您听完他这出拿手戏再走不迟。"彩云听了这几句话，也是孽缘前定，身不由主的软软儿坐住了。

一霎时，锣鼓喧天，池子里一片叫好声里，上场门绣帘一掀，孙三儿扮着十一郎，头戴范阳卷檐白缘毡笠子，身穿攒珠满镶净色银战袍，一根两头垂穗雪线编成的白蜡杆儿，当了扁担，扛着行囊，放在双肩上，在万盏明灯下，映出他红白分明又威又俊的椭圆脸，一双旋转不定神光四射的吊梢眼，高鼻长眉，丹唇白齿，真是女娘们一向意想里酝酿着的年少英雄，忽然活现在舞台上，高视阔步的向你走来。这一来，把个风流透顶的傅彩云直看得眼花撩乱，心头捺不住突突的跳，连阿福的伶俐，瓦德西的英武，都压下去了。彩云这边如此的出神，谁知那边孙三儿一出台，瞥眼瞟见彩云，虽不认得是谁家宅眷，也似张君瑞遇见莺莺，魂灵儿飞去半天，不住的把眼光向楼厢上睃。不期然而然的两条阴阳电，几次三番的要合成交流，爆出火星来。可是三儿那场戏文，不但没有脱卯，反而越发卖力，刚刚演到紧要的打棍前面，跳下山来，嘴里说着"忍气吞声是君子，见死不救是小人"两句，说完后，将头上戴的圆笠，向后一丢，不知道有心还是无意，用力太大，那圆笠子好像有眼似的滴溜溜飞出舞台，不偏不倚，恰好落在彩云怀里。那时楼上楼下一阵鼓噪，像吆喝又像欢呼。主人官庆有些下不来，大声叫戏提调去责问掌班。那里晓得彩云倒坦然无事，顺手把那笠儿丢还戏台上，向三儿嫣然一笑。三儿劈手接着，红着脸对彩云请了个安。此时满园里千万只眼，全忘了看戏文，倒在那里看他们串的真戏了。

官庆却打发一个家人上来，给彩云道歉，还说，耽一会儿戏完了要重处孙三儿。彩云忙道："请你们老爷千万别难为他们，这是无心失手，又没碰我什么。"五妞儿笑着道："可不是，金太太是在龙宫月殿里翻过身来的人，不像那些南豆腐的娘儿们遮遮掩掩的！你瞧，她多么大方！我们谁都赶不上！你告诉爷，不用问了！等这出完了，叫孙三儿亲自上楼来，给金太太赔个礼就得了！"回过头，眯缝着眼，向彩云道："是不是？"彩云只点着头。那家人诺诺连声的去了。不一会，真的那家人领了孙三儿跑到边厢阑干外，靠近彩云，笑迷迷的又请了一个安，嘴里说道："谢太太恕我失礼！"彩云只少得没有去搀扶，半抬身，眼斜瞅着道："这算得什么！"两人见面，表面上，彼此只说了一句话，但四目相视，你来我往，不知传递了多少说不出的衷肠。这一段便是彩云和孙三儿初次结识的历史。

后来渐渐热络，每逢堂会，或在财神馆，或在天和馆，或在贵家的宅门子里，彩云先还随着五妞儿各处的闯，和三儿也到处厮混，越混越密切，竟如胶如漆起来，便瞒了五妞儿，买通了自己的赶车儿的贵儿，就在东交民巷的番菜馆里幽会了几次。还不痛快，索性两下私租了杨梅竹斜街一所小四合房子，做了私宅。在雯青未病以前，两人正打得火一般的热，以致风声四布，竟传到雯青耳中，把一个名闻中外的状元郎，生生气死。

等到雯青一死，孙三儿心里暗喜，以为从此彩云就是他的专利品了。他料想金家决不能容彩云，彩云也决不会在金家守节，只要等遮掩世人眼目的七七四十九天，或一百天过了，彩云一定要跳出樊笼，另寻主顾。这个主顾，除了他，还有谁呢？第一使他欢喜的，彩云固然是人才出众，而且做了廿多年得宠的姨太太，一任公使夫人，听得手头着实有些积蓄，单讲珠宝金钻，也够一生吃着不尽了。他现在只盼彩云见面，放出他征服女娘们的看家本事来迷惑。他又深知道彩云虽则一生宠擅专房，心上时常不足，只为没有做着大老母，仿佛做官的捐班出身,那怕做到督抚,还要去羡慕正途的穷翰林一样。他就想利用彩云这一个弱点,把自己实在已娶过亲的事瞒起,只说讨她做正妻,拼着自己再低头服小些,做足五字诀里的小字工夫,使彩云觉得他知趣而又好打发,不怕她不上钩。一上了钩,就由得他摆布了,到那其间,不是人财两得吗?

孙三儿想到这里,禁不往心花怒放。忽然一个转念,口对口自语道:"且慢,别瞎得意!彩云不是个雏儿,是个精灵古怪见过大世面的女光棍!做个把戏子的大老母,就骗得动她的心吗?况金雯青也是风流班首,难道不会对她陪小心说矮话吗?她还是馋嘴猫儿似的东偷西摸。现在看着,好像她很迷恋我,老实说,也不过像公子哥儿嫖姑娘一样,吃着碗里瞧着碟里,把我当做家常例饭外的消闲果子吧咧!我若要真做服帖她,只有在枕席上力征经营,这是她对我惟一满意的原因,我还是在这件事上去下死工夫。"三儿顿了顿,又沉思了一回,笑着点头道:"有了,山珍海味,来得容易吃得多,尽你爱吃,也会厌烦;等到一厌烦,那就没救了。我既要弄她到手,说不得,只好趁她紧急的当口,使些刁计的了。"这些都是孙三儿得了雯青死信后,心上的一番算盘。

若说到彩云这一边呢,在雯青新丧之际,目睹病中几番含胡的嘱咐,回想多年宠爱的恩情,明明雯青为自己而死,自己实在对不起雯青,人非木石,岂能漠然!所以倒也哀痛异常,因哀生悔,在守七时期,把孙三儿差不多淡忘了。但彩云终究不是安分的人,第一她从来没有一个人独睡过,这回居然规规矩矩守了五十多天的孤寂,在她已是石破天惊的苦节了。日月一天一天的走,悲痛也一点一点的减,先觉得每夜回到空房,四壁阴森,一灯低黯,有些儿胆怯;渐感到一人坐守长夜,拥衾对影,倚枕听更,有些儿愁烦;到后来,只要一听到鼠子厮叫,猫儿打架,便禁不住动心。自己很知道自己,这种孤苦的生活,万不能熬守长久。与其顾惜场面,硬充好汉,到临了弄的一鞑胡涂,还不如一老一实,揭破真情,自寻生路。她想,就是雯青在天之灵,也会原谅她的苦衷。

所以不守节,去自由,在她是天经地义的办法,不必迟疑的;所难的，是得到自由后，她的生活，该如何安顿？再嫁呢，还是住家？还是索性大张旗鼓的重理旧业？这倒是个大问题，费了她好久的考量。她也想到若再嫁人，再要像雯青一样的丈夫，才貌双全，风流富贵，而且性情温厚，凡百随顺，只怕世界上找不到第二个了。那么去嫁孙三儿吗？那如何使得！这种人，不过是一时解闷的玩意儿，只可我玩他，不可被他玩了去。况且一嫁人，就不得自由，何苦脱了一个不自由，再找一个不自由呢？住家呢，那就得自立门户，固然支撑的经费不易持久，自己一点儿小积蓄，不够自己的挥霍，况一挂上人家的假招牌，便有许多面子来拘束你，使你不得不藏头露尾，寻欢取乐，如何能称心适意！她彻底的想来想去，终究决定了公开的去重理旧业。等到这个主意一定，她便野心勃发，不顾一切的立地进行。她进行的步骤，第一要脱离金家的关系，第二要脱离金家后过渡时期的安排。要脱离金家，当然要把不能守节的态度，逐渐充分的表现，使金家难堪；要过渡时期的安排，先得找一个临时心腹的忠奴，外间供她驱使，暗中做她保护。为这两种步骤上，她不能不伸出她敏巧的纤腕，顺手牵羊的来利用孙三儿了。闲话少说。

却说那一天，正是雯青终七后十天上，张夫人照例的借了城外的法源寺替雯青化库诵经，领了继元和彩云同去，在寺中忙了整一天。等到纸宅冥器焚化佛事完毕后，大家都上车回家。彩云那天坐的车，便是她向来坐的那一辆极华美的大安车，驾着一匹菊花青的高头大骡，赶车的是她的心腹贵儿。出来时，她本带着个小丫头，却老早先打发了回家。此时她故意落后，等张夫人和少爷的车先开走了，她才慢吞吞的出寺上车。贵儿是个很乖觉的小子，伺候彩云上车后，放了车帘，站在身旁问道："太太好久没出门了，这儿离杨梅竹斜街没多远儿，太太去散散心吧？"彩云笑道："小油嘴儿，你怎么知道我要上那儿去呢？你这一向见过他没有？"贵儿道："不遇见，我也不说了。昨天三爷还请我喝了四两白干儿，说了一大堆的话。他正惦记着你呢！"彩云道："别胡说了！我就依你上那儿去。"贵儿一笑，口中就得儿得儿赶着车前进，不一会，到了他们私宅门口。彩云下了车，吩咐贵儿把车子寄了厂，马上去知照孙三儿快来。

彩云走进一家高台级黑漆双扇大门的小宅门子，早有看守的一对男女，男的叫赵大，女的就是赵大家的，在门房里接了出来，扶了彩云向左转弯进了六扇绿色侧墙门，穿过倒厅小院，跨入垂花门。门内便是一座三间两厢的小院落，虽然小小结构，却也布置得极其精致。东首便是卧房，地敷氍毹，屏围纱绣，一色硃红细工雕漆的桌椅，一张金框镜面宫式的踏步床，衬着蚊帐窗帘，几毯门幕，全用雪白的纱绸，越显得光色迷离，荡人心魄。这是彩云独出心裁敷设的。当下一进房来，便坐在床前一张小圆矮椅上。赵家的忙着去预备茶水，捧上一只粉定茶杯，杯内满承着绿沉沉新泡的碧螺春。彩云一壁接在手里喝着，一壁向赵家的问道："我一个多月不来，三爷到这儿来过没有？"赵家的道："三爷差不多还是天天来，有时和朋友在这儿喝酒，唱曲，赌牌，有时就住下了。"彩云道："他给你们说些什么来？"赵家的道："他尽发愁，不大说话。说起话来，老是愁着太太在家里逼闷出病来。"彩云点点头儿。

此时彩云被满房火一般的颜色，挑动了她久郁的情焰，只巴着三儿立刻飞到面前。正盼哩，忽听院中脚步响，见贵儿一人来了。彩云忙问道："怎样没有一块儿来？你瞧见了没有呢？"贵儿道："瞧是瞧见了，他也急得什么似的，想会你。巧了景王府里堂会戏，贞贝子贞大爷一定要叫他和敷二爷合串《五杰村》，十二道金牌似的把他吊了去。他托我转告您，戏唱完了就来，请您耐心等一等。"彩云听了，心上十分的不快，但也没有法儿，就此回去，也不甘心，只好叫贵儿且出去候着，自己懒懒的仍旧坐下，和赵家的七搭八扯的胡讲了一会，觉得不耐烦，爽性躺在床上养神。静极而倦，朦胧睡去。

等到醒来，见房中已点上灯，忙叫赵家的问什么时候？赵家的道："已经晚饭时候了。晚饭已给太太预备着，要开不要开？"彩云觉得有些饥饿，就叫开上来，没情没绪吃了一顿哑饭。又等了两个钟头，还是杳无消息，真有些耐不住了，忽见贵儿奔也似的进来道："三爷打发人来了，说今夜不得出城，请太太不要等了，明天再会吧。"这个消息，真似一盆冷水，直浇到彩云心里。当下鼻子里哼了一声道："明天再会，说得好风凉的话儿！管他呢！我们走我们的！"说着，气愤愤的叫贵儿套车,一径回家。

到得家里,已在二更时候,明知张夫人还没睡,她也不去,自管自径到自己房里,把衣服脱下一撂,小丫头接也接不及,撒得一地,倒在床上就睡。其实那里睡得着,嘴里虽怨恨三儿,一颗心却不由自主的只想三儿好处,多么勇猛,多么伶俐,又多么熨帖,满拟今天和他取乐一天,填补一月以来的苦况,千不巧,万不巧,碰上王府的堂会,害我白等了一天。可是越等不着他,心里越要他,越爱他,有什么办法呢!如此翻来覆去,直想了一夜,等天一亮,偷偷儿叫贵儿先去约定了。梳洗完了,照例到张夫人那里去照面。

那天,张夫人颜色自然不会好看,问她昨天到了那里,这样回来的晚。她随便捏了几句在那里听戏的谎话。张夫人却正颜厉色的教训起来,说:"现在比不得老爷在的时节,可以由着你的性儿闹。你既要守节,就该循规蹈矩,岂可百天未满,整夜在外,成何体统!"彩云不等张夫人说完,别转脸冷笑道:"什么叫做体统?动不动就抬出体统来吓唬人!你们做大老母的有体统,尽管开口体统,闭口体统;我们既做了小老母,早就失了体统,那儿轮得到我们讲体统呢!你们怕失体统,那么老实不客气的放我出去就得了!否则除非把你的诰封借给我不还。"说着仰了头转背自回卧房。张夫人陡受了这意外的顶撞,气得一佛出世,二佛涅槃。彩云也不管,回到房里。

贵儿已经回来,告诉她三儿约好在私宅等候。彩云饭也不吃,人也不带,竟自上车,直向杨梅竹斜街而来。到得门口,三儿早已纱衫团扇,玉琢粉装,倚门等待。一见面,便亲手拿了车踏凳,扶了彩云下车,一路走一路说道:"昨儿个真把人揹死了!明知您空等了一天,一定要骂我,可是这班王爷阿哥儿们死钉住了人不放,只顾寻他们的乐,不管人家的死活。这只好求您饶我该死了!"彩云洒脱了他手向前跑,含着半恼恨的眼光回瞪着三儿道:"算了吧,别给我猫儿哭耗子似的,知道你昨儿玩的是什么把戏呢!除了我这傻子,谁上你这当!"三儿追上一步捱着喊道:"屈天冤枉,造谣的,害疔疮!"说着话,已进了房。

两人坐在中央放的一张雕漆百龄小圆桌上,一般的四个鼓墩,都罩着银地红花的锦垫，桌上摆着一盘精巧糖果，一双康熙五彩的茶缸。赵家的上来伺候了一回，彩云吩咐她去休息，也退出去了。房中只剩他们俩面对面。彼此久别重逢，自不免诉说了些别后相思之苦。三儿看了彩云半晌道："你现在打算怎么样？难道真的替老金守节吗？我想你不会那么傻吧！"彩云道："说的是，我正为难哩！我是个孤拐儿，自己又没有见识，心口自商量，谁给我出主意呢？"三儿涎着脸道："难道我不是你的体己人吗？"彩云道："那么你为什么不替我想个主意呢？"三儿暗忖那话儿来了，但是我不可卤莽，便把心事露出，火候还没有熟呢，回说道："我很知道你的心。照良心说，你自然愿意守；但是实际上，你就是愿守，金家人未必容你守，守下去，没得好收场。所以我替你想，除了出来，没有你的活路。"彩云道："出来了，怎么样呢？"三儿道："像你这样儿身份，再落烟花，实在有一点犯不着了；而且金家就算许你出来，不见得许你做生意。论正理，自然该好好儿再嫁一个人。不过吃了河豚，百样无味，你嫁过了金状元，只怕合得上你胃口的丈夫就难找了。"

彩云忽低下头去，拿帕子只揾着脸，哽噎的道："谁还要我这苦命的人呢？若是有人真心爱我，肯体贴我的痴心，不把人一夜一夜的向冰缸里搁，倒满不在乎状元不状元，我都肯跟他走。"三儿听了这些话，忙走过来，一手替她拭泪，一手搂着她道："这都是我不好，倒提起你心事来了。快不要哭，我们到床上去躺会子吧！"此时彩云不由自主的两条玉臂钩住了三儿项脖，三儿轻轻地抱起彩云，迈到床心，双双倒在枕上。

正当春云初展，渐入佳境之际，赵家的突然闯进房来喊道："三爷，外边儿有客立等会你。"三儿倏的坐起来，向彩云道："让我去看一看是谁再来！"彩云没防到这阵横风，恨得牙痒痒的，在三儿臂上狠狠的咬了一口，用力一推道："去罢，我认得你了！"三儿趁势，嘻皮赖脸的往外跑，彩云赌气一翻身，朝里床睡了。原想不过一时的扫兴，谁知越等越没有消息，心里有些着慌，一迭连声喊赵家的。赵家的带笑走到床边道："太太并没睡着嗄？我倒不敢惊动。天下真有不讲理的人！三爷又给景王府派人邀了去了，真和提犯人一般的，连三爷要到里面来说一声都不准,我眼睁睁看他拉了走。”

这几句话,把彩云可听呆了,心里又气又诧异,暗想:“怎么会两天出来,恰巧碰上两天都有堂会。三儿尽管红,从前没有这么忙过,不要三儿有了别的花样吧?要是这样,还是趁早和他一刀两段的好,省得牵肠挂肚不爽快。”沉思了一回,哝哝独语道:“不会,不会,昨天赵家的不是说我不出来时,他差不多天天来的吗?若然他有了别人,那有工夫光顾这空屋子呢?就是他刚才对我的神情,并不冷淡,这是在我老练的眼光下逃不了的。也许事有凑巧,正遇到他真的忙。”忽又悟到什么似的道:“不对,不对,这里是我们的秘密小房子,谁都不知道的。景王府里派的人,怎么会跑到这里来邀人?这明明是假的,是三儿的捣鬼。但他捣这个鬼什么用意呢?既不是为别人,那定在我身上。噢,我明白了,该死的小忘八,他准看透了我贪恋他的一点,想借此做服我,叫我看得见,吃不着,吊得我胃口火热辣辣的,不怕我不自投罗网。吓,好利害的家伙!这两天,我已经被他弄得昏头昏脑了。可是我傅彩云也不是窝囊货,今儿个既猜破了你的鬼计,也要叫你认识认识我的手段。”

彩云想到这里,倒笑逐颜开的坐了起来,立刻叫贵儿套车回家。一路上心里盘算:“三儿弄这种手腕,虽则可恶,然目的不过要我真心嫁他,并无恶意。若然我设法报复,揭破机关,原不是件难事,不过结果倒弄得大家没趣,这又何苦来呢!我现在既要跳出金门,外面正要个连手,不如将计就计,假装上钩,他为自已利益起见,必然出死力相助。等到我立定了脚,嫁他不嫁他,权还在我,怕什么呢!”这个主意是彩云最后的决定,一路心上的轮和车上的轮一般的旋转,不觉已到了家门。谁知一进门,恰碰上张夫人为她的事,正请了钱唐卿、陆荸如在那里商量,她在窗外听得不耐烦,爽性趁此机会,直闯进去,把出去的问题直捷痛快的解决了。

上面所叙的事,都是在未解决以前彩云在外放浪的内容,解决以后,彩云既当众声明,不再出门,她倒很守信义,并不学时髦派的言行相违。不过叫贵儿暗中通知了孙三儿,若要见面,除非他肯冒险一试武生的好身手,夜间从屋上来。这也是彩云作难三儿的一种策略。

三儿也晓得彩云的用意，竟不顾死活的，先约定时刻，在三更人定后，真做了黄衫客从檐而下。彩云倒出于意外，自然惊喜欲狂，不觉绸缪备至。三儿乘机把愿娶她做正妻的话说了。彩云要求他只要肯同到南边，凡事任凭处置，三儿也答应了。从此夜来明去，幽会了好几次。那夜彩云正为密运首饰箱出去，约得时间早了一点，以致被张夫人的老妈撞破，闹了一个贼案。这些情节，我已经在二十六回里叙过，这里不过补叙些事情的根原，不必絮烦。

幸亏第二天，彩云就跟了张夫人和金继元护了雯青灵柩，由水路出京，这案子自然不去深究了。孙三儿也在此时，从旱路到津。等到张夫人等在津，把雯青的柩，由津海关道成木生招呼，安排在招商局最新下水的新铭船上，家眷包了三个头等舱，平平安安的出海。孙三儿早坐了怡和公司的船，先到上海，替彩云暗中布置一切去了。

这边张夫人和彩云等坐的新铭船，在海中走了五天，那天午后，进了吴淞口，直抵金利源码头。码头上扎起了素彩松枝，排列了旗锣牌伞，道县官员的公祭，招商局的路祭，虽比不上生前的煊赫排衙，却还留些子身后的风光余韵。只为那时招商局的总办，便是顾肇廷，是雯青的至交，先本是台湾的臬台，因蒿目时艰，急流勇退，威毅伯笃念故旧，派了这个清闲的差使，听见雯青灵柩南归，知照了当地官厅，顾全了一时场面，也是惺惺惜惺惺略尽友谊的意思。

当下张夫人不愿在沪耽搁，已先嘱家里雇好两只大船在苏州河候着，由轮船上将灵柩运到大船上，人也跟了上去，招商局派了一只小火轮来拖带。那时彩云向张夫人要求另雇一只小船，附拖在后，张夫人也马马虎虎的应允了。等到灵柩安顿妥帖，吊送亲友齐散，即便鼓轮开行。刚刚走到青阳港，已在二更以后，大家都沉沉地睡熟了，忽然后面船上人声鼎沸起来，把张夫人惊醒。只听后面船上高叫停轮，嚷着姨太太的小船没有了，姨太太的小船不知到那里去了。正是：

但愿有情成眷属，却看出岫便行云。

不知彩云的小船，究竟到了那里，且听下回分解。

第三十一回　抟云搓雨弄神女阴符　瞒凤栖鸾惹英雌决斗

话说张夫人正在睡梦之中，忽听后面船上高叫停轮，嚷着姨太太的小船不见了。你想，张夫人是何等明亮的人！彩云一路的行径，他早已看得像玻璃一般的透彻，等到彩云要求另坐一船，拖在后面，心里更清楚了。如今果然半途解缆，这明明是预定的布置，他也落得趁势落篷省了许多周折。当下继元过船来，请示办法，张夫人吩咐尽管照旧开轮，大家也都心照不宣了。

不一时，机轮鼓动，连夜前进，次早到了苏州。有一班官场亲友，前来祭吊，开丧出殡，又热闹了十多日。从此红颜轩冕，变成黄土松楸，一棺附身，万事都已。这便是富贵风流的金雯青，一场幻梦的结局。按下不题。

如今且说彩云怎么会半路脱逃呢？这原是彩云在北京临行时和孙三儿预定的计划。当时孙三儿答应了彩云同到南边，顺便在上海搭班唱戏。彩云也许了一出金门，便明公正气的嫁他。两人定议后，彩云便叫三儿赶先出京，替他租定一所小洋房，地点要僻静一点，买些灵巧雅致的中西器具，雇好使唤的仆役，等自己一到上海就有安身之所。他料定在上海总有一两天耽搁，趁此机会，溜之大吉，不料张夫人到上海后，一天也不耽搁，船过船的就走，在大众面前，穿麻戴孝的护送灵柩，没有法儿可以脱得了身。幸亏彩云心灵手敏，立刻变了计，也靠着他带出来的心腹车夫贵儿，给约在码头等候的三儿通了信，就另雇了一只串通好的拖船。好在彩云身边的老妈丫头都是一条藤儿，爽性把三儿藏在船中。开船时掩人眼目的同开，一到更深人静，老早就解了缆，等着大家叫喊起来，其实已离开了十多里路了。

这便叫做钱可通神。当下一解缆，调转船头，恰遇顺风，拉起满篷向上海直驶，差不多同轮船一样的快，后面也一点没有追寻的紧信，大家都放了心了。

彩云是跳出了金枷玉锁，去换新鲜的生活，不用说是快活。三儿是把名震世界的美人，据为已有，新近又搭上了夏氏兄弟的班，每月包银，也够了旅居的浇裹，不用说也是快活。

船靠了码头，不用说三儿早准备了一辆扎彩的双马车，十名鲜衣的军乐队，来迎接新夫人；不用说新租定的静安寺路虞园近旁一所清幽精雅的小别墅内，灯彩辉煌，音乐响亮；不用说彩云一到，一般拜堂祭祖，坐床撒帐，行了正式大礼。不用说三儿同班的子弟们，夏氏三兄弟同着向菊笑、萧紫荷、筱莲笙等，都来参观大典，一哄的聚在洞房里，喝着，唱着，闹着，直闹得把彩云的鞋也硬脱了下来做鞋杯，三儿只得逃避了，彩云倒有些窘急，还是向菊笑做好人，抢回来，还给他。当下彩云很感念他一种包围下的解救，对他微笑地道了谢。当晚直闹到天亮，方始散去。彩云虽说过惯放浪的生活，然终没有跳出高贵温文的空气圈里。这种粗犷而带流氓式的放浪，在他还是第一次经历呢，却并不觉得讨厌，反觉新鲜有兴。从此彩云就和三儿双宿双栖在新居里度他们优伶社会的生涯。三儿每天除了夜晚登坛唱戏，不是伴着彩云出门游玩，就是引着子弟们在家里弹丝品竹，喝酒赌钱。彩云毫不避嫌，搅在一起，倒和这班戏子厮混得熟了。向菊笑最会献小殷勤，和彩云买俏调情，自然一天比一天亲热了。

自古道快活光阴容易过，糊涂的光阴，尤其容易，不知不觉离了金门，跟了孙三儿，已经两个月了。有一天，正是夏天的晚上，三儿出了门，彩云新浴初罢，晚妆已竟，独自觉得无聊，靠在阳台上乘凉闲眺。忽听东面邻家车马喧阗，人声嘈杂，抬头一望，只见满屋里电灯和保险灯相间着开得雪亮，客厅上坐满了衣冠齐楚的宾客，大餐间里摆满了鲜花，排列了金银器皿，刀叉碗碟，知道是开筵宴客。

原来这家乡邻，是个比他们局面阔大的一所有庭园的住宅，和他们紧紧相靠只隔一道短墙。那家人家，非常奇怪，男主人是个很俊伟倜傥的中国人。三十来岁年纪，雪白的长方脸，清疏的八字须，像个阔绰的绅士。女主人却是个外国人,生得肌肤富丽,褐发碧眼,三十已过的人,还是风姿婀娜,家常西装打扮时,不失为西方美人,可是出门起来,偏欢喜朝珠补褂,梳上个船形长髻,拖一根孔雀小翎,弄得奇形怪状,惹起彩云注意来。曾经留心打听过,知道是福建人姓陈,北洋海军的官员,娶的是法国太太。

往常彩云出来乘凉时,总见他们俩口子一块儿坐着说笑。近几天来,只剩那老爷独自了,而且满面含愁,仿佛有心事的样子。有一天,忽然把目光注视了他半晌,向他微微的一笑,要想说话似的,彩云慌忙避了进来。昨天早上,索性和贵儿在门口搭话起来,不知怎地被他晓得了彩云的来历,托贵儿探问肯不肯接见像他一样的人。彩云生性本喜拈花惹草,听了贵儿的传话,面子上虽说了几声诧异,心里却暗自得意。

正在盘算和猜想间,那晚忽见间壁如此兴高采烈的盛会,使他顿起了一种莫名其妙的感触,益发看得关心了。那晚的女主人,似乎不在家,男主人也没到过阳台上,只在楼下殷勤招待宾客,忙了一阵,就见那庭园中旋风也似的涌进两乘四角流苏黑蝶堆花蓝呢轿。轿帘打起,走出两个艳臻臻颤巍巍的妙人儿:前一个是长身玉立,浓眉大眼,认得是林黛玉;后一个是丰容盛鬋,光彩照人,便是金小宝。娘姨大姐,簇拥着进去了。后来又轮蹄碌碌的来了一辆钢丝皮篷车,一直冲到阶前,却载了个娇如没骨弱不胜衣的陆兰芬。陆陆续续花翠琴坐了自拉缰的亨斯美,张书玉坐了橡皮轮的轿式马车,还有诗妓李苹香、花榜状元林绛雪等,都花枝招展,姗姗其来。一时粉白黛绿,燕语莺啼,顿把餐室客厅,化做碧城锦谷。一群客人,也如醉如狂,有哗笑的,有打闹的,有拇战的,有耳语的,歌唱声,丝竹声,热闹繁华,好像另是一个世界。

那边的喧哗,越显得这边的寂寞,愣愣的倒把彩云看呆了。突然惊醒似的自言自语道:"我真发昏死了!我这么一个人,难不成就这样冷冷清清守着孙三儿胡拢一辈子吗?我真嫁了戏子,不要被天下人笑歪了嘴!怪不得连隔壁姓陈的都要来哨探我的出处了。我赶快的打主意,但是怎么办呢?一面要防范金家的干涉,一边又要断绝三儿的纠缠。”低头沉思了一会，蹙着眉道：“非找几个上海有势力的人保护一下，撑不起这个……”一语未了，忽然背后有人在他肩上一拍道：“为什么不和我商量呢？”

彩云大吃一惊，回过头来一看，原来是向菊笑立在他背后，嘻开嘴笑。彩云手揿住胸口，瞪了他一眼道：“该死的，吓死人了！怎么不唱戏？这早晚，跑到这儿来！”向菊笑涎着脸伏在他椅背上道：“我特地为了你，今晚推托嗓子哑，请了两天假，跑来瞧你，不想倒吓着了你，求你别怪。”彩云道：“你多恁来的？”菊笑道：“我早就来了。”彩云道：“那么我的话，你全听见了？”菊笑道：“差不多。”彩云道：“你知道我为的是谁？”菊笑踌躇道：“为谁吗？”彩云披了嘴道：“没良心的，全为的是你！你不知道吗？老实和你说，我和三儿过得好好儿的日子，犯不上起这些念头。就为心里爱上你，面子上碍着他，不能称我的心。要称我的心，除非自立门户。你要真心和我好，快些给我想法子。你要我和你商量，除了你，我本就没有第二个人好商量。”菊笑忸怩地拉了彩云的手，低着头，顿了顿道：“你这话是真吗？你要我想法子，法子是多着呢！找几个保护人，我也现成。我可不是三岁小孩子，不能叫我见了舔不着的糖就跑。我也不是不信你，请你原谅我真爱你，给我一点实惠的保证，死也甘心！”说话时，直扑上来，把彩云紧紧抱住不放。彩云看他情急，嗤的一笑，轻轻推开了他的手道：“急什么！锅里馒头嘴边食，有你的总是你的。我又不是不肯。今儿个太晚了，倘或冷不防他回来，倒不好，赶明儿早一点来，我准不哄你。你先把法子告诉我，找谁去保护？怎么样安排？我们规规矩矩大家商量一下子。”

菊笑情知性急不来，只好讪讪的去斜靠在东首的铁阑干上，努着嘴向间壁道：“你要寻保护人，恰好今天保护人就摆在你眼前，那不是上海著名的四庭柱都聚在一桌上吗？”彩云诧异的问道：“什么叫做四庭柱？四庭柱在那里？”菊笑道：“第一个就是你们的乡邻，姓陈，名叫骥东。因为他做了许多外国文的书，又住过外国不少时候，这里各国领事佩服他的才情，他说的话，差不多说一句听一句，所以人家叫他领事馆的庭柱。”彩云道：“还有三个呢？”菊笑指着主人上首坐的一个四方脸,没髭须,衣服穿得挺挺脱脱像旗人一般的道:"这就是会审公堂的正谳官宝子固,赫赫有名租界上的活阎罗,人家都叫他做新衙门的庭柱。还有在主人下首的那一位,黑苍苍的脸色,唇上翘起几根淡须,瘦瘦儿,神气有些呆头呆脑的,是广东古冥鸿,也是有名的外国才子,读尽了外国书,做得外国人都做不出的外国文章,字林西报馆请他做了编辑员,别的报馆也欢迎他,这叫做外国报馆的庭柱。又对着我们坐在中间的那个年轻的小胖子,打扮华丽,意气飞扬,是上海滩上有名的金逊卿,绰号金狮子,专门在堂子里称王道霸,龟儿鸨妇,没个不怕他,这便是堂子里的庭柱。今天不晓得什么事,恰好把四庭柱配了四金刚,都在一起,也是你的天缘凑巧。只要他们出来帮你一下,你还怕什么?"彩云道:"你且别吹滂,我一个都不认得,怎么会来帮我呢?"菊笑笑道:"这还不容易!你不认识,我可都认识。只要你不要过桥抽板,我马上去找他们,一定有个办法,明天来回复你。"彩云欣然道:"那么一准请你就去,我不是那样人,你放心。"说着就催菊笑走,菊笑又和彩云歪缠了半天,彩云只好稍微给了些甜头,才把他打发了。

等到三儿回家,彩云一点不露痕迹的敷衍了一夜。次日饭后,三儿怕彩云在家厌倦,约她去逛虞园。彩云情不可却,故意装得很高兴的直玩到日落西山,方出园门。三儿自去戏园,叫彩云独自回去。彩云一到家里,提早洗了浴,重新对镜整妆,只梳了一条淌三股的朴辫,穿上肉色紧身汗裤,套了玉雪的长丝袜,披着法国式的蔷薇色半臂,把丫鬟仆妇都打发开了,一人懒懒地斜卧在卧房里一张凉榻上,手里摇着一柄小蒲扇,眼睛半开半闭的候着菊笑。

满房静悄悄的,忽听挂钟镗镗的敲了六下,心里便有些烦闷起来。一会儿猜想菊笑接洽的结果,一会儿又模拟菊笑狂热的神情,不知不觉情思迷离,梦魂颠倒,竟沉沉睡去。朦胧间,仿佛菊笑一声不响的闪了进来,像猫儿戏蝶一般,擒擒纵纵的把自己搏弄,但觉轻飘飘的身体,在绵软的虚空里,一点没撑拒的气力;又似乎菊笑变了一条灵幻的金蛇,温腻的潜势力,蜿蜒地把自己灌顶醍醐似的软化了全身,要动也动不得。忽然又见菊笑成了一只脱链的猕猴,在自己前后左右，只管跳跃，再也捉摸不着，心里一急，顿时吓醒过来。睁眼一看，可不是呢？自己早在菊笑怀中，和他搂抱的睡着。

彩云佯嗔的瞅着他道："你要的，我都依了你，该心满意足了。我要的，你一句还没有给我说呢！"菊笑道："你的事我也都给你办妥了。昨天在这儿出去，我就上隔壁去。他们看见我去，都很诧异。我先把宝大人约了出来，一五一十的把你的事告诉了。他一听你出来，欢喜得了不得，什么事他都一力担当，叫你尽管放胆做事，挂牌的那天，他来吃开台酒，替你做场面。说不定，一两天，他还要来看你呢！谁知我们这些话，都被金狮子偷听了去，又转告诉了陈大人。金狮子没说什么，陈大人在我临走时，却很热心的偷偷儿向我说，他很关心你，一定出力帮忙，等你正式挂牌后，他要天天来和你谈心呢！我想你的事，有三个庭柱给你支撑，还怕什么！现在只要商量租定房子和脱离老三的方法了。"彩云道："租房子的事，就托你办。"菊笑道："今天我已经看了一所房子，在燕庆里，是三楼三底，前后厢房带亭子间，倒很宽敞合用的，得空你自己去看一回。"

彩云正要说话，忽听贵儿在外间咳嗽一声。彩云知道有事，便问道："贵儿，什么事？"贵儿道："外边有个姓宝的客人，说太太知道的，要见太太。"彩云随口答道："请他楼上外间坐。"菊笑发起急来道："你怎么一请就请到楼上！我在这里，怎么样呢？"彩云钩住了菊笑的项脖，面对面热辣辣的送了一个口亲道："好人，我总归是你的人。我们既要仗着人家的势力，来圆全我们的快乐，怎么第一次就冷了人家的心呢？只好委屈你避一避罢！"菊笑被彩云这一阵迷惑，早弄得神摇魂荡，不能自主，勉强说道："那么让我就在房里躲一躲。"彩云一手掠着蓬松的云鬓，一手徐徐的撑起娇躯，笑着道："我知道你不放心，不过怕我和人家去好。你真疯了！我和他初见面，有什么关系呢？不过你们男人家妒忌心是没有理讲的，在我是虚情假意，你听了一样的难过。我舍不得你受冤枉的难过，所以我宁可求你走远一点儿倒干净。"一壁说，一壁挽了菊笑的手，拉到他卧房后的小楼梯口道："你在这里下去，不会遇见人，咱们明天再见罢！"菊笑不知不觉好像受了催眠术一般，一步一步的走出去了。

且说彩云踅回卧房，心想这回正式悬牌，第一怕的是金家来搅他的局，但是金家的势力，无论如何的大，总跳不出新衙门。这么说，他的生死关头，全捏在宝子固的手里，他只有放出全身本事，笼络住了他再说。想罢走到穿衣镜前，把弄乱的鬓发重新刷了一回，也不去开箱另换衣裤，就手拣了一件本色玻璃纱的浴衣，裹在身上，雪肤皓腕，隐现在一朵飘渺的白云中，绝妙的一幅杨妃出浴图，自己看了，也觉可爱。一挪步，轻轻地拽开房门，就袅袅婷婷的走了出来，向宝子固嫣然一笑，莺声呖呖地叫了一声"宝大人"。宝子固虽是个花丛宿将，却从没见过这样赤裸的装束，妖艳的姿态，顿时把一只看花的老眼，仿佛突然遇见了四射的太阳光，耀得睁不开了，痴立着只管呆看。彩云羞答答的别转了头笑着道："宝大人您瞧得人怪臊的。您怎么不请坐呀！您来的当儿，巧了我在那儿洗澡，急得什么似的，连衣裤都没有穿好，就冒冒失失跑出来了。求您恕我失礼，倒亵渎了您了。"

宝子固这才坐定了，捉准了神，徐徐的说道："我仰慕你十多年，今天一见面，真是名不虚传。昨天的话，菊笑大概都给你说过了罢？你只管放心。"彩云挨着子固身旁坐下道："我和宝大人面都没有见过，那世里结下的缘分，就承您这样的怜爱我，搭救我，还要自各儿老远的跑来看我，我真不晓得怎么报答您才好呢！"子固道："你嫁孙三儿，本来太自糟蹋了，大家听了都不服气。我今天的来，不是光来看你，为的就虑到你不容易摆脱他的牢笼。"子固说到这里，四面望了一望。彩云道："宝大人尽管说，这里都是我心腹。"子固低声接说道："陈大人倒替你出了一个主意。他恰好有一所新空下来的房子，在虹口。本来他一个英国夫人住的，今天回国去了。我们商量，暂时把你接到那里去住，先走出了姓孙的门，才好出手出脚的做事。你说好不好？"

彩云本在那里为难这事，听了这话正中下怀，很喜欢的道："那是再好也没有了。"子固附耳又道："既然你愿意这么办，事不宜迟，那么马上就乘了我马车走，行不行呢？那一边什么都现成的。"彩云想了一想道："也只有这么给他冷不防的一走，省了多少噜哧。咱们马上走。"子固道："你的东西怎么样呢？"彩云道："我只带一个首饰箱和随身的小衣包,其余一概不带,连下人都瞒了,只说和您去听戏的就得了。那么请您在这里等一等,让我去归着归着就走。"说罢,丢下子固,匆匆的进了房去。不到十分钟,见彩云换了一身时髦的中装,笑嘻嘻提了一个小包儿,对子固道:"宝大人您今天不做官,倒做了犯人了!"子固诧异道:"怎么我是犯人?"彩云笑道:"这难道不算拐逃吗?"子固也忍不住笑起来。

正说笑间,忽然一个丫鬟推开门,向彩云招手。彩云慌忙走出去,只见贵儿走来,给他低低道:"又来了一个客,说姓金,要见太太。"彩云知道是金狮子,又是个不好得罪的人,他又摸不清楚他和宝子固是不是一路,心想两雄不并立,还是不叫他们见面的好,擭出自己多费一点精神,哄他们人人满意,甘心做他裙带下的忠奴。当下暗嘱贵儿请他在客厅上坐,自己回到房里向子固道:"讨人厌的来了个三儿的朋友,要见我说几句话。没有法儿,只好请您耐心等一会儿,我去支使他走了,我们才好走。"子固簇着眉道:"这怎么好呢?那么你赶快去打发他走!"

子固眼睁睁看彩云扶着丫鬟下楼去了。这一回,可不比上一次来得爽快了。一个人闷坐在屋里,左等也不来,右等也不来。一阵微风中,飘来笑语的声音,侧耳再听,寂静了半天,忽又听见断续的呢喃细语。掏出时计看时,已经快到九下钟了。心里正在烦闷,房门呀的一声,彩云闪了进来,喘吁吁地道:"您等得不耐烦了罢!真缠死人,好容易把他哄跑,我们现在可以走了。"子固在灯下瞥见彩云两颊绯红,云鬓不整,平添了几多春色,心里暗暗惊异。彩云拿了那小包,催着子固动身,一路走着一路吩咐丫鬟仆妇们好生照顾家里,一到门口,跳上子固的马车。

轮蹄得得,不一会,已经到了虹口靶子路一座美丽的洋房门前停下。子固扶她下车,轻按门铃,便有老仆开了门,彩云跟进门来。过了一片小草地,跨上一个高台阶,子固领了他各处看了一看,都铺设的整齐洁净,文雅精工。来到楼上,一间卧室,一间起坐,器具帷幕,色色华美,的确是外国妇女的闺阁。还留着一个女仆,两个仆欧,可供使用。

彩云看了，心里非常愉快，又非常疑怪，忽然向着子固道：“你刚才说这房子是陈骥东的英国夫人住的，陈骥东怎么有了法国夫人，又有英国夫人呢？外国人不是不许一个男人讨两个老婆的吗？为什么放着这样好的住宅不住，倒回了国呢？”子固笑道：“这话长哩，险些儿弄出人命来！陈骥东就为这事，这两天正在那里伤心。我们都是替他调停这公案的人，所以前天他请酒酬谢。

“我从头至尾的告诉你罢！原来陈骥东是福建船厂学堂出身，在法国留学多年。他在留学时代，已经才情横溢，中外兼通，成了个倜傥不群的青年。就有一个美丽的女学生，名叫佛伦西的，和他发生了恋爱，结为夫妇，这就是现在的法国夫人。学成回国后，威毅伯赏识了他，留在幕府里，办理海军事务，又常常差他出洋，接洽外交，四五年间，就保到了镇台的地位。可是骥东官职虽是武夫，性情却完全文士，恃才傲物，落拓不羁。中国的诗词，固然挥洒自如，法文的作品，更是出色。他做了许多小说戏剧，在巴黎风行一时。中国人看得他一钱不值，法国文坛上，却很露惊奇的眼光，料不到中国也有这样的人物。尤其是一班时髦女子，差不多都像文君的慕相如，俞姑的爱若士，他一到来，到处蜂围蝶绕，他也乐得来者不拒。

“有一次，威毅伯叫他带了三十万银子到伦敦去买一艘兵轮，他心里不赞成，不但没有给他去购买船只，反把这笔款子，一古脑儿胡花在巴黎伦敦的交际社会里，做了一部名叫做《我国》的书，专门传宣中国文化，他自己以为比购买铁甲船，有用的多。结果又被一个英国女子叫玛德的爱上了，有人说是商人的姑娘，有人说是歌女，压根儿还是迷惑了他的虚名，明知他有老婆，情愿跟他一块儿回国。威毅伯知道了，勃然大怒，说他贻误军机，定要军法从事，后来亏得乌赤云、马美菽几个同事，替他求情，方才免了。骥东从此在北洋站不住，只好带了两个娇妻，到上海隐居来了。但骥东的娶英女玛德，始终瞒着法国夫人，到了上海，还是分居，一个住在静安寺，一个就住在这里。骥东夜里总在静安寺，白天多在虹口。法国夫人只道他丈夫沾染中国名士结习，问柳寻花逢场作戏，不算什么事；别人知道是性命交关的事，又谁敢多嘴？倒放骥东兼收并蓄，西食东眠，安享一年多的艳福了。

“不想前礼拜一的早上，骥东已到了这里，玛德也起了床，正在水晶帘下看梳头的时候，法国夫人欻地一阵风似的卷上楼来。玛德要避也来不及，骥东站在房门口，若迎若拒的不知所为。法国夫人倒很大方的坐在骥东先坐的椅里，对玛德凝视半晌道：‘果然很美，不怪骥东要迷了！姑娘不必害怕，我今天是来请教几句话的，先请教姑娘什么名字？’玛德抖声答道：‘我叫玛德。’法国夫人道：‘贵国是否英国？’道：‘是的。’法国夫人指着骥东道：‘你是不是爱这个人？’玛德微微点了一点头。法国夫人正色道：‘现在我要告诉你了，我叫佛伦西，是法国人。你爱的陈骥东是我的丈夫，我也爱他，那么我们俩合爱一个人了。你要是中国人，向来猫猫虎虎的，我原可以恕你。可惜你是英国人，和我站在一条人权法律保护之下。我虽不能除灭你心的自由，但爱的世界里，我和你两人里面，总多余了一个。现在只有一个法子，就是除去一个！’说罢，在衣袋里掏出两支雪亮的白郎宁，自己拿了一支，一支放在桌上，推到玛德面前，很温和的说道：‘我们俩谁该爱骥东，凭他来解决罢！密斯玛德，请你自卫！’说着已一手举起了手枪，瞄准玛德，只待要扳机。说是迟，那是快，骥东横身一跳，隔在两女的中间，喊道：‘你们要打，先打死我！’法国夫人机械地立时把枪口向了地道：‘你别着急，死的不一定是他。我们终要解决，你挡着什么用呢？’玛德也哭喊道：‘你别挡，我愿意死！’正闹得不得了，可巧古冥鸿和金逊卿有事来访骥东，仆欧们告知了，两人连忙奔上楼来，好容易把玛德拉到别一间屋里。玛德只是哭，佛伦西只是要决斗，骥东只是哀恳。古、金两人刚要向佛伦西劝解，佛伦西倏的站起来，发狂似的往外跑。大家追出来，他已自驾了亨斯美飞也似的向前路奔去。”

子固讲到这里，彩云急问道：“他奔到那里去？难道寻死吗？”子固笑道：“那里是寻死。”刚说到这里，听得楼下门铃丁铃铃的响起来，两人倒吃了一吓。正是：

皆大欢喜锁骨佛，为难左右跪池郎。

不知如此深更半夜，敲门的果是何人，且听下回分解。

第三十二回 艳帜重张悬牌燕庆里 义旗不振弃甲鸡隆山

话说宝子固正和彩云讲到法国夫人自拉了亨斯美狂奔的话，忽听门铃乱响，两人都吃了一惊。子固怕的是三儿得信赶来，彩云知道不是三儿，却当是菊笑暗地跟踪而至，方各怀着鬼胎，想根问间，只听下面大门的开关声，接着一阵楼梯上历碌的脚步声，谈话声。一到房门口，就有人带着笑的高声喊道："好个阎罗包老，拐了美人偷跑，现在我陈大爷到了，捉奸捉双，看你从那里逃！"宝子固在里面哈哈一笑的应道："不要紧，我有的是朋友会调停，只要把美人送回大英，随他天大的事情也告不成。"

就在这一阵笑语声中，有一个长身鹤立的人，肩披熟罗衫，手摇白团扇，翘起八字须，眯了一线眼，两脸绯红，醉态可掬，七跌八撞的冲进房来道："子固不要胡扯，我只问你把你的美人，我的芳邻，藏到那里去了？"子固笑道："不要慌，还你的好乡邻。"回过头来向彩云道："这便是刚才和你谈的那个英法两夫人决斗抢夺的陈骥东。"又向骥东道："这便是你从前的乡邻，现在的房客，大名鼎鼎的傅彩云。我来给你们俩介绍了罢！"骥东啐了一口道："嗄，多肉麻的话！好像傅彩云，只有你一个人配认识。我们做了半年多乡邻，一天里在露台上见两三回的时候也有，还用得着你来介绍吗？"彩云微微的一笑道："可不是，不但陈大人我们见的熟了，连陈大人的太太，也差不多天天见面。"子固道："你该谢谢这位太太哩！"彩云道："呀，我真忘死了！陈大人帮我的忙，替我想法，容我到这里住，我该谢陈大人是真的。"骥东道："这算不了什么，何消谢得！"子固拍着手道："着啊，何消谢得！若不是法国太太逼走了玛德姑娘，骥东哪里有空房子给你住呢！你不是该谢太太吗？"骥东道："子固尽在那里胡说八道，你别听他的鬼话！"

彩云道："刚才宝大人正告诉我法国太太和英国太太吵翻的事呢！后来法国太太自拉了亨斯美，上那儿去了呢？就请陈大人讲给我听罢。"骥东听到这里，脸上立时罩上一层愁云，懒懒的道："还提他做什么，左不过到活阎罗那里去告我的状罢咧！这件事，总是我的罪过，害了我可怜的玛德。你要知道这段历史，有玛德临行时，留给我的一封信，一看便知道了。"

骥东正去床面前镜台抽屉里，寻出一个小小洋信封的时候，一个仆欧上来，报告晚餐已备好了。骥东道："下去用了晚餐再看罢。"三人一起下楼，来到大餐间。只见那大餐间里，围满火红的壁衣，映着海绿的电灯，越显出碧沉沉幽静的境界。子固瞥眼望见餐桌上，只放着两付食具，忙问道："骥东你怎么不吃了？"骥东道："我今天在密采里请几个瑞记朋友，为的是谢他们密派商轮到台南救了刘永福军门出险，已吃的醉饱了，你们请用吧。"

彩云此时，一心只想看玛德的信，向骥东手里要了过来，一面吃着，一面读着。但见写的很沉痛的文章，很娟秀的字迹道：

> 骥东我爱：我们从此永诀了！我们俩的结合，本是一种热情的结合。在相爱的开始，你是迷惑，差不多全忘了既往；我是痴狂，毫没有顾虑到未来。你爱了我这了解你的女子，存心决非欺骗；我爱了你那有妻的男子，根本便是牺牲。所以我和你两人间的连属，是超道德和超法律的。彼此都是意志的自动，一点不生怨和悔的问题。我随你来华，同居了一年多，也享了些人生的快乐，感了些共鸣的交响，这便是我该感谢你赐我的幸福了。前日你夫人的突然而来，破了我们的秘密，固然是我们的不幸，然当你夫人实弹举枪时，我极愿意无抵抗的死在他一击之下，解除了我们难解的纠纷。不料被你横身救护，使你夫人和我的目的，两都不达，顿把你夫人向我决斗的意思，变了对你控诉，一直就跑到新衙门告状去了。幸亏宝谳官是你的朋友，当场拦住，不曾到堂宣布，把你夫人请到他公馆中，再三劝解，总算保全了你的名

誉。可是你夫人提出的条件，要他不告，除非我和你脱离关系，立刻离华回国。宝子固明知这个刻酷的条件，你断然不肯答应，反瞒了你，等你走后，私下来和我商量。骥东我爱，你想吧，他们为了你社会声望计，为了你家庭幸福计，苦苦的要求我成全你。他们对你的热忱，实在可感，不过太苦了我了！骥东我爱，咳，罢了，罢了！我既为了你，肯牺牲身分；为了你，并肯牺牲生命，如今索性连我的爱恋，我的快乐，一起为你牺牲了吧！子固代我定了轮船，我便在今晨上了船了。骥东我爱，从此长别了！恕我临行时，竟未向你告别。相见无益，徒多一番伤心，不如免了罢！身虽回英，心常在沪。愿你夫妇白头永好，不必再念海外三岛间的薄命人了。

玛德留书

彩云看完了信，向骥东道："你这位英国夫人，实在太好说话了。叫我做了他，他要决斗，我便给他拼个死活；他要告状，我也和他见个输赢。就算官司输了，我也不能甘心情愿输给他整个儿的丈夫。"

骥东叹一口气道："英国女子性质大半高傲，玛德何尝是个好打发的人？这回的忽然隐忍退让，真出我意料之外，但决不是她的怯懦。他不惜破坏了自己来成全我，这完全受了小仲马《茶花女》剧本的影响。想起来，不但我把爱情误了他，还中了我文学的毒哩！怎叫我不终身抱恨呢！"

彩云道："那么，你怎么放他走的呢？他一走之后，难道就这么死活不管他了？陈大人你也太没良心了！"骥东还没回答，子固抢说道："这个你倒不要怪陈大人，都是我和金逊卿、古冥鸿几个朋友，替陈大人彻底打算，只好硬劝玛德吃些亏，解救这一个结。难得玛德深明大义，竟毫不为难的答应了。所以自始至终，把陈大人瞒在鼓里。直到开了船，方才宣布出来。陈大人除了哭一场，也没有别的法儿了。至于玛德的生活费，是每月由陈大人津贴二十金磅，直到他改嫁为止，不嫁便永远照贴。这都是当时讲明白的。现在陈大人如有良心，依然可以和他通信；将来有机会时，依然可以团聚。在我们朋友们，替他处理这件为难的公案，总算十分圆满了。"

骥东站起身来，向沙发上一躺，道："子固，算我感激你们的盛情就是了，求你别再提这事罢！到底彩云正式悬牌的事，你们商量过没有？我想，最要紧的是解决三儿的问题。这件事，只好你去办的了。"子固道："这事包在我身上，明天就叫人去和他开谈判，料他也不敢不依。"彩云道："此外就是租房子，铺房间，雇用大姐相帮，这些不相干的小事，我自己来张罗，不敢再烦两位了。"骥东道："这些也好叫菊笑来帮帮你的忙，让我去暗地通知他一声便了。"彩云听了骥东的话，正中下怀，自然十分的欢喜称谢。子固虽然有些不愿菊笑的参加，但也不便反对骥东的提议，也就含胡道好。

当下骥东在沙发上起来，掏出时计来一看，道声："啊哟，已经十一点钟了。时候不早，我要回去，明天再来和你们道喜罢！"说着，对彩云一笑。彩云也笑了一笑，道："我也不敢多留，害陈大人回去受罚。"子固道："骥兄先走一步，我稍坐一会儿，也就要走。"子固说这话时，骥东早已头也不回，扬长出门而去，一到门外，跳上马车，吩咐马夫，一径回静安寺路公馆。骥东和他夫人，表面上虽已恢复和平，心里自然存了芥蒂，夫妇分居了好久了。当骥东到家的时候，他夫人已经息灯安寝。骥东独睡一室，对此茫茫长夜，未免百端交集，在转辗不眠间，倒听见了隔壁三儿家，终夜人声不绝，明知是寻觅彩云，心中暗暗好笑。

次日，一早起来，打发人去把菊笑叫来，告诉了一切，又嘱咐了一番，菊笑自然奉命惟谨的和彩云接头办理。子固也把孙三儿一面安排得妥妥贴贴，所有彩云的东西，一概要回，不少一件。不到三天，彩云就择定了吉日良时，搬进燕庆里。子固作主，改换新名，去了原来养母的姓，改从自己的姓，叫了曹梦兰。定制了一块硃字铜牌，插了金花，挂上彩球，高高挂在门口。第一天的开台酒，当然子固来报效了双双台，叫了两班灯担堂名，请了三四十位客人，把上海滩有名的人物，差不多一网打尽，做了一个群英大会。从此芳名大震，哄动一时，窟号销金，城开不夜，说不尽的繁华热闹。"曹梦兰"三字，比四金刚还要响亮，和琴楼梦的女主人花翠琴齐名，当时号称哼哈二将。闲言少表。

却说那一天，骥东正为了随侍威毅伯到马关办理中日和议的两个同僚，乌赤云和马美菽，新从天津请假回南，到了上海，骥东替他们接风，就借曹梦兰妆阁，备了一席盛筵，邀请子固、冥鸿、逊卿，又加上一个招商局总办，从台湾回来的顾肇廷做陪客。骥东这一局，一来是替梦兰捧场，了却护花的心愿，二来那天所请的特客，都是刎颈旧交，济时人杰，所以老早就到。就是赤云、美菽一班客人，因为知道曹梦兰便是傅彩云的化身，人人怀着先睹为快的念头，不到天黑，陆陆续续的全来了。

梦兰本是交际场中的女王，来做姐妹花中的翘楚，不用说灵心四照，妙舌连环，周旋得春风满座。等到华灯初上，豪宴甫开，骥东招呼诸人就座，梦兰亲手执了一把写生镂银壶，遍斟座客。赤云坐了首席，美菽第二，其余肇廷、子固、冥鸿、逊卿，依次坐定。梦兰告了一个罪，自己出外应征去了。这里诸客叫的条子，大概不外林、陆、金、张四金刚，翁梅倩、胡宝玉等一群时髦倌人，翠暖红酣，花团锦簇，不必细表。

当下骥东先发议道："我们今日这个盛会，列座的都是名流，侑酒的尽属名花，女主人又是中外驰名的美人，我要把《清平调》的'名花倾国两相欢'，改做'倾城名士两相欢'了。"大家拍手道好。子固道："骥兄固然改得好，但我的意思，这一句该注重在一个'欢'字。倾城名士，两两相遇，虽然是件韵事，倘使相遇在烽火连天之下，便不欢乐了。今天的所以相欢，为的是战祸已消，和议新结。照这样说来，岂不是全亏了威毅伯春帆楼五次的磋商，两公在下关密勿的赞助，方换到这一晌之欢？我们该给赤兄、美兄公敬一杯，以表感谢。"逊卿道："在烟台和日使伊东已正式交换和约，是赤翁去的，这是和议的成功，赤翁该敬个双杯。"

赤云捋须微笑道："诸位快不要过奖，大家能骂得含蓄一点，就十分的叨情了。这回议和的事，本是定做去串吃力不讨好的戏文。在威毅伯的鞠躬尽瘁，忍辱负重，不论从前交涉上的功罪如何，我们就事论事，这一付不要性命并不顾名誉的牺牲精神，真叫人不能不钦服。但是议约的结果，总是赔款割地，大损国威。自奉三品以上官公议和战的朝命,反对的封章电奏,不下百十通;台湾臣民,争得最为激烈。尤其奇怪的,连老成持重的江督刘焜益,也说战而不胜,尚可设法撑持。鄂督庄寿香极端反对割地,洋洋洒洒上了一篇理有三不可、势有六不能的鸿文,还要请将威毅伯拿交刑部治罪哩! 我们这班附和的人,在衮衮诸公心目中,只怕寸磔不足蔽辜呢!”

美菽道:“其实我们何尝有什么成见,还够不上像荫白副使一般,有一个日本姨太太,人家可以说他是东洋驸马。自从刘公岛海军覆没后,很希望主战派推戴的湘军,在陆路上得个胜仗,稍挽危局。无奈这位自命知兵的何太真,只在田庄台挂了一面受降的大言牌,等到依唐阿一逃,营口一失,想不到纶巾羽扇的风流,脱不了弃甲曳兵的故套,狂奔了一夜,败退石家站,从此湘军也绝了望了。危急到如此地步,除了议和,还有甚办法? 然都中一班名流,如章直蜚、闻鼎儒辈,还在松筠庵大集议,植髭奋鬣,飞短流长,攻击威毅伯,奏参他十可杀的罪状呢!”肇廷道:“何太真轻敌取败,完全中了书毒。其事可笑,其心可哀,我辈似不宜苛责。我最不解的,庄寿香号称名臣,听说在和议开始时,他主张把台湾赠英。政府竟密电翁养鱼使臣,通款英廷,幸亏英相罗士勃雷婉言谢绝,否则一个女儿受了两家茶,不特破坏垂成的和局,而且丧失大信,国将不国,这才是糊涂到底呢!”

冥鸿插嘴道:“割台原是不得已之举。台民不甘臣日,公车上书反抗,列名的千数百人。在籍主事丘逢甲,创议建立台湾民主国,誓众新竹,宣布独立。我还记得他们第一个电奏,只有十六个字道:‘台湾士民,义不臣倭,愿为岛国,永戴圣清。’这是一时公愤中当然有的事。可恨唐景崧身为疆吏,何至不明利害! 竟昧然徇台民之情,凭众抗旨,直受伯理玺天德印信,建蓝地黄虎的国旗,用永清元年的年号,开议院,设部署,行使钞币,俨然以海外扶余自命。既做此非常举动,却又无丝毫预备,不及十日,外兵未至,内乱先起,贻害台疆,腾笑海外! 真是画虎不成,应了他的旗谶了! 就是大家崇拜的刘永福,在台南继起,困守了三个多月,至今铺张战绩,还有人替刘大将军草平倭露布的呢! 没一个不说得他来像生龙活虎,牛鬼蛇神。其实都是主战派的造言生事,凭空结撰。守台的结果,不过牺牲了几个敢死义民，糟鞑了一般无辜百姓，等到计穷身竭，也是一逃了事罢了。”

骥东听到这里，勃然作色道：“冥鸿兄，你这些都是成败论人的话，实在不敢奉教！割让台湾一事，在威毅伯为全局安危策万全，忍痛承诺，国人自应予以谅解；在唐、刘替民族存亡争一线，仗义挥戈，我们何忍不表同情！我并不是为了曾替薇卿运动外交上的承认，代渊亭营救战败后的出险，私交上有心袒护，只凭我良心评判，觉得甲午战史中，这两人虽都失败，还不失为有血气的国民。我比较他人，知道些内幕，诸位今天如不厌烦，我倒可以详告。”赤云、美菽齐声道：“台事传闻异辞，我们如坠五里雾中，骥兄既经参预大计，必明真相，愿闻其详。”

骥东道：“现在大家说到唐景崧七天的大总统，谁不笑他虎头蛇尾，唱了一出滑稽剧。其实正是一部民族灭亡的伤心史，说来好不悽惶。当割台约定，朝命景崧率军民离台内渡的时候，全台震动，万众一心，誓不屈服，明知无济，愿以死抗。丘逢甲、林朝栋二三人登台一呼，宣言自主，赞成者万人。立即雕成台湾民主国大总统印绶，鼓吹前导，民众后拥，一路哭送抚署。这正是民族根本精神的表现。景崧受了这种精神的激荡，一时义愤勃发，便不顾利害，朝服出堂，先望阙叩了九个头，然后北面受任。这时节的景崧，未尝不是个赴义扶危的豪杰，再想不到变起仓皇，一蹶不振。议论他的，不说他文吏不知军机，便说他卤莽漫无布置，实际都是隔靴搔痒的话。他的失败，并不失败在外患，却失败在内变；内变的主动，便是他的宠将李文魁；李文魁的所以内变，原因还是发生在女祸。

“原来景崧从法越罢战后，因招降黑旗兵的功劳，由吏部主事外放了台湾道，不到一年，升了藩司，在宦途上总算一帆风顺的了。景崧却自命知兵，不甘做庸碌官僚，只想建些英雄事业，所以最喜欢招罗些江湖无赖做他的扈从。内中有两个是他最赏识的：一个姓方，名德义；还有一个，便是李文魁。方德义本是哥老会的会员，在湘军里充过管带，年纪不过三十来岁，为人勇敢忠直，相貌也魁梧奇伟。李文魁不过一个直隶的游匪，混在淮军里做了几年营混子，只为他诡计多端，生相凶恶，大家送他绰号，叫做‘李鬼子’。两人多有些膂力，景崧在越南替徐延旭护军时，收抚来充自己心腹的。后来景崧和刘永福、文魁合攻宣光，两人都很出力。景崧把方德义保了守备，文魁只授了把总。文魁因此心上不愤，常常和德义发生冲突。等到景崧到了台湾，两人自然跟去，各派差使，又为了差使的好坏，意见越闹越深。文魁是个有心计的人，那时驻台提督杨岐珍，统带的又都是淮军，被文魁暗中勾结，结识了不少党羽，势力渐渐扩大起来。景崧一升抚台，便马马虎虎委了德义武巡捕，文魁亲兵管带，文魁更加不服。

"景崧知道了，心里想代为调和，又要深结文魁的心，正没有方法。也是合当有事，一日方在内衙闲坐，妻妾子女，围聚谈天，忽见他已出嫁的大女儿余姑太，身边站着一个美貌丫鬟，名唤银荷。那银荷，本是景崧向来注意，款待得和群婢不同，合衙人都戏唤他做候补姨太太。其实景崧倒并没自己享用的意思，他想把他来做钩饵，在紧急时，钓取将士们死力的。那时，他既代召廉村接了巡抚印，已移刘永福军去守台南，自任守台北。日本军舰有来攻文良港消息，正在用人之际，也是利用银荷的好时机，不觉就动了把银荷许配文魁的心。当下出去，立刻把文魁叫到签押房，私下把亲事当面说定，勉励了一番，又吩咐以后不许再和德义结仇。在景崧自以为操纵得法，总可得到两人的同心协力，谁知事实恰与思想相反。只为德义同文魁，平常都算景崧的心腹，一般穿房入户，一般看中了银荷，彼此都要向他献些小殷勤，不过因为景崧的态度不明，大家不敢十分放肆罢了。如今，景崧忽然把银荷赏配了文魁，文魁狼子野心，未必能知恩敛迹，这个消息，一传到德义耳中，好似打了个焦雷。最奇怪的，连银荷也哭泣了数天。

"不久，景崧的中军黄翼德出差到广东募兵，就派德义署了中军。文魁恃宠骄纵，往往不服从他的命令，德义真有些耐不得了。有一次竟查到文魁在外结党招摇的事，拿到了唽血的盟书，不客气的揭禀景崧。景崧见事情闹的实了，只得从宽发落，把文魁斥革驱逐了。文魁大恨，暗暗先将他的党羽，布满城中和抚署内外，日夜图谋，报仇雪恨。恰好独立宣布，景崧命女婿余鍪保护家眷行李，乘轮内渡，银荷当然随行。文魁知道了，那里肯依，立时集合了同党，商议定计，一来抢回银荷，二来趁此机会，反戈抚署，把景崧连德义一并戕杀，投效日军献功。这是文魁原定的办法。当时文魁率领了党徒三百多人，在城外要道分散埋伏下了，等到余鋆等一行人走近的当儿，呼哨一声，无数涂花脸的强徒，蜂拥四出。余鋆见不是头，忙叫护送的一队抚标兵，排开了放枪抵御，自己弹压着轿夫，抬着女眷们飞奔的逃回。抚标兵究竟寡不敌众，死的死，逃的逃，差不多全打散了，幸亏余鋆已进了城，将近抚署。

"那时德义正在署中，闻知有变，急急奔出。正要严令闭门，余鋆已押了眷轿，踉跄而入，背后枪声，随着似连珠般的轰发，门前已开了火了。德义还未举步，不提防文魁手持大扑刀，突门冲进。正是仇人相见，分外眼明，兜头一刀斫下，血肉淋漓，飞去了半个头颅。德义狂叫一声，返奔了十余步，倒在大堂阶下。人声枪声鼎沸中，忽然眷轿里跳出一人，扑在德义血泊的尸身上，号啕痛哭，原来便是银荷。文魁提刀赶到，看见了倒怔住了。忽然暖阁门砰硼的大开，景崧昂然的走了出来。那时大堂外的甬道上，立满了叛徒，人人怒容满面，个个杀气冲天。文魁两眼只注射染血的刀锋上。忽然尸旁的哭声停了，银荷倏的站了起来，突然拉住了文魁的右臂喊道：'你看见了吗？我们的恩主唐抚台出来了！'如疯狗一般的文魁，被银荷这句话一提，仿佛梦中惊醒似的，文魁的刀锋慢慢的朝了下。景崧已走到他面前，很从容的问道：'李文魁，你来做什么？'文魁低了头，垂了手，忸怩似的道：'来保护大帅。'景崧道：'好！'手执一支令箭，递给文魁，吩咐道：'我正要添募新兵，你认得的兄弟们很多，限你两天招足六营，派你做统领，星夜开拔，赴狮球岭驻扎。'文魁叩头受命。各统领闻警来救，景崧托言叛徒已散，都抚慰遣归。另行出示，缉拿戕官凶犯。

"一天大祸，无形消弥，也亏了景崧应变的急智；而银荷的寥寥数语，魔力更大。景崧正待另眼相看，不想隔了一夜，银荷竟在署中投缳自尽。大家也猜不透他死的缘故，有人说他，和方德义早发生了关系，这回见德义惨死，誓不独生，这也是情理中或有之事。但银荷的死，看似平常，其实却有关台湾的存亡，景崧的成败。为什么呢？就为李文魁的肯服从命令，募兵赴防，目的还在欲得银荷，一听见银荷死信，便绝了希望，还疑心景崧藏匿起来，假造死信哄他，所以又生了叛心，想驱逐景崧，去迎降日军。等到日军攻破鸡隆的这一日，三貂岭正在危急，文魁在狮球岭领了他的大队，挟了快枪，驰回城中，直入抚署，向景崧大呼道：'狮球岭破在旦夕了，职已计穷力竭，请大帅亲往督战罢！'景崧见前后左右，狞目张牙，环侍的都是他的党徒，自己亲兵，反而瑟缩退后，知道事不可为，强自镇摄，举案上令箭掷下，拍案道：'什么话！速去传令，敢退后的，军法从事！'说罢，拂袖而入，叹道：'文魁误我，我误台民！'就在此时，景崧带印潜登了英国商轮，内渡回国，署中竟没一个人知道，连文魁都瞒过了。这样说来，景崧守台的失败，原因全在李文魁的内变。这种内变，事生肘腋，无从预防，固不关于军略，也无所施其才能，只好委之于命了。我们责备景崧，说他用人不当，他固无辞。若把他助无告御外侮的一片苦心，一笔抹杀，倒责他违旨失信，这变了日本人的论调了，我是极端反对的！"

肇廷举起一大杯酒，一口吸尽道："骥兄快人，这段议论，一泄我数月以来的闷气，当浮一大白！就是刘永福的事，前天有个从台湾回来的友人，谈起来，也和传闻的不同。今天索性把台湾的事，谈个痛快吧！"大家都说道："那更好了，快说，快说！"正是：

华筵会合皆名宿，孤岛兴亡属女戎。

不知肇廷说出如何的不同，且听下回分解。

第三十三回　保残疆血战台南府
谋革命举义广东城

话说肇廷提起了刘永福守台南的事，大家知道他离开台湾还不甚久，从那边内渡的熟人又多，听到的一定比别人要真确，都催着他讲。肇廷道："刘永福虽然现在已一败涂地，听说没多时，才给德国人营救了出险，但外面议论，还是沸沸扬扬，有赞的，有骂的。赞他说的神出鬼没，成了《封神榜》上的姜子牙；骂他的又看做抗旨害民，像是《平台记》里的朱一桂。其实这些都是挟持成见的话。平心而论，刘永福固然不是什么天神天将，也决不会谋反叛逆，不过是个有些胆略有些经验的老军务罢了。他的死抗日军，并不想建什么功，立什么业，并且也不是和威毅伯有意别扭着闹法越战争时被排斥的旧意见。他明知道马关议约时，威毅伯曾经向伊藤博文声明过，如果日本去收台，台民反抗，自己不能负责。现在台民真的反抗了。自从台北一陷，丘逢甲、林朝栋这班士绅，率领了全台民众，慷慨激昂的把总统印绶硬献给他。你们想，刘永福是和外国人打过死仗的老将，岂有不晓得四无援助的孤岛，怎抗得过乘胜长驱的日军呢！无如他被全台的公愤，逼迫得没有回旋余地，只好挺身而出，作孤注一掷了。只看他不就总统任，仍用帮办名义，担任防守，足见他不得已的态度了。老实说，就是大家喧传刘大将军在安平炮台上，亲手开炮，打退日本的海军，这才是笑话呢！要晓得台南海上，常有极利害的风暴，在四五月里起的，土人叫做台风，比着英法海峡上的雪风，还要凶恶。那一次，日舰来犯安平，恰恰遇到这危险的风暴，永福在炮台上只发了三炮，日舰就不还炮的从容退去，那全靠着台风的威力，何尝是黑旗的本领呢？讲到永福手下的将领，也只有杨紫云、吴彭年、袁锡清三四个人，肯出些死力，其余都是不中用的。所以据愚见看来，对于刘永福，我们不必给他捧场，也不忍加以攻击，我们认他是个有志未成的老将罢了。我现在要讲的，是台湾民族的一部惨史。虽然后来依然葬送在一班无耻的士人手里，然内中却出了几个为种族牺牲死抗强权的志士。”合座都鼓着掌道：“有这等奇事，愿闻，愿闻！”

那当儿，席面上，刚刚上到鱼翅，梦兰出堂唱尚未回来，娘姨大姐满张罗的斟酒，各人叫的林、陆、金、张四金刚等几个名妓，都还花枝招展的坐在肩下。肇廷道：“自从永福击退了日舰后，台民自然益发兴高采烈，不到十日，投军效命的，已有万余人。永福趁这机会，把防务严密部署了一番，又将民团编成二十营，选定台民中著名勇士二人分统了。一个最勇敢的叫徐骧，生得矮小精悍，膂力过人，跳山越涧，如履平地，不论生番和土人，都有些怕他。一个林义成，原是福州人，从他祖上落籍在嘉义县，是个魁伟的丈夫，和徐骧是师兄弟，本事也相仿。把这两个人统率民团，自然是永福的善于驾驭。还有一个，叫做刘通华，是朱一桂部将刘国基的子孙，在当地也有些势力，和徐、林两人，常在一起，台人称做‘台南三虎’。不过刘通华生得鼠头獐目，心计很深，远不如徐、林两人的豪侠。徐骧因为是自己的同道，也把他引荐给永福，做了自己部下的帮统。编派已定，徐、林两人日夜操练兵马。甫有头绪，那时日军大队已猛攻新竹，守将杨紫云抵抗月余，大小二十余战，势危请援。徐骧和林义成都奉了永福命令，星夜开赴前敌。刚走过太甲溪，半路遇见吴彭年，方知道赴援不及，新竹已失，杨紫云阵亡。日军乘胜长驱，势不可当。于是大家商定，只好退守太甲溪。

“且说那太甲溪，原是一个临河依山的要隘。沿着溪河的左岸还留下旧时的砖垒，山巅上可以安置炮位。当下徐骧、林义成领着民团，帮同吴彭年把队伍分扎在岸旁和山上，专候日兵来攻。那天正是布置好了防务的临晚，一轮火红的落日，已渐渐没入树一般粗的高竹林后面，在竹罅里散出万道紫光，返照在正在埋锅造饭的野营和沿河的古垒上，映得满地都成了血色。夏天炙蒸已过，吹来的湿风，还是热烘烘的。就在这惨澹的暮霭里，有两个少年在砖垒上面，肩并肩的靠在古垒的炮堵子上低低讲话。两人头上都绕着黑布，身上穿着黑布短衣，黑缠腰，腰带上，左挂马枪，右插标枪，两腿满缠着一色的布，脚蹬草鞋。一个长不满五尺，面似干柴一般的瘦，两眼炯炯有威；一个是个梢长大汉，圆而黑的一张巨脸。那瘦小的不用说是徐骧，长大的便是林义成。那时徐骧眼望着对岸，愤愤的道：'他妈的！那矮鬼的枪炮真利害，凭你多大本领，皮肉总挡不住子弹。我们总得想一个巧妙的法子，不管他成不成，杀他一个痛快，也是好的！'林义成道：'说的是！有什么法子呢？'徐骧沉吟了一回道：'大冈山上的女武师郑姑姑，不是你晓得的吗？拳脚固然练得不坏，又会一手好标枪，懂得兵法，有神出鬼没的手段，番人没个不畏服，奉他做女神圣。我想，若能请他出来帮助我们，或者有些办法。'林义成扬了一扬眉，望着徐骧道：'他肯出来吗？你该知道郑姑姑是郑芝龙的子孙，世代传着仇满的祖训。他们宁可和生番打交道，怎肯出来帮助官军呢！'徐骧摇头道：'老林，你差了！我们现在和满清政府，有什么关系呢？他们早把我们和死狗一般的丢了！我们目前和日本打仗，原是台湾人自争种族的存亡，胜固可贺，败也留些悲壮的纪念，下后来复仇的种子。况且这回日军到处，不但掳掠，而且任意奸淫，台中妇女，全做了异族纵欲的机械。郑姑姑也是个女子，就这一点讲，他也一定肯挺身而出。'林义成道：'就算他肯，谁去请呢？'徐骧指着自己道：'是我。'

"林义成正要说话，忽然背后一人喊道：'团长你敢吗？'两人却吃了一吓，回过头来，见是自己的帮统刘通华，满脸毛茸茸未剃的胡子，两条板刷般的眉毛下，露出狡猾的笑容。徐骧怒道：'为什么我不敢！'刘通华道：'郑姑姑住在二鲲身大冈山铁猫椗龙耳瓮旁边，从这里去，路程不过十来里，可是要经过几处危险的山洞溪涧。瘴气毒蛇，不算一回事，最凶险的是那猴闷溪。那是两个山岬中间的急流溪，在两崖巅冲下像银龙般的一大条瀑布。凡到大冈山的，必要越过这溪，除了番人，任你好汉，都要淌下海去。团长你敢冒这个险吗？'徐骧道：'什么险不险，去的，就敢！'通华道：'敢去我也不赞成。台湾的男子汉都死绝了？要请一个半人半鬼的女妖去杀敌，说也羞人！'义成冷笑道：'老刘不必说了。你不过为了从前迷恋郑姑姑的美貌，想吃天鹅肉，吃不到，倒受了他一标枪，记着旧仇来反对，这又何苦呢！'通华道：'我是好意相劝，反惹你们许多话。'徐骧瞪起眼，手按枪靶喝道：'今天我是团长，你敢反抗我的命令吗？再说，看枪！'通华连连冷笑了几声，转背扬长的去了。这里徐骧被刘通华几句话一激，倒下了决心，一声不响，涨紫了露骨的脸，一口气奔下垒来，跑到一座较高的营帐前，系着一匹青鬃大马的一棵椰子树旁，自己解下缰绳，取了鞭子，翻身跨上鞍鞒。义成连忙追上来问道：'你就这么去吗？还是我跟着你同走吧！'徐骧回头答道：'再不去，被老刘也笑死！你还是照顾这里的防务，也许矮子今天就来，去不得，去不得！吴统领那里，你给我代禀一声。明天这时，我一定回来，再见罢！'说着，把鞭一扬，在万灶炊烟中，早飞上山坡，向峰密深处，疾驰而去。

"林义成到底有些不放心，疾忙回到自己营中，嘱咐几句他的副手，拉了一匹马，依着徐骧去的路，加紧了马力，追上去。翻了几个山头，穿了几处山洞，越过了几条溪涧，天色已黑了下来。在微茫月光里，只看见些洪荒的古树，蟠屈的粗藤，除了自己外，再找不到一人一骑，暗暗诧异道：'难道他不走这条路吗？'正勒住马探望间，一阵风忽地送来一声悠扬的马嘶，踏紧了镫，耸身随了声音来处望去，只见一匹马恰系在溪边一株半倒的怪树下，鞍鞑完全，却不见人到。义成有些慌了，想上前去察看，忽听硼的一声，是马枪的爆响。一瞥眼里，溪下现出徐骧的身量，一手插好了枪，一手拉缰，跳上马背，只一提，那马似生了翅膀似的飞过溪流去了。义成才记起这溪是有名多蛇的，溪那边，便是鸦猴林，鸦猴林的尽头，就是猴闷溪，那是土人和生番的界线。义成一边想，一边催马前进。到的溪边，在月光下，依稀看见浅滩上，蠕动着通身花斑的几堆闪花。忙下了鞍，牵了马，涉水过溪，方见清溪流里横着两条比人腿还粗的花蛇，尾稍向上开着，红色的尖瓣和花一般。靠左一条是中标枪死的，右面一条是马枪打死的。看那样儿，方想到刚才徐骧被这些畜生袭击的危险，亏得他开了路，自己倒安然的渡过溪来。看着溪那边，是一座深密的大树林，在夏夜浓荫下，简直成了无边的黑海，全靠了叶孔枝缝中筛簸下一些淡白月影，照见前面弯曲林径里忽隐忽现的徐骧背影。义成遥远的紧跟着前进。两人骑行的距离,虽隔着半里多,却是一般的速度。过了一会儿,树林尽处,豁然开朗。面前突起了冲天高的一个危崖,耳边听见淜湃的水声。在云月朦胧里,瞥见从天泻下一条挟着万星跳跃的银河,义成认得这就是最可怕的猴闷溪了。

“忽见徐骧一出了林,纵马直上那陡绝的坂路。义成怕他觉得,只好在后缓缓的跟上去。过了危坂,显出一块较平坦的坡地,见那坡地罩出的高崖下,有几间像船一般狭长的板屋。屋檐离地不过四五尺高,门柱上仿佛现出五采的画,屋前种着七八株椰树,屋后围着竹林,那竹子都和斗一样的粗,数十丈的高,确是番人的住宅。看见徐骧到了椰树前,就跳下马来,系好马,去那矮屋前敲门。只听那屋前的竹窗洞里一个干哑的人声问道:‘谁? 半夜打门! 狗贼吗? 看箭!’言未了,硼的一响,一根没翎毛尖长的箭,向徐骧射来,幸亏徐骧避得快,没射着,就喊道:‘我是老徐!’咿哑的一扇板门开了,走出一个矮老人来,草缚着头上半截的披发,一张人腊的脸藏在一大簇刺蝟的粗毛里,露着一口漆黑的染齿,两耳垂着两个大木环,赤了脚,裸着刺花的上半身,腰里围了一幅布,把编藤束得紧紧的。一见徐骧,现出凶狡的笑容道:‘原来你,我只当来了一个红毛鬼。’徐骧也笑道:‘我不是红毛鬼,我是想杀黄毛小鬼的钟馗。’老人道:‘我们山里,只有红花的大蛇,没有黄毛的小鬼。你深夜来做什么?’徐骧道:‘小鬼要来,尽你有大蛇也挡不住,我特地来请一位杀鬼的帮手。’老人道:‘谁?’徐骧道:‘你们的郑姑姑。你们往常找郑姑姑,必要经过猴闷溪,怎样越过,你们肯帮我吗?’老人像怪鸟一样的笑了一声,道:‘小鬼是要仙女来杀的,我们一定帮你。’说着,把手向屋里一招,出来了一对十五六岁的一男一女,赤条条的一丝不挂,头上都戴满了花草,两臂刺着青色的红毛文。女的胸悬贝壳,手带铜镯,右手挽着男的臂,左手托着猪腰似的果肉,自己咬了一口,喂到男的嘴边,一壁嬉笑,一壁跳跃的出来,看见徐骧,诧异似的眼望老人傻看。老人向徐骧道:‘这就是我的女儿和他自己招来的丈夫。你瞧,这对呆鸟,只晓得自己对吃椽果,也不分敬些客。可是你不要看轻他们,能帮你过溪的只有他们俩。’徐骧莫名其妙的听着那老番很高兴的讲,随后又很高兴的吩咐那两孩子领客人过溪。于是两个孩子猴子般向前窜，老番也拉了徐骧一同往高崖下瀑布冲激的斜坡奔去。

“义成看到这里，正想举步再跟，忽见木屋的侧壁上，细碎的月光中，闪过一个很长的黑影，好像是个人影转过屋后不见了。心里好生奇怪，不由自主的抄到竹林里，又寻不到一些踪迹。暗忖道：‘难不成这里有鬼？’回过脸来，恰对着那屋后的一个大窗洞，向里一望，大吃一惊，只见一片月光，正斜照在沿窗悬挂着的一排七八个人头上，都是瞪着无光的大眼，龇露着黑或白的齿，脸皮也有金箔色的，也有银色的，惨赖的怕人。义成被这一吓，不拣方向的乱跑，一跑就跑出竹林以外，恰遇到岩石的缺口处。在依稀斜月中，望见下面奔雷似的大溪河，溪河这边，站着老番和徐骧。看那老番，正望着怒瀑的两岬间，指指点点的给徐骧讲话。义成随着他手指地方望去，忽见崖顶上，仿佛天河决了口倒下的洪涛里，翻滚着两个赤条条的孩子。再细认时，方辨明有一条饭碗粗的长藤，中段暗结在爆布下两岬夹缝的深谷里，两端却生根似的各牢系在两岸的土中。此时正被两孩解放了谷中的结，趁势同秋千一样同冲激的水空里直荡进去，简直是天盖下挂着一座穿云的水晶壶，跳跃着一对戏水的金鱼。一瞬目间，两孩已离开了瀑流，缘着藤直滑到溪岸。只听溪边徐骧拍着掌欢呼道：‘妙啊！好一双绝技的弄潮儿！奇啊！好一条自然秘藏的飞桥。’说着话，抢上几步，纵身只一跃，两臂早挽上了悬藤，全身悬垂在空，手和臂变了肉翅，一屈一伸，一路飞行而进，恰钻入了雪崩的洪水圈里。倏地豁刺一声，徐骧全体随了一边脱栓的老藤，突落下沸成危潭的涡旋里，被几个狂浪打击，卷入溪中不可控制的急湍，向下海直淌，但见水花飞溅了几阵，一些人影也找不到了。老番站在岸边，张手顿足，嘴里狂喊道：‘怎么千年的古藤，今天会拔了根，送了老徐的性命！你俩到底怎么弄的？’两孩也喊道：‘太奇怪了！这棵藤根，本长在我们屋后竹林外的石壁上，若不是有人安心把刀斧砍断，任什么都拔不了根！’老番道：‘是呀，一定有歹人暗算！我们已没法救老徐的命，只有赶快去杀那害人贼，替他报仇！’一声呼啸，三人一齐向崖上跑。义成正着急他同伴遇险，想跳下崖去营救，忽听到这几句话，顿悟自己犯了嫌疑，一落番人手里,定遭惨杀。三十六着,走为上着,只好不顾一切,逃出竹林,飞身上马,没命的向来路狂奔。

"奔够了一两个钟头,不知越过了多少深林巨壑,估量着离猴闷溪已远,心头略略安定。刚放松缰绳,忽地望见远远月光中,闪电般飞过一个骑影,等到再定睛时,已转入山弯里不见了。义成十分惊诧,料定就是害徐骧的人,不觉怒从心起,加紧一鞭,追寻前去。正追得紧时,风中传来隆隆的炮声,又一阵阵连珠似的枪声,越走越听得清楚,义成猛吃一惊。抬头远望,已见天空中偶然飞起的弹火,疾忙催马向火发处驰去。又走了半个钟头,才现出一个平坦宽广的坂路,上面屯聚着一堆堆的人马营帐,旗帜刀枪,认得是吴统领的队伍。那坂路上面,恰当着两座高峰夹峙的隘口,那隘口边,已临时把沙土筑成了一条城堡般的防障,吴统领正指挥许多兵士轮流着抵御下面猛攻的敌军。义成赶到,下马上前谒见。吴彭年一望是他,就喊道:'你和徐骧到哪里去了?日军偷渡了太甲溪半夜来攻,你们的队伍先自溃退,牵动了全军,我们当然也抵挡不住,直退到这凹底山的隘口,好容易才扎住了。你们民团,被日军追逼到东面的密菁中,至今不知下落。咦!怎么你只剩一人,徐骧呢?'义成知道自己坏了事,很惭愧的把徐骧去寻郑姑姑和自己跟踪目睹的事,详细说了一遍。吴彭年惊道:'啊哟!这样说来,徐骧是被人害死了!害死他的,一定是刘通华!'义成问道:'统领怎么知道是他害的?'吴彭年道:'刘通华早已不知去向了!如今事已如此,说也无益,由他去罢。还是请你振作精神,帮助我一同防守要紧。'义成到此地步,既悲伤徐骧的惨死,又悔恨自己的失机,心里十分的难过。现在看见吴统领不但不斥责他,反奖励他,岂有不感激效命的呢!虽然敌人炮火连天,我军死伤山积,义成竟奋不顾身,日夜不懈的足足帮着守御了三天。

"到第四天的清晓,日军忽然停止了攻击。义成随着吴彭年在大帐里休憩,计议些防务。忽见几个兵士,捉住了一个番女,嚷着奸细,簇拥进帐来,请统领审问。谁知那番女一踏进帐门,望见吴、林二人,就高声说道:'我不是奸细,也不是番女!我是从间道来报告秘密军情的。请统领屏退从人,如不相信,尽可叫兵士们先搜我身上,有无军器,或者留林义士在这里护卫,都听统领的便。'吴、林二人听了,暗暗纳罕。当时照例搜检了一通,真的身无寸铁,吴统领立刻喝退了护卫,只叫义成执枪侍立。那番女忽地转身向外,拔除了头上满插的花草,卸下了耳边悬垂的木环,扯掉了肩头抖张的鸟翅,拉去了项下联络的贝壳,等到回过脸来,倏变成了一个垂辫丰艳的美貌少女。义成先惊叫道:'你是郑姑姑!怎会跑到这里?'言犹未了,把吴彭年也惊得呆了。

"郑姑姑微笑从容说道:'我自有我的跑法,林义士不必考问。我现在来报告的,是我预定的破敌奇计。'吴彭年诧问道:'你有奇计吗?'郑姑姑把眉一扬道:'原也算不了奇,不过老套罢了。我从前夜里在大冈山,领了百十个壮健些的番女,一同下来,刚到傀儡内山的郎娇社,就遇到民团溃兵窜过,向着山后卑南觅逃走。日军见穷山深菁,不敢穷追,便在社内扎住了。幸我先到一步,把带来的番女,都暗暗安顿在番众家里。我只留了老妇二人,小番女一人,认做亲属,也占住了一座番屋。日兵一到,在休战时间,第一件事,当然是搜寻妇女取乐,补偿他们血战之苦。番女中稍有姿色的,全被掳去,注目到我的格外的多。正谋劫夺,忽然闯进一个会说中国话的青年军官,自称炮兵队长,相貌魁梧,态度温雅,不愧武士道风。进得门来,便把老妇少女支使出去,亲手关上了门,转身挨我身旁坐下,很婉转的和我搭话。我先垂着头,佯羞不答,也不峻拒,他有些迷惑了,絮絮叨叨,说了许多求爱的软话。我故意斜看了他一眼,低低说道:"像将军这般英雄年少,我在中国,还没有遇见过;若能正式娶我,我岂有不愿。"队长道:"令娘真好眼力,我恰正没有娶妻。"说罢,就拉我就抱,将施无礼。我却徐徐把他推开,带着嘲弄的样子和他说:"那有堂堂大国男儿,想做苟合之事!"他倒窘了,问我该怎么办呢?我说:"我们既是正式婚嫁,难道不用媒证?"他说:"一时那里去找?"我问:"围绕在门外的那些人是谁?"他说:"是同伍。"我道:"何妨请他们进来,做我们的媒证。"那队长见我说得诚恳,很欢喜的答应,竟招众人进门,宣布了大意。大家都欢呼赞成,并且要求我立刻成婚。我推托嫁衣未备,便做和服,至快也得三天。这么着,磋商的结果,定了后天下午成婚。我又要他当夜在我家里开一个大宴会,他允许我请到同僚里许多重要官佐,替我装场面,内中我知道就有这里的炮队长和机关枪队长。这些都是昨夜约定的话。老实说,我早准备下虎阱龙窝,就打算在这筵席上关门杀贼。可恨那些小鬼,一向看扁了中国人,这回也叫他们尝尝老娘的辣手,可见汉族还有人在,不是个个像辽东将帅的阘茸。我探知统领被困在此,所以特地偷空从小路冒险而来,通知一声,请你们记好,在后天夜饭后,见东南角上,流星起时,尽管放队猛攻,做我声援,必可获胜。'郑姑姑说完这一席话,吴、林二人都咋舌惊叹。还没有等到林义成告诉他徐骧往访被害的话,一眨眼早把原来的番装,重新扎扮停当,上前一把拉了义成说道:'我不能久留在此,请义士伴送出营,只须说明是旧识的番女,免得大家疑心。其余的事,请统领依着我的话做就得了。'当下吴彭年惟有唯唯听命,义成也一一照了他的话,恭恭敬敬送到营外山角一座树林边,看他跨上骑来的一匹骏马,丝鞭一动,就风驰电掣的卷入林云深处不见了。

"话分两头。如今且说郑姑姑久住番中,熟悉路径,随你日光不照处,也能循藤跳石,如履平地。不一刻,已赶回了郎娇社自己家里,招集了他的心腹女门徒,有替他裁缝的,有替他烹调的,有替他奔走的。备了十坛美酒,十桌筵席,又请了许多同社的番女。那队长见他这样的高兴忙碌,居然深信不疑。到了结婚那一天,家中挂灯结彩,小番女打着铜鼓,吹着口琴,当做音乐,满屋陈列着四季锦边莲等各种花卉。日到中天时候,一排军乐队和一班肩襚辉煌袖章璀粲的军官,簇拥了扬扬得意的队长进门。推了两位年长的做了证婚人,郑姑姑穿了极美丽的日本礼服,就在大厅上举行了半中半日式的结婚典礼。黄昏将近,厅上已排开了十个盛筵,筵上鲜果罗列,最可口的是味敌荔枝的檨果,其他如波罗蜜、梨仔芨、王梨、芭蕉果、椰子、槟榔、甘马弼等,不计其数。肴馔中,有奇异的海味,泥鲼、乌鱼之外,又有蚊港的蛼虾,坑子口的蚶螯和蚝螺,样样投合日人的口味。络绎左右的,又都是些野趣横生的年轻番女。那些日军官刚离了硝烟弹雨之中,倏进了酒绿灯红之境,没一个不兴高采烈,猜忌全忘。队长则美人在抱,目眩魂消,不知不觉的和大家狂饮大嚼起来。酒过数巡,陡见满堂的灯烛,逐渐熄灭,伺候的番女,逐渐减退,大家觉得有些诧异，互相诘问。人人都道腹痛如裂，正要质问郑姑姑，郑姑姑出其不意，已袖出匕首，直洞队长之胸，立时倒地。拔出刀来，顺手又杀一人。其余番女各持兵器，从暗中窜出，逢人便斫。日人都徒手袒露，无可抵御。众人想夺门而走，谁知前后门都落了大闩，锁上铁锁。日人无奈，只好应用他国粹的柔术来抵敌。郑姑姑率领了一大队亲练的蛮学生，刀劈枪挑，杀人真如刈草，一刹那间，死尸枕藉满庭，即不受刀枪刺死的，也都中毒死了。这一场恶战，大约来赴宴的百余人，没有一个幸免。

“那时忽听西北方凹底山边枪炮声一阵紧似一阵，郑姑姑知道他放射流星的效力，吴彭年军队已响应了。门外知风的日兵，也围得铁桶般的剧烈撞击。郑姑姑忙收拾了屋内和场上纵横倒毙的日人身上许多枪弹，分配给众番女，高声喊道：‘我们的死期到了！一样的死，与其在此等死，不如冲出去战死！’大家同声附和。郑姑姑举起一块大石，打破边墙，率领了众番妇，长枪短铳，和着铁镖弩箭，一窝风的向日兵聚集处杀去。日兵正集中在攻门，没有提防到一大群见人即噬的雌狼，在外面反攻，一时措手不及，等到转身抵御，已经成了肉搏的形势，火器失了效用，虽然杀伤了不少番女，究竟大和魂的勇猛，敌不住傀儡番的矫捷，还有郎娇社全社的番壮，一齐舞动蛮器，旋风似的卷来，只好往下直退。退到太甲溪相近，恰遇到吴彭年和林义成也率了大队，在凹底山冲下，郑姑姑和吴彭年合在一起，奋勇追奔。日兵本备下渡溪的船只，一到溪边，都争先上船，慌乱之际，落水和中弹的不计其数。数百只船舰，正载着逃军，荡到中流，岸上的追兵和船中的败兵还不断的矢弹横飞。忽地上流头顺着风淌下无数兵船，枪炮纷来，向日船中腰轰击，顿时把日船打得东飘西荡，不成行列。吴、林等在火把光中看时，只见来船船头上站着个伟丈夫，不是别人，正是徐骧。全军中人人惊喜狂喊，都说是徐义士显灵助战，立时增加百倍的勇气，没个人不冒死向前，竟夺得许多渡船，把日军一直驱迫到海边，方始收兵回来。

“等到吴、林两人渡过太甲溪，忽不见了郑姑姑，番女们都四处奔驰的寻觅他们的贤师。吴、林两人忽在太甲溪的一个小湾水滩上，瞥见郑姑姑满身血污的横躺在砂土上,旁边坐着在那里掩面号哭的,正是大家认为已死的徐骧。义成跳上去问道:'咦!徐统带你怎么没有死,倒在这里,郑姑姑怎么反死了呢?'徐骧呜咽道:'我在猴闷溪断了藤,抓住了藤没脱手,幸遇到郑姑姑巡山看见,他救了我的性命,并且许我下山,设谋杀敌。谁知他的计成了功,他可在争渡时,胸腹中了敌人的两弹。我竟眼睁睁看他死去,没法救活,这未免太惨伤了!'于是大家才明白这次战胜的首功,全是郑姑姑一人,大家都洒泪赞叹。不用说,第二天,就举行了一个盛大的丧仪,全军替他缟素一天,把他葬在大冈山的龙耳瓮。这个捷报,申报到刘永福那里,自然更增了徐骧和吴彭年的信用。虽然后来还是刘通华怀恨背叛,到了七月中,利用大帮土匪,造了大营哗溃的谣言,吓跑了新楚军统领李惟义,牵动前敌,袁锡清战死。日军仍袭据了太甲溪,进攻彰化,刘通华又导匪暗袭八卦山,破了彰化,吴彭年也殉了难。日军连陷云林、苗栗二县,进逼嘉义,当时和日军对垒的,只剩徐骧和林义成两人,还屡次设伏打败日人。然日军大集,用全力攻台南,徐骧和林义成,相继中炮而亡。从此刘永福孤立无援,兵尽饷绝,只得逃登德国商轮,弃台内渡了。但至今谈到太甲溪一战,还算替中国民族吐一口气,在甲午战争史上最光荣的一页哩!不过大家不大知道罢了。"

肇廷讲完这一大篇的历史,赤云先叹了一口气道:"龚瑟人《尊隐》上说的话,真不差:凡在朝的人,恹恹无生气;在野自多任侠敢死之士。不但台湾的义民,即如我们在日本遇到和弢天龙伯在一起的陈千秋,也是一个奇怪的人。"被赤云这句话一提,合座的话机,就转到陈千秋身上去了。又谁料知己倾谈,忘了隔墙有耳,全灌进了杨云衢的耳中,正和皓东在动问那大姐阿毛,忽然相帮送上皓东家里来的一个广东急电,拆封一看,知道是党里的商业隐语密电,皓东是电报生,当然一目了然。电文道:"大事准备已齐,不日在省起事,盼速来协谋。"当下递给云衢看了,两人正格外的高兴,倏地帘子一掀,一阵莺声呖呖的喊道:"你们鬼鬼祟祟的干得好事!"两人猛吃一惊。正是:

血雨四天倾玉手,风雷八表动娇喉。

不知来者何人,下回再来交代。

第三十四回 双门底是烈士殉身处 万木堂作素王改制谈

上回掀帘进门来的不是别人，当然是主人曹梦兰。那时，梦兰出局回家，先应酬了正房间里的一班阔客，挨次来到堂楼，皓东等方始放了心。恰好皓东邀请的几个同乡陪客，也陆续而来。这台花酒，本是皓东替云衢解闷而设，如今陈千秋的行踪已在无意中探得，又接到了党中要电，醉翁之意不在酒，但既已到来，也只好招呼摆起台面，照例的欢呼畅饮，征歌召花，热闹了一场。梦兰也竭力招呼，知道杨、陆两人都不大会讲上海白，就把英语来对答，倒也说得清脆悠扬，娓娓动听，顿使杨、陆两志士，在刹那间浑忘了血花弹雨的前途。

等到席散，两人匆匆回寓。云衢固然为了责任所在，急欲返粤；皓东一般的义愤勃勃，情愿同行。两人商议定了，皓东把沪上的党务和私事料理清楚，就于八月十四日，和云衢同上了怡和公司的出口船，向南洋进发。那晚，正是中秋佳节，一轮分外皎洁的圆月，涌上涛头，仿佛要荡涤世间的腥秽。皓东和云衢餐后无事，都攀登甲板，凭阑赏月。两人四顾无人，渐渐密谈起来。皓东道："来电说，准备已齐，不知到底准备了些什么？"云衢道："你是乾亨行会议里参预大计的一人，主张用青天白日国旗的是你，主张先袭取广州也是你，你是个重要党员，怎么你猜不到如何准备？"皓东道："我到上海后，只管些交际和宣传事务，怎及你在香港总揽一切财政和接应的任务，知道的多！革命的第一要着，是在财政，我们会长在檀香山也没有募到许多钱，我倒很不解这次起事的钱，从那里来。"云衢道："别的我不晓得，我离开广东前，就是党员黄永襄捐助了苏杭街一座大楼房，变价得了八千元，后来或者又有增加。"皓东道："军火也是准备中的要事，上次被扣后，现在不知在那里购运？”云衢道：“这件事，香港日本领事暗中很帮忙罢！况且陈千秋现在日本，他本来和日本一班志士弢天龙伯父子，还有曾根，都是通同一气，购运当然有路。我这回特地来沪，跟寻陈千秋，也为了这事的关系重大。”皓东道：“革命事业，决不能专靠拿笔杆儿的人物。从前三会联盟，党势扩大了不少。其实不但秘密会党，就是绿林中，也不少可用之才，这回不知道曾否罗致一二？”云衢道：“这层早已想到，现在党中已和北江的大炮梁，香山隆都的李杞、侯艾存，接洽联络。关于这些，党员郑良士十分出力。恰好遇到粤督谈钟灵裁汰绿营的机会，军心摇动，前任水师统带程奎光，就利用了去运动城中防营和水师，大半就绪了。所以就事势上讲，举事倒有九分的把握，只等金钱和军火罢了。”皓东道：“我听说我们会长，和谈督结交得很好，这话确不确？”云衢笑道：“这是孙先生扮的滑稽剧。一则靠他的外科医学，虽然为葡医妒忌，葡领禁止他在澳门行医，并封闭了他开设的药店，然上流人都异常信任，当道也一般欢迎；二则借振兴农业为名，创办农学会，立了两个机关，一在双门底王家祠云岗别墅，一在东门外咸虾栏张公馆，就用这两种名义结纳官绅，出入衙署。谈督也震于虚声，另眼款接；农学会中，还有不少政界要人，列名赞助，再想不到那两处都是革命重要机关，你想那些官僚糊涂不糊涂！孙先生的行动，滑稽不滑稽！”

皓东正想再开口。忽听有一阵清朗激越的吟诗声，飞出他们的背后，吟道：

> 云冥冥兮天压水，黄祖小儿挺剑起。大笑语黄祖，如汝差可喜。丈夫呰窳偷生，固当伏剑断头死；生亦我所欲，死亦贵其所。邺城有人怒目视，如此头颅不敢取。乃汝黄祖真英雄，尊酒相雠意气何栩栩！蜮者谁？彼魏武！虎者谁？汝黄祖。与其死于蜮，孰若死于虎！

两人都吃了一惊，听那声音是从离他们很近的对过船舷上发出，却被大烟囱和网具遮蔽，看不见人影；细辨诗调和口音，是个湘人。他们面面相觑了一晌，疑心刚才的密谈，被那人偷听了去，有意吟这几句诗来揶揄他们的。此时再听，就悄无声息了。

皓东忽地眉头一皱，英俊的脸色，涨满了血潮，一手在衣袋里，掏出一支防身的小手枪，拔步往前就冲。云衢抢上去，拉住他，低问道："你做什么？"皓东着急道："你不要拉我，宁我负人，毋人负我，我今天只好学曹孟德！"云衢道："枪声一发，惊动大众，事机更显露了，如何使得！"皓东道："打什么紧！我打死了他，就往海中一跳，使大家认做仇杀就完了，结果不过牺牲我一个人，于大局无关。"说完，把手用力一摔，终被他挣脱，在中间网具上，直跳过去。谁知跳过这边一望，只有铺满在甲板上，霜雪般的月光，冷静得鬼也找不到一个，那里有人？皓东心里诧异，一壁四处搜寻，一壁低喊道："活见鬼哩！"云衢那时也在船头上绕了过来道："皓兄不必找了。你跳过来时，我瞥见月下一个影子掠过前面，下舱去了。这样看来，我们的机密，的确给他听去。不过这个人，机警得出人意表，决不是平常人。我们倒要留心访察，好在有他的湖南口音，可以做标准，探访明白。再作商量，千万不要造次！"皓东听了，哭丧着脸，也只好懒洋洋的随着云衢一同归舱。

次早，云衢先醒，第一灌进他耳鼓的，就是几声湖南口音，不觉提起了注意。好在他睡的是下铺，一骨碌爬起来，拉开门向外一望，只见同舱对面十号房门，门口正站着一个广额丰颐长身玉立的人，飞扬名俊的神气里，带一些狂傲高贵的意味，刚打着他半杂湘音的官话，吩咐他身旁侍立的管家道："你拿我的片子送到对过六号房间里二位西装先生。你对他说，我要去拜访谈谈。"那管家答应了，忙走过来，把片子交给也站到门外的云衢。云衢拿起来一看，只见上面写着："谈同时，号胜佛，湖南浏阳人。"云衢知道他是当代知名之士，也是热心改革政治人物，一壁向管家道："就请过来。"一壁唤醒睡在上铺上的皓东。皓东睡眼朦胧爬起来，莫名其妙的招待来客。

那时谈胜佛已一脚跨进了房门，微笑的说道："昨夜太惊动了，不该，不该！但是我先要声明一句，我辈都是同志，虽然主张各异，救国之心，总是殊途而同归。兄等秘密的谈话，我就全听见了，决不会泄漏一句，请只管放心。"皓东听了这一套话，这才明白来客就是昨天甲板上吟诗，自己要去杀他的人。现在倒被他一种慷爽诚恳的气概笼罩住了，固然起不了什么激烈的心思。就是云衢也觉来得突兀，心里只有惊奇佩服,先开口答道:"既蒙先生引为同志,许守秘密,我们实在荣幸得很。但先生又说,主张各异,究竟先生的主张和我们不同在那里?倒要请教。"胜佛道:"兄等首领孙先生兴中会的宗旨,我们大概都晓得些。下手方策,就是排满;政治归宿,就是民主。但照愚见看来,似乎太急进了。从世界革命的演进史讲,政治进化,都有一定程序,先立宪而后民主,已成了普遍的公例。大政治家孟德斯鸠的《法意》,就是主张立宪政体的。就拿事实来讲,英国的虚君位制度,日本的万世一系法规,都能发扬国权,力致富强。这便是立宪政体的效果。至于种族问题,在我以为无甚关系。我们中国,虽然常受外族侵夺,然我们族性里,实在含有一种不可思议的潜在力,结果外族决不能控制我们,往往反受了我们的同化。你看如今满洲人的风俗和性质,那一样不和我们一样?再也没有鞑靼人一些气味了。"

皓东道:"足下的见解差了。兄弟从前也这样主张过,所以曾经和孙先生去游说威毅伯变法自强。后来孙先生彻底觉悟,知道是不可能的。立宪政体,在他国还可以做,中国则不可。第一要知道国家就是一个完整民族的大团集,依着相同的气候、人情、风俗、习惯,自然地结合;这个结合的表演,就是国性,从这个国性里才产生出宪法。现在我们国家在异族人的掌握中,奴役了我们二百多年,在他们心目中,贱视我们当做劣种,卑视我们当做财产,何尝和他们的人一样看待?宪法的精神,全在人民获得自由平等,他们肯和我们平等吗?他们肯许我们自由吗?譬如一个恶霸或强盗,霸占了我们的房屋财产,弄得我们乱七八糟,一朝自己想整理起来,我们请那个恶霸去做总管,天下那里有这种笨人呢!至于政治进行的程序,本来没有一定,目的就在去恶从善,方法总求适合国情。我们既认民主政体,是适合国情的政体,我们就该奋勇直前,何必绕着弯儿走远道呢?"

胜佛忙插言道:"皓兄既说到适合国情,这个合不合,倒是一个很有研究的问题。我觉得国人尊君亲上的思想,牢据在一般人的脑海里,比种族思想强得多。假如忽地主张推翻君主,反对的定是多而且烈。不如立宪政体,大可趁现在和日本战败后,人人觉悟自危的当儿,引诱他去上路;也叫一班自命每饭不忘的士大夫,还有个存身之地，可以减少许多反动的力量。"云衢接着道："先生只怕还没透彻罢！我国人是生就的固定性，最怕的是变动，只要是变，任什么多要反对的。改造民主，固然要反对；就是主张立宪，一般也要反对。我们革命，本来预备牺牲，一样的牺牲，与其做委屈的牺牲，宁可直捷了当的做一次彻底的牺牲。我们本还没敢请教先生这回到粤的目的，照先生这样热心爱国，我们是很钦佩的，何不帮助我们去一同举事？"

云衢说到这里，皓东睃了他一眼。胜佛笑着说道："不瞒两位说，我这回到粤，是专诚到万木草堂去访一位做《孔子改制考》大名鼎鼎的唐常肃先生。我在北京本和闻鼎儒、章骞等想发起一个自强学会，想请唐先生去主持一切，而且督促他政治上的进行。至于兄等这回的大举，精神上，我们当然表同情，遇到可以援助的机会，也无不尽力。两位见到孙先生时，请代达我的敬意罢！"于是大家渐渐脱离了政见的舌战，倒讲了许多时事和学问，说得很是投机。皓东的敏锐活泼，和胜佛的豪迈灵警，两雄相遇，尤其沆瀣一气，一路上你来我往，倒安慰了不少长途的寂寞。没多几天，船抵了广州埠，大家上岸，珍重道别。胜佛口里祝颂他们的成功，心里着实替他们担心。

话分两头。如今且说胜佛足迹遍天下，却没到过广东。如今为了崇拜唐常肃的缘故，想捧他做改革派的首领，秘密来此，先托他的门人梁超如作书介绍。一上岸，就问明了长兴里万木草堂唐常肃讲学的地方，就一径前去，一路上听见不少杰格钩辀的语调，看见许多丰富奇瑰的地方色采，不必细表。

忽到了一个幽旷所在，四面围绕满了郁葱的树木，树木里榕和桂为最多，在萧疏秋色里，飘来浓郁的天香。两扇铜环黑漆洞开着的墙门，在深深的绿荫中涌现出来。门口早有无数上流人在那里进进出出，胜佛忙上前去投刺，并且说明来意。一个很伶俐像很忙碌的门公接了片子，端相了一回，带笑说道："我们老爷此时恰在万木堂上讲孔夫子呢！他讲得正高兴，差不多和耶稣会里教士们讲道理一样，讲得津津有味。你看，来听讲的人这么热闹。先生来得也算巧，也算不巧了！"胜佛诧问道："怎么又巧又不巧呢？"门公笑道："我们老爷，大家都叫他清朝孔夫子，他今天讲的题目，就是讲孔夫子道理里的真道理,所以格外重要。从来没有讲过,在大众面前开讲,今天还是第一遭,先生刚刚来碰上,那不是巧吗?可是我们老爷定的学规,大概也是孔夫子当日的学规罢!他老人家一上了讲座,在讲的时候,就是当今万岁爷来,也不接驾的。先生老远奔来,只好委屈在听讲席上,等候一下。”

胜佛听着,倒也笑了。当下就随着那门公,蜿蜒走着一条长廊,长廊尽处,巍然显出一座很宏敞的堂楼。迎面就望见楼檐下,两楹间,悬着一块黑漆绿字的大匾额,上面是唐先生自写的“万木草堂”四个飞舞倔强的大字。堂中间,设起一个一丈见方三四尺高的讲台,台中间,摆上一把太师椅,一张半桌。台下,紧靠台,横放着一张长方桌,两头坐着两个书记。外面是排满了一层层听讲席,此时已人头如浪般波动,差不多快满座了。唐先生方站在台上,兴高采烈,指天划地的在那里开始他的雄辩。

那门公把胜佛领进堂来,替他找到一个座位。听众的眼光,都惊异地注射到这个生客。那门公和台边并坐着的两少年,低低交换了几句话,见那两少年仿佛得了喜信似的,慌忙站起向胜佛这边来招呼。唐先生在台上,眼光里也表示一种欢迎。第一个相貌丰腴的先向胜佛拱手道:“想不到先生到得怎快,使我们来不及来迎驾。”第二个瘦长的随着道:“超如没告诉我们先生动身日期和坐的船名,倒累我们老师盼念了好久。”胜佛谦逊了几句,动问两少年的姓名。前一个说姓徐名勉,后一个说姓麦名化蒙。这两个都是唐门高弟,胜佛本来知道的,不免说了些久慕套话,大家仍旧各归了原位。

那时唐先生在讲台上,正说到紧要关头,高声的喊道:

我们浑浑沌沌崇奉了孔子二千多年,谁不晓得孔子的大道在六经,又谁不晓得孔子的微言大义在《春秋》呢!但据现在一万八千余字的《春秋》看来,都是些会盟征伐的记载,看不出一些道理,类乎如今的《京报汇编》。孟子转述孔子的话:“《春秋》,天子之事也。”这个“事”在哪里?又道:“其事则齐桓晋文,其文则史,其义则丘窃取之矣。”这个“义”又在那里!又说:“知我者,其惟《春秋》乎!罪我者,其惟《春秋》乎!”这种关系的重大,又在那里？真令人莫名其妙！无怪朱子疑心他不可解，王安石蔑视他为断烂朝报，要束诸高阁了。那么孔子真欺骗我们吗？孟子也盲从瞎说吗？这断乎不是。我敢大胆地正告诸君，《春秋》不同他经，《春秋》不是空言，是孔子昭垂万世的功业。他本身是个平民，托王于鲁。自端门虹降，就成了素王受命的符瑞；借隐公元年，做了新文王的新元纪，实行他改制创教之权。生在乱世，立了三世之法，分别做据乱世、升平世、太平世。三朝三世中，又各具三世，三重而为八十一世，示现因时改制，各得其宜，演种种法，一以教权范围旧世新世。《公羊》《谷梁》所传笔削之义，如用夏时乘殷辂服周冕等主张，都是些治据乱世的法。至于升平、太平二世的法，那便是《春秋》新王行仁大宪章，合鬼神山川公侯庶人昆虫草木全统于他的教，大小精粗，六通四辟，无乎不在。所以孔子不是说教的先师，是继统的圣王；《春秋》不是一家的学说，是万世的宪法。他的伟大基础，就立在这一点改制垂教的伟绩上。

我说这套话，诸位定要想到《春秋》一万八千字的经文里，没有提过像这样的一个字，必然疑心是后人捏造，或是我的夸诞。其实这个黑幕，从秦汉以来，老子韩非刑名法术君尊臣卑之说，深中人心。新莽时，刘歆又创造伪经，改《国语》做《左传》，攻击《公》《谷》，贾逵、郑玄等，竭力赞助。晋后，伪古文经大行，《公》《谷》被摈，把千年以来学人的眼，都蒙蔽了，不但诸位哩！若照卢仝和孙明复的主张，独抱遗经究终始，那么《春秋》简直是一种帐簿式的记事，没甚深意，只为他们所抱的是古《鲁史》，并没抱着孔子的遗经。

我们第一要晓得《春秋》要分文、事和义三样。孔子明明自己说过，“其事则齐桓晋文，其文则史，其义则丘窃取之”。孔子作《春秋》的目的，不重在事和文，独重在义。这个“义”在那里？《公羊》说：“制《春秋》之义，以俟后圣。”汉人引用，廷议断狱。《汉书》上常大书特书道：“《春秋》大一统，大居正”；“《春秋》之义，王者无外”；“《春秋》之义，大夫无遂事”；“《春秋》之义，子以母贵，母以子贵”；“《春秋》之义，不以父命辞王父命，不以家事辞王事”。像这样的，指不胜屈，明明是传文，然都郑重地称为《春秋》，可见所称的《春秋》，别有一书，不是现在共尊的《春秋》经文。

第二要晓得《春秋》的义，传在口说。《汉艺文志》说，《春秋》贬损大人，“不可书见，口授弟子”；刘歆《移太常博士文》，也道“信口说而背传记”；许慎亦称“师师口口相传”。只因孔子改制所托，升平、太平并陈，有非常怪论，故口授而不能写出，七十子传于后学。直到汉时，全国诵讲，都是些口说罢了。

第三要晓得这些口说还分两种。一种像汉世廷臣，断事折狱，动引《春秋》之义，奉为宪法遵行，那些都是成文宪法，就是《公》《谷》上所传，在孔门叫做大义，都属治据乱世的宪法。不过孔子是匹夫制宪，贬天子，刺诸侯，所以不能著于竹帛，只好借口说传授，便是后来董仲舒、何休的陈口说，那些都是不成文宪法，在孔门叫做微言，大概全属于升平世、太平世的宪法。那么这些不在《公》《谷》所传的《春秋》义，附丽在什么地方呢？我考《公羊》“曹世子来朝”，《传》：“《春秋》有讥父老子代从政者，不知其在曹欤在齐欤?”这几句话，非常奇特，《传》上大书特书，称做《春秋》的，明明不把现有一万八千文字的《春秋》当《春秋》，确乎别有所传的《春秋》，“讥父老子代从政”七字，今本经文所无；而且今本经文，全是记事，无发义，体裁也不同。这样看来，便可推知《春秋》真有口传别本，专发义的。孟子所指“其义则丘窃取之”，《公羊》所说，“制《春秋》之义”，都是指此。并可推知孔子虽明定此义，以为发之空言，不如托之行事之博深切明，故分缀各义，附入《春秋》史文，特笔削一下，做成符号。然口传既久，渐有误乱，故《公羊》先师，对于本条，已忘记附缀的史文；该附在“曹世子来朝”条，还该在“齐世子光会于相”条，只好疑以传疑了。

第四就要晓得《春秋》确有四本。我从《公羊传》，庄七年经文，“夜中星陨如雨”，《公羊传》，“《不修春秋》曰：雨星不及地尺而复。君子修之曰：星陨如雨”。《不修春秋》，就是《鲁春秋》；君子修之，就是孔子笔削的《春秋》。因此可以证知《不修春秋》，《公羊》先师，还亲见过他的本子，曾和笔削的《春秋》，两两对校过。凡《公羊》有名无名，或详或略，有日月，无日月，何以书，何以不书等等，都从《不修春秋》上校对知道。那么连笔削的《春秋》，成文的已有两本。其他口说的《春秋》大义，《公》《谷》所传的是一本；口说的《春秋》微言，七十子直传至董仲舒和何休，又是一本。其实四本里面，口说的微言一本，最能表现《春秋》改制创教的精神。

请诸位把我今天提出的四要点，去详细研究一下，向来对于《春秋》的疑点，一切都可迎刃而解。只要不被刘歆伪经所蛊惑，不受伪古文学家的欺蒙，确信孔子《春秋》的真义，决不在一万八千余字的经文，并不在《公》《谷》两家的笔削大义，而反在董仲舒、何休所传的秘密口说，这样一经了彻，不但素王因时立法的宪治，重放光明，便是我辈通经致用的趋向，也可以确立基础了。

当时唐先生演讲完了，台下听众倒也整齐严肃，一个都不敢叫嚣纷乱，挨次的退下堂去，足见长兴学规的气象，或者有些仿佛杏坛。胜佛还是初次见到这现代圣人的面，见他身中，面白，无须，圆圆的脸盘，两目炯炯有光，于盎然春气里，时时流露不可一世的精神，在台上整刷了一下衣服，从容不迫的迈下台来。

早有徐勉、麦化蒙两大弟子，疾趋而进，在步踏旁报告胜佛的来谒，一面由徐勉递上卡片。其实唐先生早在台上料知，一看卡片，立时显露惊喜的样子，抢步下台，直奔胜佛座次。胜佛起迎不迭，被唐常肃早紧拉住了手，哈哈大笑道："多年神交，今天竟先辱临草堂，直是梦想不到。刚才鄙人的胡言乱道，先生休要见笑，反劳久待，抱歉得很！"

胜佛答道："振聋发聩，开二千年久埋的宝藏，素王法治，继统有人。我辈系门墙外的人，得闻非常教义，该敬谢先生的宽容，何反道歉？"常肃道："上次超如寄来大作《仁学》初稿，拜读一过，冶宗教、科学、哲学于一炉，提出仁字为学术主脑，把以太来解释仁的体用变化，把代数来演绎仁的事象错综，对于内学相宗各法门，尤能贯彻始终，真是无坚不破，无微不发，中国自周秦以后，思想独立的伟大作品，要算先生这一部是第一部书了。”胜佛道：“这种萌芽时代浅薄的思想，不足挂齿，请先生不要过誉。我现在急欲告诉先生的，是我这次从北京来南，受着几个热心同志的委托，特来敦促先生早日出山。希望先生本《春秋》之义，不徒托之空言，该建诸实事。还有许多预备组织事，要请先生指示主持哩！”

常肃道：“我们要谈的话多着呢，我们到里面内书室里去谈罢，而且那里已代先生粗备了卧具。”于是徐、麦二人就来招呼前导，唐常肃在后陪着，领到了一间很幽雅的小书室里，布置得异常精美安适。两人就在那里上天下地的纵谈起来，徐、麦两高弟也出入轮替来照顾。

当夜不免要尽地主之义，替胜佛开宴洗尘。席间，胜佛既尝到些响螺、干翅、蛇酒、蚝油南天的异味，又介绍见了常肃的胞弟常博，认识了几个唐门有名弟子陈万春、欧矩甲、龙子积、罗伯约等。从此往来酬酢，热闹了好几天。有暇时，便研究学问，讨论讨论政治。彼此都意气相投，脱略形迹。胜佛知道了常肃不但是个模圣范贤的儒生，还是个富机智善权变能屈能伸的政治家。常肃也了解胜佛不是个缒幽凿险的空想人，倒是个任侠仗义的血性男子。不知不觉在万木草堂里流连了二十多天，看着已到了满城风雨的时季，胜佛提议和常肃同行。后来决定过重九节后，胜佛先行，常肃随后就到北京。

到了重九，常肃又替胜佛饯行，痛饮了一夜。次日胜佛病酒，起的很晚，正在自己屋里料理行装，常肃面现惊异之色走进来，喊道：“胜佛，你倒睡得安稳，外面闹得翻天覆地了！”胜佛诧问道：“什么事？”常肃道：“革命党今天起事，被谈钟灵预先得信，破获了！”胜佛注意的问道：“谁革命？怎么起得这么突然，破坏得又这样容易呢？”常肃道：“革命的自然是孙汶。我只晓得香港来的保安轮船到埠时，被南海县李征庸率兵在码头搜截，捕获了丘四、朱贵全等四十余人。又派缉捕委员李家焯到双门底王家祠和咸虾栏张公馆两个农学会里，捉了许多党人，搜到了许多军器军衣铁釜等物。现在外面还在缇骑四出，徐、麦两人正出去打听哩！”

胜佛心里着急，冲口的问道：“陆皓东被捉吗？”常肃道：“不知道。

陆皓东是谁？你认得吗？”胜佛道：“也是我才认识的。”方在滔滔地把轮船上遇见杨、陆两人的事，向常肃诉说，徐勉外面回来道：“这回革命的事，几乎成功。真是谈督的官运亨通，阴差阳错里倒被他糊里糊涂的扑灭了。我有一个亲戚，也是党里有关系的人，他说得很详细。这次的首领，当然是孙汶。其余重要人物，如杨云衢、郑良士、黄永襄、陆皓东、谢赞泰、尤烈、朱淇等，都在里面。这回的布置很周密，总分两大任务，孙汶总管广州方面军事运动，杨云衢担任香港方面接应及财政上的调度。军事上，由郑良士结合了许多党会和附近绿林，由程奎光运动了城内防营和水师，集合起来，至少有三四千人。接应上，云衢购定小火轮两艘，用木桶装载短枪，充作士敏土瞒报税关。在省河南北，分设小机关数十处，以备临时呼应集合。先由朱淇撰讨满檄文，何启律师和英人邓勤起草对外宣言。约期重九日发难，等轮船到埠时，用刀劈开木桶，取出军械，首向城内重要衙署进攻。同时埋伏水上和附城各处的会党，分为北口顺德香山潮州惠州大队，分路响应。更令陈清率领炸弹队在各要区施放，以壮声势。预定以红带为号，口号是‘除暴安良’四字。那里晓得这样严密的设备，偏偏被自己的党员走漏了消息。那天，便是初八日，孙汶在一家绅士人家赴宴，忽见他的身旁，有好几个兵勇轮流来往，情知不妙，反装得没事人一般，笑对座客道：‘这些人，是来逮捕我的吗？’依然高谈阔论，旁若无人。等到饭罢回寓，兵勇们只见他进去，没有见他出来。那时杨云衢在港，又因布置不及，延期了两天，恰恰给予了官厅一个预备的机会，立即调到驻长洲的营勇一千五百人做防卫。海关上也截住了党军私运的军械。今早由南海县在埠头搜捕了丘四等一干党人，其余一哄而散。又起得七箱洋枪。原报告人李家焯在双门底农会里捉住了党人陆皓东、程耀臣等五人。”

胜佛顿足道：“陆皓东真被捕了，可惜！可惜！到底是那个党员走漏的消息呢？陆皓东捉到后，如何处置呢？”徐勉道：“那个走漏消息，至今还没明白。不过据原报告委员李家焯说，是党员自首的。”胜佛拍案道：“这种买友党员，可杀！可杀！”言犹未了，麦化蒙从外跳了进来，怒叶叶的道：“陆皓东、丘四、朱贵全已在校场斩首了，程奎光在营务处被军棍打死了。陆皓东的供辞，非常慷慨动人，临刑时，神气也从容得很，这种人真是可敬！又谁知害他的就是自己党友朱淇，首告党中秘密，这种人真是可恨！”胜佛听到这里，又愤又痛，发狂似的直往外奔。常肃追上去，嘴里喊着：“胜佛，你做什么？”正是：

直向光明无反趾，推翻笔削逞雄心。

胜佛奔出，是何用意，下回再说。

第三十五回　燕市挥金豪公子无心结死士　辽天跃马老英雄仗义送孤臣

且说常肃追上去,一把抓住了胜佛道:“你做什么?凡是一个团体,这些叛党买友的把戏,历史上数见不鲜,何况朱淇自首,到底怎么一会事,还没十分证明。我们只管我们的事罢!”胜佛原是一时激于义愤,没加思索的动作,听见唐先生这般说,大家慨叹一番,只索罢休。

胜佛因省城还未解严,多留了一天。次日,就别过常肃,离开广州,途中不敢逗留,赶着未封河前,到了北京。胜佛和湖北制台庄寿香的儿子庄立人,名叫可权的,本是至交,上回来京,就下榻在立人寓所。这回为了奔走国事而来,当然一客不烦二主,不必胜佛通信关照,自有闻韵高、杨淑乔、林敦古一班同志预告立人,早已扫径而待。到京的第一天,便由韵高邀了立人、淑乔、敦古,又添上庄小燕、段扈桥、余仁寿、刘光地、梁超如等,主客凑了十人,都是当代维新人物,在虎坊桥韵高的新寓斋,替胜佛洗尘。原来韵高本常借住在金、宝二妃的哥哥礼部侍郎支绥家里,有时在栖凤楼他的谈禅女友程夫人宅中勾留。近来因为宝妃的事,犯了嫌疑,支绥已外放出去,所以只好寻了这个寓所暂住,今天还是第一天宴客。

当下席间,胜佛把在万木草堂和常肃讨论的事,连带革命党在广州的失败,一起报告了。韵高也滔滔地讲到最近的朝政:“西后虽然退居颐和园,面子上不干涉朝政,但内有连公公,外有永潞、耿义,暗做羽翼。授了永潞直隶总督,北洋大臣,在天津设了练兵处,保定立了陆军大学;保方代胜升了兵部侍郎,做了练兵处的督办,专练新军,名为健军;更在京师神机营之外添募了虎神营,名为翊卫畿辅,实则拥护牝朝,差不多全国的兵权,都在他掌握里。皇上虽有变政的心,可惜孤立无援,偶在西后前陈说几句,没一次不碰钉子,倒弄得两宫意见越深。在帝党一面的人物,又都是些老成持重的守旧大臣,不敢造作非常。所以我们要救国,只有先救皇上;要救皇上,只有集合一个新而有力的大团体,辅佐他清君侧,振乾纲。我竭力主张组织自强学会,请唐先生来主持,也就为此。照皇上的智识度量,别的我不敢保,我们赞襄他造成一个虚君位的立宪国家,免得革命流血,重演法国惨剧,这是做得到的。"

小燕道:"韵高兄的高见,我是很赞同的。不过要创立整个的新政治,非用彻底的新人物不可。像我们这种在宫廷里旅进旅退惯的角色,尽管买力唱做,掀帘出场,决不足震动观众的耳目。所以这出新剧,除了唐常肃,谁都不配做主角。所难的唐先生位卑职小,倘这回进京来,要叫他接近天颜,就是一件不合例的难题。而且一个小小主事,突然召见,定要惹起后党疑心,尤其不妥。我想司马相如借狗监而进身,论世者不以为辱,况欲举大事者何恤小辱,似乎唐先生应采用这种秘密手腕,做活动政治的入手方法,不识唐先生肯做不肯?"

超如微笑道:"不入虎穴,焉得虎子!佛不入地狱,谁入地狱?本师只求救国,决不计较这些,只是没有门径也难。"扈桥道:"门径有何难哉!你们知道东华门内马加剌庙的历史吗?"韵高把桌子一拍道:"着呀!我知道,那是帝党太监的秘密集会所。为头的是奏事处太监寇连才,这人很忠心今上,常常代抱不平,我认得他。"敦古举起杯来向众人道:"有这样好的机缘,我们该浮一大白,预祝唐先生的成功。唐先生不肯做,我们也要逼着他去结合。"大家哄堂附和,都喊着:"该逼他做,该逼他做!"席上自从这番提议后,益发兴高采烈,仿佛变法已告成功,在那里大开功臣宴似的,真是飞觞惊日月,借箸动风雷,直吃到牙镜沉光,铜壶歇漏,方罢宴各自回家。

且说胜佛第二天起来,就听见外间一片谑浪笑傲声里,还混杂着吟哦声,心里好生诧异。原来胜佛住的本是立人的书斋,三大间的平房,立人把上首一间,陈设得最华美的让给他住,当中满摆着欧风的各色沙发和福端椅等,是立人起居处,也就是他的安乐窝。胜佛和立人，虽然交谊很深，但性情各异。立人尽管也是个名士，不免带三分公子气。胜佛最不满意的，为他有两种癖好：第一喜欢蓄俊童，随侍左右的都是些十五六岁的雏儿，打扮得花枝招展，乍一望，定要错认做成群的莺燕；高兴起来，简直不分主仆，打情骂俏的搅做一团。第二喜欢养名马，所以他的马号特别大。不管是青海的，张家口外的，四川的，甚至于阿拉伯的，不惜重价买来。买到后，立刻分了颜色毛片，替他们题上一个赤电紫骝等名儿。有两匹最得意的，一名惊帆驶，一名望云骓。总数不下二十余匹。春暖风和，常常驰骋康衢，或到白云观去比试，大有太原公子，不可一世气象。

胜佛现在惊异的，不是笑语声，倒是吟哦声，因为这种拈断髭须的音调，在这个书斋里，不容易听到的。胜佛正想着，立人已笑嘻嘻的跨进房来，喊道："胜佛兄，你睡够了吧！你一到京，就被他们讲变法，变得头脑都涨破了。今天我想给你换换口味，约几个洒脱些的朋友，在口袋底小玉家里去乐一天。恰好你的诗友，程叔宽同苏郑龛，都来瞧你，我已约好了，他们都在外边等你呢。"胜佛忙道："啊哟，真对不起！我出来了。"一语未了，已见一个瘦长条子，龙长脸儿，满肚子的天人策、阴符经，全堆积在脸上，那是苏胥；一个半干削瓜面容，蜜蜡颜色，澄清的眼光，小巧的嘴，三分名士气倒占了七分学究风，那便是程二铭。两人都是胜佛诗中畏友，当下一齐拥进来。

胜佛欢喜不迭的一壁招呼，一壁搭话道："我想不到两位大诗人，会一块儿来。叔宽本在吏部当差，没什么奇；怎么郑龛好好在广西，也会跑来呢？"郑龛道："不瞒老兄说，我是为了宦海灰心，边防棘手，想在实业上下些种子，特地来此，寻些机缘。"叔宽道："不谈这些闲话。我且问你，我寄给新刻的《沧卧阁诗集》，收到没有？连一封回信都不给人，岂有此理！"胜佛很谦恭的答道："我接到你大集时，恰遇到我要上广东去，不及奉答，抱歉得很，但却已细细拜读过了。叔兄的大才，弟也不敢乱下批评，只觉得清淳幽远，如入邃谷回溪，景光倏忽。在近代诗家里，确是独创，推崇你的，或说追蹑草堂，或云继绳随州，弟独不敢附和，总带着宋人的色采。"郑龛道："现代的诗，除了李纯老的《白华绛跌阁》，由温、李而上溯杜陵，不愧为一代词宗，其余便是王子度的《人境庐》，纵然气象万千，然辞语太没范围，不免鱼龙曼衍；袁尚秋的《安舫簃》，自我作古，戛戛独造，也有求生求新的迹象，那一个不是宋诗呢？那也是承了乾嘉极盛之后，不得不另辟蹊径，一唱百和，自然的成了一时风气了。”胜佛道：“郑龛兄承认乾嘉诗风之盛，弟不敢承教。弟以为乾嘉各种学问，都是超绝千古，惟独无诗；乾嘉的诗人，只有黄仲则一人罢了。北江、芳茂辈，固然是学人的绪余，便是袁、蒋、舒、王，那里比得上岭南、江左、曝书、精华呢！”

立人听他们谈诗不已，有些不耐烦了，插口道：“诸位不必在这里尽着论诗了，何妨把论坛乔迁到小玉家中，他那边固然窗明几净，比我这里精雅，而且还有两位三唐正统的诗王，早端坐在宝座上，等你们去朝参哩！外边马车都准备好，请就此走罢！”胜佛等三人齐声问道：“那诗王是谁？你说明了才好走。”立人笑道：“当今称得起诗王的，除了万范水、叶笑庵还有谁！”郑龛哈哈大笑道：“我道是谁，原来是他俩，的确是诗国里的名王；一个是宝笏下藏着脂粉合，一个是冕旒中露出白鼻子。好，我们快去肉袒献俘罢！要不然，尊大人就要骂我们白盲不识宝货了。”说着这话，连叔宽胜佛也都跟着笑了。立人气愤愤立起身来，一壁领着三人向外走，一壁咕噜着道：“谁断得定谁是王，谁是寇！今天姑且去舌战一场，看看你们的成败。”

说时迟，那时快，已望见大门外，排列着一辆红拖泥大安车，一辆绿拖泥的小安车。请胜佛上了大安车，郑龛叔宽坐了自己坐来的小安车。立人立刻跳上一辆墨绿色锦缎围子，镶着韦陀金一线滚边，嵌着十来块小玻璃格子的，北京人叫做十三太保的车子，驾着一匹高头大骡，七八个华服的俊童，骑着各色的马，一阵喧哗中，动轮奋鬣，电掣雷轰般卷起十丈软红，齐向口袋底而来。

原来那时京师的风气，还是盛行男妓，名为相公。士大夫懔于狎妓饮酒的官箴，帽影鞭丝，常出没于韩家潭畔。至于妓女，只有那三等茶室，上流人不能去；还没有南方书寓变相的清吟小班，有之，就从口袋底儿起。那妓院，共有妓女四五人，小玉是此中的翘楚，有许多阔老名流迷恋着他，替他捧场，上回书里已经叙述过了。到了现在声名越大，场面越阔，缠头一掷，动辄万千，车马盈门，不间寒暑。而且这所妓院，本是旧家府第改的，并排两所五开间两层的大四合式房屋，庭院清旷，轩窗宏丽。小玉占住的是上首第一进，尤其布置得堂皇富丽，几等王宫。可是豪富到了极颠，危险因此暗伏。北京号称人海，鱼龙混杂，混混儿的派别，不知有多少，看见小玉多金，大家都想染指。又利用那班揩鼻子的嫖客们，力不胜鸡，胆小如鼠，只要略施小计，无不如愿大来。所以近来流浪花丛的，至少要聘请几个保镖，立人既是个中人，当然不能例外。闲言少表。

且说小玉屋里，在立人等未到之先，已有三个客，据坐在右首的像书室般敷设的房里。满房是一色用旧大理石雕嵌文梓的器具，随处摆上火逼的碧桃、山茶、牡丹等香色俱备的鲜花，当中供着一座很大的古铜薰笼，四扇阮元就石纹自然形成的山水画题句的嵌云石屏。三人恰在屏下，围绕着薰笼，屋主人小玉打扮得花枝招展的，在一旁殷勤招待。三人一壁烘火，一壁很激昂的在那里互相嘲笑。一个方面大耳，肤色雪白，虽在中年，还想得到他少年时的神俊，先带笑开口道："范水，你不要尽摆出正则词人每饭不忘的腔调，这哄谁呢！明明是《金荃集》的侧艳诗，偏要说香草美人的寄托；显然是《会真记》纪梦一类的偷情诗，却要说怀忠不谅，托讽悟君。我试问你那首沉浸浓郁的《彩云曲》，是不是妒羡雯青，骚情勃发？读过你范水判牍的，遇到关着奸情案件的批判，你格外来得风趣横生，这是为着什么来？"范水把三指拈着清瘦的尖下颏上，一蕞稀疏的短须，带着调皮的神气道："陶令《闲情赋》，欧公《江西月》，大贤何尝没绮语？只要不失温柔敦厚的诗教罢了！难道定要像你桀纣式的诗王，只俯伏在琴梦楼一个女将军的神旗下，余下的便一任你鞭鸾笞凤吗！可惜我没有在大集上，添上两个好诗题，一个《简内子背花重放感赋》，一个《题姬人雪中裸卧图》，倒是一段诗人风流佳话。"旁边一个三十来岁没留须的半少年，穿了一身很时髦的衣帽，面貌清腴，气象华贵，一望就猜得到是旗下贵人，当下听了，非常惊诧的问道："范公要添这两题目，到底包孕什么事儿？"范水笑道："这样风趣横生的事，只有请笑庵自讲最妙。"

笑庵想接嘴，外面一片脚步声，接着一阵笑声，立人老远的喊道："呀，原来你也先到了！伯羲，这件事，笑庵自己和亲供一般的全告诉了小玉，不必他讲，叫小玉替他讲得了。”小玉涨红了脸，发急道：“庄大人，看你不出，倒会搭桥。我怎么会晓得？怎么能讲？”立人随手招呼胜佛、郑盦、叔宽进门和这里三人见面，随口道：“小玉，你别急！等会儿，我来讲给大家听。”说着话，就把伯黻介绍给胜佛、郑盦、叔宽，都是没见过面的，便道：“这位便是‘宗室八旗名士草’诗人祝宝廷先生的世兄富伯黻兄，单名一个寿字，是新创知耻学会的会长。曾有一篇《告八旗子弟书》，传诵的两句名论，是‘民权兴而大族之祸烈，戎祸兴而大族更烈’，是个当今志士，也是个诗人。”胜佛道：“我还记得宝廷先生自劾回京时，曾有两句哄动京华的诗句，家大人常吟咏的。诗云：‘微臣好色诚天性，只爱风流不爱官。’真是不可一世的奇士！有此父，斯有此子，今天真幸会了。”

伯黻道：“诸君不要谬奖。我是一心只想听笑庵的故事，立人快讲罢！”立人笑道：“真的几乎忘了。笑庵，我是秉笔直书，悬之国门，不能增损一字。”笑庵道：“放屁！本来历史是最不可靠的东西。奉敕编纂的史官，不过是顶冠束带的抄胥。藏诸名山的史家，也都是借孝堂哭自己的造谎人。何况区区的小事，由你们胡说好了。”

立人道：“你们看着笑庵外貌像个温雅书生，谁也想不到他的脾气，倒是个凶残的恶霸！偏偏不公的天，配给他一位美貌柔顺的夫人，反引起了他多疑善妒的恶习性来。他名为爱护妻子，实在简直把他囚禁起来，一年到头，不许见一个人，也不许出一次门。偶然放他回娘家一次，便是他的皇恩大赦。然而先要把轿子的四面，用黑布蒙得紧腾腾地。轿夫抬到娘家后，放在厅上，可不许夫人就出轿。有四个跟轿的女仆，慢慢把轿子抬到内堂，才能抛头露面。而且当夜就得回来，稍迟了约定的钟点，就闹得你家宅翻腾。这已经不近人情了！有一次，冬天，下雪的天气，一个他的姨娘，不知什么事触怒了他，毒打了一顿，还不算数，把那姨娘，剥得赤条条地，丢在雪地里。眼看快冻死了，他的夫人，看不过，暗地瞒了他，搭救了进来，恰被他查穿，他并不再去寻姨娘，反把夫人硬拉了出来，脱去上衣，揿在板凳上，自己动手，在粉嫩雪白的玉背上，抽了一百皮鞭。这一来，把他最贤惠的夫人受不住这淫威了，和他拼死闹到了分离，回住娘家。他也就在这个时候，讨了名妓花翠琴。说也奇怪，真是一物一制，自从花翠琴嫁来后，竟把他这百炼钢，化为绕指柔了，只怕花翠琴就是天天赏他一百皮鞭，他也绵羊般低头忍受了。范水先生，这些故事，都是你诗里的好材料，你为什么不在《彩云曲》后，赓续一篇《琴楼歌》呢？”那当儿，立人讲得有些手舞足蹈起来。范水是本来晓得的，伯黻也有些风闻，倒把郑盦和叔宽听得呆了。

小玉袅袅婷婷的走近立人，在他肩上轻拍了一下，睨视娇笑着道：“喂，庄大人你说话溜了缰了。且不说你全不问叶大人脸上的红和白，你连各位肚子里的饥和饱，都不管，酒席也不叫摆，条子也不写一张，难道今天请各位来，专听你讲故事不成！”立人跳起来，自己只把拳凿着头，喊道：“该死，该死！不是小玉提醒我，我连做主人的义务，全忘怀了。小玉，快摆起酒来，拿局票来让我写！”

小玉笑嘻嘻的满张罗，娘姨七手八脚照顾台面。小玉自己献上局票盘，立人一面问着各人应叫的堂唱名儿照写；一面向笑庵道歉，揭露了他的秘密。笑庵啐了他一口道：“亏你说这种丑话！若然我厌恶那些话，听了会生气，老实说，你敢这般肆无忌惮吗？一人自然有一人的脾气，有好的，定有坏的；没有坏的，除非是伪君子，那就比坏的更坏了。大家如能个个像我，坦白地公开了自己的坏处，政治上，用不着阴谋诡计，战争上，用不着权谋策略，外交上，用不着折冲欺诈，《阴符七术》可以烧，《风后握奇》可以废，《政书》可以不作，世界就太平了。”胜佛拍案叫绝道：“不是快人，焉得快语！我从此认得笑庵，不是饭颗山头、穷愁潦倒的诗人，倒是瑶台桃树下，玩世不恭的奇士了。”

一语未了，抬起头来，忽见立人身畔，站在桌子角上的小玉，吓得面如土色，一双迷花的小眼，睁得大大的，注定了窗外。大家没留意，胜佛也吃了一惊，随着他的眼光，刚瞟到门口，只见毡帘一掀，已跨进一个六尺来长，红颜白发，一部银髯的老头儿，直向立人处走来。满房人都出乎意外，被他一种严重的气色，压迫住了，都石像似的开不出口。小玉早颤抖的躲到壁角里去了。立人是胆粗气壮的豪公子，突然见这个生人，进来得奇怪，知道不妙，然不肯示弱，当下丢了笔，瞪着那老者道:“咦,你是谁?怎么这般无礼的闯到我这里来!你认得我是谁吗?”那老头儿微笑了一笑,很恭敬的向立人打了一个千道:“谁不认得你是庄制台的公子庄少大人!今天打听到您在这里玩,老汉约了弟兄们特地赶来伺候您的。”立人扮着很严厉的样子道:“你既然知道我的名儿,你要来见我,你怎么不和我带来的镖师们接一个头呢!”老头儿冷笑了一声道:“您要问他们吗?脓包,中什么用!听见老汉一到,逃得影儿也没一个。”

胜佛听到这里,忽然心上触着一个人,忙奔过来,拉住那老头儿的手,哈哈笑喊道:“你莫非是京师大侠大刀王二吗?我和立人念道了你多少年,不想厮会在这里,这多侥幸的事!立人,我和你该合献三千金,为壮士寿。”那老头儿反惊得倒退了几步,喊道:“我不是王二,我是不爱虚名只爱钱。老汉还不识这位大人是谁?既蒙这样豪爽的爱结交,老汉也就不客气的谢赏。”说罢,就向胜佛请了一个安。

胜佛忙扶住了道:“我是谈胜佛,专爱结识江湖奇士。这一点儿算什么?”老头儿道:“原来是谈三公子,怪不得江湖上都爱重你好名儿。”立人被胜佛这么一搅,真弄得莫名其妙,瞪着眼只望胜佛,又看看那老头儿,只见还是威风凛凛的矗立不动,满座宾客,早已溜的溜,躲的躲,房中严静地只剩了四个人,忍不住的问道:“我和谈大人已经答应送给你三千金,那么你老人家也可以自便了。”那老人装了一个笑脸道:“刚才谈少大人说的三千金,是专赏给我的;众弟兄还没有发付,他们辛苦一场,难道好叫他们空手而回吗?”立人这回也爽快起来了,忙接口道:“好了,好了!我再给他们两千,归你去分派吧。”那老汉还是兀立不走。

胜佛倒也诧异起来,分外和气的说道:“壮士还有话说吗?要说,请说。”老头儿嘲讽似开口道:“两位少大人,倒底还是书呆子。这笔款子,难道好叫老汉上门请领吗?两位这般的仗义疏财,老汉在贵家子弟中,还是第一次领教呢!那么索性请再爽利一点,当场现付罢!省得弟兄们在外边啰唣,惊动大家!”立人顿时发起急来道:“我们身边怎么会带这许多款子?小玉又垫不起,这怎么办呢?”回过头来向着胜佛和屋角里正在牙齿打架的小玉道:“是不是?我们既出口了,其实断不会失信。”那老儿道：“我们也知道两位身边不会有现款，好在有的是票号钱庄，没法儿，只好劳动那一位大驾走一趟了。”立人道：“只怕我们赶车儿的一时叫不齐。”老头儿道：“不妨事，我早预备下一辆快车，候在门口，老汉伺候了一块去走一遭。”立人和胜佛都惊讶这老头儿布置得太周密了。胜佛就站起来，拉了立人道：“咱们跟他去。那么上那一家去呢？”立人此时只答了一句：“到蔚长厚去取。”身不由主的跟着那老人同到门口，果然见一辆很华美的小快车，驾着一头菊花青骡子，旁边还系着一匹黑骡儿。只见那屋子四围的街路上东一簇，西一群，来来往往，满是些不三不四的人，明明是那话儿了。

那老头子一到门外，便满面春风的来招呼立人、胜佛上车，自己也跨上黑骡，鞭丝一扬，蹄声得得的引导他们前进。胜佛在车箱里和跨在车沿上的立人搭话。胜佛道：“今天的事，全是我干的。这笔款子，你不愿出，算我的帐，将来划还你。”立人摇着头道：“你真说笑话了！我们的交情，还计较这些。倒是今天这件事，来得太奇怪，怕生出别的岔子，化几个钱满不在乎。”胜佛道：“你放心。你瞧那老儿，多气魄，多豪爽，多周密，我猜准他一定是大刀王二。我们既然想在政治上做点事业，这些江湖上的英雄也该结识几个，将来自有用处。这些钱，断不会白扔掉的。”两人谈谈讲讲，不多会儿，车子已停在蔚长厚门前。

立人等跳下车来，那老头子已恭恭敬敬的等候在下马石边，低声道：“老汉不便进去，请两位取了出来，就在这里交付。”立人点头会意，立刻进去开了两张票子，开好了就出来，把一张三千的亲手递给老头子，一张两千的托他去分配。那老儿又谢了，随口道：“老汉今天才知道两位都不是寻常纨袴，谈少大人尤其使我钦佩得五体投地。不瞒两位说，老汉平生，最喜欢劫富济贫，抑强扶弱，打抱不平。只要意气相投的朋友，赴汤蹈火，全不顾的。今天既和两位在无意中结识了，以后老汉身体性命，全个儿奉赠给你们，有什么使唤，尽管来叫我。不过我还有一个不知进退的请求，明天早上，我们在西山碧云寺有一个聚会，请两位务要光临。”

胜佛道：“我第一要问明的你到底是不是王二？再者，我还有叨教的话，何妨再到口袋底去细谈一回。”老头子笑道：“我是谁，明天到碧云寺，便见分晓，何必急急呢！口袋底请两位不用再去了，我已吩咐了赶车的径送两位回府。老汉自去料理那边的事，众弟兄还等着我呢！”说完一席话，两手一拱，跳上骡背，疾驰而去。这里立人和胜佛只得依了他话，回得家来，商量明天赴会的事。胜佛坚决主张要去，立人拗不过，只得依了。

到了次日，胜佛天一亮就起来，叫醒立人，跨了两匹骏马，一个扈从也不带。刚刚在许多捎云蔽日的古桧下落马，一进头门，那老头子已迎候出来。一领就领到了大殿东首的一间客厅上，齐齐整整的，排开了六桌筵席。席面上已坐满了奇形怪状，肥的，瘠的，贫的，富的，华绚的，褴褛的，丑怪的，文雅的，一大堆的人，看见胜佛、立人进来，都站起来拍掌狂呼的欢迎。那老人很殷勤的，请胜佛和立人分了东西，各坐了最高的座位，自己却坐了中间一个最低的主位。筵席非常丰盛，侍席的人，遍斟了一巡酒，那老者才举起杯来，朗朗的说道：“老汉王二，今天请各位到这里来，有两个原因，一是欢迎会，二是告别筵。欢迎会，就为我们昨天结交了谈胜佛、庄立人两位先生，都是当今不易得的豪杰，能替国家出力的伟人。我们弟兄，原该择主而事，得了这两位做我们的主人，我们就该替他效死。从今日起，凡我同会的人，都是谈、庄两先生的人，无论叫我们做什么事，到什么地方，都不问生死的服从。而且明里暗里，随时随处，每日轮班保护，这就是欢迎会的意思。第二是因为当今第一忠臣，参威毅伯、连公公的韩惟荩侍御，奉上旨充发张家口。他是个寒士，又结了许多有势力的仇家，若无人帮助保护前去，路上一定要被人暗害。这种人，是国家的元气，做大臣的榜样。我听见人说，他折子里，有几句话说到皇太后的，道：‘皇太后既归政皇上矣，若犹遇事牵制，将何以上对祖宗，下对天下臣民！’你们看，多么胆大，多么忠心！我因钦敬他的为人，已答应他亲身护送，又约了几个弟兄，替他押运行李。择定后日启程，顺便给诸位告别。”说罢，把斟满的一杯酒，向四周招呼。满厅掌声雷动中，忽然从外面气急败坏，奔进一个人来，大家面色都吓变了。正是：

提挈玉龙为君死，驰驱紫塞为谁来。

欲知来者是何人，为何事，且听下文。

附录　修改后要说的几句话

我把《孽海花》的初二两编修改完了，付印时候，我心里有几句要说的话，把它写在这里：我要说的话，是些什么呢？（一）这书发起的经过；（二）这书内容的组织和他的意义；（三）此次修改的理由。

这书发起的经过怎么的呢？这书造意的动机，并不是我，是爱自由者。爱自由者，在本书的楔子里就出现，但一般读者，往往认为虚构的，其实不是虚构，是实事。现在东亚病夫，已宣布了他的真姓名，爱自由者，何妨在读者前，显他的真相呢？他非别人，就是吾友金君松岑，名天翮。他发起这书，曾做过四五回。我那时正创办小说林书社，提倡译著小说，他把稿子寄给我看。我看了，认是一个好题材。但是金君的原稿，过于注重主人公，不过描写一个奇突的妓女，略映带些相关的时事，充其量，能做成了李香君的《桃花扇》，陈圆圆的《沧桑艳》，已算顶好的成绩了，而且照此写来，只怕笔法上仍跳不出《海上花列传》的蹊径。在我的意思却不然，想借用主人公做全书的线索，尽量容纳近三十年来的历史，避去正面，专把些有趣的琐闻逸事，来烘托出大事的背景，格局比较的廓大。当时就把我的意见，告诉了金君。谁知金君竟顺水推舟，把继续这书的责任，全卸到我身上来。我也就老实不客气的把金君四五回的原稿，一面点窜涂改，一面进行不息，三个月功夫，一气呵成了二十回。这二十回里的前四回，杂揉着金君的原稿不少，即如第一回的引首词和一篇骈文，都是照着原稿，一字未改，其余部分，也是触处都有，连我自己也弄不清楚谁是谁的。就是现在已修改本里，也还存着一半金君原稿的成分。从第六回起，才完全是我的作品哩。这是我要说的第一件。

这书内容的组织和他的意义是怎么样的呢？我说这书实在是一个幸运儿，一出版后，意外的得了社会上大多数的欢迎，再版至十五次，行销不下五万部，赞扬的赞扬，考证的考证，模仿的，继续的，不知糟了多少笔墨，祸了多少梨枣。而尤以老友畏庐先生，最先为逾量的推许——他先并不知道是我做的——我真是惭愧得很。但因现在我先要说明组织，我却记到了《新青年》杂志里钱玄同和胡适之两先生对于《孽海花》辩论的两封信来，记得钱先生曾谬以第一流小说见许，而胡先生反对，以为只好算第二流——原文不记得，这是概括的大意——他反对的理由有二：(一)因为这书是集合了许多短篇故事，联缀而成的长篇小说，和《儒林外史》《官场现形记》，是一样的格局，并无预定的结构。(二)又为了书中叙及烟台孽报一段，含有迷信意味，仍是老新党口吻。这两点，胡先生批评得很合理，也很忠实。对于第一点，恰正搔着我痒处，我的确把数十年来所见所闻的零星掌故，集中了拉扯着穿在女主人公的一条线上，表现我的想像，被胡先生瞥眼捉住，不容你躲闪，这足见他老人家读书和别人不同，焉得不佩服！但他说我的结构和《儒林外史》等一样，这句话，我却不敢承认，只为虽然同是联缀多数短篇成长篇的方式，然组织法彼此截然不同。譬如穿珠，《儒林外史》等是直穿的，拿着一根线，穿一颗算一颗，一直穿到底，是一根珠练；我是蟠曲回旋着穿的，时收时放，东西交错，不离中心，是一朵珠花。譬如植物学里说的花序，《儒林外史》等是上升花序或下降花序，从头开去，谢了一朵，再开一朵，开到末一朵为止。我是伞形花序，从中心干部一层一层的推展出各种形色来，互相连结，开成一朵球一般的大花。《儒林外史》等是谈话式，谈乙事不管甲事，就渡到丙事，又把乙事丢了，可以随便进止；我是波澜有起伏，前后有照应，有擒纵，有顺逆，不过不是整个不可分的组织，却不能说他没有复杂的结构。至第二点，是对于金君原稿一篇骈文而发的，我以为小说中对于这种含有神秘的事是常有的。希腊的三部曲，末一部完全讲的是报应固不必说，浪漫派中，如梅黎曼的短篇，尤多不可思议的想像，如《姊尼斯铜像》一篇，因误放指环于铜像指端，至惹起铜像的恋妒，搿死新郎于结婚床上。近代象征主义的作品，迷离神怪的描写，更数见不鲜，似不能概斥他做迷信。只要作品的精神上，并非真有引起此种观念的印感就是了。所以当时我也没有改去，不想因此倒赚得了胡先生一个老新党的封号。大概那时胡先生正在高唱新文化的当儿，很兴奋地自命为新党，还没想到后来有新新党出来，自己也做了老新党，受国故派的欢迎他回去呢！若说我这书的意义，畏庐先生说："《孽海花》非小说也。"又道："彩云是此书主中之宾，但就彩云定为书中主人翁，误矣。"这几句话，开门见山，不能不说他不是我书的知言者！但是"非小说也"一语，意在极力推许，可惜倒暴露了林先生只囚在中国古文家的脑壳里，不曾晓得小说在世界文学里的价值和地位。他一生非常的努力，卓绝的天才，是我一向倾服的，结果仅成了个古文式的大翻译家，吃亏也就在此。其实我这书的成功，称他做小说，还有些自惭形秽呢！他说到这书的内容，也只提出了鼓荡民气和描写名士狂态两点。这两点，在这书里固然曾注意到，然不过附带的意义，并不是他的主干。这书主干的意义，只为我看着这三十年，是我中国由旧到新的一个大转关，一方面文化的推移，一方面政治的变动，可惊可喜的现象，都在这一时期内飞也似的进行。我就想把这些现象，合拢了他的侧影或远景和相连系的一些细事，收摄在我笔头的摄影机上，叫他自然地一幕一幕的展现，印象上不啻目击了大事的全景一般。例如这书写政治，写到清室的亡，全注重在德宗和太后的失和，所以写皇家的婚姻史，写鱼阳伯、余敏的买官，东西宫争权的事，都是后来戊戌政变庚子拳乱的根原。写雅聚园，含英社，谈瀛会，卧云园，强学会，苏报社，都是一时文化过程中的足印。全书叙写的精神里，都自勉的含蓄着这两种意义。我的才力太不够，能否达到这个目的，我也不敢自诩，只好待读者的评判了。这是我要说的第二件。

此次修改的理由怎么的呢？第一是为了把孙中山先生革命的事业，时期提得太早了。兴中会的组织，大约在光绪庚寅辛卯间，而广州第一次的举事，事实却在乙未年十月，这书叙金雯青中了状元，请假回南，过沪时就遇见陈千秋，以后便接叙青年党兴中会的事。雯青中状元，书中说明是同治戊辰年，与乙未相差几至三十年，虽说小说非历史,时期可以作者随意伸缩,然亦不宜违背过甚,所以不得不把他按照事实移到中日战争以后。既抽去了这么一件大事,篇幅上要缺少两回的地位,好在这书里对于法越战争,叙得本来太略,补叙进去,并非蛇足。第二原书第一回是楔子,完全是凭空结撰,第二回发端还是一篇议论,又接叙了一段美人误嫁丑状元的故事,仍是楔子的意味,不免有叠床架屋之嫌,所以把他全删了。其余自觉不满意的地方,趁这再版的机会,也删改了不少。看起来,第一编几乎大部是新产品了。这是我要说的第三件。

这书还是我二十二年前——时在光绪三十二年——一时兴到之作,那时社会的思潮,个人的观念,完全和现时不同,我不自量的奋勇继续,想完成自己未了的工作,停隔已久,不要说已搜集的材料,差不多十忘八九,便是要勉力保存时代的色彩,笔墨的格调,也觉得异常困难。矛盾拙涩,恐在所不免,读者如能忠实的加以纠正,便是我的非常宠幸了!

十七年,一月六日,东亚病夫自识。

老残游记

［附录老残游记续集、老残游记外编］

（清）刘　鹗　著

出版说明

清末刘鹗创作的《老残游记》,被鲁迅先生评为晚清四大"谴责小说"之一,内容丰富,意蕴深邃,取得了很高的艺术成就,翻译成多国文字,在国内外影响巨大,被联合国教科文组织认定为世界文学名著。

《老残游记》的作者刘鹗(1857—1909),字铁云,号洪都百炼生。江苏丹徒(今江苏镇江)人,出生在一个封建官僚家庭。他知识广博,做过官,也是著名的实业家。刘鹗对通过科举博取功名没有兴趣,"放旷不守绳墨"。他崇拜西学,曾研究过数学、医学、水利等,年轻时还做过医生和商人。1888 年河南、山东发生水灾,他先后在河南、山东巡抚处作幕宾,帮助治理黄河,因治河有功被保荐到总理各国事务衙门,以知府任用。此后,他曾向清朝廷建议借外债修建天津至镇江的铁路,但没有成功。刘鹗作官不得志,弃官经商,想去创办实业,但全失败了。1900 年义和团事起,八国联军侵入北京。1908 年刘鹗向俄军以廉价购买太仓粮食,赈济北京饥民,结果清王朝以私开太仓之罪,将他充军到新疆,第二年七月病死在迪化(今乌鲁木齐)。刘鹗所处的时代是一个风雨飘摇、朝不保夕的封建制度即将垮台的时代,他对这种局势有所认识,但站在封建立场上,他并不愿意这个制度垮台。在他看来只要凭借外资、兴办实业就可挽救危亡。他反对革命，恶毒地攻击义和团的反帝斗争和资产阶级民主革命。但是因为他在奔走治河的过程中，对社会的黑暗有所了解，并且对这些现象也很不满。所以在他的作品中有一定的揭露，这在客观上是有积极意义的一面。

《老残游记》，全书共 20 回，作品通过一个摇串铃的江湖医生老残在游历途中的所见所闻所为，暴露了当时官场的丑闻，在一定程度上反映了晚清的某些社会现实。在作品《自叙》中，他说："棋局已残，吾人将老，欲不哭泣也得乎?"他深刻地认识到封建社会"棋局已残"的现实，为了"补残"，作者从批判现实鲜为人知的现象"清官尤可恨"入手，以挽救垂死的封建主义制度。

《老残游记》在艺术上有很高的成就。小说以老残(实即作者)的见闻为线索，描写了晚清各种社会现象，尤其是对于所谓的清官，进行了无情的揭露，认为他们实际上是酷吏。小说结构比较松散，但有些片断写得很成功。全书对人物、景物描写都很细腻生动。如大明湖的风光，黄河的冰雪，桃花山的月夜等给人留下的印象极为鲜明。《老残游记》的语言清新流畅、富有韵味。鲁迅说它"叙景状物，时有可观"。作者写景的特点是自然、逼真，有鲜明的层次和色彩。可以作为优美的散文来读。音乐描写是此书一绝。一般地说，用语言文字描写具体客观事物比较容易，因为它有形体可循，只要用心观察，反复琢磨，依葫芦画瓢不是太难。但是将抽象的音响描绘出来，就不那么容易了。作者将丰富的想象，用贴切的比喻、清新的词汇，从不同角度把虚无缥缈的音响化作鲜明生动的形象再现出来:“声音初不甚大,只觉入耳有说不出来的妙境。五脏六腑里,像熨斗熨过,无一处不伏贴;三万六千个毛孔像吃了人参果,无一个毛孔不畅快!”又如写王小玉音调清脆甜润,唱腔回环转折,用“钢丝抛入天际”、“峰峦重叠的泰山”、“盘旋于山腰的飞蛇”、“花坞春院的鸟鸣”等一系列具体形象比喻,使人感到真切生动。

《老残游记》一书,在光绪二十九年(1903)发表于《绣像小说》半月刊上,至13回中止。后全书重刊于《天津日日新闻》,有亚东图书馆本、艺文书房本等。1957年,人民文学出版社为纪念刘鹗诞生100周年出版了《老残游记》整理本。刘鹗在光绪三十一年至三十三年(1905—1907)间,还曾写有《老残游记续集》,今存9回。1934年《人间世》半月刊发表过4回;次年良友图书公司出版了6回的单行本。人民文学本在“附录”中收录了这个单行本。此外,刘鹗还写过《老残游记补编》,今仅存残稿。

此次整理,以《天津日日新闻》本为底本,参校其他各本,择善而从,对原书中的错漏加以改正,不一一加以说明。“附录”中收录了《老残游记续集》9回和《老残游记补编》残稿,供读者阅读时参考。

目　录

附　录

《老残游记续集》

《老残游记外编》

自　　叙

婴儿堕地,其泣也呱呱;及其老死,家人环绕,其哭也号啕。然则哭泣也者,固人之所以成始成终也。其间人品之高下,以其哭泣之多寡为衡。盖哭泣者,灵性之现象也,有一分灵性即有一分哭泣,而际遇之顺逆不与焉。

马与牛,终岁勤苦,食不过刍秣,与鞭策相终始,可谓辛苦矣;然不知哭泣,灵性缺也。猿猴之为物,跳掷于深林,厌饱乎梨栗,至逸乐也,而善啼;啼者,猿猴之哭泣也。故博物家云:猿猴,动物中性最近人者,以其有灵性也。古诗云:"巴东三峡巫峡长,猿啼三声断人肠。"其感情为何如矣!

灵性生感情,感情生哭泣。哭泣计有两类:一为有力类,一为无力类。痴儿呆女,失果即啼,遗簪亦泣,此为无力类之哭泣;城崩杞妇之哭,竹染湘妃之泪,此有力类之哭泣也。有力类之哭泣又分两种:以哭泣为哭泣者,其力尚弱;不以哭泣为哭泣者,其力甚劲,其行乃弥远也。

《离骚》为屈大夫之哭泣,《庄子》为蒙叟之哭泣,《史记》为太史公之哭泣,《草堂诗集》为杜工部之哭泣;李后主以词哭,八大山人以画哭;王实甫寄哭泣于《西厢》,曹雪芹寄哭泣于《红楼梦》。王之言曰:"别恨离愁,满肺腑难陶泄。除纸笔代喉舌,我千种想思向谁说?"曹之言曰:"满纸荒唐言,一把辛酸泪;都云作者痴,谁解其中意?"名其茶曰"千芳一窟",名其酒曰"万艳同杯"者:千芳一哭,万艳同悲也。

吾人生今之时,有身世之感情,有家国之感情,有社会之感情,有种教之感情。其感情愈深者,其哭泣愈痛:此鸿都百炼生所以有《老残游记》之作也。

棋局已残,吾人将老,欲不哭泣也得乎?吾知海内千芳,人间万艳,必有与吾同哭同悲者焉!

第一回　土不制水历年成患　风能鼓浪到处可危

话说山东登州府东门外有一座大山，名叫蓬莱山。山上有个阁子，名叫蓬莱阁。这阁造得画栋飞云，珠帘卷雨，十分壮丽。西面看城中人户，烟雨万家；东面看海上波涛，峥嵘千里。所以城中人士往往于下午携尊挈酒在阁中住宿，准备次日天未明时，看海中出日，习以为常。这且不表。

却说那年有个游客，名叫老残。此人原姓铁，单名一个英字，号补残；因慕懒残和尚煨芋的故事，遂取这"残"字做号。大家因他为人颇不讨厌，契重他的意思，都叫他老残，不知不觉，这"老残"二字便成了个别号了。他年纪不过三十多岁，原是江南人氏。当年也曾读过几句诗书，因八股文章做得不通，所以学也未曾进得一个，教书没人要他，学生意又嫌岁数大，不中用了。其先，他的父亲原也是个三四品的官，因性情迂拙，不会要钱，所以做了二十年实缺，回家仍是卖了袍褂做的盘川。你想，可有余资给他儿子应用呢？

这老残既无祖业可守，又无行当可做，自然"饥寒"二字渐渐的相逼来了。正在无可如何，可巧天不绝人，来了一个摇串铃的道士，说是曾受异人传授，能治百病，街上人找他治病，百治百效。所以这老残就拜他为师，学了几个口诀。从此也就摇个串铃，替人治病糊口去了，奔走江湖近二十年。

这年，刚刚走到山东古千乘地方，有个大户，姓黄，名叫瑞和，害了一个奇病：浑身溃烂，每年总要溃几个窟窿。今年治好这个，明年别处又溃几个窟窿。经历多年，没有人能治得。这病每发都在夏天，一过秋分，就不要紧了。

那年春天,刚刚老残走到此地,黄大户家管事的,问他可有法子治这个病。他说:“法子尽有,只是你们未必依我去做。今年权且略施小技,试试我的手段。若要此病永远不发,也没有什么难处,只须依着古人方法,那是百发百中的。别的病是神农、黄帝传下来的方法,只有此病是大禹传下来的方法。后来唐朝有个王景得了这个传授,以后就没有人知道此方法了。今日奇缘,在下到也懂得些个。”于是黄大户家遂留老残住下替他治病。却说真也奇怪,这年虽然小有溃烂,却是一个窟窿也没有出过。为此,黄大户家甚为喜欢。

看看秋分已过,病势今年是不要紧的了。大家因为黄大户不出窟窿,是十多年来没有的事,异常快活,就叫了个戏班子,唱了三天谢神的戏,又在西花厅上,搭了一座菊花假山,今日开筵,明朝设席,闹的十分畅快。

这日,老残吃过午饭,因多喝了两杯酒,觉得身子有些困倦,就跑到自己房里一张睡榻上躺下,歇息歇息,才闭了眼睛,看外边就走进两个人来:一个叫文章伯,一个叫德慧生。这两人本是老残的至友,一齐说道:“这么长天大日的,老残,你蹲家里做甚?”老残连忙起身让坐,说:“我因为这两天困于酒食,觉得怪腻的慌。”二人道:“我们现在要往登州府去,访蓬莱阁的胜景,因此特来约你。车子已替你雇了。你赶紧收拾行李,就此动身罢。”老残行李本不甚多,不过古书数卷,仪器几件,收检也极容易,顷刻之间便上了车。无非风餐露宿,不久便到了登州,就在蓬莱阁下觅了两间客房,大家住下,也就玩赏玩赏海市的虚情,蜃楼的幻相。

次日,老残向文、德二公说道:“人人都说日出好看,我们今夜何妨不睡,看一看日出,何如?”二人说道:“老兄有此清兴,弟等一定奉陪。”秋天虽是昼夜停匀时候,究竟日出日入,有蒙气传光,还觉得夜是短的。三人开了两瓶酒,取出携来的肴馔,一面吃酒,一面谈心,不知不觉,那东方已渐渐发大光明了。其实离日出尚远,这就是蒙气传光的道理。三人又略谈片刻,德慧生道:“此刻也差不多是时候了,我们何妨先到阁子上头去等呢?”文章伯说:“耳边风声甚急,上头窗子太敞,恐怕寒冷,比不得这屋子里暖和,须多穿两件衣服上去。”各人照样办了，又都带了千里镜，携了毯子，由后面扶梯曲折上去。

到了阁子中间，靠窗一张桌子旁边坐下，朝东观看，只见海中白浪如山，一望无际。东北青烟数点，最近的是长山岛，再远便是大竹、大黑等岛了。那阁子旁边，风声"呼呼"价响，仿佛阁子都要摇动似的，天上云气一片一片价叠起，只见北边有一片大云，飞到中间，将原有的云压将下去，并将东边一片云挤的越过越紧，越紧越不能相让，情状甚为谲诡。过了些时，也就变成一片红光了。

慧生道："残兄，看此光景，今儿日出是看不着的了。"老残道："天风海水，能移我情，即是看不着日出，此行亦不为辜负。"章伯正在用远镜凝视，说道："你们看！东边有一丝黑影随波出没，定是一只轮船由此经过。"于是大家皆拿出远镜，对着观看。看了一刻，说道："是的，是的。你看，有极细一丝黑线，在那天水交界的地方，那不就是船身吗？"大家看了一会，那轮船也就过去，看不见了。

慧生还拿远镜左右观视。正在凝神，忽然大叫："嗳呀，嗳呀！你瞧，那边一只帆船在那洪波巨浪之中，好不危险！"两人道："在什么地方？"慧生道："你望正东北瞧，那一片雪白浪花，不是长山岛吗？在长山岛的这边，渐渐来得近了。"两人用远镜一看，都道："嗳呀，嗳呀！实在危险得极！幸而是向这边来，不过二三十里就可泊岸了。"

相隔不过一点钟之久，那船来得业已甚近。三人用远镜凝神细看，原来船身长有二十三四丈，原是只很大的船。船主坐在舵楼之上，楼下四人专管转舵的事。前后六枝桅杆，挂着六扇旧帆，又有两枝新桅，挂着一扇簇新的帆，一扇半新不旧的帆，算来这船便有八枝桅了。船身吃载很重，想那舱里一定装的各项货物。船面上坐的人口，男男女女，不计其数，却无篷窗等件遮盖风日——同那天津到北京火车的三等客位一样。面上有北风吹着，身上有浪花溅着，又湿又寒，又饥又怕。看这船上的人都有民不聊生的气象。那八扇帆下，各有两人专管绳脚的事。船头及船帮上有许多的人，仿佛水手的打扮。

这船虽有二十三四丈长，却是破坏的地方不少：东边有一块，约有三丈长短，已经破坏，浪花直灌进去；那旁，仍在东边，又有一块，约长一丈，水波亦渐渐侵入；其余的地方，无一处没有伤痕。那八个管帆的却是认真的在那里管,只是各人管各人的帆,仿佛在八只船上似的,彼此不相关照。那水手只管在那坐船的男男女女队里乱窜,不知所做何事。用远镜仔细看去,方知道他在那里搜他们男男女女所带的干粮,并剥那些人身上穿的衣服。章伯看得亲切,不禁狂叫道:"这些该死的奴才!你看,这船眼睁睁就要沉覆,他们不知想法敷衍着早点泊岸,反在那里蹂躏好人,气死我了!"慧生道:"章哥,不用着急。此船目下相距不过七八里路,等他泊岸的时候,我们上去劝劝他们便是。"

正在说话之间,忽见那船上杀了几个人,抛下海去,捩过舵来,又向东边去了。章伯气的两脚直跳,骂道:"好好的一船人,无穷性命,无缘无故断送在这几个驾驶的人手里,岂不冤枉!"沉思了一下,又说道:"好在我们山脚下有的是渔船,何不驾一只去,将那几个驾驶的人打死,换上几个,岂不救了一船人的性命?何等功德!何等痛快!"慧生道:"这个办法虽然痛快,究竟未免卤莽,恐有未妥。请教残哥以为何如?"

老残笑向章伯道:"章哥此计甚妙,只是不知你带几营人去?"章伯愤道:"残哥怎么也这么糊涂!此时人家正在性命交关,不过一时救急,自然是我们三个人去。那里有几营人来给你带去!"老残道:"既然如此,他们船上驾驶的不下头二百人,我们三个人要去杀他,恐怕只会送死,不会成事罢。高明以为何如?"章伯一想,理路却也不错,便道:"依你该怎么样?难道白白地看他们死吗?"老残道:"依我看来,驾驶的人并未曾错,只因两个缘故,所以把这船就弄的狼狈不堪了。怎么两个缘故呢?一则他们是走'太平洋'的,只会过太平日子,若遇风平浪静的时候,他驾驶的情状亦有操纵自如之妙,不意今日遇见这大的风浪,所以都毛了手脚。二则他们未曾预备方针。平常晴天的时候,照着老法子去走,又有日月星辰可看,所以南北东西尚还不大很错。这就叫做'靠天吃饭'。那知遇了这阴天,日月星辰都被云气遮了,所以他们就没了依傍。心里不是不想望好处去做,只是不知东南西北,所以越走越错。为今之计,依章兄法子,驾只渔艇,追将上去,他的船重,我们的船轻,一定追得上的。到了之后,送他一个罗盘,他有了方向,便会走了。再将这有风浪与无风浪时驾驶不同之处,告知船主,他们依了我们的话,岂不立刻就登彼岸了吗?”慧生道:“老残所说极是,我们就赶紧照样办去。不然,这一船人,实在可危的极!”

说着,三人就下了阁子,分付从人看守行李物件,那三人却俱是空身,带了一个最准的向盘,一个纪限仪,并几件行船要用的物件,下了山。山脚下有个船坞,都是渔船停泊之处。选了一只轻快渔船,挂起帆来,一直追向前去。幸喜本日刮的是北风,所以向东向西都是旁风,使帆很便当的。

一霎时,离大船已经不远了,三人仍拿远镜不住细看。及至离大船十余丈时,连船上人说话都听得见了。

谁知道除那管船的人搜括众人外,又有一种人在那里高谈阔论的演说。只听他说道:“你们各人均是出了船钱坐船的,况且这船也就是你们祖遗的公司产业,现在已被这几个驾驶人弄的破坏不堪,你们全家老幼性命都在船上,难道都在这里等死不成?就不想个法儿挽回挽回吗?真真该死奴才!”

众人被他骂的直口无言。内中便有数人出来说道:“你这先生所说的都是我们肺腑中欲说说不出的话,今日被先生唤醒,我们实在惭愧,感激的很!只是请教有甚么法子呢?”那人便道:“你们知道现在是非钱不行的世界了,你们大家敛几个钱来,我们舍出自己的精神,拼着几个人流血,替你们挣个万世安稳自由的基业,你们看好不好呢?”众人一齐拍掌称快。

章伯远远听见,对二人说道:“不想那船上竟有这等的英雄豪杰!早知如此,我们可以不必来了。”慧生道:“姑且将我们的帆落几叶下来,不必追上那船,看他是如何的举动。倘真有点道理,我们便可回去了。”老残道:“慧哥所说甚是。依愚见看来,这等人恐怕不是办事的人,只是用几句文明的辞头骗几个钱用用罢了!”

当时三人便将帆叶落小,缓缓的尾大船之后。只见那船上人敛了许多钱,交给演说的人,看他如何动手。谁知那演说的人,敛了许多钱去,找了一块众人伤害不着的地方,立住了脚,便高声叫道:“你们这些没血性的人，凉血种类的畜生，还不赶紧去打那个掌舵的吗？”又叫道：“你们还不去把这些管船的一个一个杀了吗？”那知就有那不懂事的少年，依着他去打掌舵的，也有去骂船主的，俱被那旁边人杀的杀了，抛弃下海的抛下海了。那个演说的人，又在高处大叫道：“你们为什么没有团体？若是全船人一齐动手，还怕打不过他们么？”那船上人，就有老年晓事的人，也高声叫道：“诸位切不可乱动！倘若这样做去，胜负未分，船先覆了！万万没有这个办法！”

慧生听得此语，向章伯道：“原来这里的英雄只管自己敛钱，叫别人流血的。”老残道：“幸而尚有几个老成持重的人，不然，这船覆的更快了。”说着，三人便将帆叶抽满，顷刻便与大船相近。篙工用篙子钩住大船，三人便跳将上去，走至舵楼底下，深深的唱了一个喏，便将自己的向盘及纪限仪等项取出呈上。舵工看见，倒也和气，便问：“此物怎样用法？有何益处？”

正在议论，那知那下等水手里面，忽然起了咆哮，说道：“船主！船主！千万不可为这人所惑！他们用的是外国向盘，一定是洋鬼子差遣来的汉奸！他们是天主教！他们将这只大船已经卖与洋鬼子了，所以才有这个向盘。请船主赶紧将这三人绑去杀了，以除后患。倘与他们多说几句话，再用了他的向盘，就算收了洋鬼子的定钱，他就要来拿我们的船了！”谁知这一阵嘈嚷，满船的人俱为之震动。就是那演说的英雄豪杰，也在那里喊道：“这是卖船的汉奸！快杀，快杀！”

船主、舵工听了，俱犹疑不定。内中有一个舵工，是船主的叔叔，说道：“你们来意甚善，只是众怒难犯，赶快去罢！”三人垂泪，赶忙回了小船。那知大船上人，余怒未息，看三人上了小船，忙用被浪打碎了的断桩破板打下船去。你想，一只小小渔船，怎禁得几百个人用力乱砸，顷刻之间，将那渔船打得粉碎，看着沉下海中去了。

未知三人性命如何，且听下回分解。

第二回 历山山下古帝遗踪 明湖湖边美人绝调

话说老残在渔船上被众人砸得沉下海去，自知万无生理，只好闭着眼睛，听他怎样。觉得身体如落叶一般，飘飘荡荡，顷刻工夫沉了底了。只听耳边有人叫道："先生，起来罢！先生，起来罢！天已黑了，饭厅上饭已摆好多时了。"老残慌忙睁开眼睛，愣了一愣道："呀！原来是一梦！"

自从那日起，又过了几天，老残向管事的道："现在天气渐寒，贵居停的病也不会再发，明年如有委用之处，再来效劳。目下鄙人要往济南府去看看大明湖的风景。"管事的再三挽留不住，只好当晚设酒饯行，封了一千两银子奉给老残，算是医生的酬劳。老残略道一声"谢谢"，也就收入箱笼，告辞动身上车去了。

一路秋山红叶，老圃黄花，颇不寂寞。到了济南府，进得城来，家家泉水，户户垂杨，比那江南风景，觉得更为有趣。到了小布政司街，觅了一家客店，名叫高升店，将行李卸下，开发了车价酒钱，胡乱吃点晚饭，也就睡了。

次日清晨起来，吃点儿点心，便摇着串铃满街踅了一趟，虚应一应故事。午后便步行至鹊华桥边，雇了一只小船，荡起双桨，朝北不远，便到历下亭前。下船进去，入了大门，便是一个亭子，油漆已大半剥蚀。亭子上悬了一副对联，写的是"历下此亭古，济南名士多"，上写着"杜工部句"，下写着"道州何绍基书"。亭子旁边虽有几间群房，也没有甚么意思。复行下船，向西荡去，不甚远，又到了铁公祠畔。你道铁公是谁？就是明初与燕王为难的那个铁铉。后人敬他的忠义，所以至今春秋时节，土人尚不断的来此进香。

到了铁公祠前，朝南一望，只见对面千佛山上，梵宇僧楼，与那苍松翠柏，高下相间，红的火红，白的雪白，青的靛青，绿的碧绿，更有那一株半株的丹枫夹在里面，仿佛宋人赵千里的一幅大画，做了一架数十里长的屏风。正在叹赏不绝，忽听一声渔唱，低头看去，谁知那明湖业已澄净的同镜子一般。那千佛山的倒影映在湖里，显得明明白白，那楼台树木，格外光彩，觉得比上头的一个千佛山还要好看，还要清楚。这湖的南岸，上去便是街市，却有一层芦苇，密密遮住。现在正是着花的时候，一片白花映着带水气的斜阳，好似一条粉红绒毯，做了上下两个山的垫子，实在奇绝。

老残心里想道："如此佳景，为何没有什么游人？"看了一会儿，回转身来，看那大门里面楹柱上有副对联，写的是"四面荷花三面柳，一城山色半城湖"，暗暗点头道："真正不错！"进了大门，正面便是铁公享堂，朝东便是一个荷池。绕着曲折的回廊，到了荷池东面，就是个圆门。圆门东边有三间旧房，有个破匾，上题"古水仙祠"四个字。祠前一副破旧对联，写的是"一盏寒泉荐秋菊，三更画船穿藕花"。过了水仙祠，仍旧上了船，荡到历下亭的后面。两边荷叶荷花将船夹住，那荷叶初枯，擦的船嗤嗤价响；那水鸟被人惊起，格格价飞；那已老的莲蓬，不断的绷到船窗里面来。老残随手摘了几个莲蓬，一面吃着，一面船已到了鹊华桥畔了。

到了鹊华桥，才觉得人烟稠密，也有挑担子的，也有推小车子的，也有坐二人抬小蓝呢轿子的。轿子后面，一个跟班的戴个红缨帽子，膀子底下夹个护书，拼命价奔，一面用手巾擦汗，一面低着头跑。街上五六岁的孩子不知避人，被那轿夫无意踢倒一个，他便哇哇的哭起。他的母亲赶忙跑来问："谁碰倒你的？谁碰倒你的？"那个孩子只是哇哇的哭，并不说话。问了半天，才带哭说了一句道："抬轿子的！"他母亲抬头看时，轿子早已跑的有二里多远了。那妇人牵了孩子，嘴里不住咭咭咕咕的骂着，就回去了。

老残从鹊华桥往南，缓缓向小布政司街走去。一抬头，见那墙上贴了一张黄纸，有一尺长、七八寸宽的光景。居中写着"说鼓书"三个大字，旁边一行小字是"二十四日明湖居"。那纸还未十分干，心知是方才贴的，只不知道这是什么事情，别处也没有见过这样招子，一路走着，一路盘算。只听得耳边有两个挑担子的说道："明儿白妞说书，我们可以不必做生意，来听书罢。"又走到街上，听铺子里柜台上有人说道："前次白妞说书是你告假的，明儿的书，应该我告假了。"一路行来，街谈巷议，大半都是这话，心里诧异道："白妞是何许人？说的是何等样书，为甚一纸招贴，便举国若狂如此？"信步走来，不知不觉已到高升店口。

进得店去，茶房便来回道："客人，用什么夜膳？"老残一一说过，就顺便问道："你们此地说鼓书是个什么顽意儿，何以惊动这么许多的人？"茶房说："客人，你不知道。这说鼓书本是山东乡下的土调，用一面鼓，两片梨花简，名叫'梨花大鼓'，演说些前人的故事，本也没甚稀奇。自从王家出了这个白妞黑妞姊妹两个，这白妞名字叫做王小玉，此人是天生的怪物！他十二三岁时就学会了这说书的本事。他却嫌这乡下的调儿没什么出奇，他就常到戏园里看戏，所有什么西皮、二簧、梆子腔等唱，一听就会；什么余三胜、程长庚、张二奎等人的调子，他一听也就会唱。仗着他的喉咙，要多高有多高；他的中气，要多长有多长。他又把那南方的什么昆腔、小曲，种种的腔调，他都拿来装在这大鼓书的调儿里面。不过二三年工夫，创出这个调儿，竟至无论南北高下的人，听了他唱书，无不神魂颠倒。现在已有招子，明儿就唱。你不信，去听一听就知道了。只是要听还要早去，他虽是一点钟开唱，若到十点钟去，便没有坐位的。"老残听了，也不甚相信。

次日六点钟起，先到南门内看了舜井，又出南门，到历山脚下，看看相传大舜昔日耕田的地方。及至回店，已有九点钟的光景，赶忙吃了饭，走到明湖居，才不过十点钟时候。那明湖居本是个大戏园子，戏台前有一百多张桌子。那知进了园门，园子里面已经坐的满满的了，只有中间七八张桌子还无人坐，桌子却都贴着"抚院定"、"学院定"等类红纸条儿。老残看了半天，无处落脚，只好袖子里送了看坐儿的二百个钱，才弄了一张短板凳，在人缝里坐下。看那戏台上，只摆了一张半桌，桌子上放了一面板鼓，鼓上放了两个铁片儿，心里知道这就是所谓梨花简了，旁边放了一个三弦子，半桌后面放了两张椅子，并无一个人在台上。偌大的个戏台，空空洞洞，别无他物，看了不觉有些好笑。园子里面，顶着篮子卖烧饼油条的有一二十个，都是为那不吃饭来的人买了充饥的。

到了十一点钟，只见门口轿子渐渐拥挤，许多官员都着了便衣，带着家人，陆续进来。不到十二点钟，前面几张空桌俱已满了，不断还有人来，看坐儿的也只是搬张短凳，在夹缝中安插。这一群人来了，彼此招呼，有打千儿的，有作揖的，大半打千儿的多。高谈阔论，说笑自如。这十几张桌子外，看来都是做生意的人，又有些像是本地读书人的样子，大家都嘁嘁喳喳的在那里说闲话。因为人太多了，所以说的什么话都听不清楚，也不去管他。

到了十二点半钟，看那台上，从后台帘子里面，出来一个男人，穿了一件蓝布长衫，长长的脸儿，一脸疙瘩，仿佛风干福橘皮似的，甚为丑陋，但觉得那人气味到还沉静。出得台来，并无一语，就往半桌后面左手一张椅子上坐下，慢慢的将三弦子取来，随便和了和弦，弹了一两个小调，人也不甚留神去听。后来弹了一支大调，也不知道叫什么牌子；只是到后来，全用轮指，那抑扬顿挫，入耳动心，恍若有几十根弦，几百个指头，在那里弹似的。这时台下叫好的声音不绝于耳，却也压不下那弦子去。这曲弹罢，就歇了手，旁边有人送上茶来。

停了数分钟时，帘子里面出来一个姑娘，约有十六七岁，长长鸭蛋脸儿，梳了一个抓髻，戴了一副银耳环，穿了一件蓝布外褂儿，一条蓝布裤子，都是黑布镶滚的。虽是粗布衣裳，到十分洁净。来到半桌后面右手椅子上坐下。那弹弦子的便取了弦子，铮铮鏦鏦弹起。这姑娘便立起身来，左手取了梨花简，夹在指头缝里，便丁丁当当的敲，与那弦子声音相应；右手持了鼓捶子，凝神听那弦子的节奏。忽羯鼓一声，歌喉遽发，字字清脆，声声宛转，如新莺出谷，乳燕归巢。每句七字，每段数十句，或缓或急，忽高忽低；其中转腔换调之处，百变不穷，觉一切歌曲腔调俱出其下，以为观止矣。

旁坐有两人，其一人低声问那人道："此想必是白妞了罢？"其一人道："不是。这人叫黑妞，是白妞的妹子。他的调门儿都是白妞教的，若比白妞，还不晓得差多远呢！他的好处人说得出，白妞的好处人说不出;他的好处人学的到,白妞的好处人学不到。你想,这几年来,好顽耍的谁不学他们的调儿呢?就是窑子里的姑娘,也人人都学,只是顶多有一两句到黑妞的地步。若白妞的好处,从没有一个人能及他十分里的一分的。"说着的时候,黑妞早唱完,后面去了。这时满园子里的人,谈心的谈心,说笑的说笑。卖瓜子、落花生、山里红、核桃仁的,高声喊叫着卖,满园子里听来都是人声。

正在热闹哄哄的时节,只见那后台里,又出来了一位姑娘,年纪约十八九岁,装束与前一个毫无分别,瓜子脸儿,白净面皮,相貌不过中人以上之姿,只觉得秀而不媚,清而不寒,半低着头出来,立在半桌后面,把梨花简丁当了几声,煞是奇怪:只是两片顽铁,到他手里,便有了五音十二律似的。又将鼓捶子轻轻的点了两下,方抬起头来,向台下一盼。那双眼睛,如秋水,如寒星,如宝珠,如白水银里头养着两丸黑水银,左右一顾一看,连那坐在远远墙角子里的人,都觉得王小玉看见我了;那坐得近的,更不必说。就这一眼,满园子里便鸦雀无声,比皇帝出来还要静悄得多呢,连一根针掉在地下都听得见响!

王小玉便启朱唇,发皓齿,唱了几句书儿。声音初不甚大,只觉入耳有说不出来的妙境:五脏六腑里,像熨斗熨过,无一处不伏贴;三万六千个毛孔,像吃了人参果,无一个毛孔不畅快。唱了十数句之后,渐渐的越唱越高,忽然拔了一个尖儿,像一线钢丝抛入天际,不禁暗暗叫绝。那知他于那极高的地方,尚能回环转折;几啭之后,又高一层,接连有三四叠,节节高起。恍如由傲来峰西面,攀登泰山的景象:初看傲来峰削壁千仞,以为上与天通;及至翻到傲来峰顶,才见扇子崖更在傲来峰上;及至翻到扇子崖,又见南天门更在扇子崖上:愈翻愈险,愈险愈奇。

那王小玉唱到极高的三四叠后,陡然一落,又极力骋其千回百折的精神,如一条飞蛇在黄山三十六峰半中腰里盘旋穿插,顷刻之间,周匝数遍。从此以后,愈唱愈低,愈低愈细,那声音渐渐的就听不见了。满园子的人都屏气凝神,不敢少动。约有两三分钟之久,仿佛有一点声音从地底下发出。这一出之后,忽又扬起,像放那东洋烟火,一个弹子上天,随化作千百道五色火光,纵横散乱。这一声飞起,即有无限声音俱来并发。那弹弦子的亦全用轮指,忽大忽小,同他那声音相和相合,有如花坞春晓,好鸟乱鸣。耳朵忙不过来,不晓得听那一声的为是。正在缭乱之际,忽听霍然一声,人弦俱寂。这时台下叫好之声,轰然雷动。

停了一会,闹声稍定,只听那台下正座上,有一个少年人,不到三十岁光景,是湖南口音,说道:“当年读书,见古人形容歌声的好处,有那‘余音绕梁,三日不绝’的话,我总不懂。空中设想,余音怎样会得绕梁呢?又怎会三日不绝呢?及至听了小玉先生说书,才知古人措辞之妙。每次听他说书之后,总有好几天耳朵里无非都是他的书,无论做什么事,总不入神,反觉得‘三日不绝’,这‘三日’二字下得太少,还是孔子‘三月不知肉味’,‘三月’二字形容得透彻些!”旁边人都说道:“梦湘先生论得透辟极了!‘于我心有戚戚焉’!”说着,那黑妞又上来说了一段,底下便又是白妞上场。这一段,闻旁边人说,叫做“黑驴段”。听了去,不过是一个士子见一美人,骑了一个黑驴走过去的故事。将形容那美人,先形容那黑驴怎样怎样好法,待铺叙到美人的好处,不过数语,这段书也就完了。其音节全是快板,越说越快。白香山诗云:“大珠小珠落玉盘。”可以尽之。其妙处,在说得极快的时候,听的人仿佛都赶不上听,他却字字清楚,无一字不送到人耳轮深处。这是他的独到,然比着前一段却未免逊一筹了。

这时不过五点钟光景,算计王小玉应该还有一段。不知那一段又是怎样好法。究竟如何,且听下回分解。

第三回 金线东来寻黑虎 布帆西去访苍鹰

话说众人以为天时尚早,王小玉必还要唱一段,不知只是他妹子出来敷衍几句就收场了,当时一哄而散。

老残到了次日,想起一千两银子放在寓中,总不放心,即到院前大街上找了一家汇票庄,叫个日升昌字号,汇了八百两寄回江南徐州老家里去,自已却留了一百多两银子。本日在大街上买了一匹茧绸,又买了一件大呢马褂面子,拿回寓去,叫个成衣做一身棉袍子马褂。因为已是九月底天气,虽十分和暖,倘然西北风一起,立刻便要穿棉了。分付成衣已毕,吃了午饭,步出西门,先到趵突泉上吃了一碗茶。

这趵突泉乃济南府七十二泉中的第一个泉,在大池之中,有四五亩地宽阔,两头均通溪河。池中流水,汩汩有声。池子正中间有三股大泉,从池底冒出,翻上水面有二三尺高。据土人云:当年冒起有五六尺高,后来修池,不知怎样就矮下去了。这三股水,均比吊桶还粗。池子北面是个吕祖殿,殿前搭着凉棚,摆设着四五张桌子、十几条板凳卖茶,以便游人歇息。

老残吃完茶,出了趵突泉后门,向东转了几个弯,寻着了金泉书院。进了二门,便是投辖井,相传即是陈遵留客之处。再望西去,过一重门,即是一个蝴蝶厅,厅前厅后均是泉水围绕。厅后许多芭蕉,虽有几批残叶,尚是一碧无际。西北角上,芭蕉丛里,有个方池,不过二丈见方,就是金线泉了。金线乃四大名泉之二。你道四大名泉是那四个?就刚才说的趵突泉,此刻的金线泉,南门外的黑虎泉,抚台衙门里的珍珠泉:叫做“四大名泉”。

这金线泉,相传水中有条金线。老残左右看了半天,不要说金线,连铁线也没有。后来幸而走过一个士子来,老残便作揖请教这"金线"二字有无着落。那士子便拉着老残踅到池子西面,弯了身体,侧着头,向水面上看,说道:"你看,那水面上有一条线,仿佛游丝一样,在水面上摇动。看见了没有?"老残也侧了头,照样看去,看了些时,说道:"看见了,看见了!这是什么缘故呢?"想了一想,道:"莫非底下是两股泉水,力量相敌,所以中间挤出这一线来?"那士子道:"这泉见于著录好几百年,难道这两股泉的力量,经历这久就没有个强弱吗?"老残道:"你看,这线常常左右摆动,这就是两边泉力不匀的道理了。"那士子到也点头会意。说完,彼此各散。

老残出了金泉书院,顺着西城南行,过了城角,仍是一条街市,一直向东。这南门城外好大一条城河,河里泉水湛清,看得河底明明白白。河里的水草都有一丈多长,被那河水流得摇摇摆摆,煞是好看。走着看着,见河岸南面,有几个大长方池子,许多妇女坐在池边石上捣衣。再过去,有一个大池,池南几间草房,走到面前,知是一个茶馆。进了茶馆,靠北窗坐下,就有一个茶房泡了一壶茶来。茶壶都是宜兴壶的样子,却是本地仿照烧的。老残坐定,问茶房道:"听说你们这里有个黑虎泉,可知道在什么地方?"那茶房笑道:"先生,你伏到这窗台上朝外看,不就是黑虎泉吗?"老残果然望外一看,原来就在自己脚底下有一个石头雕的老虎头,约有二尺余长,倒有尺五六的宽径。从那老虎口中喷出一股泉来,力量很大,从池子这边直冲到池子那面,然后转到两边,流入城河去了。坐了片刻,看那夕阳有渐渐下山的意思,遂付了茶钱,缓步进南门回寓。

到了次日,觉得游兴已足,就拿了串铃,到街上去混混。踅过抚台衙门,望西一条胡同口上,有所中等房子,朝南的大门,门旁贴了"高公馆"三个字。只见那公馆门口站了一个瘦长脸的人,穿了件棕紫熟罗棉大袄,手里捧了一支洋白铜二马车水烟袋,面带愁容。看见老残,唤道:"先生,先生!你会看喉咙吗?"老残答道:"懂得一点半点儿的。"那人便说:"请里面坐。"进了大门,望西一拐,便是三间客厅,铺设也还妥当。两边字画多半是时下名人的笔墨,只有中间挂着一幅中堂,只画了一个人,仿佛列子御风的形状,衣服冠带均被风吹起,笔力甚为遒劲，上题“大风张风”四字，也写得极好。坐定，彼此问过名姓。原来这人系江苏人，号绍殷，充当抚院内文案差使。他说道：“有个小妾害了喉蛾，已经五天，今日滴水不能进了。请先生诊视，尚有救没有？”老残道：“须看了病，方好说话。”当时高公即叫家人：“到上房关照一声，说有先生来看病。”随后就同着进了二门，即是三间上房。进得堂屋，有老妈子打起西房的门帘，说声：“请里面坐。”走进房门，贴西墙靠北一张大床，床上悬着印花夏布帐子，床面前靠西放了一张半桌，床前两张杌凳。

高公让老残西面杌凳上坐下，帐子里伸出一只手来，老妈子拿了几本书垫在手下，诊了一只手，又换一只。老残道：“两手脉沉数而弦，是火被寒逼住，不得出来，所以越过越重。请看一看喉咙。”高公使将帐子打起。看那妇人，约有二十岁光景，面上通红，人却甚为委顿的样子。高公将他轻轻扶起，对着窗户的亮光。老残低头一看，两边肿的已将要合缝了，颜色淡红。看过，对高公道：“这病本不甚重，原起只是一点火气，被医家用苦寒药一逼，火不得发，兼之平常肝气易动，抑郁而成。目下只须吃两剂辛凉发散药就好了。”又在自己药囊内取出一个药瓶、一支喉枪，替他吹了些药上去。出到厅房，开了个药方，名叫“加味甘桔汤”。用的是生甘草、苦桔梗、牛蒡子、荆芥、防风、薄荷、辛夷、飞滑石八味药，鲜荷梗做的引子。方子开毕，送了过去。

高公道：“高明得极。不知吃几帖？”老残道：“今日吃两帖，明日再来复诊。”高公又问：“药金请教几何？”老残道：“鄙人行道，没有一定的药金。果然医好了姨太太病，等我肚子饥时，赏碗饭吃，走不动时，给几个盘川，尽够的了。”高公道：“既如此说，病好一总酬谢。尊寓在何处？以便倘有变动，着人来请。”老残道：“在布政司街高升店。”说毕分手。从此，天天来请。不过三四天，病势渐退，已经同常人一样。高公喜欢得无可如何，送了八两银子谢仪，还在北柱楼办了一席酒，邀请文案上同事作陪，也是个揄扬的意思。谁知一个传十，十个传百，官幕两途拿轿子来接的渐渐有日不暇给之势。

那日，又在北柱楼吃饭，是个候补道请的。席上右边上首一个人说道:“玉佐臣要补曹州府了。”左边下首,紧靠老残的一个人道:“他的班次很远,怎样会补缺呢?”右边人道:“因为他办强盗办的好,不到一年竟有路不拾遗的景象,宫保赏识非凡。前日有人对宫保说:曾走曹州府某乡庄过,亲眼见有个蓝布包袱弃在路旁,无人敢拾。某就问土人:‘这包袱是谁的?为何没人收起?’土人道:‘昨儿夜里,不知何人放在这里的。’某问:‘你们为什么不拾了回去?’都笑着摇摇头道:‘俺还要一家子性命吗!’如此,可见路不拾遗,古人竟不是欺人,今日也竟做得到的!宫保听着很是喜欢,所以打算专折明保他。”左边的人道:“佐臣人是能干的,只嫌太残忍些。未到一年,站笼站死两千多人。难道没有冤枉吗?”旁边一人道:“冤枉一定是有的,自无庸议,但不知有几成不冤枉的?”右边人道:“大凡酷吏的政治,外面都是好看的。诸君记得当年常剥皮做兖州府的时候,何尝不是这样?总做的人人侧目而视就完了。”又一人道:“佐臣酷虐是诚然酷虐,然曹州府的民情也实在可恨。那年,兄弟署曹州的时候,几乎无一天无盗案。养了二百名小队子,像那不捕鼠的猫一样,毫无用处。及至各县捕快捉来的强盗,不是老实乡民,就是被强盗胁了去看守骡马的人。至于真强盗,一百个里也没有几个。现在被这玉佐臣雷厉风行的一办,盗案竟自没有了。相形之下,兄弟实在惭愧的很。”左边人道:“依兄弟愚见,还是不多杀人的为是。此人名震一时,恐将来果报也在不可思议之列。”说完,大家都道:“酒也够了,赐饭罢。”饭后各散。

过了一日,老残下午无事,正在寓中闲坐,忽见门口一乘蓝呢轿落下,进来一个人,口中喊道:“铁先生在家吗?”老残一看,原来就是高绍殷,赶忙迎出,说:“在家,在家。请房里坐,只是地方卑污,屈驾的很。”绍殷一面道:“说那里的话!”一面就往里走。进得二门,是个朝东的两间厢房。房里靠南一张砖炕,炕上铺着被褥;北面一张方桌,两张椅子;西面两个小小竹箱。桌上放了几本书,一方小砚台,几枝笔,一个印色盒子。老残让他上首坐了。他就随手揭过书来,细细一看,惊讶道:“这是部宋版张君房刻本的《庄子》,从那里得来的?此书世上久不见了,季沧苇、黄丕烈诸人俱来见过,要算稀世之宝呢!”

老残道："不过先人遗留下来的几本破书，卖又不值钱，随便带在行箧解解闷儿，当小说书看罢了，何足挂齿。"再往下翻，是一本苏东坡手写的陶诗，就是毛子晋所仿刻的祖本。

绍殷再三赞叹不绝，随便问道："先生本是科第世家，为甚不在功名上讲求，却操此冷业？虽说富贵浮云，未免太高尚了罢。"老残叹道："阁下以'高尚'二字许我，实过奖了。鄙人并非无志功名：一则，性情过于疏放，不合时宜；二则，俗说'攀得高，跌得重'，不想攀高是想跌轻些的意思。"绍殷道："昨晚在里头吃便饭，宫保谈起：'幕府人才济济，凡有所闻的，无不罗致于此了。'同坐姚云翁便道：'目下就有一个人在此，宫保并未罗致。'宫保急问：'是谁？'姚云翁就将阁下学问怎样，品行怎样，而又通达人情、熟谙世势怎样，说得宫保抓耳挠腮，十分欢喜。宫保就叫兄弟立刻写个内文案札子送来。那是兄弟答道：'这样恐不妥当。此人既非候补，又非投效，且还不知他有什么功名，札子不甚好下。'宫保说：'那么就下个关书去请。'兄弟说：'若要请他看病，那是一请就到的；若要招致幕府，不知他愿意不愿意，须先问他一声才好。'宫保说：'很好。你明天就去探探口气，你就同了他来见我一见。'为此，兄弟今日特来与阁下商议，可否今日同到里面见宫保一见？"老残道："那也没有什么不可，只是见宫保须要冠带，我却穿不惯，能便衣相见就好。"绍殷道："自然便衣。稍停一刻，我们同去。你到我书房里坐等。宫保午后从里边下来，我们就在签押房里见了。"说着，又喊了一乘轿子。

老残穿着随身衣服，同高绍殷进了抚署。原来这山东抚署是明朝的齐王府，故许多地方仍用旧名。进了三堂，就叫"宫门口"。旁边就是高绍殷的书房，对面便是宫保的签押房。方到绍殷书房坐下，不到半时，只见宫保已从里面出来，身体甚是魁梧，相貌却还仁厚。高绍殷看见，立刻迎上前去，低低说了几句。只听张宫保连声叫道："请过来，请过来。"便有个差官跑来喊道："宫保请铁老爷！"老残连忙走来，向张宫保对面一站。张云："久慕得很！"用手一伸，腰一呵，说："请里面坐。"差官早将软帘打起。

老残进了房门，深深作了一个揖。宫保让在红木炕上首坐下。

绍殷对面相陪。另外搬了一张方杌凳在两人中间，宫保坐了，便问道："听说补残先生学问经济都出众的很。兄弟以不学之资，圣恩叫我做这封疆大吏，别省不过尽心吏治就完了，本省更有这个河工，实在难办，所以兄弟没有别的法子，但凡闻有奇才异能之士，都想请来，也是集思广益的意思。倘有见到的所在，能指教一二，那就受赐得多了。"老残道："宫保的政声，有口皆碑，那是没有得说的了。只是河工一事，听得外边议论，皆是本贾让三策，主不与河争地的?"宫保道："原是呢。你看，河南的河面多宽，此地的河面多窄呢。"老残道："不是这么说。河面窄，容不下，只是伏汛几十天；其余的时候，水力甚软，沙所以易淤。要知贾让只是文章做得好，他也没有办过河工。贾让之后，不到一百年，就有个王景出来了。他治河的法子乃是从大禹一脉下来的，专主'禹抑洪水'的'抑'字，与贾让之说正相反背。自他治过之后，一千多年没河患。明朝潘季驯，本朝靳文襄，皆略仿其意，遂享盛名。宫保想必也是知道的。"宫保道："王景是用何法子呢?"老残道："他是从'播为九河，同为逆河'，'播''同'两个字上悟出来的。《后汉书》上也只有'十里立一水门，令更相回注'两句话。至于其中曲折，亦非倾盖之间所能尽的，容慢慢的做个说帖呈出览了。"

张宫保听了，甚为喜欢，向高绍殷道："你叫他们赶紧把那南书房三间收拾，只便请铁先生就搬到衙门里来住罢，以便随时领教。"老残道："宫保雅爱，甚为感激，只是目下有个亲戚在曹州府住，打算去探望一遭；并且风闻玉守的政声，也要去参考参考，究竟是个何等样人。等鄙人从曹州回来，再领宫保的教罢。"宫保神色甚为怏怏。说完，老残即告辞，同绍殷出了衙门，各自回去。

未知老残究竟是到曹州与否，且听下回分解。

第四回 宫保求贤爱才若渴 太尊治盗疾恶如仇

话说老残从抚署出来,即将轿子辞去,步行在街上游玩了一会儿,又在古玩店里盘桓些时。傍晚回到店里,店里掌柜的连忙跑进屋来说声“恭喜”,老残茫然不知道是何事。

掌柜的道:“我适才听说院上高大老爷亲自来请你老,说是抚台要想见你老,因此一路进衙门的。你老真好造化!上房一个李老爷,一个张老爷,都拿着京城里的信去见抚台,三次五次的见不着。偶然见着回把,这就要闹脾气,骂人,动不动就要拿片子送人到县里去打。像你老这样抚台央出文案老爷来请进去谈谈,这面子有多大!那怕不是立刻就有差使的吗?怎么样不给你老道喜呢!”老残道:“没有的事,你听他们胡说呢。高大老爷是我替他家医治好了病,我说,抚台衙门里有个珍珠泉,可能引我们去见识见识?所以昨日高大老爷偶然得空,来约我看泉水的。那里有抚台来请我的话!”掌柜的道:“我知道的,你老别骗我。先前高大老爷在这里说话的时候,我听他管家说,抚台进去吃饭,走从高大老爷房门口过,还嚷说:‘你赶紧吃过饭,就去约那个铁公来哪!去迟,恐怕他出门,今儿就见不着了。’”老残笑道:“你别信他们胡诌,没有的事。”掌柜的道:“你老放心,我不问你借钱。”

只听外边大嚷:“掌柜的在那儿呢?”掌柜的慌忙跑出去。只见一个人,戴了亮蓝顶子,拖着花翎,穿了一双抓地虎靴子,紫呢夹袍,天青哈喇马褂,一手提着灯笼,一手拿了个双红名帖,嘴里喊:“掌柜的呢?”掌柜的说:“在这儿,在这儿!你老啥事?”那人道:“你这儿有位铁爷吗?”掌柜的道:“不错,不错,在这东厢房里住着呢。我引你去。”

两人走进来，掌柜指着老残道："这就是铁爷。"那人赶了一步，进前请了一个安，举起手中帖子，口中说道："宫保说，请铁老爷的安！今晚因学台请吃饭，没有能留铁老爷在衙门里吃饭，所以叫厨房里赶紧办了一桌酒席，叫立刻送过来。宫保说，不中吃，请铁老爷格外包涵些。"那人回头道："把酒席抬上来。"那后边的两个人抬着一个三屉的长方抬盒，揭了盖子，头屉是碟子小碗，第二屉是燕窝鱼翅等类大碗，第三屉是一个烧小猪、一只鸭子，还有两碟点心。打开看过，那人就叫："掌柜的呢？"这时，掌柜同茶房等人站在旁边，久已看呆了，听叫，忙应道："啥事？"那人道："你招呼着送到厨房里去。"老残忙道："宫保这样费心，是不敢当的。"一面让那人房里去坐坐吃茶，那人再三不肯。老残固让，那人才进房，在下首一个杌子上坐下。让他上炕，死也不肯。

老残拿茶壶，替他倒了碗茶。那人连忙立起，请了个安道谢，因说道："听宫保分付，赶紧打扫南书房院子，请铁老爷明后天进去住呢。将来有甚么差遣，只管到武巡捕房呼唤一声，就过去伺候。"老残道："岂敢，岂敢！"那人便站起来，又请了个安，说："告辞，要回衙消差，请赏个名片。"老残一面叫茶房来，给了挑盒子的四百钱；一面写了个领谢帖子，送那人出去。那人再三固让，老残仍送出大门，看那人上马去了。

老残从门口回来，掌柜的笑迷迷的迎着说道："你老还要骗我！这不是抚台大人送了酒席来了吗？刚才来的，我听说是武巡捕赫大老爷，他是个参将呢。这二年里，住在俺店里的客，抚台也常有送酒席来的，都不过是寻常酒席，差个戈什来就算了。像这样尊重，俺这里是头一回呢！"老残道："那也不必管他，寻常也好，异常也好，只是这桌菜怎样销法呢？"掌柜的道："或者分送几个至好朋友，或者今晚赶写一个帖子，请几位体面客，明儿带到大明湖上去吃。抚台送的，比金子买的还荣耀得多呢。"老残笑道："既是比金子买的还要荣耀，可有人要买？我就卖他两把金子来，抵还你的房饭钱罢。"掌柜的道："别忙，你老房饭钱，我很不怕，自有人来替你开发。你老不信，试试我的话，看灵不灵！"老残道："管他怎么呢，只是今晚这桌菜，依我看，倒是转送了你去请客罢。我很不愿意吃他,怪烦的慌。”

二人讲了些时,仍是老残请客,就将这本店的住客都请到上房明间里去。这上房住的,一个姓李,一个姓张,本是极倨傲的,今日见抚台如此契重,正在想法联络联络,以为托情谋保举地步。却遇老残借他的外间请本店的人,自然是他二人上坐,喜欢的无可如何。所以这一席间,将个老残恭维得浑身难受,十分没法,也只好敷衍几句。好容易一席酒完,各自散去。

那知这张李二公,又亲自到厢房里来道谢,一替一句,又奉承了半日。姓李的道:“老兄可以捐个同知,今年随摺一个过班,明年春间大案,又是一个过班,秋天引见,就可得济东泰武临道。先署后补,是意中事。”姓张的道:“李兄是天津的首富,如老兄可以照应他得两个保举,这捐官之费,李兄可以拿出奉借。等老兄得了优差,再还不迟。”老残道:“承两位过爱,兄弟总算有造化的了,只是目下尚无出山之志,将来如要出山,再为奉恳。”两人又力劝了一回,各自回房安寝。

老残心里想道:“本想再为盘桓两天,看这光景,恐无谓的纠缠,要越逼越紧了。‘三十六计,走为上计’。”当夜遂写了一封书,托高绍殷代谢张宫保的厚谊。天未明即将店账算清楚,雇了一辆二把手的小车,就出城去了。

出济南府西门,北行十八里,有个镇市,名叫雒口。当初黄河未并大清河的时候,凡城里的七十二泉泉水,皆从此地入河,本是个极繁盛的所在。自从黄河并了,虽仍有货船来往,究竟不过十分之一二,差得远了。老残到了雒口,雇了一只小船,讲明逆流送到曹州府属董家口下船,先付了两吊钱,船家买点柴米。却好本日是东南风,挂起帆来,“呼呼”的去了。走到太阳将要落山,已到了齐河县城,抛锚住下。第二日住了平阴,第三日住了寿张,第四日便到了董家口,仍在船上住了一夜。天明开发船钱,将行李搬在董家口一个店里住下。

这董家口,本是曹州府到大名府的一条大道,故很有几家车店。这家店就叫个董二房老店。掌柜的姓董,有六十多岁,人都叫他老董。只有一个伙计,名叫王三。老残住在店内,本该雇车就往曹州府去,因想沿路打听那玉贤的政绩,故缓缓起行,以便察访。

这日有辰牌时候,店里住客,连那起身极迟的,也都走了。店伙打扫房屋,掌柜的账已写完,在门口闲坐。老残也在门口长凳上坐下,向老董说道:“听说你们这府里的大人,办盗案好的很,究竟是个什么情形?”那老董叹口气道:“玉大人官却是个清官,办案也实在麻力,只是手太辣些。初起还办着几个强盗,后来强盗摸着他的脾气,这玉大人倒反做了强盗的兵器了。”

老残道:“这话怎么讲呢?”老董道:“在我们此地西南角上,有个村庄,叫于家屯。这于家屯也有二百多户人家。那庄上有个财主,叫于朝栋,生了两个儿子,一个女儿。二子都娶了媳妇,养了两个孙子。女儿也出了阁。这家人家,过的日子很为安逸。不料祸事临门,去年秋间,被强盗抢了一次。其实也不过抢去些衣服首饰,所值不过几百吊钱。这家就报了案,经这玉大人极力的严拿,居然也拿住了两个为从的强盗伙计,追出来的赃物不过几件布衣服。那强盗头脑早已不知跑到那里去了。

“谁知因这一拿,强盗结了冤仇。到了今年春天,那强盗竟在府城里面抢了一家子。玉大人雷厉风行的,几天也没有拿着一个人。过了几天,又抢了一家子。抢过之后,大明大白的放火。你想,玉大人可能依呢?自然调起马队,追下来了。

“那强盗抢过之后,打着火把出城,手里拿着洋枪,谁敢上前拦阻。出了东门,望北走了十几里地,火把就灭了。玉大人调了马队,走到街上,地保、更夫就将这情形详细禀报。当时放马追出了城,远远还看见强盗的火把,追了二三十里,看见前面又有火光,带着两三声枪响。玉大人听了,怎能不气呢?仗着胆子本来大,他手下又有二三十匹马,都带着洋枪,还怕什么呢,一直的追去,不是火光,便是枪声。到了天快明时,眼看离追上不远了,那时也到了这于家屯了。过了于家屯再往前追,枪也没有,火也没有。

“玉大人心里一想,说道:‘不必往前追,这强盗一定在这村庄上了。’当时勒回了马头,到了庄上,在大街当中有个关帝庙下了马,分付手下的马队，派了八个人，东南西北，一面两匹马把住，不许一个人出去；将地保、乡约等人叫起。这时天已大明了，这玉大人自己带着马队上的人，步行从南头到北头，挨家去搜。搜了半天，一些形迹没有。又从东望西搜去，刚刚搜到这于朝栋家，搜出三枝土枪，又有几把刀，十几根竿子。

“玉大人大怒，说强盗一定在他家了，坐在厅上，叫地保来问：‘这是什么人家？’地保回道：‘这家姓于。老头子叫于朝栋，有两个儿子：大儿子叫于学诗，二儿子叫于学礼，都是捐的监生。’玉大人立刻叫把这于家父子三个带上来。你想，一个乡下人，见了府里大人来了，又是盛怒之下，那有不怕的道理呢？上得厅房里，父子三个跪下，已经是飒飒的抖，那里还能说话。

“玉大人说道：‘你好大胆！你把强盗藏到那里去了？’那老头子早已吓的说不出话来。还是他二儿子，在府城里读过两年书，见过点世面，胆子稍为壮些，跪着伸直了腰，朝上回道：‘监生家里向来是良民，从没有同强盗往来的，如何敢藏着强盗？’玉大人道：‘既没有勾通强盗，这军器从那里来的？’于学礼道：‘因去年被盗之后，庄上不断常有强盗来，所以买了几根竿子，叫田户、长工轮班来几个保家。因强盗都有洋枪，乡下洋枪没有买处，也不敢买，所以从他们打鸟儿的回了两三枝土枪，夜里放两声，惊吓惊吓强盗的意思。’玉大人喝道：‘胡说！那有良民敢置军火的道理！你家一定是强盗！’回头叫了一声：‘来！’那手下人便齐声像打雷一样答应了一声：‘嗏！’玉大人说：‘你们把前后门都派人守了，替我切实的搜！’这些马勇遂到他家，从上房里搜起，衣箱橱柜，全行抖擞一个尽，稍为轻便值钱一点的首饰，就掖在腰里去了。搜了半天，倒也没有搜出甚么犯法的东西。那知搜到后来，在西北角上，有两间堆破烂农器的一间屋子里，搜出了一个包袱，里头有七八件衣裳，有三四件还是旧绸子的。马兵拿到厅上，回说：‘在堆东西的里房搜出这个包袱，不像是自己的衣服，请大人验看。’

“那玉大人看了，眉毛一皱，眼睛一凝，说道：‘这几件衣服，我记得仿佛是前天城里失盗那一家子的。姑且带回衙门去，照失单查对。'就指着衣服向于家父子道:'你说这衣服那里来的?'于家父子面面相窥,都回不出。还是于学礼说:'这衣服实在不晓得那里来的。'玉大人就立起身来,分付:'留下十二个马兵,同地保将于家父子带回城去听审!'说着就出去。跟从的人,拉过马来,骑上了马,带着余下的人先进城去。

"这里于家父子同他家里人抱头痛哭。这十二个马兵说:'我们跑了一夜,肚子里很饿,你们赶紧给我们弄点吃的,赶紧走罢!大人的脾气谁不知道,越迟去越不得了。'地保也慌张的回去交代一声,收拾行李,叫于家预备了几辆车子,大家坐了进去。赶到二更多天,才进了城。

"这里于学礼的媳妇,是城里吴举人的姑娘,想着他丈夫同他公公、大伯子都被捉去的,断不能松散,当时同他大嫂子商议,说:'他们爷儿三个都被拘了去,城里不能没个人照料。我想,家里的事,大嫂子,你老照管着;这里我也赶忙追进城去,找俺爸爸想法子去。你看好不好?'他大嫂子说:'很好,很好。我正想着城里不能没人照应。这些管庄子的都是乡下老儿,就差几个去,到得城里,也跟傻子一样,没有用处的。'说着,吴氏就收拾收拾,选了一挂双套飞车,赶进城去。到了他父亲面前,嚎啕大哭。这时候不过一更多天,比他们父子三个,还早十几里地呢。

"吴氏一头哭着,一头把飞灾大祸告诉了他父亲。他父亲吴举人一听,浑身发抖,抖着说道:'犯着这位丧门星,事情可就大大的不妥了,我先去碰一碰看罢!'连忙穿了衣服,到府衙门求见。号房上去回过,说:'大人说的,现在要办盗案,无论什么人,一应不见。'吴举人同里头刑名师爷素来相好,连忙进去见了师爷,把这种种冤枉说了一遍。师爷说:'这案在别人手里,断然无事。但这位东家向来不照律例办事的。如能交到兄弟书房里来,包你无事。恐怕不交下来,那就没法了。'

"吴举人接连作了几个揖,重托了出去。赶到东门口,等他亲家、女婿进来。不过一钟茶的时候,那马兵押着车子已到。吴举人抢到面前,见他三人面无人色。于朝栋看了看,只说了一句'亲家救我',

那眼泪就同潮水一样的直流下来。

“吴举人方要开口,旁边的马兵嚷道:‘大人久已坐在堂上等着呢！已经四五拨子马来催过了,赶快走罢!’车子也并不敢停留。吴举人便跟着车子走着,说道:‘亲家宽心！汤里火里,我但有法子,必去就是了。’说着,已到衙门口。只见衙里许多公人出来催道:‘赶紧带上堂去罢!’当时来了几个差人,用铁链子将于家父子锁好,带上去。方跪下,玉大人拿了失单交下来,说:‘你们还有得说的吗?’于家父子方说得一声‘冤枉’,只听堂上惊堂一拍,大嚷道:‘人赃现获,还喊冤枉！把他站起来！去!’左右差人连拖带拽,拉下去了。”

未知后事如何,且听下回分解。

第五回　烈妇有心殉节　乡人无意逢殃

话说老董说到此处，老残问道："那不仍就把这人家爷儿三个都站死了吗？"老董道："可不是呢！那吴举人到府衙门请见的时候，他女儿——于学礼的媳妇——也跟到衙门口，借了延生堂的药铺里坐下，打听消息。听说府里大人不见他父亲，已到衙门里头求师爷去了，吴氏便知事体不好，立刻叫人把三班头儿请来。

"那头儿姓陈，名仁美，是曹州府著名的能吏。吴氏将他请来，把被屈的情形告诉了一遍，央他从中设法。陈仁美听了，把头连摇几摇，说：'这是强盗报仇，做的圈套。你们家又有上夜的，又有保家的，怎么就让强盗把赃物送到家中屋子里还不知道？也算得个特等马虎了！'吴氏就从手上抹下一副金蜀子，递给陈头，说：'无论怎样，总要头儿费心！但能救得三人性命，无论花多少钱都愿意！不怕将田地房产卖尽，咱一家子要饭吃去都使得！'陈头儿道：'我去替少奶奶设法，做得成也别欢喜，做不成也别埋怨，俺有多少力量用多少力量就是了。这早晚，他爷儿三个恐怕要到了，大人已是坐在堂上等着呢。我赶快替少奶奶打点去。'

"说罢告辞。回到班房，把金镯子望堂中桌上一搁，开口道：'诸位兄弟叔伯们，今儿于家这案明是冤枉，诸位有什么法子，大家帮凑想想。如能救得他们三人性命，一则是件好事，二则大家也可沾润几两银子。谁能想出妙计，这副镯就是谁的。'大家答道：'那有一准的法子呢！只好相机行事，做到那里说那里话罢。'说过，各人先去通知已站在堂上的伙计们留神方便。

"这时于家父子三个已到堂上。玉大人叫把他们站起来。就有几个差人横拖倒拽,将他三人拉下堂去。这边值日头儿就走到公案面前,跪了一条腿,回道:‘禀大人的话:今日站笼没有空子,请大人示下。’那玉大人一听,怒道:‘胡说!我这两天记得没有站什么人,怎会没有空子呢?’值日差回道:‘只有十二架站笼,三天已满。请大人查簿子看。’大人一查簿子,用手在簿子上点着说:‘一,二,三:昨儿是三个。一,二,三,四,五:前儿是五个。一,二,三,四:大前儿是四个。没有空,倒也不错的。’差人又回道:‘今儿可否将他们先行收监,明天定有几个死的,等站笼出了缺,将他们补上好不好?请大人示下。’

“玉大人凝了一凝神,说道:‘我最恨这些东西!若要将他们收监,岂不是又被他多活了一天去了吗?断乎不行!你们去把大前天站的四个放下,拉来我看。’差人去将那四人放下,拉上堂去。大人亲自下案,用手摸着四人鼻子,说道:‘是还有点游气。’复行坐上堂去,说:‘每人打二千板子,看他死不死!’那知每人不消得几十板子,那四个人就都死了。众人没法,只好将于家父子站起,却在脚下选了三块厚砖,让他可以三四天不死,赶忙想法。谁知什么法子都想到,仍是不济。

“这吴氏真是好个贤惠妇人!他天天到站笼前来灌点参汤,灌了回去就哭,哭了就去求人,响头不知磕了几千,总没有人挽回得动这玉大人的牛性。于朝栋究竟上了几岁年纪,第三天就死了。于学诗到第四天也就差不多了。吴氏将于朝栋尸首领回,亲视含殓,换了孝服,将他大伯、丈夫后事嘱托了他父亲,自己跪到府衙门口,对着于学礼哭了个死去活来。末后向他丈夫说道:‘你慢慢的走,我替你先到地下收拾房子去!’说罢,袖中掏出一把飞利的小刀,向脖子上只一抹,就没有了气了。

“这里三班头脑陈仁美看见,说:‘诸位,这吴少奶奶的节烈,可以请得旌表的。我看,倘若这时把于学礼放下来,还可以活。我们不如借这个题目上去替他求一求罢。’众人都说:‘有理。’陈头立刻进去找了稿案门上,把那吴氏怎样节烈说了一遍,又说:‘民间的意思说:这节妇为夫自尽,情实可悯,可否求大人将他丈夫放下,以慰烈妇幽魂?’稿案说:‘这话很有理,我就替你回去。’抓了一顶大帽子戴上,走到签押房,见了大人,把吴氏怎样节烈,众人怎样乞恩,说了一遍。玉大人笑道:‘你们到好,忽然的慈悲起来了!你会慈悲于学礼,你就不会慈悲你主人吗?这人无论冤枉不冤枉,若放下他,一定不能甘心,将来连我前程都保不住。俗语说的好,“斩草要除根”,就是这个道理。况这吴氏尤其可恨,他一肚子觉得我冤枉了他一家子。若不是个女人,他虽死了,我还要打他二千板子出出气呢!你传话出去:谁要再来替于家求情,就是得贿的凭据,不用上来回,就把这求情的人也用站笼站起来就完了!’稿案下来,一五一十将话告知了陈仁美。大家叹口气就散了。

“那里吴家业已备了棺木前来收殓。到晚,于学诗、于学礼先后死了。一家四口棺木,都停在西门外观音寺里,我春间进城还去看了看呢!”

老残道:“于家后来怎么样呢,就不想报仇吗?”老董说道:“那有什么法子呢!民家被官家害了,除却忍受,更有什么法子?倘若是上控,照例仍旧发回来审问,再落在他手里,还不是又饶上一个吗?

“那于朝栋的女婿倒是一个秀才。四个人死后,于学诗的媳妇也到城里去了一趟,商议着要上控。就有那老年见过世面的人说:‘不妥,不妥!你想叫谁去呢?外人去,叫做‘事不干已’,先有个多事的罪名。若说叫于大奶奶去罢,两个孙子还小,家里偌大的事业,全靠他一人支撑呢,他再有个长短,这家业怕不是众亲族一分,这两个小孩子谁来抚养?反把于家香烟绝了。’又有人说:‘大奶奶是去不得的,倘若是姑老爷去走一趟,到没有什么不可。’他姑老爷说:‘我去是很可以去,只是与正事无济,反叫站笼里多添个屈死鬼。你想,抚台一定发回原官审问,纵然派个委员前来会审,官官相护,他又拿着人家失单衣服来顶我们。我们不过说:“那是强盗的移赃”。他们问:“你瞧见强盗移的吗?你有什么凭据?”那时自然说不出来。他是官,我们是民;他是有失单为凭的,我们是凭空里没有证据的。你说,这官事打得赢打不赢呢?’众人想想也是真没有法子,只好罢了。

“后来听得他们说:那移赃的强盗,听见这样,都后悔的了不得,说:‘我当初恨他报案,毁了我两个弟兄,所以用个“借刀杀人”的法子，让他家吃几个月官司，不怕不毁他一两千吊钱。谁知道就闹的这么利害，连伤了他四条人命！委实我同他家也没有这大的仇隙。'"

老董说罢，复道："你老想想，这不是给强盗做兵器吗？"老残道："这强盗所说的话又是谁听见的呢？"老董道："那是陈仁美他们碰了顶子下来，看这于家死的实在可惨，又平白的受了人家一副金镯子，心里也有点过不去，所以大家动了公愤，齐心齐意要破这一案。又加着那邻近地方，有些江湖上的英雄，也恨这伙强盗做的太毒，所以不到一个月，就捉住了五六个人。有三四个牵连着别的案情的，都站死了；有两三个专只犯于家移赃这一案的，被玉大人都放了。"

老残说："玉贤这个酷吏，实在令人可恨！他除了这一案不算，别的案子办的怎么样呢？"老董说："多着呢，等我慢慢的说给你老听。就咱这个本庄，就有一案，也是冤枉，不过条把人命就不算事了。我说给你老听……"

正要往下说时，只听他伙计王三喊道："掌柜的，你怎么着了？大家等你挖面做饭吃呢！你老的话布口袋破了口儿，说不完了！"老董听着就站起，走往后边挖面做饭。接连又来了几辆小车，渐渐的打尖的客陆续都到店里，老董前后招呼，不暇来说闲话。

过了一刻，吃过了饭，老董在各处算饭钱，招呼生意，正忙得有劲。老残无事，便向街头闲逛。出门望东走了二三十步，有家小店，卖油盐杂货。老残进去买了两包兰花潮烟，顺便坐下，看柜台里边的人，约有五十多岁光景，就问他："贵姓？"那人道："姓王，就是本地人氏。你老贵姓？"老残道："姓铁，江南人氏。"那人道："江南真好地方！'上有天堂，下有苏杭'，不像我们这地狱世界。"老残道："此地有山有水，也种稻，也种麦，与江南何异？"那人叹口气道："一言难尽！"就不往下说了。

老残道："你们这玉大人好吗？"那人道："是个清官！是个好官！衙门口有十二架站笼，天天不得空，难得有天把空得一个两个的。"说话的时候，后面走出一个中年妇人，在山架上检寻物件，手里拿着一个粗碗；看柜台外边有人，他看了一眼，仍找物件。

老残道："那有这么些强盗呢？"那人道："谁知道呢！"老残道："恐

怕总是冤枉得多罢?”那人道:“不冤枉,不冤枉!”老残道:“听说他随便见着什么人,只要不顺他的眼,他就把他用站笼站死;或者说话说的不得法,犯到他手里,也是一个死。有这话吗?”那人说:“没有!没有!”只是觉得那人一面答话,那脸就渐渐发青,眼眶子就渐渐发红。听到“或者说话说的不得法”这两句的时候,那人眼里已经搁了许多泪,未曾坠下。那找寻物件的妇人,朝外一看,却止不住泪珠直滚下来,也不找寻物件,一手拿着碗,一手用袖子掩了眼睛,跑往后面去,才走到院子里,就“嗷嗷”的哭起来了。

老残颇想再望下问,因那人颜色过于凄惨,知道必有一番负屈含冤的苦,不敢说出来的光景,也只好搭讪着去了。走回店去就到本房坐了一刻,看了两页书,见老董事也忙完,就缓缓的走出,找着老董闲话,便将刚才小杂货店里所见光景告诉老董,问他是什么缘故。老董说:“这人姓王,只有夫妻两个,三十岁上成家。他女人小他头十岁呢。成家后,只生了一个儿子,今年已经二十一岁了。这家店里的货,粗笨的,本庄有集的时候买进;那细巧一点子的,都是他这儿子到府城里去贩买。春间,他儿子在府城里,不知怎样,多吃了两杯酒,在人家店门口,就把这玉大人怎样糊涂,怎样好冤枉人,随口瞎说。被玉大人心腹私访的人听见,就把他抓进衙门。大人坐堂,只骂了一句说:‘你这东西谣言惑众,还了得吗!’站起站笼,不到两天就站死了。你老才见的那中年妇人就是这王姓的妻子,他也四十岁外了。夫妻两个只有此子,另外更无别人。你提起玉大人,叫他怎样不伤心呢?”

老残说:“这个玉贤真正是死有余辜的人,怎样省城官声好到那步田地?煞是怪事!我若有权,此人在必杀之例。”老董说:“你老小点嗓子!你老在此地,随便说说还不要紧;若到城里,可别这么说了,要送性命的呢!”老残道:“承关照,我留心就是了。”当日吃过晚饭,安歇。第二天,辞了老董,上车动身。

到晚,住了马村集。这集比董家口略小些,离曹州府城只有四五十里远近。老残在街上看了,只有三家车店,两家已经住满,只有一家未有人住,大门却是掩着。老残推门进去,找不着人。半天,才有一个人出来说:“我家这两天不住客人。”问他什么缘故,却也不说。

欲往别家,已无隙地,不得已,同他再三商议,那人才没精打采的开了一间房间,嘴里还说:“茶水饭食都没有的,客人没地方睡,在这里将就点罢。我们掌柜的进城收尸去了,店里没人,你老吃饭喝茶,门口南边有个饭店带茶馆,可以去的。”老残连声说:“劳驾,劳驾!行路的人怎样将就都行得的。”那人说:“我困在大门旁边南屋里,你老有事,来招呼我罢。”

老残听了“收尸”二字,心里着实放心不下。晚间吃完了饭,回到店里,买了几块茶干,四五包长生果,又沽了两瓶酒,连那沙瓶携了回来。那个店伙早已把灯掌上。老残对店伙道:“此地有酒,你闩了大门,可以来喝一杯吧。”店伙欣然应诺,跑去把大门上了大闩,一直进来,立着说:“你老请用罢,俺是不敢当的。”老残拉他坐下,倒了一杯给他。他欢喜的支着牙,连说“不敢”,其实酒杯子早已送到嘴边去了。

初起说些闲话,几杯之后,老残便问:“你方才说掌柜的进城收尸去了,这话怎讲?难道又是甚人害在玉大人手里了吗?”那店伙说道:“仗着此地一个人也没有,我可以放肆说两句:俺们这个玉大人真是了不得!赛过活阎王,碰着了,就是个死!

“俺掌柜的进城,为的是他妹夫。他这妹夫也是个极老实的人。因为掌柜的哥妹两个极好,所以都住在这店里后面。他妹夫常常在乡下机上买几匹布,到城里去卖,赚几个钱贴补着零用。那天背着四匹白布进城,在庙门口摆在地下卖,早晨卖去两匹,后来又卖去了五尺。末后又来一个人,撕八尺五寸布,一定要在那整匹上撕,说情愿每尺多给两个大钱,就是不要撕过那匹上的布,乡下人见多卖十几个钱,有个不愿意的吗?自然就给他撕了。谁知没有两顿饭工夫,玉大人骑着马,走庙门口过,旁边有个人上去不知说了两句什么话,只见玉大人朝他望了望,就说:‘把这个人连布带到衙门里去。’

“到了衙门,大人就坐堂,叫把布呈上去,看了一看,就拍着惊堂问道:‘你这布那里来的?’他说:‘我乡下买来的。’又问:‘每个有多少尺寸?’他说:‘一个卖过五尺,一个卖过八尺五寸。’大人说:‘你既是零卖,两个是一样的布,为什么这个上撕撕,那个上扯扯呢?还剩多

少尺寸,怎么说不出来呢?'叫差人:'替我把这布量一量!'当时量过,报上去说:'一个是二丈五尺,一个是二丈一尺五寸。'

"大人听了,当时大怒,发下一个单子来,说:'你认识字吗?'他说:'不认识。'大人说:'念给他听!'旁边一个书办先生拿过单子念道:'十七日早,金四报:昨日太阳落山时候,在西门外十五里地方被劫。是一个人从树林子里出来,用大刀在我肩膀上砍了一刀,抢去大钱一吊四百,白布两个:一个长二丈五尺,一个长二丈一尺五寸。'念到此,玉大人说:'布匹尺寸颜色都与失单相符,这案不是你抢的吗?你还想狡强吗?拉下去站起来!把布匹交还金四完案。'"

未知后事如何,且听下回分解。

第六回　万家流血顶染猩红　一席谈心辩生狐白

话说店伙说到将他妹夫扯去站了站笼，布匹交金四完案。老残便道："这事我已明白，自然是捕快做的圈套，你们掌柜的自然应该替他收尸去的。但是，他一个老实人，为什么人要这么害他呢，你掌柜的就没有打听打听吗？"

店伙道："这事，一被拿我们就知道了，都是为他嘴快惹下来的乱子。我也是听人家说的：府里南门大街西边小胡同里，有一家子，只有父子两个。他爸爸四十来岁，他女儿十七八岁，长的有十分人材，还没有婆家。他爸爸做些小生意，住了三间草房，一个土墙院子。这闺女有一天在门口站着，碰见了府里马队上什长花胳膊王三，因此王三看他长的体面，不知怎么，胡二巴越的就把他弄上手了。过了些时，活该有事，被他爸爸回来一头碰见，气了个半死，把他闺女着实打了一顿，就把大门锁上，不许女儿出去。不到半个月，那花胳膊王三就编了法子，把他爸爸也算了个强盗，用站笼站死。后来不但他闺女算了王三的媳妇，就连那点小房子也算了王三的产业。

"俺掌柜的妹夫，曾在他家卖过两回布，认得他家，知道这件事情。有一天，在饭店里多吃了两钟酒，就发起疯来，同这北街上的张二秃子，一面吃酒，一面说话，说怎么样缘故，这些人怎么样没个天理。那张二秃子也是个不知利害的人，听得高兴，尽往下问，说：'他还是义和团里的小师兄呢，那二郎、关爷多少正神常附在他身上，难道就不管管他吗？'他妹夫说：'可不是呢。听说前些时，他请孙大圣，孙大圣没有到，还是猪八戒老爷下来的。倘若不是因为他昧良心，为什么孙大圣不下来，倒叫猪八戒下来呢？我恐怕他这样坏良心，总有一天碰着大圣不高兴的时候，举起金箍棒来给他一棒，那他就受不住了。'二人谈得高兴，不知早被他们团里朋友，报给王三，把他们两人面貌记得烂熟。没有数个月的工夫，把他妹夫就毁了。张二秃子知道势头不好，仗着他没有家眷，'天明四十五'，逃往河南归德府去找朋友去了。

"酒也完了，你老睡罢。明天倘若进城，千万说话小心！俺们这里人人都耽着三分惊险，大意一点儿，站笼就会飞到脖儿梗上来的。"于是站起来，桌上摸了个半截线香，把灯拨了拨，说："我去拿油壶来添添这灯。"老残说："不用了，各自睡罢。"两人分手。

到了次日早晨，老残收检行李，叫车夫来搬上车子。店伙送出，再三叮咛："进了城去，切勿多话。要紧，要紧！"老残笑着答道："多谢关照。"一面车夫将车子推动，向南大路进发，不过午牌时候，早已到了曹州府城。进了北门，就在府前大街寻了一家客店，找了个厢房住下。跑堂的来问了饭菜，就照样办来吃过了，便到府衙门前来观望观望。看那大门上悬着通红的彩绸，两旁果真有十二个站笼，却都是空的，一个人也没有，心里诧异道："难道一路传闻都是谎话吗？"踅了一会儿，仍自回到店里。只见上房里有许多戴大帽子的人出入，院子里放了一肩蓝呢大轿，许多轿夫穿了棉袄裤，也戴着大帽子，在那里吃饼；又有几个人穿着号衣，上写着"城武县民壮"字样，心里知道这上房住的必是城武县了。过了许久，见上房里家人喊了一声"伺候"，那轿夫便将轿子搭到阶下。前头打红伞的拿了红伞，马棚里牵出了两匹马，登时上房里红呢帘子打起，出来了一个人，水晶顶，补褂朝珠，年纪约在五十岁上下，从台阶上下来，进了轿子，"呼"的一声，抬起出门去了。

老残见了这人，心里想到："何以十分面善？我也未到曹属来过，此人是在那里见过的呢？……"想了些时，想不出来，也就罢了。因天时尚早，复到街上访问本府政绩，竟是一口同声说好，不过都带有惨淡颜色，不觉暗暗点头，深服古人"苛政猛于虎"一语真是不错。

回到店中，在门口略为小坐。却好那城武县已经回来，进了店门，从玻璃窗里朝外一看，与老残正属四目相对。一恍的时候，轿子已到上房阶下，那城武县从轿子里出来，家人放下轿帘，跟上台阶。远远看见他向家人说了两句话，只见那家人即向门口跑来，那城武县仍站在台阶上等着。家人跑到门口，向老残道："这位是铁老爷么？"老残道："正是。你何以知道？你贵上姓甚么？"家人道："小的主人姓申，新从省里出来，抚台委署城武县的，说请铁老爷上房里去坐呢。"老残恍然想起，这人就是文案上委员申东造。因虽会过两三次，未曾多余接谈，故记不得了。

老残当时上去，见了东造，彼此作了个揖。东造让到里间屋内坐下，嘴里连称："放肆，我换衣服。"当时将官服脱去，换了便服，分宾主坐下，问道："补翁是几时来的？到这里多少天了？可是就住在这店里吗？"老残道："今日到的，出省不过六七天，就到此地了。东翁是几时出省？到过任再来的吗？"东造道："兄弟也是今天到，大前天出省。这夫马人役是接到省城去的。我出省的前一天，还听姚云翁说：宫保看补翁去了，心里着实难过，说自己一生契重名士，以为无不可招致之人，今日竟遇着一个铁君，真是浮云富贵。反心内照，愈觉得龌龊不堪了！"

老残道："宫保爱才若渴，兄弟实在钦佩的。至于出来的原故，并不是肥遯鸣高的意思：一则深知自己才疏学浅，不称揄扬；二则因这玉太尊声望过大，到底看看是个何等人物。至'高尚'二字，兄弟不但不敢当，且亦不屑为。天地生才有数，若下愚蠢陋的人，高尚点也好借此藏拙；若真有点济世之才，竟自遯世，岂不辜负天地生才之心吗？"东造道："屡闻至论，本极佩服，今日之说，则更五体投地。可见长沮、桀溺等人为孔子所不取的了。只是目下在补翁看来，我们这玉太尊究竟是何等样人？"老残道："不过是下流的酷吏，又比郅都、宁成等人次一等了。"东造连连点头，又问道："弟等耳目有所隔阂，先生布衣游历，必可得其实在情形。我想太尊残忍如此，必多冤枉，何以竟无上控的案件呢？"老残便将一路所闻细说一遍。

说得一半的时候，家人来请吃饭。东造遂留老残同吃，老残亦不辞让。吃过之后，又接着说去。说完了，便道："我只有一事疑惑：今日在府门前瞻望，见十二个站笼都空着，恐怕乡人之言，必有靠不住处。”东造道：“这却不然。我适在菏泽县署中，听说太尊是因为晚日得了院上行知，除已补授实缺外，在大案里又特保了他个以道员在任候补，并俟归道员班后，赏加二品衔的保举，所以停刑三日，让大家贺喜。你不见衙门口挂着红彩绸吗？听说停刑的头一日，即是昨日，站笼上还有几个半死不活的人，都收了监了。”彼此叹息了一回。老残道：“旱路劳顿，天时不早了，安息罢。”东造道：“明日晚间，还请枉驾谈谈，弟有极难处置之事，要得领教，还望不弃才好。”说罢，各自归寝。

到了次日，老残起来，见那天色阴的很重，西北风虽不甚大，觉得棉袍子在身上有飘飘欲仙之致。洗过脸，买了几根油条当了点心，没精打采的到街上徘徊些时。正想上城墙上去眺望远景，见那空中一片一片的飘下许多雪花来，顷刻之间，那雪便纷纷乱下，回旋穿插，越下越紧。赶急走回店中，叫店家笼了一盆火来。那窗户上的纸，只有一张大些的，悬空了半截，经了雪的潮气，迎着风霍铎霍铎价响。旁边零碎小纸，虽没有声音，却不住的乱摇。房里便觉得阴风森森，异常惨淡。

老残坐着无事，书又在箱子里不便取，只是闷闷的坐，不禁有所感触，遂从枕头匣内取出笔砚来，在墙上题诗一首，专咏玉贤之事。诗曰：

得失沦肌髓，因之急事功。
冤埋城阙暗，血染顶珠红。
处处鸺鹠雨，山山虎豹风。
杀民如杀贼，太守是元戎！

下题“江南徐州铁英题”七个字。

写完之后，便吃午饭。饭后，那雪越发下得大了，站在房门口朝外一看，只见大小树枝，仿佛都用簇新的棉花裹着似的，树上有几个老鸦，缩着颈项避寒，不住的抖擞翎毛，怕雪堆在身上。又见许多麻雀儿，躲在屋檐底下，也把头缩着怕冷，其饥寒之状殊觉可悯。因想：“这些鸟雀，无非靠着草木上结的实，并些小虫蚁儿充饥度命。现在各样虫蚁自然是都入蛰，见不着的了。就是那草木之实，经这雪一盖，那里还有呢？倘若明天晴了，雪略为化一化，西北风一吹，雪又变做了冰，仍然是找不着，岂不要饿到明春吗？”想到这里，觉得替这些鸟雀愁苦的受不得。转念又想：“这些鸟雀虽然冻饿，却没有人放枪伤害他，又没有什么网罗来捉他，不过暂时饥寒，撑到明年开春，便快活不尽了。若像这曹州府的百姓呢，近几年的年岁，也就很不好。又有这么一个酷虐的父母官，动不动就捉了去当强盗待，用站笼站杀，吓的连一句话也说不出来，于饥寒之外，又多一层惧怕，岂不比这鸟雀还要苦吗？”想到这里，不觉落下泪来。又见那老鸦有一阵“刮刮”的叫了几声，仿佛他不是号寒啼饥，却是为有言论自由的乐趣，来骄这曹州府百姓似的。想到此处，不觉怒发冲冠，恨不得立刻将玉贤杀掉，方出心头之恨。

正在胡思乱想，见门外来了一乘蓝呢轿，并执事人等，知是申东造拜客回店了。因想：“我为什么不将这所见所闻的，写封信告诉张宫保呢？”于是从枕箱里取出信纸信封来，提笔便写。那知刚才题壁，在砚台上的墨早已冻成坚冰了，于是呵一点写一点。写了不过两张纸，天已很不早了。砚台上呵开来，笔又冻了，笔呵开来，砚台上又冻了，呵一回，不过写四五个字，所以耽搁工夫。

正在两头忙着，天色又暗起来，更看不见。因为阴天，所以比平常更黑得早，于是喊店家拿盏灯来。喊了许久，店家方拿了一盏灯，缩手缩脚的进来，嘴里还喊道：“好冷呀！”把灯放下，手指缝里夹了个纸煤子，吹了好几吹，才吹着。那灯里是新倒上的冻油，堆的像大螺蛳壳似的，点着了还是不亮。店家道：“等一会，油化开就亮了。”拨了拨灯，把手还缩到袖子里去，站着看那灯灭不灭。起初灯光不过有大黄豆大，渐渐的得了油，就有小蚕豆大了。忽然抬头看见墙上题的字，惊惶道：“这是你老写的吗？写的是啥？可别惹出乱子呀！这可不是顽儿的！”赶紧又回过头朝外看看，没有人，又说道：“弄的不好，要坏命的！我们还要受连累呢！”老残笑道：“底下写着我的名字呢，不要紧的。”

说着，外面进来了一个人，戴着红缨帽子，叫了一声“铁老爷”，那店家就趔趔趄趄的去了。那进来的人道：“敝上请铁老爷去吃饭呢。”

原来就是申东造的家人。老残道："请你们老爷自用罢，我这里已经叫他们去做饭，一会儿就来了。说我谢谢罢。"那人道："敝上说：店里饭不中吃。我们那里有人送的两只山鸡，已经都片出来了，又片了些羊肉片子，说请铁老爷务必上去吃火锅子呢。敝上说：如铁老爷一定不肯去，敝上就叫把饭开到这屋里来吃。我看，还是请老爷上去罢，那屋子里有大火盆，有这屋里火盆四五个大，暖和得多呢，家人们又得伺候，请你老成全家人罢！"

老残无法，只好上去。申东造见了，说："补翁，在那屋里做什么，恁大雪天，我们来喝两杯酒罢！今儿有人送来极新鲜的山鸡，烫了吃，很好的，我就借花献佛了。"说着，便入了座。家人端上山鸡片，果然有红有白，煞是好看。烫着吃，味更香美。东造道："先生吃得出有点异味吗？"老残道："果然有点清香，是什么道理？"东造道："这鸡出在肥城县桃花山里头的。这山里松树极多，这山鸡专好吃松花松实，所以有点清香，俗名叫做'松花鸡'。虽在此地，亦很不容易得的。"老残赞叹了两句，厨房里饭菜也就端上桌子。

两人吃过了饭。东造约到里间房里吃茶、向火。忽然看见老残穿着一件棉袍子，说道："这种冷天，怎么还穿棉袍子呢？"老残道："毫不觉冷。我们从小儿不穿皮袍子的人，这棉袍子的力量恐怕比你们的狐皮还要暖和些呢。"东造道："那究竟不妥。"喊："来个人！你们把我扁皮箱里，还有一件白狐一裹圆的袍子取出来，送到铁老爷屋子里去。"

老残道："千万不必，我决非客气！你想，天下有个穿狐皮袍子摇串铃的吗？"东造道："你那串铃，本可以不摇，何必矫俗到这个田地呢！承蒙不弃，拿我兄弟还当个人，我有两句放肆的话要说，不管你先生恼我不恼我。昨儿听先生鄙薄那肥遯鸣高的人，说道：天地生才有限，不宜妄自菲薄。这话，我兄弟五体投地的佩服了。然而先生所做的事情，却与至论有点违背。宫保一定要先生出来做官，先生却半夜里跑了，一定要出来摇串铃。试问，与那凿坏而遁、洗耳不听的，有何分别呢？兄弟话未免卤莽，有点冒犯，请先生想一想，是不是呢？"

老残道："摇串铃，诚然无济于世道，难道做官就有济于世道吗？

请问：先生此刻已经是城武县一百里万民的父母了，其可以有济于民处何在呢？先生必有成竹在胸，何妨赐教一二呢？我知先生在前已做过两三任官的，请教已过的善政，可有出类拔萃的事迹呢？"东造道："不是这么说。像我们这些庸才，只好混混罢了。阁下如此宏材大略，不出来做点事情，实在可惜。无才者抵死要做官，有才者抵死不做官，此正是天地间第一憾事！"

老残道："不然。我说无才的要做官很不要紧，正坏在有才的要做官，你想，这个玉太尊不是个有才的吗？只为过于要做官，且急于做大官，所以伤天害理的做到这样。而且政声又如此其好，怕不数年之间就要方面兼圻的吗。官愈大，害愈甚：守一府则一府伤，抚一省则一省残，宰天下则天下死！由此看来，请教还是有才的做官害大，还是无才的做官害大呢？倘若他也像我，摇个串铃子混混，正经病，人家不要他治；些小病痛，也死不了人。即使他一年医死一个，历一万年，还抵不上他一任曹州府害的人数呢！"

未知申东造又有何说，且听下回分解。

第七回　借箸代筹一县策　纳楹闲访百城书

话说老残与申东造议论玉贤正为有才，急于做官，所以丧天害理，至于如此，彼此叹息一回。东造道："正是。我昨日说有要事与先生密商，就是为此。先生想，此公残忍至于此极，兄弟不幸，偏又在他属下。依他做，实在不忍；不依他做，又实无良法。先生阅历最多，所谓'险阻艰难，备尝之矣；民之情伪，尽知之矣'。必有良策，其何以教我？"老残道："知难则易者至矣。阁下既不耻下问，弟先须请教宗旨何如。若求在上官面上讨好，做得烈烈轰轰，有声有色，则只有依玉公办法，所谓逼民为盗也；若要顾念'父母官'三字，求为民除害，亦有化盗为民之法。若官阶稍大，辖境稍宽，略为易办；若止一县之事，缺分又苦，未免稍形棘手，然亦非不能也。"

东造道："自然以为民除害为主。果能使地方安静，虽无不次之迁，要亦不至于冻馁。'子孙饭'吃他做什么呢！但是缺分太苦，前任养小队五十名，盗案仍是叠出；加以亏空官款，因此罣误去官。弟思如赔累而地方安静，尚可设法弥补；若俱不可得，算是为何事呢！"老残道："五十名小队，所费诚然太多。以此缺论，能筹款若干，便不致赔累呢？"东造道："不过千金，尚不吃重。"

老残道："此事却有个办法。阁下一年筹一千二百金，却不用管我如何办法，我可以代画一策，包你境内没有一个盗案；倘有盗案，且可以包你顷刻便获。阁下以为何如？"东造道："能得先生去为我帮忙，我就百拜的感激了。"老残道："我无庸去，只是教阁下个至良极美的法则。"东造道："阁下不去，这法则谁能行呢？"老残道："正为荐一个行此法则的人。惟此人千万不可怠慢。若怠慢此人，彼必立刻便去，去后祸必更烈。

“此人姓刘，号仁甫，即是此地平阴县人，家在平阴县西南桃花山里面。其人少时，十四五岁在嵩山少林寺学拳棒。学了些时，觉得徒有虚名，无甚出奇制胜处，于是奔走江湖，将近十年。在四川峨眉山上遇见了一个和尚，武功绝伦，他就拜他为师，学了一套‘太祖神拳’、一套‘少祖神拳’。因请教这和尚，拳法从那里得来的，和尚说系少林寺。他就大为惊讶，说：‘徒弟在少林寺四五年，见没有一个出色拳法，师父从那一个学的呢？’那和尚道：‘这是少林寺的拳法，却不从少林寺学来。现在少林寺里的拳法，久已失传了。你所学者“太祖拳”就是达摩传下来的；那“少祖拳”就是神光传下来的。当初传下这个拳法来的时候，专为和尚们练习了这拳，身体可以结壮，精神可以悠久。若当朝山访道的时候，单身走路，或遇虎豹，或遇强人，和尚家又不作带兵器，所以这拳法专为保护身命的。筋骨强壮，肌肉坚固，便可以忍耐冻饿。你想，行脚僧在荒山野壑里，访求高人古德，于“宿食”两字，一定难以周全的，此太祖、少祖传下拳法来的美意了。那知后来少林寺拳法出了名，外边来学的日多，学出去的人，也有做强盗的，也有奸淫人家妇女的，屡有所闻。因此，在现在这老和尚以前四五代上的个老和尚，就将这正经拳法收起不传，只用些“外面光”“不管事”的拳法敷衍门面而已。我这拳法系从汉中府里一个古德学来的，若能认真修练，将来可以到得甘凤池的位分。’

“刘仁甫在四川住了三年，尽得其传。当时正是粤匪扰乱的时候，他从四川出来，就在湘军、淮军营盘里混过些时。因是两军，湘军必须湖南人，淮军必须安徽人，方有照应，若别省人，不过敷衍故事，得个把小保举而已，大权万不会有的。此公已保举到个都司，军务渐平，他也无心恋栈，遂回家乡，种了几亩田，聊以度日，闲暇无事，在这齐、豫两省随便游行。这两省练武功的人，无不知他的名气。他却不肯传授徒弟，若是深知这人一定安分的，他就教他几手拳棒，也十分慎重的。所以这两省有武艺的，全敌他不过，都惧怕他。若将此人延为上宾，将这每月一百两交付此人，听其如何应用，大约他只要招十名小队，供奔走之役，每人月饷六两，其余四十两，供应往来豪杰酒水之资，也就够了。

“大概这河南、山东、直隶三省，及江苏、安徽的两个北半省，共为一局。此局内的强盗计分大小两种：大盗系有头领，有号令，有法律的，大概其中有本领的甚多；小盗则随时随地无赖之徒，及失业的顽民，胡乱抢劫，既无人帮助，又无枪火兵器，抢过之后，不是酗酒，便是赌博，最容易犯案的。譬如玉太尊所办的人，大约十分中九分半是良民，半分是这些小盗。若论那些大盗，无论头目人物，就是他们的羽翼，也不作兴有一个被玉太尊捉着的呢。但是大盗却容易相与，如京中保镖的呢，无论十万二十万银子，只须一两个人，便可保得一路无事。试问如此巨款，就聚了一二百强盗抢去，也很够享用的，难道这一两个镖司务就敌得过他们吗？只因为大盗相传有这个规矩，不作兴害镖局的。所以凡保镖的车上，有他的字号，出门要叫个口号。这口号喊出，那大盗就觌面碰着，彼此打个招呼，也决不动手的。镖局几家字号，大盗都知道的；大盗有几处窝巢，镖局也是知道的。倘若他的羽翼，到了有镖局的所在，进门打过暗号，他们就知道是那一路的朋友，当时必须留着喝酒吃饭，临行还要送他三二百个钱的盘川；若是大头目，就须尽力应酬。这就叫做江湖上的规矩。

“我方才说这个刘仁甫，江湖都是大有名的。京城里镖局上请过他几次，他都不肯去，情愿埋名隐姓，做个农夫。若是此人来时，待以上宾之礼，仿佛贵县开了一个保护本县的镖局。他无事时，在街上茶馆饭店里坐坐，这过往的人，凡是江湖上朋友，他到眼便知，随便会几个茶饭东道，不消十天半个月，各处大盗头目就全晓得了，立刻便要传出号令：某人立足之地，不许打搅的。每月所余的那四十金就是给他做这个用处的。至于小盗，他本无门径，随意乱做，就近处，自有人来暗中报信，失主尚未来县报案，他的手下人倒已先将盗犯获住。若是稍远的地方做了案子，沿路也有他们的朋友，替他暗中捕下去，无论走到何处，俱捉得到的。所以要十名小队子，其实，只要四五个应手的人已经足用了。那多余的五六个人，为的是本县轿子前头摆摆威风，或者接差送差，跑信等事用的。”

东造道：“如阁下所说，自然是极妙的法则；但是此人既不肯应镖局之聘，若是兄弟衙署里请他，恐怕也不肯来，如之何呢？”老残道：“只是你去请他，自然他不肯来的，所以我须详详细细写封信去，并拿救一县无辜良民的话打动他，自然他就肯来了。况他与我交情甚厚，我若劝他，一定肯的。因为我二十几岁的时候，看天下将来一定有大乱，所以极力留心将才，谈兵的朋友颇多。此人当年在河南时，我们是莫逆之交，相约倘若国家有用我辈的日子，凡我同人，俱要出来相助为理的。其时讲舆地，讲阵图，讲制造，讲武功的，各样朋友都有，此公便是讲武功的巨擘。后来大家都明白了：治天下的又是一种人才，若是我辈所讲所学，全是无用的，故尔各人都弄个谋生之道，混饭吃去，把这雄心便抛入东洋大海去了。虽如此说，然当时的交情义气，断不会败坏的，所以我写封信去，一定肯来的。”

东造听了，连连作揖道谢，说：“我自从挂牌委署斯缺，未尝一夜安眠，今日得闻这番议论，如梦初醒，如病初愈，真是万千之幸！但是这封信是派个何等样人送去方妥呢？”老残道：“必须有个亲信朋友吃这一趟辛苦才好。若随便叫个差人送去，便有轻慢他的意思，他一定不肯出来，那就连我都要遭怪了。”东造连连说：“是的，是的。我这里有个族弟，明天就到的，可以让他去一趟。先生信几时写呢？就费心写起来最好。”老残道：“明日一天不出门。我此刻正写一长函致张宫保，托姚云翁转呈，为细述玉太尊政绩的，大约也要明天写完；并此信一总写起，我后天就要动身了。”东造问：“后天往那里去？”老残答说：“先往东昌府访柳小惠家的收藏，想看看他的宋、元板书，随后即回济南省城过年。再后的行踪，连我自己也不知道了。今日夜已深了，可以睡罢。”立起身来。东造叫家人：“打个手照，送铁老爷回去。”

揭起门帘来，只见天地一色，那雪已下的混混沌沌价白，觉得照的眼睛发胀似的。那阶下的雪已有了七八寸深，走不过去了。只有这上房到大门口的一条路，常有人来往，所以不住的扫。那到厢房里的一条路已看不出路影，同别处一样的高了。东造叫人赶忙铲出一条路来，让老残回房。推开门来，灯已灭了。上房送下一个烛台，两支红烛，取火点起，再想写信，那笔砚竟违抗万分，不遵调度，只好睡了。

到了次日，雪虽已止，寒气却更甚于前，起来喊店家秤了五斤木炭，生了一个大火盆，又叫买了几张桑皮纸，把那破窗户糊了。顷刻之间，房屋里暖气阳回，非昨日的气象了。遂把砚池烘化，将昨日未曾写完的信，详细写完封好，又将致刘仁甫的信亦写毕，一总送到上房，交东造收了。

东造一面将致姚云翁的一函，加个马封，送往驿站；一面将刘仁甫的一函，送入枕头箱内。厨房也开了饭来。二人一同吃过，又复清谈片时，只见家人来报："二老爷同师爷们都到了，住在西边店里呢，洗完脸，就过来的。"

停了一会，只见门外来了一个不到四十岁模样的人，尚未留须，穿了件旧宁绸二蓝的大毛皮袍子，元色长袖皮马褂，蹬了一双绒靴，已经被雪泥漫了帮子了，慌忙走进堂屋，先替乃兄作了个揖。东造就说："这就是舍弟，号子平。"回过脸来说："这是铁补残先生。"申子平走近一步，作了个揖，说声："久仰的很！"东造便问："吃过饭了没有？"子平说："才到，洗了脸就过来的，吃饭不忙呢。"东造说："分付厨房里做二老爷的饭，"子平道："可以不必。停一刻，还是同他们老夫子一块吃罢。"家人上来回说："厨房里已经分付，叫他们送一桌饭去，让二老爷同师爷们吃呢。"那时又有一个家人揭了门帘，拿了好几个大红全帖进来。老残知道是师爷们来见东家的，就趁势走了。

到了晚饭之后，申东造又将老残请到上房里，将那如何往桃花山访刘仁甫的话对着子平详细问了一遍。子平又问："从那里去最近？"老残道："从此地去怎样走法，我却不知道。昔年是从省城顺黄河到平阴县，出平阴县向西南三十里地，就到了山脚下了。进山就不能坐车，最好带个小驴子：到那平坦的地方，就骑驴；稍微危险些，就下来走两步。进山去有两条大路。西峪里走进有十几里的光景，有座关帝庙。那庙里的道士与刘仁甫常相往来的，你到庙里打听，就知道详细了。那山里关帝庙有两处：集东一个，集西一个。这是集西的一个关帝庙。"申子平问得明白，遂各自归房安歇去了。

次日早起，老残出去雇了一辆骡车，将行李装好，候申东造上衙门去禀辞，他就将前晚送来的那件狐裘，加了一封信，交给店家，说：

"等申大老爷回店的时候,送上去。此刻不必送去,恐有舛错。"店里掌柜的慌忙开了柜房里的木头箱子,装了进去,然后送老残动身上车,径往东昌府去了。

无非是风餐露宿,两三日工夫已到了东昌城内,找了一家干净车店住下。当晚安置停妥,次日早饭后便往街上寻觅书店。寻了许久,始觅着一家小小书店,三间门面,半边卖纸张笔墨,半边卖书。遂走到卖书这边柜台外坐下,问问此地行销是些什么书籍。

那掌柜的道:"我们这东昌府,文风最著名的。所管十县地方,俗名叫做'十美图',无一县不是家家富足,户户弦歌。所有这十县用的书,皆是向小号来贩。小号店在这里,后边还有栈房,还有作坊。许多书都是本店里自雕板,不用到外路去贩买的。你老贵姓,来此有何贵干?"老残道:"我姓铁,来此访个朋友的。你这里可有旧书吗?"掌柜的道:"有,有,有。你老要什么罢?我们这儿多着呢!"一面回过头来指着书架子上白纸条儿数道:"你老瞧!这里《崇辨堂墨选》、《目耕斋》初、二、三集。再古的还有那《八铭塾钞》呢。这都是讲正经学问的。要是讲杂学的,还有《古唐诗合解》、《唐诗三百首》。再要高古点,还有《古文释义》。还有一部宝贝书呢,叫做《性理精义》,这书看得懂的,可就了不得了!"

老残笑道:"这些书我都不要。"那掌柜的道:"还有,还有。那边是《阳宅三要》、《鬼撮脚》、《渊海子平》、诸子百家,我们小号都是全的。济南省城,那是大地方,不用说,若要说黄河以北,就要算我们小号是第一家大书店了。别的城池里都没有专门的书店,大半在杂货铺里带卖书。所有方圆二三百里,学堂里用的三、百、千、千,都是在小号里贩得去的,一年要销上万本呢。"老残道:"贵处行销这'三百千千',我到没有见过。是部什么书?怎样销得这么多呢?"掌柜的道:"嗳!别哄我罢!我看你老很文雅,不能连这个也不知道。这不是一部书,'三'是《三字经》,'百'是《百家姓》,'千'是《千字文》。那一个'千'字呢,是《千家诗》。这《千家诗》还算一半是冷货,一年不过销百把部;其余三、百、千,就销的广了。"

老残说:"难道《四书》《五经》都没有人买吗?"他说:"怎么没有人

买呢,《四书》小号就有。《诗》、《书》、《易》三经也有。若是要《礼记》、《左传》呢,我们也可以写信到省城里捎去。你老来访朋友,是那一家呢?”

老残道:“是个柳小惠家。当年他老大爷做过我们的漕台,听说他家收藏的书极多。他刻了一部书,名叫《纳书楹》,都是宋、元板书。我想开一开眼界,不知道有法可以看得见吗?”掌柜的道:“柳家是俺们这儿第一个大人家,怎么不知道呢!只是这柳小惠柳大人早已去世,他们少爷叫柳凤仪,是个两榜,那一部的主事。听说他家书多的很,都是用大板箱装着,只怕有好几百箱子呢,堆在个大楼上,永远没有人去问他。有近房柳三爷,是个秀才,常到我们这里来坐坐。我问过他:‘你们家里那些书是些什么宝贝?可叫我们听听罢咧。’他说:‘我也没有看见过是什么样子。’我说:‘难道就那么收着不怕蛀虫吗?’”

掌柜的说到此处,只见外面走进一个人来,拉了拉老残,说:“赶紧回去罢,曹州府里来的差人,急等着你老说话呢,快点走罢。”老残听了,说道:“你告诉他等着罢,我略停一刻就回去了。”那人道:“我在街上找了好半天了。俺掌柜的着急的了不得,你老就早点回店罢。”老残道:“不要紧的。你既找着了我,你就没有错儿了,你去罢。”

店小二去后,书店掌柜的看了看他去的远了,慌忙低声向老残说道:“你老店里行李值多少钱?此地有靠得住的朋友吗?”老残道:“我店里行李也不值多钱,我此地亦无靠得住的朋友。你问这话是什么意思呢?”掌柜的道:“曹州府现是个玉大人。这人很惹不起的:无论你有理没理,只要他心里觉得不错,就上了站笼了。现在既是曹州府里来的差人,恐怕不知是谁扳上你老了,我看是凶多吉少,不如趁此逃去罢。行李既不值多钱,就舍去了的好,还是性命要紧!”老残道:“不怕的。他能拿我当强盗吗?这事我很放心。”说着,点点头,出了店门。

街上迎面来了一辆小车,半边装行李,半边坐人。老残眼快,看见喊道:“那车上不是金二哥吗?”即忙走上前去。那车上人也就跳下车来,定了定神,说道:“嗳呀!这不是铁二哥吗?你怎样到此地,来做什么的?"老残告诉了原委,就说:"你应该打尖了。就到我住的店里去坐坐谈谈罢。你从那里来? 往那里去?"那人道:"这是什么时候,我已打过尖了,今天还要赶路程呢。我是从直隶回南,因家下有点事情,急于回家,不能耽搁了。"老残道:"既是这样说,也不留你。只是请你略坐一坐,我要寄封信给刘大哥,托你带去罢。"说过,就向书店柜台对面,那卖纸张笔墨的柜台上,买了一枝笔,几张纸,一个信封,借了店里的砚台,草草的写了一封,交给金二。大家作了个揖,说:"恕不远送了。山里朋友见着都替我问好。"那金二接了信,便上了车。老残也就回店去了。

不知那曹州府来的差人究竟是否捉拿老残,且听下回分解。

第八回　桃花山月下遇虎　柏树峪雪中访贤

话说老残听见店小二来，告说曹州府有差人来寻，心中甚为诧异："难道玉贤竟拿我当强盗待吗？"及至步回店里，见有一个差人，赶上前来请了一个安，手中提了一个包袱，提着放在旁边椅子上，向怀内取出一封信来，双手呈上，口中说道："申大老爷请铁老爷安！"老残接过信来一看，原来是申东造回寓，店家将狐裘送上，东造甚为难过，继思狐裘所以不肯受，必因与行色不符，因在估衣铺内选了一身羊皮袍子、马褂，专差送来，并写明如再不收，便是绝人太甚了。

老残看罢，笑了一笑，就向那差人说："你是府里的差吗？"差人回说："是曹州府城武县里的壮班。"老残遂明白，方才店小二是漏掉下三字了。当时写了一封谢信，赏了来差二两银子盘费，打发去后，又住了两天，方知这柳家书，确系关锁在大箱子内，不但外人见不着，就是他族中人，亦不能得见。闷闷不乐，提起笔来，在墙上题一绝道：

沧苇遵王士礼居，艺芸精舍四家书。

一齐归入东昌府，深锁嫏嬛饱蠹鱼！

题罢，唏嘘了几声，也就睡了。暂且放下。

却说那日东造到府署禀辞，与玉公见面，无非勉励些"治乱世用重刑"的话头。他姑且敷衍几句，也就罢了。玉公端茶送出。东造回到店里，掌柜的恭恭敬敬将袍子一件、老残信一封，双手奉上。东造接来看过，心中悒悒不乐。适申子平在旁边，问道："大哥何事不乐？"东造便将看老残身上着的仍是棉衣，故赠以狐裘，并彼此辩论的话述了一遍，道："你看，他临走到底将这袍子留下，未免太矫情了！"子平道："这事大哥也有点失于检点。我看他不肯，有两层意思：一则嫌这裘价值略重，未便遽受；二则他受了，也实无用处，断无穿狐皮袍子，配上棉马褂的道理。大哥既想略尽情谊，宜叫人去觅一套羊皮袍子、马褂，或布面子，或茧绸面子均可，差人送去，他一定肯收。我看此人并非矫饰作伪的人。不知大哥以为何如？”东造说：“很是，很是。你就叫人照样办去。”

子平一面办妥，差了个人送去，一面看着乃兄动身赴任。他就向县里要了车，轻车简从的向平阴进发。到了平阴，换了两部小车，推着行李，在县里要了一匹马骑着，不过一早晨，已经到了桃花山脚下。再要进去，恐怕马也不便。幸喜山口有个村庄，只有打地铺的小店，没法，暂且歇下。向村户人家雇了一条小驴，将马也打发回去了。打过尖，吃过饭，向山里进发。才出村庄，见面前一条沙河，有一里多宽，却都是沙，惟有中间一线河身，土人架了一个板桥，不过丈数长的光景。桥下河里虽结满了冰，还有水声，从那冰下潺潺的流，听着像似环佩摇曳的意思，知道是水流带着小冰，与那大冰相撞击的声音了。过了沙河，即是东峪。原来这山从南面迤逦北来，中间龙脉起伏，一时虽看不到，只是这左右两条大峪，就是两批长岭，冈峦重沓，到此相交。除中峰不计外，左边一条大溪河，叫东峪；右边一条大溪河，叫西峪。两峪里的水，在前面相会，并成一溪，左环右转，湾了三湾，才出溪口。出口后，就是刚才所过的那条沙河了。

子平进了山口，抬头看时，只见不远前面就是一片高山，像架屏风似的，迎面竖起，土石相间，树木丛杂。却当大雪之后，石是青的，雪是白的，树上枝条是黄的，又有许多松柏是绿的，一丛一丛，如画上点的苔一样。骑着驴，玩着山景，实在快乐得极，思想做两句诗，描摹这个景象。正在凝神，只听“壳铎”一声，觉得腿档里一软，身子一摇，竟滚下山涧去了。幸喜这路，本在涧旁走的，虽滚下去，尚不甚深。况且涧里两边的雪本来甚厚，只为面上结了一层薄冰，做了个雪的包皮。子平一路滚着，那薄冰一路破着，好像从有弹簧的褥子上滚下来似的。滚了几步，就有一块大石将他拦住，所以一点没有碰伤。连忙扶着石头，立起身来，那知把雪倒戳了两个一尺多深的窟窿。看那驴子在上面，两只前蹄已经立起，两只后蹄还陷在路旁雪里，不得动弹。

连忙喊跟随的人,前后一看,并那推行李的车子,影响俱无。

你道是什么缘故呢? 原来这山路,行走的人本来不多,故那路上积的雪,比旁边稍微浅些,究竟还有五六寸深,驴子走来,一步步的不甚吃力。子平又贪看山上雪景,未曾照顾后面的车子,可知那小车轮子,是要压倒地上往前推的,所以积雪的阻力显得很大,一人推着,一人挽着,尚走得不快,本来去驴子已落后有半里多路了。申子平陷在雪中,不能举步,只好忍着性子,等小车子到。约有半顿饭工夫,车子到了,大家歇下来想法子。下头人固上不去,上头的人也下不来。想了半天,说:"只好把捆行李的绳子解下两根,接续起来,将一头放了下去。"申子平自己系在腰里,那一头,上边四五个人齐力收绳,方才把他吊了上来。跟随人替他把身上雪扑了又扑,然后把驴子牵来,重复骑上,慢慢的行。

这路虽非羊肠小道,然忽而上高,忽而下低,石头路径,冰雪一冻,异常的滑,自饭后一点钟起身,走到四点钟,还没有十里地。心里想道:"听村庄上人说,到山集不过十五里地,然走了三个钟头,才走了一半。"冬天日头本容易落,况又是个山里,两边都有岭子遮着,愈黑得快。一面走着,一面的算,不知不觉,那天已黑下来了,勒住了驴缰,同推车子商议道:"看看天已黑下来了,大约还有六七里地呢,路又难走,车子又走不快,怎么好呢?"车夫道:"那也没有法子,好在今儿是个十三日,月亮出得早,不管怎么,总要赶到集上去。大约这荒僻山径,不会有强盗,虽走晚些,到也不怕他。"子平道:"强盗虽没有,倘或有了,我也无多行李,很不怕他,拿就拿去,也不要紧;实在可怕的是豺狼虎豹。天晚了,倘若出来个把,我们就坏了。"车夫说:"这山里虎到不多,有神虎管着,从不伤人,只是狼多些。听见他来,我们都拿根棍子在手里,也就不怕他了。"

说着,走到一条横涧跟前,原是本山的一支小瀑布,流归溪河的。瀑布冬天虽然干了,那冲的一条山沟,尚有两丈多深,约有二丈多宽,当面隔住,一边是陡山,一边是深峪,更无别处好绕。子平看见如此景象,心里不禁作起慌来,立刻勒住驴头,等那车子走到,说:"可了不得! 我们走差了路,走到死路上了!"那车夫把车子歇下,喘了两口气，说："不能，不能！这条路影一顺来的，并无第二条路，不会差的。等我前去看看，该怎么走。"朝前走了几十步，回来说："路倒是有，只是不好走，你老下驴罢。"

子平下来，牵了驴，依着走到前面看时，原来转过大石，靠里有人架了一条石桥。只是此桥仅有两条石柱，每条不过一尺一二寸宽，两柱又不紧相粘靠，当中还罅着几寸宽一个空当儿，石上又有一层冰，滑溜滑溜的。子平道："可吓煞我了！这桥怎么过法？一滑脚就是死，我真没有这个胆子走！"车夫大家看了说："不要紧，我有法子。好在我们穿的都是蒲草毛窝，脚下很把滑的，不怕他。"一个人道："等我先走一趟试试。"遂跳窜跳窜的走过去了，嘴里还喊着："好走，好走！"立刻又走回来说："车子却没法推，我们四个人抬一辆，作两趟抬过去罢。"申子平道："车子抬得过去，我却走不过去；那驴子又怎样呢？"车夫道："不怕的，且等我们先把你老扶过去，别的你就不用管了。"子平道："就是有人扶着，我也是不敢走。告诉你说罢，我两条腿已经软了，那里还能走路呢！"车夫说："那么也有办法：你老大总睡下来，我们两个人抬头，两个人抬脚，把你老抬过去，何如？"子平说："不妥，不妥！"又一个车夫说："还是这样罢：解根绳子，你老拴在腰里，我们伙计，一个在前头，挽着一个绳头，一个伙计在后头，挽着一个绳头，这个样走，你老胆子一壮，腿就不软了。"子平说："只好这样。"于是先把子平照样扶掖过去，随后又把两辆车子抬了过去。到是一个驴死不肯走，费了许多事，仍是把他眼睛蒙上，一个人牵，一个人打，才混了过去。等到忙定归了，那满地已经都是树影子，月光已经很亮的了。

大家好容易将危桥走过，歇了一歇，吃了袋烟，再望前进。走了不过三四十步，听得远远"呜呜"的两声。车夫道："虎叫！虎叫！"一头走着，一头留神听着。又走了数十步，车夫将车子歇下，说："老爷，你别骑驴了，下来罢。听那虎叫，从西边来，越叫越近了，恐怕是要到这路上来，我们避一避罢，倘到了跟前，就避不及了。"说着，子平下了驴。车夫说："咱们舍掉这个驴子喂他罢。"路旁有个小松，他把驴子缰绳拴在小松树上，车子就放在驴子旁边，人却倒回走了数十步，把子平藏在一处石壁缝里。车夫有躲在大石脚下，用些雪把身子遮了的，有两个车夫，盘在山坡高树枝上的，都把眼睛朝西面看着。

说时迟，那时快，只见西边岭上月光之下，窜上一个物件来，到了岭上，又是“呜”的一声。只见把身子往下一探，已经到了西涧边了，又是“呜”的一声。这里的人，又是冷，又是怕，止不住格格价乱抖，还用眼睛看着那虎。那虎既到西涧，却立住了脚，眼睛映着月光，灼亮灼亮，并不朝着驴子看，却对着这几个人，又“呜”的一声，将身子一缩，对着这边扑过来了。这时候，山里本来无风，却听得树梢上呼呼地响，树上残叶漱漱地落，人面上冷气棱棱地割。这几个人早已吓得魂飞魄散了。

大家等了许久，却不见虎的动静。还是那树上的车夫胆大，下来喊众人道：“出来罢！虎去远了。”车夫等人次第出来，方才从石壁缝里把子平拉出，已经吓得呆了。过了半天，方能开口说话，问道：“我们是死的是活的哪？”车夫道：“虎过去了。”子平道：“虎怎样过去的？一个人没有伤么？”那在树上的车夫道：“我看他从涧西沿过来的时候，只是一穿，仿佛像鸟儿似的，已经到了这边了。他落脚的地方，比我们这树梢还高着七八丈呢。落下来之后，又是一纵，已经到了这东岭上边，‘呜’的一声向东去了。”

申子平听了，方才放下心来，说：“我这两只脚还是稀软稀软，立不起来，怎样是好？”众人道：“你老不是立在这里呢吗？”子平低头一看，才知道自己并不是坐着，也笑了，说道：“我这身子真不听我调度了。”于是众人搀着，勉强移步，走了约数十步，方才活动，可以自主，叹了一口气道：“命虽不送在虎口里，这夜里若再遇见刚才那样的桥，断不能过！肚里又饥，身上又冷，活冻也冻死了。”说着，走到小树旁边，看那驴子，也是伏在地下，知是被那虎叫吓的如此。跟人把驴子拉起，把子平扶上驴子，慢慢价走。

转过一个石嘴，忽见前面一片灯光，约有许多房子，大家喊道：“好了，好了！前面到了集镇了！”只此一声，人人精神震动。不但人行，脚下觉得轻了许多，即驴子亦不似从前畏难苟安的行动。

那消片刻工夫，已到灯光之下，原来并不是个集镇，只有几家人家，住在这山坡之上。因山有高下，故看出如层楼叠榭一般。到此大家商议，断不再走，硬行敲门求宿，更无他法。

当时走近一家，外面系虎皮石砌的墙，一个墙门，里面房子看来不少，大约总有十几间的光景。于是车夫上前扣门。扣了几下，里面出来一个老者，须发苍然，手中持了一枝烛台，燃了一枝白蜡烛，口中问道："你们来做什么的？"申子平急上前，和颜悦色的把原委说了一遍，说道："明知并非客店，无奈从人万不能行，要请老翁行个方便。"那老翁点点头，道："你等一刻，我去问我们姑娘去。"说着，门也不关，便进里面去了。子平看了，心下十分诧异："难道这家人家竟无家主吗？何以去问姑娘，难道是个女孩儿当家吗？"既而想道："错了，错了。想必这家是个老太太做主。这个老者想必是他的侄儿。姑娘者，姑母之谓也。理路甚是，一定不会错了。"

霎时，只见那老者随了一个中年汉子出来，手中仍拿烛台，说声"请客人里面坐"。原来这家，进了墙门，就是一平五间房子，门在中间，门前台阶约十余级。中年汉子手持烛台，照着申子平上来。子平分付车夫等："在院子里略站一站，等我进去看了情形，再招呼你们。"

子平上得台阶，那老者立于堂中，说道："北边有个坦坡，叫他们把车子推了，驴子牵了，由坦坡进这房子来罢。"原来这是个朝西的大门。众人进得房来，是三间厂屋，两头各有一间，隔断了的。这厂屋北头是个炕，南头空着，将车子同驴安置南头，一众五人，安置在炕上，然后老者问了子平名姓，道："请客人里边坐。"于是过了穿堂，就是台阶，上去有块平地，都是栽的花木，映着月色，异常幽秀。且有一阵阵幽香，清沁肺腑。向北乃是三间朝南的精舍，一转俱是回廊，用带皮杉木做的栏柱。进得房来，上面挂了四盏纸灯，斑竹扎的，甚为灵巧。两间敞着，一间隔断，做个房间的样子。桌椅几案，布置极为妥协。房间挂了一幅褐色布门帘。

老者到房门口，喊了一声："姑娘，那姓申的客人进来了。"却看门帘掀起，里面出来一个十八九岁的女子，穿了一身布服，二蓝袿子，青布裙儿，相貌端庄莹静，明媚闲雅，见客福了一福，子平慌忙长揖答礼。女子说："请坐。"即命老者："赶紧的做饭，客人饿了。"老者退去。

那女子道："先生贵姓？来此何事？"子平便将奉家兄命特访刘仁

甫的话说了一遍。那女子道:“刘先生当初就住这集东边的,现在已搬到柏树峪去了。”子平问:“柏树峪在什么地方?”那女子道:“在集西,有三十多里的光景。那边路比这边更僻,愈加不好走了。家父前日退值回来,告诉我们说,今天有位远客来此,路上受了点虚惊,分付我们迟点睡,预备些酒饭,以便款待。并说:‘简慢了尊客,千万不要见怪。’”子平听了,惊讶之至:“荒山里面,又无衙署,有什么值日退值?何以前天就会知道呢?这女子何以如此大方,岂古人所谓有林下风范的,就是这样吗?到要问个明白。”

不知申子平能否察透这女子形迹,且听下回分解。

第九回　一客吟诗负手面壁　三人品茗促膝谈心

话说申子平正在凝思：此女子举止大方，不类乡人，况其父在何处退值？正欲诘问，只见外面帘子动处，中年汉子已端进一盘饭来。那女子道："就搁在这西屋炕桌上罢。"

这西屋靠南窗原是一个砖砌的暖炕，靠窗设了一个长炕几，两头两个短炕几，当中一个正方炕桌，桌子三面好坐人的。西面墙上是个大圆月洞窗子，正中镶了一块玻璃，窗前设了一张书案。中堂虽未隔断，却是一个大落地罩。那汉子已将饭食列在炕桌之上，却只是一盘馒头，一壶酒，一罐小米稀饭，到有四肴小菜，无非山蔬野菜之类，并无荤腥。女子道："先生请用饭，我少停就来。"说着，便向东房里去了。

子平本来颇觉饥寒，于是上炕先饮了两杯酒，随后吃了几个馒头。虽是蔬菜，却清香满口，比荤菜更为适用。吃过馒头，喝了稀饭，那汉子舀了一盆水来，洗过脸，立起身来，在房内徘徊徘徊，舒展肢体。抬头看见北墙上挂着四幅大屏，草书写得龙飞凤舞，出色惊人，下面却是双款：上写着"西峰柱史正非"，下写着"黄龙子呈稿"。草字虽不能全识，也可十得八九。仔细看去，原来是六首七绝诗，非佛非仙，咀嚼起来，到也有些意味。既不是寂灭虚无，又不是铅汞龙虎。看那月洞窗下，书案上有现成的纸笔，遂把几首诗抄下来，预备带回衙门去，当新闻纸看。

你道是怎样个诗？请看，诗曰：

曾拜瑶池九品莲，希夷授我《指元篇》。
光阴荏苒真容易，回首沧桑五百年。

紫阳属和《翠虚吟》，传响空山霹雳琴。
刹那未除人我相，天花粘满护身云。

情天欲海足风波，渺渺无边是爱河。
引作园中功德水，一齐都种曼陀罗。

石破天惊一鹤飞，黑漫漫夜五更雷。
自从三宿空桑后，不见人间有是非。

野马尘埃昼夜驰，五虫百卉互相吹。
偷来鹫岭涅槃乐，换取壶公杜德机。

菩提叶老《法华》新，南北同传一点灯。
五百天童齐得乳，香花供奉小夫人。

子平将诗抄完，回头看那月洞窗外，月色又清又白，映着那层层叠叠的山，一步高一步的上去，真是仙境，迥非凡俗。此时觉得并无一点倦容，何妨出去上山闲步一回，岂不更妙。才要动脚，又想道："这山不就是我们刚才来的那山吗？这月不就是刚才踏的那月吗？为何来的时候，便那样的阴森惨淡，令人怵魄动心？此刻山月依然，何以令人心旷神怡呢？"就想到王右军说的："情随境迁，感慨系之矣。"真正不错。低徊了一刻，也想做两首诗，只听身后边娇滴滴的声音说道："饭用过了罢？怠慢得很。"慌忙转过头来，见那女子又换了一件淡绿印花布棉袄，青布大脚裤子，愈显得眉似春山，眼如秋水；两腮酴厚，如帛裹朱，从白里隐隐透出红来，不似时下南北的打扮，用那胭脂涂得同猴子屁股一般；口颊之间若带喜笑，眉眼之际又颇似振矜，真令人又爱又敬。女子说道："何不请炕上坐，暖和些。"于是彼此坐下。

那老苍头进来问姑娘道："申老爷行李放在什么地方呢？"姑娘说："太爷前日去时，分付就在这里间太爷榻上睡，行李不用解了。跟随的人都吃过饭了吗？你叫他们早点歇罢。驴子喂了没有？"苍头一一答应,说:"都齐备妥协了。"姑娘又说:"你煮茶来罢。"苍头连声应是。

子平道:"尘俗身体,断不敢在此地下榻。来时见前面有个大炕,就同他们一道睡罢。"女子说:"无庸过谦,此是家父分付的。不然,我一个山乡女子,也断不擅自迎客。"子平道:"蒙惠过分,感谢已极。只是还不曾请教贵姓?尊大人是做何处的官,在何处值日?"女子道:"敝姓涂氏。家父在碧霞宫上值,五日一班。合计半月在家,半月在宫。"

子平问道:"这屏上诗是何人做的?看来只怕是个仙家罢?"女子道:"是家父的朋友,常来此地闲谈,就是去年在此地写的。这个人也是个不衫不履的人,与家父最为相契。"子平道:"这人究竟是个和尚,还是个道士?何以诗上又像道家的话,又有许多佛家的典故呢。"女子道:"既非道士,又非和尚,其人也是俗装。他常说:'儒、释、道三教,譬如三个铺面挂了三个招牌,其实都是卖的杂货,柴米油盐都是有的。不过儒家的铺子大些,佛、道的铺子小些,皆是无所不包的。'又说:'凡道总分两层:一个叫道面子,一个叫道里子。道里子都是同的,道面子就各有分别了。如和尚剃了头,道士挽了个髻,叫人一望而知,那是和尚、那是道士。倘若叫那和尚留了头,也挽个髻子,掖件鹤氅,道士剃了发,着件袈裟:人又要颠倒呼唤起来了。难道眼耳鼻舌不是那个用法吗?'又说:'道面子有分别,道里子实是一样的。'所以这黄龙先生,不拘三教,随便吟咏的。"

子平道:"得闻至论,佩服已极。只是既然三教道里子都是一样,在下愚蠢得极,倒要请教这同处在什么地方,异处在什么地方?何以又有大小之分?儒教最大,又大在什么地方?敢求指示。"女子道:"其同处在诱人为善,引人处于大公。人人好公,则天下太平;人人营私,则天下大乱。惟儒教公到极处。你看,孔子一生遇了多少异端!如长沮、桀溺、荷蓧丈人等类,均不十分佩服孔子,而孔子反赞扬他们不置:是其公处,是其大处。所以说:'攻乎异端,斯害也已。'若佛、道两教,就有了偏心:惟恐后世人不崇奉他的教,所以说出许多天堂地狱的话来吓唬人。这还是劝人行善,不失为公。甚则说崇奉他的教,就一切罪孽消灭;不崇奉他的教,就是魔鬼入宫,死了必下地狱等辞,这就是私了。至于外国一切教门,更要为争教兴兵接战,杀人如麻。试问,与他的初心合不合呢?所以就愈小了。若回回教说,为教战死的血光如玫瑰紫的宝石一样,更骗人到极处!只是儒教可惜失传已久,汉儒拘守章句,反遗大旨;到了唐朝,直没人提及。韩昌黎是个通文不通道的脚色,胡说乱道!他还要做篇文章,叫做《原道》,真正原到道反面去了!他说:'君不出令,则失其为君;民不出粟、米、丝、麻以奉其上,则诛。'如此说去,那桀、纣很会出令的,又很会诛民的,然则桀、纣之为君是,而桀、纣之民全非了,岂不是是非颠倒吗?他却又要辟佛、老,倒又与和尚做朋友。所以后世学儒的人,觉得孔、孟的道理太费事,不如弄两句辟佛老的口头禅,就算是圣人之徒,岂不省事。弄的朱夫子也出不了这个范围,只好据韩昌黎的《原道》去改孔子的《论语》,把那'攻乎异端'的'攻'字,百般扭捏,究竟总说不圆,却把孔、孟的儒教被宋儒弄的小而又小,以至于绝了!"

子平听说,肃然起敬道:"'与君一夕话,胜读十年书'!真是闻所未闻!只是还不懂:长沮、桀溺倒是异端,佛老倒不是异端,何故?"女子道:"皆是异端。先生要知'异'字当不同讲,'端'字当起头讲。'执其两端'是说执其两头的意思。若'异端'当邪教讲,岂不'两端'要当桠杈教讲?'执其两端'便是抓住了他个桠杈教呢,成何话说呀?圣人意思,殊途不妨同归,异曲不妨同工。只要他为诱人为善,引人为公起见,都无不可。所以叫做'大德不逾闲,小德出入,可也。'若只是为攻讦起见,初起尚只攻佛攻老,后来朱、陆异同,遂操同室之戈,并是祖孔、孟的,何以朱之子孙要攻陆,陆之子孙要攻朱呢?此之谓'失其本心',反被孔子'斯害也已'四个字定成铁案!"

子平闻了,连连赞叹,说?"今日幸见姑娘,如对明师。但是宋儒错会圣人意旨的地方,也是有的,然其发明正教的功德,亦不可及。即如'理'、'欲'二字,'主敬'、'存诚'等字,虽皆是古圣之言,一经宋儒提出,后世实受惠不少,人心由此而正,风俗由此而醇。"那女子嫣然一笑,秋波流媚,向子平睇了一眼。子平觉得翠眉含娇,丹唇启秀,又似有一阵幽香,沁入肌骨,不禁神魂飘荡。那女子伸出一只白如玉、软如棉的手来,隔着炕桌子,握着子平的手。握住了之后,说道:“请问先生,这个时候,比你少年在书房里,贵业师握住你手‘扑作教刑’的时候何如?”子平默无以对。

女子又道:“凭良心说,你此刻爱我的心,比爱贵业师何如?圣人说的,‘所谓诚其意者,毋自欺也。如恶恶臭,如好好色’。孔子说:‘好德如好色。’孟子说:‘食色,性也。’子夏说:‘贤贤易色。’这好色乃人之本性。宋儒要说好德不好色,非自欺而何?自欺欺人,不诚极矣!他偏要说‘存诚’,岂不可恨!圣人言情言礼,不言理欲。删《诗》以《关雎》为首,试问‘窈窕淑女,君子好逑’,‘求之不得’,至于‘辗转反侧’,难道可以说这是天理,不是人欲吗?举此可见圣人决不欺人处。《关雎》序上说道:‘发乎情,止乎礼义。’发乎情,是不期然而然的境界。即如今夕,嘉宾惠临,我不能不喜,发乎情也。先生来时,甚为困惫,又历多时,宜更惫矣,乃精神焕发,可见是很喜欢,如此,亦发乎情也。以少女中男,深夜对坐,不及乱言,止乎礼义矣。此正合圣人之道。若宋儒之种种欺人,口难罄述。然宋儒固多不是,然尚有是处;若今之学宋儒者,直乡愿而已,孔、孟所深恶而痛绝者也!”

话言未了,苍头送上茶来,是两个旧瓷茶碗,淡绿色的茶,才放在桌上,清香已竟扑鼻。只见那女子接过茶来,漱了一回口,又漱一回,都吐向炕池之内去,笑道:“今日无端谈到道学先生,令我腐臭之气,沾污牙齿,此后只许谈风月矣。”子平连声诺诺,却端起茶碗,呷了一口,觉得清爽异常,咽下喉去,觉得一直清到胃脘里,那舌根左右,津液汩汩价翻上来,又香又甜,连喝两口,似乎那香气又从口中反窜到鼻子上去,说不出来的好受,问道:“这是什么茶叶?为何这么好吃?”女子道:“茶叶也无甚出奇,不过本山上出的野茶,所以味是厚的。却亏了这水,是汲的东山顶上的泉。泉水的味,愈高愈美。又是用松花作柴,沙瓶煎的。三合其美,所以好了。尊处吃的都是外间卖的茶叶,无非种茶,其味必薄;又加以水火俱不得法,味道自然差的。”

只听窗外有人喊道:“玙姑,今日有佳客,怎不招呼我一声?”女子闻声,连忙立起,说:“龙叔,怎样这时候会来?”说着,只见那人已经进来,着了一件深蓝布百衲大棉袄,科头,不束带亦不着马褂,有五十来岁光景,面如渥丹,须髯漆黑,见了子平,拱一拱手,说:“申先生,来了多时了?”子平道:“到有两三个钟头了。请问先生贵姓?”那人道:“隐姓埋名,以黄龙子为号。”子平说:“万幸,万幸!拜读大作,已经许久。”女子道:“也上炕来坐罢。”黄龙子遂上炕,至炕桌里面坐下,说:“玙姑,你说请我吃笋的呢。笋在何处?拿来我吃。”玙姑道:“前些时倒想挖去的,偶然忘记,被滕六公占去了。龙叔要吃,自去找滕六公商量罢。”黄龙子仰天大笑。子平向女子道:“不敢冒犯,这‘玙姑’二字想必是大名罢?”女子道:“小名叫仲屿,家姊叫伯璠,故叔伯辈皆自小喊惯的。”

黄龙子向子平道:“申先生困不困?如其不困,今夜良会,可以不必早睡,明天迟迟起来最好。柏树峪地方,路极险峻,很不好走,又有这场大雪,路影看不清楚,跌下去有性命之忧。刘仁甫今天晚上检点行李,大约明日午牌时候,可以到集上关帝庙。你明天用过早饭动身,正好相遇了。”子平听说大喜,说道:“今日得遇诸仙,三生有幸。请教上仙诞降之辰,还是在唐在宋?”黄龙子又大笑道:“何以知之?”答:“尊作明说‘回首沧桑五百年’,可知断不止五六百岁了。”黄龙子道:“‘尽信书,则不如无书。’此鄙人之游戏笔墨耳。公直当《桃花源记》读可矣。”就举起茶杯,品那新茶。

玙姑见子平杯内茶已将尽,就持小茶壶代为斟满。子平连连欠身道:“不敢。”亦举起杯来详细品量。却听窗外远远“唔”了一声,那窗纸微觉飒飒价动,屋尘簌簌价落。想起方才路上光景,不觉毛骨森棘,勃然色变,黄龙道:“这是虎啸,不要紧的。山家看着此种物事,如你们城市中人看骡马一样,虽知他会踢人,却不怕他。因为相习已久,知他伤人也不是常有的事。山上人与虎相习,寻常人固避虎,虎也避人,故伤害人也不是常有的事,不必怕他。”

子平道:“听这声音,离此尚远,何以窗纸竟会震动,屋尘竟会下落呢?”黄龙道:“这就叫做虎威。因四面皆山,故气常聚,一声虎啸,四山皆应。在虎左右二三十里,皆是这样。虎若到了平原,就无这威势了。所以古人说:龙若离水,虎若离山,便要受人狎侮的。即如朝廷里做官的人,无论为了什么难,受了什么气,只是回家来对着老婆孩子发发标,在外边决不敢发半句硬话,也是不敢离了那个官。同那虎不敢去山,龙不敢失水的道理,是一样的。"

子平连连点头,说:"不错,是的。只是我还不明白,虎在山里,为何就有这大的威势,是何道理呢?"黄龙子道:"你没有念过《千字文》么?这就是'空谷传声,虚堂习听'的道理。虚堂就是个小空谷,空谷就是个大虚堂。你在这门外放个大爆竹,要响好半天呢。所以山城的雷,比平原的响好几倍,也是这个道理。"说完,转过头来,对女子道:"玙姑,我多日不听你弹琴了,今日难得有嘉客在此,何妨取来弹一曲,连我也沾光听一回。"玙姑道:"龙叔,这是何苦来!我那琴如何弹得,惹人家笑话!申公在省城里,弹好琴的多着呢,何必听我们这个乡里迓鼓!倒是我去取瑟来,龙叔鼓一调瑟罢,还稀罕点儿。"黄龙子说:"也罢,也罢。就是我鼓瑟,你鼓琴罢,搬来搬去,也很费事,不如竟到你洞房里去弹罢。好在山家女儿,比不得衙门里小姐,房屋是不准人到的。"说罢,便走下炕来,穿了鞋子,持了烛,对子平挥手说:"请里面去坐。玙姑引路。"

玙姑果然下了炕,接烛先走,子平第二,黄龙第三。走过中堂,揭开了门帘,进到里间,是上下两个榻:上榻设了衾枕,下榻堆积着书画。朝东一个窗户,窗下一张方桌。上榻面前有个小门。玙姑对子平道:"这就是家父的卧室。"进了榻旁小门,仿佛回廊似的,却有窗轩,地下驾空铺的木板。向北一转,又向东一转,朝北朝东俱有玻璃窗。北窗看着离山很近,一片峭壁,穿空而上,朝下看,像甚深似的。正要前进,只听"砰硼"、"霍落"几声,仿佛山倒下来价响,脚下震震摇动。子平吓得魂不附体。

未知后事如何,且听下回分解。

第十回 骊龙双珠光照琴瑟 犀牛一角声叶箜篌

话说子平听得天崩地塌价一声，脚下震震摇动，吓得魂不附体，怕是山倒下来。黄龙子在身后说道："不怕的，这是山上的冻雪被泉水漱空了，滚下一大块来，夹冰夹雪，所以有这大的声音。"说着，又朝向北一转，便是一个洞门。这洞不过有两间房大，朝外半截窗台，上面安着窗户；其余三面俱斩平雪白，顶是圆的，像城门洞的样子。洞里陈设甚简，有几张树根的坐具，却是七大八小的不匀，又都是磨得绢光。几案也全是古籐天生的，不方不圆，随势制成。东壁横了一张枯槎独睡榻子，设着衾枕。榻旁放了两三个黄竹箱子，想必是盛衣服什物的了。洞内并无灯烛，北墙上嵌了两个滴圆夜明珠，有巴斗大小，光色发红，不甚光亮。地下铺着地毯，甚厚软，微觉有声。榻北立了一个曲尺形书架，放了许多书，都是草订，不曾切过书头的。双夜明珠中间挂了几件乐器，有两张瑟，两张琴，是认得的；还有些不认得的。

玙姑到得洞里，将烛台吹息，放在窗户台上，方才坐下，只听外面"唔唔"价七八声，接连又许多声，窗纸却不震动。子平说道："这山里怎样这么多的虎？"玙姑笑道："乡里人进城，样样不识得，被人家笑话；你城里人下乡，却也是样样不识得，恐怕也有人笑你。"子平道："你听，外面'唔唔'价叫的，不是虎吗？"玙姑说："这是狼嗥，虎那有这么多呢？虎的声音长，狼的声音短，所以虎名为'啸'，狼名为'嗥'。古人下字眼都是有斟酌的。"

黄龙子移了两张小长几，摘下一张琴、一张瑟来。玙姑也移了三张凳子，让子平坐了一张。彼此调了一调弦，同黄龙各坐了一张凳子。弦已调好，玙姑与黄龙商酌了两句，就弹起来了。初起不过轻挑漫剔，声响悠柔；一段以后，散泛相错，其声清脆；两段以后，吟揉渐多。那瑟之勾挑夹缝中与琴之绰注相应，粗听若弹琴鼓瑟，各自为调，细听则如珠鸟一双，此唱彼和，问来答往。四五段以后，吟揉渐少，杂以批拂，苍苍凉凉，磊磊落落，下指甚重，声韵繁兴。六七八段，间以曼衍，愈转愈清，其调愈逸。

子平本会弹十几调琴，所以听得入彀；因为瑟是未曾听过，格外留神。那知瑟的妙用，也在左手，看他右手发声之后，那左手进退揉颤，其余音也就随着猗猗靡靡，真是闻所未闻。初听还在算计他的指法、调头，既而便耳中有音，目中无指。久之，耳目俱无，觉得自己的身体，飘飘荡荡，如随长风，浮沉于云霞之际。久之又久，心身俱忘，如醉如梦。于恍惚杳冥之中，铮锹数声，琴瑟俱息，乃通见闻，人亦警觉，欠身而起，说道："此曲妙到极处！小子也曾学弹过两年，见过许多高手。从前听过孙琴秋先生弹琴，有《汉宫秋》一曲，似为绝非凡响，与世俗的不同。不想今日得闻此曲，又高出孙君《汉宫秋》数倍。请教叫什么曲名？有谱没有？"玙姑道："此曲名叫'海水天风之曲'，是从来没有谱的。不但此曲为尘世所无，即此弹法亦山中古调，非外人所知。你们所弹的皆是一人之曲，如两人同弹此曲，则彼此宫商皆合而为一。如彼宫，此亦必宫，彼商，此亦必商，断不敢为羽为徵。即使三四人同鼓，也是这样，实是同奏，并非合奏。我们所弹的曲子，一人弹与两人弹，迥乎不同。一人弹的，名'自成之曲'；两人弹，则为'合成之曲'。所以此宫彼商，彼角此羽，相协而不相同。圣人所谓'君子和而不同'，就是这个道理。'和'之一字，后人误会久矣。"

当时玙姑立起身来，向西壁有个小门，开了门，对着大声喊了几句，不知甚话，听不清楚。看黄龙子亦立起身，将琴瑟悬在壁上。子平于是也立起，走到壁间，仔细看那夜明珠到底什么样子，以便回去夸耀于人。及走至珠下，伸手一摸，那夜明珠却甚热，有些烙手，心里诧异道："这是什么道理呢？"看黄龙子琴瑟已俱挂好，即问道："先生，这是什么？"笑答道："骊龙之珠，你不认得吗？"问："骊珠怎样会热呢？"答："这是火龙所吐的珠，自然热的。"子平说："火龙珠那得如此一样大的一对呢？虽说是火龙，难道永远这么热么？"笑答道："然则我说的话，先生有不信的意思了。既不信，我就把这热的道理开给你看。"说着，便向那夜明珠的旁边有个小铜鼻子一拔，那珠子便像一扇门似的张开来了。原来是个珠壳，里面是很深的油池，当中用棉花线卷的个灯芯，外面用千层纸做的个灯篝，上面有个小烟囱，从壁子上出去，上头有许多的黑烟，同洋灯的道理一样，却不及洋灯精致，所以不免有黑烟上去。看过也就笑了。再看那珠壳，原来是用大螺蚌壳磨出来的，所以也不及洋灯光亮。子平道："与其如此，何不买个洋灯，岂不省事呢？"黄龙子道："这山里那有洋货铺呢？这油就是前山出的，与你们点的洋油是一样物件。只是我们不会制造，所以总嫌他浊，光也不足，所以把他嵌在壁子里头。"说过便将珠壳关好，依旧是两个夜明珠。

子平又问："这地毯是什么做的呢？"答："俗名叫做'蓑草'。因为可以做蓑衣用，故名。将这蓑草半枯时，采来晾干，劈成细丝，和麻织成的。这就是玙姑的手工。山地多潮湿，所以先用云母铺了，再加上这蓑毯，人就不受病了。这壁上也是云母粉和着红色胶泥涂的，既御潮湿，又避寒气，却比你们所用的石灰好得多呢。"

子平又看，壁上悬着一物，像似弹棉花的弓，却安了无数的弦，知道必是乐器，就问："叫甚名字？"黄龙子道："名叫'箜篌'。"用手拨拨，也不甚响，说道："我们从小读诗，题目里就有《箜篌引》，却不知道是这样子。请先生弹两声，以广见闻，何如？"黄龙子道："单弹没有什么意味。我看时候何如，再请一个客来，就行了。"走至窗前，朝外一看月光，说："此刻不过亥正，恐怕桑家姊妹还没有睡呢，去请一请看。"遂向玙姑道："申公要听箜篌，不知桑家阿扈能来不能？"玙姑道："苍头送茶来，我叫他去问声看。"于是又各坐下。苍头捧了一个小红泥炉子，外一个水瓶子，一个小茶壶，几个小茶杯，安置在矮脚几上。玙姑说："你到桑家，问扈姑、胜姑能来不能？"苍头诺声去了。

此时三人在靠窗个梅花几旁坐着。子平靠窗台甚近，玙姑取茶布与二人，大家静坐吃茶。子平看窗台上有几本书，取来一看，面子上题了四个大字，曰"此中人语"。揭开来看，也有诗，也有文，惟长短句子的歌谣最多，俱是手录，字迹娟好。看了几首，都不甚懂。偶然翻得一本，中有张花笺，写着四首四言诗，是个单张子，想要抄下，便向玙姑道："这纸我想抄去，可以不可以？"玙姑拿过去看了看，说："你喜欢，拿去就是了。"

子平接过来，再细看，上写道：

《银　鼠　谚》

东山乳虎，迎门当户；明年食獐，悲生齐鲁。　一解

残骸狼藉，乳虎乏食；飞腾上天，立豕当国。　二解

乳虎斑斑，雄据西山；亚当孙子，横被摧残。　三解

四邻震怒，天眷西顾；豨豕殪虎，黎民安堵。　四解

子平看了又看，说道："这诗仿佛古歌谣，其中必有事迹，请教一二。"黄龙子道："既叫做'此中人语'，必不能'为外人道'可知矣。阁下静候数年便会知悉。"玙姑道："'乳虎'就是你们玉太尊，其余你慢慢的揣摹，也是可以知道的。"子平会意，也就不往下问了。

其时远远听有笑语声。一息工夫，只听回廊上"格登格登"，有许多脚步儿响，顷刻已经到了面前。苍头先进，说："桑家姑娘来了。"黄玙皆接上前去。子平亦起身植立。只见前面的一个约有二十岁上下，著的是紫花袄子，紫地黄花，下著燕尾青的裙子，头上倒梳云髻，挽了个坠马妆；后面的一个约有十三四岁，著了个翠蓝袄子，红地白花的裤子，头上正中挽了髻子，插了个慈菇叶子似的一枝翠花，走一步颤巍巍的。进来彼此让了坐。

玙姑介绍，先说："这是城武县申老父台的令弟，今日赶不上集店，在此借宿，适值龙叔也来，彼此谈得高兴，申公要听箜篌，所以有劳两位芳驾。搅破清睡，罪过得很！"两人齐道："岂敢，岂敢。只是下里之音，不堪入耳。"黄龙说："也无庸过谦了。"玙姑随又指着年长著紫衣的，对子平道："这位是扈姑姐姐。"指着年幼著翠衣的道："这位是胜姑妹子。都住在我们这紧邻，平常最相得的。"子平又说了两句客气的套话，却看那扈姑，丰颊长眉，眼如银杏，口辅双涡，唇红齿白，于艳丽之中，有股英俊之气；那胜姑幽秀俊俏，眉目清爽。苍头进前，取水瓶，将茶壶注满，将清水注入茶瓶，即退出去。玙姑取了两个盏

子，各敬了茶。黄龙子说："天已不早了，请起手罢。"

玙姑于是取了箜篌递给扈姑，扈姑不肯接手，说道："我弹箜篌，不及玙妹。我却带了一枝角来，胜妹也带得铃来了，不如竟是玙姑弹箜篌，我吹角，胜妹摇铃，岂不大妙？"黄龙道："甚善，甚善。就是这么办。"扈姑又道："龙叔做什么呢？"黄龙道："我管听。"扈姑道："不害臊，稀罕你听！龙吟虎啸，你就吟罢。"黄龙道："水龙才会吟呢。我这个田里的龙，只会潜而不用。"玙姑说："有了法子了。"即将箜篌放下，跑到靠壁几上，取过一架特磬来，放在黄龙面前，说："你就半啸半击磬，帮衬帮衬音节罢。"

扈姑遂从襟底取出一枝角来，光彩夺目，如元玉一般，先缓缓的吹起。原来这角上面有个吹孔，旁边有六七个小孔，手指可以按放，亦复有宫商徵羽，不似巡街兵吹的海螺只是"呜呜"价叫。听那角声，吹得呜咽顿挫，其声悲壮。当时玙姑已将箜篌取在膝上，将弦调好，听那角声的节奏。胜姑将小铃取出，左手揿了四个，右手揿了三个，亦凝神看着扈姑。只见扈姑角声一阕将终，胜姑便将两手七铃同时取起，商商价乱摇。铃起之时，玙姑已将箜篌举起，苍苍凉凉，紧钩漫摘，连批带拂。铃声已止，箜篌丁东断续，与角声相和，如狂风吹沙，屋瓦欲震。那七个铃便不一齐都响，亦复参差错落，应机赴节。

这时黄龙子隐几仰天，撮唇齐口，发啸相和。尔时，喉声，角声，弦声，铃声，俱分辨不出。耳中但听得风声，水声，人马蹩踏声，旌旗熠耀声，干戈击轧声，金鼓薄伐声。约有半小时，黄龙举起磬击子来，在磬上铿铿锵锵的乱击，协律谐声，乘虚蹈隙。其时箜篌渐稀，角声渐低，惟余清磬，铮鏦未已。少息，胜姑起立，两手笔直，乱铃再摇，众乐皆息。子平起立拱手道："有劳诸位，感戴之至。"众人俱道："见笑了。"子平道："请教这曲叫什么名头，何以颇有杀伐之声？"黄龙道："这曲叫《枯桑引》，又名《胡马嘶风曲》，乃军阵乐也。凡箜篌所奏，无和平之音，多半凄清悲壮，其至急者，可令人泣下。"

谈心之顷，各人已将乐器送还原位，复行坐下。扈姑对玙姑道："璠姊怎样多日未归？"玙姑道："大姐姐因外甥子不舒服，闹了两个多月了，所以不曾来得。"胜姑说："小外甥子什么病？怎么不赶紧治呢?”玙姑道:“可不是么。小孩子淘气,治好了,他就乱吃,所以又发,已经发了两次了。何尝不替他治呢。”又说了许多家常话,遂立起身来,告辞去了。子平也立起身来,对黄龙说:“我们也前面坐罢,此刻怕有子正的光景,玙姑娘也要睡了。”

说着,同向前面来,仍从回廊行走。只是窗上已无月光,窗外峭壁,上半截雪白烁亮,下半截已经乌黑,是十三日的月亮,已经大歪西了。走至东房,玙姑道:“二位就在此地坐罢,我送扈胜姐姐出去。”到了堂屋,扈胜也说:“不用送了,我们也带了个苍头来,在前面呢。”听他们又喁喁哝哝了好久,玙姑方回。黄龙说:“你也回罢,我还坐一刻呢。”玙姑也就告辞回洞,说:“申先生就在榻上睡罢,失陪了。”

玙姑去后,黄龙道:“刘仁甫却是个好人,然其病在过真,处山林有余,处城市恐不能久。大约一年的缘分,你们是有的。过此一年之后,局面又要变动了。”子平问:“一年之后是什么光景?”答:“小有变动。五年之后,风潮渐起;十年之后,局面就大不同了。”子平问:“是好是坏呢?”答:“自然是坏。然坏即是好,好即是坏;非坏不好,非好不坏。”子平道:“这话我真正不懂了。好就是好,坏就是坏。像先生这种说法,岂不是好坏不分了吗?务请指示一二。不才往常见人读佛经,什么‘色即是空,空即是色’,这种无理之口头禅,常觉得头昏脑闷。今日遇见先生,以为如拨云雾见了青天,不想又说出这套懵懂话来,岂不令人闷煞?”

黄龙子道:“我且问你:这个月亮,十五就明了,三十就暗了,上弦下弦就阴暗各半了,那初三四里的月亮只有一牙,请问他怎么便会慢慢地长满了呢?十五以后怎么慢慢地又会烂掉了呢?”子平道:“这个理容易明白:因为月球本来无光,受太阳的光,所以朝太阳的半个是明的,背太阳的半个是暗的,初三四,月身斜对太阳,所以人眼看见的正是三分明,七分暗,就像一牙似的;其实,月球并无分别,只是半个明,半个暗,盈亏圆缺,都是人眼睛现出来的景相,与月球毫不相干。”

黄龙子道:“你既明白这个道理,应须知道好即是坏,坏即是好,同那月球的明暗,是一个道理。”子平道:“这个道理实不能同。月球虽无圆缺,实有明暗。因永远是半个明的,半个暗的,所以明的半边朝人,人就说月圆了;暗的半边朝人,人就说月黑了。初八、二十三,人正对他侧面,所以觉得半明半暗,就叫做上弦、下弦。因人所看的方面不同,唤做个盈亏圆缺。若在二十八九,月亮全黑的时候,人若能飞到月球上边去看,自然仍是明的。这就是明暗的道理,我们都懂得的。然究竟半个明的,半个暗的,是一定不移的道理。半个明的终久是明,半个暗的终久是暗。若说暗即是明,明即是暗,理性总不能通。”

正说得高兴,只听背后有人道:“申先生,你错了。”毕竟此人是谁,且听下回分解。

第十一回 疫鼠传殃成害马 痴犬流灾化毒龙

却说申子平正与黄龙子辩论，忽听背后有人喊道："申先生，你错了。"回头看时，却原来正是玙姑，业已换了装束，仅穿一件花布小袄，小脚裤子，露出那六寸金莲，著一双灵芝头扱鞋，愈显得聪明俊俏。那一双眼珠儿，黑白分明，都像透水似的。申子平连忙起立，说："玙姑还没有睡吗？"玙姑道："本待要睡，听你们二位谈得高兴，故再来听二位辩论，好长点学问。"子平道："不才那敢辩论！只是性质愚鲁，一时不能彻悟，所以有劳黄龙先生指教。方才姑娘说我错了，请指教一二。"

玙姑道："先生不是不明白，是没有多想一想。大凡人都是听人家怎样说，便怎样信，不能达出自己的聪明。你方才说月球半个明的，终久是明的。试思月球在天，是动的呢，是不动的呢？月球绕地是人人都晓得的。既知道他绕地，则不能不动，即不能不转，是很明显的道理了。月球既转，何以对着太阳的一面永远明呢？可见月球全身都是一样的质地，无论转到那一面，凡对太阳的总是明的了。由此可知，无论其为明为暗，其于月球本体，毫无增减，亦无生灭。其理本来易明，都被宋以后的三教子孙挟了一肚子欺人自欺的心去做经注，把那三教圣人的精义都注歪了。所以天降奇灾，北拳南革，要将历代圣贤一笔抹煞，此也是自然之理，不足为奇的事。不生不死，不死不生；即生即死，即死即生，那里会错过一丝毫呢？"

申子平道："方才月球即明即暗的道理，我方有二分明白，今又被姑娘如此一说，又把我送到'浆糊缸'里去了。我现在也不想明白这个道理了，请二位将那五年之后风潮渐起，十年之后就大不同的情形,开示一二。”

黄龙子道:“三元甲子之说,阁下是晓得的。同治三年甲子,是上元甲子第一年,阁下想必也是晓得的?”子平答应一声道:“是。”黄龙子又道:“此一个甲子与以前三个甲子不同,此名为‘转关甲子’。此甲子,六十年中要将以前的事全行改变:同治十三年,甲戌,为第一变;光绪十年,甲申,为第二变;甲午,为第三变;甲辰,为第四变;甲寅,为第五变:五变之后,诸事俱定。若是咸丰甲寅生人的人,活到八十岁,这六甲变态都是亲身阅历,倒也是个极有意味的事。”

子平道:“前三甲的变动,不才大概也都见过了:大约甲戌穆宗毅皇帝上升,大局为之一变:甲申为法兰西福建之役,安南之役,大局又为之一变;甲午为日本侵我东三省,俄德出为调停,借收渔翁之利,大局又为之一变:此都已知道了。请问后三甲的变动如何?”

黄龙子道:“这就是北拳南革了。北拳之乱,起于戊子,成于甲午,至庚子,子午一冲而爆发,其兴也勃然,其灭也忽然,北方之强也。其信从者,上自宫闱,下至将相而止,主义为‘压汉’。南革之乱,起于戊戌,成于甲辰,至庚戌,辰戌一冲而爆发,然其兴也渐进,其灭也潜消,南方之强也。其信从者,下自士大夫,上亦至将相而止,主义为‘逐满’。此二乱党,皆所以酿劫运,亦皆所以开文明也。北拳之乱,所以渐渐逼出甲辰之变法;南革之乱,所以逼出甲寅之变法。甲寅之后,文明大著,中外之猜嫌,满汉之疑忌,尽皆销灭。魏真人《参同契》所说,‘元年乃芽滋’,指甲辰而言。辰属土,万物生于土,故甲辰以后为文明芽滋之世,如木之坼甲,如笋之解箨。其实,满目所见者皆木甲竹箨也,而真苞已隐藏其中矣。十年之间,箨甲渐解,至甲寅而齐。寅属木,为花萼之象。甲寅以后为文明华敷之世,虽灿烂可观,尚不足与他国齐趋并驾。直至甲子,为文明结实之世,可以自立矣。然后由欧洲新文明进而复我三皇五帝旧文明,进于大同之世矣。然此事尚远,非三五十年事也。”

子平听得欢欣鼓舞,因又问道:“像这北拳南革,这些人究竟是何因缘?天为何要生这些人?先生是明道之人,正好请教。我常是不明白,上天有好生之德,天既好生,又是世界之主宰,为什么又要生这些恶人做什么呢？俗语话岂不是‘瞎倒乱’吗？”黄龙子点头长叹，默无一言。稍停，问子平道：“你莫非以为上帝是尊无二上之神圣吗？”子平答道：“自然是了。”黄龙摇头道：“还有一位尊者，比上帝还要了得呢！”

子平大惊，说道：“这就奇了！不但中国自有书籍以来，未曾听得有比上帝再尊的，即环球各国亦没有人说上帝之上更有那一位尊神的。这真是闻所未闻了！”黄龙子道：“你看过佛经，知道阿修罗王与上帝争战之事吗？”子平道：“那却晓得，然我实不信。”

黄龙子道：“这话不但佛经上说，就是西洋各国宗教家，也知道有魔王之说。那是丝毫不错的。须知阿修罗隔若干年便与上帝争战一次，末后总是阿修罗败，再过若干年，又来争战。试问，当阿修罗战败之时，上帝为什么不把他灭了呢，等他过若干年，又来害人？不知道他害人，是不智也；知道他害人，而不灭之，是不仁也。岂有个不仁不智之上帝呢？足见上帝的力量是灭不动他，可想而知了。譬如两国相战，虽有胜败之不同，彼一国即不能灭此一国，又不能使此一国降伏为属国，虽然战胜，则两国仍为平等之国，这是一定的道理。上帝与阿修罗亦然。既不能灭之，又不能降伏之，惟吾之命是听，则阿修罗与上帝便为平等之国，而上帝与阿修罗又皆不能出这位尊者之范围；所以晓得这位尊者，位分实在上帝之上。”

子平忙问道：“我从未听说过！请教这位尊者是何法号呢？”黄龙子道：“法号叫做‘势力尊者’。势力之所至，虽上帝亦不能违拗他。我说个比方给你听：上天有好生之德，由冬而春，由春而夏，由夏而秋，上天好生的力量已用足了。你试想，若夏天之树木，百草，百虫，无不满足的时候，若由着他老人家性子再往下去好生，不要一年，这地球便容不得了，又到那里去找块空地容放这些物事呢？所以就让这霜雪寒风出世，拼命的一杀，杀得干干净净的，再让上天来好生，这霜雪寒风就算是阿修罗的部下了。又可知这一生一杀都是‘势力尊者’的作用。此尚是粗浅的比方，不甚的确；要推其精义，有非一朝一夕所能算得尽的。”

玙姑听了，道：“龙叔，今朝何以发出这等奇辟的议论？不但申先生未曾听说,连我也未曾听说过。究竟还是真有个'势力尊者'呢,还是龙叔的寓言?"黄龙子道:"你且说是有一个上帝没有?如有一个上帝,则一定有一个'势力尊者'。要知道上帝同阿修罗都是'势力尊者'的化身。"玙姑拍掌大笑道:"我明白了!'势力尊者'就是儒家说的个'无极',上帝同阿修罗王合起来就是个'太极'!对不对呢?"黄龙子道:"是的,不错。"申子平亦欢喜起立道:"被玙姑这一讲,连我也明白了!"

黄龙子道:"且慢。是却是了,然而被你们这一讲,岂不上帝同阿修罗都成了宗教家的寓言了吗?若是寓言,就不如竟说'无极''太极'的妥当。要知上帝同阿修罗乃实有其人,实有其事。且等我慢慢讲与你听。不懂这个道理,万不能明白那北拳南革的根源。将来申先生庶几不至于搅到这两重恶障里去。就是玙姑,道根尚浅,也该留心点为是。

"我先讲这个'势力尊者',即主持太阳宫者是也。环绕太阳之行星皆凭这个太阳为主动力。由此可知,凡属这个太阳部下的势力总是一样,无有分别。又因这感动力所及之处与那本地的应动力相交,生出种种变相,莫可纪述。所以各宗教家的书总不及儒家的《易经》为最精妙。《易经》一书专讲爻象。何以谓之爻象?你且看这'爻'字。"乃用手指在桌上画道:"一撇一捺,这是一交;又一撇一捺,这又是一交:天上天下一切事理尽于这两交了。初交为正,再交为变,一正一变,互相乘除,就没有纪极了。这个道理甚精微,他们算学家略懂得一点。算学家说同名相乘为'正'。异名相乘为'负',无论你加减乘除,怎样变法,总出不了这'正''负'两个字的范围。所以'季文子三思而后行',孔子说'再思可矣',只有个再,没有个三。

"话休絮聒。我且把那北拳南革再演说一番。这拳譬如人的拳头,一拳打去,行就行,不行就罢了,没甚要紧。然一拳打得巧时,也会送了人的性命。倘若躲过去,也就没事。将来北拳的那一拳,也几乎送了国家的性命,煞是可怕!然究竟只是一拳,容易过的。若说那革呢,革是个皮,即如马革牛革,是从头到脚无处不包着的。莫说是皮肤小病,要知道浑身溃烂起来,也会致命的。只是发作的慢,若留心医治，也不至于有害大事。惟此‘革’字上应卦象，不可小觑了他。诸位切忌：若搅入他的党里去，将来也是跟着溃烂，送了性命的！

“小子且把‘泽火革’卦演说一番，先讲这‘泽’字。山泽通气，泽就是溪河，溪河里不是水吗？《管子》说：‘泽下尺，升上尺。’常云：‘恩泽下于民。’这‘泽’字不明明是个好字眼吗？为什么‘泽火革’便是个凶卦呢？偏又有个‘水火既济’的个吉卦放在那里，岂不令人纳闷？要知这两卦的分别就在‘阴’‘阳’二字上。坎水是阳水，所以就成个‘水火既济’，吉卦；兑水是阴水，所以成了个‘泽火革’，凶卦。坎水阳德，从悲天悯人上起的，所以成了个既济之象；兑水阴德，从愤懑嫉妒上起的，所以成了个革象。你看，《象辞》上说道：‘泽火革，二女同居，其志不相得。’你想，人家有一妻一妾，互相嫉妒，这个人家会兴旺吗？初起总想独据一个丈夫，及至不行，则破败主义就出来了。因爱丈夫而争，既争之后，虽损伤丈夫也不顾了；再争，则破丈夫之家也不顾了；再争，则断送自己性命也不顾了：这叫做妒妇之性质。圣人只用‘二女同居，其志不相得’两句，把这南革诸公的小像直画出来，比那照像照的还要清爽。

“那些南革的首领，初起都是官商人物，并都是聪明出众的人才，因为所秉的是妇女阴水嫉妒性质，只知有己，不知有人，所以在世界上就不甚行得开了。由愤懑生嫉妒，由嫉妒生破坏。这破坏岂是一人做得的事呢！于是同类相呼，‘水流湿，火就燥’，渐渐的越聚越多，钩连上些人家的败类子弟，一发做得如火如荼。其已得举人、进士、翰林、部曹等官的呢，就谈朝廷革命；其读书不成，无着子弟，就学两句爱皮西提衣或阿衣乌爱窝，便谈家庭革命。一谈了革命，就可以不受天理、国法、人情的拘束，岂不大痛快呢？可知太痛快了不是好事：吃得痛快，伤食；饮得痛快，病酒。今者，不管天理，不畏国法，不近人情，放肆做去，这种痛快，不有人灾，必有鬼祸，能得长久吗？”

玙姑道：“我也常听父亲说起，现在玉帝失权，阿修罗当道。然则这北拳南革都是阿修罗部下的妖魔鬼怪了？”黄龙子道：“那是自然，圣贤仙佛，谁肯做这些事呢？”

子平问道：“上帝何以也会失权？”黄龙子道：“名为‘失权’，其实只是'让权',并'让权'二字,还是假名;要论其实在,只可以叫做'伏权'。譬如秋冬的肃杀,难道真是杀吗?只是将生气伏一伏,蓄点力量,做来年的生长。道家说道:'天地不仁,以万物为刍狗;圣人不仁,以百姓为刍狗。'又云:'取已陈之刍狗而卧其下,必眯。'春夏所生之物,当秋冬都是已陈之刍狗了,不得不洗刷一番:我所以说是'势力尊者'的作用。上自三十三天,下至七十二地,人非人等,共总只有两派:一派讲公利的,就是上帝部下的圣贤仙佛;一派讲私利的,就是阿修罗部下的鬼怪妖魔。"

申子平道:"南革既是破败了天理国法人情,何以还有人信服他呢?"黄龙子道:"你当天理国法人情是到南革的时代才破败吗?久已亡失的了!《西游记》是部传道的书,满纸寓言。他说那乌鸡国王现坐着的是个假王,真王却在八角琉璃井内。现在的天理国法人情就是坐在乌鸡国金銮殿上的个假王,所以要借着南革的力量,把这假王打死,然后慢慢地从八角琉璃井内把真王请出来。等到真天理国法人情出来,天下就太平了。"

子平又问:"这真假是怎样个分别呢?"黄龙子道:"《西游记》上说着呢:叫太子问母后,便知道了。母后说道:"三年之前温又暖,三年之后冷如冰。'这'冷''暖'二字便是真假的凭据。其讲公利的人,全是一片爱人的心,所以发出来是口暖气:其讲私利的人,全是一片恨人的心,所以发出来是口冷气。

"还有一个秘诀,我尽数奉告,请牢牢记住,将来就不至入那北拳南革的大劫数了。北拳以有鬼神为作用,南革以无鬼神为作用。说有鬼神,就可以装妖作怪,蛊惑乡愚,其志不过如此而已。若说无鬼神,其作用就很多了:第一条,说无鬼就可以不敬祖宗,为他家庭革命的根原;说无神则无阴谴,无天刑,一切违背天理的事都可以做得,又可以掀动破败子弟的兴头。他却必须住在租界或外国,以骋他反背国法的手段;必须痛诋人说有鬼神的,以骋他反背天理的手段;必须说叛臣贼子是豪杰,忠臣良吏为奴性,以骋他反背人情的手段。大都皆有辩才,以文其说。就如那妒妇破坏人家,他却也有一番堂堂正正的道理说出来,可知道家也却被他破了。南革诸君的议论也有惊采绝艳的处所,可知道世道却被他搅坏了。

“总之,这种乱党,其在上海、日本的容易辨别,其在北京及通都大邑的难以辨别。但牢牢记住:事事托鬼神便是北拳党人,力辟无鬼神的便是南革党人。若遇此等人,敬而远之,以免杀身之祸,要紧,要紧!”

申子平听得五体投地佩服。再要问时,听窗外晨鸡已经“喔喔”的啼了,玙姑道:“天可不早了,真要睡了。”遂道了一声“安置”,推开角门进去。黄龙子就在对面榻上取了几本书做枕头,身子一攲,已经呼声雷起。申子平把将才的话又细细的默记了两遍,方始睡卧。

欲知后事如何,且听下回分解。

第十二回　寒风冻塞黄河水　暖气催成白雪辞

话说申子平一觉睡醒，红日已经满窗，慌忙起来。黄龙子不知几时已经去了。老苍头送进热水洗脸，少停又送进几盘几碗的早饭来。子平道：“不用费心，替我姑娘前道谢，我还要赶路呢。”说着，玙姑已走出来，说道：“昨日龙叔不说吗，你早去也是没用，刘仁甫午牌时候方能到关帝庙呢，用过饭去不迟。”

子平依话用饭，又坐了一刻，辞了玙姑，径奔山集上。看那集上，人烟稠密，店面虽不多，两边摆地摊，售卖农家器具及乡下日用物件的，不一而足。问了乡人，才寻着了关帝庙。果然刘仁甫已到，相见叙过寒温，便将老残书信取出。

仁甫接了，说道：“在下粗人，不懂衙门里规矩，才具又短，恐怕有累令兄知人之明，总是不去的为是。因为接着金二哥捎来铁哥的信，说一定叫去，又恐住的地方柏树峪难走，觅不着，所以迎候在此面辞。一切总请二先生代为力辞方好。不是躲懒，也不是拿乔，实在恐不胜任，有误尊事，务求原谅。”子平说：“不必过谦。家兄恐别人请不动先生，所以叫小弟专诚敦请的。”

刘仁甫见辞不掉，只好安排了自己私事，同申子平回到城武。申东造果然待之以上宾之礼，其余一切均照老残所嘱咐的办理。初起也还有一两起盗案，一月之后，竟到了“犬不夜吠”的境界了。这且不表。

却说老残由东昌府动身，打算回省城去。一日，走到齐河县城南门觅店，看那街上，家家客店都是满的，心里诧异道：“从来此地没有这么热闹，这是甚么缘故呢？”正在踌躇，只见门外进来一人，口中喊道:“好了,好了!快打通了!大约明日一早晨就可以过去了!”老残也无暇访问,且找了店家,问道:“有屋子没有?”店家说:“都住满了,请到别家去罢。”老残说:“我已走了两家,都没有屋子,你可以对付一间罢,不管好歹。”店家道:“此地实在没法了。东隔壁店里,午后走了一帮客,你老赶紧去,或者还没有住满呢。”

老残随即到东边店里,问了店家,居然还有两间屋子空着,当即搬了行李进去。店小二跑来打了洗脸水,拿了一枝燃着了的线香放在桌上,说道:“客人抽烟。”老残问:“这儿为什么热闹?各家店都住满了。”店小二道:“刮了几天的大北风,打大前儿,河里就淌凌,凌块子有间把屋子大,摆渡船不敢走,恐怕碰上凌,船就要坏了。到了昨日,上湾子凌插住了,这湾子底下可以走船呢,却又被河边上的凌,把几只渡船都冻的死死的。昨儿晚上,东昌府李大人到了,要见抚台回话,走到此地,过不去,急的什么似的,住在县衙门里,派了河夫、地保打冻。今儿打了一天,看看可以通了,只是夜里不要歇手,歇了手,还是冻上。你老看,客店里都满着,全是过不去河的人。我们店里今早晨还是满满的。因为有一帮客,内中有个年老的,在河沿上看了半天,说是‘冻是打不开的了,不必在这里死等,我们赶到雒口,看有法子想没有,到那里再打主意罢。’午牌时候才开车去的,你老真好造化。不然,真没有屋子住。”店小二将话说完,也就去了。

老残洗完了脸,把行李铺好,把房门锁上,也出来步到河堤上看,见那黄河从西南上下来,到此却正是个湾子,过此便向正东去了。河面不甚宽,两岸相距不到二里。若以此刻河水而论,也不过百把丈宽的光景,只是面前的冰,插的重重叠叠的,高出水面有七八寸厚。再望上游走了一二百步,只见那上流的冰,还一块一块的漫漫价来,到此地,被前头的拦住,走不动就站住了。那后来的冰赶上他,只挤得“嗤嗤”价响。后冰被这溜水逼的紧了,就窜到前冰上头去;前冰被压,就渐渐低下去了。看那河身不过百十丈宽,当中大溜约莫不过二三十丈,两边俱是平水。这平水之上早已有冰结满,冰面却是平的,被吹来的尘土盖住,却像沙滩一般。中间的一道大溜,却仍然奔腾澎湃,有声有势,将那走不过去的冰挤的两边乱窜。那两边平水上的冰,被当中乱冰挤破了,往岸上跑,那冰能挤到岸上有五六尺远。许多碎冰被挤的站起来,像个小插屏似的。看了有点把钟工夫,这一截子的冰又挤死不动了。老残复行往下游走去,过了原来的地方,再往下走,只见有两只船。船上有十来个人都拿着木杵打冰,望前打些时,又望后打。河的对岸,也有两只船,也是这么打。看看天色渐渐昏了,打算回店。再看那堤上柳树,一棵一棵的影子,都已照在地下,一丝一丝的摇动,原来月光已经放出光亮来了。

回到店里,开了门,喊店小二来,点上了灯,吃过晚饭,又到堤上闲步。这时北风已息,谁知道冷气逼人,比那有风的时候还利害些。幸得老残早已换上申东造所赠的羊皮袍子,故不甚冷,还支撑得住。只见那打冰船,还在那里打。每个船上点了一个小灯笼,远远看去,仿佛一面是"正堂"二字,一面是"齐河县"三字,也就由他去了。抬起头来,看那南面的山,一条雪白,映着月光分外好看。一层一层的山岭,却不大分辨得出,又有几片白云夹在里面,所以看不出是云是山。及至定神看去,方才看出那是云、那是山来。虽然云也是白的,山也是白的,云也有亮光,山也有亮光,只因为月在云上,云在月下,所以云的亮光是从背面透过来的。那山却不然,山上的亮光是由月光照到山上,被那山上的雪反射过来,所以光是两样子的。然只就稍近的地方如此,那山往东去,越望越远,渐渐的天也是白的,山也是白的,云也是白的,就分辨不出甚么来了。

老残对着雪月交辉的景致,想起谢灵运的诗,"明月照积雪,北风劲且哀"两句。若非经历北方苦寒景象,那里知道"北风劲且哀"的个"哀"字下的好呢?这时月光照的满地灼亮,抬起头来,天上的星,一个也看不见,只有北边,北斗七星,开阳摇光,像几个淡白点子一样,还看得清楚。那北斗正斜倚在紫微垣的西边上面,杓在上,魁在下。心里想道:"岁月如流,眼见斗杓又将东指了,人又要添一岁了。一年一年的这样瞎混下去,如何是个了局呢?"又想到《诗经》上说的"维北有斗,不可以挹酒浆"。"现在国家正当多事之秋,那王公大臣只是恐怕耽处分,多一事不如少一事,弄的百事俱废,将来又是怎样个了局?国是如此,丈夫何以家为!"想到此地,不觉滴下泪来,也就无心观玩景致，慢慢回店去了。一面走着，觉得脸上有样物件附着似的，用手一摸，原来两边着了两条滴滑的冰。初起不懂什么缘故，既而想起，自己也就笑了。原来就是方才流的泪，天寒，立刻就冻住了，地下必定还有几多冰珠子呢。闷闷的回到店里，也就睡了。

次日早起，再到堤上看看，见那两只打冰船，在河边上，已经冻实在了。问了堤旁的人，知道昨儿打了半夜，往前打去，后面冻上；往后打去，前面冻上。所以今儿歇手不打了，大总等冰结牢壮了，从冰上过罢。因此老残也就只有这个法子了。闲着无事，到城里散步一回，只有大街上有几家铺面，其余背街上，瓦房都不甚多，是个荒凉寥落的景象。因北方大都如此，故看了也不甚诧异。回到房中，打开书箧，随手取本书看，却好拿着一本《八代诗选》，记得是在省城里替一个湖南人治好了病，送了当谢仪的，省城里忙，未得细看，随手就收在书箱子里了，趁今天无事，何妨仔细看他一遍？原来是二十卷书：头两卷是四言，卷三至十一是五言，十二至十四是新体诗，十五至十七是杂言，十八是乐章，十九是歌谣，卷二十是杂著。再把那细目翻来看看，见新体里选了谢朓二十八首，沈约十四首；古体里选了谢朓五十四首，沈约三十六首。心里很不明白，就把那第十卷与那十二卷同取出来对着看看，实看不出新体古体的分别处来。心里又想："这诗是王壬秋闿运选的，这人负一时盛名，而《湘军志》一书做的委实是好，有目共赏，何以这诗选的未惬人意呢？"既而又想："沈归愚选的《古诗源》，将那歌谣与诗混杂一起，也是大病；王渔洋《古诗选》，亦不能有当人意：算来还是张翰风的《古诗录》差强人意。莫管他怎样呢，且把古人的吟咏消遣闲愁罢了。"

看了半日，复到店门口闲立。立了一会，方要回去，见一个戴红缨帽子的家人，走近面前，打了一个千儿，说："铁老爷，几时来的？"老残道："我昨日到的。"嘴里说着，心里只想不起这是谁的家人。那家人见老残愣着，知道是认不得了，便笑说道："家人叫黄升。敝上是黄应图黄大老爷。"老残道："哦！是了，是了。我的记性真坏！我常到你们公馆里去，怎么就不认得你了呢！"黄升道："你老'贵人多忘事'罢咧。"老残笑道："人虽不贵，忘事倒实在多的。你们贵上是几时来的？住在什么地方呢？我也正闷的慌，找他谈天去。”黄升道：“敝上是总办张大人委的，在这齐河上下买八百万料。现在料也买齐全了，验收委员也验收过了，正打算回省销差呢。刚刚这河又插上了，还得等两天才能走呢。你老也住在这店里吗？在那屋里？”老残用手向西指道：“就在这西屋里。”黄升道：“敝上也就住在上房北屋里，前儿晚上才到。前些时都在工上，因为验收委员过去了，才住到这儿的。此刻是在县里吃午饭。吃过了李大人请着说闲话，晚饭还不定回来吃不吃呢。”老残点点头，黄升也就去了。

原来此人名黄应图，号人瑞，三十多岁年纪，系江西人氏。其兄由翰林转了御史，与军机达拉密至好，故这黄人瑞捐了个同知，来山东河工投效。有军机的八行，抚台是格外照应的，眼看大案保举出奏，就是个知府大人了。人到也不甚俗，在省城时，与老残亦颇来往过数次，故此认得。

老残又在店门口立了一刻，回到房中，也就差不多黄昏的时候。到房里又看了半本诗，看不见了，点上蜡烛。只听房门口有人进来，嘴里喊道：“补翁，补翁！久违的很了！”老残慌忙立起来看，正是黄人瑞。彼此作过了揖，坐下，各自谈了些别后的情事。

黄人瑞道：“补翁还没有用过晚饭罢？我那里虽然有人送了个一品锅，几个碟子，恐怕不中吃，到是早起我叫厨子用口蘑燉了一只肥鸡，大约还可以下饭，请你到我屋子里去吃饭罢。古人云：‘最难风雨故人来，’这冻河的无聊，比风雨更难受，好友相逢，这就不寂寞了。”老残道：“甚好，甚好，既有嘉肴，你不请我，也是要来吃的。”人瑞看桌上放的书，顺手揭起来一看，是《八代诗选》，说：“这诗总还算选得好的。”也随便看了几首，丢下来说道：“我们那屋里坐罢。”

于是两个人出来。老残把书理了一理，拿把锁把房门锁上，就随着人瑞到上房里来。看是三间屋子：一个里间，两个明间。堂屋门上挂了一个大呢夹板门帘，中间安放一张八仙桌子，桌子上铺了一张漆布。人瑞问：“饭得了没有？”家人说：“还须略等一刻，鸡子还不十分烂。”人瑞道；“先拿碟子来吃酒罢。”

家人应声出去，一霎时转来，将桌子架开，摆了四双筷子，四只酒杯。老残问:“还有那位?”人瑞道:“停一会儿你就知道了。”杯筷安置停妥,只有两张椅子,又出去寻椅子去。人瑞道:“我们炕上坐坐罢。”明间西首本有一个土炕,炕上铺满了芦席。炕的中间,人瑞铺了一张大老虎绒毯,毯子上放了一个烟盘子,烟盘两旁两条大狼皮褥子,当中点着明晃晃的个太谷灯。

怎样叫做“太谷灯”呢?因为山西人财主最多,却又人人吃烟,所以那里烟具比别省都精致。太谷是个县名,这县里出的灯,样式又好,火力又足,光头又大,五大洲数他第一。可惜出在中国,若是出在欧美各国,这第一个造灯的人,各报上定要替他扬名,国家就要给他专利的凭据了。无奈中国无此条例,所以叫这太谷第一个造灯的人,同那寿州第一个造斗的人,虽能使器物利用,名满天下,而自己的声名埋没。虽说择术不正,可知时会使然。

闲话少说。那烟盘里摆了几个景泰蓝的匣子,两枝广竹烟枪,两边两个枕头。人瑞让老残上首坐了,他就随手躺下,拿了一枝烟签子,挑烟来烧,说:“补翁,你还是不吃吗?其实这样东西,倘若吃得废时失业的,自然是不好;若是不上瘾,随便消遣消遣,倒也是个妙品。你何必拒绝的这么利害呢?”老残道:“我吃烟的朋友很多,为求他上瘾吃的一个也没有,都是消遣消遣,就消遣进去了。及至上瘾以后,不但不足以消遣,反成了个无穷之累。我看你老哥,也还是不消遣的为是。”人瑞道:“我自有分寸,断不上这个当的。”

说着,只见门帘一响,进来了两个妓女:前头一个有十七八岁,鸭蛋脸儿;后头一个有十五六岁,瓜子脸儿。进得门来,朝炕上请了两个安。人瑞道:“你们来了?”朝里指道:“这位铁老爷,是我省里的朋友。翠环,你就伺候铁老爷,坐在那边罢。”只见那个十七八岁的就挨着人瑞在炕沿上坐下了。那十五六岁的,却立住,不好意思坐。老残就脱了鞋子,挪到炕里边去盘膝坐了,让他好坐。他就侧着身,趔趄着坐下了。

老残对人瑞道:“我听说此地没有这个的,现在怎样也有了?”人瑞道:“不然,此地还是没有。他们姐儿两个,本来是平原二十里铺做生意的。他爹妈就是这城里的人,他妈同着他姐儿俩在二十里铺住。

前月他爹死了,他妈回来,因恐怕他们跑了,所以带回来的,在此地不上店。这是我闷极无聊,叫他们找了来的。这个叫翠花,你那个叫翠环,都是雪白的皮肤,很可爱的。你瞧他的手呢,包管你合意。"老残笑道:"不用瞧,你说的还会错吗。"

翠花倚住人瑞对翠环道:"你烧口烟给铁老爷吃。"人瑞道:"铁爷不吃烟,你叫他烧给我吃罢。"就把烟签子递给翠环。翠环鞠拱着腰烧了一口,上在斗上,递过去。人瑞"呼呼"价吃完。翠环再烧时,那家人把碟子、一品锅均已摆好,说:"请老爷们用酒罢。"

人瑞立起身来说:"喝一杯罢,今天天气很冷。"遂让老残上坐,自己对坐,命翠环坐在上横头,翠花坐下横头。翠花拿过酒壶,把各人的酒加了一加,放下酒壶,举箸来先布老残的菜。老残道:"请歇手罢,不用布了。我们不是新娘子,自己会吃的。"随又布了黄人瑞的菜。人瑞也替翠环布了一箸子菜。翠环慌忙立起身来说:"您那歇手。"又替翠花布了一箸。翠花说:"我自己来吃罢。"就用勺子接了过来,递到嘴里,吃了一点,就放下来了。人瑞再三让翠环吃菜,翠环只是答应,总不动手。

人瑞忽然想起,把桌子一拍,说:"是了,是了!"遂直着嗓子喊了一声:"来啊!"只见门帘外走进一个家人来,离席六七尺远,立住脚。人瑞点点头,叫他走进一步,遂向他耳边低低说了两句话。只见那家人连声道:"喳,喳。"回过头就去了。

过了一刻,门外进来一个著蓝布棉袄的汉子,手里拿了两个三弦子,一个递给翠花,一个递给翠环,嘴里向翠环说道:"叫你吃菜呢,好好的伺候老爷们。"翠环仿佛没听清楚,朝那汉子看了一眼,那汉子道:"叫你吃菜,你还不明白吗?"翠环点头道:"知道了。"当时就拿起筷子来布了黄人瑞一块火腿,又夹了一块布给老残。老残说:"不用布最好。"人瑞举杯道:"我们干一杯罢。让他们姐儿两个唱两曲,我们下酒。"

说着,他们的三弦子已都和好了弦,一递一段的唱了一支曲子。人瑞用筷子在一品锅里捞了半天,看没有一样好吃的,便说道:"这一品锅里的物件,都有徽号,你知道不知道?"老残说:"不知道。"他便用筷子指着说道:“这叫‘怒发冲冠’的鱼翅。这叫‘百折不回’的海参。这叫‘年高有德’的鸡。这叫‘酒色过度’的鸭子。这叫‘恃强拒捕’的肘子。这叫‘臣心如水’的汤。”说着,彼此大笑了一会。

他们姐儿两个,又唱了两三个曲子。家人捧上自己做的鸡来。老残道:“酒很够了,就趁热盛饭来吃罢。”家人当时端进四个饭来。翠花立起,接过饭碗,送到各人面前,泡了鸡汤,各自饱餐。饭后,擦过脸,人瑞说:“我们还是炕上坐罢。”家人来撤残肴,四人都上炕去坐。老残敧在上首,人瑞敧在下首。翠花倒在人瑞怀里,替他烧烟。翠环坐在炕沿上,无事做,拿着弦子,崩儿崩儿价拨弄着顽。

人瑞道:“老残,我多时不见你的诗了,今日总算‘他乡遇故知’,您也该做首诗,我们拜读拜读。”老残道:“这两天我看见冻河,很想做诗,正在那里打主意,被你一阵胡搅,把我的诗也搅到那‘酒色过度’的鸭子里去了!”人瑞道:“你快别‘恃强拒捕’,我可就要‘怒发冲冠’了!”说罢,彼此呵呵大笑。老残道:“有,有,有,明天写给你看。”人瑞道:“那不行!你瞧,这墙上有斗大一块新粉的,就是为你题诗预备的。”老残摇头道:“留给你题罢。”人瑞把烟枪望盘子里一放,说:“稍缓即逝,能由得你吗!”就立起身来,跑到房里,拿了一枝笔,一块砚台,一锭墨出来,放在桌上,说:“翠环,你来磨墨。”翠环当真倒了点冷茶,磨起墨来。

霎时间,翠环道:“墨得了,你写罢。”人瑞取了个布掸子,说道:“翠花掌烛,翠环捧砚,我来掸灰。”把枝笔递到老残手里,翠花举着蜡烛台,人瑞先跳上炕,立到新粉的一块底下,把灰掸了。翠花、翠环也都立上炕去,站在左右。人瑞招手道:“来,来,来!”老残笑说道:“你真会乱!”也就站上炕去,将笔在砚台上蘸好了墨,呵了一呵,就在墙上七歪八扭的写起来了。翠环恐怕砚上墨冻,不住的呵,那笔上还是裹了细冰,笔头越写越肥。顷刻写完,看是:

地裂北风号,长冰蔽河下。
后冰逐前冰,相陵复相亚。
河曲易为塞,嵯峨银桥架。
归人长咨嗟,旅客空叹咤。

盈盈一水间，轩车不得驾。

锦筵招妓乐，乱此凄其夜。

人瑞看了，说道："好诗，好诗！为甚不落款呢？"老残道："题个江右黄人瑞罢。"人瑞道："那可要不得！冒了个会做诗的名，担了个挟妓饮酒革职的处分，有点不合算。"老残便题了"补残"二字，跳下炕来。

翠环姐妹放下砚台烛台，都到火盆边上去烘手，看炭已将烬，就取了些生炭添上。老残立在炕边，向黄人瑞拱拱手，道："多扰，多扰！我要回屋子睡觉去了。"人瑞一把拉住，说道："不忙，不忙！我今儿听见一件惊天动地的案子，其中关系着无限的性命，有夭矫离奇的情节，正要与你商议，明天一黑早就要复命的。你等我吃两口烟，长点精神，说给你听。"老残只得坐下。

未知究竟是段怎样的案情，且听下回分解。

第十三回　娓娓青灯女儿酸语　滔滔黄水观察嘉谟

话说老残复行坐下,等黄人瑞吃几口烟,好把这惊天动地的案子说给他听,随便也就躺下来了。翠环此刻也相熟了些,就倚在老残腿上,问道:“铁老,你贵处是那里?这诗上说的是什么话?”老残一一告诉他听。他便凝神想了一想道:“说的真是不错。但是诗上也兴说这些话吗?”老残道:“诗上不兴说这些话,更说什么话呢?”翠环道:“我在二十里铺的时候,过往客人见的很多,也常有题诗在墙上的,我最喜欢请他们讲给我听。听来听去,大约不过两个意思:体面些的人总无非说自己才气怎么大,天下人都不认识他;次一等的人呢,就无非说那个姐儿长的怎么好,同他怎么样的恩爱。

“那老爷们的才气大不大呢,我们是不会知道的。只是过来过去的人怎样都是些大才,为啥想一个没有才的看看都看不着呢?我说一句傻话:既是没才的这么少,俗语说的好,‘物以稀为贵’,岂不是没才的到成了宝贝了吗?这且不去管他。

“那些说姐儿们长得好的,无非却是我们眼面前的几个人,有的连鼻子眼睛还没有长的周全呢,他们不是比他西施,就是比他王嫱;不是说他沉鱼落雁,就是说他闭月羞花。王嫱俺不知道他老是谁,有人说,就是昭君娘娘。我想,昭君娘娘跟那西施娘娘难道都是这种乏样子吗?一定靠不住了。

“至于说姐儿怎样跟他好,恩情怎样重,我有一回发了傻性子,去问了问,那个姐儿说:‘他住了一夜就麻烦了一夜。天明问他要讨个两数银子的体已,他就抹下脸来,直着脖儿梗,乱嚷说:‘我正账昨儿晚上就开发了,还要什么体已钱?’那姐儿哩,再三央告着说:‘正账的钱呢，店里伙计扣一分，掌柜的又扣一分，剩下的全是领家的妈拿去，一个钱也放不出来。俺们的胭脂花粉，跟身上穿的小衣裳，都是自己钱买。光听听曲子的老爷们，不能向他要，只有这留住的老爷们，可以开口讨两个伺候辛苦钱。'再三央告着，他给了二百钱，一个小串子，望地下一摔，还要撅着嘴说：'你们这些强盗婊子，真不是东西！混账忘八旦！'你想有恩情没有？因此，我想，做诗这件事是很没有意思的，不过造些谣言罢了。你老的诗，怎么不是这个样子呢？"老残笑说道："'各师父各传授，各把戏各变手。'我们师父传我们的时候，不是这个传法，所以不同。"

黄人瑞刚才把一筒烟吃完，放下烟枪，说道："真是'人不可貌相，海水不可斗量'。做诗不过是造些谣言，这句话真被这孩子说着了呢！从今以后，我也不做诗了，免得造些谣言，被他们笑话。"翠环道："谁敢笑话你老呢！俺们是乡下没见过世面的孩子，胡说乱道，你老爷可别怪着我，给你老磕个头罢！"就侧着身子，朝黄人瑞把头点了几点。黄人瑞道："谁怪着你呢，实在说的不错，倒是没有人说过的话！可见'当局者迷，旁观者清'。"

老残道："这也罢了，只是你赶紧说你那稀奇古怪的案情罢。既是明天一黑早要复命的，怎么还这么慢腾斯礼的呢？"人瑞道："不用忙，且等我先讲个道理你听，慢慢的再说那个案子。我且问你，河里的冰明天能开不能开？"答道："不能开。"问："冰不能开，冰上你敢走吗？明日能动身吗？"答："不能动身。"问："既不能动身，明天早起有什么要事没有？"答："没有。"

黄人瑞道："却又来！既然如此，你慌着回屋子去干什么？当此沉闷寂寥的时候，有个朋友谈谈，也就算苦中之乐了。况且他们姐儿两个，虽比不上牡丹、芍药，难道还及不上牵牛花、淡竹叶花吗？剪烛斟茶，也就很有趣的。我对你说：在省城里，你忙我也忙，总想畅谈，总没有个空儿，难得今天相遇，正好畅谈一回。我常说：人生在世，最苦的是没地方说话。你看，一天说到晚的话，怎么说没地方说话呢？大凡人肚子里，发话有两个所在：一个是从丹田底下出来的，那是自己的话；一个是从喉咙底下出来的，那是应酬的话。省城里那么些人,不是比我强的,就是不如我的。比我强的,他瞧不起我,所以不能同他说话;那不如我的,又要妒忌我,又不能同他说话。难道没有同我差不多的人吗?境遇虽然差不多,心地却就大不同了。他自以为比我强,就瞧不起我;自以为不如我,就妒我:所以直没有说话的地方。像你老哥总算是圈子外的人,今日难得相逢,我又素昔佩服你的,我想你应该怜惜我,同我谈谈。你偏急着要走,怎么教人不难受呢?"

老残道:"好,好,好!我就陪你谈谈。我对你说罢:我回屋子也是坐着,何必矫强呢?因为你已叫了两个姑娘,正好同他们说说情义话,或者打两个皮科儿,嘻笑嘻笑。我在这里不便。其实我也不是道学先生想吃冷猪肉的人,作什么伪呢!"人瑞道:"我也正为他们的事情,要同你商议呢。"站起来,把翠环的袖子抹上去,露出臂膊来,指给老残看,说:"你瞧,这些伤痕教人可惨不可惨呢!"老残看时,有一条一条青的,有一点一点紫的。人瑞又道:"这是膀子上如此,我想身上更可怜了。翠环,你就把身上解开来看看。"

翠环这时两眼已搁满了汪汪的泪,只是忍住不叫他落下来,被他手这么一拉,却滴滴的连滴了许多泪。翠环道:"看什么,怪臊的!"人瑞道:"你瞧!这孩子傻不傻?看看怕什么呢?难道做了这项营生,你还害臊吗?"翠环道:"怎不害臊!"翠花这时眼眶子里也搁着泪,说道:"你别叫他脱了。"回头朝窗外一看,低低向人瑞耳中不知说了两句什么话,人瑞点点头,就不作声了。

老残此刻敧在炕上,心里想着:"这都是人家好儿女,父母养他的时候,不知费了几多的精神,历了无穷的辛苦,淘气碰破了块皮,还要抚摩的;不但抚摩,心里还要许多不受用。倘被别家孩子打了两下,恨得什么似的。那种痛爱怜借,自不待言。谁知抚养成人,或因年成饥馑,或因其父吃鸦片烟,或好赌钱,或被打官司拖累,逼到万不得已的时候,就糊里糊涂将女儿卖到这门户人家,被鸨儿残酷,有不可以言语形容的境界。"因此触动自己的生平所见所闻,各处鸨儿的刻毒,真如一个师父传授,总是一样的手段,又是愤怒,又是伤心,不觉眼睛角里,也自有点潮丝丝的起来了。

此时大家默无一言，静悄悄的。只见外边有人掮了一卷行李，由黄人瑞家人带着，送到里间房里去了。那家人出来向黄人瑞道："请老爷要过铁老爷的房门钥匙来，好送翠环行李进去。"老残道："自然也掮到你们老爷屋里去。"人瑞道："得了，得了！别吃冷猪肉了。把钥匙给我罢。"老残道："那可不行！我从来不干这个的。"人瑞道："我早分付过了，钱已经都给了。你这是何苦呢？"老残道："钱给了不要紧，该多少我明儿还你就截了。既已付过了钱，他老鸨子也没有什么说的，也不会难为了他，怕什么呢？"翠花道："你当真的教他回去，跑不了一顿饱打，总说他是得罪了客。"老残道："我还有法子：今儿送他回去，告诉他，明儿仍旧叫他，这也就没事了。况且他是黄老爷叫的人，干我什么事呢？我情愿出钱，岂不省事呢？"黄人瑞道："我原是为你叫的，我昨儿已经留了翠花，难道今儿好叫翠花回去吗？不过大家解解闷儿，我也不是一定要你如此云云。昨晚翠花在我屋里讲了一夜，坐到天明，不过我们借此解个闷，也让他少挨两顿打，那儿不是积功德呢。我先是因为他们的规矩，不留下是不准动筷子的，倘若不黑就来，坐到半夜里饿着肚子，碰巧还省不了一顿打。因为老鸨儿总是说：客人既留你到这时候，自然是喜欢你的，为什么还会叫你回来？一定是应酬不好。碰的不巧，就是一顿。所以我才叫他们告诉说：都已留下了，你不看见他那伙计叫翠环吃菜么？那就是个暗号。"

说到此处，翠花向翠环道："你自己央告央告铁爷，可怜可怜你罢。"老残道："我也不为别的，钱是照数给。让他回去，他也安静，我也安静些。"翠花鼻子里哼了一声，说："你安静是实，他可安静不了的！"翠环歪过身子，把脸儿向着老残道："铁爷，我看你老的样子，怪慈悲的，怎么就不肯慈悲我们孩子一点吗？你老屋里的炕，一丈二尺长呢，你老铺盖不过占三尺宽，还多着九尺地呢，就舍不得赏给我们孩子避一宿难吗？倘若赏脸，要我孩子伺候呢，装烟倒茶，也还会做；倘若恶嫌的很呢，求你老包涵些，赏个炕畸角混一夜，这就恩典得大了！"

老残伸手在衣服袋里将钥匙取出，递与翠花，说："听你们怎么搅去罢，只是我的行李可动不得的。"翠花站起来，递与那家人，说："劳你驾,看他伙计送进去,就出来,请你把门就锁上。劳驾,劳驾!”那家人接着钥匙去了。

老残用手抚摩着翠环的脸,说道:“你是那里人,你鸨儿姓什么?你是几岁卖给他的?”翠环道:“俺这妈姓张。”说了一句就不说了,袖子内取出一块手巾来擦眼泪,擦了又擦,只是不作声。老残道:“你别哭呀。我问你老底子家里事,也是替你解闷的,你不愿意说,就不说也行,何苦难受呢?”翠环道:“我原底子没有家!”

翠花道:“你老别生气,这孩子就是这脾气不好,所以常挨打。其实,也怪不得他难受。二年前,他家还是个大财主呢,去年才卖到俺妈这儿来。他为自小儿没受过这个折蹬,所以就种种的不讨好,其实,俺妈在这里头,算是顶善和的哩。他到了明年,恐怕要过今年这个日子也没有了!”说到这里,那翠环竟掩面呜咽起来。翠花喊道:“嘿!这孩子可是不想活了!你瞧,老爷们叫你来为开心的,你可哭开自已咧!那不得罪人吗?快别哭咧!”

老残道:“不必,不必!让他哭哭很好。你想,他憋了一肚子的闷气,到那里去哭?难得遇见我们两个没有脾气的人,让他哭个够,也算痛快一回。”用手拍着翠环道:“你就放声哭也不要紧,我知道黄老爷是没忌讳的人。只管哭,不要紧的。”黄人瑞在旁大声嚷道:“小翠环,好孩子,你哭罢!劳你驾,把你黄老爷肚里憋的一肚子闷气,也替我哭出来罢!”

大家听了这话,都不禁发了一笑,连翠环遮着脸也“扑嗤”的笑了一声。原来翠环本来知道在客人面前万不能哭的,只因老残问到他老家的事,又被翠花说出他二年前还是个大财主,所以触起他的伤心,故眼泪不由的直穿出来,要强忍也忍不住。及至听到老残说他受了一肚子闷气,到那里去哭,让他哭个够,也算痛快一回,心里想道:“自从落难以来,从没有人这样体贴过他,可见世界上男子并不是个个人都是拿女儿家当粪土一般作践的。只不知道像这样的人世界上多不多,我今生还能遇见几个?想既能遇见一个,恐怕一定总还有呢。”心里只顾这么盘算,倒把刚才的伤心盘算的忘记了,反侧着耳朵听他们再说什么。忽然被黄人瑞喊着,要托他替哭,怎样不好笑呢?

所以含着两包眼泪,"扑嗤"的笑了一声,并抬起头来看了人瑞一眼,那知被他们看了这个形景,越发笑个不止。翠环此刻心里一点主意没有,看看他们傻笑,只好糊里糊涂,陪着他们嘻嘻的傻了一回。

老残便道:"哭也哭过了,笑也笑过了,我还要问你:怎么二年前他还是个大财主?翠花,你说给我听听。"翠花道:"他是俺这齐东县的人,他家姓田,在这齐东县南门外有二顷多地,在城里,还有个杂货铺子。他爹妈只养活了他,还有他个小兄弟,今年才五六岁呢。他还有个老奶奶。俺们这大清河边上的地,多半是棉花地,一亩地总要值一百多吊钱呢,他有二顷多地,不就是两万多吊钱吗?连上铺子,就够三万多了。俗说'万贯家财',一万贯家财就算财主,他有三万贯钱,不算个大财主吗?"

老残道:"怎么样就会穷呢?"翠花道:"那才快呢!不消三天,就家破人亡了!这就是前年的事情。俺这黄河不是三年两头的倒口子吗?张抚台为这个事焦的了不得似的。听说有个什么大人,是南方有名的才子,他就拿了一本什么书给抚台看,说这个河的毛病是太窄了,非放宽了不能安静,必得废了民埝,退守大堤。这话一出来,那些候补大人个个说好。抚台就说:'这些堤里百姓怎样好呢?须得给钱,叫他们搬开才好。'谁知道这些总办候补道王八旦大人们说:'可不能叫百姓知道。你想,这堤埝中间五六里宽,六百里长,总有十几万家,一被他们知道了,这几十万人守住民埝,那还废的掉吗?'张抚台没法,点点头,叹了口气,听说还落了几点眼泪呢。

"这年春天就赶紧修了大堤,在济阳县南岸,又打了一道隔堤。这两样东西就是杀这几十万人的一把大刀!可怜俺们这小百姓那里知道呢!看看到了六月初几里,只听人说:'大汛到咧!大汛到咧!'那埝上的队伍不断的两头跑。那河里的水一天长一尺多,一天长一尺多,不到十天工夫,那水就比埝顶低不很远了,比着那埝里的平地,怕不有一两丈高!到了十三四里,只见那埝上的报马,来来往往,一会一匹,一会一匹。到了第二天晌午时候,各营盘里,掌号齐人,把队伍都开到大堤上去。

"那时就有急玲人说:'不好!恐怕要出乱子!俺们赶紧回去预

备搬家罢！'谁知道那一夜里，三更时候，又赶上大风大雨，只听得稀里花拉，那黄河水就像山一样的倒下去了。那些村庄上的人，大半都还睡在屋里，呼的一声，水就进去，惊醒过来，连跑是跑，水已经过了屋檐。天又黑，风又大，雨又急，水又猛，你老想，这时候有什么法子呢？"

未知后事如何，且听下回分解。

第十四回 大县若蛙半浮水面 小船如蚁分送馒头

话说翠花接着说道："到了四更多天，风也息了，雨也止了，云也散了，透出一个月亮，湛明湛明。那村庄里头的情形是看不见的了，只有靠民埝近的，还有那抱着门板或桌椅板凳的，漂到民埝跟前，都就上了民埝。还有那民埝上住的人，拿竹竿子赶着捞人，也捞起来的不少。这些人得了性命，喘过一口气来，想一想，一家人都没有了，就剩了自己，没有一个不是号啕痛哭。喊爹叫妈的，哭丈夫的，疼儿子的，一条哭声，五百多里路长，你老看惨不惨呢！"

翠环接着道："六月十五这一天，俺娘儿们正在南门铺子里，半夜里听见人嚷说：'水下来了！'大家听说，都连忙起来。这一天本来很热，人多半是穿着褂裤，在院子里睡的。雨来的时候，才进屋子去；刚睡了一蒙蒙觉，就听外边嚷起来了，连忙跑到街上看，城也开了，人都望城外跑。城圈子外头，本有个小埝，每年倒口子用的，埝有五尺多高，这些人都出去守小埝。那时雨才住，天还阴着。

"一霎时，只见城外人，拼命价望城里跑；又见县官也不坐轿子，跑进城里来，上了城墙。只听一片声嚷说：'城外人家，不许搬东西！叫人赶紧进城，就要关城，不能等了！'俺们也都扒到城墙上去看，这里许多人用蒲包装泥，预备堵城门。县大老爷在城上喊：'人都进了城了，赶紧关城。'城厢里头本有预备的土包，关上城，就用土包把门后头叠上了。

"俺有个齐二叔住在城外，也上了城墙。这时候，云彩已经回了山，月亮很亮的。俺妈看见齐二叔，问他：'今年怎正利害？'齐二叔说：'可不是呢！往年倒口子，水下来，初起不过尺把高；正水头到了，也不过二尺多高,没有过三尺的;总不到顿把饭的工夫,水头就过去,总不过二尺来往水。今年这水,真霸道！一来就一尺多,一霎就过了二尺！县大老爷看势头不好,恐怕小埝守不住,叫人赶紧进城罢。那时水已将近有四尺的光景了。大哥这两天没见,敢是在庄子上么?可担心的很呢!'俺妈就哭了,说:'可不是呢!'

"当时只听城上一片嘈嚷,说:'小埝漫咧！小埝漫咧!'城上的人呼呼价往下跑。俺妈哭着就地一坐,说:'俺就死在这儿不回去了!'俺没法,只好陪着在旁边哭。只听人说:'城门缝里过水!'那无数人就乱跑,也不管是人家,是店,是铺子,抓着被褥就是被褥,抓着衣服就是衣服,全拿去塞城门缝子。一会儿把咱街上估衣铺的衣服,布店里的布,都拿去塞了城门缝子。渐渐听说:'不过水了!'又听嚷说:'土包单弱,恐怕挡不住!'这就看着多少人到俺店里去搬粮食口袋,望城门洞里去填。一会看着搬空了;又有那纸店里的纸,棉花店里的棉花,又是搬个干净。

"那时天也明了,俺妈也哭昏了。俺也设法,只好坐地守着。耳朵里不住的听人说:'这水可真了不得！城外屋子已经过了屋檐！这水头怕不快有一丈多深吗！从来没听说有过这么大的水!'后来还是店里几个伙计,上来把俺妈同俺架了回去。回到店里,那可不像样子了！听见伙计说:'店里整布袋的粮食都填满了城门洞,囤子里的散粮被乱人抢了一个精光。只有泼洒在地下的,扫了扫,还有两三担粮食。'店里原有两个老妈子,他们家也在乡下,听说这么大的水,想必老老小小也都是没有命了,直哭的想死不想活。

"一直闹到太阳大歪西,伙计们才把俺妈灌醒了。大家喝了两口小米稀饭。俺妈醒了,睁开眼看看,说:'老奶奶呢?'他们说:'在屋里睡觉呢,不敢惊动他老人家。'俺妈说:'也得请他老人家起来吃点么呀!'待得走到屋里,谁知道他老人家不是睡觉,是吓死了。摸了摸鼻子里,已经没有气。俺妈看见,'哇'的一声,吃的两口稀饭,跟着一口血块子一齐呕出来,又昏过去了。亏得个老王妈在老奶奶身上尽自摩挲,忽然嚷道:'不要紧！心口里滚热的呢。'忙着嘴对嘴的吹气,又喊快拿姜汤来。到了下午时候,奶奶也过来了,俺妈也过来了,这算是一家平安了。

“有两个伙计,在前院说话:‘听说城下的水有一丈四五了,这个多年的老城,恐怕守不住;倘若是进了城,怕一个活的也没有!’又一个伙计道:‘县大老爷还在城里,料想是不要紧的。’”

老残对人瑞道:“我也听说,究竟是谁出的这个主意,拿的是什么书,你老哥知道么?”人瑞道:“我是庚寅年来的,这是己丑年的事,我也是听人说,未知确否。据说是史钧甫史观察创的议,拿的就是贾让的《治河策》。他说当年齐与赵、魏以河为境,赵、魏濒山,齐地卑下,作堤去河二十五里,河水东抵齐堤,则西泛赵、魏,赵、魏亦为堤,去河二十五里。

“那天司道都在院上,他将这几句指与大家看,说:‘可见战国时两堤相距是五十里地了,所以没有河患。今日两民埝相距不过三四里,即两大堤相距尚不足二十里,比之古人,未能及半,若不废民埝,河患断无已时。’宫保说:‘这个道理,我也明白。只是这夹堤里面尽是村庄,均属膏腴之地,岂不要破坏几万家的生产吗?’

“他又指《治河策》给宫保看,说:‘请看这一段说:“难者将曰:若此败坏城郭田庐冢墓以万数,百姓怨恨。”贾让说:“昔大禹治水,山陵当路者毁之,故凿龙门,辟伊阙,折砥柱,破碣石,堕断天地之性,尚且为之,况此乃人工所造,何足言也?”’且又说:‘“小不忍则乱大谋”,宫保以为夹堤里的百姓,庐墓生产可惜,难道年年决口就不伤人命吗?此一劳永逸之事。所以贾让说:“大汉方制万里,岂其与水争咫尺之地哉?此功一立,河定民安,千载无恙,故谓之上策。”汉朝方制,不过万里,尚不当与水争地;我国家方制数万里,若反与水争地,岂不令前贤笑后生吗?’又指储同人批评云:‘“三策遂成不刊之典,然自汉以来,治河者率下策也。悲夫!汉、晋、唐、宋、元、明以来,读书人无不知贾让《治河策》等于圣经贤传,惜治河者无读书人,所以大功不立也。”宫保若能行此上策,岂不是贾让二千年后得一知己?功垂竹帛,万世不朽!’宫保皱着眉头道:‘但是一件要紧的事,只是我舍不得这十几万百姓现在的身家。’两司道:‘如果可以一劳永逸,何不另筹一笔款项,把百姓迁徙出去呢?’宫保说:‘只有这个办法,尚属较妥。’后来听说筹了三十万银子，预备迁民，至于为什么不迁，我却不知道了。”

人瑞对着翠环说道：“后来怎么样呢？你说呀。”翠环道：“后来我妈拿定主意，听他去，水来，俺就淹死去！”翠花道：“那下一年我也在齐东县，俺住在北门。俺三姨家北门离民埝挺近，北门外大街铺子又整齐，所以街后两个小埝都不小，听说是一丈三的顶。那边地势又高，所以北门没有漫过来。十六那天，俺到城墙上，看见那河里漂的东西，不知有多少呢，也有箱子，也有桌椅板凳，也有窗户门扇。那死人，更不待说，漂的满河都是，不远一个，不远一个，也没人顾得去捞。有有钱的，打算搬家，就是雇不出船来。”

老残道：“船呢？上那里去了？”翠花道：“都被官里拿了差，送馒头去了。”老残道：“送馒头给谁吃？要这些船干啥？”翠花道：“馒头功德可就大了！那庄子上的人，被水冲的有一大半，还有一少半呢，都是急玲点的人，一见水来，就上了屋顶，所以每一个庄子里屋顶上总有百把几十人，四面都是水，到那儿摸吃的去呢？有饿急了，重行跳到水里自尽的。亏得有抚台派的委员，驾着船各处去送馒头，大人三个，小孩两个，第二天又有委员驾着空船，把他们送到北岸。这不是好极的事吗？谁知这些浑蛋还有许多蹲在屋顶上不肯下来呢！问他为啥，他说在河里有抚台给他送馍馍，到了北岸就没人管他吃，那就饿死了。其实抚台送了几天就不送了，他们还是饿死。你说这些人浑不浑呢？”

老残向人瑞道：“这事真正荒唐！是史观察不是，虽未可知，然创此议主人，却也不是坏心，并无一毫为己私见在内，只因但会读书，不谙世故，举手动足便错。孟子所以说：‘尽信书，则不如无书。’岂但河工为然？天下大事，坏于奸臣者十之三四，坏于不通世故之君子者，倒有十分之六七也！”又问翠环道：“后来你爹找着了没有？还是就被水冲去了呢？”翠环收泪道：“那还不是跟水去了吗！要是活着，能不回家来吗？”大家叹息了一会。

老残又问翠花道：“你才说他，到了明年，只怕要过今年这个日子也没有了，这话是个甚么缘故？”翠花道：“俺这个爹不是死了吗？丧事里多花了一百几十吊钱；前日俺妈赌钱，掷骰子又输了二三百吊钱,共总亏空四百多吊。今年的年,是万过不去的了。所以前儿打算把环妹卖给蒯二秃子家。这蒯二秃子出名的利害,一天没有客,就要拿火筷子烙人。俺妈要他三百银子,他给了六百吊钱,所以没有说妥。你老想,现在到年,还能有多少天?这日子眼看着越过越紧,倘若到了年下,怕他不卖吗?这一卖,翠环可就够他难受了。”

老残听了,默无一言;翠环却只揩泪。黄人瑞道:“残哥,我才说,为他们的事情要同你商议,正是这个缘故。我想,眼看着一个老实孩子送到鬼门关里头去,实在可怜。算起不过三百银子的事情,我愿意出一半,那一半找几个朋友凑凑,你老哥也随便出几两,不拘多少。但是这个名我却不能担,倘若你老哥能把他要回去,这事就容易办了。你看好不好?”

老残道:“这事不难。银子呢,既你老哥肯出一半,那一半就是我兄弟出了罢。再要跟人家化缘,就不妥当了。只是我断不能要他,还得再想法子。”

翠环听到这里,慌忙跳下炕来,替黄、铁二公磕了两个头,说道:“两位老爷菩萨,救命恩人,舍得花银子把我救出火坑,不管做什么,丫头老妈子,我都情愿。只是有一件事,我得禀明在前:我所以常挨打,也不怪俺这妈,实在是俺自己的过犯。俺妈当初,因为实在饿不过了,所以把我卖给俺这妈,得了二十四吊钱,谢犒中人等项,去了三四吊,只落了二十吊钱。接着去年春上,俺奶奶死了,这钱可就光了。俺妈领着俺个小兄弟讨饭吃,不上半年,连饿带苦,也就死了,只剩了俺一个小兄弟,今年六岁。亏了俺有个旧街坊李五爷,现在也住在这齐河县,做个小生意,他把他领了去,随便给点吃吃。只是他自顾还不足的人,那里能管他饱呢?穿衣服是更不必说了。所以我在二十里铺的时候,遇着好客,给个一吊八百的呢,我就一两个月攒个三千两吊的给他寄来。现在蒙两位老爷救我出来,如在左近二三百里的地方呢,那就不说了,我总能省几个钱给他寄来;倘要远去呢,请两位恩爷总要想法,许我把这个孩子带着,或寄放在庵里庙里,或找个小户人家养着。俺田家祖上一百世的祖宗,做鬼都感激二位爷的恩典,结草衔环,一定会报答你二位的!可怜俺田家就这一线的根苗！……”说到这里，便又号啕痛哭起来。

人瑞道：“这又是一点难处。”老残道：“这也没有什么难，我自有个办法。”遂喊道：“田姑娘，你不用哭了，包管你姊儿两个一辈子不离开就是了。你别哭，让我们好替你打主意；你把我们哭昏了，就出不出好主意来了。快快别哭罢！”翠环听罢，赶紧忍住泪，“骨冬，骨冬”替他们每人磕了几个响头。老残连忙将他搀起。谁知他磕头的时候，用力太猛，把额头上碰了一个大苞，苞又破了，流血呢。

老残扶他坐下，说：“这是何苦来呢！”又替他把额上血轻轻揩了，让他在炕上躺下，这就来同人瑞商议说：“我们办这件事，当分个前后次第：以替他赎身为第一步，以替他择配为第二步。赎身一事又分两层：以私商为第一步；公断为第二步。此刻别人出他六百吊，我们明天把他领家的叫来，也先出六百吊，随后再添。此种人不宜过于爽快；你过爽快，他就觉得奇货可居了。此刻银价每两换两吊七百文，三百两可换八百一十吊，连一切开销，一定足用的了。看他领家的来，口气何如：倘不执拗，自然私了的为是；如怀疑刁狡呢，就托齐河县替他当堂公断一下，仍以私了结局。人翁以为何如？”人瑞道：“极是，极是！”

老残又道：“老哥固然万无出名之理，兄弟也不能出全名，只说是替个亲戚办的就是了。等到事情办妥，再揭明择配的宗旨；不然，领家的是不肯放的。”人瑞道：“很好。这个办法，一点不错。”老残道：“银子是你我各出一半，无论用多少，皆是这个分法。但是我行箧中所有，颇不敷用，要请你老哥垫一垫，到了省城，我就还你。”人瑞道：“那不要紧，赎两个翠环，我这里的银子都用不了呢。只要事情办妥，老哥还不还都不要紧的。”老残道：“一定要还的！我在有容堂还存着四百多银子呢。你不用怕我出不起，怕害的我没饭吃。你放心罢。”

人瑞道：“就是这么办，明天早起，就叫他们去喊他领家的去。”翠花道：“早起你别去喊。明天早起，我们姐儿俩一定要回去的。你老早起一喊，倘若被他们知道这个意思，他一定把环妹妹藏到乡下去；再讲盘子，那就受他的拿捏了，况且他们抽鸦片烟的人，也起不早；不如下午，你老先着人叫我们姐儿俩来，然后去叫俺妈，那就不怕他了。

只是一件:这事千万别说我说的:环妹妹是超升了的人,不怕他,俺还得在火坑里过活两年呢。”人瑞道:“那自然,还要你说吗!明天我先到县衙门里,顺便带个差人来。倘若你妈作怪,我先把翠环交给差人看管,那就有法制他了。”说着,大家都觉得喜欢得很。

老残便对人瑞道:“他们事已议定,大概如此,只是你先前说的那个案子呢,我到底不放心。你究竟是真话是假话?说了我好放心。”

未知后事如何,且听下回分解。

第十五回 烈焰有声惊二翠 严刑无度逼孤孀

话说老残与黄人瑞方将如何拔救翠环之法商议停妥,老残便向人瑞道:“你适才说,有个惊天动地的案子,其中关系着无限的人命,又有天矫离奇的情节,到底是真是假?我实实的不放心。”人瑞道:“别忙,别忙。方才为这一个毛丫头的事,商议了半天,正经勾当,我的烟还没有吃好,让我吃两口烟,提提神,告诉你。”

翠环此刻心里蜜蜜的高兴,正不知如何是好,听人瑞要吃烟,赶紧拿过签子来,替人瑞烧了两口吃着。人瑞道:“这齐河县东北上,离城四十五里,有个大村镇,名叫齐东镇,就是周朝齐东野人的老家。这庄上有三四千人家,有条大街,有十几条小街。路南第三条小街上,有个贾老翁。这老翁年纪不过五十望岁,生了两个儿子、一个女儿。大儿子在时,有三十多岁了,二十岁上娶了本村魏家的姑娘。魏、贾这两家都是靠庄田吃饭,每人家有四五十顷地。魏家没有儿子,只有这个女儿,却承继了一个远房侄儿在家,管理一切事务。只是这个承继儿子不甚学好,所以魏老儿很不喜欢他,却喜欢这个女婿如同珍宝一般。谁知这个女婿去年七月,感了时气,到了八月半边,就一命呜呼哀哉死了。过了百日,魏老头恐怕女儿伤心,常常接回家来过个十天半月的,解解他的愁闷。

“这贾家呢,第二个儿子今年二十四岁,在家读书。人也长的清清秀秀的,笔下也还文从字顺。贾老儿既把个大儿子死了,这二儿子便成了个宝贝,恐怕他劳神,书也不教他念了。他那女儿今年十九岁,相貌长的如花似玉,又加之人又能干,家里大小事情,都是他做主。因此本村人替他起了个浑名,叫做‘贾探春’。老二娶的也是本村一个读书人家的女儿,性格极其温柔,轻易不肯开口,所以人越发看他老实没用,起他个浑名叫‘二呆子’。

“这贾探春长到一十九岁,为何还没有婆家呢?只因为他才貌双全,乡庄户下,那有那么俊俏男子来配他呢?只有邻村一个吴二浪子,人却生得倜傥不群,相貌也俊,言谈也巧,家道也丰富,好骑马射箭,同这贾家本是个老亲,一向往来,彼此女眷都是不回避的,只有这吴二浪子曾经托人来求亲。贾老儿掂量这个亲事倒还做得;只是听得人说,这吴二浪子,乡下已经偷上了好几个女人,又好赌,又时常好跑到省城里去顽耍,动不动一两个月的不回来。心里算计,这家人家,虽算乡下的首富,终久家私要保不住,因此就没有应许。以后却是再要找个人材家道相平的,总找不着,所以把这亲事就平搁下了。

“今年八月十三是贾老大的周年。家里请和尚拜了三天谶,是十二、十三、十四三天。经谶拜完,魏老儿就接了姑娘回家过节。谁想当天下午,陡听人说,贾老儿家全家丧命。这一慌真就慌的不成话了!连忙跑来看时,却好乡约、里正俱已到齐。全家人都死尽,止有贾探春和他姑妈来了,都哭的泪人似的。顷刻之间,魏家姑奶奶,就是贾家的大娘子也赶到了;进得门来,听见一片哭声,也不晓得青红皂白,只好号啕大哭。

“当时里正前后看过,计门房死了看门的一名,长工二名,厅房堂屋倒在地下死了书童一名,厅房里间贾老儿死在炕上,二进上房死了贾老二夫妻两名,旁边老妈子一名,炕上三岁小孩子一名,厨房里老妈子一名,丫头一名,厢房里老妈子一名,前厅厢房里管账先生一名:大小男女,共死了一十三名口。当时具禀,连夜报上县来。

“县里次日一清早,带同仵作下乡一一相验,没有一个受伤的人,骨节不硬,皮肤不发青紫,既非杀伤,又非服毒,这没头案子就有些难办。一面贾家办理棺敛,一面县里具禀申报抚台。县里正在序稿,突然贾家遣个抱告,言已查出被人谋害形迹。”

方说到这里,翠环抬起头来喊道:“你瞧!窗户怎样这么红呀?”一言未了,只听得“必必剥剥”的声音,外边人声嘈杂,大声喊叫说:“起火!起火!”几个连忙跑出上房门来,才把帘子一掀,只见那火正是老残住的厢房后身。老残连忙身边摸出钥匙去开房门上的锁，黄人瑞大声喊道："多来两个人，帮铁老爷搬东西！"

老残刚把铁锁开了，将门一推，只见房内一大团黑烟，望外一扑，那火舌已自由窗户里冒出来了。老残被那黑烟冲来，赶忙望后一退，却被一块砖头绊住，跌了一跤，恰好那些来搬东西的人正自赶到，就势把老残扶起，搀过东边去了。

当下看那火势，怕要连着上房，黄人瑞的家人就带着众人，进上房去抢搬东西。黄人瑞站在院心里，大叫道："赶先把那账箱搬出，别的却还在后！"说时，黄升已将账箱搬出。那些人多手杂的，已将黄人瑞箱笼行李都搬出来放在东墙脚下。店家早已搬了几条长板凳来，请他们坐。人瑞检点物件，一样不少，却还多了一件，赶忙叫人搬往柜房里去。看官，你猜多的一件是何物事？原来正是翠花的行李。人瑞知道县官必来看火，倘若见了，有点难堪，所以叫人搬去。并对二翠道："你们也往柜房里避一避去，立刻县官就要来的。"二翠听说，便顺墙根走往前面去了。

且说火起之时，四邻人等及河工夫役，都寻觅了水桶水盆之类，赶来救火，无奈黄河两岸俱已冻得实实的，当中虽有流水之处，人却不能去取。店后有个大坑塘，却早冻得如平地了。城外只有两口井里有水，你想，慢慢一桶一桶打起，中何用呢？这些人人急智生，就把坑里的冰凿开，一块一块的望火里投。那知这冰的力量比水还大，一块冰投下去，就有一块地方没了火头。这坑正在上房后身，有七八个人立在上房屋脊上，后边有数十个人运冰上屋，屋上人接着望火里投，一半投到火里，一半落在上房屋上，所以火就接不到上房这边来。

老残与黄人瑞正在东墙看人救火，只见外面一片灯笼火把，县官已到，带领人夫手执挠钩长杆等件，前来救火。进得门来，见火势已衰，一面用挠钩将房扯倒，一面饬人取黄河浅处薄冰抛入火里，以压火势，那火也就渐渐的熄了。

县官见黄人瑞立在东墙下，步上前来，请了一个安，说道："老宪台受惊不小！"人瑞道："也还不怎样，但是我们补翁烧得苦点。"因向县官道："子翁，我介绍你会个人。此人姓铁，号补残，与你颇有关系，那个案子上要倚赖他才好办。”县官道:“嗳呀呀！铁补翁在此地吗?快请过来相会。”人瑞即招手大呼道:“老残,请这边来!”

老残本与人瑞坐在一条凳上,因见县官来,踱过人丛里,借看火为回避。今闻招呼,遂走过来,与县官作了个揖,彼此道些景慕的话头。县官有马扎子,老残与人瑞仍坐长凳子上。原来这齐河县姓王,号子谨,也是江南人,与老残同乡。虽是个进士出身,倒不糊涂。

当下人瑞对王子谨道:“我想阁下齐东村一案,只有请补翁写封信给宫保,须派白子寿来,方得昭雪;那个绝物也不敢过于倔强。我辈都是同官,不好得罪他的;补翁是方外人,无须忌讳。尊意以为何如?”子谨听了,欢喜非常,说:“贾魏氏活该有救星了！好极,好极!”老残听得没头没脑,答应又不是,不答应又不是,只好含糊唯诺。

当时火已全熄,县官要扯二人到衙门去住。人瑞道:“上房既未烧着,我仍可以搬入去住,只是铁公未免无家可归了。”老残道:“不妨,不妨！此时夜已深,不久便自天明;天明后,我自会上街置办行李,毫不碍事。”县官又苦苦的劝老残到衙门里去。老残说:“我打搅黄兄是不妨的,请放心罢。”县官又殷勤问:“烧些甚么东西？未免大破财了。但是敝县购办得出的,自当稍尽绵薄。”老残笑道:“布衾一方,竹笥一只,布衫裤两件,破书数本,铁串铃一枚,如此而已。”县官笑道:“不确罢。”也就笑着。

正要告辞,只见地保同着差人,一条铁索,锁了一个人来,跪在地下,像鸡子签米似的,连连磕头,嘴里只叫:“大老爷天恩！大老爷天恩!”那地保跪一条腿在地下,喊道:“火就是这个老头儿屋里起的,请大老爷示:还是带回衙门去审,还是在这里审?”县官便问道:“你姓什么？叫什么？那里人？怎么样起的火?”只见那地下的人又连连磕头,说道:“小的姓张,叫张二,是本城里人,在这隔壁店里做长工。因为昨儿从天明起来,忙到晚上二更多天,才稍为空闲一点,回到屋里睡觉,谁知小衫裤汗湿透了,刚睡下来,冷得异样,越冷越打战战,就睡不着了。小的看这屋里放着好些粟秸,就抽了几根,烧着烤一烤。又想起窗户台上有上房客人吃剩下的酒,赏小的吃的,就拿在火上煨热了,喝了几钟。谁知道一天乏透的人,得了点暖气,又有两杯酒下了肚，糊里涂糊，坐在那里，就睡着了。刚睡着，一霎儿的工夫，就觉得鼻子里烟呛的难受，慌忙睁开眼来，身上棉袄已经烧着了一大块，那粟秸打的壁子已通着了，赶忙出来找水来泼，那火已自出了屋顶，小的也没有法子了。所招是实，求大老爷天恩！”县官骂了一声“浑蛋”，说：“带到衙门里办去罢！”说罢，立起身来，向黄、铁二公告辞；又再三叮嘱人瑞，务必设法玉成那一案，然后的匆匆去了。

那时火已熄尽，只冒白气。人瑞看着黄升带领众人，又将物件搬入，依旧陈列起来。人瑞道：“屋子里烟火气太重，烧盒万寿香来熏熏。”人瑞笑向老残道：“铁公，我看你还忙着回屋去不回呢！”老残道：“都是被你一留再留的。倘若我在屋里，不至于被他烧得这么干净。”人瑞道，“咦！不言臊！要是让你回去，只怕连你还烧死在里头呢！你不好好的谢我，反来埋怨我，真是不识好歹。”老残道：“难道我是死人吗？你不赔我，看我同你干休吗！”

说着，只见门帘揭起，黄升领了一个戴大帽子的进来，对着老残打了一个千儿，说：“敝上说给铁大老爷请安。送了一副铺盖来，是敝上自己用的，腌臜点，请大老爷不要嫌弃，明天叫裁缝赶紧做新的送过来，今夜先将就点儿罢。又狐皮袍子马褂一套，请大老爷随便用罢。”老残立起来道：“累你们贵上费心。行李暂且留在这里，借用一两天，等我自己买了，就缴还。衣裳我都已经穿在身上，并没有烧掉，不劳贵上费心了。回去多多道谢。”那家人还不肯把衣服带去。仍是黄人瑞说：“衣服，铁老爷决不肯收的。你就说我说的，你带回去罢。”家人又打了个千儿去了。

老残道：“我的烧去也还罢了，总是你瞎倒乱，平白的把翠环的一卷行李也烧在里头，你说冤不冤呢？”黄人瑞道：“那才更不要紧呢！我说他那铺盖总共值不到十两银子，明日赏他十五两银子，他妈要喜欢的受不得呢。”翠环道：“可不是呢，大约就是我这个倒霉的人，一卷铺盖害了铁爷许多好东西都毁掉了。”老残道：“物件到没有值钱的，只可惜我两部宋板书，是有钱没处买的，未免可惜。然也是天数，只索听他罢了。”人瑞道：“我看宋板书到也不稀奇，只是可惜你那摇的串铃子也毁掉，岂不是失了你的衣饭碗了吗？”老残道：“可不是呢。

这可应该你赔了罢，还有什么说的？”人瑞道：“罢，罢，罢！烧了他的铺盖，烧了你的串铃，大吉大利，恭喜，恭喜！”对着翠环作了个揖，又对老残作了个揖，说道：“从今以后，他也不用做卖皮的婊子，你也不要做说嘴的郎中了！”

老残大叫道：“好，好，骂的好苦！翠环，你还不去拧他的嘴！”翠环道：“阿弥陀佛！总是两位的慈悲！”翠花点点头道：“环妹由此从良，铁老由此做官，这把火倒也实在是把大吉大利的火，我也得替二位道喜。”老残道：“依你说来，他却从良，我却从贱了？”黄人瑞道：“闲话少讲，我且问你：是说话是睡？如睡，就收拾行李；如说话，我就把那奇案再告诉你。”随即大叫了一声：“来啊！”

老残道：“你说，我很愿意听。”人瑞道：“不是方才说到贾家遣丁抱告，说查出被人谋害的情形吗？原来这贾老儿桌上有吃残了的半个月饼，一大半人房里都有吃月饼的痕迹。这月饼却是前两天魏家送得来的。所以贾家新承继来的个儿子名叫贾干，同了贾探春告说是他嫂子贾魏氏与人通奸，用毒药谋害一家十三口性命。

“齐河县王子谨就把这贾干传来，问他奸夫是谁，却又指不出来。食残的月饼，只有半个，已经擘碎了，馅子里却是有点砒霜。王子谨把这贾魏氏传来问这情形。贾魏氏供：‘月饼是十二日送来的。我还在贾家。况当时即有人吃过，并未曾死。’又把那魏老儿传来。魏老儿供称：‘月饼是大街上四美斋做的，有毒无毒，可以质证了。’及至把四美斋传来，又供月饼虽是他家做的，而馅子却是魏家送得来的。就是这一节，却不得不把魏家父女暂且收管。虽然收管，却未上刑具，不过监里的一间空屋，听他自己去布置罢了。子谨心里觉得仵作相验，实非中毒；自己又亲身细验，实无中毒情形。即使月饼中有毒，未必人人都是同时吃的，也没有个毒轻毒重的分别吗？

“苦主家催求讯断得紧，就详了抚台，请派员会审。前数日，齐巧派了刚圣慕来。此人姓刚，名弼，是吕谏堂的门生，专学他老师，清廉得格登登的。一跑得来，就把那魏老儿上了一夹棍，贾魏氏上了一拶子。两个人都晕绝过去，却无口供。那知冤家路儿窄：魏老儿家里的管事的却是愚忠老实人，看见主翁吃这冤枉官司，遂替他筹了些款，到城里来打点，一投投到一个乡绅胡举人家。”

说到此处，只见黄升揭开帘子走进来，说：“老爷叫呀。”人瑞道：“收拾铺盖。”黄升道：“铺盖怎样放法？”人瑞想了一想，说：“外间冷，都睡到里边去罢。”就对老残道：“里间炕很大，我同你一边睡一个，叫他们姐儿俩打开铺盖卷睡当中，好不好？”老残道：“甚好，甚好。只是你孤栖了。”人瑞道：“守着两个，还孤栖个什么呢？”老残道：“管你孤栖不孤栖，赶紧说，投到这胡举人家怎么样呢？”

要知后事如何，且听下回分解。

第十六回　六千金买得凌迟罪　一封书驱走丧门星

话说老残急忙要问他投到胡举人家便怎样了。人瑞道："你越着急，我越不着急！我还要抽两口烟呢！"老残急于要听他说，就叫："翠环，你赶紧烧两口，让他吃了好说。"翠环拿着签子便烧。黄升从里面把行李放好，出来回道："他们的铺盖，叫他伙计来放。"人瑞点点头。一刻，见先来的那个伙计，跟着黄升进去了。原来马头上规矩：凡妓女的铺盖，必须他伙计自行来放，家人断不肯替他放的；又兼之铺盖之外还有甚么应用的物事，他伙计知道放在甚么所在，妓女探手便得，若是别人放的，就无处寻觅了。

却说伙计放完铺盖出来，说道："翠环的烧了，怎么样呢？"人瑞道："那你就不用管罢。"老残道："我知道。你明天来，我赔你二十两银子，重做就是了。"伙计说："不是为银子，老爷请放心，为的是今儿夜里。"人瑞道："叫你不要管，你还不明白吗？"翠花也道："叫你不要管，你就回去罢。"那伙计才低着头出去。

人瑞对黄升道："天很不早了，你把火盆里多添点炭，坐一壶开水在旁边，把我墨盒子笔取出来，取几张红格子白八行书同信封子出来，取两枝洋蜡，都放在桌上，你就睡去罢。"黄升答应了一声"是"，就去照办。

这里人瑞烟也吃完。老残问道："投到胡举人家怎样呢？"人瑞道："这个乡下糊涂老儿，见了胡举人，扒下地就磕头，说：'如能救得我主人的，万代封侯！'胡举人道：'封侯不济事，要有钱才能办事呀。这大老爷，我在省城里也与他同过席，是认得的。你先拿一千银子来，我替你办。我的酬劳在外。'那老儿便从怀里摸出个皮靴页儿来，取出五百一张的票子两张，交与胡举人，却又道：‘但能官司了结无事，就再花多少，我也能办。”胡举人点点头，吃过午饭，就穿了衣冠来拜老刚。”

老残拍着炕沿道：“不好了！”人瑞道：“这浑蛋的胡举人来了呢，老刚就请见，见了略说了几句套话。胡举人就把这一千银票子双手捧上，说道：‘这是贾魏氏那一家，魏家孝敬老公祖的，求老公祖格外成全。’”

老残道：“一定翻了呀！”人瑞道：“翻了倒还好，却是没有翻。”老残道：“怎么样呢？”人瑞道：“老刚却笑嘻嘻的双手接了，看了一看，说道：‘是谁家的票子？可靠得住吗？’胡举人道：‘这是同裕的票子，是敝县第一个大钱庄，万靠得住。’老刚道：‘这么大个案情，一千银子那能行呢？’胡举人道：‘魏家人说，只要早早了结，没事，就再花多些，他也愿意。’老刚道：‘十三条人命，一千银子一条，也还值一万三呢。也罢，既是老兄来，兄弟情愿减半算，六千五百两银子罢。’胡举人连声答应道：‘可以行得，可以行得！’

“老刚又道：‘老兄不过是个介绍人，不可专主，请回去切实问他一问，也不必开票子来，只须老兄写明云：减半六五之数，前途愿出。兄弟凭此，明日就断结了。’胡举人欢喜的了不得，出去就与那乡下老儿商议。乡下老儿听说官司可以了结无事，就擅专一回。谅多年宾东，不致遭怪，况且不要现银子，就高高兴兴的写了个五千五百两的凭据交与胡举人，又写了个五百两的凭据，为胡举人的谢仪。

“这浑蛋胡举人写了一封信，并这五千五百两凭据，一并送到县衙门里来。老刚收下，还给个收条。等到第二天升堂，本是同王子谨会审的。这些情节，子谨却一丝也不知道。坐上堂去，喊了一声‘带人’。那衙役们早将魏家父女带到，却都是死了一半的样子。两人跪到堂上，刚弼便从怀里摸出那个一千两银票并那五千五百两凭据和那胡举人的书子，先递给子谨看了一遍，子谨不便措辞，心中却暗暗的替魏家父女叫苦。

“刚弼等子谨看过，便问魏老儿道：‘你认得字吗？’魏老儿供：‘本是读书人，认得字。’又问贾魏氏：‘认得字吗？’供：‘从小上过几年学，认字不多。'老刚便将这银票、笔据叫差人送与他父女们看。他父女回说:'不懂这是什么原故。'刚弼道:'别的不懂,想必也是真不懂;这个凭据是谁的笔迹,下面注着名号,你也不认得吗?'叫差人:'你再给那个老头儿看!'魏老儿看过,供道:'这凭据是小的家里管事的写的,但不知他为甚么事写的。'

"刚弼哈哈大笑说:'你不知道,等我来告诉你,你就知道了!昨儿有个胡举人来拜我,先送一千两银子,说你们这一案,叫我设法儿开脱;又说如果开脱,银子再要多些也肯。我想你们两个穷凶极恶的人,前日颇能熬刑,不如趁势讨他个口气罢,我就对胡举人说:"你告诉他管事的去,说害了人家十三条性命,就是一千两银子一条,也该一万三千两。"胡举人说:"恐怕一时拿不出许多。"我说:"只要他心里明白,银子便迟些日子不要紧的。如果一千银子一条命不肯出,就是折半五百两银子一条命,也该六千五百两,不能再少。"胡举人连连答应。我还怕胡举人孟浪,再三叮嘱他,叫他把这折半的道理告诉你们管事的,如果心服情愿,叫他写个凭据来,银子早迟不要紧的。第二天,果然写了这个凭据来。我告诉你,我与你无冤无仇,我为什么要陷害你们呢?你要摸心想一想,我是个朝廷家的官,又是抚台特特委我来帮着王大老爷来审这案子,我若得了你们的银子,开脱了你们,不但辜负抚台的委任,那十三条冤魂,肯依我吗?我再详细告诉你:倘若人命不是你谋害的,你家为什么肯拿几千两银子出来打点呢?这是第一据。在我这里花的是六千五百两,在别处花的且不知多少,我就不便深究了。倘人不是你害的,我告诉他照五百两一条命计算,也应该六千五百两,你那管事的就应该说:"人命实不是我家害的,如蒙委员代为昭雪,七千八千俱可,六千五百两的数目却不敢答应。"为什么他毫无疑义,就照五百两一条命算账呢?是第二据。我劝你们早迟总得招认,免得饶上许多刑具的苦楚。'

"那父女两个连连叩头说:'青天大老爷!实在是冤枉!'刚弼把桌子一拍,大怒道:'我这样开导你们,还是不招,再替我夹拶起来?'底下差役炸雷似的答应了一声'嗄',夹棍拶子望堂上一摔,惊魂动魄价响。

“正要动刑，刚弼又道：‘慢着，行刑的差役上来，我对你讲。’几个差役走上几步，跪一条腿，喊道：‘请大老爷示。’刚弼道：‘你们伎俩我全知道：你看那案子是不要紧的呢，你们得了钱，用刑就轻些，让犯人不甚吃苦；你们看那案情重大，是翻不过来的了，你们得了钱，就猛一紧，把那犯人当堂治死，成全他个整尸首，本官又有个严刑毙命的处分：我是全晓得的。今日替我先拶贾魏氏，只不许拶得他发昏，但看神色不好，就松刑，等他回过气来再拶，预备十天工夫，无论你什么好汉，也不怕你不招！’

“可怜一个贾魏氏，不到两天，就真熬不过了，哭得一丝半气的，又忍不得老父受刑，就说道：‘不必用刑，我招就是了！人是我谋害的，父亲委实不知情！’刚弼道：‘你为什么害他全家？’魏氏道：‘我为妯娌不和，有心谋害。’刚弼道：‘妯娌不和，你害他一个人很够了，为什么毒他一家子呢？’魏氏道：‘我本想害他一人，因没有法子，只好把毒药放在月饼馅子里。因为他最好吃月饼，让他先毒死了，旁人必不至再受害了。’刚弼问：‘月饼馅子里，你放的什么毒药呢？’供：‘是砒霜。’‘那里来的砒霜呢？’供：‘叫人药店里买的。’‘那家药店里买的呢？’‘自己不曾上街，叫人买的，所以不晓得那家药店。’问：‘叫谁买的呢？’供：‘就是婆家被毒死了的长工王二。’问：‘既是王二替你买的，何以他又肯吃这月饼受毒死了呢？’供：‘我叫他买砒霜的时候，只说为毒老鼠，所以他不知道。’问：‘你说你父亲不知情，你岂有个不同他商议的呢？’供：‘这砒霜是在婆家买的，买得好多天了。正想趁个机会放在小婶吃食碗里，值几日都无隙可乘，恰好那日回娘家，看他们做月饼馅子，问他们何用，他们说送我家节礼，趁无人的时候，就把砒霜搅在馅子里了。’

“刚弼点点头道：‘是了，是了。’又问道：‘我看你人很直爽，所招的一丝不错。只是我听人说，你公公平常待你极为刻薄，是有的罢？’魏氏道：‘公公待我如待亲身女儿一般恩惠，没有再厚的了。’刚弼道：‘你公公横竖已死，你何必替他回护呢？’魏氏听了，抬起头来，柳眉倒竖，杏眼圆睁，大叫道：‘刚大老爷！你不过要成就我个凌迟的罪名！现在我已遂了你的愿了，既杀了公公，总是个凌迟！你又何必要坐成个故杀呢,你家也有儿女呀！劝你退后些罢!’刚弼一笑道:‘论做官的道理呢,原该追究个水尽山穷;然既已如此,先让他把这个供画了。’”

再说黄人瑞道:“这是前两天的事,现在他还要算计那个老头子呢。昨日我在县衙门里吃饭,王子谨气得要死,逼得不好开口,一开口,仿佛得了魏家若干银子似的。李太尊在此地,也觉得这案情不妥当,然也没有法想,商议除非能把白太尊白子寿弄来才行。这瘟刚是以清廉自命的,白太尊的清廉,恐怕比他还靠得住些。白子寿的人品学问,为众所推服,他还不敢藐视,舍此更无能制伏他的人了。只是一两天内就要上详,宫保的性子又急,若奏出去就不好设法了。只是没法通到宫保面前去,凡我们同寅都要避点嫌疑,昨日我看见老哥,我从心眼里欢喜出来,请你想个什么法子。”

老残道:“我也没有长策。不过这种事情,其势已迫,不能计出万全的。只有就此情形,我详细写封信禀宫保,请宫保派白太尊来复审。至于这一炮响不响,那就不能管了。天下事冤枉的多着呢,但是碰在我辈眼目中,尽心力替他做一下子就罢了。”人瑞道:“佩服,佩服。事不宜迟,笔墨纸张都预备好了,请你老人家就此动笔。翠环,你去点蜡烛,泡茶。”

老残凝了一凝神,就到人瑞屋里坐下。翠环把洋烛也点着了,老残揭开墨盒,拔出笔来,铺好了纸,拈笔便写,那知墨盒子已冻得像块石头,笔也冻得像个枣核子,半笔也写不下去。翠环把墨盒子捧到火盆上烘,老残将笔拿在手里,向着火盆一头烘,一头想。半霎功夫,墨盒里冒白气,下半边已烊了,老残蘸墨就写,写两行,烘一烘,不过半个多时辰,信已写好,加了个封皮,打算问人瑞,信已写妥,交给谁送去？对翠环道:“你请黄老爷进来。”

翠环把房门帘一揭,“格格”的笑个不止,低低喊道:“铁老,你来瞧!”老残望外一看,原来黄人瑞在南首,双手抱着烟枪,头歪在枕头上,口里拖三四寸长一条口涎,腿上却盖了一条狼皮褥子;再看那边,翠花睡在虎皮毯上,两只脚都缩在衣服里头,两只手超在袖子里,头却不在枕头上,半个脸缩在衣服大襟里,半个脸靠着袖子,两个人都睡得实沉沉的了。

老残看了说:“这可要不得,快点喊他们起来!”老残就去拍人瑞,说:“醒醒罢,这样要受病的!”人瑞惊觉,懵里懵懂的,睁开眼说道:“呵,呵!信写好了吗?”老残说:“写好了。”人瑞挣扎着坐起,只见口边那条涎水,由袖子上滚到烟盘里,跌成几段,原来久已化作一条冰了!老残拍人瑞的时候,翠环却到翠花身边,先向他衣服摸着两只脚,用力往外一扯。翠花惊醒,连喊:“谁,谁,谁?”连忙揉揉眼睛,叫道:“可冻死我了!”

两人起来,都奔向火盆就暖,那知火盆无人添炭,只剩一层白灰,几星余火,却还有热气。翠环道:“屋里火盆旺着呢,快向屋里烘去罢。”四人遂同到里边屋来。翠花看铺盖,三分俱已摊得齐楚,就去看他县里送来的,却是一床蓝湖绉被,一床红湖绉被,两条大呢褥子,一个枕头。指给老残道:“你瞧这铺盖好不好?”老残道:“太好了些。”便向人瑞道:“信写完了,请你看看。”

人瑞一面烘火,一面取过信来,从头至尾读了一遍,说:“很切实的。我想总该灵罢。”老残道:“怎样送去呢?”人瑞腰里摸出表来一看,说:“四下钟,再等一刻,天亮了,我叫县里差个人去。”老残道:“县里人都起身得迟,不如天明后,同店家商议,雇个人去更妥。只是这河难得过去。”人瑞道:“河里昨晚就有人跑凌,单身人过河很便当的。”大家烘着火,随便闲话。

两三点钟工夫,极容易过,不知不觉,东方已自明了。人瑞喊起黄升,叫他向店家商议,雇个人到省城送信,说:“不过四十里地,如晌午以前送到,下午取得收条来,我赏银十两。”停了一刻,只见店伙同了一个人来说:“这是我兄弟,如大老爷送信,他可以去。他送过几回信,颇在行,到衙门里也敢进去,请大老爷放心。”当时人瑞就把上抚台的禀交给他,自收拾投递去了。

这里人瑞道:“我们这时该睡了。”黄、铁睡在两边,二翠睡在当中,不多一刻都已齁齁的睡着。一觉醒来,已是午牌时候。翠花家伙计早已在前面等候,接了他姊妹两个回去,将铺盖卷了,一并掮着就走。人瑞道:“傍晚就送他们姐儿俩来,我们这儿不派人去叫了。”伙计答应着“是”，便同两人前去。翠环回过头来眼泪汪汪的道：“你别忘了阿！”人瑞、老残俱笑着点点头。

二人洗脸。歇了片刻就吃午饭。饭毕，已两下多钟，人瑞自进县署去了，说：“倘有回信，喊我一声。”老残说：“知道，你请罢。”

人瑞去后，不到一个时辰，只见店家领那送信的人，一头大汗，走进店来，怀里取出一个马封，紫花大印，拆开，里面回信两封：一封是张宫保亲笔，字比核桃还大；一封是内文案上袁希明的信，言：“白太尊现署泰安，即派人去代理，大约五七天可到。”并云：“宫保深盼阁下少候两日，等白太尊到，商酌一切”云云。老残看了，对送信人说：“你歇着罢，晚上来领赏。喊黄二爷来。”店家说：“同黄大老爷进衙门去了。”老残想：“这信交谁送去呢？不如亲身去走一遭罢。”就告店家，锁了门，竟自投县衙门来。

进了大门，见出出进进人役甚多，知有堂事。进了仪门，果见大堂上阴气森森，许多差役两旁立着。凝了一凝神，想道：“我何妨上去看看，什么案情？”立在差役身后，却看不见。

只听堂上嚷道：“贾魏氏，你要明白，你自己的死罪已定，自是无可挽回，你却极力开脱你那父亲，说他并不知情，这是你的一片孝心，本县也没有个不成全你的。但是你不招出你的奸夫来，你父亲的命就保全不住了。你想，你那奸夫出的主意，把你害得这样苦法，他到躲得远远的，连饭都不替你送一碗，这人的情义也就很薄的了，你却抵死不肯招出他来，反令生身老父，替他担着死罪。圣人云：‘人尽夫也，父一而已。’原配丈夫，为了父亲尚且顾不得他，何况一个相好的男人呢！我劝你招了的好。”只听底下只是嘤嘤啜泣。又听堂上喝道：“你还不招吗？不招我又要动刑了！”

又听底下一丝半气的说了几句，听不出什么话来。只听堂上嚷道：“他说什么？”听一个书吏上去回道：“贾魏氏说，是他自己的事，大老爷怎样分付，他怎样招；叫他捏造一个奸夫出来，实实无从捏造。”

又听堂上把惊堂一拍，骂道：“这个淫妇，真正刁狡！拶起来！”堂下无限的人大叫了一声“嗄”，只听跑上几个人去，把拶子往地下一摔，“霍绰”的一声，惊心动魄。

老残听到这里,怒气上冲,也不管公堂重地,把站堂的差人用手分开,大叫一声:"站开!让我过去!"差人一闪。老残走到中间,只见一个差人一手提着贾魏氏头发,将头提起,两个差人正抓他手在上拶子。老残走上,将差人一扯,说道:"住手!"便大摇大摆走上暖阁,见公案上坐着两人,下首是王子谨,上首心知就是这刚弼了,先向刚弼打了一躬。

子谨见是老残,慌忙立起。刚弼却不认得,并不起身,喝道:"你是何人?敢来搅乱公堂!拉他下去!"

未知老残被拉下去,后事如何,且听下回分解。

第十七回　铁炮一声公堂解索　瑶琴三叠旅舍衔环

话说老残看贾魏氏正要上刑，急忙抢上堂去，喊了“住手”。刚弼却不认得老残为何许人，又看他青衣小帽，就喝令差人拉他下去。谁知差人见本县大老爷早经站起，知道此人必有来历，虽然答应了一声“嗄”，却没一个人敢走上来。

老残看刚弼怒容满面，连声吆喝，却有意呕着他顽，便轻轻的说道：“你先莫问我是什么人，且让我说两句话。如果说的不对，堂下有的是刑具，你就打我几板子，夹我一两夹棍，也不要紧。我且问你：一个垂死的老翁，一个深闺的女子，案情我却不管，你上他这手铐脚镣是什么意思？难道怕他越狱走了吗？这是制强盗的刑具，你就随便施于良民，天理何存？良心安在？”

王子谨想不到抚台回信已来，恐怕老残与刚弼堂上较量起来，更下不去，连忙喊道：“补翁先生，请厅房里去坐，此地公堂，不便说话。”刚弼气得目瞪口呆，又见子谨称他补翁，恐怕有点来历，也不敢过于抢白。老残知子谨为难，遂走过西边来，对着子谨也打了一躬。子谨慌忙还揖，口称：“后面厅房里坐。”老残说道：“不忙。”却从袖子里取出张宫保的那个复书来，双手递给子谨。

子谨见有紫花大印，不觉喜逐颜开，双手接过，拆开一看，便高声读道：“示悉。白守耆札到便来，请即传谕王、刚二令，不得滥刑。魏谦父女取保回家，候白守覆讯。弟耀顿首。”一面递给刚弼去看，一面大声喊道：“奉抚台传谕，叫把魏谦父女刑具全行松放，取保回家，候白大人来再审！”底下听了，答应一声“嗄”，又大喊道：“当堂松刑罗！当堂松刑罗！”却早七手八脚，把他父女手铐脚镣，项上的铁链子，一松一个干净，教他上来磕头，替他喊道："谢抚台大人恩典！谢刚大老爷、王大老爷恩典！"那刚弼看信之后，正自敢怒而不敢言；又听到谢刚大老爷、王大老爷恩典，如同刀子戳心一般，早坐不住，退往后堂去了。

子谨仍向老残拱手道："请厅房里去坐。兄弟略为交代此案，就来奉陪。"老残拱一拱手道："请先生治公，弟尚有一事，告退。"遂下堂，仍自大摇大摆的走出衙门去了。这里王子谨分付了书吏，叫魏谦父女赶紧取保，今晚便要叫他们出去才好。书吏一一答应，击鼓退堂。

却说老残回来，一路走着，心里十分高兴，想道："前日闻得玉贤种种酷虐，无法可施；今日又亲目见了一个酷吏，却被一封书便救活了两条性命，比吃了人参果心里还快活！"一路走着，不知不觉已出了城门，便是那黄河的堤埝了。上得堤去，看天色欲暮，那黄河已冻得同大路一般，小车子已不断的来往行走，心里想来："行李既已烧去，更无累赘，明日便可单身回省，好去置办行李。"转又念道："袁希明来信，叫我等白公来，以便商酌，明知白公办理此事，游刃有余，然倘有未能周知之处，岂不是我去了害的事吗？只好耐心等待数日再说。"一面想着，已到店门，顺便踱了回去，看有许多人正在那里刨挖火里的烬余，堆了好大一堆，都是些零绸碎布，也就不去看他。回到上房，独自坐地。

过了两个多钟头，只见人瑞从外面进来，口称："痛快，痛快！"说："那瘟刚退堂之后，随即命家人检点行李回省。子谨知道宫保耳软，恐怕他回省，又出汊子，故极力留他，说：'宫保只有派白太尊覆审的话，并没有叫阁下回省的示谕，此案未了，断不能走。你这样去销差，岂不是同宫保呕气吗？恐不合你主敬存诚的道理。'他想想也只好忍耐着了。子谨本想请你进去吃饭，我说：'不好，倒不如送桌好好的饭去，我替你陪客罢。'我讨了这个差使来的。你看好不好？"老残道："好！你吃白食，我担人情，你倒便宜！我把他辞掉，看你吃什么！"人瑞道："你只要有本事辞，只管辞，我就陪你挨饿。"

说着，门口已有一个戴红缨帽儿的拿了一个全帖，后面跟着一个挑食盒的进来,直走到上房,揭起暖帘进来,对着人瑞望老残说:“这位就是铁老爷罢?”人瑞说:“不错。”那家人便抢前一步,请了一个安,说:“敝上说:小县分没有好菜,送了一桌粗饭,请大老爷包含点。”老残道:“这店里饭很便当,不消贵上费心,请挑回去,另送别位罢。”家人道:“主人分付,总要大老爷赏脸。家人万不敢挑回去,要挨骂的。”人瑞在桌上拿了一张笺纸,拔开笔帽,对着那家人道:“你叫他们挑到前头灶屋里去。”那家人揭开盒盖,请老爷们过眼。原来是一桌甚丰的鱼翅席。老残道:“便饭就当不起。这酒席太客气,更不敢当了。”人瑞用笔在花笺上已经写完,递与那家人,说:“这是铁老爷的回信,你回去说谢谢就是了。”又叫黄升赏了家人一吊钱,挑盒子的二百钱。家人打了两个千儿。

这里黄升掌上灯来。不消半个时辰,翠花、翠环俱到。他那伙计不等分付,已掮了两个小行李卷儿进来,送到里房去。人瑞道:“你们铺盖真做得快,半天工夫,就齐了吗?”翠花道:“家里有的是铺盖,对付着就够用了。”黄升进来问:“开饭不开饭?”人瑞说:“开罢。”停了一刻,已先将碟子摆好。人瑞道:“今日北风虽然不刮,还是很冷,快温酒来吃两杯。今天十分快乐,我们多喝两杯。”二翠俱拿起弦子来唱两个曲子侑酒。人瑞道:“不必唱了,你们也吃两杯酒罢。”翠花看二人非常高兴,便问道:“你能这么高兴,想必抚台那里送信的人回来了吗?”人瑞道:“岂但回信来了,魏家爷儿俩这时候怕都回到了家呢!”便将以上事情,一五一十的告诉了二翠。他姊儿俩个,也自喜欢的了不得,自不消说。

却说翠环听了这话,不住的迷迷价笑,忽然又将柳眉双锁,默默无言。你道什么缘故?他因听见老残一封书去,抚台便这样的信从,若替他办那事,自不费吹灰之力,一定妥当的,所以就迷迷价笑。又想他们的权力,虽然够用,只不知昨晚所说的话,究竟是真是假;倘若随便说说就罢了的呢,这个机会错过,便终身无出头之望,所以双眉又锁起来了。又想到他妈今年年底,一定要转卖他,那蒯二秃子凶恶异常,早迟是个死,不觉脸上就泛了死灰的气色。又想到自已好好一个良家女子,怎样流落得这等下贱形状,倒不如死了的干净,眉宇间又泛出一种英毅的气色来。又想到自己死了,原无不可,只是一个六岁的小兄弟有谁抚养,岂不也是饿死吗?他若饿死,不但父母无人祭供,并祖上的香烟,从此便绝。这么想去,是自己又死不得了。想来想去,活又活不成,死又死不得,不知不觉那泪珠子便扑簌簌的滚将下来,赶紧用手绢子去擦。

翠花看见道:"你这妮子!老爷们今天高兴,你又发什么昏?"人瑞看着他,只是憨笑。老残对他点了点头,说:"你不用胡思乱想,我们总要替你想法子的。"人瑞道:"好,好!有铁老爷一手提拔你,我昨晚说的话,可是不算数的了。"翠环听了大惊,愈觉得他自己虑的是不错。正要向人瑞诘问,只见黄升同了一个人进来,朝人瑞打了一千儿,递过一个红纸封套去。人瑞接过来,撑开封套口,朝里一窥,便揣到怀里去,说声"知道了",更不住的嘻嘻价笑。只见黄升说:"请老爷出来说两句话。"人瑞便走出去。

约有半个时辰进来,看着三个人俱默默相对,一言不发,人瑞愈觉高兴。又见那县里的家人进来向老残打了个千儿,道:"敝上说,叫把昨儿个的一卷旧铺盖取回去。"老残一愣,心里想道:"这是什么道理呢?你取了去,我睡什么呢?"然而究竟是人家的物件,不便强留,便说:"你取了去罢。"心里却是纳闷。看着那家人进房取将去了,只见人瑞道:"今儿我们本来很高兴的,被这翠环一个人不痛快,惹的我也不痛快了。酒也不吃了,连碟子都撤下去罢。"又见黄升来,当真把些碟子都撤了下去。

此时不但二翠摸不着头脑,连老残也觉得诧异的很。随即黄升带着翠环家伙计,把翠环的铺盖卷也搬走了。翠环忙问:"啥事?啥事?怎么不教我在这里吗?"伙计说:"我不知道,光听说叫我取回铺盖卷去。"

翠环此时按捺不住,料到一定凶多吉少,不觉含泪跪到人瑞面前,说:"我不好,你是老爷们呢,难道不能包含点吗?你老一不喜欢,我们就活不成了!"人瑞道:"我喜欢的很呢。我为啥不喜欢?只是你的事,我却管不着。你慢慢的求铁老爷去。"

翠环又跪向老残面前,说:"还是你老救我!"老残道:"什么事,我救你呢?”翠环道:“取回铺盖,一定是昨儿话走了风声,俺妈知道,今儿不让我在这儿,早晚要逼我回去,明天就远走高飞。他敢同官斗吗?就只有走是个好法子。”老残道:“这话也说的是。人瑞哥,你得想个法子,挽留住他才好。一被他妈接回去,这事就不好下手了。”人瑞道:“那是何消说!自然要挽留他。你不挽留他,谁能挽留他呢?”

老残一面将翠环拉起,一面向人瑞道:“你的话我怎么不懂?难道昨夜说的话,当真不算数了吗?”人瑞道:“我已彻底想过,只有不管的一法。你想拔一个姐儿从良,总也得有个辞头。你也不承认,我也不承认,这话怎样说呢?把他弄出来,又望那里安置呢?若是在店里,我们两个人都不承认,外人一定说是我弄的,断无疑义。我刚才得了个好点的差使,忌妒的人很多,能不告诉宫保吗?以后我就不用在山东混了,还想什么保举呢?所以是断乎做不得的。”老残一想,话也有埋,只是因此就见死不救,于心实也难忍,加着翠环不住的啼哭,实在为难,便向人瑞道;“话虽如此,也得想个万全的法子才好。”人瑞道:“就请你想,如想得出,我一定助力。”

老残想了想,实无法子,便道:“虽无法子,也得大家想想。”人瑞道:“我倒有个法子,你又做不到,所以只好罢休。”老残道:“你说出来,我总可以设法。”人瑞道:“除非你承认了要他,才好措辞。”老残道:“我就承认,也不要紧。”人瑞道:“空口说白话,能行吗?事是我办,我告诉人,说你要,谁信呢?除非你亲笔写封信给我,那我就有法办了。”老残道:“信是不好写的。”人瑞道:“我说你做不到,是不是呢?”

老残正在踌躇,却被二翠一齐上来央告,说:“这也不要紧的事,你老就担承一下子罢。”老残道:“信怎样写?写给谁呢?”人瑞道:“自然写给王子谨。你就说,见一妓女某人,本系良家,甚为可悯,弟拟拔出风尘,纳为篷室,请兄鼎力维持,身价若干,如数照缴云云,我拿了这信就有办法,将来任凭你送人也罢,择配也罢,你就有了主权,我也不遭声气。不然,那有办法?”

正说着,只见黄升进来说:“翠环姑娘出来,你家里人请你呢。”翠环一听,魂飞天外,一面说就去,一面拼命央告老残写信。翠花就到房里取出纸笔墨砚来，将笔蘸饱，递到老残手里。老残接过笔来，叹口气，向翠环道："冤不冤？为你的事，要我亲笔画供呢！"翠环道："我替你老磕一千个头！你老就为一回难，胜造七级浮图！"老残已在纸上如说写就，递与人瑞，说："我的职分已尽，再不好好的办，罪就在你了。"人瑞接过信来，递与黄升，说："停一会送到县里去。"

当老残写信的时刻，黄人瑞向翠花耳中说了许多的话。黄升接过信来，向翠环道："你妈等你说话呢，快去罢。"翠环仍泥着不肯去，眼看着人瑞，有求救的意思。人瑞道："你去，不要紧的。诸事有我呢。"翠花立起来，拉了翠环的手，说："环妹，我同你去，你放心罢，你大大的放心罢！"翠环无法，只得说声"告假"，走出去了。

这里人瑞却躺到烟炕上去烧烟，嘴里七搭八搭的同老残说话。约计有一点钟工夫，人瑞烟也吃足了。只见黄升戴着簇新的大帽子进来，说："请老爷们那边坐。"人瑞说："啊！"便站起来拉了老残，说："那边坐罢。"老残诧异道："几时有个那边出来？"人瑞说："这个那边，是今天变出来的。"原来这店里的上房，一排本是两个三间，人瑞住的是西边三间，还有东边的个三间，原有别人住着，今早动身过河去了，所以空下来。

黄、铁二人携手走到东上房前，上了台阶，早有人打起暖帘。只见正中方桌上挂着桌裙，桌上点了一对大红蜡烛，地下铺了一条红毡。走进堂门，见东边一间摆了一张方桌，朝南也系着桌裙，上首平列两张椅子，两旁一边一张椅子，都搭着椅披。桌上却摆了满满一桌的果碟，比方才吃的还要好看些。西边是隔断的一间房，挂了一条红大呢的门帘。

老残诧异道："这是什么原故？"只听人瑞高声嚷道："你们搀新姨奶奶出来参见他们老爷。"只见门帘揭处，一个老妈子在左，翠花在右，搀着一个美人出来，满头戴着都是花，穿着一件红青外褂，葵绿袄子，系一条粉红裙子，却低着头走到红毡子前。

老残仔细一看，原来就是翠环，大叫道："这是怎么说？断乎不可！"人瑞道："你亲笔字据都写了，还狡狯甚么？"不由分说，拉老残往椅子上去坐。老残那里肯坐，这里翠环早已磕下头去了。老残没法，也只好回了半礼。又见老妈子说:“黄大老爷请坐。谢大媒。”翠环却又磕下头去。人瑞道:“不敢当,不敢当!”也还了一礼。当将新人送进房内。翠花随即出来磕头道喜。老妈子等人也都道完了喜。人瑞拉老残到房里去。

原来房内新铺盖已陈设停妥,是红绿湖绉被各一床,红绿大呢褥子各一条,枕头两个。炕前挂了一个红紫鲁山绸的幔子。桌上铺了红桌毡,也是一对红蜡烛。墙上却挂了一副大红对联,上写着:

愿天下有情人,都成了眷属;

是前生注定事,莫错过姻缘。

老残却认得是黄人瑞的笔迹,墨痕还没有甚干呢,因笑向人瑞道:“你真会淘气!这是西湖上月老祠的对联,被你偷得来的。”人瑞道:“对题便是好文章。你敢说不切当吗?”

人瑞却从怀中把刚才县里送来的红封套递给老残,说:“你瞧,这是贵如夫人原来的卖身契一纸,这是新写的身契一纸,总共奉上。你看愚弟办事周到不周到?”老残说:“既已如此,感激的很。你又何苦把我套在圈子里做什么呢?”人瑞道:“我不对你说‘是前生注定事,莫错过姻缘’吗?我为翠环计,救人须救彻,非如此,总不十分妥当;为你计,亦不吃亏。天下事就该这么做法,是不错的。”说过,呵呵大笑。又说:“不用费话罢,我们肚子饿的了不得,要吃饭了。”人瑞拉着老残,翠花拉着翠环,要他们两个上坐。老残决意不肯,仍是去了桌裙,四方两对面坐的。这一席酒,不消说,各人有各人快乐处,自然是尽欢而散。以后无非是送房睡觉,无庸赘述。

却说老残被人瑞逼成好事,心里有点不痛快,想要报复;又看翠花昨日自己冻着,却拿狼皮褥子替人瑞盖腿,为翠环事,他又出了许多心,冷眼看去,也是个有良心的,须得把他也拔出来才好,且等将来再作道理。

次日,人瑞跑来,笑向翠环道:“昨儿炕畸角睡得安稳罢?”翠环道:“都是黄老爷大德成全,慢慢供您的长生禄位牌。”人瑞道:“岂敢,岂敢!”说着,便向老残道:“昨日三百银子是子谨垫出来的,今日我进署替你还账去。这衣服衾枕是子谨送的,你也不用客气了。想来送钱，他也是不肯收的。”老残道：“这从那里说起！叫人家花这许多钱，也只好你先替我道谢，再图补报罢。”说着，人瑞自去县里。

老残因翠环的名字太俗，且也不便再叫了，遂替他颠倒一下，换做“环翠”，却算了一个别号，便雅得多呢。午后命人把他兄弟找得来，看他身上衣服过于蓝缕，给了他几两银子，仍叫李五领去买几件衣服给他穿。

光阴迅速，不知不觉，已经五天过去，那日，人瑞已进县署里去，老残正在客店里教环翠认字，忽听店中伙计报道：“县里王大老爷来了！”霎时，子谨轿子已到阶前下轿，老残迎出堂屋门口。子谨入来，分宾主坐下，说道：“白太尊立刻就到，兄弟是来接差的，顺便来此与老哥道喜，并闲谈一刻。”老残说：“前日种种承情，已托人瑞兄代达谢忱。因刚君在署，不便亲到拜谢，想能曲谅。”子谨谦逊道：“岂敢。”随命新人出来拜见了。子谨又送了几件首饰，作拜见之礼。忽见外面差人飞奔也似的跑来报：“白大人已到对岸下轿，从冰上走过来了。”子谨慌忙上轿去接。

未知后事如何，且听下回分解。

第十八回　白太守谈笑释奇冤　铁先生风霜访大案

话说王子谨慌忙接到河边，其时白太尊已经由冰上走过来了。子谨递上手版，赶到面前请了个安，道声“大人辛苦”。白公回了个安，说道：“何必还要接出来？兄弟自然要到贵衙门请安去的。”子谨连称“不敢”。

河边搭着茶棚，挂着彩绸，当时让到茶棚小坐。白公问道：“铁君走了没有？”子谨回道：“尚未。因等大人来到，恐有话说。卑职适才在铁公处来。”白公点点头道：“甚善。我此刻不便去拜，恐惹刚君疑心。”吃了一口茶，县里预备的轿子，执事早已齐备，白公便坐了轿子，到县署去。少不得升旗放炮，奏乐开门等事。进得署去，让在西花厅住。

刚弼早穿好了衣帽，等白公进来，就上手本请见。见面之后，白公就将魏贾一案，如何问法，详细问了一遍。刚弼一一诉说，颇有得意之色，说到“宫保来函，不知听信何人的乱话，此案情形，据卑职看来，已成铁案，决无疑义。但此魏老颇有钱文，送卑职一千银子，卑职未收，所以买出人来到宫保处搅乱黑白。听说有个什么卖药的郎中，得了他许多银子，送信给宫保的。这个郎中因得了银子，当时就买了个妓女，还在城外住着。听说这个案子如果当真翻过来，还要谢他几千银子呢，所以这郎中不走，专等谢仪。似乎此人也该提了来讯一堂。讯出此人赃证，又多添一层凭据了。”白公说：“老哥所见甚是。但是兄弟今晚须将全案看过一遍，明日先把案内人证提来，再作道理。或者竟照老哥的断法，也未可知，此刻不敢先有成见。像老哥聪明正直，凡事先有成竹在胸，自然投无不利。兄弟资质甚鲁，只好就事论事,细意推求,不敢说无过,但能寡过,已经是万幸了。”说罢,又说了些省中的风景闲话。

吃过晚饭,白公回到自己房中,将全案细细看过两遍,传出一张单子去,明日提人。第二天巳牌时分,门口报称:“人已提得齐备。请大人示下:是今天下午后坐堂,还是明天早起?”白公道:“人证已齐,就此刻坐大堂。堂上设三个坐位就是了。”刚、王二君连忙上去请了个安,说:“请大人自便,卑职等不敢陪审,恐有不妥之处,理应回避。”白公道:“说那里的话。兄弟鲁钝,精神照应不到,正望两兄提撕。”二人也不敢过谦。

停刻,堂事已齐,稿签门上来请升堂。三人皆衣冠而出,坐了大堂。白公举了红笔,第一名先传原告贾干。差人将贾干带到,当堂跪下。白公问道:“你叫贾干?”底下答着:“是。”白公问:“今年十几岁了?”答称:“十七岁了。”问:“是死者贾志的亲生,还是承继?”答称:“本是嫡堂的侄儿,过房承继的。”问:“是几时承继的?”答称:“因亡父被害身死,次日入殓,无人成服,由族中公议入继成服的。”

白公又问:“县官相验的时候,你已经过来了没有?”答:“已经过来了。”问:“入殓的时候,你亲视含殓了没有?”答称:“亲视含殓的。”问:“死人临入殓时,脸上是什么颜色?”答称:“白支支的,同死人一样。”问:“有青紫斑没有?”答:“没有看见。”问:“骨节僵硬不僵硬?”答称:“并不僵硬。”问:“既不僵硬,曾摸胸口有无热气?”答:“有人摸的,说没有热气了。”问:“月饼里有砒霜,是几时知道的?”答:“是入殓第二天知道的。”问:“是谁看出来的?”答:“是姐姐看出来的。”问:“你姐姐何以知道里头有砒霜?”答:“本不知道里头有砒霜,因疑心月饼里有毛病,所以揭开来细看,见有粉红点点了,就托出问人。有人说是砒霜,就找药店人来细瞧,也说是砒霜,所以知道是中了砒毒了。”

白公说:“知道了。下去!”又用朱笔一点,说:“传四美斋来。”差人带上。白公问道:“你叫什么?你是四美斋的甚么人?”答称:“小人叫王辅庭,在四美斋掌柜。”问:“魏家定做月饼,共做了多少斤?”答:“做了二十斤。”问:“馅子是魏家送来的吗?”答称:“是。”问:“做二十斤,就将将的不多不少吗?”说:“定的是二十斤,做成了八十三个。”

问:“他定做的月饼,是一种馅子?是两种馅子?”答:“一种,都是冰糖芝麻核桃仁的。”问:“你们店里卖的是几种馅子?”答:“好几种呢。”问:“有冰糖芝麻核桃仁的没有?”答:“也有。”问:“你们店里的馅子比他家的馅子那个好点?”答:“是他家的好点。”问:“好处在什么地方?”答:“小人也不知道,听做月饼的司务说,他家的材料好,味道比我们的又香又甜。”白公说:“然则你店里司务先尝过的,不觉得有毒吗?"回称:“不觉得。”

白公说:“知道了。下去!”又将朱笔一点,说:“带魏谦。”魏谦走上来,连连磕头说:“大人哪!冤枉哟!”白公说:“我不问你冤枉不冤枉!你听我问你的话!我不问你的话,不许你说!”两旁衙役便大声“嗄”的一声。

看官,你道这是什么缘故?凡官府坐堂,这些衙役就要大呼小叫的,名叫“喊堂威”,把那犯人吓昏了,就可以胡乱认供了,不知道是那一朝代传下来的规矩,却是十八省都是一个传授。今日魏谦是被告正凶,所以要喊个堂威,吓唬吓唬他。

闲话休题,却说白公问魏谦道:“你定做了多少个月饼?”答称:“二十斤。”问:“你送了贾家多少斤?”答:“八斤。”问:“还送了别人家没有?”答:“送了小儿子的丈人家四斤。”问:“其余的八斤呢?”答:“自己家里人吃了。”问:“吃过月饼的人有在这里的没有?”答:“家里人人都分的,现在同了来的人,没有一个不是吃月饼的。”白公向差人说:“查一查,有几个人跟魏谦来的,都传上堂来。”

一时跪上一个有年纪的,两个中年汉子,都跪下。差人回禀道:“这是魏家的一个管事,两个长工。”白公问道:“你们都吃月饼么?”同声答道:“都吃的。”问:“每人吃了几个,都说出来。”管事的说:“分了四个,吃了两个,还剩两个。”长工说:“每人分了两个,当天都吃完了。”白公问管事的道:“还剩的两个月饼,是几时又吃的?”答称:“还没有吃,就出了这件案子,说是月饼有毒,所以就没敢再吃,留着做个见证。”白公说:“好,带来了没有?”答:“带来,在底下呢。”白公说:“很好。”叫差人同他取来。又说:“魏谦同长工全下去罢。”又问书吏:“前日有砒霜的半个月饼呈案了没有?”书吏回:“呈案在库。”白公说:“提出来。”

霎时差人带着管事的，并那两个月饼，都呈上堂来，存库的半个月饼也提到。白公传四美斋王辅庭，一面将这两种月饼详细对校了，送刚、王二公看，说：“这两起月饼，皮色确是一样，二公以为何如？”二公皆连忙欠身答应着：“是。”

其时四美斋王辅庭已带上堂，白公将月饼擘开一个交下，叫他验看，问：“是魏家叫你定做的不是？”王辅庭仔细看了看，回说：“一点不错，就是我家定做的。”白公说：“王辅庭叫他具结回去罢。”

白公在堂上把那半个破碎月饼，仔细看了，对刚弼道：“圣慕兄，请仔细看看。这月饼馅子是冰糖芝麻核桃仁做的，都是含油性的物件，若是砒霜做在馅子里的，自然同别物粘合一气。你看这砒霜显系后加入的，与别物绝不粘合。况四美斋供明，只有一种馅子，今日将此两种馅子细看，除加砒霜外，确系表里皆同。既是一样馅子，别人吃了不死，则贾家之死，不由月饼可知。若是有汤水之物，还可将毒药后加入内；月饼之为物，面皮干硬，断无加入之理。二公以为何如？”俱欠身道：“是。”

白公又道：“月饼中既无毒药，则魏家父女即为无罪之人，可以令其具结了案。”王子谨即应了一声：“是。”刚弼心中甚为难过，却也说不出什么来，只好随着也答应了一声“是”。

白公即分付带上魏谦来，说：“本府已审明月饼中实无毒药，你们父女无罪，可以具结了案，回家去罢。”魏谦磕了几个头去了。

白公又叫带贾干上来。贾干本是个无用的人，不过他姊姊支使他出面，今日看魏家父女已结案释放，心里就有点七上八下；听说传他去，不但以前人教导他说的话都说不上，就是教他的人，也不知此刻从那里教起了。

贾干上得堂来，白公道：“贾干，你既是承继了你亡父为子，就该细心研究，这十三个人怎样死的；自己没有法子，也该请教别人；为甚的把月饼里加进砒霜去，陷害好人呢？必有坏人挑唆你。从实招来，是谁教你诬告的。你不知道律例上有反坐的一条吗？”贾干慌忙磕头，吓的只格格价抖，带哭说道：“我不知道！都是我姐姐叫我做的！

饼里的砒霜，也是我姐姐看出来告诉我的，其余概不知道。”白公说：“依你这么说起来，非传你姐姐到堂，这砒霜的案子是究不出来的了？”贾干只是磕头。

白公大笑道：“你幸儿遇见的是我，倘若是个精明强干的委员，这月饼案子才了，砒霜案子又该闹得天翻地覆了。我却不喜欢轻易提人家妇女上堂，你回去告诉你姐姐，说本府说的，这砒霜一定是后加进去的。是谁加进去的，我暂时尚不忙着追究呢，因为你家这十三条命，是个大大的疑案，必须查个水落石出。因此，加砒霜一事倒只好暂行缓究了。你的意下何如？”贾干连连磕头道：“听凭大人天断。”

白公道：“既是如此，叫他具结，听凭替他查案。”临下去时，又喝道：“你再胡闹，我就要追究你们加砒霜诬控的案子了！”贾干连说：“不敢，不敢！”下堂去了。

这里白公对王子谨道：“贵县差人有精细点的吗？”子谨答应：“有个许亮还好。”白公说：“传上来。”只见下面走上一个差人，四十多岁，尚未留须，走到公案前跪下，道：“差人许亮叩头。”白公道：“差你往齐东村明查暗访这十三条命案是否服毒？有甚么别样案情？限一个月报命，不许你用一点官差的力量。你若借此招摇撞骗，可要置你于死地！”许亮叩头道：“不敢。”

当时王子谨即标了牌票，交给许亮。白公又道：“所有以前一切人证，无庸取保，全行释放。”随手翻案，检出魏谦笔据两纸，说：“再传魏谦上来。”

白公道：“魏谦，你管事的送来的银票，你要不要？”魏谦道：“职员沉冤，蒙大人昭雪，所有银子，听凭大人发落。”白公道：“这五千五百凭据还你。这一千银票，本府却要借用，却不是我用，暂且存库，仍为查贾家这案，不得不先用资斧。俟案子查明，本府回明了抚台，仍旧还你。”魏谦连说：“情愿，情愿。”当将笔据收好，下堂去了。

白公将这一千银票交给书吏，到该钱庄将银子取来，凭本府公文支付。回头笑向刚弼道：“圣慕兄，不免笑兄弟当堂受贿罢？”刚弼连称：“不敢。”于是击鼓退堂。

却说这起大案，齐河县人人俱知，昨日白太尊到，今日传人，那贾、魏两家都预备至少住十天半个月,那知道未及一个时辰,已经结案,沿路口碑啧啧称赞。

却说白公退至花厅,跨进门槛,只听当中放的一架大自鸣钟,正铛铛的敲了十二下,仿佛像迎接他似的。王子谨跟了进来,说:“请大人宽衣用饭罢。”白公道:“不忙。”看着刚弼也跟随进来,便道:“二位且请坐一坐,兄弟还有话说。”二人坐下。白公向刚弼道:“这案兄弟断得有理没理?”刚弼道:“大人明断,自是不会错的。只是卑职总不明白:这魏家既无短处,为什么肯花钱呢?卑职一生就没有送过人一个钱。”

白公呵呵大笑道:“老哥没有送过人的钱,何以上台也会契重你?可见天下人不全是见钱眼开的哟。清廉人原是最令人佩服的,只有一个脾气不好,他总觉得天下人都是小人,只他一个人是君子。这个念头最害事的,把天下大事不知害了多少!老兄也犯这个毛病,莫怪兄弟直言。至于魏家花钱,是他乡下人没见识处,不足为怪也。”又向子谨道:“此刻正案已完,可以差个人拿我们两个名片,请铁公进来坐坐罢。”又笑向刚弼道:“此人圣慕兄不知道吗?就是你才说的那个卖药郎中。姓铁,名英,号补残,是个肝胆男子,学问极其渊博,性情又极其平易,从不肯轻慢人的。老哥连他都当做小人,所以我说未免过分了。”

刚弼道:“莫非就是省中传的‘老残、老残’,就是他吗?”白公道:“可不是呢!”刚弼道:“听人传说,宫保要他搬进衙门去住,替他捐官,保举他,他不要,半夜里逃走了的,就是他吗?”白公道:“岂敢。阁下还要提他来讯一堂呢。”刚弼红胀了脸道:“那真是卑职的卤莽了。此人久闻其名,只是没有见过。”子谨又起身道:“大人请更衣罢。”白公道:“大家换了衣服,好开怀畅饮。”

王、刚二公退回本屋,换了衣服,仍到花厅。恰好老残也到,先替子谨作了一个揖,然后替白公、刚弼各人作了一揖,让到炕上上首坐下,白公作陪。老残道:“如此大案,半个时辰了结,子寿先生,何其神速!”白公道:“岂敢!前半截的容易差使我已做过了后半截的难题目,可要着落在补残先生身上了。”老残道:“这话从那里说起!我又不是大人老爷，我又不是小的衙役，关我甚事呢？”白公道：“然则宫保的信是谁写的？”老残道：“我写的。应该见死不救吗？”白公道：“是了。未死的应该救，已死的不应该昭雪吗？你想，这种奇案，岂是寻常差人能办的事？不得已，才请教你这个福尔摩斯呢。”老残笑道：“我没有这么大的能耐。你要我去也不难，请王大老爷先补了我的快班头儿，再标一张牌票，我就去。”

说着，饭已摆好。王子谨道：“请用饭罢。”白公道：“黄人瑞不也在这里么？为甚不请过来？”子谨道：“已请去了。”话言未了，人瑞已到，作了一遍揖。子谨提了酒壶，正在为难。白公道：“自然补公首坐。”老残道：“我断不能占。”让了一回，仍是老残坐了首座，白公二座。吃了一回酒，行了一回令，白公又把虽然差了许亮去，是个面子，务请老残辛苦一趟的话，再三敦嘱。子谨、人瑞又从旁怂恿，老残只好答应。

白公又说：“现有魏家的一千银子，你先取去应用。如其不足，子谨兄可代为筹画，不必惜费，总要破案为第一要义。”老残道：“银子可以不必，我省城里四百银子已经取来，正要还子谨兄呢，不如先垫着用。如果案子查得出呢，再向老张讨还；如查不出，我自远走高飞，不在此地献丑了。”白公道：“那也使得。只是要用便来取，切不可顾小节误大事为要。”老残答应：“是了。”霎时饭罢，白公立即过河，回省销差。

次日，黄人瑞、刚弼也俱回省去了。未知后事如何，且听下回分解。

第十九回　齐东村重摇铁串铃　济南府巧设金钱套

却说老残当日受了白公之托,下午回寓,盘算如何办法。店家来报:"县里有个差人许亮求见。"老残说:"叫他进来。"许亮进来,打了个千儿,上前回道:"请大老爷的示:还是许亮在这里伺候老爷的分付,还是先差许亮到那里去?县里一千银子已拨出来了,也得请示:还是送到此地来,还是存在庄上听用?"老残道:"银子还用不着,存在庄上罢。但是这个案子真不好办:服毒一定是不错的,只不是寻常毒药;骨节不硬,颜色不变,这两节最关紧要。我恐怕是西洋什么药,怕是'印度草'等类的东西。我明日先到省城里去,有个中西大药房,我去调查一次。你却先到齐东村去,暗地里一查,有同洋人来往的人没有。能查出这个毒药来历,就有意思了。只是我到何处同你会面呢?"许亮道:"小的有个兄弟叫许明,现在带来,就叫他伺候老爷。有什么事,他人头儿也很熟,分付了,就好办的了。"老残点头说:"甚好。"

许亮朝外招手,走进一个三十多岁的人来,抢前打了一个千儿。许亮说:"这是小的兄弟许明。"就对许明道:"你不用走了,就在这里伺候铁大老爷罢。"许亮又说:"求见姨太太。"老残揭帘一看,环翠正靠着窗坐着,即叫二人见了,各人请了一安,环翠回了两拂。许亮即带了许明,回家搬行李去了。

待到上灯时候,人瑞也回来了,说:"我前两天本要走的,因这案子不放心,又被子谨死命的扣住。今日大案已了,我明日一早进省销差去了。"老残道:"我也要进省去呢。一则要往中西大药房等处去调查毒药;二则也要把这个累赘安插一个地方,我脱开身子,好办事。"

人瑞道:“我公馆里房子甚宽绰,你不如暂且同我住。如嫌不好,再慢慢的找房,如何呢?”老残道:“那就好得很了。”伺候环翠的老妈子不肯跟进省,许明说:“小的女人可以送姨太太进省,等到雇着老妈子再回来。”一一安排妥帖。环翠少不得将他兄弟叫来,付了几两银子,姊弟对哭了一番。车子等类自有许明照料。

次日一早,大家一齐动身。走到黄河边上,老残同人瑞均不敢坐车,下车来预备步行过河。那知河边上早有一辆车子等着,看见他们来了,车中跳下一个女人,拉住环翠,放声大哭。

你道是谁?原来人瑞因今日起早动身,故不曾叫得翠花,所有开销叫黄升送去。翠花又怕客店里有官府来送行,晚上亦不敢来,一夜没睡,黎明即雇了挂车子在黄河边伺候,也是十里长亭送别的意思。哭了一会,老残同人瑞均安慰了他几句,踏冰过河去了。

过河到省,不过四十里地,一下钟后,已到了黄人瑞东箭道的公馆面前,下车进去。黄人瑞少不得尽他主人家的义务,不必赘述。

老残饭后一面差许明去替他购办行李,一面自己却到中西大药房里,找着一个掌柜的,细细的考较了一番。原来这药房里只是上海贩来的各种瓶子里的熟药,却没有生药。再问他些化学名目,他连懂也不懂,知道断不是此地去的了。心中纳闷,顺路去看看姚云松。恰好姚公在家,留着吃了晚饭。

姚公说:“齐河县的事,昨晚白子寿到,已见了宫保,将以上情形都说明白,并说托你去办,宫保喜欢的了不得,却不晓得你进省来。明天你见宫保不见?”老残道:“我不去见,我还有事呢。”就问曹州的信:“你怎样对宫保说的?”姚公道:“我把原信呈宫保看的。宫保看了,难受了好几天,说今以后,再不明保他了。”老残道:“何不撤他回省来?”云松笑道:“你究竟是方外人。岂有个才明保了的就撤省的道理呢?天下督抚谁不护短!这宫保已经是难得的了。”老残点点头。又谈了许久,老残始回。

次日,又到天主堂去拜访了那个神甫,名叫克扯斯。原来这个神甫,既通西医,又通化学。老残得意已极,就把这个案子前后情形告诉了克扯斯,并问他是吃的什么药。克扯斯想了半天想不出来,又查了一会书，还是没有同这个情形相对的，说："再替你访问别人罢。我的学问尽于此矣。"

老残听了，又大失所望。在省中已无可为，即收拾行装，带着许明，赴齐河县去。因想到齐东村怎样访查呢？赶忙仍旧制了一个串铃，买了一个旧药箱，配好了许多药材，却叫许明不须同往，都到村相遇，作为不识的样子，许明去了。却在齐河县雇了一个小车，讲明包月，每天三钱银子；又怕车夫漏泄机关，连这个车夫都瞒却，便道："我要行医，这县城里已经没什么生意了，左近有什么大村镇么？"车夫说："这东北上四十五里有大村镇，叫齐东村，热闹着呢，每月三八大集，几十里的人都去赶集。你老去那里找点生意罢。"老残说："很好。"第二天，便把行李放在小车上，自己半走半坐的，早到了齐东村。原来这村中一条东西大街，甚为热闹；往南往北，皆有小街。

老残走了一个来回，见大街两头都有客店；东边有一家店，叫三合兴，看去尚觉干净，就去赁了一间西厢房住下。房内是一个大炕，叫车夫睡一头，他自己睡一头。次日睡到巳初，方才起来，吃了早饭，摇个串铃上街去了，大街小巷乱走一气。未刻时候，走到大街北一条小街上，有个很大的门楼子，心里想着："这总是个大家。"就立住了脚，拿着串铃尽摇。只见里面出来一个黑胡子老头儿，问道："你这先生会治伤科么？"老残说："懂得点子。"那老头儿进去了，出来说："请里面坐。"进了大门，就是二门，再进就是大厅。行到耳房里，见一老者坐在炕沿上，见了老残，立起来，说："先生，请坐。"

老残认得就是魏谦，却故意问道："你老贵姓？"魏谦道："姓魏。先生，你贵姓？"老残道："姓金。"魏谦道："我有个小女，四肢骨节疼痛，有什么药可以治得？"老残道："不看症，怎样发药呢？"魏谦道："说的是。"便叫人到后面知会。

少停，里面说："请。"魏谦就同了老残到厅房后面东厢房里。这厢房是三间，两明一暗。行到里间，只见一个三十余岁妇人，形容憔悴，倚着个炕几子，盘腿坐在炕上，要勉强下炕，又有力不能支的样子。老残连喊道："不要动，好把脉。"魏老儿却让老残上首坐了，自己却坐在凳子上陪着。

老残把两手脉诊过,说:"姑奶奶的病是停了瘀血。请看看两手。"魏氏将手伸在炕几上,老残一看,节节青紫,不免肚里叹了一口气,说:"老先生,学生有句放肆的话不敢说。"魏老道:"但说不妨。"老残道:"你别打嘴,这样像是受了官刑的病。若不早治,要成残废的。"魏老叹口气道:"可不是呢。请先生照症施治,如果好了,自当重谢。"老残开了一个药方子去了,说:"倘若见效,我住三合兴店里,可以来叫我。"

从此每天来往,三四天后,人也熟了,魏老留在前厅吃酒。老残便问:"府上这种大户人家,怎会受官刑的呢?"魏老道:"金先生,你们外路人,不知道。我这女儿许配贾家大儿子,谁知去年我这女婿死了,他有个姑子贾大妮子,同西村吴二浪子眉来眼去,早有了意思。当年说亲,是我这不懂事的女儿打破了的,谁知贾大妮子就恨我女儿入了骨髓。今年春天,贾大妮子在他姑妈家里,就同吴二浪子勾搭上了,不晓得用什么药,把贾家全家药死,却反到县里告了我的女儿谋害的。又遇见了千刀剐、万刀剁的个姓刚的,一口咬定了,说是我家送的月饼里有砒霜,可怜我这女儿不晓得死过几回了。听说凌迟案子已经定了,好天爷有眼,抚台派了个亲戚来私访,就住在南关店里,访出我家冤枉,报了抚台。抚台立刻下了公文,叫当堂松了我们父女的刑具。没到十天,抚台又派了个白大人来。真是青天大人!一个时辰就把我家的冤枉全洗刷净了!听说又派了什么人来这里访查这案子呢。吴二浪子那个王八羔子,我们在牢里的时候,他同贾大妮子天天在一块儿。听说这案翻了,他就逃走了。"

老残道:"你们受这么大的屈,为什么不告他呢?"魏老儿说:"官司是好打的吗?我告了他,他问凭据呢?'拿奸拿双';拿不住双,反咬一口,就受不得了。天爷有眼,总有一天报应的!"

老残问:"这毒药究竟是什么?你老听人说了没有?"魏老道:"谁知道呢!因为我们家有个老妈子,他的男人叫王二,是个挑水的。那一天,贾家死人的日子,王二正在贾家挑水,看见吴二浪子到他家里去说闲话,贾家正煮面吃,王二看见吴二浪子用个小瓶往面锅里一倒就跑了。王二心里有点疑惑,后来贾家厨房里让他吃面,他就没敢吃。不到两个时辰,就吵嚷起来了。王二到底没敢告诉一个人,只他老婆知道,告诉了我女儿。及至我把王二叫来,王二又一口咬定,说:'不知道。'再问他老婆,他老婆也不敢说了。听说老婆回去被王二结结实实的打了一顿。你老想,这事还敢告到官吗?"老残随着叹息了一番。当时出了魏家,找着了许亮,告知魏家所闻,叫他先把王二招呼了来。

次日,许亮同王二来了。老残给了他二十两银子安家费,告诉他跟着做见证:"一切吃用都是我们供给,事完,还给你一百银子。"王二初还极力抵赖,看见桌上放着二十两银子,有点相信是真,便说道:"事完,你不给我一百银子,我敢怎样?"老残说:"不妨。就把一百银子交给你,存个妥当铺子里,写个笔据给我,说:'吴某倒药水确系我亲见的,情愿作个干证。事毕,某字号存酬劳银一百两,即归我支用。两相情愿,决无虚假。'好不好呢?"

王二尚有点犹疑。许亮便取出一百银子交给他,说:"我不怕你跑掉,你先拿去,何如? 倘不愿意,就扯倒罢休。"王二沉吟了一晌,到底舍不得银子,就答应了。老残取笔照样写好,令王二先取银子,然后将笔据念给他听,令他画个十字,打个手模。你想,乡下挑水的几时见过两只大元宝呢,自然欢欢喜喜的打了手印。

许亮又告诉老残:"探听切实,吴二浪子现在省城。"老残说:"然则我们进省罢。你先找个眼线,好物色他去。"许亮答应着"是",说:"老爷,我们省里见罢。"

次日,老残先到齐河县,把大概情形告知子谨,随即进省。赏了车夫几两银子,打发回去。当晚告知姚云翁,请他转禀宫保,并饬历城县派两个差人来,以备协同许亮。

次日晚间,许亮来禀:"已经查得。吴二浪子现同按察司街南胡同里张家土娼叫小银子的打得火热。白日里同些不三不四的人赌钱,夜间就住在小银子家。"老残问道:"这小银子家还是一个人,还是有几个人? 共有几间房子? 你查明了没有?"许亮回道:"这家共姊妹两个,住了三间房子。西厢两间是他爹妈住的。东厢两间:一间做厨房,一间就是大门。"老残听了,点点头,说:"此人切不可造次动手。

案情太大,他断不肯轻易承认。只王二一个证据,镇不住他。"于是向许亮耳边说了一番详细办法,无非是如此如此,这般这般。

许亮去后,姚云松来函云:"宫保酷愿一见,请明日午刻到文案为要。"老残写了回书,次日上院,先到文案姚公书房;姚公着家人通知宫保的家人,过了一刻,请入签押房内相会。张宫保已迎至门口,迎入屋内,老残长揖坐定。

老残说:"前次有负宫保雅意,实因有点私事,不得不去。想宫保必能原谅。"宫保说:"前日捧读大札,不料玉守残酷如此,实是兄弟之罪,将来总当设法。但目下不敢出尔反尔,似非对君父之道。"老残说:"救民即所以报君,似乎也无所谓不可。"宫保默然。又谈了半点钟功夫,端茶告退。

却说许亮奉了老残的擘画,就到这土娼家,认识了小金子,同嫖共赌,几日工夫,同吴二扰得水乳交融。初起,许亮输了四五百银子给吴二浪子,都是现银。吴二浪子直拿许亮当做个老土。谁知后来渐渐的被他捞回去了,倒赢了吴二浪子七八百银子,付了一二百两现银,其余全是欠账。

一日,吴二浪子推牌九,输给别人三百多银子,又输给许亮二百多两,带来的钱早已尽了,当场要钱。吴二浪子说:"再赌一场,一统算账。"大家不答应,说:"你眼前输的还拿不出,若再输了,更拿不出。"吴二浪子发急道:"我家里有的是钱,从来没有赖过人的账。银子成总了,我差人回家取去!"众人只是摇头。

许亮出来说道:"吴二哥,我想这么办法:你几时能还?我借给你。但是我这银子,三日内有个要紧用处,你可别误了我的事。"吴二浪子急于要赌,连忙说:"万不会误的!"许亮就点了五百两票子给他,扣去自己赢的二百多,还余二百多两。

吴二看仍不够还账,就央告许亮道:"大哥,大哥!你再借我五百,我翻过本来立刻还你。"许亮问:"若翻不过来呢?"吴二说:"明天也一准还你。"许亮说:"口说无凭,除非你立个明天期的期票。"吴二说:"行,行,行!"当时找了笔,写了笔据,交给许亮。又点了五百两银子,还了三百多的前账,还剩四百多银子,有钱胆就壮,说:"我上去推一庄！"见面连赢了两条，甚为得意。那知风头好，人家都缩了注子；心里一恨，那牌就倒下霉来了，越推越输，越输越气，不消半个更头，四百多银子又输得精光。

座中有个姓陶的，人都喊他陶三胖子。陶三说："我上去推一庄。"这时吴二已没了本钱，干看着别人打。陶三上去，第一条拿了个一点，赔了个通庄；第二条拿了个八点，天门是地之八，上下庄是九点，又赔了一个通庄。看看比吴二的庄还要倒霉。吴二实在急得直跳，又央告许亮："好哥哥！好亲哥哥！好亲爷！你再借给我二百银子罢！"许亮又借给他二百银子。

吴二就打了一百银子的天上角，一百银子的通。许亮说："兄弟，少打点罢。"吴二说："不要紧的！"翻过牌来，庄家却是一个毙十。吴二得了二百银子，非常欢喜，原注不动。第四条，庄家赔了天门、下庄，吃了上庄，吴二的二百银子不输不赢，换第二方，头一条，庄家拿了个天杠，通吃，吴二还剩一百银子。

那知从此庄家大掀起来，不但吴二早已输尽，就连许亮也输光了。许亮大怒，拿出吴二的笔据来往桌上一搁，说："天门孤丁！你敢推吗？"陶三说："推倒敢推，就是不要这种取不出钱来的废纸。"许亮说："难道吴二爷骗你，我许大爷也会骗你吗？"两人几至用武。众人劝说："陶三爷，你赢的不少了，难道这点交情不顾吗？我们大家作保：如你赢了去，他二位不还，我们众人还！"陶三仍然不肯，说："除非许大写上保中。"许亮气极，拿笔就写一个保，并注明实系正用情借，并非闲账。陶三方肯推出一条来，说："许大，听你挑一副去，我总是赢你！"许亮说："你别吹了！你掷你的倒霉骰子罢！"一掷是个七出。许亮揭过牌来是个天之九，把牌望桌上一放，说："陶三小子！你瞧瞧你父亲的牌！"

陶三看了看，也不出声，拿两张牌看了一张，那一张却慢慢的抽，嘴里喊道："地！地！地！"一抽出来，望桌上一放，说："许家的孙子！瞧瞧你爷爷的牌！"原来是副人地相宜的地杠。把笔据抓去，嘴里还说道："许大！你明天没银子，我们历城县衙门里见！"当时大家钱尽，天时又有一点多钟，只好散了。

许、吴二人回到小银子家敲门进去，说："赶紧拿饭来吃！饿坏了！"小金子房里有客坐着，就同到小银子房里去坐。小金子捱到许亮脸上，说："大爷，今儿赢了多少钱，给我几两花罢。"许亮说："输了一千多了！"小银子说："二爷赢了没有？"吴二说："更不用提了！"说着，端上饭来，是一碗鱼，一碗羊肉，两碗素菜，四个碟子，一个火锅，两壶酒。许亮说："今天怎么这么冷？"小金子说："今天刮了一天西北风，天阴得沉沉的，恐怕要下雪呢。"两人闷酒一替一杯价灌，不知不觉都有了几分醉。只听门口有人叫门，又听小金子的妈张大脚出去开了门，跟着进来说："三爷，对不住，没屋子啰，您请明儿来罢。"又听那人嚷道："放你妈的狗屁！三爷管你有屋子没屋子！甚么王八旦的客？有胆子的快来跟三爷碰碰，没胆子的替我四个爪子一齐望外扒！"听着就是陶三胖子的声音。

许亮一听，气从上出，就要跳出去，这里小金子、小银子姊妹两个拼命的抱住。

未知后事如何，且听下回分解？

第二十回　浪子金银伐性斧　道人冰雪返魂香

却说小金子、小银子,拼命把许亮抱住。吴二本坐近房门,就揭开门帘一个缝儿,偷望外瞧。只见陶三已走到堂屋中间,醉醺醺的一脸酒气,把上首小金子的门帘往上一摔,有五六尺高,大踏步进去了。小金子屋里先来的那客用袖子掩着脸,嗤溜的一声,跑出去了。张大脚跟了进去。陶三问:"两个王八羔子呢?"张大脚说:"三爷请坐,就来,就来。"张大脚连忙跑过来说:"您二位别只声。这陶三爷是历城县里的都头,在本县红的了不得,本官面前说一不二的,没人惹得起他。您二位可别怪,叫他们姊儿俩赶快过去罢。"许亮说:"咱老子可不怕他!他敢怎么样咱?"

说着,小金子、小银子早过去了。吴二听了,心中握一把汗,自己借据在他手里,如何是好!只听那边屋里陶三不住的哈哈大笑,说:"小金子呀,爷赏你一百银子!小银子呀,爷也赏你一百银子!"听他二人说:"谢三爷的赏。"又听陶三说:"不用谢,这都是今儿晚上我几个孙子孝敬我的,共孝敬了三千多银子呢。我那吴二孙子还有一张笔据在爷爷手里,许大孙子做的中保,明天到晚不还,看爷爷要他们命不要!"

这许大却向吴二道:"这个东西实在可恶!然听说他武艺很高,手底下能开发五六十个人呢,我们这口闷气咽得下去吗?"吴二说:"气还是小事,明儿这一千银子笔据怎样好呢?"许大说:"我家里虽有银子,只是派人去,至少也得三天,'远水救不着近火'!"

又听陶三嚷道:"今儿你们姐儿俩都伺候三爷,不许到别人屋里去!动一动,叫你白刀子进去,红刀子出来!"小金子道:"不瞒三爷说，我们俩今儿都有客。”只听陶三爷把桌子一拍，茶碗一摔，珧琅价一声响，说：“放狗屁！三爷的人，谁敢住？问他有脑袋没有？谁敢在老虎头上打苍蝇？三爷有的是孙子们孝敬的银子！预备打死一两个，花几千银子，就完事了！放你去，你去问问那两个孙子敢来不敢来！”

小金子连忙跑过来把银票给许大看，正是许大输的银票，看着更觉难堪。小银子也过来低低的说道：“大爷，二爷！您两位多抱屈，让我们姊儿俩得二百银子，我们长这么大，还没有见过整百的银子呢。你们二位都没有银子了，让我们挣两百银子，明儿买酒菜请你们二位。”许大气急了，说：“滚你的罢！”小金子道：“大爷别气！您多抱屈。您二位就在我炕上歪一宿，明天他走了，大爷到我屋里赶热被窝去。妹妹来陪二爷，好不好？”许大连连说道：“滚罢！滚罢！”小金子出了房门，嘴里还嘟哝道：“没有了银子，还做大爷呢！不害个臊！”

许大气白了脸，呆呆的坐着，歇了一刻，扯过吴二来说：“兄弟，我有一件事同你商议。我们都是齐河县人，跑到这省里，受他们这种气，真受不住！我不想活了！你想，你那一千银子还不出来，明儿被他拉到衙门里去，官儿见不着，私刑就要断送了你的命了。不如我们出去找两把刀子进来把他剁掉了，也不过是个死！你看好不好？”

吴二正在沉吟，只听对房陶三嚷道：“吴二那小子是齐河县里犯了案，逃得来的个逃凶！爷爷明儿把他解到齐河县去，看他活得成活不成！许大那小子是个帮凶，谁不知道的？两个人一路逃得来的凶犯！”许大站起来就要走。吴二浪子扯住道：“我到有个法子，只是你得对天发个誓，我才能告诉你。”许大道：“你瞧！你多么酸呀！你倘若有好法子，我们弄死了他，主意是我出的。倘若犯了案，我是个正凶，你还是个帮凶，难道我还跟你过不去吗？”

吴二想了想，理路到不错，加之明天一千银子一定要出乱子，只有这一个办法了，便说道：“我的亲哥！我有一种药水，给人吃了，脸上不发青紫，随你神仙也验不出毒来！”许亮诧异道：“我不信！真有这么好的事吗？”吴二道：“谁还骗你呢！”许亮道：“在那里买？我快买去！”吴二道：“没处买！是我今年七月里在泰山洼子里打从一个山里人家得来的。只是我给你,千万可别连累了我!"许亮道:"这个容易。"随即拿了张纸来写道:"许某与陶某呕气起意,将陶某害死,知道吴某有得来上好药水,人吃了立刻致命,再三央求吴某分给若干,此案与吴某毫无干涉。"写完,交给吴二,说:"倘若犯了案,你有这个凭据,就与你无干了。"

吴二看了,觉得甚为妥当。许亮说:"事不宜迟,你药水在那里呢? 我同你取去。"吴二说:"就在我枕头匣子里,存在他这里呢。"就到炕里边取出个小皮箱来,开了锁,拿出个磁瓶子来,口上用蜡封好了的。

许亮问:"你在泰山怎样得的?"吴二道:"七月里,我从垫台这条西路上的山,回来从东路回来,尽是小道。一天晚了,住了一家子小店,看他炕上有个死人,用被窝盖的好好的。我就问他们:'怎把死人放在炕上?'那老婆子道:'不是死人,这是我当家的。前日在山上看见一种草,香得可爱,他就采了一把回来,泡碗水喝。谁知道一喝,就仿佛是死了,我们自然哭的了不得的了。活该有救,这内山石洞里住了一个道人,叫青龙子,他那天正从这里走过,见我们哭,他来看看,说:"你老儿是啥病死的?"我就把草给他看。他拿去,笑了笑,说:"这不是毒药,名叫'千日醉',可以有救的。我去替你寻点解救药草来罢。你可看好了身体,别叫坏了。我再过四十九天送药来,一治就好。"算计目下也有二十多天了。'我问他:"那草还有没有?'他就给了我一把子,我就带回来,熬成水,弄瓶子装起顽的。今日正好用着了!"

许亮道:"这水灵不灵? 倘若药不倒他,我们就毁了呀。你试验过没有?"吴二说:"百发百中的。我已……"说到这里,就噬住了。许亮问:"你已怎么样? 你已试过吗?"吴二说:"不是试过,我已见那一家被药的人的样子是同死的一般;若没有青龙子解救,他早已埋掉了。"

二人正在说得高兴,只见门帘子一揭,进来一个人,一手抓住了许亮,一手捺住了吴二,说:"好! 好! 你们商议谋财害命吗?"一看,正是陶三。许亮把药水瓶子紧紧握住,就挣扎逃走,怎禁陶三气力如牛,那里挣扎得动。吴二酒色之徒,更不必说了。只见陶三窝起嘴唇,打了两个胡哨,外面又进来两三个大汉,将许、吴二人都用绳子缚了。陶三押着解到历城县衙门口来。

陶三进去告知了稿签门上,传出话来,今日夜已深了,暂且交差看管,明日辰刻过堂,押到官饭店里。幸亏许大身边还有几两银子,拿出来打点了官人,倒也未曾吃苦。

明日早堂在花厅问案,是个发审委员。差人将三人带上堂去,委员先问原告。陶三供称:“小人昨夜在土娼张家住宿,因多带了几百银子,被这许大、吴二两人看见,起意谋财,两人商议要害小人性命。适逢小人在窗外出小恭听见,进去捉住,扭禀到堂,求大老爷究办。”

委员问许大、吴二:“你二人为什么要谋财害命?”许大供:“小的许亮,齐河县人。陶三欺负我二人,受气不过,所以商同害他性命。吴二说,他有好药,百发百中,已经试过,很灵验的。小人们正在商议,被陶三捉住。”吴二供:“监生吴省干,齐河县人。许大被陶三欺负,实与监生无干。许大决意要杀陶三,监生恐闹出事来,原为缓兵之计,告诉他有种药水,名‘千日醉’,容易醉倒人的,并不害性命。实系许大起意,并有笔据在此。”从怀中取出呈堂。

委员问许大:“昨日你们商议时,怎样说的?从实告知,本县可以开脱你们。”许大便将昨晚的话一字不改说了一遍。委员道:“如此说来,你们也不过气忿话,那也不能就算谋杀呀。”许大磕头,说:“大老爷明见!开恩!”

委员又问吴二:“许大所说各节是否切实?”吴二说:“一字也不错的。”委员说:“这件事,你们很没有大过。”分付书吏照录全供,又问许大:“那瓶药水在那里呢?”许大从怀中取出呈上。委员打开蜡封一闻,香同兰麝,微带一分酒气,大笑说道:“这种毒药,谁都愿意吃的!”就交给书吏,说:“这药水收好了。将此二人并全案分别解交齐河县去。”只此“分别”二字,许大便同吴二拆开两处了。

当晚许亮就拿了药水来见老残。老残倾出看看,色如桃花,味香气浓;用舌尖细试,有点微甜,叹道:“此种毒药怎不令人久醉呢!”将药水用玻璃漏斗仍灌入瓶内，交给许亮："凶器人证俱全，却不怕他不认了。但是据他所说的情形，似乎这十三个人并不是死，仍有复活的法子。那青龙子，我却知道，是个隐士；但行踪无定，不易觅寻。你先带着王二回去禀知贵上，这案虽经审定，不可上详。我明天就访青龙子去，如果找着此公，能把十三人救活，岂不更妙？"许亮连连答应着"是"。

次日，历城县将吴二浪子解到齐河县。许亮同王二两人作证，自然一堂就讯服了。暂且收监，也不上刑具，静听老残的消息。

却说老残次日雇了一匹驴，驮了一个被搭子，吃了早饭，就往泰山东路行去。忽然想到舜井旁边有个摆命课摊子的，招牌叫"安贫子知命"，此人颇有点来历，不如先去问他一声，好在出南门必由之路。一路想着，早已到了安贫子的门首，牵了驴，在板凳上坐下。

彼此序了几句闲话，老残就问："听说先生同青龙子长相往来，近来知道他云游何处吗？"安贫子道："嗳呀！你要见他吗？有啥事体？"老残便将以上事告知安贫子。安贫子说。"太不巧了！他昨日在我这里坐了半天，说今日清晨回山去，此刻出南门怕还不到十里路呢。"老残说："这可真不巧了！只是他回什么山？"安贫子道："里山玄珠洞。他去年住灵岩山；因近来香客渐多，常有到他茅篷里的，所以他厌烦，搬到里山玄珠洞去了。"老残问："玄珠洞离此地有几十里？"安贫子道："我也没去过，听他说，大约五十里路不到点。此去一直向南，过黄芽嘴子，向西到白雪坞，再向南，就到玄珠洞了。"老残道了"领教，谢谢"，跨上驴子，出了南门，由千佛山脚下住东，转过山坡，竟向南去。

行了二十多里，有个村庄，买了点饼吃吃，打听上玄珠洞的路径，那庄家老说道："过去不远，大道旁边就是黄芽嘴。过了黄芽嘴往西九里路便是白雪坞，再南十八里便是玄珠洞。只是这路很不好走，会走的呢，一路平坦大道；若不会走，那可就了不得了！石头七大八小，更有无穷的荆棘，一辈子也走不到的！不晓得多少人送了性命！"老残笑道："难不成比唐僧取经还难吗？"庄家老作色道："也差不多！"

老残一想，人家是好意，不可简慢了他，遂恭恭敬敬的道："老先生恕我失言。还要请教先生：怎样走就容易，怎样走就难，务求指示。"庄家老道："这山里的路，天生成九曲珠似的，一步一曲。若一直向前，必走入荆棘丛了。却又不许有意走曲路，有意曲，便陷入深阱，永出不来了。我告诉你个诀窍罢：你这位先生颇虚心，我对你讲，眼前路，都是从过去的路生出来的；你走两步，回头看看，一定不会错了。"

老残听了，连连打恭，说："谨领指示。"当时拜辞了庄家老，依说去走，果然不久便到了玄珠洞口，见一老者，长须过腹，进前施了一礼，口称："道长莫非是青龙子吗？"那老者慌忙回礼，说："先生从何处来？到此何事？"老残便将齐东村的一桩案情说了一遍。青龙子沉吟了一会，说："也是有缘。且坐下来，慢慢地讲。"

原来这洞里并无桌椅家具，都是些大大小小的石头。青龙子与老残分宾主坐定。青龙子道："这'千日醉'力量很大，少吃了便醉一千日才醒，多吃就不得活了。只有一种药能解，名叫'返魂香'，出在西岳华山太古冰雪中，也是草木精英所结。若用此香将文火慢慢的炙起来，无论你醉到怎样田地，都能复活。几月前，我因泰山坳里一个人醉死，我亲自到华山找一个故人处，讨得些来，幸儿还有些子在此。大约也敷衍够用了。"遂从石壁里取出一个大葫芦来，内中杂用物件甚多，也有一个小小瓶子，不到一寸高。递给老残。老残倾出来看看，有点像乳香的样子，颜色黑黯，闻了闻，像似臭支支的。老残问道："何以色味俱不甚佳？"青龙子道："救命的物件，那有好看好闻的！"老残恭敬领悟，恐有舛错，又请问如何用法。青龙子道："将病人关在一室内，必须门窗不透一点儿风，将此香炙起，也分人体质善恶：如质善的，一点便活；如质恶的，只好慢慢价熬，终久也是要活的。"

老残道过谢，沿着原路回去。走到吃饭的小店前，天已黑透了，住得一宿，清晨回省，仍不到巳牌时分。遂上院将详细情形禀知了张宫保，并说明带着家眷亲往齐东村去。宫保说："宝眷去有何用处？"老残道："这香治男人，须女人炙；治女人，须男人炙：所以非带小妾去不能应手。"宫保说："既如此，听凭尊便。但望早去早回，不久封印，兄弟公事稍闲，可以多领些教。”老残答应着“是”，赏了黄家家人几两银子，带着环翠先到了齐河县，仍住在南关外店里，却到县里会着子谨，亦甚为欢喜。子谨亦告知：“吴二浪子一切情形俱已服认。许亮带去的一千银子也缴上来。接白太尊的信，叫交还魏谦。魏谦抵死不肯收，听其自行捐入善堂了。”

老残说：“前日托许亮带来的三百银子，还阁下，收到了吗？”子谨道：“岂但收到，我已经发了财了！宫保听说这事，专差送来三百两银子，我已经收了；过了两日，黄人瑞又送了代阁下还的三百两来；后来许亮来，阁下又送三百两来，共得了三份，岂不是发财吗？宫保的一份是万不能退的，人瑞同阁下的都当奉缴。”老残沉吟了一会，说道：“我想人瑞也有个相契的，名叫翠花，就是同小妾一家子的。其人颇有良心，人瑞客中也颇寂寞，不如老哥竟一不做二不休，将此两款替人瑞再挥一斧罢。”子谨拍掌叫好，说：“我明日要同老哥到齐东村去，奈何呢？”想了想，说：“有了！”立刻叫差门来告知此事，叫他明天就办。

次日，王子谨同老残坐了两乘轿子，来到齐东村，早有地保同首事备下了公馆。到公馆用过午饭，踏勘贾家的坟茔，不远恰有个小庙。老残选了庙里小小两间房子，命人连夜裱糊，不让透风。次日清晨，十二三棺柩都起到庙里，先打开一个长工的棺木看看，果然尸身未坏，然后放心，把十三个尸首全行取出，安放在这两间房内，焚起“返魂香”来，不到两个时辰，俱已有点声息。老残调度着，先用温汤，次用稀粥，慢慢的等他们过了七天，方遣各自送回家去。

王子谨三日前已回城去。老残各事办毕，方欲回城，这时魏谦已知前日写信给宫保的就是老残，于是魏、贾两家都来磕头，苦苦挽留。两家各送了三千银子，老残丝毫不收。两家没法，只好请听戏罢，派人到省城里招呼个大戏班子来，并招呼北柱楼的厨子来，预备留老残过年。

那知次日半夜里，老残即溜回齐河县了。到城不过天色微明，不便往县署里去，先到自己住的店里来看环翠；把堂门推开，见许明的老婆睡在外间未醒。再推开房门，望炕上一看，见被窝宽大，枕头上放着两个人头，睡得正浓呢，吃了一惊；再仔细一看，原来就是翠花。不便惊动，退出房门，将许明的老婆唤醒，自己却无处安身，跑到院子里徘徊徘徊，见西上房里，家人正搬行李装车，是远处来的客，要动身的样子，就立住闲看。

只见一人出来分付家人说话。老残一见，大叫道："德慧生兄！从那里来？"那人定神一看，说："不是老残哥吗？怎样在此地？"老残便将以上二十卷书述了一遍，又问："慧兄何往？"德慧生道："明年东北恐有兵事，我送家眷回扬州去。"老残说："请留一日，何如？"慧生允诺。此时二翠俱已起来洗脸，两家眷属先行会面。巳刻，老残进县署去，知魏家一案，宫保批吴二浪子监禁三年。翠花共用了四百二十两银子，子谨还了三百银子，老残收了一百八十两，说："今日便派人送翠花进省。"子谨将详细情形写了一函。

老残回寓，派许明夫妇送翠花进省去，夜间托店家雇了长车，又把环翠的兄弟带来。老残携同环翠并他兄弟同德慧生夫妇天明开车，结伴江南去了。

却说许明夫妇送翠花到黄人瑞家，人瑞自是欢喜。拆开老残的信来一看，上写道：

愿天下有情人，都成了眷属；

是前生注定事，莫错过姻缘。

老残游记续集

自　序

人生如梦耳。人生果如梦乎？抑或蒙叟之寓言乎？吾不能知。趋而质诸蜉蝣子，蜉蝣子不能决。趋而质诸灵椿子，灵椿子亦不能决。还而叩之昭明，昭明曰："昨日之我如是，今日之我复如是。观我之室，一榻，一几，一席，一灯，一砚，一笔，一纸。昨日之榻、几、席、灯、砚、笔、纸若是，今日之榻、几、席、灯、砚、笔、纸仍若是。固明明有我，并有此一榻，一几，一席，一灯，一砚，一笔，一纸也。非若梦为鸟而厉乎天，觉则鸟与天俱失也。非若梦为鱼而没于渊，觉则鱼与渊俱无也。更何所谓厉与没哉？顾我之为我，实有其物，非若梦之为梦，实无其事也。然则人生如梦，固蒙叟之寓言也夫！"

吾不敢决，又以质诸杳冥。杳冥曰："子昨日何为者？"对曰："晨起洒扫，午餐而夕寐，弹琴读书，晤对良朋，如是而已。"杳冥曰："前月此日，子何为者？"吾略举以对。又问去年此月此日子何为者，强忆其略，遗忘过半矣。十年前之此月此日，子何为者，则茫茫然矣。推之二十年前，三十年前，四五十年前，此月此日，子何为者，缄口结舌无以应也。杳冥曰："前此五十年之子，固已随风驰云卷、雷奔电激以去，可知后此五十年间之子，亦必应随风驰云卷、雷奔电激以去。然则与前日之梦，昨日之梦，其人其物其事之同归于无者，又何以别乎？前此五十年间之日月，既已渺不知其何之，今日之子，固俨然犹存也。以俨然犹存之子，尚不能保前此五十年间之日月，使之暂留，则后此五十年后之子，必且与物俱化，更不能保其日月之暂留，断断然矣。谓之如梦，蒙叟岂欺我哉？"

夫梦之情境，虽已为幻为虚，不可复得，而叙述梦中情境之我，固俨然其犹在也。若百年后之我，且不知其归于何所，虽有此如梦之百年之情境，更无叙述此情境之我而叙述之矣。是以人生百年，比之于梦，犹觉百年更虚于梦也！呜呼！以此更虚于梦之百年，而必欲孜孜然，斤斤然，骎骎然，狺狺然，何为也哉？虽然前此五十年间之日月，固无法使之暂留，而其五十年间，可惊，可喜，可歌，可泣之事业，固历劫而不可以忘者也。

夫此如梦五十年间，可惊，可喜，可歌，可泣之事，既不能忘，而此五十年间之梦，亦未尝不有可惊，可喜，可歌，可泣之事，亦同此而不忘也。同此而不忘，世间于是乎有《老残游记续集》。

第一回　元机旅店传龙语　素壁丹青绘马鸣

话说老残在齐河县店中,遇着德慧生携眷回扬州去,他便雇了长车,结伴一同起身。当日清早,过了黄河,眷口用小轿搭过去,车马经从冰上扯过去。过了河不向东南往济南府那条路走,一直向正南奔垫台而行。到了午牌时分,已到垫台,打过了尖,晚间遂到泰安府南门外下了店。因德慧生的夫人要上泰山烧香,说明停车一日,故晚间各事自觉格外消停了。

却说德慧生名修福,原是个汉军旗人,祖上姓乐,就是那燕国大将乐毅的后人,在明朝万历末年,看着朝政日衰,知道难期振作,就搬到山海关外锦州府去住家。崇祯年间,随从太祖入关,大有功劳,就赏了他个汉军旗籍。从此一代一代的便把原姓收到荷包里去,单拿那名字上的第一字做了姓了。这德慧生的父亲,因做扬州府知府,在任上病故的,所以家眷就在扬州买了花园,盖一所中等房屋住了家。德慧生二十多岁上中进士,点了翰林院庶吉士,因书法不甚精,朝考散馆散了一个吏部主事,在京供职。当日在扬州与老残会过几面,彼此甚为投契,今日无意碰着,同住在一个店里,你想他们这朋友之乐,尽有不言而喻了。

老残问德慧生道:"你昨日说明年东北恐有兵事,是从那里看出来的?"慧生道:"我在一个朋友座中,见一张东三省舆地图,非常精细,连村庄地名俱有。至于山川险隘,尤为详尽。图末有'陆军文库'四字。你想日本人练陆军把东三省地图当作功课,其用心可想而知了!我把这话告知朝贵,谁想朝贵不但毫不惊慌,还要说:'日本一个小国,他能怎样?'大敌当前,全无准备,取败之道,不待智者而决矣。

况闻有人善望气者云:‘东北杀气甚重,恐非小小兵戈蠢动呢!’”老残点头会意。

慧生问道:“你昨日说的那青龙子,是个何等样人?”老残道:“听说是周耳先生的学生。这周耳先生号柱史,原是个隐君子,住在西岳华山里头人迹不到的地方。学生甚多。但是周耳先生不甚到人间来。凡学他的人,往往转相传授,其中误会意旨的地方,不计其数。惟这青龙子等兄弟数人,是亲炙周耳先生的,所以与众不同。我曾经与黄龙子盘桓多日,故能得其梗概。”慧生道:“我也久闻他们的大名。据说决非寻常炼气士的蹊径,学问都极渊博的。也不拘拘专言道教,于儒教、佛教,亦都精通。但有一事,我不甚懂,以他们这种高人,何以取名又同江湖术士一样呢?”既有了青龙子、黄龙子,一定又有白龙子、黑龙子、赤龙子了。这等道号实属讨厌。”

老残道:“你说得甚是,我也是这么想。当初曾经问过黄龙子,他说道:‘你说我名字俗,我也知道俗,但是我不知道为什么要雅?雅有怎么好处?卢杞、秦桧名字并不俗;张献忠、李自成名字不但不俗,“献忠”二字可称纯臣,“自成”二字可配圣贤。然则可能因他名字好就算他是好人呢?老子《道德经》说:“世人皆有以,我独愚且鄙。”鄙还不俗吗?所以我辈大半愚鄙,不像你们名士,把个“俗”字当做毒药,把个“雅”字当做珍宝。推到极处,不过想借此讨人家的尊敬。要知这个念头,到比我们的名字,实在俗得多呢。我们当日,原不是拿这个当名字用。因为我是已巳年生的,青龙子是乙巳年生的,赤龙子是丁巳年生的,当年朋友随便呼唤着顽儿,不知不觉日子久了,人家也这么呼唤。难道好不答应人家么?譬如你叫老残,有这么一个老年的残废人,有什么可贵?又有什么雅致处?只不过也是被人叫开了,随便答应罢了。怕不是呼牛应牛,呼马应马的道理吗?’”德慧生道:“这话也实在说得有理。佛经说人不可以着相,我们总算着了雅相,是要输他一筹哩?”

慧生道:“人说他们有前知,你曾问过他没有?”老残道:“我也问过他的。他说叫做有也可,叫做没有也可。你看儒教说‘至诚之道,可以前知’,是不错的。所以叫做有也可。若像起课先生,琐屑小事,言之凿凿，应验的原也不少，也是那只叫做术数小道，君子不屑言。邵尧夫人颇聪明，学问也极好，只是好说术数小道，所以就让朱晦庵越过去的远了。这叫做谓之没有也可。"

德慧生道："你与黄龙子相处多日，曾问天堂地狱究竟有没有呢？还是佛经上造的谣言呢？"老残道："我问过的。此事说来真正可笑了。那日我问他的时候，他说：'我先问你，有人说你有个眼睛可以辨五色，耳朵可以辨五声，鼻能审气息，舌能别滋味，又有前后二阴，前阴可以撒溺，后阴可以放粪。此话确不确呢？'我说：'这是三岁小孩子都知道的，何用问呢？'他说：'然则你何以教瞎子能辨五色？你何以能教聋子能辨五声呢？'我说：'那可没有法子。'他就说：'天堂地狱的道理，同此一样。天堂如耳目之效灵，地狱如二阴之出秽，皆是天生成自然之理，万无一毫疑惑的。只是人心为物欲所蔽，失其灵明，如聋盲之不辨声色，非其本性使然。若有虚心静气的人，自然也会看见的。只是你目下要我给个凭据与你，让你相信，譬如拿了一幅吴道子的画给瞎子看，要他深信真是吴道子画的，虽圣人也没这个本领。你若要想看见，只要虚心静气，日子久了，自然有看见的一天。'我又问：'怎样便可以看见？'他说：'我已对你讲过，只要虚心静气，总有看见的一天。你此刻着急，有什么法子呢？慢慢的等着罢。'"德慧生笑道："等你看见的时候，务必告诉我知道。"老残也笑道："恐怕未必有这一天。"

两人谈得高兴，不知不觉，已是三更时分。同说道："明日还要起早，我们睡罢。"德慧生同夫人住的西上房，老残住的是东上房，与齐河县一样的格式。各自回房安息。

次日黎明，女眷先起梳头洗脸。雇了五肩山轿。泰安的轿子像个圈椅一样，就是没有四条腿。底下一块板子，用四根绳子吊着，当个脚踏子。短短的两根轿杠，杠头上拴一根挺厚挺宽的皮条，比那轿车上驾骡子的皮条稍为软和些。轿夫前后两名，后头的一名先躜到皮条底下，将轿子抬起一头来，人好坐上去。然后前头的一个轿夫再躜进皮条去，这轿子就抬起来了。当时两个女眷，一个老妈子，坐了三乘山轿前走，德慧生同老残坐了两乘山轿，后面跟着。

进了城,先到岳庙里烧香。庙里正殿九间,相传明朝盖的时侯,同北京皇宫是一样的。德夫人带着环翠正殿上烧过了香。走着看看正殿四面墙上画的古画。因为殿深了,所以殿里的光,总不大十分够,墙上的画年代也很多,所以看不清楚。不过是些花里胡绍的人物便了。

小道士走过来,向德夫人:"请到西院里用茶。还有块温凉玉,是这庙里的镇山之宝,请过去看看。"德夫人说:"好。只是耽搁时候太多了,恐怕赶不回来。"环翠道:"听说上山四十五里地哩!来回九十里,现在天光又短,一霎就黑天,还是早点走罢!"

老残说:"依我看来,泰山是五岳之一,既然来到此地,索兴痛痛快快的逛一下子。今日上山,听说南天门里有个天街,两边都是香铺,总可以住人的。"小道士说:"香铺是有的,他们都预备干净被褥,上山的客人在那儿住的多着呢。老爷太太们今儿尽可以不下山,明天回来,消停得多,还可以到日观峰去看出太阳。"德慧生道:"这也不错。我们今日竟拿定主意,不下山罢。"德夫人道:"使也使得。只是香铺子里被褥,什么人都盖,肮脏得了不得,怎么盖呢?若不下山,除非取自己行李去,我们又没有带家人来,叫谁去取呢?"老残道:"可以写个纸条儿,叫道士着个人送到店里,叫你的管家雇人送上山去,有何不可?"慧生道:"可以不必。横竖我们都有皮斗篷在小轿上,到了夜里披着皮斗篷,歪一歪就算了。谁还当真睡吗?"德夫人道:"这也使得。只是我瞧铁二叔他们二位,都没有皮斗篷,便怎么好?"老残笑道:"这可多虑了!我们走江湖的人,比不得你们做官的,我们那儿都可以混。不要说他山上有被褥,就是没被褥,我们也混得过去。"慧生说:"好,好!我们就去看温凉玉去罢。"

说着就随了小道士走到西院,老道士迎接出来,深深施了一礼,各人回了一礼。走进堂屋,看见收拾得甚为干净。道士端出茶盒,无非是桂圆、栗子、玉带糕之类。大家吃了茶,要看温凉玉。道士引到里间,一个半桌上放着,还有个锦幅子盖着,道士将锦幅揭开,原来是一块青玉,有三尺多长,六七寸宽,一寸多厚,上半截深青,下半截淡青。道士说:"你用手摸摸看,上半多冻扎手,下半截一点不凉,仿佛有点温温的似的,上古传下来是我们小庙里镇山之宝。"德夫人同环翠都摸了,诧异的很。老残笑道:"这个温凉玉,我也会做。"大家都怪问道:"怎么？这是做出来假的吗?"老残道:"假却不假,只是块带半璞的玉,上半截是玉,所以甚凉;下半截是璞,所以不凉。"德慧生连连点头说:"不错,不错。"

稍坐了一刻,给了道人的香钱,道士道了谢,又引到东院去看汉柏。有几棵两人合抱的大柏树,状貌甚是奇古,旁边有块小小石碣,上刻"汉柏"两个大字。诸人看过走回正殿,前面二门里边山轿俱已在此伺候。

老残忽抬头,看见西廊有块破石片嵌在壁上,心知必是一个古碣,问那道士说:"西廊下那块破石片是什么古碑?"道士回说:"就是秦碣,俗名唤做'泰山十字'。此地有拓片卖,老爷们要不要?"慧生道:"早已有过的了。"老残笑道:"我还有廿九字呢!"道士说:"那可就宝贵的了不得了。"

说着各人上了轿,看看搭连里的表已经十点过了。轿子抬着出了北门,斜插着向西北走;不到半里多路,道旁有大石碑一块立着,刻了六个大字:"孔子登泰山处"。慧生指与老残看,彼此相视而笑,此地已是泰山跟脚,从此便一步一步的向上行了。

老残在轿子上看泰安城西南上有一座圆陀陀的山,山上有个大庙,四面树木甚多,知道必是个有名的所在。便问轿夫道:"你瞧城西南那个有庙的山,你总知道叫什么名字罢?"轿夫回道:"那叫蒿里山,山上是阎罗王庙,山下有金桥、银桥、奈河桥,人死了都要走这里过的,所以人活着的时候多烧几回香,死后占大便宜呢!"老残诙谐道:"多烧几回香,譬如多请几回客,阎王爷也是人做的,难道不讲交情吗?"轿夫道:"你老真明白,说的一点不错。"

这时已到真山脚,路渐弯曲,两边都是山了。走有点把钟的时候,到了一座庙宇,轿子在门口歇下。轿夫说:"此地是斗姥宫,里边全是姑子,太太们在这里吃饭很便当的。但凡上等客官,上山都是在这庙里吃饭。"德夫人说:"既是姑子庙,我们就在这里歇歇罢。"又问轿夫:"前面没有卖饭的店吗?"轿夫说:"老爷太太们都是在这里吃,前面有饭篷子,只卖大饼咸菜,没有别的,也没地方坐,都是蹲着吃,那是俺们吃饭的地方。”慧生说:“也好,我们且进去再说。”

走进客堂,地方却极干净。有两个老姑子接出来,一个约五六十岁,一个四十多岁。大家坐下谈了几句,老姑子问:“太太们还没有用过饭罢?”德夫人说:“是的。一清早出来的,还没吃饭呢。”老姑子说:“我们小庙里粗饭是常预备的,但不知太太们上山烧香,是用荤菜是素菜?”德夫人道:“我们吃素吃荤,到也不拘,只是他们爷们家恐怕素吃不来,还是吃荤罢。可别多备,吃不完可惜了的。”老姑子说:“荒山小庙,要多也备不出来。”又问:“太太们同老爷们是一桌吃两桌吃呢?”德夫人道:“都是自家爷们,一桌吃罢,可得劳驾快点。”老姑子问:“你今儿还下山吗?恐来不及哩!”德夫人说:“虽不下山,恐赶不上山可不好。”老姑子道:“不要紧的,一霎就到山顶了。”

当这说话之时,那四十多岁的姑子,早已走开,此刻才回,向那老姑子耳边咭咕了一阵,老姑子又向四十多岁姑子耳边咭咕了几句,老姑子回头便向德夫人道:“请南院里坐罢。”便叫四十多岁的姑子前边引道,大家让德夫人同环翠先行,德慧生随后,老残打末。

出了客堂的后门,向南拐弯,过了一个小穿堂,便到了南院。这院子朝南五间北屋甚大,朝北却是六间小南屋,穿堂东边三间,西边两间。那姑子引着德夫人出了穿堂,下了台阶,望东走到三间北屋跟前,看那北屋中间是六扇窗格,安了一个风门,悬着大红呢的夹板棉门帘。两边两间,却是砖砌的窗台,台上一块大玻璃,掩着素绢书画玻璃挡子,玻璃上面系两扇纸窗,冰片梅的格子眼儿。当中三层台阶,那姑子抢上那台阶,把板帘揭起,让德夫人及诸人进内。

走进堂门,见是个两明一暗的房子,东边两间敞着,正中设了一个小圆桌,退光漆漆得灼亮,围着圆桌六把海梅八行书小椅子,正中靠墙设了一个窄窄的佛柜,佛柜上正中供了一尊观音像。走近佛柜细看,原来是尊康熙五彩御窑鱼篮观音,十分精致。观音的面貌,又美丽,又庄严,约有一尺五六寸高。龛子前面放了一个宣德年制的香炉,光彩夺目,从金子里透出硃砂斑来。龛子上面墙上挂了六幅小屏,是陈章侯画的马鸣、龙树等六尊佛像。佛柜两头放了许多大大小小的经卷。再望东看，正东是一个月洞大玻璃窗，正中一块玻璃，足足有四尺见方。四面也是冰片梅格子眼儿，糊着高丽白纸。月洞窗下放了一张古红木小方桌，桌子左右两张小椅子，椅子两旁却是一对多宝橱，陈设各样古玩。圆洞窗两旁挂了一副对联，写的是：

靓妆艳比莲花色；

云幕香生贝叶经。

上款题“靓云道友法鉴”，下款写“三山行脚僧醉笔”。屋中收拾得十分干净。再看那玻璃窗外，正是一个山涧，涧里的水花喇花喇价流，带着些乱冰，玎玲珰琅价响，煞是好听。又见对面那山坡上一片松树，碧绿碧绿，衬着树根下的积雪，比银子还要白些，真是好看。

德夫人一面看，一面赞叹，回头笑向德慧生道：“我不同你回扬州了，我就在这儿做姑子罢，好不好？”慧生道：“很好，可是此地的姑子是做不得的。”德夫人道：“为什么呢？”慧生道：“稍停一会，你就知道了。”老残说道：“您别贪看景致，您闻闻这屋里的香，恐怕你们旗门子里虽阔，这香倒未必有呢！”德夫人当真用鼻子细细价嗅了会子，说：“真是奇怪，又不是芸香、麝香，又不是檀香、降香、安息香，怎么这么好闻呢？”只见那两个老姑子上前打了一个稽首说：“老爷太太们请坐，恕老僧不陪，叫他们孩子们过来伺候罢。”德夫人连称：“请便，请便。”

老姑子出去后，德夫人道：“这种好地方给这姑子住，实在可惜！”老残道：“老姑子去了，小姑子就来了，但不知可是靓云来？如果他来，可妙极了！这人名声很大，我也没见过，很想见见。倘若沾大嫂的光，今儿得见靓云，我也算得有福了。”

未知来者可是靓云，且听下回分解。

第二回 宋公子蹂躏优昙花 德夫人怜惜灵芝草

话说老残把个靓云说得甚为郑重，不由德夫人听得诧异，连环翠也听得傻了，说道："这屋子想必就是靓云的罢?"老残道："可不是呢，你不见那对子上落的款吗?"环翠把脸一红，说："我要认得对子上的款，敢是好了！"老残道："你看这屋子好不好呢?"环翠道："这屋子要让我住一天，死也甘心。"老残道："这个容易，今儿我们大家上山，你不要去，让你在这儿住一夜，明天山上下来再把你捎回店去，你不算住了一天了吗?"大家听了都呵呵大笑。德夫人说："这地不要说他羡慕，连我都舍不得去哩！"

说着，只见门帘开处，进来了两个人，一色打扮：穿着二蓝摹本缎羊皮袍子，元色摹本皮坎肩，剃了小半个头，梳作一个大辫子，搽粉点胭脂，穿的是挖云子镶鞋，进门却不打稽首，对着各人请了一个双安。看那个大些的，约有三十岁光景；二的有二十岁光景。大的长长鸭蛋脸儿，模样倒还不坏，就是脸上粉重些，大约有点烟色，要借这粉盖下去的意思；二的团团面孔，淡施脂粉，却一脸的秀气，眼睛也还有神。各人还礼已毕，让他们坐下，大家心中看去：大约第二个是靓云，因为觉得他是靓云，便就越看越好看起来了。

只见大的问慧生道："这位老爷贵姓是德罢？你是到那里上任去吗?"慧生道："我是送家眷回扬州，路过此地上山烧香，不是上任的官。"他又问老残道："你是到那儿上任，还是有差使?"老残道："我一不上任，二不当差，也是送家眷回扬州。"只见那二的说道："您二位府上都是扬州吗?"慧生道："都不是扬州人，都在扬州住家。"二的又道："扬州是好地方，六朝金粉，自古繁华，不知道隋堤杨柳现在还有没有?”老残道:“早没有了!世间那有一千几百年的柳树吗?”二的又道:“原是这个道理,不过我们山东人性拙,古人留下来的名迹都要点缀,如果隋堤在我们山东,一定有人补种些杨柳,算一个风景。譬如这泰山上的五大夫松,难道当真是秦始皇封的那五棵松吗?不过既有这个名迹,总得种五棵松在那地方,好让那游玩的人看了,也可以助点诗兴,乡下人看了,也多知道一件故事。”

大家听得此话,都吃了一惊。老残也自悔失言,心中暗想看此吐属,一定是靓云无疑了。又听他问道:“扬州本是名士的聚处,像那‘八怪’的人物,现在总还有罢?”慧生道:“前几年还有几个,如词章家的何莲舫,书画家的吴让之,都还下得去,近来可就一扫光了!”慧生又道:“请教法号,想必就是靓云罢?”只见他答道:“不是,不是。靓云下乡去了,我叫逸云。”指那大的道:“他叫青云。”老残插口问道:“靓云为什么下乡?几时来?”逸云道:“没有日子来。不但靓云师弟不能来,恐怕连我这样的乏人,只好下乡去哩!”老残忙问:“到底什么缘故?请你何妨直说呢。”只见逸云眼圈儿一红,停了一停说:“这是我们的丑事,不便说,求老爷们不用问罢!”

当时只见外边来了两个人,一个安了六双杯箸,一个人托着盘子,取出八个菜碟,两把酒壶,放在桌上。青云立起身来说:“太太老爷们请坐罢。”德慧生道:“怎样坐呢?”德夫人道:“你们二位坐东边,我们姐儿俩坐西边,我们对着这月洞窗儿,好看景致。下面两个坐位,自然是他们俩的主位了。”说完大家依次坐下,青云持壶斟了一遍酒。逸云道:“天气寒,你多用一杯罢,越往上走越冷哩!”德夫人说:“是的,当真我们喝一杯罢。”

大家举杯替二云道了谢,随便喝了两杯。德夫人惦记靓云,向逸云道:“你才说靓云为什么下乡?咱娘儿们说说不要紧的。”逸云叹口气道:“你别笑话!我们这个庙是从前明就有的,历年以来都是这样。你看我们这样打扮,并不是像那倚门卖笑的娼妓,当初原为接待上山烧香的上客:或是官,或是绅,大概全是读书的人居多,所以我们从小全得读书,读到半通就念经典,做功课,有官绅来陪着讲讲话,不讨人嫌。又因为尼姑的装束颇犯人的忌讳,若是上任,或有甚喜事,大概俗说看见尼姑不吉祥,所以我们三十岁以前全是这个装束,一过三十就全剃了头了。虽说一样的陪客,饮酒行令,间或有喜欢风流的客,随便诙谐两句,也未尝不可对答。倘若停眠整宿的事情,却说是犯着祖上的清规,不敢妄为的。”德夫人道:“然则你们这庙里人,个个都是处女身体到老的吗?”逸云道:“也不尽然,老子说的好:‘不见可欲,使心不乱。’若是过路的客官,自然没有相干的了。若本地绅衿,常来起坐的,既能夹以诙谐,这其中就难说了!男女相爱,本是人情之正,被情丝系缚,也是有的。但其中十个人里,一定总有一两个守身如玉,始终不移的。”

德夫人道:“你说的也是,但是靓云究竟为什么下乡呢?”逸云又叹一口气道:“近来风气可大不然了,到是做买卖的生意人还顾点体面,若官幕两途,牛鬼蛇神,无所不有!比那下等还要粗暴些!俺这靓云师弟,今年才十五岁,模样长得本好,人也聪明,有说有笑,过往客官,没有不喜欢他的。他又好修饰,您瞧他这屋子,就可略见一斑了。前日,这里泰安县宋大老爷的少爷,带着两位师爷来这里吃饭,也是庙里常有的事。谁知他同靓云闹的很不像话,靓云起初为他是本县少爷,不敢得罪,只好忍耐着;到后来,万分难忍,就逃到北院去了。这少爷可就发了脾气,大声嚷道:‘今儿晚上如果靓云不来陪我睡觉,明天一定来封庙门。’老师父没了法了,把两师爷请出去,再三央求,每人送了他二十两银子,才算免了那一晚上的难星。昨儿下午,那个张师爷好意特来送信说:‘你们不要执意,若不教靓云陪少爷睡,庙门一定要封的。’昨日我们劝了一晚上,他决不肯依,你们想想看罢,老师父听了没有法想,哭了一夜,说:‘不想几百年的庙,在我手里断送掉了!’今天早起才把靓云送下乡去,我明早也要走了,只留青云、素云、紫云三位师兄在此等候封门。”

说完,德夫人气的摇头,对慧生道:“怎么外官这么利害!咱们在京里看御史们的折子,总觉言过其实,若像这样,还有天日吗?”慧生本已气得脸上发白,说:“宋次安还是我乡榜同年呢!怎么没家教到这步田地!”这时外间又端进两个小碗来,慧生说:“我不吃了。”向逸云要了笔砚同信纸,说:“我先写封信去,明天当面见他,再为详说。”

当时逸云在佛柜抽屉内取出纸笔，慧生写过，说："叫人立刻送去。我们明天下山，还在你这里吃饭。"重新入座。德夫人问："信上怎样写法？"慧生道："我只说今日在斗姥宫，风闻因得罪世兄，明日定来封门。弟明日下山，仍须借此地一饭，因偕同女眷，他处不便。请缓封一日，俟弟与阁下面谈后，再封何如？鹄候玉音。"逸云听了，笑吟吟的提了酒壶满斟了一遍酒，摘了青云袖子一下，起身离座，对德公夫妇请了两个双安，说："替斗姥娘娘谢你的恩惠。"青云也跟着请了两个双安。德夫人慌忙道："说那儿话呢，还不定有用没有用呢。"

二人坐下，青云愣着个脸说道："这信要不着劲，恐怕他更要封的快了。"逸云道："傻小子，他敢得罪京官吗？你不知道像我们这种出家人，要算下贱到极处的，可知那娼妓比我们还要下贱，可知那州县老爷们比娼妓还要下贱！遇见驯良百姓，他治死了还要抽筋剥皮，锉骨扬灰。遇见有权势的人，他装王八给人家踹在脚底下，还要昂起头来叫两声，说我唱个曲子你听听罢。他怕京官老爷们写信给御史参他。你瞧着罢！明天我们这庙门口，又该挂一条彩绌、两个宫灯哩！"大家多忍不住的笑了。

说着，小碗大碗俱已上齐，催着拿饭吃了好上山。霎时饭已吃毕，二云退出，顷刻青云捧了小妆台进来，让德夫人等匀粉。老姑子亦来道谢，为写信到县的事。德慧生问；"山轿齐备了没有？"青云说："齐备了。"于是大家仍从穿堂出去，过客堂，到大门，看轿夫俱已上好了板；又见有人挑了一肩行李。轿夫代说是客店里家人接着信，叫送来的。慧生道："你跟着轿子走罢。"老姑子率领了青云、紫云、素云三个小姑子，送到山门外边，等轿子走出，打了稽首送行，口称："明天请早点下山。"轿子次序仍然是德夫人第一，环翠第二，慧生第三，老残第四。

出了山门，向北而行，地甚平坦，约数十步始有石级数层而已。行不甚远，老残在后，一少年穿库灰搭连，布棉袍，青布坎肩，头上戴了一顶新褐色毡帽，一个大辫子，漆黑漆黑拖在后边，辫穗子有一尺长，却同环翠的轿子并行。后面虽看不见面貌，那个雪白的颈项，却是很显豁的。老残心里诧异，山路上那有这种人？留心再看，不但与环翠轿子并行，并且在那与环翠谈心。山轿本来离地甚近，走路的人比坐轿子的人，不过低一头的光景，所以走着说话甚为便当。又见那少年指手画脚，一面指，一面说，又见环翠在轿子上也用手指着，向那少年说话，仿佛像同他很熟似的。心中正在不解什么缘故，忽见前面德夫人也回头用手向东指着，对那少年说话；又见那少年赶走了几步，到德夫人轿子眼前说了两句，见那轿子就渐渐走得慢了。老残正在纳闷，想不出这个少年是个何人，见前面轿子已停，后面轿子也一齐放下。

慧生、老残下轿，走上前去，见德夫人早已下轿，手搀着那少年，朝东望着说话呢。老残走到跟前，把那少年一看，不觉大笑，说道："我当是谁，原来是你哟！你怎么不坐轿子，走了来吗？快回去罢。"环翠道："他师父说，教他一直送我们上山呢，"老残道："那可使不得，几十里地，跑得了吗？"只见逸云笑说道："俺们乡下人，没有别的能耐，跑路是会的。这山上别说两天一个来回，就一天两个来回也累不着。"

德夫人向慧生、老残道："你见那山涧里一片红吗？刚才听逸云师兄说，那就是经石峪，在一块大磐石上，北齐人刻的一部《金刚经》。我们下去瞧瞧好不好？"慧生说："哪！"逸云说："下去不好走，你走不惯，不如上这块大石头上，就都看见了。"大家都走上那路东一块大石上去，果然一行一行的字，都看得清清楚楚，连那"我相人相众生相"等字，都看得出来。德夫人问："这经全吗？"逸云说："本来是全的，历年被山水冲坏的不少，现在存的不过九百多字了。"德夫人又问道："那北边有个亭子干什么的？"逸云说："那叫晾经亭，仿佛说这一部经晾在这石头上似的。"

说罢各人重复上轿，再往前行，不久到了柏树洞，两边都是古柏交柯，不见天日。这柏树洞有五里长，再前是水流云在桥了。桥上是一条大瀑布冲下来，从桥下下山去。逸云对众人说："若在夏天大雨之后，这水却不从桥下过，水从山上下来力量过大，径射到桥外去，人从桥上走，就是从瀑布底下钻过去，这也是一有趣的奇景。"

说完，又往前行，见前面有"回马岭"三个字，山从此就险峻起来了。再前，过二天门，过五大夫松，过百丈崖，到十八盘。在十八盘下，仰看南天门，就如直上直下似的，又像从天上挂下一架石梯子似的。大家看了都有些害怕，轿夫到此也都要吃袋烟歇歇脚力。环翠向德夫人道："太太你怕不怕？"德夫人道："怎么不怕呢？你瞧那南天门的门楼子，看着像一尺多高，你想这够多么远，都是直上直下的路。倘若轿夫脚底下一滑，我们就成了肉浆了？想做了肉饼子都不成。"逸云笑道："不怕的，有娘娘保佑，这里自古没闹过乱子，你放心罢。你不信，我走给你瞧。"说着放开步，如飞似的去了。走得一半，只见逸云不过有个三四岁小孩子大，看他转过身来，面朝下看，两只手乱招。德夫人大声喊道："小心着，别栽下来！"那里听得见呢？看他转身，又望上去了。这里轿夫脚力已足，说："太太们请上轿罢。"德夫人袖中取出块花绢子来对环翠道："我教你个好法子，你拿手绢子把眼悔上，死活存亡，听天由命去罢。"环翠说："只好这样。"当真也取块帕子将眼遮上，听他去了。

顷刻工夫已到南天门里，听见逸云喊道："德太太，到了平地啦，您把手帕子去了罢！"德夫人等惊魂未定，并未听见。直至到了元宝店门口停了轿，逸云来搀德夫人，替他把绢子除下，德夫人方立起身来，定了定神，见两头都是平地，同街道一样，方敢挪步。老残也替环翠把绢子除下，环翠回了一口气说："我没摔下去罢！"老残说："你要摔下去早死了！还会说话吗？"两人笑了笑，同进店去。原来逸云先到此地，分付店家将后房打扫干净，他复往南天门等候轿子，所以德夫人来时，诸事俱已齐备。这元宝店外面三间临街，有柜台发卖香烛元宝等件，里边三间专备香客住宿的。

各人进到里间，先在堂屋坐下，店家婆送水来洗了脸。天时尚早，一角斜阳，还未沉山。坐了片刻，挑行李的也到了。逸云叫挑夫搬进堂屋内，说："你去罢。"逸云问："怎样铺法？"老残说："我同慧哥两人住一间，他们三人住一间，何如？"慧生说："甚好。"就把老残的行李放在东边，慧生的放在西边。逸云将东边行李送过去，就来拿西边行李。环翠说："我来罢，不敢劳你驾。"其时逸云已将行李提到西房打开，环翠帮着搬铺盖，德夫人说："怎好要你们动手，我来罢。"其实已经铺陈好了。那边一付,老残等两人亦布置停妥。逸云赶过来说道:“我可误了差使了,怎么您已经归置好了吗?”慧生说:“不敢当,你请坐一会歇歇,好不好?”逸云说声:“不累,歇什么!”又往西房去了。慧生对老残说:“你看逸云何如?”老残:“实在好。我又是喜爱,又是佩服,倘若在我们家左近,我必得结交这个好友。”慧生说:“谁不是这么想呢?”

慢提慧生、老残这边议论,却说德夫人在庙里就契重逸云,及至一路同行,到了一个古迹,说一个古迹,看他又风雅,又泼辣,心里想:“世间那里有这样好的一个文武双全的女人?若把他弄来做个帮手,白日料理家务,晚上灯下谈禅;他若肯嫁慧生,我就不要他认嫡庶,姊妹称呼我也是甘心的。”自从打了这个念头,越发留心去看逸云,见他肤如凝脂,领如蝤蛴,笑起来一双眼又秀又媚,却是不笑起来又冷若冰霜。趁逸云不在眼前时,把这意思向环翠商量,环翠喜的直蹦说:“你好歹成就这件事罢,我替你磕一个头谢谢你。”德夫人笑道:“你比我还着急吗?且等今晚试试他的口气,他若肯了,不怕他师父不肯。”

究竟慧生姻缘能否成就,且听下回分解。

第三回 阳偶阴奇参大道 男欢女悦证初禅

却说德夫人因爱惜逸云，有收做个偏房的意思，与环翠商量，那知环翠看见逸云，比那宋少爷想靓云还要热上几分。正算计明天分手，不知何时方能再见，忽听德夫人这番话，以为如此便可以常常相见，所以欢喜的了不得，几乎真要磕下头去，被德夫人说要试试口气，意在不知逸云肯是不肯，心想倒也不错，不觉又冷了一段。说时，看逸云带着店家婆子摆桌子，搬椅子，安杯箸，忙了个够，又帮着摆碟子。摆好，斟上酒说："请太太们老爷们坐罢，今儿一天乏了，早点吃饭，早点安歇。"大家走出来说："山顶上那来这些碟子?"逸云笑说："不中吃，是俺师父送来的。"德夫人说："这可太费事了。"

闲话休提，晚饭之后，各人归房。逸云少坐一刻，说："二位太太早点安置，我失陪了。"德夫人说："你上那儿去？不是咱三人一屋子睡吗?"逸云说："我有地方睡，你放心罢。这家元宝店，就是婆媳两个，很大的炕，我同他们婆媳一块儿睡，舒服着呢。"德夫人说："不好，我要同你讲话呢。这里炕也很大，你怕我们三个人同睡不暖和，你就抱副铺子里预备香客的铺盖，来这儿睡罢。你不在这儿，我害怕，我不敢睡。"环翠也说："你若不来，就是恶嫌咱娘儿们，你快点来罢。"逸云想了想，笑道："不嫌脏，我就来。我有自己带来的铺盖，我去取来。"

说着便走出去，取进一个小包袱来，有尺半长，五六寸宽，三四寸高。环翠急忙打开一看，不过一条薄羊毛毯子，一个活脚竹枕而已。看官，怎样叫活脚竹枕？乃是一片大毛竹，两头安两片短毛竹，有枢轴，支起来像个小几，放下来只是两片毛竹，不占地方：北方人行路常用的,取其便当。且说德夫人看了说:“嗳呀! 这不冷吗?”逸云道:“不要他也不冷,不过睡觉不盖点不像个样子,况且这炕在墙后头烧着火呢,一点也不冷。”德夫人取表一看,说:“才九点钟还不曾到,早的很呢,你要不困,我们随便胡说乱道好不好呢?”逸云道:“即便一宿不睡,我也不困,谈谈最好。”德夫人叫环翠:“劳驾你把门关上,咱们三人上炕谈心去,这底下坐着怪冷的。”

说着三人关门上炕,炕上有个小炕几儿,德夫人同环翠对面坐,拉逸云同自已并排坐,小小声音问道:“这儿说话,他们爷儿们听不着,咱们胡说行不行?”逸云道:“有什么不行的? 你爱怎么说都行。”德夫人道:“你别怪我,我看青云、紫云他们姐妹三,同你不一样,大约他们都常留客罢?”逸云说:“留客是有的,也不能常留,究竟庙里比不得住家,总有点忌讳。”德夫人又问:“我瞧你没有留过客,是罢?”逸云笑说:“你何以见得我没有留过客呢?”德夫人说:“我那么想,然则你留过客吗?”逸云道:“却真没留过客。”德夫人说:“你见了标致的爷们,你爱不爱呢?”逸云说:“那有不爱的呢!”德夫人说:“既爱怎么不同他亲近呢?”逸云笑吟吟的说道:“这话说起来很长。您想一个女孩儿家长到十六七岁的时候,什么都知道了,又在我们这个庙里,当的是应酬客人的差使。若是疤麻歪嘴呢,自不必说;但是有一二分姿色,搽粉抹胭脂,穿两件新衣裳,客人见了自然人人喜欢,少不得甜言蜜语的灌两句。我们也少不得对人家瞧瞧,朝人家笑笑,人家就说我们飞眼传情了,少不得更亲近点。这时候你想,倘若是个平常人倒也没啥,倘若是个品貌又好,言语又有情意的人,你一句我一句自然而然的那个心就到了这人身上了。可是咱们究竟是女孩儿家,一半是害羞,一半是害怕,断不能像那天津人的话,‘三言两语成夫妻’,毕竟得避忌点儿。

“记得那年有个任三爷,一见就投缘,两三面后别提多好。那天晚上睡了觉,这可就胡思乱想开了。初起想这个人跟我怎么这么好,就起了个感激他的心,不能不同他亲近;再想他那模样,越想越好看;再想他那言谈,越想越有味。闭上眼就看见他,睁开眼还是想着他,这就着上了魔,这夜觉可就别想睡得好了! 到了四五更的时候,脸上跟火烧的一样，飞热起来。用个镜子照照，真是面如桃花。那个样子，别说爷们看了要动心，连我自己看了都动心。那双眼珠子，不知为了什么，就像有水泡似的，拿个手绢擦擦，也真有点湿渌渌的。奇怪！到天明，头也昏了，眼也涩了，勉强睡一霎儿，刚睡不大工夫，听见有人说话，一骨碌就坐起来了。心里说：‘是我那三爷来了罢？’再定神听听，原来是打粗的火工清晨扫地呢。歪下头去再睡，这一觉可就到了晌午了。等到起来，除了这个人没第二件事听见，人说什么马褂子颜色好，花样新鲜，冒冒失失的就问：‘可是说三爷的那件马褂不是？’被人家瞅一眼笑两笑，自己也觉得失言，臊得脸通红的。停不多大会儿，听人家说，谁家兄弟中了举了。又冒失问：‘是三爷家的五爷不是？’被人家说：‘你敢是迷了罢。’又臊得跑开去。等到三爷当真来了，就同看见自己的魂灵似的，那一亲热，就不用问了。可是闺女家头一回的大事，那儿那么容易呢？自己固然不能启口，人家也不敢轻易启口，不过干亲热亲热罢哩！

“到了几天后，这魔着的更深了，夜夜算计，不知几时可以同他亲近。又想他要住下这一夜，有多少话都说得了；又想在爹妈眼前说不得的话，对他都可以说得，想到这里，不知道有多欢喜。后来又想：我要他替我做什么衣裳，我要他替我做什么帐幔子，我要他替我做什么被褥，我要他买什么木器，我要问师父要那南院里那三间北屋，这屋子我要他怎么收拾，各式长桌、方桌，上头要他替我办什么摆饰，当中桌上、旁边墙上要他替我办坐钟、挂钟，我大襟上要他替我买个小金表，我们虽不用首饰，这手肐膊上实金镯子是一定要的，万不能少；甚至妆台、粉盒，没有一样不曾想到。这一夜又睡不着了。又想知道他能照我这样办不能？又想任三爷昨日亲口对我说：‘我真爱你，爱极了。倘若能成就咱俩人好事，我就破了家，我也情愿；我就送了命，我也愿意。古人说得好：“牡丹花下死，做鬼也风流。”只是不知你心里有我没有？’我当时怪臊的，只说了一句：‘我心同你心一样。’我此刻想来要他买这些物件，他一定肯的。又想我一件衣服，穿久了怪腻的，我要大毛做两套，是什么颜色，什么材料；中毛要两套；小毛要两套；棉、夹、单、纱要多少套，颜色花纹不要有犯重的。想到这时候，仿佛这无限若干的事物,都已经到我手里似的。又想正月香市,初一我穿什么衣裳,十五我穿什么衣裳,二月二龙抬头,我穿什么衣裳;清明我穿什么衣裳;四月初八佛爷生日,各庙香火都盛,我应该穿什么衣裳;五月节,七月半,八月中秋,九月重阳,十月朝,十一月冬至,十二月腊,我穿什么衣裳;某处大会,我得去看,怎么打扮;某处小会,我也得去,又应该怎样打扮。青云、紫云他们没有这些好装饰,多寒蠢,我多威武。又想我师父从七八岁抚养我这么大,我该做件什么衣服酬谢他;我乡下父母我该买什么东西叫他二老欢喜欢喜,他必叫着我的名儿说:'大妞儿,你今儿怎么穿得这么花绍?真好看煞人!'又想二姨娘、大姑姑,我也得买点啥送他,还没有盘算得完,那四面的鸡子,胶胶角角,叫个不住。我心里说这鸡真正浑蛋,天还早着呢!再抬头看,窗户上已经白洋洋的了,这算我顶得意的一夜。

"过了一天,任三爷又到庙里来啦。我抽了个空儿,把三爷扯到一个小屋子里,我说:'咱俩说两句话。'到了那屋子里,我同三爷并肩坐在炕沿上,我说:'三爷我对你说……'这句才吐出口,我想那有这么不害臊的人呢?人家没有露口气,咱们女孩儿家倒先开口了,这一想把我臊的真没有地洞好钻下去,那脸登时飞红,拔开腿就往外跑。三爷一见,心里也就明白一大半了,上前一把把我抓过来望怀里一抱,说:'心肝宝贝,你别跑,你的话我知道一半啦,这有什么害臊呢?人人都有这一回的,这事该怎么办法?你要什么物件?我都买给你,你老老实实说罢!'"

逸云说:"我那心勃腾勃腾的乱跳,跳了会子,我就把前儿夜里想的事都说出来了。说了一遍,三爷沉吟了一沉吟说:'好办,我今儿回去就禀知老太太商量,老太太最疼爱我的,没那个不依。俺三奶奶暂时不告诉他,娘们没有不吃醋的,恐怕在老太太眼前出坏。就是这么办,妥当,妥当。'话说完了,恐怕别人见疑,就走出来了。我又低低嘱咐一句:'越快越好,我听你的信儿。'三爷说:'那还用说。'也就匆匆忙忙下山回家去了。我送他到大门口,他还站住对我说:'倘若老太太允许了,我这两天就不来,我托朋友来先把你师父的盘子讲好了,我自己去替你置办东西。'我说:'很好,很好。盼望着哩!'

“从此,有两三夜也没睡好觉,可没有前儿夜里快活,因为前儿夜里只想好的一面。这两夜,却是想到好的时候,就上了火焰山;想到不好的时候,就下了北冰洋:一霎热,一霎凉,仿佛发连环疟子似的。一天两天还好受,等到第三天,真受不得了!怎么还没有信呢?俗语说的好,真是七窍里冒火,五脏里生烟。又想他一定是慢慢的制买物件,同作衣裳去了。心里埋怨他:‘你买东西忙什么呢?先来给我送个信儿多不是好,叫人家盼望的不死不活的干么呢?’到了第四天,一会儿到大门上去看看,没有人来;再一会儿又到大门口看看,还没有人来!腿已跑酸啦,眼也望穿啦。到得三点多钟,只见大南边老远的一肩山轿来了,其实还隔着五六里地呢,不知道我眼怎么那么尖,一见就认准了一点也不错,这一喜欢可就不要说了!可是这四五里外的轿子,走到不是还得一会子吗?忽然想起来,他说倘若老太太允许,他自己不来,先托个朋友来跟师父说妥他再来。今儿他自己来,一定事情有变!这一想,可就是仿佛看见阎罗王的勾死鬼似的,两只脚立刻就发软,头就发昏,万站不住,飞跑进了自己屋子,梅上脸就哭。哭了一小会,只听外边打粗的小姑子喊道:‘华云,三爷来啦!快去罢’!二位太太,您知道为什么叫华云呢?因为这逸云是近年改的,当年我本叫华云。我听打粗的姑子喊,赶忙起来,擦擦眼,匀匀粉,自己怪自己:这不是疯了吗?谁对你说不成呢?自言自语的,又笑起来了!脸还没匀完,谁知三爷已经走到我屋子门口,揭起门帘说:‘你干什么呢?’我说:‘风吹砂子迷了眼啦!我洗脸的。’

“我一面说话,偷看三爷脸神,虽然带着笑,却气象冰冷,跟那冻了冰的黄河一样。我说:‘三爷请坐。’三爷在炕沿上坐下,我在小条桌旁边小椅上坐下,小姑子揭着门帘,站着支着牙在那里瞅。我说:‘你还不泡茶去!’小姑子去了。我同三爷两个人脸对脸,白瞪了有半个时辰,一句话也没有说。等到小姑子送进茶来,吃了两碗,还是无言相对。我耐不住了,我说:‘三爷,今儿怎么着啦,一句话也没有?’三爷长叹一口气,说:‘真急死人,我对你说罢!前儿不是我从你这里回去吗?当晚得空,我就对老太太说了个大概,老太太问得多少东西,我还没敢全说,只说了一半的光景,老太太拿算盘一算,说:“这不得上千的银子吗?"我就不敢言语了。老太太说:"你这孩子,你老子千辛万苦挣下这个家业,算起来不过四五万银子家当,你们哥儿五个,一年得多少用项。你五弟还没有成家,你平常喜欢在山上跑跑,我也不禁止。你今儿想到这种心思,一下子就得用上千的银子,还有将来呢?就不花钱了吗?况且你的媳妇模样也不寒蠢,你去年才成的家,你们两口子也怪好的,去年我看你小夫妇很热,今年就冷了好些,不要说是为这华云,所以变了心了。我做婆婆的为疼爱儿子,拿上千的银子给你干这事,你媳妇不敢说什么,他倘若说:'赔嫁的衣服不时样了。'要我给他做三二百银子衣服,明明是挤我这个短儿,我怎么发付他呢?你大嫂子、二嫂子都来赶罗我,我又怎么样?我不给他们做,他们当面不说,背后说:'我们制买点物件,姓任的买的,还在姓任的家里,老太太就不愿意了;老三花上千的银子,给别人家买东西,三天后就不姓任了,老太太倒愿意。也不知道是护短呢,是老昏了!'这话要传到我耳朵里,我受得受不得呢?你是我心疼的儿子,你替我想想,你在外边快乐,我在家里受气,你心里安不安呢?倘若你媳妇是不贤慧的,同你吵一回,闹一回,也还罢了;倘若竟仍旧的同你好,格外的照应你,你就过意得去吗?倘若依你做了去,还是永远就住在山上,不回家呢?还是一边住些日子呢?倘若你久在山上,你不要媳妇,你连老娘都不要了,你成什么人呢?你一定在山上住些时,还得在家里住些时,是不用说的了。你在家里住的时候,人家山上又来了别的客,少不得也要留人家住。你花钱买的衣裳真好看,穿起来给别人看;你买的器皿,给别人用;你买的帐幔,给别人遮羞;你买的被褥,给人家盖;你心疼心爱心里怜惜的人,陪别人睡;别人脾气未必有你好,大概还要闹脾气;睡的不乐意还要骂你心爱的人,打你心爱的人,你该怎么样呢?好孩子!你是个聪明孩子,把你娘的话,仔细想想,错是不错?依我看,你既爱他,我也不拦你,你把这第一个傻子让给别人做,你做第二个人去,一样的称心,一样的快乐,却不用花这么多的冤钱,这是第一个办法。你若不以为然,还有第二个办法:你说华云模样长得十分好,心地又十分聪明,对你又是十二分的恩爱,你且问他是为爱你的东西,是为爱你的人?若是为爱你的东西,就是为你的钱财了,你的钱财几时完,你的恩爱就几时断绝;你算花钱租恩爱,你算算你的家当,够租几年的恩爱?倘若是爱你的人,一定要这些东西吗?你正可以拿这个试试他的心,若不要东西,真是爱你;要东西,就是假爱你。人家假爱你,你真爱人家,不成了天津的话:‘剃头挑子一头想’吗?我共总给你一百银子,够不够你自己斟酌办理去罢!’”

逸云追述任三爷当日叙他老太太的话到此已止,德夫人对着环翠伸了一伸舌头说:“好个利害的任太太,真会管教儿子!”环翠说:“这时候虽是逸云师兄,也一点法子没有吧!”德夫人向逸云道:“你这一番话,真抵得上一卷书呢!任三爷说完这话,你怎么样呢?”逸云说:“我怎么呢?哭罢咧!哭了会子,我就发起狠来了。我说:‘衣服我也不要了!东西我也不要了!任么我都不要了!你跟师父商议去罢!’任三爷说:‘这话真难出口,我是怕你着急,所以先来告诉你,我还得想法子,就这样是万不行!你别难受。缓两天我再向朋友想法子去。’我说:‘你别找朋友想法子了,借下钱来,不还是老太太给吗?倒成了个骗上人的事,更不妥了,我更对不住你老太太了!’那一天就这么,我们俩人就分手了!”

逸云便向二人道:“二位太太如果不嫌絮烦,愿意听,话还长着呢!”德夫人道:“愿意听,愿意听,你说下去罢。”且听下回分解。

第四回　九转成丹破壁飞　七年返本归家坐

却说逸云又道："到了第二天，三爷果然托了个朋友来跟师父谈论，把以前的情节述了一遍，问师父肯成就这事不肯？并说华云已经亲口允许任么都不要，若是师父肯成就，将来补报的日子长呢。老师父说道：'这事听华云自主。我们庙里的规矩可与窑子里不同；窑子里妓女到了十五六岁，就要逼令他改装，以后好做生意；庙里留客本是件犯私的事，只因祖上传下来：年轻的人，都要搽粉抹胭脂，应酬客人。其中便有难于严禁处，恐怕伤犯客人面子，前几十年还是暗的，渐渐的近来，就有点大明大白的了！然而也还是个半暗的事，你只可同华云商量着办，倘若自己愿意，我们断不过问的。但是有一件不能不说，在先也是本庙里传下来的规矩，因为这比丘尼本应该是童贞女的事，不应该沾染红尘；在别的庙里犯了这事，就应逐出庙去，不再收留，惟我们这庙不能打这个官话欺人，可是也有一点分别：若是童女呢，一切衣服用度，均是庙里供给，别人的衣服，童女也可以穿，别人的物件，童女也可以用。若一染尘事，他就算犯规的人了，一切衣服等项，俱得自己出钱制买，并且每月还须津贴庙里的用项。若是有修造房屋等事，也须摊在他们几个染尘人的身上。因为庙里本没有香火田，又没有缘簿，但凡人家写缘簿的，自然都写在那清修的庙里去，谁肯写在这半清不浑的庙里呢？你还不知道吗？况且初次染尘，必须大大的写笔功德钱，这钱谁也不能得，收在公账上应用。您才说的一百银子，不知算功德钱呢？还是给他置买衣服同那动用器皿呢？若是功德钱，任三爷府上也是本庙一个施主，断不计较；若是置办衣物，这功德钱指那一项抵用呢？所以这事我们不便与闻，你请三爷自已同华云斟酌去罢。况且华云现在住的是南院的两间北屋，屋里的陈设，箱子里的衣服，也就不大离值两千银子，要是做那件事，就都得交出来，照他这一百银子的牌子，那一间屋子也不称，只好把厨房旁边堆柴火的那一间小屋腾出来给他，不然别人也是不服的。您瞧是不是呢？'

"那朋友听了这番话，就来一五一十的告诉我，我想师父这话也确是实情，没法驳回。我就对那朋友说：'叫我无论怎么寒蠢，怎么受罪，我为着三爷都没有什么不肯，只是关着三爷面子，恐怕有些不妥，不必着急，等过一天三爷来，我们再商议罢。'那个朋友去了，我就仔细的盘算了两夜。我起初想，同三爷这么好，管他有衣服没衣服，比要饭的叫化子总强点；就算那间厨房旁边的小房子，也怪暖和的，没有什么不可以的。我瞧那戏上王三姐抛彩球打着了薛平贵，是个讨饭的，他舍掉了相府小姐不做，去跟那薛平贵，落后做了西凉国王，何等荣耀，有何不可。又想人家那是做夫妻，嫁了薛平贵，我这算什么呢？就算我苦守了十七年，任三爷做了西凉国王，他家三奶奶自然去做娘娘，我还不是斗姥宫的穷姑子吗？况且皇上家恩典，虽准其贻封，也从没有听见有人说过：谁做了官贻封到他相好的女人的，何况一个姑子呢！《大清会典》上有贻封尼姑的一条吗？想到这里，可就凉了半截了！又想我现在身上穿的袍子是马五爷做的，马褂是牛大爷做的，还有许多物件都是客人给的；若同任三爷落了交情，这些衣物都得交出去。马五爷、牛大爷来的时候不问吗？不告诉他不行，若告诉他，被他们损两句呢？说：'你贪图小白脸，把我们东西都断送了！把我们待你的好意，都摔到东洋大海里去，真没良心！真没出息！'那时我说什么呢？况且既没有好衣服穿，自然上不了台盘，正经客来，立刻就是青云他们应酬了，我只好在厨房里端菜，送到门帘子外头，让他们接进去，这是什么滋味呢！等到吃完了饭，刷洗锅碗是我的差使。这还罢了，顶难受是清早上扫屋子里的地！院子里地是火工扫，上等姑子屋里地是我们下等姑子扫。倘若师兄们同客人睡在炕上，我进去扫地，看见帐幔外两双鞋，心里知道：这客当初何等契重我，我还不愿意理他，今儿我倒来替他扫地！心里又应该是什么滋味呢！如是又想：在这儿是万不行的了！不如跟任三爷逃走了罢。又想逃走，我没有什么不行，可是任三爷人家有老太太，有太太，有哥哥，有兄弟，人家怎能同我逃走呢？这条计又想左了。翻来覆去，想不出个好法子来。后来忽然间得了一条妙计：我想这衣服不是马五爷同牛大爷做的吗？马五爷是当铺的东家，牛大爷是汇票庄掌柜的。这两个人待我都不错，要他们拿千把银子不吃力的，况且这两个人从去年就想算计我，为我不喜欢他们，所以吐不出口来，眼前我只要略为撩拨他们下子，一定上钩。待他们把冤钱花过了，我再同三爷慢慢的受用，正中了三爷老太太的第一策，岂不大妙？

"想到这里，把前两天的愁苦都一齐散尽，很是喜欢。停了一会子，我想两个人里头，找谁好呢？牛大爷汇票庄，钱便当，找他罢；又想老西儿的脾气，不卡住脖儿梗是不花钱的，花过之后，还要肉疼：明儿将来见了衣裳，他也说是他做的；见了物件，也要说是他买的，唧唧咕咕，絮叨的没有完期。况且醋心极大，知道我同三爷真好，还不定要唧咕出什么样子来才罢呢！又抽鸦片，一嘴的烟味，比粪还臭，教人怎么样受呢？不用顾了眼前，以后的罪不好受。算了罢，还是马五爷好得多呢。又想马五爷这个人，专吃牛羊肉。自从那年县里出告示，禁宰耕牛，他们就只好专吃羊肉了。吃的那一身的羊膻气，五六尺外，就教人作恶心，怎样同他一被窝里睡呢，也不是主意！又想除了这两个呢，也有花得起钱的，大概不像个人样子；像个人的呢，都没有钱。我想到这里，可就有点醒悟了。大概天老爷看着钱与人两样都很重的，所以给了他钱，就不教他像人；给了他个人，就不教他有钱：这也是不错的道理。后来又想任三爷人才极好，可也并不是没有钱，只是拿不出来，不能怨他。这心可就又迷回任三爷了，既迷回了任三爷，想想还是刚才的计策不错，管他马呢牛呢，将就几天让他把钱花够了，我还是跟任三爷快乐去。看银子同任三爷面上，就受几天罪也不要紧的。这又喜欢起来了，睡不着，下炕剔明了灯，没有事做拿把镜子自己照照，觉得眼如春水，面似挑花，同任三爷配过对儿，真正谁也委曲不了谁。

"我正在得意的时候，坐在椅子上倚在桌子上，又盘算盘算想道：

这事还有不妥当处,前儿任三爷的话不知真是老太太的话呢,还是三爷自家使的坏呢?他有一句话很可疑的,他说老太太说,‘你正可以拿这个试试他的心’,直怕他是用这个毒着儿来试我的心的罢?倘若是这样,我同牛爷、马爷落了交,他一定来把我痛骂一顿,两下绝交。嗳呀险呀!我为三爷含垢忍污的同牛马落交,却又因亲近牛马,得罪了三爷,岂不大失算吗?不好,不好!再想看三爷的情形,断不忍用这个毒着下我的手,一定是他老太太用这个着儿破三爷的迷。既是这样,老太太有第二条计预备在那里呢!倘若我与牛爷、马爷落了交情,三爷一定装不知道,拿二千银票来对我说:‘我好容易千方百计的凑了这些银子来践你的前约,把银子交给你,自已去采办罢。’这时候我才死不得活不得呢!逼到临了,他总得知道真情,他就把那二千银票扯个粉碎,赌气走了,请教我该怎么样呢?其实他那二千的票子,老早挂好了失票,虽然扯碎票子,银子一分也损伤不了;只是我可就没法做人,活臊也就把我臊死了!这么说,以前那个法子可就万用不得了!

“又想,这是我的过虑,人家未必这么利害,又想就算他下了这个毒手,我也有法制他。什么法子呢?我先同牛马商议,等有了眉目,我推说我还得跟父母商议,不忙作定,然后把三爷请来,光把没有钱不能办的苦处告诉他,再把为他才用这忍垢纳污的主意说给他,请他下个决断。他说办得好,以后他无从挑眼;他说不可以办,他自然得给我个下落,不怕他不想法子去,我不赚个以逸待劳吗?这法好的。又想,还有一事,不可不虑,倘若三爷竟说:‘实在筹不出款来,你就用这个法子,不管他牛也罢,马也罢,只要他拿出这宗冤钱来,我就让他一头地也不要紧。’自然就这么办了。可是还有那朱六爷、苟八爷,当初也花过几个钱,你没有留过客,他没有法想;既有人打过头客,这朱爷、苟爷一定也是要住的了,你敢得罪谁呢?不要说,这打头客的一住,无论是马是牛,他要住多少天,得陪他多少天,他要住一个月两个月,也得陪他一个月两个月;剩下来日子,还得应酬朱苟。算起来一个月里的日子,被牛马朱苟占去二十多天,轮到任三爷不过三两天的空儿,再算到我自己身上,得忍八九夜的难受,图了一两夜的快乐,这事还是不做的好。又想，嗳呀，我真昏了呀！不要说别人打头客，朱苟牛马要来，就是三爷打头客，不过面子大些，他可以多住些时，没人敢撑他；可是他能常年在山上吗？他家里三奶奶就不要了吗？少不得还是在家的时候多，我这里还是得陪着朱苟牛马睡。

“想到这里，我就把镜子一摔，心里说：都是这镜子害我的！我要不是镜子骗我，搽粉抹胭脂，人家也不来撩我，我也惹不了这些烦恼。我是个闺女，何等尊重，要起什么凡心？堕的什么孽障？从今以后，再也不与男人交涉，剪了辫子，跟师父睡去。到这时候，我仿佛大彻大悟了不是？其实天津落子馆的话，还有题目呢。

“我当时找剪子去剪辫子，忽然想这可不行，我们庙里规矩过三十岁才准剪辫子呢，我这时剪了，明天怕不是一顿打！还得做几个月的粗工。等辫子养好了，再上台盘，这多么丢人呢！况且辫子碍着我什么事，有辫子的时候，糊涂难过；剪了辫子，得会明白吗？我也见过多少剪辫子的人，比那不剪辫子的时候，还要糊涂呢！只要自己拿得稳主意，剪辫子不剪辫子一样的事。那时我仍旧上炕去睡，心里又想，从今以后无论谁我都不招惹就完了。

“谁知道一面正在那里想斩断葛藤，一面那三爷的模样就现在眼前，三爷的说话就存在耳朵里，三爷的情意就卧在心坎儿上，到底舍不得，转来转去，忽然想到我真糊涂了！怎么这么些天数，我眼前有个妙策，怎么没想到呢？你瞧，任老太太不是说吗：花上千的银子，给别人家买东西，三天后就不姓任的，可见得不是老太太不肯给钱，为的这样用法，过了几天，东西也是人家的，人还是人家的，岂不是人财两空吗？我本没有第二个人在心上，不如我径嫁了三爷，岂不是好？这个主意妥当，又想有五百银子给我家父母，也很够欢喜的；有五百银子给我师父，也没有什么说的。我自己的衣服，有一套眼面前的就行了，以后到他家还怕没得穿吗？真正妙计，巴不得到天明着人请三爷来商量这个办法。谁知道往常天明的很快，今儿要他天明，越看那窗户越不亮，真是恨人！又想我到他家，怎样伺候老太太，老太太怎样喜欢我；我又怎样应酬三奶奶，三奶奶又怎样喜欢我；我又怎样应酬大奶奶、二奶奶，他们又怎样喜欢我。将来生养两个儿子，大儿子叫他念书,读文章中举,中进士,点翰林,点状元,放八府巡按,做宰相;我做老太太,多威武。二儿子,叫他出洋,做留学生,将来放外国钦差,我再跟他出洋,逛那些外国大花园,岂不快乐死了我吗?咳!这个主意好!这个主意好!

"可是我听说七八年前,我们师叔嫁了李四爷,是个做官的,做过那里的道台,去的时候,多么耀武扬威!末后听人传说,因为被正太太凌虐不过,喝生鸦片烟死了。又见我们彩云师兄,嫁了南乡张三爷,也是个大财主。老爷在家的时候,待承的同亲姊妹一样,老爷出了门,那磨折就说不上口了,身上烙的一个一个的疮疤。老爷回来,自然先到太太屋里了,太太对老爷说:'你们这姨太太,不知道向谁偷上了,着了一身的杨梅疮,我好容易替他治好了,你明儿瞧瞧他身上那疮疤子,怕人不怕人?你可别上他屋里去,你要着上杨梅疮,可就了不得啦!'把个老爷气的发抖。第二天清早起,气狠狠的拿着马鞭子,叫他脱衣裳看疤,他自然不肯。老爷更信太太说的不错,扯开衣服,看了两处,不问青红皂白,举起鞭子就打,打了二三百鞭子,教人锁到一间空屋子里去,一天给两碗冷饭,吃到如今,还是那么半死不活的呢!再把那有姨太太的人盘算盘算:十成里有三成是正太太把姨太太折磨死了的;十成里也有两成是姨太太把正太太憋闷死了的;十成里有五成是唧唧咕咕,不是斗口就是淘气;一百里也没有一个太太平平的。我可不知道任三奶奶怎么,听说也很利害。然则我去到他家,也是死多活少,况且就算三奶奶人不利害,人家结发夫妻过的太太平平和和气气的日子,要我去扰得人家六畜不安,末后连我也把个小命儿送掉了,图着什么呢?嗳!这也不好,那也不好,不如睡我的觉罢。

"刚闭上眼,梦见一个白发白须的老翁对我说道:'逸云!逸云!你本是有大根基的人,只因为贪恋利欲,埋没了你的智慧,生出无穷的魔障,今日你命光发露,透出你的智慧,还不趁势用你本来具足的慧剑,斩断你的邪魔吗?'我听了连忙说:'是,是!'我又说:'我叫华云,不叫逸云。'那老者道:'迷时叫华云,悟时就叫逸云了。'我惊了一身冷汗,醒来可就把那些胡思乱想一扫帚扫清了,从此改为逸云的。"

德夫人道:“看你年纪轻轻的真好大见识,说的一点也不错。我且问你:譬如现在有个人,比你任三爷还要好点,他的正太太又爱你,又契重你的,说明了同你姊妹称呼,把家务全交给你一个人管,永远没有那咭咭咕咕的事,你还愿意嫁他,不愿意呢?”逸云道:“我此刻且不知道我是女人,教我怎样嫁人呢?”德夫人大惊道:“我不解你此话怎讲?”

未知逸云说出甚话,且听下回分解。

第五回　俏逸云除欲除尽　德慧生救人救澈

话说德夫人听逸云说：他此刻且不知道他是女人，怎样嫁人呢？慌忙问道："此话怎讲？"逸云道："《金刚经》云：'无人相，无我相。'世间万事皆坏在有人相我相。《维摩诘经》：维摩诘说法的时候，有天女散花，文殊菩萨以下诸大菩萨，花不着身，只有须菩提花着其身，是何故呢？因为众人皆不见天女是女人，所以花不着身，须菩提不能免人相我相，即不能免男相女相，所以见天女是女人，花立刻便着其身。推到极处，岂但天女不是女身，维摩诘空中，那得会有天女？因须菩提心中有男女相，故维摩诘化天女身而为说法。我辈种种烦恼，无穷痛苦，都从自己知道自己是女人这一念上生出来的，若看明白了男女本无分别，这就入了西方净土极乐世界了。"

德夫人道："你说了一段佛法，我还不能甚懂，难道你现在无论见了何等样的男子，都无一点爱心吗？"逸云道："不然。爱心怎能没有？只是不分男女，却分轻重。譬如见了一个才子，美人，英雄，高士，却是从钦敬上生出来的爱心；见了寻常人却与我亲近的，便是从交感上生出来的爱心；见了些下等愚蠢的人，又从悲悯上生出爱心来。总之，无不爱之人，只是不管他是男是女。"德夫人连连点头说："师兄不但是师兄，我真要认你做师父了。"又问道："你是几时澈悟到这步田地的呢？"逸云道："也不过这一二年。"德夫人道："怎样便会证明到这地步呢？"逸云道："只是一个变字。《易经》说：'穷则变，变则通。'天下没有个不变会通的人。"

德夫人道："请你把这一节一节怎样变法，可以指示我们罢？"逸云道："两位太太不嫌烦琐，我就说说何妨。我十二三岁时什么都不懂,却也没有男女相。到了十四五岁,初开知识,就知道喜欢男人了;却是喜欢的美男子。怎样叫美男子呢?像那天津捏的泥人子,或者戏子唱小旦的,觉得他实在是好。到了十六七岁,就觉得这一种人真是泥捏的绢糊的,外面好看,内里一点儿没有,必须有点斯文气,或者有点英武气,才算个人,这就是同任三爷要好的时候了。再到十七八岁,就变做专爱才子英雄,看那报馆里做论的人,下笔千言,天下事没有一件不知道的,真是才子!又看那出洋学生,或者看人两国打仗要去观战,或者自己请赴前敌,或者借个题目自己投海而死,或者一洋枪把人打死,再一洋枪把自己打死,真是英雄!后来细细察看,知道那发议论的,大都知一不知二,为私不为公,不能算个才子。那些借题目自尽的,一半是发了疯痰病,一半是受人家愚弄,更不能算个英雄。只有像曾文正,用人也用得好,用兵也用得好,料事也料得好,做文章也做得好,方能算得才子;像曾忠襄自练一军,救兄于祁门,后来所向无故,困守雨花台,毕竟克复南京而后已,是个真英雄!再到十八九岁又变了,觉得曾氏弟兄的才子英雄,还有不足处,必须像诸葛武侯才算才子,关公、赵云才算得英雄;再后觉得管仲、乐毅方是英雄,庄周、列御寇方是才子;再推到极处,除非孔圣人、李老君、释迦牟尼才算得大才子、大英雄呢!推到这里,世间就没有我中意的人了。既没有我中意的,反过来又变做没有我不中意的人,这就是屡变的情形。近来我的主意把我自己分做两个人:一个叫做住世的逸云,既做了斗姥宫的姑子,凡我应做的事都做,不管什么人,要我说话就说话,要我陪酒就陪酒,要搂就搂,要抱就抱,都无不可,只是陪他睡觉做不到;又一个我呢,叫做出世的逸云,终日里但凡闲暇的时候,就去同那儒释道三教的圣人顽要,或者看看天地日月变的把戏,很够开心的了。"

德夫人听得喜欢异常,方要再往下问,那边慧生过来说:"天不早了,睡罢!还要起五更等着看日出呢。"德夫人笑道:"不睡也行,不看日出也行,您没有听见逸云师兄谈的话好极了,比一卷书还有趣呢!我真不想睡,只是愿意听。"慧生说:"这么好听,你为什么不叫我来听听呢?"德夫人说:"我听入了迷,什么都不知道了,还顾得叫你呢!可是好多时没有喝茶了。王妈,王妈!咦!这王妈怎么不答应人呢?”

逸云下了炕说:“我去倒茶去。”就往外跑。慧生说:“你真听迷了,那里有王妈呢?”德夫人说:“不是出店的时候,他跟着的吗?”慧生又大笑。环翠说:“德太太,你忘记了,不是我们出岳庙的时候,他嚷头疼的了不得,所以打发他回店去,就顺便叫人送行李来的吗?不然这铺盖怎样会知道送来呢?”德夫人说:“可不是,我真听迷糊了。”慧生又问:“你们谈的怎么这么有劲?”德夫人说:“我告诉你罢,我因为这逸云有文有武,又能干,又谦和,真爱极了!我想把他……”

说到这里,逸云笑嘻嘻的提了一壶茶进来说:“我真该死!饭后冲了一壶茶,搁在外间桌上,我竟忘了取进来,都凉透了!这新泡来的,你喝罢。”左手拿了几个茶碗,一一斟过。逸云既来,德夫人适才要说的话,自然说不下去。略坐一刻,就各自睡了。

天将欲明,逸云先醒,去叫人烧了茶水、洗脸水,招呼各人起来,煮了几个鸡蛋,烫了一壶热酒,说:“外边冷的利害,吃点酒挡寒气。”各人吃了两杯,觉得腹中和暖,其时东方业已发白,德夫人、环翠坐了小轿,披了皮斗篷,环翠本没有,是慧生不用借给他的。

慧生、老残步行,不远便到了日观峰亭子等日出。看那东边天脚下已通红,一片朝霞,越过越明,见那地下冒出一个紫红色的太阳牙子出来。逸云指道:“您瞧那地边上有一条明的跟一条金丝一样的,相传那就是海水。”只说了两句话,那太阳已半轮出地了。只可恨地皮上面,有条黑云像带子一样横着,那太阳才出地,又钻进黑带子里去,再从黑带子里出来,轮脚已离了地,那一条金线也看不见了。德夫人说:“我们去罢。”回头向西,看了丈人峰、舍身岩、玉皇顶,到了秦始皇没字碑上,摩挲了一会儿。原来这碑并不是个石片子,竟是叠角斩方的一枝石柱,上面竟半个字也没有。

再往西走,见一个山峰,仿佛劈开的半个馒头,正面磨出几丈长一块平面,刻了许多八分书。逸云指着道:“这就是唐太宗的《纪泰山铭》。”旁边还有许多本朝人刻的斗大字,如栲栳一般,用红油把字画里填得鲜明照眼,书法大都学洪钧殿试策子的,虽远不及洪钧的饱满,也就肥大的可爱了。又向西走,回到天街,重入元宝店里,吃了逸云预备下的汤面,打了行李,一同下山。出天街,望南一拐,就是南天门了;出得南天门,便是十八盘。谁知下山比上山更属可怕,轿夫走的比飞还快,一霎时十八盘已走尽,不到九点钟,已到了斗姥宫门首,慧生抬头一看,果然挂了大红彩绸,一对宫灯。其时大家已都下了轿子,老残把嘴对慧生向彩绸一努,慧生说:“早已领教了。”彼此相视而笑。

两个老姑子迎在门口,打过了稽首,进得客堂,只见一个杏仁脸儿,面若桃花,眼如秋水,琼瑶鼻子,樱桃口儿,年纪十五六岁光景,穿一件出炉银颜色的库缎袍子,品蓝坎肩,库金镶边有一寸多宽,满脸笑容赶上来替大家请安,明知一定是靓云了。正要问话,只见旁边走上一个戴熏貂皮帽沿没顶子的人,走上来向德慧生请了一安,又向众人略为打了个千儿,还对慧生手中举着年愚弟宋琼的帖子,说:“敝上给德大人请安,说昨儿不知道大人驾到,失礼的很。接大人的信,敝上很怒,叫了少爷去问,原来都是虚诳,没有的事。已把少爷申斥了几句,说请大人万安,不要听旁人的闲话,今儿晚上请在衙门里便饭,这里挑选了几样菜来,先请大人胡乱吃点。”

慧生听了,大不悦意,说:“请你回去替你贵上请安,说送菜吃饭,都不敢当,谢谢罢。既说都是虚诳,不用说就是我造的谣言了,明天我们动身后,怕不痛痛快快奈何这斗姥宫姑子一顿吗?既不准我情,我自有道理就是了。你回去罢!”那家人也把脸沉下来说:“大人不要多心,敝上不是这个意思。”回过脸对老姑子说:“你们说实话,有这事吗?”慧生说:“你这不是明明当我面逞威风吗?我这穷京官,你们主人瞧不起,你这狗才也敢这样放肆!我摇你主人不动,难道办你这狗才也办不动吗?今天既是如此,我下午拜泰安府,请他先把你这狗才打了,递解回籍,再向你们主人算账!子弟不才,还要这么护短。”回头对老残说:“好好的一个人,怎样做了知县就把天良丧到这步田地!”那家人看势头不好,赶忙跪在地下磕头。德夫人说:“我们里边去罢。”慧生把袖子一拂,竟往里走,仍在靓云房里去坐。泰安县里家人知道不妥,忙向老姑子托付了几句,飞也似的下山去了。暂且不题。

却说德夫人看靓云长的实在是俊，把他扯在怀里，仔细抚摩了一回说："你也认得字吗？"靓云说："不多几个。"问："念经不念经？"答："经总是要念的。"问："念的什么经？"答："无非是眼面前几部，《金刚经》、《法华经》、《楞严经》等罢了。"问："经上的字，都认得吗？"答："那几个眼面前的字，还有不认得吗？"德夫人又一惊，心里想，以为他年纪甚小，大约认不多几个字，原来这些经都会念了，就不敢怠慢他。又问："你念经，懂不懂呢？"靓云答："略懂一二分。"德夫人说："你要有不懂的，问这位铁老爷，他都懂得。"老残正在旁边不远坐，接上说："大嫂不用冤人，我那里懂得什么经呢？"又因久闻靓云的大名，要想试他一试，就兜过来说了一句道："我虽不懂什么，靓云！你如要问也不妨问问看，碰得着，我就说；碰不着，我就不说。"

靓云正待要问，只见逸云已经换了衣服，搽上粉，点上胭脂，走将进来；穿得一件粉红库缎袍子，却配了一件元色缎子坎肩，光着个头，一条乌金丝的辫子。靓云说；"师兄偏劳了。"逸云说："岂敢，岂敢！"靓云说："师兄，这位铁老爷佛理精深，德太太叫我有不懂的问他老人家呢。"逸云说："好，你问，我也沾光听一两句。"靓云遂立向老残面前，恭恭敬敬问道："《金刚经》云：'若人满三千大千世界七宝以用布施，其福德多不如以四句偈语为他人说，其福胜彼。'请问那四句偈本经到底没有说破？有人猜是：'一切有为法，如梦幻泡影，如露亦如电，应作如是观。'"老残说："问的利害！一千几百年注金刚经的都注不出来，你问我，我也是不知道。"逸云笑道："你要那四句，就是那四句，只怕你不要。"靓云说："为么不要呢？"逸云一笑不语，老残肃然起敬的立起来，向逸云唱了一个大肥喏，说："领教得多了！"靓云说："你这话铁老爷倒懂了，我还是不懂，为么我不要呢？三十二分我都要，别说四句。"逸云说："为的你三十二分都要，所以这四句偈语就不给你了。"靓云说："我更不懂了。"老残说："逸云师兄佛理真通达，你想六祖只要了'因无所住，而生其心'两句，就得了五祖的衣钵，成了活佛：所以说'只怕你不要'。真正生花妙舌。"老残因见逸云非凡，便问道："逸云师兄，屋里有客么？"逸云说："我屋里从来无客。"老残说："我想去看看许不许？"逸云说："你要来就来，只怕你不来。"老残说：

"我历了无限劫,才遇见这个机会,怎肯不来? 请你领路同行。"当真逸云先走,老残后跟。德夫人笑道:"别让他一个人进桃源洞,我们也得分点仙酒喝喝。"

说着大家都起身同去,就是这西边的两间北屋,进得堂门,正中是一面大镜子,上头一块横匾,写着"逸情云上"四个行书字,旁边一副对联写道:

妙喜如来福德相;

姑射仙人冰雪姿。

只有下款"赤龙"二字,并无上款。慧生道:"又是他们弟兄的笔墨。"老残说:"这人几时来的? 是你的朋友吗?"逸云说:"外面是朋友,内里是师弟。他去年来的,在我这里住了四十多天呢。"老残道:"他就住在你这庙里吗?"逸云道:"岂但在这庙里,简直住在我炕上。"德夫人忙问:"你睡在那里呢?"逸云笑道:"太太有点疑心山顶上说的话罢? 我睡在他怀里呢!"德夫人道:"那么说,他竟是坐怀不乱的柳下惠吗?"逸云道:"柳下惠也不算得头等人物,不过散圣罢咧,有什么稀奇! 若把柳下惠去比赤龙子,他还要说是贬他呢!"大家都伸舌头。

德夫人走到他屋里看看,原来不过一张炕,一个书桌,一架书而已,别无长物。却收拾得十分干净,炕上挂了个半旧湖绉幔子,叠着两床半旧的锦被。德夫人说:"我乏了,借你炕上歇歇,行不行?"逸云说:"不嫌肮脏,您请歇着。"其时环翠也走进房里来。德夫人说:"咱俩躺一躺罢。"慧生、老残进房看了一看,也就退到外间,随便坐下。慧生说:"刚才你们讲的《金刚经》,实在讲的好。"老残道:"空谷幽兰,真想不到这种地方,会有这样高人,而且又是年轻的尼姑,外像仿佛跟妓女一样。古人说:'莲花出于污泥。'真是不错的!"慧生说:"你昨儿心目中只有靓云,今儿见了靓云,何以很不着意似的?"老残道:"我在省城只听人称赞靓云,从没有人说起逸云,可知道曲高和寡呢!"慧生道:"就是靓云,也就难为他了,才十五六岁的孩子家呢……"

正在说话,那老姑子走来说道:"泰安县宋大老爷来了,请问大人在那里会?"慧生道:"到你客厅上去罢。"就同老姑子出去了,此地剩了老残一个人,看旁边架上堆着无限的书,就抽一本来看,原来是本

《大般若经》,就随便看将下去。话分两头:慧生自去会宋琼,老残自是看《大般若经》。

却说德夫人喊了环翠同到逸云炕上,逸云说:“您躺下来,我替您盖点子被罢。”德夫人说:“你来坐下,我不睡,我要问你赤龙子是个何等样人?”逸云说:“我听说他们弟兄三个,这赤龙子年纪最小,却也最放诞不羁的。青龙子、黄龙子两个呢,道貌严严,虽然都是极和气的人,可教人一望而知他是有道之士。若赤龙子,教人看着说不出个所以然来,嫖赌吃着,无所不为;官商士庶,无所不交。同尘俗人处,他一样的尘俗;同高雅人处,他又一样的高雅,并无一点强勉处,所以人都测不透他。因为他同青龙、黄龙一个师父传授的,人也不敢不敬重他些,究竟知道他实在的人很少。去年来到这里,同大家伙儿嘻嘻呵呵的乱说,也是上山回来在这里吃午饭,师父留他吃晚饭,晚饭后师父同他谈的话就很不少。师父说:‘你就住在这里罢。’他说:‘好,好!’师父说:‘您愿意一个人睡,愿意有人陪你睡?’他说:‘都可以。’师父说:‘两个人睡,你叫谁陪你?’他说:‘叫逸云陪我。’师父打了个愣,接着就说:‘好,好!’师父就对我说:‘你意下何如?’我心里想,师父今儿要考我们见识呢,我就也说:‘好,好!’从那一天起,就住了有一个多月,白日里他满山去乱跑,晚上围一圈子的人听他讲道,没有一个不是喜欢的了不得,所以到底也没有一个人说一句闲话,并没有半点不以为然的意思。到了极熟的时候,我问他道:‘听说你老人家窑子里颇有相好的,想必也都是有名无实罢?’他说:‘我精神上有戒律,形骸上无戒律,都是因人而施。譬如你清我也清,你浊我也浊,或者妨害人或者妨害自己,都做不得,这是精神上戒律。若两无妨碍,就没什么做不得,所谓形骸上无戒律。……’”

正谈得高兴,听慧生与老残在外间说话,德夫人惦记庙里的事,赶忙出来问:“怎样了?”慧生道:“这个东西初起还力辩其无,我说子弟倚父兄势,凌逼平民,必要闹出大案来。这件事以情理论,与强奸闺女无异,幸尚未成,你还要竭力护短。俗语说得好:‘要得人不知,除非己莫为。’阁下一定要纵容世兄,我也不必饶舌,但看御史参起来,是坏你的官,是坏我的官?不瞒你说,我已经写信告知张宫保说:

途中听人传说有这一件事,不知道确不确,请他派人密查一查。你管教世兄也好,不管教也好,我横竖明日动身了。他听了这话,才有点惧怕,说:‘我回衙门,把这个小畜生锁起来。’我看锁虽是假的,以后再闹,恐怕不敢了。”德夫人说:“这样最好。”靓云本随慧生进来的,上前忙请安道谢。

究竟宋少爷来与不来,且听下回分解。

第六回 斗姥宫中逸云说法 观音庵里环翠离尘

话说靓云听说宋公已有惧意，知道目下可望无事，当向慧生夫妇请安道谢。少顷老姑子也来磕头，慧生连忙搀起说："这算怎样呢，值得行礼吗？可不敢当！"老姑子又要替德夫人行礼，早被慧生抓住了，大家说些客气话完事。逸云却也来说："请吃饭了。"众人回至靓云房中，仍旧昨日坐法坐定，只是青云不来，换了靓云，今日是靓云执壶，劝大家多吃一杯。德夫人亦让二云吃菜饮酒，于是行令猜枚，甚是热闹。瞬息吃完，席面撤去。德夫人说："天时尚早，稍坐一刻，下山如何？"靓云说："您五点钟走到店，也黑不了天，我看您今儿不走，明天早上去好不好？"德夫人说："人多，不好打搅的。"逸云说："有的是屋子，比山顶元宝店总要好点。我们哥儿俩屋子让你四位睡，还不够吗？我们俩同师父睡去。"德夫人说："你们走了，我们图什么呢？"逸云说："那我们就在这里伺候也行。"德夫人戏说道："我们两口子睡一间屋。"指环翠说："他们两口子睡一间屋。"问逸云："你睡在那里呢？"逸云说："我睡在你心坎上。"德夫人笑道："这个无赖，你从昨儿就睡在我心上，几时离开了吗？"大家一齐微笑。

德夫人又问："你几时剃辫子呢？"逸云摇头道："我今生不剃辫子了。"德夫人说："不是这庙里规定三十岁就得剃辫子吗？"答道："也不一定，倘若嫁人走的呢，就不剃辫子了。"问："你打算嫁人吗？"答："不是这个意思，我这些年替庙里挣的功德钱虽不算多，也够赎身的分际了，无论何时都可以走。我目下为的是自己从小以来，凡有在我身上花过钱的人，我都替他们念几卷消灾延寿经，稍尽我点报德的意思，念完了我就走，大约总在明年春夏天罢。"德夫人说："你走，可以到我们扬州去住几天，好不好呢？”逸云说：“很好，我大约出门先到普陀山进香，必走过扬州，你开下地名来，我去瞧你去。”老残说：“我来写，你给管笔给张纸我。”靓云忙到抽屉里取出纸笔递与老残，老残就开了两个地名递与逸云说：“你也惦记着看看我去呀！”逸云说：“那个自然。”又谈了半天话，轿夫来问过数次，四人便告辞而去，送了打搅费二十两银子，老姑子再三不肯收，说之至再，始强勉收去。老姑子同逸云、靓云送出庙门而归。

这里四人回到店里，天尚未黑，德夫人把山顶与逸云说的话一一告诉了慧生与老残，二人都赞叹逸云得未曾有。慧生问夫人道：“可是呢，你在山顶上说爱极了他，你想把他怎样，后来没有说下去。到底你想把他怎样？”德夫人说：“我想把他替你收房。”慧生说：“感谢之至，可行不行呢？”夫人道：“别想吃天鹅肉了，大约世界上没有能中他的意了。”慧生道：“这个见解到也是不错的，这人做妾未免太亵渎了，可是我却不想娶这么一个妾，到真想结交这么一个好朋友。”老残说：“谁不是这么想呢？”环翠说：“可惜前几年我见不着这个人，若是见着，我一定跟他做徒弟去。”老残说：“你这话真正糊涂，前几年见着他，他正在那里热任三爷呢，有啥好处？况且你家道未坏，你家父母把你当珍宝一样的看待，也断不放你出家，到是此刻却正是个机会，逸云的道也成了，你的辛苦也吃够了，你真要愿意，我就送你上山去。”环翠因提起他家旧事，未免伤心，不觉泪如雨下，掩面啜泣。听老残说道送他上山，此时却答不出话来，只是摇头。德夫人道：“他此时既已得了你这么个主儿，也就离不开了。”

正在说话，只见慧生的家人连贵进来回语，立在门口不敢做声。慧生问：“你来有什么事？”连贵禀道：“昨儿王妈回来就不舒服的很，发了一夜的大寒热，今儿一天没有吃一点什么，只是要茶饮；老爷车上的辕骡也病倒了，明日清早开车恐赶不上。请老爷示下，还是歇半天，还是怎么样？”慧生说：“自然歇一天再看，骡子叫他们赶紧想法子。王妈的病请铁老爷瞧瞧，抓剂药吃吃。”正要央求老残，老残说：“我此刻就去看。”站起身来就走。少顷回来对慧生说：“不过冒点风寒，一发散就好了。”

此时店家已送上饭来,却是两分,一分是本店的,一分是宋琼送来的。大家吃过了晚饭,不过八点多钟,仍旧坐下谈心。德夫人说:“早知明日走不成功,不如今日住在斗姥宫了,还可同逸云再谈一晚上。”慧生说:“这又何难,明日再去花上几个轿钱,有限的很。”老残道:“我看逸云那人洒脱的很,不如明天竟请他来,一定做得到的。我正有话同他商量呢。”慧生说:“也好,今晚写封信,我们两人联名请他来,今晚交与店家,明日一早送去。”老残说:“甚好,此信你写我写?”慧生说:“我的纸笔便当,就是我写罢。”

当时写好交与店家收了,明日一早送去。老残遂对环翠道:“你刚才摇头,没有说话,是什么意思?我对你说罢:我不是勒令要你出家,因为你说早几年见他,一定跟他做徒弟,我所以说早年是万不行的,惟有此刻倒是机会,也不过是据理而论,其实也是做不到的事情。何以呢,其余都无难处,第一条:现在再要你去陪客,恐怕你也做不到了;若说逸云这种人真是机会难遇,万不可失的,其如庙规不好何?”

环翠说:“我想这一层到容易办,他们凡剃过头的就不陪客,倘若去时先剃头后去,他就没有法子了。只是有两条万过不去的关头:第一,承你从火水中搭救我出来,一天恩德未报,我万不能出家,于心不安;第二,我还有个小兄弟带着,交与谁呢?所以我想只有一个法子,明天等他来,无论怎样,我替他磕个头,认他做师父,请他来生来度我,或者我伺候你老人家百年之后,我去投奔他。”

老残道:“这到不然,你说要报恩,你跟我一世,无非吃一世用一世,那会报得了我的恩呢?倘若修行成道,那时我有三灾八难,你在天上看见了,必定飞忙来搭救我,那才是真报恩呢。或者竟来度我成佛作祖,亦未可知。至于你那兄弟更容易了,找个乡下善和老儿,我分百把银子替他置个二三十亩地,就叫善和老儿替他管理抚养成人,万一你父亲未死,还有个会面的日期。只是你年轻的人,守得住守不住,我不能知道,是一难;逸云肯收留你不肯收留你,是第二难。且等明日逸云到来,再作商议。”德夫人道:“铁叔叔说的十分有理,且等逸云到来再议罢。”大家又说了些闲话,各自归寝。

次日八点钟,诸人起来,盥漱方毕,那逸云业已来到。四人见了异常欢喜，先各自谈了些闲话，便说到环翠身上。把昨晚议论商酌的话，一一告知逸云。逸云又把环翠仔细一看，说："此刻我也不必说客气话了，铁姨奶奶也是个有根器的人，你们所虑的几层意思，我看都不难，只有一件难处，我却不敢应承。我先逐条说去：第一条，我们庙里规矩不好，是无妨碍的；你也不必先剪头发，明道不明道，关不到头发的事。我们这后山，有个观音庵，也是姑子庙，里头只有两个姑子，老姑子叫慧净，有七十多岁，小姑子叫清修，也有四十多岁了。这两个姑子皆是正派不过的人，与我都极投契；不过只是寻常吃斋念佛而已，那佛菩萨的精义，他却不甚清楚。在观音庵里住，是万分妥当的。第二条，他的小兄弟的话呢，也不为难：我这傲来峰脚下有个田老儿，今年六十多岁了，没有儿子。十年前他老妈妈劝他纳个妾，他说：'没有儿子将来随便抱一个就是了。若是纳了妾，我们这家人家，今儿吵，明儿闹，可就过不成安稳日子了。你留着俺们两个老年人多活几年罢！况且这纳妾是做官的人们做的事，岂是我们乡农好做得吗？'因此他家过得十分安静，从去年常托我替他找个小孩子。他很信服我，非我许可的他总不要，所以到今儿还没选着。他家有二三百亩地的家业，不用贴他钱，他也是喜欢的，只是要姓他的姓。不怕等二老归天后再还宗，或是兼祧两姓俱可。"环翠说道："我家本也姓田。"逸云道："这可就真巧了。第三层，铁老爷，你怕你姨太太年轻守不住，这也多虑，我看他一定不会有邪想的。你瞧他眼光甚正，外平内秀，决计是仙人堕落，难已受过，不会再落红尘的了。以上三件，是你们诸位所虑的，我看都不要紧。只是一件甚难：姨太太要出家是因我而发，我可是明年就要走的人，把他一个人放在个荒凉寂寞的姑子庵里，未免太苦。倘若可以明道呢，就辛苦几年也不算事。无奈那两个姑子只会念经吃素，别的全不知道。与其苦修几十年，将来死了，不过来生变个富贵女人，这也就大不合算了！倒不如跟着铁老爷，还可讲几篇经，说几段道，将来还有个大澈大悟的指望，这是一个难处。若说教我也不走，在这里陪他，我却断做不到，不敢欺人。"环翠道："我跟师父跑不行吗？"逸云大笑道："你当做我出门也像你们老爷，雇着大车同你坐吗？我们都是两条腿跑，夜里借个姑子庙住住，有得吃就吃一顿，没得吃就饿一顿，一天尽量我能走二百多里地呢。你那三寸金莲，要跑起来怕到不了十里，就把你累倒了！”环翠沉吟了一会，说：“我放脚行不行？”逸云也沉吟了一会，对老残说道：“铁爷，你意下何如？”老残道：“我看这事最要紧的是你肯提挈他不肯，别的都无关系。”

环翠此刻忽然伶俐，也是他善根发动，他连忙跪到逸云跟前，泪流满面说：“无论怎样都要求师父超度。”逸云此刻竟大剌剌的也不还礼，将他拉起说：“你果然一心学佛，也不难。我先同你立约：第一件到老姑子庙后，天天学走山道，能把这崎岖山道，走得如平地一般，你的道就根基立定了。将来我再教你念经说法。大约不过一年的恨苦，以后就全是乐境了。古人云：‘十月胎成。’也大概不错的，你再把主意拿定一定。”环翠道：“主意已定，同我们老爷意思一样。只要跟着师父，随便怎样，我断无悔恨就是了。”

老残立起身来，替逸云长揖说：“一切拜托。”逸云慌忙还礼说：“将来灵山会上，我再问你索谢仪罢。”老残道：“那时候还不知道谁跟谁要谢仪呢？”大家都笑了。环翠立起来替慧生夫妇磕了头道：“蒙成就大德。”末后替老残磕头，就泪如雨下说：“只是对不住老爷到万分了。”老残也觉凄然，随笑说道：“恭喜你超凡入圣，几十年光阴迅速，灵山再会，转眼的事情。”德夫人也含着泪说：“我伤心就不能像你这样，将来倘若我堕地狱，还望你二位早来搭救。”逸云说：“德夫人却万不会下地狱。只是有一言奉劝，不要被富贵拴住了腿要紧！后会有期。”

老残忙去开了衣箱，取出二百两银子交与逸云设法布置，又把环翠的兄弟叫来，替逸云磕头。逸云收了一百两银子说：“尽够了。不过田老儿处备分礼物，观音庵捐点功德，给他自己置备四季道衣，如此而已。”德慧生说：“我们也送几个钱，表表心意。”同夫人商酌，夫人说：“也是一百两罢。”逸云说：“都用不着了，出家人要多钱做什么？”

店家来问开饭，慧生说：“开罢。”饭后，逸云说：“我此刻先去到田老儿同观音庵两处说妥了，再来回信，究竟也得人家答应，才能算数呢。”道了一声告辞去了。

这里老残一面替环翠收拾东西，一面说些安慰话，环翠哭得泪人儿似的，哽咽不止。德夫人也劝道："在旁的人万不肯拆散你们姻缘，只因为难得有这么一个逸云，我实在是没法，有法我也同你去了。"环翠含泪道："我知道是好事，只是站在这里就要分离，心上好像有万把钢刀乱扎一样，委实难受！"慧生道："明年逸云朝南海，必定到我们那里去，你一定随同去的，那时就可以见面，何必伤心呢？"过了一刻，环翠也收住了泪。

太阳刚下山的时候，逸云已经回来，对环翠说："两处都说好了，明日我来接你罢。"德夫人问："此刻你怎样？"逸云说："我回庙里去。"德夫人说："明日我们还要起身，不如你竟在我们这儿睡一夜罢。本来是他们两个官客睡一处，我们两个堂客睡一处的，你竟陪我谈一夜罢。你肯度铁奶奶，难道不肯度我德奶奶吗？"逸云笑道："那也使得，你这个德奶奶已有德爷度你了。自古道：'儒释道三教'，没有你们德老爷度他，他总不能成道的。"德夫人道："此话怎讲？"

逸云道："'德'字为万教的根基，无德便是地狱。种子有德，再从德里生出慧来，没有一个不成功的了。"德夫人道："那不过是个名号，那里认得真呢？"逸云说："名者，命也，是有天命的。他怎么不叫德富、德贵呢？可见是有天命的了，我并非当面奉承，我也不骗钱花，你们三位将来都要证果的，不定三教是那一教便了。"德夫人说："我终不敢自信，请你传授口诀，我也认你做师父。"逸云道："师父二字语重，既是有缘，我也该奉赠一个口诀，让你依我修行。"

德夫人听了欢喜异常，连忙扒下地来就磕头喊师父。逸云也连忙磕头说："可折死我了。"二人起来，逸云说："请众人回避。"三人出去，逸云向德夫人耳边说了个"夫唱妇随"四个字。德夫人诧异道："这是口诀吗？"逸云道："口诀本系因人而施，若是有个一定口诀，当年那些高真上圣早把他刻在书本子上了。你紧记在心，将来自有个大澈大悟的日子，你就知道不是寻常的套话了。佛经上常说：'受记成佛'，你能受记，就能成佛；你不受记，就不能成佛。你们老爷现在心上已脱尘网，不出三年必弃官学道，他的觉悟在你之先。此时不可说破。你总跟定他走，将来不是一个马丹阳、一个孙不二吗？"德夫人凝了一会神，说："师父真是活菩萨，弟子有缘，谨受记，不敢有忘。"又磕了一个头。

其时外间晚饭已经开上桌子，王妈竟来伺候。德夫人说："你病好了吗？"王妈说："昨夜吃了铁爷的药，出了一身汗，今日全好了；上午吃了一碗小米稀饭，一个馒头，这会子全好了。"

当时五人同坐吃饭，德慧生问逸云道："您何以不吃素？"逸云说："我是吃素，佛教同你们儒教不同，例得吃素。"慧生说："我看你同我们一样吃的是荤哩。"逸云说："六祖隐于四会猎人中，常吃肉边菜，请问肉锅里煮的菜算荤算素？"慧生说："那自然算荤。"逸云说："六祖他却算吃素，我们在斗姥宫终日陪客，那能吃素呢？可是有客时吃荤，无客时吃素，你没留心我在荤碗里仍是夹素菜吃？"环翠说道："当真我倒留心的，从没见我师父吃过一块肉同鱼虾之类。"逸云道："这也是世出世间法里的一端。"老残问道："倘若竟吃肉，行不行呢？"逸云道："有何不可，倘若有客逼我吃肉，我便吃肉，只是我不自己找肉吃便了。若说吃肉，当年济颠祖师还吃狗肉呢！也挡不住成佛。地狱里的人吃长斋的，不计其数，总之，吃荤是小过犯，不甚要紧。譬如女子失节，是个大过犯，比吃荤重万倍，试问你们姨太太失了多少节了？这罪还数得清吗？其实若认真从此修行，同那不破身的处子毫无分别。因为失节不是自己要失的，为势所迫，出于不得已，所以无罪。"大家点头称善。

饭毕之后，连贵上来回道："王妈病已好了，辕骡又换了一个，明天可以行了，请老爷示下，明天走不走呢？"慧生看德夫人，老残说："自然是走。"德夫人说："明天再住一天何如？"老残说："千里搭凉棚，终无不散的筵席。"逸云说："依我看，明天午后走罢。清早我先同铁老爷、奶奶送田头兄弟到田老庄上，去后同铁老爷到观音庵，都安置好了你再走，铁老爷也放心些。"大家都说甚是。

一宿无话，次日清晨，老残果随逸云将环翠兄弟送去，又送环翠到观音庵，见了两个姑子，嘱托了一番，老姑子问："下发不下呢？"逸云说："我不主剃头的，然佛门规矩亦不可坏。"将环翠头发打开剪了一绺，就算剃度了，改名环极。

诸事已毕，老残回店，告知慧生夫妇，赞叹不绝。随即上车起行，无非"荒村雨露眠宜早，野店风霜起要迟"。八九日光阴，已到清江浦，老残因有个亲戚住在淮安府，就不同慧生夫妇同道，径一车拉往淮安府去。这里慧生夫妇雇了一个三舱大南湾子径往扬州去。

未知后事如何，且听下回分解。

第七回　银汉浮槎仰瞻月姊　森罗宝殿伏见阎王

话说德慧生携眷自赴扬州去了,老残却一车径拉到淮安城内投亲戚。你道他亲戚是谁?原来就是老残的姊丈。这人姓高名维,字曰摩诘。读书虽多,不以功名为意。家有田原数十顷,就算得个小小的富翁了。住在淮安城内勺湖边上。这勺湖不过城内西北角一个湖,风景倒十分可爱。湖中有个大悲阁,四面皆水;南面一道板桥有数十丈长,红栏围护;湖西便是城墙。城外帆樯林立,往来不断,到了薄暮时候,女墙上露出一角风帆,挂着通红的夕阳,煞是入画。这高摩诘在这勺湖东面,又买了一块地,不过一亩有余,圈了一个槿篱,盖了几间茅屋,名叫小辋川园。把那湖水引到园中,种些荷花,其余隙地,种些梅花、桂花之类,却用无数的小盆子,栽月季花。这淮安月季,本来有名,种数极多,大约有七八十个名头,其中以蓝田碧玉为最。

那日老残到了高维家里,见了他的胞姊。姊弟相见,自然格外的欢喜。坐了片刻,外甥男女都已见过,却不见他姊丈。便启口问道:"姊丈哪里去了?想必又到哪家赴诗社去了罢。"他大姊道:"没有出门,想必在他小辋川园里呢。"老残道:"姊丈真是雅人,又造了一个花园了。"大姊道:"咦,哪里是什么花园呢,不过几间草房罢了。就在后门外,不过朝西北上去约一箭多远就到了。叫外甥小凤引你去看罢,昨日他的蓝田碧玉,开了一朵异种,有碗口大,清香沁人,比兰花的香味还要清些。你来得正好,他必要捉你做诗哩。"老残道:"诗虽不会做,一嘴赏花酒总可以扰得成了。"

说着就同小凤出了后门,往西不远,已到门口。进门便是一道小桥,过桥迎面有个花篱挡住,顺着回廊往北行数步,往西一拐,就到了正厅。上面横着块匾额,写了四个大字是“散花斗室”。进了厅门,只见那高摩诘正在那里拜佛。当中供了一尊观音像,面前正放着那盆蓝田碧玉的月季花。

小凤走上前去,看他拜佛起来,说道:“二舅舅来了。”高维回头一看,见了老残,欢喜的了不得,说:“你几时来的?”老残说:“我刚才来的。”高维说:“你来得正好。你看我这花今年出的异种。你看这一朵花,总有上千的瓣子。外面看像是白的,细看又带绿色,定神看下去,仿佛不知有若干远似的。平常碧玉,没有香味,这种却有香,而又香得极清,连兰花的香味都显得浊了。”老残细细的闻了一回,觉得所说真是不差。高维忙着叫小童煎茶,自己开橱取出一瓶碧罗春来说:“对此好花,若无佳茗,未免辜负良朋。”老残笑道:“这花是感你好诗来的。”高维道:“昨日我很想做两首诗贺这花,后来恐怕把花被诗熏臭了,还是不做的好。你来倒是切切实实的做两首罢!”老残道:“不然,大凡一切花木,都是要用人粪做肥料的。这花太清了,用粪恐怕力量太大。不如我们两个做首诗,譬如放几个屁,替他做做肥料,岂不大妙!”二人都大笑了一回。此后老残就在这里,无非都是吃酒、谈诗、养花、拜佛这些事体,无庸细述。

却说老残的家,本也寄居在他姊丈的东面,也是一个花园的样子。进了角门有大荷花池。池子北面是所船房,名曰“海渡杯”。池子东面也是个船房。面前一棵紫藤,三月齐花,半城都香,名曰“银汉浮槎”。池子西面是一派五间的水榭,名曰“秋梦轩”。海渡杯北面,有一堂太湖石,三间蝴蝶厅。厅后便是他的家眷住居了。老残平常便住在秋梦轩里面。无亭时,或在海渡杯里着棋,或在银汉浮槎里垂钓,倒也安闲自在。

一日,在银汉浮槎里看《大圆觉经》,看得高兴,直到月轮西斜,照到槎外如同水晶世界一般,玩赏许久,方去安睡,自然一落枕便睡着了。梦见外边来了一个差人模样,戴着一顶红缨大帽,手里拿了许多文书,到了秋梦轩外间椅子上坐下。老残看了,甚为诧异。心里想:“我这里哪得有官差直至卧室外间,何以家人并不通报?”

正疑虑间，只见那差人笑吟吟的道："我们敝上请你老人家去走一趟。"老残道："你是哪衙门来的，你们贵上是谁？"那差人道："我们敝上是阎罗王。"老残听了一惊，说道："然则我是要死了吗？"那差人答道："是。"老残道："既是死期已到，就同你走。"那差人道："还早着呢，我这里今天传的五十多人，你老人家名次在尽后头呢！"手中就捧上一个单子上来。看真是五十多人，自己名字在三十多名上边。老残看罢说道："依你说，我该甚么时候呢？"那差人道："我是私情，先来给你老人家送个信儿，让你老人家好预备预备，有要紧话吩咐家人好照着办。我等人传齐了再来请你老人家。"老残说："承情的很，只是我也没有甚么预备，也没有什么吩咐，还是就同你去的好。"那差人连说："不忙，不忙。"就站起来走了。

老残一人坐在轩中，想想有何吩咐，直想不出。走到窗外，觉得月明如昼，景象清幽，万无声籁，微带一分凄惨的滋味。说道："嗳！我还是睡去罢，管他甚么呢。"走到自己卧室内，见帐子垂着，床前一双鞋子放着。心内一惊说："呀！谁睡在我床上呢？"把帐子揭开一看，原来便是自己睡得正熟。心里说："怎会有出两个我来？姑且摇醒床上的我，看是怎样。"极力去摇，原来一毫也不得动。心里明白，点头道："此刻站着的是真我，那床上睡的就是我的尸首了。"不觉也堕了两点眼泪，对那尸首说道："今天屈你冷落半夜，明早就有多少人来哭你，我此刻就要少陪你了。"回首便往外走。

煞是可怪，此次出来，月轮也看不见了，街市也不是这个街市了，天上昏沉沉的，像那刮黄沙的天气将晚不晚的时候。走了许多路，看不见一个熟人，心中甚是纳闷，说："我早知如此，我不如多赏一刻明月，等那差人回来同行，岂不省事。为啥要这么着急呢？"

忽见前面有个小童，一跳一跳的来了，正想找他问个路，径走到面前，原来就是周小二子。这周小二子是本宅东头一个小户人家的娃子，前两个月吊死了的。老残看见他是个熟人，心里一喜，喊道："你不是周小二子吗？"那周小二子抬头一看，说："你不是铁二老爷吗？你怎么到这里来？"老残便将刚才情形告诉说了一遍。周小二子道："你老人家真是怪脾气。别人家赖着不肯死，你老人家着急要死，真是稀罕！你老人家此刻打算怎样呢？”老残道：“我要见阎罗王，认不得路。你送我去好不好？”周小二子道：“阎罗王宫门我进不去，我送你到宫门口罢！”老残道：“就是这么办，很好。”说着，不消费力，已到了阎罗王宫门口了。周小二子说道：“你老人家由这东角门进去罢。”老残道：“费你的心，我没有带着钱，对不住你。”周小二子道：“不要钱，不要钱。”又一跳一跳的去了。

老残进了东角门，约有半里多路，到了二门，不见一个人。又进了二门，心里想道：“直往里跑也不是个事。”又走有半里多路，见是个殿门，不敢造次，心想：“等有个人出来再讲。”却见东边朝房里走出一个人来。老残便迎了上去。只见那人倒先作了个揖，口中说道：“补翁，久违的很了。”老残仔细一看，见这人有五十多岁，八字黑须，穿了一件天青马褂，仿佛是呢的，下边二蓝夹袍子。满面笑容问道：“阁下何以至此？”老残把差人传讯的话说了一遍。那人道：“差人原是个好意，不想你老兄这等性急，先跑得来了，没法只好还请外边去散步一回罢。此刻是五神问案的时候，专讯问那些造恶犯罪的人呢。像你老兄这起案子，是个人命牵连，与你毫不相干。不过被告一口咬定，须要老兄到一到案就了结的。请出去游玩游玩，到时候我自来奉请。”

老残道了“费心”，径出二门之外，随意散步。走到西角门内，看西面有株大树，约有一丈多的围圆，仿佛有一个人立在树下。心里想走上前去同他谈谈，这人想必也是个无聊的人。及至走到跟前一看，原来是个极熟的人。这人姓梁名海舟，是前一个月死的。老残见了不觉大喜，喊道：“海舟兄，你在这里吗？”上前作了一个揖。那梁海舟回了半个揖。

老残道：“前月分手，我想总有好几十年不得见面，谁想不过一个月，竟又会晤了，可见我们两人是有缘分。只是怎样你到今还在这里呢，我不懂的很。”那梁海舟一脸的惨淡颜色，慢腾腾的答道：“案子没有定。”老残道：“你有甚么案子？怎会耽搁许久？”梁海舟道：“其实也不算甚事，欠命的命已还，那还有余罪吗？只是轇葛的了不得。幸喜我们五弟替了个人情，大约今天一堂可以定了。你是什么案子来的?”老残道:“我也不晓得呢。适才里面有个黑须子老头儿对我说,没有什么事,一堂就可以了案的。只是我不明白,你老五不是还活着没有死吗,怎会替你托人情呢?”梁海舟道:“他来有何用,他是托了一个有道的人来解散的。”老残点头道:“可见还是道比钱有用。你想,你虽不算富,也还有几十万银子家私,到如今一个也带不来。倒是我们没钱的人痛快,活着双肩承一喙,死后一喙领双肩,歇耗不了本钱,岂不是妙。我且问你:既是你也是今天可以了案的,案了之后,你打什么主意?”梁海舟道:“我没有什么主意,你有什么主意吗?”

老残道:“有,有,有。我想人生在世是件最苦的事情,既已老天大赦,放我们做了鬼。这鬼有五乐,我说给你听:一不要吃;二不要穿;三没有家累;四行路便当,要快顷刻千里,要慢蹲在那里,三年也没人管你;五不怕寒热,虽到北冰洋也冻不着我,到南海赤道底下也热不着我。有此五乐,何事不可为?我的主意,今天案子结了,我就过江。先游天台、雁宕,随后由福建到广东看五岭的形势,访大庾岭的梅花。再到桂林去看青绿山水。上峨眉,上北顺太行转到西岳,小住几天,回到中岳嵩山。玩个够转回家来,看看家里人从我死后是个什么光景,托个梦劝他们不要悲伤。然后放开脚步子来,过瀚海,上昆仑,在昆仑山顶上最高的所在结个茅屋,住两年再打主意。一个人却也稍嫌寂寞,你同我结了伴儿好不好?”梁海舟只是摇头说:“做不到,做不到。”

老残以为他一定乐从,所以说得十分兴高采烈。看他连连摇头,心里发急道:“你这个人真正糊涂!生前被几两银子压的气也喘不得一口,焦思极虑的盘算,我劝了你多回决不肯听;今日死了,半个钱也带不来,好容易案子已了,还不应该快活快活吗?难道你还去想小九九的算盘吗?”只见那梁海舟也发了急,皱着眉头瞪着眼睛说道:“你才真下糊涂呢。你知道银子是带不来的,你可知道罪孽是带得来的罢!银子留下给别人用,罪孽自己带来消受。我才说是这一案欠命的案定了,还有别的案子呢!我知道哪一天是了期?像你这快活老儿,吃了灯草灰,放轻巧屁哩!”老残见他十分着急,知他心中有无数的懊恼,又看他面色惨白,心里也替他难受,就不便说下去。

正在默然，只见那黑须老头儿在老远的东边招手，老残慌忙去了，走到老头儿面前。老头儿已戴上了大帽子，却还是马褂子。心里说道：“原来阴间也是本朝服饰。”随那老头儿进了宫门，却仍是走东角门进。大甬道也是石头铺的，与阳间宫殿一般，似乎还要大些。走尽甬道，朝西拐弯就是丹墀了。上丹墀仿佛是十级，走到殿门中间，却又是五级。进了殿门，却偏西边走约有十几丈远，又是一层台子。从西面阶级上去，见这台子也是三道阶路。上了阶，就看见阎罗天子坐在正中公案上，头上戴的冕旒，身上着的古衣冠，白面黑须，于十分庄严中却带几分和蔼气象。离公案约有一丈远的光景，那老者用手一指，老残明白是叫他在此行礼了，就跪下匍匐在地。看那老者立在公案西首，手中捧了许多簿子。

只见阎罗天子启口问道：“你是铁英吗？”老残答道：“是。”阎罗又问：“你在阳间犯的何罪过？”老残说：“不知道犯何罪过。”阎罗说：“岂有个自己犯罪自己不知道呢？”老残道：“我自己见到是有罪过的事，自然不做，凡所做的皆自以为无罪的事。况且阳间有阳间律例，阴间有阴间的律例。阳间的律例，颁行天下，但凡稍知自爱的，皆要读过一两遍，所以干犯国法的事没有做过。至于阴间的律例，世上既没有颁行的专书，所以人也无从趋避，只好凭着良心做去。但觉得无损于人，也就听他去了。所以陛下问我有何罪过，自己不能知道，请按律定罪便了。”阎罗道：“阴律虽无颁行专书，然大概与阳律仿佛。其比阳律加密之处，大概佛经上已经三令五申的了。”老残道：“若照佛家戒经科罪，某某之罪恐怕擢发难数了。”阎罗天子道：“也不见得，我且问你，犯杀律吗？”老残道：“犯。既非和尚，自然茹荤。虽未擅宰牛羊，然鸡鸭鱼虾，总计一生所杀，不计其数。”阎罗颔之。又问：“犯盗律否？”答曰：“犯。一生罪业，惟盗戒最轻。然登山摘果，涉水采莲，为物虽微，究竟有主之物，不得谓非盗。”又问：“犯淫律否？”答曰：“犯。长年作客，未免无聊，舞榭歌台，眠花宿柳，阅人亦多。”阎罗又问口、意等业，一一对答已毕。每问一事，那老者即举簿呈阅一次。

问完之后，只见阎罗回顾后面说了两句话，听不清楚。却见座旁走下一个人来，也同那老者一样的装束。走至老残面前说：“请你起来。"老残便立起身来。那人低声道："随我来。"遂走公案前绕至西，距宝座不远，傍边有无数的小椅子，排有三四层，看着仿佛像那看马戏的起码坐位差不多，只是都已有人坐在上面，惟最下一层空着七八张椅子。那人对老残道："请你在这里坐。"

老残坐下，看那西面也是这个样子，人已坐满了。仔细看那坐上的人，煞是奇怪。男男女女参差乱坐，还不算奇。有穿朝衣朝帽的，有穿蓝布棉袄裤的，还有光脊梁的；也有和尚，也有道士；也有极鲜明的衣服，也有极破烂的衣服，男女皆同。只是穿官服的少，不过一二人，倒是不三不四的人多。最奇第二排中间，一个穿朝服旁边椅子上，就坐了光脊梁赤脚的，只穿了一条蓝布单裤子。点算西首五排，人大概在一百名上下。却看阎罗王宝座后面，却站了有六七十人的光景，一半男，一半女。男的都是袍子马褂，靴子大帽子，大概都是水晶顶子花翎居多，也有蓝顶子的，一两个而已。女的却都是宫装。最奇者，这么多的男男女女立站后面，都泥塑木雕的相仿，没有一人言笑，也无一人左右顾盼。

老残正在观看，忽听他那旁坐的低低问道："你贵姓呀！"老残回头一看，原来也是一个穿蓝布棉袄裤的，却有了雪白的下须，大约是七八十岁的人了，满面笑容。老残也低低答道："我姓铁呀。"那老翁又道："你是善人呀。"老残戏答道："我不是善人呀。"那老者道："凡我们能坐小椅子的，都是善人。只是善有大小，姻缘有远近，我刚才看见西边走了一位去做城隍了，又有两位投生富贵家去了。"老残问道："这一堆子里有成仙成佛的没有？"那老翁道："我不晓得，你等着罢，有了，我们总看得见的。"

正说话间，只见殿庭窗格也看不见了，面前丹墀也不是原来的样子了，仿佛一片敞地，又像演武厅似的。那老翁附着老残耳朵说道："五神问案了。"当时看见殿前排了五把椅子，五张公案。每张公案面前，有一个差役站班，同知县衙门坐堂的样子仿佛。当真每个公堂面前，有一个牛头，一个马面，手里俱拿着狼牙棒。又有五六个差役似的，手里也拿着狼牙棒。怎样叫做狼牙棒？一根长棒，比齐眉棒稍微长些，上头有个骨朵，有一尺多长，茶碗口粗，四面团团转都是小刀子如狼牙一般。那小刀子约一寸长三四分宽,直站在骨朵上。那老翁对老残道:“你看,五神问案凄惨得很!算计起来,世间人何必作恶,无非为了财色两途。色呢,只图了片时的快活;财呢,都是为人忙,死后一个也带不走。徒然受这狼牙棒的苦楚,真是不值。”

说着,只见有五个古衣冠的人从后面出来,其面貌真是凶恶异常。那殿前本是天清地朗的,等到五神各人上了公座,立刻毒雾愁云,把个殿门全遮住了,五神公座前面,约略还看得见些儿,再往前便看不见了。隐隐之中。仿佛听见无数啼哭之声似的。

未知后事如何,且听下回分解。

第八回　血肉飞腥油锅炼　语言积恶磨研魂

话说老残在那森罗宝殿上面，看那殿前五神问案。只见毒雾愁云里靠东的那一个神位面前，阿旁牵上一个人来。看官，你道怎样叫做阿旁。凡地狱处治恶鬼的差役，总名都叫做阿旁。这是佛经上的名词，仿佛现在借留学生为名的，都自称四百兆主人翁一样的道理。闲话少讲。却说那阿旁牵上一个人来，梢长大汉，一脸的横肉，穿了一件蓝布大褂，雄赳赳的牵到案前跪下。上面不知问了几句什么话，距离的稍远，所以听不见。只远远的看见几个阿旁上来，将这大汉牵下去。距公案约有两丈多远，地上钉了一个大木桩，桩上有个大铁环。阿旁将这大汉的辫子从那铁环里穿过去收紧了，把辫子在木桩上缠了有几十道，拴得铁结实。也不剥去衣服。只见两旁凡拿骨朵锤、狼牙棒的一齐下手乱打，如同雨点一般。看那大汉疼痛的乱叫。起初几下子，打得那大汉脚朝直竖上去，两脚朝天，因为辫子拴在木桩上，所以头离不了地，身子却四面乱摔，降上去，落下来，降上去，落下来，几滓主后，就降不高。落下来的时候，那狼牙棒乱打，看那两丈围圆地方，血肉纷纷落，如下血肉的雹子一样；中间夹着破衣片子，像蝴蝶一样的飘。皮肉分两沉重，落得快，衣服片分两轻，落的慢，看着十分可惨。

老残座旁那个老者在那里落泪，低低对老残说道："这些人在世上时，我也劝道许多，总不肯信。今日到了这个光景，不要说受苦的人，就是我们旁观的都受不得。"老残说："可不是呢！我真不忍再往下看了。"嘴说不忍望下看，心里又不放心这个犯人，还要偷着去看看。只见那个人已不大会动了，身上肉都飞尽，只剩了个通红的骨头架子；虽不甚动，那手脚还有点一抽一抽的。老残也低低的对那老者道：“你看，还没有死透呢，手足还有抽动，是还知道痛呢！”老者擦着眼泪说道：“阴间哪得会死，迟一刻还要叫他受罪呢！”

再看时，只见阿旁将木桩上辫子解下，将来搬到殿下去。再看殿脚下不知几时安上了一个油锅，那油锅扁扁的形式，有五六丈围圆，不过三四尺高，底下一个炉子，倒有一丈一二尺高；火门有四五尺高；三只脚架住铁锅，那炉口里火窜出来比锅口还要高二三尺呢。看那锅里油滚起来也高出油锅，同日本的富士山一样；那四边油往下注如瀑布一般。看着几个阿旁，将那大汉的骨头架子抬到火炉面前，用铁叉叉起来送上去。那火炉旁边也有几个阿旁，站在高台子上，用叉来接，接过去往油锅里一送。谁知那骨头架子到油锅里又会乱蹦起来，溅得油点子往锅外乱洒。那站在锅旁的几个阿旁，也怕油点子溅到身上，用一块似布非布的东西遮住脸面。约有一二分钟的工夫，见那人骨架子，随着沸油上下，渐渐的颜色发白了。见那阿旁朝锅里看，仿佛到了时候了，将铁叉到锅里将那人骨架子挑出，往锅外地上一摔。又见那五神案前有四五个男男女女在那里审问，大约是对质的样子。老残扭过脸对那老者道：“我实在不忍再往下看了。”

那老者方要答话，只见阎罗天子回面对老残道：“铁英，你上来，我同你说话。”老残慌忙立起，走上前去。见那宝座旁边，还有两层阶级，就紧在阎罗王的宝座旁边，才知阎罗王身体甚高，坐在椅子上，老残立在旁边，头才同他的肩膀相齐，似乎还要低点子。那阎罗王低下头来，同老残说道：“刚才你看那油锅的刑法，以为很惨了吗？那是最轻的了，比那重的多着呢！”老残道：“我不懂阴曹地府为什么要用这么重的刑法，以陛下之权力，难道就不能改轻了吗？臣该万死，臣以为就用如此重刑，就该叫世人看一看，也可以少犯一二。却又阴阳隔绝，未免有点不教而杀的意思吧。”阎罗王微笑了一笑说：“你的戆直性情倒还没有变哪！我对你说，阴曹用重刑，有阴曹不得已之苦衷。你想，我们的总理是地藏王菩萨。本来发了宏誓大愿，要度尽地狱，然后成佛。至今多少年了，毫无成效。以地藏王菩萨的慈悲，难道不想减轻吗？也是出于无可奈何！我再把阴世重刑的原委告你知道。

第一你须知道，人身性上分善恶两根，都是历一劫增长几倍的。若善根发动，一世里立住了脚，下一世便长几倍，历世既多，以致于成就了圣贤仙佛。恶根亦然，历一世亦长几倍。可知增长了善根便救世，增长了恶根便害世，可知害世容易救世难。譬如一人放火，能烧几百间屋；一人救火，连一间屋也不能救。又如黄河大汛的时候，一个人决堤，可以害几十万人；一人防堤，可不过保全这几丈地不决堤，与全局关系甚小。所以阴间刑法，都为炮炼着去他的恶性的，就连这样重刑，人的恶性还去不尽，初生时很小，一入世途，就一天一天的发达起来。再要刑法加重，于心不忍，然而人心因此江河日下。现在阴曹正在提议这事，目下就有个万不得了的事情，我说给你听，先指给你看。”

说着，向那前面一指。只见那毒雾愁云里面，仿佛开了一个大圆门似的，一眼看去，有十几里远，其间有个大广厂，厂上都是列的大磨子，排一排二的数不出数目来。那房子大约有三丈多高，磨子下面旁边堆着无数的人，都是用绳子捆缚得像寒菜把子一样的。磨子上头站着许多的阿旁，磨子下面也有许多的阿旁，拿一个人往上一摔，房上阿旁双手接住，如北方瓦匠摔瓦，拿几十片瓦往上一摔，屋上瓦匠接住，从未错过一次。此处阿旁也是这样。磨子上的阿旁接住了人就头朝下把人往磨眼里一填，两三转就看不见了。底下的阿旁再摔一个上去。只见磨子旁边血肉同酱一样往下流注，当中一星星白的是骨头粉子。

老残看着约摸有一分钟时的工夫，已经四五个人磨碎了。像这样的磨子不计其数。心里想道：“一分钟磨四五个人，一刻钟岂不要磨上百个人吗？这么无数的磨子，若详细算起来，四百兆人也不够磨几天的。”心里这么想，谁知阎罗王倒已经知道了，说道：“你疑惑一个人只磨一回就完了吗？磨过之后，风吹还原，再磨第二回。一个人不定磨多少回呢！看他积的罪恶有多少，定磨的次数。”老残说：“是犯了何等罪恶，应该受此重刑？”阎罗王道：“只是口过。”老残大惊，心里想道：“口过痛痒的事，为什么要定这样重的罪呢？”其时阎罗王早将手指收回，面前仍是云雾遮住，看不见大磨子了。阎罗王又已知道老残心中所说的话,便道:“你心中以为口过是轻罪吗?为的人人都这么想,所以犯罪人多了。若有人把这道理说给人听,或者世间有点惊惧,我们阴曹少作点难,也是个莫大号功德。”老残心里想道:“倘若我得回阳,我倒愿意广对人说;只是口过为什么有这么大的罪,我到底不明白。”

阎罗王道:“方才我问你杀、盗、淫这事,不但你不算犯什么大罪,有些功德就可以抵过去的。即是寻常但凡明白点道理的人,也都不至于犯着这罪。惟这口过,大家都没有仔细想一想。倘若仔细一想,就知道这罪比什么罪都大,除却逆伦,就数他最大了。我先讲杀字律。我问你,杀人只能杀一个吗!阳律上还要抵命。即使逃了阳律,阴律上也只照杀一个人的罪定狱。若是口过呢,往往一句话就能把这一个人杀了,甚而至于一句话能断送一家子的性命。若杀一个人,照一命科罪。若害一家子人,照杀一家子几口的科罪。至于盗字律呢,盗人财帛罪小,盗人名誉罪大,毁人名誉罪更大。毁人名誉的这个罪为甚么更大呢,因世界上的大劫数,大概都从这里起的。毁人名誉的人多,这世界就成了皂白不分的世界了。世界既不分皂白,则好人日少,恶人日多,必至把世界酿得人种绝灭而后已。故阴曹恨这一种人最甚,不但磨他几十百次,还要送他到各种地狱里去叫他受罪呢!你想这一种人,他断不肯做一点好事的。他心里说,人做的好事,他用巧言既可说成坏事;他自己做坏事,也可以用巧言说成好事,所以放肆无忌惮的无恶不作了。这也是口过里一大宗。又如淫字律呢,淫本无甚罪,罪在坏人名节。以男女交媾谓之淫,倘人夫妻之间,日日交情,也能算得有罪吗?所以古人下个淫字,也有道理。若当真的漫无节制,虽然无罪,身体即要衰弱了。身体发肤,受之父母,若任意毁伤,在那不孝里耽了一分罪去哩。若有节制,便一毫罪都没有的。若不是自己妻妾,就科损人名节的罪了。要知苟合的事也不甚容易,不比随意撒谎便当。若随口造谣言损人名节呢,其罪与坏人名节相等。若听旁人无稽之言随便传说,其罪减造谣者一等。可知这样损人名节,比实做损人名节的事容易得多,故统算一生积聚起来,也就很重的了。又有一种图与女人游戏,发生无根之议论,使女人不重名节,致有失身等事,虽非此人坏其名节,亦与坏人名节同罪。因其所以失节之因,误信此人游谈所致故也。若挑唆是非,使人家不和睦,甚至使人抑郁以死,其罪比杀人加一等。何以故呢?因受人挫折抑郁以死,其苦比一刀杀死者其受苦犹多也。其他细微曲折之事,非一时间能说得尽的,能照此类推,就容易明白了。你试想一人在世数十年间,积算起来,应该怎样科罪呢?"

老残一想,所说实有至理,不觉浑身寒毛都竖起来,心里想道:"我自己的口过,不知积算起来该怎样呢?"阎罗王又知道了,说:"口过人人都不免的,但看犯大关节不犯,如下犯以上所说各大关节,言语亦有功德,可以口德相抵。可知口过之罪既如此重,口德之功亦不可思议。如人能广说与人有益之事,天上酬功之典亦甚隆也。比如《金刚经》说:若有善男子、善女人,以七宝满尔所恒河沙数三千大千世界以用布施,得福多否?须菩提言甚多,世尊佛告须菩提,若善男子、善女人,于此经中,乃至受持四句偈等为他人说,而此福德胜前福德。这是佛经上的话,佛岂肯骗人。要知'受持'二字很着力的,言人能自己受持,又向人说,福德之大,至比于无量数之恒河所有之沙的七宝布施还多。以比例法算口过,可知人自身实行恶业,又向人演说,其罪亦比恒河中所有沙之罪过还重。以此推之,你就知道天堂地狱功罪是一样的算法。若人于儒经、道经受持奉行,为他人说,其福德也是这样。"老残点头会意。阎罗王回头向他侍从人说:"你送他到东院去。"

老残随了此人,下了台子。往后走出后殿门,再往东行过了两重院子,到了一处小小一个院落,上面三间屋子。那人引进这屋子的客堂,揭开西间门帘,进内说了两句话,只见里面出来一个三十多岁的人,见面作了个揖说:"请屋里坐。"那送来的人,便抽身去了。老残进屋说:"请教贵姓?"那人说:"姓顾名思义。"顾君让老残桌子里面坐下,他自己却坐桌子外面靠门的一边。桌上也是纸墨笔砚,并堆着无穷的公牍。他说:"补翁,请宽坐一刻,兄弟手下且把这件公事办好。"笔不停挥的办完,交与一个公差去了。却向老残道:"一向久仰的很。"老残连声谦逊道:"不敢。"顾君道:"今日敝东请阁下吃饭,说公事忙，不克亲陪，叫兄弟奉陪，多饮几杯。”彼此又说了许多客气话，不必赘述。

老残问道：“阁下公事忙的很，此处有几位同事？”顾君道：“五百余人。”老残道：“如此其多？”顾君道：“我们是幕友，还有外面办事的书吏一万多人呢！”老残道：“公牍如此多，贵东一人问案来得及吗？”顾君道：“敝东亲询案，千万中之一二。寻常案件，均归五神讯办。”老残道：“五神也只五人，何以足用？”顾君道：“五神者，五位一班，不知道多少个五位呢，连兄弟也不知底细，大概也是分着省分的吧。如兄弟所管，就是江南省的事，其管别省事的朋友，没有会过面的很多呢，即是同管江南省事的，还有不曾识面的呢！”老残道：“原来如此。”顾君道：“今日吃饭共是四位，三位是投生的，惟有阁下是回府的。请问尊意，在饭后即回去，还是稍微游玩游玩呢？”老残道：“倘若游玩些时，还回得去吗？”顾君道：“不为外物所诱，总回得去的。只要性定，一念动时便回去了。”老残道：“既是如此，鄙人还要考察一番地府里的风景，还望阁下保护，勿令游魂不返，就感激的很了。”顾君道：“只管放心，不妨事的。但是有一事奉告，席间之酒，万不可饮。至嘱至嘱！就是街上游玩去，沽酒市脯也断不可吃呢！”老残道：“谨记指教。”

少时，外间人来说：“席摆齐了，请师爷示，还请哪几位？”听他说了几个名字，只见一刻人已来齐。顾君让老残到外间，见有七八位，一一作揖相见毕。顾君执壶，一座二座三座俱已让过，方让老残坐了第四座。老残说：“让别位吧！”顾君说：“这都是我们同事了。”入座之后，看桌上摆得满桌都是碟子，青红紫绿都有，却认不出是什么东西。看顾君一径让那三位吃酒，用大碗不住价灌，片刻工夫都大醉了。席也散了。看着顾君吩咐家人将三位扶到东边那间屋里去，回头向老残道：“阁下可以同进去看看。”原来这间屋内，尽是大床。看着把三人每人扶在一张床上睡下，用一个大被单连头带脚都盖了下去，一面着人在被单外面拍了两三秒钟工夫，三个人都没有了，看人将被单揭起，仍是一张空床。老残诧异，低声问道：“这是什么刑法？”顾君道：“不是刑法，此三人已经在那里‘呱呱’价啼哭了。”老残道：“三人投生,断非一处,何以在这一间屋里拍着,就会到那里去呢?”顾君道:“阴阳妙理,非阁下所能知的多着呢!弟有事不能久陪,阁下愿意出游,我着人送去何如?”老残道:“费心感甚。”顾君吩咐从人送去,只见一人上来答应一声“是”。老残作揖告辞,兼说谢谢酒饭。顾君送出堂门说:“恕不送了。”

那家人引着老残,方下台阶,不知怎样一恍,就到了一个极大的街市,人烟稠密,车马往来,击毂摩肩。正要问那引路的人是什么地方,谁知那引路的人,也不知道何时去了,四面寻找,竟寻不着。心里想道:“这可糟了。我此刻岂不成了野鬼了吗?”然而却也无法,只好信步闲行。看那市面上,与阳世毫无分别,各店铺也是悬着各色的招牌,也有金字的,白字的,黑字的;房屋也是高低大小,所售不齐。只是天色与阳间差别,总觉暗沉沉的。老残走了两条大街,心里说何不到小巷去看看,又穿了两三条小巷,信步走去,不觉走到一个巷子里面。看见一个小户人家,门口一个少年妇人,在杂货担子买东西,老残尚未留心,只见那妇人抬起头来,对着老残看了一看,口中喊道:“你不是铁二哥哥吗?你怎样到这里来的?”慌忙把买东西的钱付了,说:“二哥哥,请家里坐吧。”老残看着十分面熟,只想不起来她是谁来,只好随她进去,再作道理。

毕竟此人是谁,且听下回分解。

第九回 德业积成阴世富 善缘发动化身香

话说老残正在小巷中瞻望，忽见一个少年妇人将他叫住，看来十分面善，只是想不起来，只好随她进去。原来这家仅有两间楼房，外面是客厅，里间便是卧房了。老残进了客屋，彼此行礼坐下，仔细一看，问道："你可是石家妹妹不是?"那妇人道："是呀！二哥你竟认不得我了！相别本也有了十年，无怪你记不得了。还记当年在扬州，二哥哥来了，上上下下没有一个人不喜欢。那时我们姐妹们同居的四五个人，都未出阁。谁知不到五年，嫁的嫁，死的死，五分七散。回想起来，怎不叫人伤心呢！"说着眼泪就流下来了。老残道："嗳！当年石婶娘见我去，同亲侄儿一般待我。谁知我上北方去了几年，起初听说妹妹你出阁了，不到一二年，又听你去世了，又一二年，听说石婶娘也去世了。回想人在世间，真如做梦一般，一醒之后，梦中光景全不相干，岂不可叹！当初亲戚故旧，一个一个的，听说前后死去，都有许多伤感，现在不知不觉的我也死了，凄凄惶惶的，我也不知道在哪里去的是好。今日见着妹妹，真如见着至亲骨肉一般。不知妹妹现在是同婶婶一块儿住不是？不知妹妹见着我的父亲母亲没有?"石姑娘道："我哪里能见着伯父伯母呢？我想伯父伯母的为人，想必早已上了天了，岂是我们鬼世界的人所能得见呢！就是我的父母，我也没有见着，听说在四川呢。究竟怎样也不得知，真是凄惨。"老残道："然则妹妹一个人住在这里吗?"石姑娘脸一红，说道："惭愧死人，我现在阴间又嫁了一回了。我现在的丈夫是个小神道，只是脾气非常暴虐，开口便骂，举手便打，忍辱万分，却也没一点指望。"说着说着，那泪便点点滴滴的下来。

老残道："你何以要嫁的呢?"石姑娘道："你想我死的时候，才十九岁，幸尚还没有犯甚么罪，阎王那里只过了一堂，就放我自由了。只是我虽然自由，一个少年女人，上哪里去呢？我婆家的翁姑找不着，我娘家的父母找不着，叫我上哪里去呢？打听别人，据说凡生产过儿女的，婆家才有人来接，不曾生产过的，婆家就不算这个人了。若是同丈夫情义好的，丈夫有系念之情，婆家也有人来接，将来继配生子，一样的祭祀。这虽然无后，尚不至于冻馁。你想我那阳间的丈夫，自己先不成个人，连他父母听说也做了野鬼，都得不着他的一点祭祀，况夫妻情义，更如风马牛不相干了。总之，人凡做了女身，第一须嫁个有德行的人家，不拘怎样都是享福的。停一会我指给你看，那西山脚下一大房子有几百间，仆婢如云，何等快乐。在阳间时不过一个穷秀才，一年挣不上百十吊钱。只为其人好善，又孝顺父母，到阴间就这等阔气。其实还不是大孝呢！若大孝的人，早已上天了，我们想看一眼都看不着呢。女人若嫁了没有德行的人家，就可怕的很。若跟着他家的行为去做，便下了地狱，更苦不可耐，像我已经算不幸之幸了。若在没德行的人家，自己知道修积，其成就的比有德行人家的成就还要大得多呢。只是当年在阳世时不知这些道理，到了阴间虽然知道，已不中用了。然而今天碰见二哥哥，却又是万分庆幸的事。只盼望你回阳后努力修为，倘若你成了道，我也可以脱离苦海了。"

老残道："这话奇了。我目下也是个鬼，同你一样，我如何能还阳呢？即使还阳，我又知道怎修积！即使知道修积，侥幸成了道，又与你有什么相干呢?"石姑娘道："一夫得道，九族升天。我不在你九族内吗？那时连我爹妈都要见面哩!"老残道："我听说一夫得道，九祖升天。那有个九族升天之说吗?"石姑娘道："九祖升天，即是九族升天。九祖享大福，九族亦蒙少惠，看亲戚远近的分别。但是九族之内，如已下地狱者，不能得益。像我们本来无罪者，一定可以蒙福哩!"老残道："不要说成道是难极的事，就是还阳恐怕也不易罢!"石姑娘道："我看你一身的生气，决不是个鬼，一定要还阳的。但是将来上天，莫忘了我苦海中人，幸甚幸甚。"老残道："那个自然。只是我现在有许多事要请教于你。鬼住的是什么地方,人说在坟墓里,我看这街市同阳间一样,断不是坟墓可知。"石姑娘道:"你请出来,我说给你听。"

两人便出了大门。石姑娘便指那空中仿佛像黄云似的所在,说道:"你见这上头了没有?那就是你们的地皮。这脚下踩的,是我们的地皮。阴阳不同天,更不同地呢!再下一层,是鬼死为渐耳的地方。鬼到人世去会作祟,渐耳到鬼世来亦会作祟。鬼怕渐耳,比人怕鬼还要怕得凶呢!"老残道:"鬼与人既不同地,鬼何以能到人世呢?"石姑娘道:"俗语常言,鬼行地中,如鱼行水中;鬼不见地,亦如鱼不见水。你此刻即在地中,你见有地吗?"老残道:"我只见脚下有地,难道这空中都是地吗?"石姑娘道:"可不是呢!我且给凭据你看。"便手掺着老残的手道:"我同你去看你们的地去。"仿佛像把身子往上一攒似的,早已立在空中,原来要东就东,要西就西,颇为有趣。便极力往上游去。石姑娘指道:"你看,上边就是你们的地皮了。你看,有几个人在那里化纸呢。"

看那人世地皮上人,仿佛站在玻璃板上,看得清清楚楚。只见那上边有三个人正化纸钱,化过的,便一串一串挂下来了。其下有八九个鬼在那里抢纸钱。老残问道:"这是件甚事?"石姑娘道:"这三人化纸,一定是其家死了人,化给死人的。那死人有罪,被鬼差拘了去,得不着,所以都被这些野鬼抢了去了。"老残道:"我正要请教,这阳间的所化纸钱银锭子,果有用吗?"石姑娘说:"自然有用,鬼全靠这个。"老残道:"我问你,各省风俗不同,银钱纸锭亦都不同,到底哪一省行的是靠得住的呢?"石姑娘道:"都是一样,哪一省行什么纸钱,哪一省鬼就用什么纸钱。"老残道:"譬如我们遨游天下的人,逢时过节祭祖烧纸钱,或用家乡法子,或用本地法子,有妨碍没妨碍呢?"石姑娘道:"都无妨碍。譬如扬州人在福建做生意,得的钱都是烂板洋钱,汇到扬州就变成英洋,不过稍微折耗而已。北五省用银子,南京、芜湖用本洋,通汇起来还不是一样吗?阴世亦复如此,得了别省的钱,换作本省通用的钱,代了去便了。"

老残问道:"祭祀祖、父,能得否?"石姑娘道:"一定能得,但有分别，如子孙祭祀时念及祖、父，虽隔千里万里，祖、父立刻感应，立刻便来享受。如不当一回事，随便奉行故事，毫无感情，祖、父在阴间不能知觉，往往被野鬼抢去。所以孔圣人说‘祭如在’，就是这个原故。圣人能通幽明，所以制礼作乐，皆是极精微的道理。后人不肯深心体会，就失之愈远了。”老残又问：“阳间有烧房化库的事，有用没用呢？”石姑娘说：“有用。但是房子一事，不比银钱，可以随处变换。何处化的库房，即在何处，不能挪移。然有一个法子，也可以行。如化库时，底下填满芦席，莫教他着土，这房子化到阴间，就如船只一样，虽千里万里也牵得去。”老残点头道：“颇有至理。”

于是同回到家里，略坐一刻，可巧石姑娘的丈夫也就归来，见有男子在房，怒目而视，问石姑娘这是何人？石姑娘大有觳觫之状，语言蹇涩。老残不耐烦，高声说道：“我姓铁，名叫铁补残，与石姑娘系表姊妹。今日从贵宅门口过，见我表妹在此，我遂入门问讯一切。我却不知阴曹规矩，亲戚准许相往来否？如其不许，则冒昧之罪在我，与石姑娘无涉。”那人听了，向老残仔细看了一会，说：“在下名折礼思，本系元朝人，在阴曹做了小官，于今五百余年了。原妻限满，转生山东去了，故又续娶令表妹为妻。不知先生惠顾，失礼甚多。先生大名，阳世虽不甚大，阴间久已如雷震耳。但风闻仙寿尚未满期，即满期亦不会闲散如此，究竟是何原故，乞略示一二。”老残道：“在下亦不知何故，闻系因一个人命牵连案件，被差人拘来。既自见了阎罗天子，却一句也不曾问到。原案究竟是哪一案，是何地何人何事，与我何干系，全不知道，甚为闷闷。”折礼思笑道：“阴间案件，不比阳世，先生一到，案情早已冰消瓦解，故无庸直询。但是既蒙惠顾，礼宜备酒馔款待，惟阴间酒食，大不利于生人，故不敢以相敬之意致害尊体。”老残道：“初次识荆，亦断不敢相扰。但既蒙不弃，有一事请教。仆此刻孤魂飘泊，无所依据，不知如何是好？”折礼思道：“阁下不是发愿要游览阴界吗？等到阁下游兴衰时，自然就返本还原了，此刻也不便深说。”又道：“舍下太狭隘，我们同到酒楼上热闹一霎儿罢！”

便约老残一同出了大门，老残问向哪方走，折礼思说：“我引路罢。”就前行拐了几个弯，走了三四条大街，行到一处，迎面有条大河，河边有座酒楼,灯烛辉煌,照耀如同白日。上得楼去,一间一间的雅座,如蜂窝一般。折礼思拣了一个座头入去,有个酒保送上菜单来。折公选了几样小菜,又命取花名册来。折公取得,递与老残说:"阁下最喜招致名花,请看阴世比阳间何如?"老残接过册子来惊道:"阴间何以亦有此事。仆未带钱来,不好相累。"折公道:"些小东道,尚做得起,请即挑选可也。"老残打开一看,既不是北方的金桂玉兰,又不是南方的宝宝媛媛,册上分着省份,写道某省某县某某氏。大惊不止,说道:"这不都是良家妇女吗?何以当着妓女!"折礼思道:"此事言之甚长。阴间本无妓女,系菩萨发大慈悲,所以想出这个法子。阴间的妓女,皆系阳间的命妇;罚充官妓的,却只入酒楼陪坐,不荐枕席。阴间亦有荐枕席的娼妓,那都是野鬼所为的事了。"老残问道:"阳间命妇,何以要罚充官妓呢?"折礼思道:"因其恶口咒骂所致。凡阳间咒骂人何事者,来生必命自受。如好咒骂人短命早死等,来世必夭折一度,或一岁而死,或两三岁而死。阳间妓女,本系前生犯罪之人,判令投生妓女,受辱受气,更受鞭扑等类种种苦楚。将苦楚受尽,也有即身享福的,也有来生享福的,惟罪重者,一生受苦,无有快乐时候。若良家妇女,自己丈夫眠花宿柳,自己不能以贤德感化,令丈夫回心,却极口咒骂妓女,并咒骂丈夫;在被骂的一边,却消了许多罪,减去受苦的年限。如应该受十年苦的,被人咒骂得多,就减作九年或八年不等。而咒骂人的,一面咒骂得多了,阴律应判其来生投生妓女,一度亦受种种苦恼,以消其极口咒骂之罪。惟犯此过的太多,北方尚少,南方几至无人不犯,故菩萨慈悲,将其犯之轻者,以他别样口头功德抵销。若犯得重者,罚令在阴间充官妓若干年,满限以后往生他方,总看他咒骂的数目,定他充妓的年限。"

老残道:"人在阳间挟妓饮酒,甚至眠花宿柳,有罪没有?"折公道:"不能无罪,但是有可以抵销之罪耳。如饮酒茹荤,亦不能无罪,此等统谓之有可抵销之罪,故无大妨碍。"老残道:"既是阳间挟妓饮酒有罪,何以阴间又可以挟妓饮酒,岂倒反无罪耶?"折公道:"亦有微罪。所以每叫一局,出钱两千文,此钱即赎罪钱也。"老残道:"阳间叫局,也须出钱,所出之钱可算赎罪不算呢?"折公道:"也算也不算。何以谓之也算也不算？因出钱者算官罪，可以抵销；不出钱算私罪，不准抵销，与调戏良家妇女一样。所以叫做也算也不算。”老残道：“何以阳间出了钱还算可以抵销之公罪，而阴间出了钱即便抵销无罪，是何道理呢？”折公道：“阳间叫局，自然是狎亵的意思，阴间叫局则大不然。凡有钱之富鬼，不但好叫局，并且好多叫局。因官妓出局。每出一次局，抵销轻口咒骂一次。若出局多者，早早抵销清净，便可往生他方，所以阴间富翁喜多叫局，让他早早消罪的意思，系发于慈悲的念头，故无罪。不但无罪，且还有微功呢。所以有罪无罪，专争在这发念时也。若阳间为慈悲念上发动的，亦无余罪也。”老残点头叹息。

折公道：“讲了半天闲话，你还没有点人，到底叫谁呀？”老残随手指了一名。折公说：“不可不可！至少四名。”老残无法，又指了三名。折公亦拣了四名，交与酒保去了。不到两秒钟工夫，俱已来到。老残留心看去，个个容貌端丽，亦复画眉涂粉，艳服浓妆；虽强作欢笑，却另有一种阴冷之气，逼人肌肤，寒毛森森欲竖起来。坐了片刻各自散去。

折公付了钱钞，与老残出来，说：“我们去访一个朋友吧。”老残说：“甚好。”走了数十步，到了一家，竹篱茅舍，倒也幽雅。折公扣门，出来一个小童开门，让二人进去，进得大门，一个院落，上面三间敞厅。进得敞厅，觉桌椅条台，亦复布置得井井有条；墙上却无字画，三面粉壁，一抹光的，只有西面壁上题着几行大字，字有茶碗口大。老残走上前去一看，原来是一首七律。写道：

野火难消寸草心，百年荏苒到如今。
墙根蚯蚓吹残笛，屋角鸦枭弄好音。
有酒有花春寂寂，无风无雨昼沉沉。
闲来曳杖秋郊外，重叠寒云万里深。

老残在墙上读诗，只听折礼思问那小童道：“你主人哪里去了！”小童答道：“今日是他的忌辰，他家曾孙祭奠他呢，他享受去了。”折礼恩道：“那么回来还早呢，我们去吧。”老残又随折公出来。折公问老残上哪里去呢，老残道：“我不知道上哪里去。”折公凝了一凝神，忽然向老残身上闻了又闻，说：“我们回去，还到我们舍下坐坐吧。”

不到几时，已到折公家下。方进了门，石姑娘迎接上来，走至老残面前，用鼻子嗅了两嗅，眉开眼笑的说："恭喜二哥哥！"折公道："我本想同铁先生再游两处的，忽然闻着若有檀香味似的，我知道必是他身上发出来的，仔细一闻果然，所以我说赶紧回家吧。我们要沾好大的光呢！"石姑娘道："可盼望出好日子来了。"折礼思说："你看此刻香气又大得多了。"老残只是愣，说："我不懂你们说的甚么话。"石姑娘说："二哥哥，你自己闻闻看。"老残果然用鼻子嗅了嗅，觉得有股子檀香味，说："你们烧檀香的吗？"石姑娘说："阴间哪有檀香烧！要有檀香，早不在这里了。这是二哥哥你身上发出来的檀香，必是在阳间结得佛菩萨的善缘，此刻发动，顷刻你就要上西方极乐世界的。我们这里有你这位佛菩萨来一次，不晓得要受多少福呢！"

正在议论，只觉那香味越来得浓了，两间小楼忽然变成金阙银台一般。那折礼思夫妇衣服也变得华丽了，面目也变得光彩得多了。

老残诧异不解何故，正欲询问，未知后事如何？且听下回分解。

老残游记外编

卷　一

（残稿）

“堂堂塌！堂堂塌！”今日天气清和，在下唱一个道情儿给诸位贵官解闷何如？唱道：

尽风流，老乞翁。托钵盂，朝市中。人人笑我真无用。

远离富贵钻营苦，闲看乾坤造化工。兴来长啸山河动。

虽不是，相如病渴；有些儿，尉迟装疯。

在下姓百名炼生，鸿都人氏。这个“鸿都”，却不是“南昌故郡，洪都新府”的那个“洪都”，到是“临邛道士鸿都客，能以精神致魂魄”的那个“鸿都”。究竟属哪一省哪一府，连我也不知道，大约不过是北京、上海等处便是。少不读书，长不成器，只好以乞丐为生。非但乞衣乞食，并且遇着高人贤士，乞他几句言语，我觉得比衣食还要紧些。适才所唱这首道情，原是套的郑板桥先生的腔调。我手中这渔鼓简板也是历古相传，听得老年人说道，这是汉朝一个钟离祖师传下来的。只是这“堂堂塌”三声，就有规劝世人的意思在内，更没有什么工、尺、上、一、四、合、凡等字。

嗳！“堂堂塌！堂堂塌！”你到了堂堂的时候，须要防他塌，他就不塌了；你不防他塌，也就是一定要塌的了。这回书，因老残游历高丽、日本等处，看见一个堂堂箕子遗封，三千年文明国度，不过数十年间，就倒塌到这步田地，能不令人痛哭也么哥！在下与老残五十年形影相随，每逢那万里飞霜、千山落木的时节，对着这一灯如豆、四壁虫吟，老残便说：在下便写，不知不觉已成了《老残游记》六十卷书。其前二十卷,已蒙天津《日日新闻》社主人列入报章,颇蒙海内贤士大夫异常称许。后四十卷因被老残随手包药,遗失了数卷,久欲补缀出来再为请教,又被这“懒”字一个字耽搁了许多的时候。目下不妨就把今年的事情叙说一番,却也是俺叫化子的本等。

却说老残于乙巳年冬月在北京前门外蝶园中住了三个月,这蝶……(下缺)也安闲无事。一日,正在家中坐着,来了两位,一个叫东阁子,一个叫西园公,说道:“近日朝廷整顿新政,大有可观了。满街都换了巡警兵,到了十二点钟以后,没有灯笼就不许走路,并且这些巡警兵都是从巡警学堂里出来的,人人都有规矩。我这几天在街上行走,留意看那些巡兵,有站岗的,有巡行的,从没有一个跑到人家铺面里去坐着的。不像以前的巡兵,遇着小户人家的妇女,还要同人家胡说乱道,人家不依,他还要拿棍子打人家。不是到这家店里要茶吃,便是到那家要烟吃,坐在板凳上跷着一只脚唱二簧调、西帮子。这些毛病近来一洗都空了。”

东阁子说道:“不但没有毛病,并且和气的很。前日大风,我从百顺胡同福顺家出来,回粉坊琉璃街。刚走到大街上,灯笼被风吹歪了。我没有知道,哪知灯笼一歪,蜡烛火就燎到灯笼泡子上,那纸灯笼便呼呼的着起来了。我觉得不好,低头一看,那灯笼已烧去了半边,没法,只好把它扔了。走了几步,就遇见了一个巡警兵上来,说道:‘现在规矩,过了十二点钟,不点灯笼就不许走路。此刻已有一点多钟,你没有灯笼,可就犯规了。’我对他说:‘我本是有灯的,被风吹烧着了,要再买一个,左近又没有灯笼铺,况且夜已深了,就有灯笼铺,已睡觉了,我有什么法子呢?’那巡兵道:‘你往哪里去?’我说:‘回粉坊琉璃街去。’巡兵道:‘路还远呢,我不能送你去。前边不远,有东洋车子,我送你去雇一辆车坐回去罢。’我说:‘很好很好。’他便好好价拿手灯照着我,送到东洋车子眼前,看着坐上车,还摘了帽子呵呵腰才去,真正有礼。我中国官人总是横声恶气,从没有这么有礼过,我还是头一遭儿见识呢!”老残道:“巡警为近来治国第一要务,果能如此,我中国前途大有可望了。”

西园公道:“不然。你瞧着罢,不到三个月,这些巡警都要变样子的。我讲一件事给你们听，昨日我到城里去会一个朋友，听那朋友说道：前日晚间，有一个巡警局委员在大街上撒尿，巡警兵看见，前来抓住说：'嘿！大街上不许撒尿，你犯规了。'那委员从从容容的撒完了尿，大声嚷道：'你不认得我吗？我是老爷，你怎样敢来拉我？'那巡兵道：'我不管老爷不老爷，你只要犯规，就得同我到巡警局去。'那委员更怒，骂道：'瞎眼的王八旦！我是巡警局的老爷，你都不知道！'那巡兵道：'大人传令时候，只说有犯规的便扯了去，没有说是巡警局老爷就可以犯规。你无论怎样，总得同我去。'那委员气极，举手便打，那巡警兵亦怒道：'你这位老爷怎么这么不讲理！我是办的公事，奉公守法的，你怎样开口便骂，举手便打？你若再无礼，我手中有棍子，我可就对不起你了。'那委员怒狠狠地道：'好东西，走走走！我到局子里揍你个王八旦去！'便同到局子里，便要坐堂打这个巡兵。他同事中有一人上来劝道：'不可！不可！他是蠢人，不认得老兄，原谅他初次罢。'那委员怒不可遏，一定要坐堂打他。内中有一个明白的同事说道：'万万不可乱动，此种巡兵在外国倒还应该赏呢。老兄若是打了他或革了他，在京中人看着原是理当的，若被项宫保知道，恐怕老兄这差使就不稳当了。'那委员怒道：'项城便怎样？他难道不怕大军机么？我不是没来历的人，我怕他做什么？'那一个同事道：'老兄是指日飞升的人，何苦同一小兵呕气呢？'那一个明白事的，便出来对那拉委员来的巡警兵道：'你办事不错，有人撒尿，理当拉来。以后裁判，便是我们本局的事了。你去罢。'那兵垂着手，并一并脚，直直腰去了。老兄试想一想，如此等事，京城将来层见迭出，怕那巡警不松懈么？况天水侍郎由下位骤升堂官，其患得患失的心必更甚于常人。初疑认真办事可以讨好，所以认真办事，到后来阅历渐多，知道认真办事不但不能讨好，还要讨不好；倒不如认真逢迎的讨好还靠得住些，自然走到认真逢迎的一条路上去了。你们看是不是呢？"

老残叹道："此吾中国之所以日弱也！中国有四长，皆甲于全球：廿三行省全在温带，是天时第一；山川之孕蓄，田原之腴厚，各省皆然，是地理第一；野人之勤劳耐苦，君子之聪明颖异，是人质第一；文、周、孔、孟之书，圣祖、世宗之训，是政教第一；理应执全球的牛耳才是。然而国日以削，民日以困，骎骎然将至于危者，其故安在？风俗为之也。外国人无论贤愚，总以不犯法为荣；中国人无论贤愚，总以犯法为荣。其实平常人也不敢犯法，所以犯法的，大概只三种人，都是有所倚仗，就犯法了。哪三种人呢？一种倚官犯法；一种倚众犯法；一种倚无赖犯法。倚官犯法的，并不是做了官就敢犯，他既做了官，必定怕丢官，到不敢犯法的。是他那些官亲或者亲信的朋友，以及亲信的家丁。这三样人里头，又以官家亲信的家丁犯法尤甚，那两样稍微差点。你想，前日巡警局那个撒尿的委员，不是倚仗着有个大军机的靠山吗？这都在倚官犯法部里。第二种就是倚众犯法。如当年科岁考的童生，乡试的考生，到了应考的时候，一定要有些人特意犯法的。第二便是今日各学堂的学生，你看那一省学堂里没有闹过事。究竟为了什么大事么？不过觉得他们人势众了，可以任意妄为，随便找个题目暴动暴动，觉得有趣，其实落了单的时候，比老鼠还不中用。第三便是京城堂官宅子里的轿夫，在外横行霸道，屡次打戏园子等情，都老爷不敢过问，这都在倚众犯法部里。第三种便是倚无赖犯法，地方土棍、衙门口的差役等人，他就仗着屁股结实。今日犯法，捉到官里去打了板子。明日再犯法，再犯再打，再打再犯，官也无可如何了。这叫做倚无赖犯法。大概天下的坏人无有越过这三种的。”

西园子道：“你这话我不佩服。倘若说这三种里有坏人则可，若要说天下坏人没有越过这三种的，未免太偏了。请教：强盗、盐枭等类也在这三种里吗？”老残道：“自然不在那里头。强盗似乎倚无赖犯法，盐枭似乎倚众犯法，其实皆不是的。”西园子道：“既是这么说，难道强盗、盐枭比这三种人还要好点吗？”老残道：“以人品论，是要好点。何以故呢？强盗虽然犯法，大半为饥寒所迫，虽做了强盗，常有怕人的心思。若有人说强盗时，他听了总要心惊胆怕的，可见天良未昧。若以上三种人犯了法，还要自鸣得意，觉得我做得到，别人做不到。闻说上海南洋公学闹学之后，有一个学生在名片上居然刻着‘南洋公学退学生’，竟当做一条官衔，必以为天下荣誉没有比这再好的。你想是不是天良丧尽呢？有一日，我在张家花园吃茶，听见隔座一个人对他朋友说：‘去年某学堂奴才提调不好，被我骂了一顿，退学去了。今年又在某处监督，被我骂了一顿。这些奴才好不好，都是要骂的，常骂几回，这些监督、教习等人就知道他们做奴才的应该怎样做法呢。可恨我那次要众人退学，众人不肯。这些人都是奴性，所以我不愿与之同居，我竟一人退学了。'"

老残对西园子道："你听一听这种议论，尚有一分廉耻吗？我所以说强盗人品还在他们之上，其要紧的关键，就在一个以犯法为非，一个以犯法为得意。以犯法为非，尚可救药；以犯法为得意，便不可救了。我再加一个譬语，让你容易明白。女子以从一而终为贵，若经过两三个丈夫，人都瞧不起他，这是一定的道理罢？"西园子道："那个自然。"老残道："阁下的如夫人，我知道是某某小班子里的，阁下费了二千金付出来的。他在班子里时很红，计算他从十五岁打头客起，至十九岁年底出来，四、五年间所经过的男人，恐怕不止一百罢？"西园子道："那个自然。"老残道："阁下何以还肯要他呢？譬如有某甲之妻，随意与别家男子一住两三宿，并爱招别家男子来家随意居住，常常骂本夫某甲不知做奴才的规矩；倘若此人愿意携带二千金来嫁阁下，阁下要不要呢？"西园子道："自然不要。不但我不要，恐怕天下也没人敢要。"老残道："然则阁下早已知道有心犯法的人品，实在不及那不得已而后犯法的多矣。妇人以失节为重，妓女失节，人犹娶之，为其失节出于不得已也。某甲之妻失节，人不敢要，为其以能失节为荣也。强盗、盐枭之犯法，皆出于饥寒所迫，若有贤长官，皆可化为良民，故人品实出于前三种有心犯法者之上。二公以为何如？"东阁、西园同声说是。

东阁子道："可是近日补哥出去游玩了没有？"老残道："没有地方去呢。阁下是熟读《北里志》、《南部烟花记》这两部书，近来是进步呢，是退化呢？"东阁子道："大有进步。此时卫生局已开了捐，分头、二、三等。南北小班子俱是头等。自从上捐之后，各家都明目张胆的挂起灯笼来。头等上写着某某清吟小班，二等的写某某茶室，三等的写三等某某下处。那二三等是何景象，我却不晓得，那头等却是清爽得多了。以前混混子随便可以占据屋子坐着不走，他来时回他没有屋子，还是不依，往往的把好客央告得让出屋子来给他们。此时虽然照旧坐了屋子尽是不走，若来的时候回他没屋子，他却不敢发膘了。今日清闲无事，何妨出去溜达溜达。”老残说：“好啊！自从庚子之后，北地胭脂我竟□曾寓目，也是缺典，今日同行甚佳。”

说着便站起身来，同出了大门。过大街，行不多远，就到石头胡同口了。进了石头胡同，望北慢慢地走着，刚到穿心店口，只见对面来了一挂车子，车里坐了一个美人，眉目如画，面上的光彩颇觉动人。老残向东阁子道：“这个人就不错，您知道他叫什么？”东阁子说：“很面熟，只是叫不出名字来。”看着那车子已进穿心店去，三人不知不觉的也就随着车子进了穿心店。东阁子嚷道：“车子里坐的是谁？”那美人答道：“是我。你不是小明子么？怎么连我也看不出来哪？”东阁子道：“我还是不明白，请你报一报名罢。”车中美人道：“我叫小蓉。”东阁子道：“你在谁家？”小蓉道：“荣泉班。”说着，那车子走得快，人走得慢，已渐渐相离得远了。

看官，你道这小蓉为什么管东阁子叫小明子呢？岂不轻慢得很吗？其实不然，因为这北京是天子脚下，富贵的大半是旗人。那旗人的性情，最恶嫌人称某老爷的，所以这些班子里揣摩风气，凡人进来，请问贵姓后，立刻就要请问行几的。初次见面，可以称某大爷，某二爷，汉人称姓，旗人称名。你看《红楼梦》上，薛蟠是汉军，称薛大爷，贾琏、贾环就称琏二爷、环三爷了，就是这个体例。在《红楼梦》的时候，琏二爷始终称琏二爷，环三爷始终称环三爷。北京风俗，初见一二面时称琏二爷、环三爷，若到第三面时，再称琏二爷、环三爷，客人就要发膘闹脾气，送官、封门等类的辞头汩汩的冒出口来的，必定要先称他二爷、三爷才罢。此之谓普通亲热。若特别的亲热呢，便应该叫小琏子、小环子。汉人呢，姓张的、姓李的，由张二爷、李三爷渐渐的熬到小张子、小李子为度。这个道理不但北方如此，南方自然以苏、杭为文物声明之地，苏、杭人胡子白了，听人叫他一声“度少牙”，还喜欢的了不得呢。可见这是南北的风情了。东阁子人本俊利，加之他的朋友都是漂亮不过的人，或当着极红的乌布；或是大学堂的学生；或是庚子年的道员，方引见去到省；或是汇兑庄的大老板。因为有这班朋友，所以备班子见了他，无不恭敬亲热，也无人不认识他，才修出这“小明子”三个字的徽号，在旁人看着，比得头等宝星还荣耀些呢。

闲话少讲，却说三人慢慢地走到了荣泉班门口，随步进去，只听门房里的人“嗥”的叫了一声，也不知他叫的是什么。老残便问，东阁子答道：“他是喊的‘瞧厅’两个字，原是叫里面人招呼屋子的意思。”三人进了大门，过了一道板壁腰门，上了穿堂的台阶，已见有个人把穿堂东边的房门帘子打起，口称：“请老爷们这里屈坐屈坐。”三人进房坐下，看墙上□□，知是素云的屋子。那伙计还在门口立着，东阁子道：“都叫来见见！”那伙计便大声嚷道：“都见见咧！都见见咧！”只见一个个花丢丢、粉郁郁的，都来走到屋门口一站，伙计便在旁边报名。报名后立一秒钟的时候，翩若惊鸿，婉若游龙的去了。一共来了六七个人，虽无甚美的，却也无甚丑的。伙计报道：“都来齐了。”东阁子道：“知道了，我们坐一坐。”老残诧异，问道：“为何不见小蓉？”东阁子道：“红角色例不见客，少停自会来的。”

约有五六分钟工夫，只见房门帘子开处，有个美人进来，不方不圆的个脸儿，打着长长的前刘海，是上海的时装，穿了一件竹青摹本缎的皮袄，模样也无甚出众处，只是一双眼睛透出个伶俐的样子来。进门便笑，向东阁子道：“小明子呀，你怎么连我也不认得了呀！你怎么好几个月不来，公事很忙吗？”东阁子道：“我在街上，你在车子里一幌……（下缺）